Yana Vagner

Yana Vagner, née en 1973, a grandi au sein d'une famille russo-tchèque. Elle a travaillé comme interprète, animatrice radio, et responsable logistique. *Vongozero* (Mirobole, 2014), son premier roman, a été finaliste de plusieurs prix, dont le Grand prix des lectrices de *ELLE* catégorie polar, et traduit dans cinq pays.

Il est suivi d'un deuxième roman en 2016, *Le Lac*, publié chez le même éditeur.

VONGOZERO

YANA VAGNER

VONGOZERO

Traduit du russe par Raphaëlle Pache

MIROBOLE ÉDITIONS

Titre original :
VONGOZERO

Pocket, une marque d'Univers Poche,
est un éditeur qui s'engage pour la préservation
de son environnement et qui utilise du papier fabriqué
à partir de bois provenant de forêts gérées
de manière responsable.

Le Code de la propriété intellectuelle n'autorisant, aux termes de l'article L. 122-5, 2° et 3° a, d'une part, que les « copies ou reproductions strictement réservées à l'usage privé du copiste et non destinées à une utilisation collective » et, d'autre part, que les analyses et les courtes citations dans un but d'exemple et d'illustration, « toute représentation ou reproduction intégrale ou partielle faite sans le consentement de l'auteur ou de ses ayants droit ou ayants cause est illicite » (art. L. 122-4).
Cette représentation ou reproduction, par quelque procédé que ce soit, constituerait donc une contrefaçon, sanctionnée par les articles L. 335-2 et suivants du Code de la propriété intellectuelle.

Carte p. 540-541 © Chloé Madeline
© Yana Vagner, 2011
© Mirobole, 2014, pour la traduction française
ISBN : 978-2-266-25635-3

SUÈDE

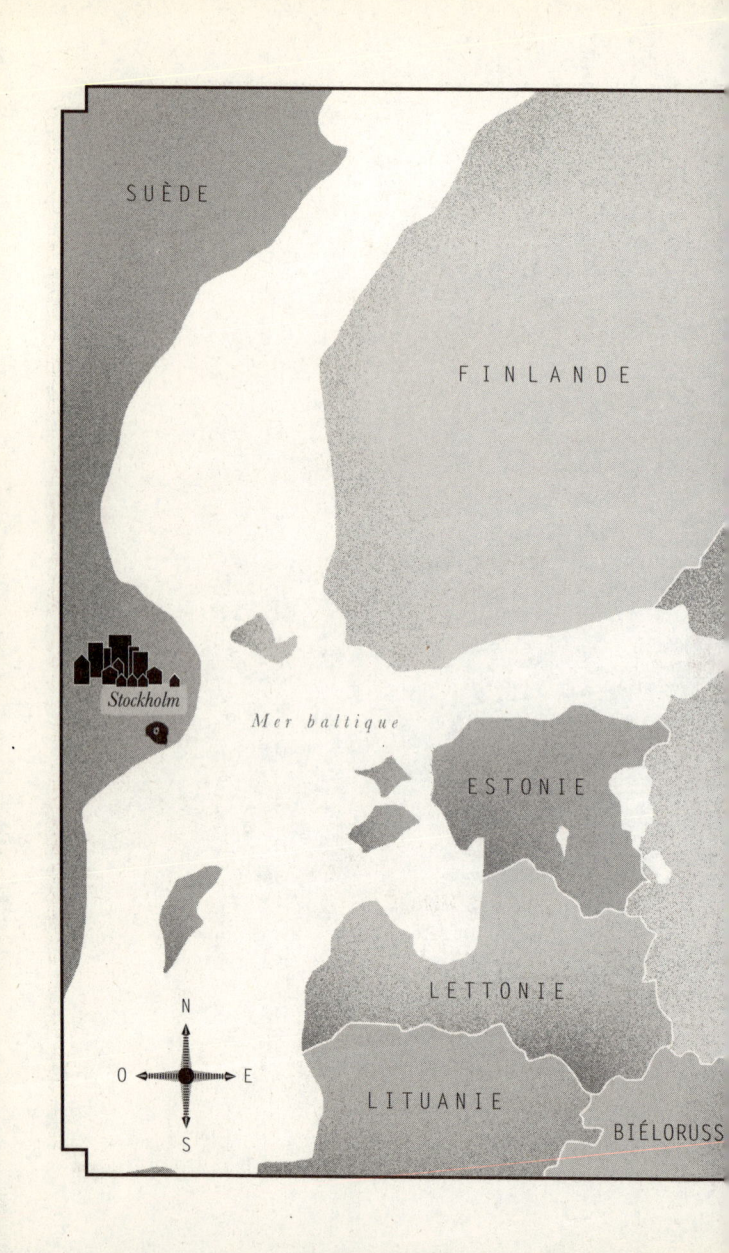

FINLANDE

Stockholm

Mer baltique

ESTONIE

LETTONIE

LITUANIE

BIÉLORUSS

N
O ← → E
S

lac Vongozero
Medvéjiégorsk
Pialma
Pétrozavodsk
Poudoj
Vyterga
lac Onéga
R U S S I E
Saint-Pétersbourg
Kirillov
Biéloziersk
Tchériépoviets
oblast de Vologda
Oustioujna
Borovitchi
Valdaï
Vychni Volotchek
Tver
Emmaüs
Kline
Zvénigorod
Moscou
100 KM

Maman est morte le mardi 17 novembre. J'ai appris la nouvelle par une voisine. Quelle ironie : ni maman ni moi n'avons jamais été proches de cette femme acariâtre, toujours maussade, dont le visage ingrat semblait taillé dans la pierre. Nous avons vécu quinze ans sur le même palier et à une époque, pendant plusieurs années, je me dispensais même de la saluer. J'aimais à appuyer avec une joie maligne sur le bouton de l'ascenseur pour l'empêcher de monter dans la cabine ; elle, le pas lourd, soufflant comme un phoque, voyait les portes automatiques se refermer sous son nez et je me souviens encore de l'indignation ridicule qui lui déformait la face. Durant ces quelques années (j'avais alors quatorze ans, peut-être quinze), elle nous offrait la même grimace toutes les fois, nombreuses, où elle sonnait à notre porte – maman ne lui a jamais proposé d'entrer – pour nous exposer ses griefs : nos bottes avaient laissé des traces de neige fondue dans le hall, un individu avait sonné par erreur chez elle à plus de dix heures du soir… « Qu'est-ce qu'elle veut encore, maman ? » criais-je quand je devinais à la voix de ma mère qu'elle n'arrivait pas à se débarrasser de cette femme. Car maman n'a jamais appris à se défendre et n'importe quel minuscule conflit dans une file d'attente, de ces incidents qui enflamment l'œil et les joues des protagonistes, suscitait chez elle maux de tête, tachycardie et crises de larmes. Lorsque j'ai eu dix-huit ans, les interventions hebdomadaires de la voisine ont soudain cessé – sans doute avait-elle senti que j'étais désormais en mesure de la recevoir comme il se devait, et préféré mettre un terme à ses incursions offusquées ; quelque temps plus tard, j'ai recommencé à la saluer, éprouvant chaque fois un vague sentiment de triomphe, mais ensuite, très vite, j'ai quitté la maison (il est bien possible que la guerre ait repris après mon départ, mais maman ne m'en a jamais rien soufflé) et l'image de cette femme aussi revêche qu'inamicale, affublée d'un prénom qui ne lui convenait pas du tout – Lioubov, « amour » –, s'est rabougrie dans ma mémoire et a rejoint mes autres souvenirs d'enfance.

À bien y repenser, je n'avais sans doute pas entendu une seule fois le son de sa voix au cours des dix dernières années ; cependant, pour une raison que je ne m'explique pas, je l'ai identifiée instantanément. Il a suffi qu'elle dise « Ma petite Anna » – elle a prononcé mon prénom, puis s'est tue – pour que je comprenne sans autre explication que maman n'était plus ; je percevais sa respiration dans le combiné, un halètement rauque, mais elle n'a rien ajouté, attendant patiemment que je m'asseye par terre pour reprendre mon souffle et que je pleure ; oui, sans avoir rien entendu que mon prénom, j'ai pleuré, collant toujours à mon oreille le téléphone d'où me parvenait sa respiration, et j'étais prête à pleurer indéfiniment pourvu qu'aucune parole supplémentaire ne soit prononcée. Alors la femme maussade qui répondait au prénom de Lioubov et que ma mémoire avait réduite à une image succincte rescapée de l'enfance – portes d'ascenseur qui se referment, indignation disproportionnée – m'a laissée pleurer dix minutes, ou vingt, et ne s'est remise à parler qu'après. Après, donc – j'étais toujours assise par terre –, elle m'a dit que maman n'avait pas souffert du tout. « Bien sûr, on a vu et revu des horreurs à la télé, mais ne va pas t'imaginer que ça s'est passé de la même façon, sa fin n'a pas été aussi atroce : pas de convulsions, pas de suffocation. Ces derniers temps, on ne verrouille plus les portes, Anna, parce que, tu comprends bien que si ça empire, on n'aura pas le temps d'atteindre la sortie ; j'ai jeté un coup d'œil chez elle – je lui avais apporté un peu de bouillon – et elle était étendue dans son lit, le visage tout à fait paisible, comme si elle avait simplement cessé de respirer pendant son sommeil. »

Même si maman ne m'avait pas dit qu'elle était tombée malade, sans trop savoir pourquoi, je sentais que cela ne manquerait pas de se produire ; et il m'était insupportable de vivre au quotidien avec la pensée qu'elle se trouvait à quatre-vingts kilomètres de notre maison heureuse et paisible, soit à une quarantaine de minutes en voiture, et que je ne pouvais pas aller la chercher. La dernière fois que je lui avais rendu visite, c'était un mois et demi plus tôt, le lycée de Micha avait déjà été fermé pour cause de quarantaine, tout comme les établissements supérieurs d'ailleurs, et il me semble qu'on parlait de fermer les cinémas et le cirque, mais les événements n'avaient pas pris une tournure catastrophique pour autant : on aurait plutôt dit des vacances impromptues, les gens se munissaient encore rarement de masques, et ceux qui s'y hasardaient subissaient, mal à l'aise, les regards curieux des autres passants, Sergueï se rendait toujours quotidiennement au bureau, en ville, et celle-ci n'avait pas encore été bouclée – il n'en était même pas question, personne n'imaginant que l'immense mégalopole, fourmilière gigantesque de plus de deux mille kilomètres carrés, puisse être enclose de fils de fer barbelés et isolée du monde extérieur, pas plus que nul ne pouvait envisager que les aéroports et les gares de chemin de fer cesseraient de fonctionner d'un jour à l'autre, et que, débarqués des trains de banlieue, les voyageurs resteraient à se geler sur les quais, en une foule hébétée, tels des écoliers dont les cours auraient été supprimés, mi-angoissés mi-soulagés, suivant des yeux les wagons déserts qui regagnaient la ville. Rien de tout cela ne s'était encore produit le jour en question. J'étais passée en coup de vent pour récupérer Micha, qui avait déjeuné chez elle, et maman avait proposé : « Ma puce, pourquoi tu ne mangerais pas un petit quelque chose ? La soupe est encore chaude… », mais dans mon souvenir, je voulais surtout être rentrée à la maison avant le retour de Sergueï, et j'ai à peine pris le temps de boire une tasse de café que déjà je la quittais, sans avoir échangé avec elle autre chose que des propos insignifiants, une petite bise sur la joue devant sa porte et : « Micha, dépêche-toi, sinon on va être coincés dans les embouteillages » ; je ne l'ai même pas serrée dans mes bras, oh maman, maman chérie.

Ensuite tout se passa très vite – en quelques jours des bruits commencèrent à circuler sur Internet, dont je pris connaissance, désœuvrée comme je l'étais, et le soir, je répétais à Sergueï ce que j'avais glané ; il éclatait de rire : « Anna, mais comment tu peux imaginer une chose pareille ? Fermer une ville de treize millions d'habitants ? Une ville où se trouve le siège du gouvernement et où travaille la moitié de la région ? Arrête ! C'est juste un petit bobo respiratoire, et on est en train de vous fiche la trouille, à vous, les paranos ; vous allez faire le plein de médicaments et la vie va reprendre tranquillement son cours. » La ville fut bouclée sans autre forme de préavis, à la faveur d'une nuit. Sergueï ne me réveillait jamais le matin, mais il aimait que je me lève en même temps que lui, je le savais, alors je lui préparais son café, le suivais pieds nus dans la maison, m'asseyais à ses côtés, les yeux bouffis de sommeil, pendant qu'il se repassait une chemise, l'accompagnais jusqu'à la porte puis regagnais notre chambre d'un pas traînant pour me glisser à nouveau sous les couvertures et dormir encore une heure ou deux. Ce matin-là pourtant, il me tira de mon deuxième sommeil par un coup de téléphone :

— Bébé, jette un œil sur Internet, il y a un bouchon d'enfer pour aller en ville, ça fait une demi-heure que je suis bloqué, impossible de bouger.

Sa voix trahissait une légère irritation, celle d'un homme qui n'aime pas être en retard, mais aucune trace d'angoisse – je m'en souviens clairement, il n'y avait pas encore d'angoisse. Je sortis une jambe du lit et restai quelques instants immobile, le temps de me réveiller, puis je me rendis d'un pas lent dans le bureau où j'allumai l'ordinateur portable – il me semble qu'en chemin je fis un détour par la cuisine pour me servir une tasse du café qui n'avait pas encore refroidi. J'avalai une gorgée du breuvage pendant que Yandex se chargeait ; je voulais me renseigner sur l'état de la circulation, et juste au-dessus de la barre des tâches, parmi des nouvelles du type « Aucune victime à déplorer dans un crash aérien en Malaisie » ou « Michael Schumacher revient à la Formule 1 », apparut une information d'une seule ligne : « Toute entrée sur le territoire de Moscou est temporairement soumise à restriction. » Avec ses mots ennuyeux et plats, la phrase n'était pas effrayante, « temporairement soumise à restriction » avait même une sonorité plutôt banale, inoffensive, et je lus la courte info jusqu'au bout, mais, le temps que je compose le numéro de téléphone de Sergueï, les nouvelles se succédaient déjà à la chaîne, juste au-dessus de la première, celle qui ne faisait pas peur ; j'en étais arrivée aux mots « Moscou est mise en quarantaine » quand Sergueï décrocha et me dit :

— Je suis déjà au courant, ils viennent de l'annoncer à la radio, sans donner de précisions pour le moment ; je vais téléphoner au bureau et je te rappelle derrière, OK ? Tu parles d'une connerie !

Et il raccrocha.

Je cessai de lire pour appeler le fixe de ma mère, mais je n'obtins que de longues sonneries retentissant dans le vide. Je laissai tomber et composai le numéro de son portable. Lorsqu'elle décrocha enfin, sa voix était légèrement essoufflée :

— Anna ? Qu'est-ce qui se passe ? Pourquoi tu as une voix pareille ?

— Maman, tu es où ?
— Je fais des courses, je n'avais plus de pain. Enfin, Anna, c'est toujours à cette heure-ci que je sors. Qu'est-ce qui te prend de paniquer comme ça ?
— On vous a bouclés, maman, ils ont fermé la ville. Je n'en sais pas plus pour le moment, ils viennent d'annoncer la nouvelle à la radio. Tu as écouté les infos ce matin ?
Elle resta silencieuse quelques instants, puis reprit la parole :
— Je suis contente que tu vives en dehors de Moscou. Sergueï est rentré à la maison ?

Sergueï rappela encore deux ou trois fois en cours de route, je lui lisais les détails qui parvenaient sur la Toile : des nouvelles courtes, des informations qui filtraient au compte-gouttes – beaucoup commençaient par des formules comme « selon des données non vérifiées » ou « une source proche de la municipalité a déclaré » – et qui promettaient une intervention télévisée du Responsable national de la sécurité sanitaire au journal de midi ; je rafraîchissais sans arrêt la page Web, jusqu'à y voir trouble à force d'en-têtes et de mots. Mon café était froid désormais et je n'avais qu'une seule envie : que Sergueï revienne au plus vite ; après mon troisième appel, il m'annonça soudain que ça s'était remis à avancer, que les conducteurs, qui jusque-là avaient coupé le contact pour se promener au bord de la voie rapide, tout en jetant un œil aux autres véhicules et en écoutant des bribes de journaux radiophoniques – « C'est du délire, bébé, juste un flash toutes les demi-heures, dans l'intervalle ces ordures ne passent que de la musique et des pubs en boucle » –, avaient regagné leurs voitures qui avançaient de nouveau en file indienne vers la ville ; au bout de quarante minutes et cinq kilomètres, quand il s'avéra que le flot rebroussait en fait chemin au niveau de l'embranchement suivant, Serguëi me rappela :

— À première vue, ils ne mentent pas, déclara-t-il. La ville est bel et bien fermée.

Comme si le moindre doute avait pu subsister, comme si, en parcourant ces cinq kilomètres supplémentaires, il s'était imaginé n'avoir affaire qu'à un canular ou à une plaisanterie de mauvais goût.

Micha se réveilla, descendit de l'étage et fit claquer la porte du frigo.

— Ils ont fermé la ville, lui appris-je en sortant du bureau.

— C'est-à-dire ?

Il se retourna, et sans que je puisse me l'expliquer, son air ensommeillé, ses cheveux en bataille et la marque de l'oreiller sur sa joue me rassurèrent.

— Moscou a été mise en quarantaine. Serguëi est en train de rentrer, j'ai appelé grand-mère, tout va bien pour elle. On ne pourra plus aller en ville pendant un certain temps.

— Mortel ! décréta mon grand garçon tout maigre avec l'insouciance d'un adolescent dont le drame ultime se résume à une console de jeu cassée.

La nouvelle ne l'effrayait pas le moins du monde, peut-être même se disait-il que les vacances allaient ainsi se prolonger encore un peu, ou peut-être ne songeait-il à rien du tout alors qu'il m'offrait un sourire un peu hagard avant d'attraper une brique de jus d'orange et des gâteaux, puis de retourner d'un pas traînant à sa chambre.

Effectivement, la situation n'était pas encore affolante. Une prolongation de la quarantaine au-delà de quelques semaines était inimaginable : pendant ces journées-là, on parla à la télévision de « mesure temporaire », de « situation sous contrôle », on prétendit que la ville détenait « suffisamment de médicaments » et que « des points de ravitaillement » étaient assurés ; les informations ne nous étaient pas encore répétées en boucle, avec un bandeau courant en bas de l'écran sur fond d'images en direct de rues étrangement vides et sillonnées de rares passants, le visage protégé d'un voile de gaze ; non, sur toutes les chaînes passaient encore des tas d'émissions divertissantes et des flopées de publicités, et personne n'avait vraiment peur, ni ceux qui étaient coincés à l'intérieur, ni nous qui étions retenus au-dehors. Les journées débutaient par les informations, par des coups de fil à maman et aux amis, Sergueï travaillait à distance, et cela aussi c'était dans l'ordre des choses, une sorte de congé imprévu, signifiant que notre lien avec la ville n'était pas coupé, mais simplement réduit. Le projet de s'y introduire en douce pour récupérer maman ne paraissait pas présenter un caractère d'urgence – la première fois, nous avions même évoqué l'idée en plaisantant, au dîner, le soir de la mise en quarantaine, et à partir de là, Sergueï (il ne fut pas le seul dans son cas, nous apprîmes par la suite que quelques-uns de nos voisins avaient eu la même réaction) fit quelques tentatives pour rentrer dans la ville : d'après la rumeur, seules les routes principales étaient bel et bien fermées, tandis que les voies d'accès plus modestes restaient ouvertes. Pourtant, il ne put jamais atteindre son but et revint systématiquement bredouille.

Nous commençâmes à avoir vraiment peur le jour où on annonça que le métro était fermé. Tout se délita alors presque en même temps, comme si on avait soudain tiré des rideaux opaques, et l'information déferla sur nous en un torrent bouillonnant, nous laissant tout à coup horrifiés de nous en être tirés à si bon compte : quatre cent mille malades... Maman appela : « Les rayons sont vides dans les magasins, mais ne vous inquiétez pas, j'ai eu le temps de faire quelques provisions, je n'ai pas besoin de grand-chose, Lioubov Mikhaïlovna dit qu'à l'office HLM, on imprime des coupons de rationnement et que la distribution va commencer d'un jour à l'autre. » Plus tard, elle déclara : « Tu sais, ma belle, je commence à me sentir mal à l'aise, tout le monde porte des masques dans la rue. » Puis Sergueï ne parvint plus à joindre son bureau, les mobiles restèrent en rade comme pendant une nuit de la Saint-Sylvestre – réseau indisponible et sonneries rapides –, et vers la fin de la journée les nouvelles tombèrent en cascade : couvre-feu, déplacements interdits à l'intérieur de la ville, patrouilles, distribution de médicaments et de produits alimentaires en échange de coupons, fermeture des commerces, urgences médicales organisées dans les écoles et les jardins d'enfants. Au cours de la nuit, mon amie Léna nous téléphona, elle sanglotait dans le combiné : « Tu parles d'urgences, c'est rien de plus que des léproseries : de pauvres matelas à même le sol, et dessus des gens, comme si c'était la guerre. »

À compter de ce jour-là, nous passâmes nos soirées, Sergueï et moi, à élaborer des plans pour enfreindre la quarantaine et traverser les cordons d'hommes armés et revêches dissimulés derrière leurs masques à gaz ; au départ, ces cordons n'étaient constitués que de plots blancs et rouges en plastique, comme il y en a des milliers à chaque point de contrôle routier, le genre d'obstacles qu'une voiture lancée à pleine vitesse peut aisément écarter de sa route ; les madriers en béton hérissés d'une armature qui rouillait sous le vent de novembre apparurent plus tard. Moi : « Ils ne vont quand même pas nous tirer dessus, on a une grosse voiture puissante, on pourrait passer à travers champs, allez, on leur donnera de l'argent », je m'emportais, j'argumentais, je pleurais : « On doit aller chercher maman et Léna, on doit au moins essayer », et un soir, la tournure que prit notre conversation nous poussa enfin hors de chez nous ; sans plus rien dire ni me regarder, Sergueï garnit ses poches de billets, laça ses chaussures, sortit, revint chercher ses clefs de voiture ; j'avais si peur de le voir changer d'avis que j'attrapai au portemanteau le premier blouson qui me tomba sous la main et lançai à Micha :

— On va chercher grand-mère, tu n'ouvres à personne, compris ?

Et sans attendre sa réponse, je m'élançai à la suite de Sergueï.

Nous restâmes silencieux pendant le trajet. La route était déserte et sombre, il nous restait encore une vingtaine de kilomètres avant de circuler sur des avenues éclairées, mais nous rencontrâmes néanmoins quelques voitures ; à cause des méandres du chemin, surgissait une brume diffuse de lumière blanche qui clignotait, puis devenait jaune pâle en se rapprochant, et grâce aux clins d'œil presque accueillants de ces automobiles, l'atmosphère se fit moins lourde ; j'observais le profil de Sergueï, ses lèvres obstinément serrées, hésitant à tendre la main et à le toucher de crainte de briser l'impulsion qui, après plusieurs jours de disputes, de larmes et de doutes, l'avait enfin forcé à m'écouter et à m'accompagner en ville. Je me contentais donc de le regarder tout en pensant : *Jamais plus je ne te demanderai quoi que ce soit, aide-moi seulement à aller chercher maman, s'il te plaît, aide-moi.*

Nous dépassâmes quelques lotissements, fourmilières à flanc de colline qui éclairaient l'obscurité de leurs innombrables fenêtres, puis nous débouchâmes sur la partie éclairée du trajet – les lampadaires, tels des arbres, inclinaient leur tête jaune des deux côtés de la voie rapide ; de part et d'autre, de grands centres commerciaux, toutes lumières éteintes, des parkings déserts, des barrières abaissées, des panneaux publicitaires « Lotissement de luxe *Le Lac du Prince* », « Vente sans intermédiaire – à partir de 1 ha » –, et sous nos phares apparut soudain le cordon qui bloquait l'entrée de la ville ; je ne compris pas tout de suite de quoi il s'agissait : deux voitures de patrouille en épi, dont l'une avec les phares allumés, un petit camion vert sur le bas-côté, quelques longs madriers de béton posés en travers, à même l'asphalte, et qu'on pouvait confondre de loin avec des bâtons de guimauve, une silhouette humaine isolée. L'ensemble avait l'air si peu sérieux – on aurait dit des jouets – que je me pris pour la première fois à espérer avoir une chance de réussir, et le temps que Sergueï ralentisse, j'avais sorti mon téléphone et composé le numéro de maman :

— Ne dis rien, déclarai-je dès que la communication fut établie, on vient te chercher dans quelques minutes.

Puis je raccrochai.

Pour une raison qui m'échappa, Sergueï ouvrit puis referma la boîte à gants avant de quitter la voiture, mais sans y prendre quoi que ce soit ; il laissa le moteur tourner, et je restai quelques instants sur le siège passager pendant qu'il se dirigeait vers le cordon. Il avançait à pas lents, préparant sans doute les phrases qu'il s'apprêtait à prononcer, je regardai son dos qui s'éloignait puis je bondis hors de la voiture – d'après les sons qui continuaient à me parvenir de l'habitacle, je compris que je n'avais pas bien refermé ma portière, mais je renonçai à revenir sur mes pas, préférant rattraper Sergueï au plus vite. Quand je l'eus rejoint, il se tenait déjà devant un homme vêtu d'un treillis militaire ; il faisait froid, et depuis que nous avancions dans sa direction, le type, dont l'allure pataude évoquait celle d'un ours, tentait de remettre en place le masque qu'il avait laissé pendre : il essayait sans succès d'en attraper les extrémités d'une main que protégeait un épais gant noir. Son autre main tenait une cigarette à demi fumée. Dans l'une des voitures de patrouille garées derrière lui, on distinguait quelques silhouettes et un petit écran scintillant faiblement... *Ils regardent la télé,* pensai-je, *ce sont des gens normaux, comme nous, on va trouver un terrain d'entente.*

Sergueï s'arrêta à cinq pas, ce dont je le félicitai mentalement : la précipitation avec laquelle le type avait rajusté son masque donnait à penser qu'il ne souhaitait pas nous voir approcher davantage ; je stoppai moi aussi, et Sergueï se mit à parler d'une voix ostensiblement gaillarde, de celles que l'on utilise pour s'adresser aux agents de la circulation ou aux policiers :
— Dis-moi, commandant, comment on fait pour entrer dans la ville ?
À son intonation et à la moue qu'il esquissait, je devinai que feindre la désinvolture lui coûtait beaucoup d'efforts, que cette amabilité de façade lui pesait puisqu'il ne l'éprouvait pas et qu'il n'était pas certain de réussir ; l'homme ajusta encore son masque et posa une main sur le pistolet-mitrailleur qui pendait à son épaule – le geste n'avait rien de menaçant, on aurait plutôt dit qu'il ne savait plus où fourrer ses pattes – et comme il ne répondait pas, Sergueï poursuivit, de la même voix artificiellement affable : « Je dois vraiment entrer, mec. Vous êtes combien ? Cinq ? On pourrait peut-être s'arranger, non ? », sur quoi il plongea la main dans sa poche. La portière de la voiture de patrouille stationnée derrière nous s'entrouvrit légèrement, et au même moment, le type, qui avait toujours la main posée sur son arme, lança d'une voix juvénile que l'on aurait crue encore en train de muer :

— Hors de question, rebroussez chemin.

De la pointe de sa cigarette toujours fumante, il nous désigna la glissière centrale et nous tournâmes machinalement la tête : un morceau avait été soigneusement découpé dans le métal, et une trace nette se dessinait sur le tapis de neige qui bordait les deux côtés des rails de protection.

— Attends, commandant, insista Sergueï.

Mais je vis aussitôt dans les yeux de l'homme à la mitraillette que ça ne marcherait pas, qu'il était inutile de l'appeler « commandant » ou de lui proposer un pot-de-vin quelconque : il allait appeler ses camarades et nous n'aurions plus qu'à remonter dans notre voiture pour rebrousser chemin en suivant le sillon qu'avaient creusé d'autres gens avant nous : comme Sergueï et moi, ils étaient sans doute nombreux à avoir essayé de pénétrer dans la ville bouclée pour en faire sortir un être cher. J'écartai Sergueï. Puis je fis encore quatre pas en avant, qui me portèrent à la hauteur de l'homme à la mitraillette et me permirent de constater qu'il était très jeune – une vingtaine d'années tout au plus – ; je m'efforçai alors de plonger mes yeux dans les siens, tandis qu'il cherchait à éviter mon regard, et je déclarai :

— Écoute. (Je lui dis « écoute », même si je ne tutoie jamais personne, c'est une question de principe, « vous » crée une distance. Donc nous étions là, moi l'adulte éduquée à la vie réussie, faisant face à un jeune gars aux joues grêlées, d'après ce que laissaient entrevoir les quelques endroits de peau échappant au masque, et je devinai de façon certaine que je devais justement le tutoyer.) Écoute, lui dis-je. Tu comprends, en ville il y a ma mère, ma propre mère, elle est toute seule là-bas, elle va bien, tu as une mère toi aussi, tu l'aimes, alors laisse-nous passer, s'il te plaît, personne ne remarquera quoi que ce soit. Tiens, si tu veux j'y vais seule et lui m'attendra ici, j'ai un enfant qui est resté à la maison, tu peux être sûr que je reviendrai, je te le promets, j'y vais seule et je reviens dans une heure, laisse-moi passer.

Le doute s'insinua dans son regard, je m'en aperçus et m'apprêtais à en rajouter encore une couche lorsqu'un autre gars surgit dans son dos, muni du même masque et portant la même mitraillette à l'épaule :

— Sémionov, qu'est-ce qui se passe ?

Alors, m'efforçant de les fixer dans les yeux à tour de rôle, avant qu'ils aient eu le temps d'échanger un regard entre eux, je m'empressai de surenchérir, pour les empêcher de reprendre leurs esprits :

— Allez laissez-moi passer, s'il vous plaît, je dois aller chercher ma mère, elle est restée là-bas, mon mari attendra avec vous ici, et dans une heure je serai de retour, vous n'avez même pas besoin de le faire asseoir dans votre voiture ; hein, Sergueï, tu as des habits chauds, pas vrai que tu te promèneras une petite heure ? Je me dépêche.

Mais à ce moment-là, le plus âgé des deux fit soudain un pas en avant, écartant le jeune Sémionov dont la cigarette avait fini de se consumer dans sa main, et il déclara, cria presque, d'une voix sonore :

— C'est hors de question, on vous l'a dit, c'est pas nous qui avons décidé ça, dépêchez-vous de faire demi-tour, j'ai des ordres, remontez dans votre voiture.

Et il agita son pistolet-mitrailleur, sans manifester plus d'agressivité que Sémionov précédemment, mais je n'eus pas l'occasion d'ajouter quoi que ce soit, parce que ce dernier, qui venait de jeter son mégot avec regret, renchérit d'un ton presque apitoyé :

— On a installé des barbelés tout le long du périphérique intérieur. Y a encore un cordon, à ce niveau-là. Même si nous, on vous ouvrait la route, vous pourriez jamais franchir celui-là.

— Allez viens bébé, on y va, ils nous laisseront pas passer, ça va pas marcher, déclara Sergueï en me prenant par le bras pour m'emmener presque de force vers la voiture. Merci, les gars, j'ai pigé, ajouta-t-il en m'entraînant.

Même si je voyais bien qu'il ne servait plus à rien de discuter, je m'obstinais à chercher ce que je pourrais leur dire pour les faire changer d'avis. Mais rien, absolument rien ne me vint à l'esprit ; et quand nous eûmes repris place dans la voiture, Sergueï ouvrit puis referma de nouveau la boîte à gants, sans que je comprenne davantage pourquoi, et constata avant de démarrer :

— C'est déjà plus les flics, ni la Sécurité routière. Regarde leur uniforme, Anna, ce sont des militaires de base.

Le temps qu'il effectue son demi-tour dans l'ornière neigeuse qui crissa sous nos pneus, j'avais pris mon téléphone et composé le numéro de maman, le premier sous la lettre *M* – « maman » – ; elle décrocha à la première sonnerie et s'écria :

— Allô, Anna, qu'est-ce qui se passe ?

Je parvins à articuler presque calmement :

— Mamounette, on n'a pas réussi. Il faut attendre encore un peu, on va trouver une solution.

Elle resta quelques secondes sans rien dire, je n'entendais plus que le bruit de sa respiration, aussi nettement que si elle se trouvait à côté de moi dans la voiture. Puis elle déclara :

— Bien sûr, ma puce.

— Je te rappelle un peu plus tard, d'accord ?

Et je raccrochai, me mettant à fouiller dans mes poches avec une fureur telle que je dus me soulever de mon siège ; nous parcourions le même chemin en sens inverse, la partie éclairée du trajet allait bientôt se terminer et je voyais déjà se profiler devant nous la frontière de lumières jaunes et tremblotantes qui délimitait le lotissement de luxe, Micha nous attendait chez nous.

— Tu te rends compte, j'ai oublié mes cigarettes à la maison, bredouillai-je avant d'éclater en sanglots.

Une semaine après jour pour jour, le mardi 17 novembre, maman mourut.

*
* *

Je faisais ce rêve depuis toujours, parfois une fois l'an, parfois moins, et dès que je commençais à l'oublier il revenait : j'étais censée aller quelque part, pas bien loin, maman m'attendait, et j'avançais, mais très lentement. En chemin, je croisais des gens inutiles, superflus, avec qui je me retrouvais embringuée dans des conversations, engluée comme une mouche dans une toile d'araignée, et au moment où j'atteignais enfin mon but, je comprenais soudain que j'étais en retard, que maman n'était plus là, qu'elle n'était plus nulle part et que je ne la reverrais jamais. Je me réveillais au cri que je poussais, le visage trempé de larmes, effrayant l'homme qui partageait ma couche, et même si cet homme m'enlaçait pour essayer de me calmer, je le repoussais et dénouais ses bras, atterrée par la fatalité de ma solitude.

Le 19 novembre, notre téléphone cessa définitivement de fonctionner ; et avec lui, Internet. Ce fut Micha qui s'en aperçut, le seul qui s'efforçât, ne serait-ce qu'un peu, de feindre que la vie suivait son cours ; émergeant du demi-sommeil comateux où me plongeaient les somnifères – Sergueï m'obligeait à en prendre chaque fois que je commençais à pleurer sans pouvoir m'arrêter –, je me levais pour vérifier où se trouvaient les deux seuls êtres qui me restaient. Parfois je les découvrais ensemble, penchés sur l'ordinateur, épluchant le fil des nouvelles, parfois Sergueï avait disparu dans la cour – il me semble qu'il y coupait du bois, même s'il est difficile de se représenter une occupation plus absurde –, tandis que Micha ne s'éloignait jamais de l'ordinateur, regardant une vidéo sur YouTube ou jouant à des jeux en ligne, ce qui m'arrachait aussitôt des cris et des larmes ; dans la seconde qui suivait, la porte d'entrée claquait, laissant passer un filet d'air froid, Sergueï déboulait, m'entraînait dans notre chambre et m'obligeait à prendre encore un cachet. Le jour où Internet fut coupé, je me réveillai parce que Sergueï me secouait :

— Assez dormi, bébé, on a besoin de toi. Le téléphone est mort, Internet aussi, il ne nous reste plus que les infos par satellite, et notre anglais est trop limité, à Micha et à moi.

Je descendis au salon et découvris Micha installé sur le canapé à côté de la télévision, un dictionnaire Oxford English sur les genoux ; il avait le visage concentré et mécontent de celui qui passe un examen. Deux adultes l'encadraient : la belle Marina, qui habitait de l'autre côté de la rue, dans un palais en pierre de deux étages flanqué d'affreuses tourelles, et Léonid, son gros mari, avec lequel Sergueï jouait parfois au billard le dimanche. Par terre, près du canapé, se trouvait leur fillette, et juste devant elle le vase plein des coquillages que nous avions rapportés de notre voyage de noces ; à en juger par sa joue déformée, la gamine avait fourré un bigorneau dans sa bouche ; un mince filet de bave luisait sur son menton et tombait tout droit sur le reste de mes fragiles trésors. Sergueï m'avait prise par le bras pour me conduire au rez-de-chaussée ; deux jours de pilules et de larmes avaient dû produire leur effet car Marina, levant les yeux sur moi (en dépit de l'heure matinale, sa mise était irréprochable : il y a des femmes qui ressemblent à des anges quelle que soit l'heure de la journée), porta aussitôt la main à sa bouche et sembla même sur le point de bondir du canapé :

— Anna, tu as une de ces mines, tu ne serais pas malade par hasard ?

— Nous sommes tous en bonne santé, se hâta de répondre Sergueï.

Et je lui en voulus sur-le-champ de cet empressement, comme si c'était nous qui nous trouvions dans le salon de Marina et laissions notre enfant sucer les souvenirs sentimentaux de nos voisins.

— C'est juste, poursuivit Sergueï, qu'il vient de nous arriver…

Avant qu'il ait pu achever sa phrase – je ne sais pourquoi, il était d'une importance cruciale que je ne le laisse pas finir –, je m'approchai de la fillette et, desserrant ses doigts tenaces mouillés de salive, je lui retirai le vase pour le placer en hauteur, sur le linteau de la cheminée :

— Marina, sors-lui ce coquillage de la bouche, elle va s'étouffer, ce n'est pas un bonbon, quand même !

— Te voilà enfin redevenue toi-même, murmura Sergueï avec soulagement.

Nous échangeâmes un regard et je fus incapable de réprimer un sourire.

Je ne les supportais pas, ces deux-là, que ce soit Marina ou son lourdaud de Léonid, débordant de fric et de remarques stupides ; il avait une table de billard dans sa cave et Sergueï lui rendait parfois visite le week-end pour une partie ou deux – pendant les six premiers mois après notre emménagement dans ce hameau, je m'étais forcée à l'accompagner, mais j'avais vite compris que je n'arrivais même pas à faire semblant de m'amuser avec eux : « Mieux vaut se passer de vie sociale que de subir ces simagrées sinistres », avais-je déclaré à Sergueï, qui m'avait aussitôt répondu : « Tu sais, bébé, il ne faut pas faire la difficile comme ça, quand on vit à la campagne on doit fréquenter ses voisins » ; et voilà qu'aujourd'hui tous les deux étaient assis dans mon salon, sur mon canapé, tandis que mon fils essayait désespérément de leur traduire les informations diffusées par CNN.

Pendant que Marina retirait le coquillage de la bouche de sa fille, Léonid m'invita d'une légère tape sur le coussin du canapé à venir prendre place à ses côtés – il se croyait visiblement chez lui – et me dit :

— Assieds-toi, Annette, et fais-nous la traduction. Les lignes téléphoniques sont coupées, nos journalistes mentent comme des arracheurs de dents, on dirait, et je veux savoir ce qui se passe dans le monde.

Je posai une fesse sur un coin de la table basse – je n'avais certainement pas l'intention de m'asseoir avec eux –, me tournai vers le poste et cessai aussitôt d'entendre les roucoulades impuissantes de Marina à l'adresse de sa fille – « Dacha, crache, crache ça tout de suite » – et les gloussements bruyants de Léonid – « Vu que la nounou a été bloquée à Moscou par la quarantaine, Marina a dû réveiller son instinct maternel, mais pour le moment ça ne marche pas trop, comme tu peux le constater, Sergueï » ; je levai la main, faisant cesser leurs bavardages sur-le-champ, et pendant dix minutes, quinze minutes, dans le silence le plus complet, j'écoutai le journaliste et lus le bandeau courant en bas de l'écran, puis je me tournai vers eux – Marina était désormais assise par terre, figée dans sa pose, serrant toujours le coquillage mouillé qu'elle avait enfin extrait de la bouche de Dacha, tandis que Léonid avait plaqué une main sur les lèvres de la petite fille, ses yeux empreints d'une expression sérieuse, adulte même, que je ne lui avais encore jamais vue ; à côté de Léonid, Micha restait lui aussi immobile, visage maigre au long nez dont les coins de la bouche étaient abaissés et les sourcils relevés comme chez un Pierrot de carnaval ; le dictionnaire glissa de ses genoux et tomba au sol – il avait sans doute assez de connaissances en anglais pour saisir l'essentiel.

Sans lever les yeux jusqu'à Sergueï qui se trouvait derrière le canapé, j'annonçai :

— Ils disent que c'est partout la même chose. Au Japon, sept cent mille malades, les Chinois n'ont pas donné de chiffres, les Australiens et les Anglais ont bouclé leurs frontières, mais ça n'a servi à rien – *a priori*, ces mesures ont été prises trop tard ; plus aucun avion nulle part. New York, Los Angeles, Chicago, Houston : toutes les grandes villes américaines sont en quarantaine, et l'Europe est dans la même merde – je vous la fais courte, là. D'après ce qu'ils racontent, un fonds international a été créé et on travaille à l'élaboration d'un vaccin, mais ils précisent aussi qu'il n'y aura rien de disponible avant deux mois.

— Et sur nous ?

Léonid ôta sa main de la bouche de la fillette, qui y porta aussitôt ses doigts ; tous deux me dévisageaient et je m'aperçus pour la première fois de leur ressemblance. Pauvre gamine ! Sans rien avoir reçu de l'élégance racée et de la finesse de Marina, elle avait les yeux rapprochés de Léonid et ses grosses joues flasques d'où émergeait un petit menton triangulaire et pointu.

— Qu'est-ce qu'ils en ont à faire, de nous ? Ils n'ont pas dit grand-chose. Tout va mal ici aussi, et partout dans le pays, surtout à l'Est, vu qu'ils ne peuvent pas fermer la frontière avec la Chine ; d'après eux, un tiers de la population est touché ; Saint-Pétersbourg est bouclé, Nijni Novgorod aussi.

— Et sur Rostov, ils disent quelque chose ?

— Léonid, ils ne parlent pas des villes comme Rostov, ils parlent de Paris ou de Londres.

C'était presque agréable, ces quatre paires d'yeux effrayés, enchaînés à mon visage ; ils buvaient chacune de mes paroles, comme si quelque chose de très important pouvait en découler.

— Ma mère vit à Rostov, expliqua Léonid à mi-voix. Ça fait une semaine que je n'arrive pas à joindre qui que ce soit là-bas, et maintenant le téléphone ne marche plus du tout. Quoi ? Qu'est-ce qu'elle a, Sergueï ? Anna, qu'est-ce qui te prend ?

Pendant que Sergueï les entraînait vers la sortie, Léonid avec la fillette dans ses bras et Marina, l'œil curieux (« Sergueï, mais qu'est-ce que j'ai dit ? Il vous est arrivé quelque chose ? Vous avez besoin d'aide ? »), j'essayai de prendre une grande inspiration – ma gorge se serrait, « Ne leur dis rien, tais-toi ! » – et je surpris le regard de Micha ; il m'observait, se mordillant la lèvre tandis que son visage affichait à la fois désespoir et impuissance ; comme je tendais la main vers lui, il quitta le divan d'un bond pour se retrouver à côté de moi sur la table basse qui craqua traîtreusement sous son poids. Il s'agrippa à mon épaule et murmura, plus ou moins à hauteur de ma clavicule :

— Maman, qu'est-ce qui va se passer maintenant ?
— Eh bien, pour commencer, lui répondis-je, on va bazarder cette table basse.

Il éclata aussitôt de rire, comme il avait coutume de le faire quand il était tout petit – on n'avait jamais eu de mal à le faire glousser, quelle que soit la cause de son chagrin, c'était même le moyen le plus facile de le calmer quand il pleurait. Sergueï revint dans le salon :

— Qu'est-ce qu'il y a de drôle ?

Je lui lançai un regard par-dessus la tête de Micha :
— Je pense que ça va aller de mal en pis, fis-je remarquer. On fait quoi ?

Nous passâmes tous – moi, Sergueï et même Micha qui avait délaissé ses jeux – le reste de la journée dans le salon, devant la télé allumée, comme si nous venions juste de mesurer la valeur du dernier canal qui nous reliait encore au monde extérieur, ce qui nous obligeait à ingérer le plus d'informations possible avant que cet ultime fil ne se rompe lui aussi. Micha avait eu beau affirmer : « Même s'ils coupent toutes les chaînes, c'est sûr qu'il arrivera rien au satellite, maman. Vu qu'il est sur orbite, ce sera impossible de l'arrêter », il resta néanmoins avec nous et finit par s'endormir, sa tête ébouriffée appuyée sur un bras du canapé.

En début de soirée, Sergueï éteignit la lumière, alluma un feu dans la cheminée et rapporta deux verres plus une bouteille de whisky qu'il alla chercher dans la cuisine. Nous étions assis par terre, devant le canapé où Micha dormait enveloppé du plaid dont je l'avais recouvert, et nous bûmes notre whisky ; l'éclat orangé et chaleureux du feu dans la cheminée se mêlait à la lumière bleutée de l'écran, le téléviseur ronronnait doucement en montrant plus ou moins les mêmes images que dans la matinée – des présentateurs sur fond de cartes géographiques constellées de points rouges, les rues désertes de différentes villes, des ambulances, des militaires, des distributions de médicaments et de vivres (les quidams faisant la queue ne se distinguaient que par la couleur de leur masque), la Bourse de New York fermée. Je ne traduisais plus rien, nous

nous taisions, les yeux rivés à l'écran, et l'espace d'un instant j'eus l'impression qu'il s'agissait d'une soirée banale, comme nous en avions déjà passé tant, que nous étions tout simplement en train de regarder un film insipide sur la fin du monde, dont le dénouement traînait un peu en longueur. J'appuyai ma tête sur l'épaule de Sergueï qui se tourna vers moi, me caressa la joue et me chuchota au creux de l'oreille, pour ne pas réveiller Micha :

— Tu as raison, bébé, c'est pas près de se terminer.

Le bruit qui me tira du sommeil cessa au moment même où j'ouvris les yeux ; il faisait sombre – dans la cheminée, le feu s'était éteint et les derniers charbons rougeoyants n'éclairaient plus la pièce –, Micha ronflait dans mon dos, et à côté de moi Sergueï dormait aussi, la tête rejetée en arrière. J'avais le dos tout engourdi à force d'être restée assise par terre, pourtant je ne bougeai pas, trop occupée à essayer de me rappeler ce qui avait bien pu me réveiller ; pendant quelques secondes interminables, je me crispai, tendant l'oreille dans un silence complet, et alors que j'en étais presque venue à me persuader d'avoir simplement rêvé ce bruit étrange, je l'entendis de nouveau, juste derrière moi – un coup sonore et impérieux frappé contre une vitre. Je me retournai vers Sergueï et l'agrippai par l'épaule ; malgré la pénombre, je vis qu'il avait les yeux ouverts ; il posa un doigt sur ses lèvres puis, sans se relever, il se pencha légèrement à droite, tâtonnant de sa main libre pour attraper le tisonnier en acier qui pendait à côté de la cheminée et tinta légèrement quand il l'ôta de son crochet. Pour la première fois depuis deux ans que nous habitions cette maison magnifique, à la fois aérienne et lumineuse, je regrettai amèrement qu'au lieu des sinistres forteresses en brique choisies par la plupart de nos voisins, avec des meurtrières grillagées en guise de fenêtres, nous ayons opté pour une gracieuse construction en bois, dont la façade n'était rien d'autre qu'une immense verrière montant jusqu'au toit ; je perçus soudain la fragilité de ce cocon de verre, comme si notre salon et tout l'arrière de la maison, avec ses gadgets confortables, les livres choisis qu'elle contenait, ses volées de marches en bois, avec Micha dormant paisiblement sur le canapé, n'étaient rien d'autre qu'une maisonnette de poupée, une de ces maquettes dépourvues de façade, dans lesquelles une main gigantesque était susceptible de faire intrusion n'importe quand pour en détruire l'ordre habituel, tout retourner, tout disperser, et emporter l'un de nous.

Nous jetâmes un regard en direction de la fenêtre ; près de la porte de communication avec la véranda, sur fond de ciel nocturne, nous vîmes nettement se découper la silhouette encore plus sombre d'un homme.

Sergueï fit une tentative pour se relever, mais je l'agrippai par la main qui tenait le tisonnier et lui chuchotai :

— Attends, ne te lève pas, ce n'est pas le moment.

Au même instant, de l'autre côté de la vitre, une voix s'éleva :

— Mais qu'est-ce que vous avez à rester plantés là, bande d'assiégés à la noix, je vous vois parfaitement à travers la vitre. Sergueï, ouvre-moi !

Sergueï laissa tomber le tisonnier, qui heurta le sol avec fracas, et se précipita vers la porte ; réveillé en sursaut, Micha s'assit sur le canapé en se frottant les yeux, puis il posa autour de lui un regard hébété ; la porte s'ouvrit, livrant passage à un mélange d'air glacé et d'odeur de tabac, et l'homme qui s'était tenu de l'autre côté pénétra dans le salon :

— Allumez la lumière, vaillants partisans, ordonna-t-il, et que le diable vous emporte.

— Salut, papa, répondit Sergueï en cherchant l'interrupteur mural à tâtons.

Poussant un soupir de soulagement, je me relevai enfin et m'approchai du nouvel arrivant.

À l'époque où nous avions fait connaissance, trois ans plus tôt, Sergueï ne m'avait pas présenté son père tout de suite ; il attendit près de six mois après que son ex-femme eut enfin relâché son emprise sur lui, quand les passions post-divorce se furent quelque peu apaisées et que notre vie eut progressivement pris un cours normal. Le père de Sergueï fit ma conquête dès qu'il franchit le seuil du petit appartement que nous avions loué dans le quartier de Tchertanovo, Sergueï et moi, pour pouvoir vivre ensemble ; il me toisa de la tête aux pieds, d'un regard gourmand, m'enlaça énergiquement mais sans paternalisme et m'ordonna aussitôt de l'appeler « papa Boris », ce que je ne pus jamais me résoudre à faire, commençant d'abord par fuir toutes les adresses directes, avant de passer, au bout d'un an ou presque, à un « Boris » plus neutre, sans toutefois parvenir à adopter le tutoiement. Dès le début, je me sentis à l'aise avec lui, bien plus qu'en compagnie des amis de Sergueï qui, habitués à voir une autre femme à son bras, marquaient des pauses ostensibles et polies chaque fois que je disais quelque chose, comme s'ils avaient besoin de temps pour se rappeler qui j'étais ; je me surprenais sans cesse à essayer de produire une bonne impression, à n'importe quel prix ou presque, ce qui n'était rien d'autre qu'une compétition puérile et ridicule avec la femme vis-à-vis de laquelle j'éprouvais un sentiment de culpabilité tout en me détestant pour cela. « Papa Boris » venait rarement chez nous ; Sergueï et lui avaient des rapports dont la complexité remontait sans doute à l'enfance de mon mari, mais sur lesquels aucun des deux ne s'épanchait jamais ; il me semblait toujours que Sergueï éprouvait face à son père un mélange de honte et de fierté, ils s'appelaient rarement et se voyaient encore moins souvent – Boris n'était même pas venu à notre mariage. À mon avis, tout le problème venait du fait que le père de Sergueï n'avait pas de costume décent à se mettre – bien des années plus tôt, il avait, à la surprise générale, abandonné une carrière de professeur d'université et vendu son petit appartement moscovite pour aller s'enterrer définitivement dans un village des environs de Riazan, qu'il ne quittait que rarement, même si la vieille maison qu'il y occupait n'avait qu'un étage, un chauffage au poêle et des toilettes dans la cour. Il braconnait un peu et, aux dires de Sergueï, buvait comme un trou avec les paysans du coin, ce qui avait fini par lui valoir une autorité incontestée auprès d'eux.

Il se tenait au milieu du salon désormais éclairé, clignant des yeux à cause du flot de lumière, vêtu d'un vieux blouson qui avait appartenu à Sergueï et en avait vu des vertes et des pas mûres ; aux pieds, il avait bizarrement enfilé d'émouvantes bottes de feutre grises, sans caoutchouc, autour desquelles une petite mare commençait à se former sur le sol chauffé. Sergueï sembla sur le point d'avancer dans sa direction, mais ils restèrent finalement plantés à quelques pas l'un de l'autre, sans s'être donné la moindre accolade ; à la place, ils se tournèrent en même temps dans ma direction, et moi, prise entre les deux, je les étreignis l'un et l'autre ; au milieu des senteurs entêtantes de fumée et de tabac me parvinrent aussi très distinctement des relents d'eau-de-vie, et je m'étonnai en mon for intérieur que Boris ait réussi à arriver sans encombre jusqu'ici, avant de songer qu'à l'heure actuelle la sobriété des conducteurs ne faisait sans doute plus l'objet de la moindre surveillance. J'appuyai ma joue sur le col élimé de sa veste de chasseur et murmurai :

— Comme c'est bien que vous soyez ici. Vous voulez manger ?

Un quart d'heure plus tard, une omelette rissolait sur la gazinière et tous, y compris Micha qui écarquillait les yeux pour ne pas se rendormir, nous étions assis autour de la table de la cuisine ; la pendule marquait trois heures et demie du matin, toute la cuisine empestait déjà les abominables cigarettes de Boris – il ne tolérait que les Yava et refusa d'un geste méprisant les Kent que Sergueï lui tendit. Pendant que le repas cuisait, les deux hommes eurent le temps de « s'en jeter un petit », mais quand Sergueï voulut remplir de nouveau leurs verres, pour accompagner le plat fumant que j'avais posé devant eux, Boris couvrit le sien de sa main aux doigts jaunis par le tabac et déclara, à notre grand étonnement :

— Non, fini les mondanités, par pitié. Je suis venu vous dire que vous êtes des idiots, mes petits. Expliquez-moi pourquoi vous êtes encore là, dans votre maison de verre, à manger vos omelettes et faire semblant que tout va bien ? Le portail devant chez vous n'est pas fermé, je vous signale, et quand bien même il l'aurait été, cette grille ridicule, pas plus que votre petite barrière décorative d'ailleurs, ou toute cette parodie de sécurité, n'arrêterait pas un enfant. Franchement, je m'attendais à plus de jugeote de votre part.

Même s'il avait adopté le ton de la plaisanterie, ses yeux ne souriaient pas, et je remarquai soudain que sa grande main, celle qui tenait son énième cigarette, tremblait de fatigue et répandait les cendres directement dans l'omelette ; son visage était gris et ses yeux cernés de noir. Avec son pull d'une couleur indéfinissable au col élimé (le chandail avait sans doute appartenu lui aussi à Sergueï), son pantalon de toile grossière et ses bottes de feutre qu'il n'avait pas songé à ôter, il ressemblait, dans notre élégante cuisine lumineuse, à un immense oiseau exotique, devant lequel nous nous tenions effectivement tous les trois comme de petits enfants effrayés qui buvaient chacune de ses paroles.

— J'espérais vraiment ne plus vous trouver ici. Je pensais que vous auriez assez de bon sens pour comprendre la gravité de la situation et clouer des planches aux fenêtres de votre maison de poupée avant de filer d'ici, continua-t-il en attrapant quasiment la moitié de l'omelette sur la pointe de sa fourchette, où elle resta suspendue à se balancer. Vu votre suivisme légendaire, j'ai quand même préféré vérifier par moi-même – et, malheureusement, j'avais bien raison de craindre le pire.

Aucun de nous trois ne pipa mot : que répondre à ces reproches ? Boris observa avec commisération le morceau d'omelette qui pendait au bout de sa fourchette et le reposa dans son assiette qu'il repoussa ; il réfléchissait à la manière de poursuivre, c'était évident, et une partie de moi savait déjà exactement ce qu'il allait ajouter, alors, pour retarder ce moment, je fis mine de me lever et de débarrasser la table, mais Boris m'arrêta d'un geste :

— Attends, Anna, j'en ai pas pour longtemps. Ça fait deux semaines qu'ils ont fermé la ville. (Les mains posées devant lui, il parlait la tête baissée.) Depuis le jour où les premiers cas se sont déclarés, il s'est écoulé un peu plus de deux mois, si on suppose qu'ils ne nous ont pas menti. Je ne sais pas combien il leur faut de morts avant qu'ils se décident à fermer une ville, mais vu qu'ils ont déjà coupé le téléphone, ça veut dire que les choses empirent plus vite que prévu. (Il releva la tête et nous dévisagea.) Eh ben alors, les enfants, prenez un air un peu plus vif, ne me dites pas que vous avez jamais entendu parler de la modélisation mathématique des épidémies ?

— Si, je me souviens de ce que c'est, papa, intervint Sergueï.

— Et c'est quoi, le modèle d'une épidémie ? enchaîna aussitôt Micha.

Il ouvrait des yeux ronds.

— C'est un truc très ancien, Micha, lui répondit Boris en posant les yeux sur moi. On les utilisait déjà dans les années soixante-dix, à l'institut Gamaleya[1]. Évidemment, ça fait un bail que je ne suis plus à la page, mais je suppose que les principes généraux n'ont pas changé – les sciences exactes, ça se perd pas, les jeunes, c'est comme pédaler à vélo. Bref, pour faire court, tout dépend de la maladie : comment elle se transmet, à quel point elle est contagieuse, quelle est sa période d'incubation et son taux de mortalité. Ce qui est aussi très important, c'est la façon dont les autorités combattent cette maladie. À l'époque, nous avions étudié dix-sept infections – de la peste à une simple grippe –, je suis pas médecin, moi, je suis mathématicien, et je sais presque rien de ce nouveau virus. Je ne vais pas vous torturer avec des équations différentielles, mais à en juger par la rapidité avec laquelle ce truc se développe, la quarantaine n'a pas servi à grand-chose : au lieu de se rétablir, les gens meurent, et il en meurt de plus en plus. Si ça se trouve, on ne traite pas ce virus comme il faut ; peut-être qu'on peut même pas le soigner, ou bien qu'on n'a pas encore trouvé le moyen de le faire... Quoi qu'il en soit, je ne pense pas que la ville ait d'ores et déjà péri mais c'est imminent, à mon avis, et quand ça va se produire, mieux vaudra, pour vous et pour moi, qu'on se trouve le plus loin possible.

— Qu'est-ce qui va se produire ? demandai-je, juste avant que Sergueï intervienne.

— Ils vont tenter de sortir d'une façon ou d'une autre, Anna. Ceux qui sont à l'intérieur de la ville et ne sont pas encore tombés malades, mais aussi ceux

1. Centre clinique et scientifique d'oto-rhino-laryngologie, situé à Moscou. *(N.d.T.)*

qui ont été contaminés et l'ignorent encore, et puis ils emmèneront également ceux qui ont déjà déclaré la maladie, parce qu'ils ne peuvent pas les abandonner là-bas. Il va nous en arriver de tous les côtés, ils viendront frapper à notre porte et nous demander de l'eau, de la nourriture ou le gîte pour la nuit, et si on leur rend l'un ou l'autre de ces services, on attrapera forcément la maladie.

— Et si on refuse, Anna, ajouta Boris, ils risquent de pas vraiment apprécier. En conclusion, toute cette histoire n'augure rien de bon.

— Qu'est-ce que tu en penses, papa, on a combien de temps devant nous ? demanda Sergueï.

— Pas beaucoup. À mon avis, une semaine grand maximum, s'il n'est pas déjà trop tard. Alors bon, je vous ai engueulés, les enfants, mais je suis aussi fautif que vous, parce que vous êtes que des petits-bourgeois sans cervelle, tandis que moi, vieil imbécile que je suis, au lieu de boire de la vodka dans mon village, j'aurais dû venir ici tout de suite, dès qu'ils ont annoncé la quarantaine. J'ai apporté quelques bricoles utiles, mais j'ai pas pu tout prendre, bien entendu. Je n'avais pas beaucoup d'argent sur moi et je devais faire vite, alors on a deux ou trois jours de folie qui nous attendent. Sergueï, sors donc ouvrir ton portail, il faut rentrer ma voiture dans la cour. Ce vieux tacot n'ira plus très loin, j'en ai peur : pendant les derniers kilomètres, j'ai vraiment eu les jetons de devoir finir le trajet à pied.

Et pendant qu'il se relevait pour fouiller dans ses poches à la recherche de ses clefs, je l'observais, songeant que cet homme dégingandé et bruyant, auquel nous n'avions pas pensé une seconde ni même passé un seul coup de fil pour prendre de ses nouvelles depuis que tout avait commencé, cet homme-là avait quitté son village des environs de Riazan, chargé son maigre barda dans une Niva de vingt ans d'âge et aurait tout abandonné en plein milieu de la route si elle avait rendu l'âme – ce qui l'aurait obligé à continuer à pied dans le froid –, rien que pour vérifier si nous étions toujours ici et nous forcer à faire ce qui lui paraissait raisonnable. Sergueï partageait de toute évidence mon avis, et j'eus d'ailleurs l'impression qu'il allait ajouter quelque chose, mais il se contenta finalement de prendre les clefs que lui tendait son père et de se diriger dehors.

Quand la porte se referma derrière lui, nous restâmes tous les trois dans la cuisine ; Boris se rassit, me regarda sans sourire et me dit :

— Tu as mauvaise mine, Anna. Ta mère... ?

Sentant mon visage se tordre, je m'empressai de hocher la tête, et il me prit aussitôt la main pour me poser une nouvelle question :

— Des nouvelles d'Irina et d'Antochka ?

Mes larmes se tarirent sur-le-champ, sans même avoir eu le temps de couler, parce que j'avais oublié – complètement oublié – la première femme de Sergueï et leur petit Anton de cinq ans ; plaquant une main contre ma bouche, je secouai la tête, horrifiée, tandis qu'il fronçait les sourcils :

— Tu crois qu'il sera d'accord pour partir sans eux ?

À quoi il répondit lui-même sans attendre :

— De toute façon, on doit d'abord décider où on va aller exactement.

Cette nuit-là, nous n'abordâmes plus aucune question

importante : quand Sergueï rentra, courbé sous le poids d'un énorme sac à dos en toile épaisse, Boris bondit à sa rencontre, non sans m'avoir jeté un rapide regard entendu, et le sujet fut clos ; pendant la demi-heure qui suivit, ils déchargèrent la Niva, désormais garée devant la maison, s'efforçant à chaque retour de bien taper leurs pieds sur le seuil pour secouer la neige de leurs chaussures. Ils transportèrent des sacoches, des sacs et des jerrycans – Sergueï suggéra d'en laisser la majeure partie dans la voiture : « On n'en a pas besoin pour l'instant, papa ! » –, mais Boris se montra inflexible et, une heure plus tard, ses bagages hétéroclites s'amoncelaient en sécurité dans le bureau, où il se dirigea ensuite lui-même, après avoir refusé la parure de draps que je lui proposai :

— Inutile de faire mon lit, Anna, je serai bien assez confortablement installé sur le canapé, de toute façon il fera bientôt jour, décréta-t-il, fermez la porte à clef et couchez-vous, on reparlera de tout ça demain matin.

Et sans ôter ses bottes, il pénétra en tapant des pieds dans le bureau, maculant le plancher de traces humides, puis il referma la porte.

Ses paroles avaient retenti comme un ordre : pour commencer, ce fut Micha qui se dirigea vers son lit, sans rien dire, et j'entendis la porte de sa chambre claquer en haut. Sergueï verrouilla celle de l'entrée et monta lui aussi, tandis que je parcourais le rez-de-chaussée pour éteindre les lumières ; depuis que nous avions emménagé ici, cette paisible déambulation nocturne était devenue l'un de mes rituels favoris – après le départ de nos invités ou à la fin d'une tranquille mais agréable soirée à trois, attendre que Sergueï et Micha aient regagné l'un et l'autre leur chambre, puis vider les cendriers, débarrasser la table, tapoter les coussins du canapé, fumer une dernière cigarette dans la maison silencieuse et gravir l'escalier encore éclairé jusqu'au premier étage, tout en laissant derrière moi, au rez-de-chaussée, une pénombre douillettement endormie ; je faisais une courte halte devant la porte de Micha pour enfin entrer dans notre chambre fraîche et sombre, me débarrasser de mes vêtements, me glisser sous la couverture auprès de Sergueï endormi et me serrer contre son dos tiède.

*
* *

En m'éveillant, j'ouvris les yeux et regardai par la fenêtre, m'efforçant de deviner quelle heure il était, mais la pénombre grise de novembre ne permettait pas de discerner si la matinée débutait ou s'était déjà achevée. À côté de moi, le lit était vide, et je restai un moment allongée sans bouger, tendant l'oreille : la maison était calme. Personne ne m'ayant réveillée, je luttai quelques instants contre la tentation de refermer les yeux et de me rendormir, comme je le faisais souvent ces derniers jours, mais je me forçai finalement à sortir du lit, à passer un peignoir et à descendre. J'eus d'abord l'impression que la maison était déserte. La cuisine empestait à nouveau les cigarettes de Boris, la cafetière encore chaude trônait sur la table, au milieu des reliefs du petit déjeuner ; je me remplis une tasse et entrepris de mettre de l'ordre lorsque la porte d'entrée claqua, livrant le passage à Boris.

— Ma voiture a rendu l'âme, lança-t-il sur un ton vaguement triomphal, comme s'il se réjouissait d'avoir anticipé l'avarie fatale. Je vais devoir abandonner cette vieille guimbarde ici. C'est bien que vous ayez un véhicule tout-terrain chacun, parce que si tu n'avais eu qu'un de ces pots de yaourt à roulettes qu'affectionnent les bonnes femmes, je sais pas ce qu'on aurait fait.

— Bonjour, Boris, répliquai-je. Et Sergueï et Micha, ils sont où ?

— On a préféré ne pas te réveiller, Anna. (Il s'approcha de moi et me posa une main sur l'épaule.) Tu avais vraiment l'air épuisée, cette nuit. Allez, bois ton café, on a du pain sur la planche, toi et moi. J'ai envoyé Sergueï et Micha faire des courses, mais ne t'inquiète pas, ils ne dépasseront pas Zvénigorod. De toute façon, ça sera pas nécessaire, leur liste de courses est longue mais pas très diversifiée, on peut tout acheter dans les environs. Avec un peu de chance, vos voisins n'ont pas encore compris qu'ils ne se sauveront pas à coup de vermouth et d'olives à cocktail, et en deux jours on aura rassemblé tout le nécessaire. Restera plus qu'à partir.

— Mais où est-ce qu'on va aller ?

— Pour commencer, le plus important, c'est de vider les lieux. C'est trop près de la ville, ici. Et pour nous, Anna, plus on sera loin et mieux ça vaudra. On en a parlé avec Sergueï, ce matin, et on s'est dit qu'on allait commencer par retourner chez moi, à Lévino – c'est quand même à deux cents kilomètres de Moscou, y a pas grand monde par là-bas, l'autoroute ne passe pas tout près, y a une rivière, une forêt, un club de chasse juste à côté ; donc on y va et ensuite on avise.

À la lumière du jour, dans l'atmosphère douillette et familière de notre cuisine – odeur de café, vaisselle sale oubliée çà et là, miettes de pain, sweat à capuche orange de Micha traînant sur le dossier d'une chaise –, tout ce que nous avions dit la veille autour de cette table m'apparaissait à présent aussi irréel qu'un rêve. Une voiture passa dans la rue. Je visualisai la petite maison de Boris, ses deux pièces sombres où nous allions devoir nous entasser pour une raison au fond assez obscure, laissant derrière nous notre monde confortable et bien agencé, mais je n'avais pas la force de polémiquer.

— Qu'est-ce que je dois faire ? demandai-je.

Sans doute devina-t-il ma perplexité à l'expression de mon visage, et le fait que je ne songe même pas à protester lui fit plaisir.

— Ne t'inquiète pas, Anna, ce sera rien de plus qu'une petite balade, on pourrait croire que vous êtes très occupés en ce moment, déclara-t-il, conciliant. Et s'il s'avérait que je m'étais trompé, eh bien, vous auriez toujours la possibilité de rentrer chez vous. Allez, viens, tu vas me montrer où se trouvent vos affaires chaudes, je t'ai dressé une liste, réfléchis, peut-être que tu auras envie d'emporter quelque chose d'autre.

Un peu plus d'une heure après, le sol de notre chambre était jonché de monceaux de vêtements – anoraks, chaussettes en laine, pulls, linge de corps ; les solides bottes en fourrure que Serguéï nous avait achetées l'année précédente, à Micha et à moi, avant un voyage sur le lac Baïkal, reçurent la plus vive approbation de Boris : « Les enfants, vous êtes moins démunis que je le craignais ! » lança-t-il d'un air enthousiaste. Je sortais les affaires du placard et il les triait ; de temps à autre, je m'approchais de la fenêtre pour observer la rue : la nuit commençait à tomber, j'aurais bien aimé que Sergueï et Micha reviennent vite. Les lumières s'étaient allumées dans la maison d'en face et en m'approchant de la fenêtre pour la énième fois, je remarquai une silhouette masculine sur le balcon du premier étage : Léonid sorti fumer sa cigarette, puisque Marina ne le lui permettait pas à l'intérieur. En m'apercevant, il m'adressa un signe de la main et, comme à chaque fois, je songeai qu'il serait temps d'installer des rideaux opaques aux fenêtres – en arrivant de la ville, nous n'avions pas imaginé que tout ce qui se passait dans notre cour et dans notre maison était parfaitement visible pour nos voisins, jusqu'au jour où Léonid, avec son effronterie habituelle, avait lancé à Sergueï : « Depuis que vous êtes installés, vous autres, je m'ennuie plus quand je fume sur le balcon ; on voit tout de suite que vous êtes des jeunes mariés. » Je lui retournai son salut juste au moment où, derrière moi, Boris lançait :

— À mon avis, ça suffit comme ça pour les habits. Viens, Anna, on va voir quels médicaments tu as dans ta pharmacie.

Je m'étais presque complètement détournée de la fenêtre quand je remarquai soudain un petit camion vert de l'armée qui venait de s'arrêter devant le portail automatique de Léonid.

Un type en treillis et bonnet noir était assis au volant. Même à travers la vitre, je voyais bien qu'il portait un masque blanc ; une portière claqua et un deuxième gars sauta du camion, revêtu de la même tenue et arborant de surcroît une mitraillette en bandoulière. Il jeta son mégot par terre puis, de la pointe de sa botte, l'écrasa soigneusement sur l'asphalte recouvert de neige. Après quoi il s'approcha de la grille de Léonid et tira sur la poignée – sans succès : selon toute probabilité, le portail était verrouillé. Je levai les yeux vers le maître des lieux afin de lui désigner la rue, mais le camion ne lui avait pas échappé et il refermait déjà la porte du balcon pour descendre à la rencontre des types ; trente secondes plus tard, la grille s'ouvrait sur un Léonid pressant le pas dans son allée, un blouson jeté sur les épaules – je le vis tendre la main à l'homme en treillis qui, loin de lui rendre la politesse, recula d'un pas et pointa sa mitraillette en avant, comme pour lui ordonner de s'éloigner. La bâche épaisse du camion s'écarta légèrement, sa petite paroi amovible s'abaissa, et un troisième type en sauta, muni lui aussi d'un masque et d'une mitraillette ; à la différence de l'autre, celui-ci ne s'approcha pas de la grille et resta près du camion.

Pendant plusieurs minutes, rien ne se produisit – curieusement, Léonid restait toujours devant sa grille, sans plus tendre la main mais en souriant toujours ; ils semblaient discuter de quelque chose, je ne voyais l'homme au treillis que de dos.

— Qu'est-ce qui se passe dehors, Anna ? m'interpella Boris. Ils sont revenus ?

À cet instant précis, le premier type en treillis fit un ou deux pas rapides en direction de Léonid et lui enfonça le canon de son arme dans la poitrine, après quoi ils disparurent ensemble dans l'entrebâillement de la grille et, quelques secondes plus tard, celui qui avait sauté du camion en deuxième se faufila lui aussi à l'intérieur ; le mur de trois mètres qui entourait la propriété de Léonid me cachait la scène, j'entendis simplement les aboiements furieux de leur chien, puis un bruit sec et étrange, que j'identifiai aussitôt comme celui d'un coup de feu, même s'il était très différent des rafales nourries et grondantes qui sonorisaient les films hollywoodiens ou les jeux vidéo de Micha. Sans réfléchir, je me jetai sur la fenêtre pour l'ouvrir : en cet instant, je ne voulais rien d'autre qu'entendre ce qui se passait ; un autre type masqué sauta encore de l'arrière du camion pour se précipiter à son tour dans la cour, et je sentis à ce moment-là une main s'abattre sur mon épaule, qui me jeta littéralement par terre.

— Anna, éloigne-toi de la fenêtre et ne t'avise surtout pas de te montrer.

Poussant force jurons, Boris dévala les escaliers, j'entendis la porte du bureau claquer et l'idée de rester seule en haut me sembla soudain terrifiante. Je voulus aussitôt le rejoindre, courbée en deux, mais je n'eus même pas le temps d'atteindre l'escalier qu'il revenait au pas de charge, un étui oblong en plastique noir entre les mains, qu'il s'efforçait d'ouvrir tout en courant et pestant dans sa barbe. Je me jetai contre le mur pour le laisser regagner la chambre et, comme enchaînée à lui, je le suivis de nouveau jusqu'à la fenêtre.

Sans se tourner vers moi, il m'ordonna de reculer en agitant furieusement la main ; j'obtempérai et me figeai à quelques pas de lui, de manière à apercevoir la rue par-dessus son épaule – on ne voyait toujours rien, mais par la fenêtre ouverte j'entendais Marina pousser des cris perçants quelque part derrière la muraille, puis deux hommes apparurent bientôt dans l'entrebâillement de la grille ; ils avançaient d'un pas lent, sans se presser, emportant l'immense écran plat de Léonid, dont les fils traînaient derrière eux dans la neige ; un long manteau de fourrure gris perle était jeté sur l'épaule de l'un d'eux, ainsi que quelque chose encore – je n'arrivais pas à voir quoi – et, semblait-il, un sac à main de femme. Pendant que ces deux-là s'affairaient près du camion, chargeant leur butin à l'arrière, le troisième se montra – il resta immobile quelques secondes encore, le pistolet-mitrailleur pointé en direction de la cour de Léonid, puis il se tourna vers notre maison. J'eus l'impression qu'il plantait son regard dans le mien, il me sembla même, l'espace d'un instant, qu'il s'agissait du jeune Sémionov, avec ses bubons sombres sur les joues là où le masque ne couvrait pas la peau – ce même Sémionov que nous avions vu une semaine auparavant avec Sergueï, dans le cordon qui bloquait l'entrée de la ville –, je m'approchai machinalement pour mieux voir et butai contre l'étui ouvert sur le sol. Aussitôt Boris, qui était posté à la fenêtre, se retourna.

— Anna, putain, tu vas reculer oui ou non ? me cria-t-il, hargneux.

Alors je me laissai tomber par terre, pile à ses pieds, et j'entrepris enfin de l'examiner : il avait entre les mains une longue carabine de chasse empestant la graisse à fusil, dont il tourna une manette qui cliqueta, puis, s'accroupissant, il glissa le canon par la fenêtre ouverte, un coude appuyé au rebord.

Un bruit sourd et métallique retentit, apparemment causé par le coup de pied que le jeune Sémionov avait donné dans notre portail : depuis deux ans que nous vivions ici avec Serguéï, nous n'avions jamais trouvé le temps d'installer une sonnette au niveau du portail et, si bizarre que cela puisse paraître, notre inertie me ravit ce jour-là : les gens qui s'apprêtent à faire une intrusion violente dans votre maison ne doivent pas avoir la possibilité de sonner avant ; à la différence des coups de bottes assenés contre le métal léger de notre portail, un carillon mélodieux – l'un d'entre eux me plaisait tout particulièrement, imitant le tintement d'un léger coup de marteau sur une assiette en cuivre, « tin-tinnng » – aurait été tout à fait incongru en cet instant précis, après le coup de feu solitaire qui avait retenti d'abord, après le cri de Marina, après ce que j'avais vu par la fenêtre. Boris remua de façon imperceptible mais, bien loin de se montrer dans l'embrasure, il se colla au contraire tout contre le mur qui jouxtait la fenêtre et hurla :

— Eh, défenseur de la patrie, regarde un peu là-haut !

Et il sortit le bras pour donner un petit coup rapide contre la vitre.

Cela suffit de toute évidence à attirer l'attention du type qui se tenait devant notre portail – étant assise par terre, je ne voyais strictement rien –, toujours est-il que les coups contre la porte cessèrent ; certain désormais que l'intrus était focalisé sur lui, Boris poursuivit :

— Écoute, gamin, avec ta mitraillette – que tu tiens comme une pelle, je te signale – tu vas devoir tirer à travers de grosses poutres, or j'ai bien peur que tu commences par rater ta cible une fois, et peut-être même deux. Tandis qu'avec ce truc (il agita le canon de sa carabine par la fenêtre) je vais me dépêcher de faire un petit trou en plein milieu de ta caboche ; et si j'ai de la chance – crois-moi, j'en ai –, j'aurai aussi le temps d'en percer un dans le réservoir de votre poubelle, donc plus personne pourra emporter toutes les conneries que vous avez volées chez mon voisin ! Mais moi, en attendant, j'aurai peut-être bien chopé le gars qui se trouve au volant. Personne n'a besoin de ça, pas vrai ?

De l'autre côté, tout était calme, très calme ; un flocon entra par la fenêtre ouverte, puis un autre, et tous deux tournoyèrent quelques secondes sous mes yeux avant d'atterrir à mes pieds et de fondre. J'entendis ensuite une portière claquer et un moteur démarrer. Trente secondes plus tard, quand le bruit du véhicule s'évanouit dans la nature, nous nous redressâmes, Boris et moi, sans échanger un mot, et nous précipitâmes en bas, puis vers l'entrée, puis dans notre cour enneigée – comme je n'eus pas le temps d'enfiler les chaussures adéquates et que je posai malencontreusement le pied en dehors de l'allée, je me retrouvai avec de la neige jusqu'aux chevilles –, et enfin, ouvrant notre grille, nous nous ruâmes vers la maison d'en face.

À quelques mètres du portail, à gauche d'un chemin balayé avec soin, les pattes bizarrement repliées sous le corps comme s'il avait été fauché en plein saut, gisait le chouchou de Léonid, un magnifique allaïkha blanc. À en juger par sa posture, la bête était déjà morte ; autour d'elle, la neige avait désormais l'aspect rouge et spongieux des pastèques que l'on découpe au mois d'août ; Léonid s'était accroupi à côté – du sang lui avait coulé sur la joue, le sien ou celui du chien. En nous entendant arriver, il tourna vers nous un visage empreint d'une sorte d'ulcération enfantine ; je m'approchai d'un pas plus lent et lui dis presque en chuchotant :
— Léonid...
Contre toute attente, il posa un doigt sur ses lèvres et geignit d'une voix plaintive :
— Regardez-moi ce qu'ils ont fait !
Puis il se laissa tomber dans la neige et souleva à grand-peine la grosse tête dépourvue d'oreille, la posa sur ses genoux et se mit à la caresser à pleines mains ; la gueule ronde retomba en arrière, entrouvrant ses énormes mâchoires, et entre les dents à la blancheur laiteuse, on vit poindre une langue épaisse d'un rose nacré.

Je m'accroupis à côté de lui et posai la main sur son épaule ; il pencha alors la tête, enfouit son visage dans l'épais pelage blond et commença à se balancer d'avant en arrière, comme s'il berçait le corps inerte du chien. À ce moment-là, l'immense porte d'entrée en fer forgé s'ouvrit derrière lui, laissant passer une Marina blême, aux yeux rougis par les larmes ; elle nous regarda, Boris et moi, qui nous tenions à côté de Léonid, et sans quitter son perron elle s'exclama :

— Anna, tu as vu ça, ils ont emporté ma fourrure et la télévision, c'est pas la meilleure de l'année, ça ?

— Fillette, tu peux remercier le ciel qu'ils t'aient pas emportée, toi, pour te balancer ensuite dans la première forêt venue à quarante kilomètres d'ici, répliqua Boris dans mon dos. Quelle bande d'abrutis ! Comme si cette foutue fourrure allait leur servir à quelque chose !

Léonid releva la tête et jeta un coup d'œil en direction de Boris qui se tenait dans sa cour, avec ses bottes en feutre, son pull de couleur indéterminée au col élimé, tenant fermement sa lourde carabine de chasse.

— Dites donc, ça plaisante pas, ce truc ! lui fit-il remarquer d'un air respectueux.

Ce fut seulement alors que Boris baissa le regard vers le long objet terrifiant qu'il avait dans les mains.

— En effet, ça plaisante pas. À ceci près qu'elle est pas chargée. J'aimerais d'ailleurs bien savoir quand on va se décider à comprendre que les choses ont changé.

*
* *

Pour une raison qui m'échappe, nous eûmes tous en même temps l'impression que notre maison de bois, plus élégante que solide, était pourtant plus sûre que la forteresse en brique de Léonid ; sans doute parce que cette dernière venait d'être profanée par une intrusion – porte béante, guéridon renversé dans l'entrée, objets divers jonchant le sol, chaussures dispersées à travers le hall, traces de bottes sales sur la mosaïque du dallage et chien mort dans la neige de la cour –, tandis que nous avions su préserver pour l'instant notre illusoire intégrité ; pour cette même raison sans doute, Léonid, sortant de sa stupeur, attrapa Marina par le bras et ils disparurent une minute dans la maison, le temps de tirer de son lit leur fillette ensommeillée, enveloppée dans une couverture – Boris et moi attendions dehors, immobiles –, et sans même s'habiller, ils auraient traversé la bande d'asphalte recouverte de neige qui séparait nos deux maisons en négligeant leur portail béant et leur porte d'entrée grande ouverte si Boris ne leur avait crié :

— Eh, Léonid, qu'est-ce qui te prend ? Il faut pas laisser ta maison comme ça, tu vas effrayer les voisins.

Alors seulement Léonid s'arrêta, cligna des yeux et rebroussa chemin à pas lents pour aller refermer sa grille.

Une demi-heure plus tard, nous étions tous installés dans notre salon : moi, Boris, Léonid avec sa joue violacée qui enflait à vue d'œil et son expression d'enfant offensé, et Marina qui, pour la première fois si mes souvenirs s'avéraient, s'était départie de son air de diva froide et irréprochable, difficile à conserver quand on a la coiffure en désordre, les paupières légèrement bouffies et les mains tremblantes. Accroupi devant la cheminée, Boris allumait un feu, tandis que la petite fille joufflue luttait contre le sommeil sur le canapé, dans un pyjama rose décoré d'oursons. J'allai à la cuisine chercher la bouteille que nous avions entamée la veille avec Serguéï ; Léonid leva vers moi des yeux brillants, s'envoya d'une traite le whisky que je venais de lui verser, et poussa du doigt son verre vide pour que je le lui remplisse de nouveau.

— Donne-m'en un aussi, Anna, intervint Marina depuis le canapé où elle s'était assise avec Dacha.

Sans lâcher le talon rose de sa fillette, elle porta le verre à ses lèvres et ses dents produisirent un petit claquement net en rencontrant le rebord, mais elle but son whisky cul sec, sans ciller.

Dans la cheminée, les bûches s'enflammèrent enfin avec un crépitement sonore. Boris referma la porte vitrée de la cheminée et, se tournant vers la table, il nous dévisagea, l'air presque satisfait ; je me surpris à penser que pour la première fois depuis bien longtemps il devait se sentir enfin utile à son fils, qu'il appréciait sans doute de voir des adultes accomplis et se passant le plus souvent de ses conseils redevenir soudain des enfants craintifs en quête de protection. Et je songeai aussi que, depuis son apparition en plein milieu de la nuit, personne ne lui avait encore adressé la moindre parole de remerciement.

Comme s'il faisait suite à mes réflexions, Léonid reposa bruyamment son verre sur la table et déclara :

— À ce que je vois, vous avez pris la situation plus au sérieux que moi. Quel imbécile j'ai été de leur ouvrir ma porte ! « C'est des gars à nous, je me suis dit, ils ont peut-être besoin d'eau ou qu'on leur indique une route. » Si tu n'avais pas été là…

— Boris Andréiévitch, compléta Boris en tendant une main que Léonid serra avec empressement. (Il se leva même pour accompagner son geste.)

— … Si tu n'avais pas été là, Andréitch, j'aurais sans doute fini comme Aïka, moi aussi. J'ai même pas eu le temps de la libérer de sa chaîne, je suis allé leur ouvrir la porte, et comme un couillon, je voulais leur serrer la main par-dessus le marché.

Sur ces mots, il s'empara de la bouteille et se versa une troisième rasade de whisky, puis, sans la reposer, remplit un autre verre qu'il fit glisser jusqu'à Boris. Remarquant le regard avide de Marina, je poussai nos verres, le sien et le mien, en direction de Léonid – un geste de pure coquetterie, de ceux qu'on effectue en soirée, dont j'eus honte aussitôt en songeant que les femmes n'étaient plus au centre des événements en cours – ; je me dis même un instant que ces deux verres allaient rester vides près de la bouteille, mais Léonid les remplit machinalement, quoique sans nous adresser le moindre regard : il fixait la carabine appuyée contre le mur, canon tourné vers le haut – en rentrant, Boris s'était aussitôt occupé de la charger et l'avait posée de façon à pouvoir l'attraper en cas de besoin, rien qu'en tendant le bras.

— Tu as un permis de port d'arme ? T'es un vrai Nathaniel Bumppo, Andréitch, la façon dont tu l'as pointée à la fenêtre ! Sans ça, ils seraient jamais partis...

Il ajouta encore quelque chose, mais moi je pensais : *ça alors, Léonid, avec son cou de taureau et ses blagues bien lourdes, il a quand même lu Fenimore Cooper dans son enfance, il a joué aux cow-boys et aux Indiens, en imaginant sans doute qu'il était le Trappeur ou Chingachgook, le Grand Serpent* ; après quoi, relevant les yeux vers lui, j'entendis de nouveau ce qu'il disait :

— Cette grande fille-là, j'étais allée la chercher dans

un refuge pour monter la garde, la nounou n'osait pas passer toute seule à côté d'elle, nos invités n'aimaient pas trop aller fumer dans la cour quand ils avaient un coup dans le nez, Marina râlait sans cesse – « Tu as choisi un crocodile », qu'elle disait –, mais c'était une chienne intelligente, elle savait qui elle pouvait attaquer et qui elle devait laisser en paix, Dacha lui a même mis les doigts dans la gueule, et rien. Mais eux, paf, en courant, sans la regarder, comme si c'était un détritus…

Ses lèvres se mirent soudain à trembler, je lui jetai un regard et sentis monter les larmes qui n'avaient pas coulé de la journée, en fait depuis le matin de la veille, quand je les avais tous vus assis dans mon salon, sur ce même canapé (nos coquillages de noces dans la bouche de Dacha la dodue, Marina encore impeccablement coiffée et arborant son maquillage du matin, Léonid tapotant le canapé de sa main), mes larmes donc se mirent à ruisseler à flots brûlants et puissants, mais avant que je pousse le moindre sanglot et que l'un d'eux tourne les yeux vers moi, nous entendîmes une voiture s'arrêter dehors, juste devant notre portail.

La seconde qui suivit concentra tant d'événements qu'elle dura sans doute deux fois plus longtemps. Je vis Marina attraper les mains de la petite Dacha et se recroqueviller par terre ; la carabine, encore debout contre le mur quelques secondes auparavant, tel un élément de décor pour une photographie sur le thème de la chasse, se retrouva entre les mains de Boris qui fila aussitôt vers la fenêtre du premier étage ; après avoir disparu l'espace d'un instant dans la cuisine,

Léonid réapparut sur le seuil en serrant un couteau à découper – la lumière me permit de noter que la lame aussi large qu'effrayante était ridiculement tachée de graisse, sans doute parce qu'on s'était servi de ce couteau pour couper une tranche de saucisson au petit déjeuner – ; moi seule restai immobile et j'eus même le temps de ressentir une certaine gêne pour n'avoir pas la moindre idée des actions que je devais accomplir, quand du premier étage retentit la voix soulagée de Boris :

— Les gars sont revenus !

Pendant un certain temps, nous nous affairâmes à rentrer la voiture dans la cour et à décharger son contenu – de grands sacs en plastique, blancs et crissants –, comme si nous nous apprêtions à organiser une fête grandiose à la maison. Sergueï apporta le dernier gros carton, qui fit entendre un bruit vaguement métallique quand il le posa par terre dans l'entrée. (« Inutile de les mettre plus loin, lui avait conseillé Boris, laisse-les là, vu qu'il faudra les recharger dans une voiture. »)

— On a presque tout acheté, déclara Sergueï, sauf l'essence, il y avait une queue d'un kilomètre à la pompe, on voulait rentrer à la maison avant la nuit, on y retournera demain.

— Merde ! maugréa Boris. Mais c'est vrai qu'à cette heure-ci ça sert plus à rien d'y retourner, on va attendre jusqu'à demain matin.

— Oh, ça va, papa, de toute manière on avait dit qu'on se laissait une semaine pour les préparatifs et on a presque tout trouvé aujourd'hui – les provisions et les médicaments –, il nous reste plus que l'essence ; demain, on prend des jerrycans et on écumera toutes les stations de la région, il faudra sans doute en faire plusieurs, des types dans la queue nous ont dit qu'ils en délivraient pas beaucoup à la fois. Ah, et puis le « Chasseur » le plus près de chez nous, il se trouve à Krasnogorsk, il y en a aussi un à Volokolamsk, mais c'est plus du tout sur notre route. Peut-être qu'on pourra encore acheter des balles près de chez toi, à Riazan ?

Ils pénétrèrent dans le salon, Sergueï tenait une feuille de cahier, noircie des deux côtés par l'écriture serrée de Boris, Micha le suivait de près, les clefs de la voiture à la main – nous ne le laissions pas encore conduire sur l'autoroute, mais il était déjà très à l'aise sur nos chemins de campagne et profitait de chaque occasion pour garer la voiture dans la cour.

— Là-bas, on pourra plus rien acheter, répliqua Boris après réflexion. J'ai bien peur qu'on ait déjà plus rien à faire à Riazan.

Sergueï releva alors les yeux de sa liste, nous dévisagea à tour de rôle et sembla remarquer enfin la joue enflée et violacée de Léonid, ainsi que le couteau que, de façon incongrue, celui-ci continuait à serrer dans sa main.

— Qu'est-ce qui se passe ici ? demanda-t-il après une courte pause.

Léonid, que le regard de Sergueï avait troublé, s'empressa de reposer le couteau près de son verre vide, faisant tinter la lame contre la surface polie de la table ; il ouvrit la bouche, mais Boris le devança, énonçant les mots qui me hantaient depuis notre retour dans la maison, mais que je redoutais d'entendre prononcés à haute voix :

— Ça va mal, Sergueï. On a eu des invités. À en juger par leur véhicule et l'uniforme qu'ils portaient, la patrouille qui gardait les entrées de la ville s'est débandée. Ils ont plus aucun commandement, alors ils ont décidé de faire un peu de brigandage. Oui, tout va bien pour nous, on s'en est plus ou moins tirés, poursuivit-il en jetant un rapide coup d'œil à Léonid. Dieu fasse que je me trompe, mais à mon avis tout ça ne peut signifier qu'une seule chose : la ville est morte.

Sergueï se laissa tomber sur le canapé, arborant une expression plus pensive qu'inquiète.

— Tu parles d'un truc ! marmonna-t-il. Heureusement qu'on n'est pas allé s'empêtrer à Krasnogorsk, vu que c'est juste derrière le périphérique, ça doit être une belle pagaille là-bas à l'heure qu'il est.

— Mais j'ai toujours pas compris, intervint soudain Léonid. C'est quoi, le plan ? On va soutenir un siège ici ? Vous faites des provisions, à ce que je vois, des balles, plein de trucs, c'est bien, c'est très bien même, mais qu'est-ce qu'on va faire s'ils reviennent avec un tank la prochaine fois ?

Sergueï et Boris échangèrent un regard ; pendant qu'ils méditaient leur réponse, je regardai le gros, le tonitruant Léonid, qui m'avait toujours mortellement agacée avec ses remarques dénuées de tact, sa manie de rire plus fort que les autres de ses propres blagues, sa capacité à envahir n'importe quel endroit de sa présence et à phagocyter n'importe quelle compagnie, en dépit des sourcils froncés et des visages mécontents, et malgré moi je déclarai :

— On ne peut pas rester ici, Léonid, ce sera bientôt un vrai cauchemar dans le coin, c'est pour ça qu'on s'en va, on a déjà presque tout préparé, et à mon avis vous feriez bien de venir avec nous.

— D'accord, accepta aussitôt Léonid. Où ça ?

— Bon, Lévino, maintenant, c'est exclu, déclara Boris avec dépit. Parce que là-bas, on est aussi à vingt kilomètres de l'autoroute, et regarde à quelle vitesse ils sont arrivés jusqu'ici ! J'espérais que tous les gros lotissements de la Nouvelle Riga[1] les retiendraient un peu plus longtemps. Mon village est loin de Riazan, mais seulement à six kilomètres de la nationale, on gagnerait une semaine, deux tout au plus avant d'être submergés par la vague. Non, il nous faut quelque chose dans la taïga pour qu'il y ait personne autour. C'est dommage qu'on n'habite pas en Sibérie, parce que dans notre zone intermédiaire de malheur j'ai bien peur qu'on trouve pas d'endroits qui répondent à nos critères.

— La taïga ! s'écria soudain Sergueï en bondissant de son siège. La taïga, mais bien sûr ! Tu parles d'un idiot, Anna, je sais où on va aller.

Il quitta le salon d'un pas précipité et disparut derrière la porte du bureau, non sans avoir au préalable heurté l'un des sacs crissants posés dans le hall ; on l'entendit pester à mi-voix, fouiller dans l'armoire, le bruit sourd d'un objet qui tombait par terre, et une seconde plus tard il réapparaissait sur le seuil avec un livre qu'il posait bruyamment sur la table, après avoir écarté tous les verres à la va-vite. Il affichait une

---

1. Autoroute qui relie Moscou à la capitale de la Lettonie. *(N.d.T.)*

expression solennelle, et tous comme un seul homme
– même Marina et la petite, qui n'avaient pas proféré
un son depuis qu'elles avaient franchi le seuil de notre
maison – nous nous penchâmes pour regarder ce qu'il
avait étalé sous nos yeux : imprimées sur une couverture verte, de grandes lettres blanches annonçaient :
« Atlas routier. Nord-ouest de la Russie. »

— Je ne comprends pas, gémit Marina d'une voix plaintive.

— Vongozero, Anna, tu te souviens, ça fait trois ans que j'essaie de te convaincre d'y aller avec moi, débita Sergueï à toute vitesse. Papa, on y est allé tous les deux avant la naissance d'Antochka.

Il empoigna l'atlas et s'apprêtait à en tourner les premières pages, quand Boris tendit la main pour l'en empêcher.

— Ce sera parfait, Sergueï, murmura-t-il. À mon avis, on trouvera pas mieux. Adjugé, on s'en va en Carélie.

— Il y a une maison là-bas, je t'en ai parlé, Anna, tu te souviens, une maison sur une île, au milieu d'un lac, donc autrement qu'en barque, impossible de l'atteindre.

Sergueï se remit à tourner les pages de l'atlas, mais je me souvenais déjà – la surface du lac, grise et brillante comme une flaque de mercure, les herbes en fleurs, translucides, qui poussaient directement dans l'eau, les éminences isolées que formaient les îlots plantés de forêts sombres : tel était le morose septembre carélien, d'un gris de plomb, que j'avais découvert sur les photos rapportées par Sergueï et qui m'avait durablement épouvantée, tant il m'avait semblé froid, voire hostile, par comparaison avec notre automne chaleureux, tout en bleus et en orange ensoleillés. Et pour ce qui était de l'hiver, à quoi pouvait-il bien ressembler là-bas quand, même ici, je m'abstenais de trop regarder par la fenêtre pour ne pas entrevoir les branches noires et luisantes sur fond de ciel gris, quand j'étais éternellement congelée, quelle que soit ma tenue – « Tu es une marmotte, me houspillait Sergueï, mets un peu le nez dehors, ça fait trois jours que tu restes enfermée » –, mais je n'aimais pas le froid, ni l'hiver, et je m'en protégeais grâce au feu qui brûlait dans ma cheminée et au cognac, sauf qu'il était pour le moins incertain que nous puissions emporter beaucoup de cognac dans notre périple. Pourrais-je conserver assez de cette chaleur sans laquelle je ne savais pas vivre, dans cette petite maison de planches que le temps avait ternies et imbibées de l'humidité d'un lac glacial ?

— Mais enfin, Sergueï, il n'y a même pas l'électricité là-bas.

Je savais déjà qu'il était stupide de polémiquer, que nous n'avions effectivement nulle part ailleurs où aller, pourtant j'étais incapable de ne pas prononcer au moins ces mots-là, j'avais besoin de les entendre.

— Et il n'y a que deux pièces en tout. Elle est minuscule, votre baraque de chasse.

— Il y a un poêle, Anna. Et une forêt tout autour. Et un lac dont l'eau est très pure. Sans compter le poisson, les oiseaux, les champignons, une pleine forêt d'airelles. Et surtout, tu sais ce qu'il y a ?

— Oui, je sais, répliquai-je sans conviction. L'endroit est absolument désert.

L'affaire était pliée.

Jamais je n'aurais pu imaginer l'enthousiasme qui s'empara de Léonid au cours des préparatifs de notre fuite. Il ressemblait à un enfant qu'on aurait autorisé *in extremis* à se joindre à une fête ; cinq minutes ne s'étaient pas écoulées qu'il parlait déjà plus fort que tout le monde, pointant des lieux sur la carte – « On passera pas par Saint-Pétersbourg, ça doit être la même débandade là-bas » –, retirait la liste qu'on avait oubliée sous le verre de Sergueï, celle qui lui avait servi pour les courses – « Pommes de terre, oui, on en a trois sacs dans la remise, Marina, regarde ; pour les céréales en grains, ça aussi, on en a plein, et des conserves de viande, j'en achèterai ; demain, je saute directement dans la voiture et j'en achète encore » –, puis il se tut soudain, fronçant tristement les sourcils, tel un gros enfant qui n'aurait pas eu de cadeau au pied du sapin – « Mais j'ai pas de fusil, rien qu'un pistolet d'alarme » –, alors Sergueï de le rassurer : « Je t'en donnerai un, de fusil, j'en ai trois » ; ils étaient assis, tête penchée, Boris, Sergueï et Léonid, discutant avec animation, écoutés par un Micha qui n'en perdait pas une, les yeux brillants sous l'effet de l'émotion générale. Pour ma part, je versai le whisky restant dans deux verres et en tendit un à Marina qui l'attrapa aussitôt de sa main libre (l'autre tenait sa fille), me donnant l'impression qu'elle n'avait cessé d'observer mes faits et gestes ; nos regards se croisèrent, et dans les yeux de cette femme distante que je connaissais à peine, avec laquelle j'avais échangé en tout et pour tout deux phrases en deux ans, je reconnus le sentiment qui m'emplissait moi aussi : la peur, la peur d'un être faible et impuissant devant ce qui était en train de nous arriver et ce qui allait obligatoirement suivre.

Une heure plus tard, nous nous apprêtions à aller au lit, et comme personne n'avait envie de manger, ni Marina ni moi ne pûmes nous montrer d'une quelconque utilité dans ce domaine non plus ; Micha finit par m'écouter – je dus néanmoins élever la voix – et monta, tête basse, après s'être obstiné quelques minutes, bientôt suivi par tous les autres, qui discutaient encore ; Léonid se pencha pour prendre la fillette des bras de Marina, mais celle-ci serra convulsivement son enfant contre elle et demanda d'une voix qui nous surprit par sa sécheresse et nous contraignit tous au silence :

— Anna, est-ce que nous pourrions dormir chez vous ? Je n'ai pas envie de retourner là-bas.

Sans même nous concerter, nous tournâmes ensemble les yeux vers la fenêtre du salon où, sur fond de ciel noir, la neige luisait à la lumière des lampadaires et recouvrait le chemin désert qui disparaissait dans la forêt ; je repensai à l'entrée complètement chamboulée de la maison de nos voisins, au cadavre de la belle Aïka gisant sur la neige rougie – dans l'obscurité grandissante, les taches de sang étaient sans doute devenues noires et la fourrure blanche du chien devait s'être hérissée de givre ; alors que le silence s'installait, Sergueï répondit, sans s'adresser à personne en particulier :

— Bonne idée, Marina. Restez pour la nuit. On va installer mon père dans le salon, et vous dans le bureau. Et puis je me dis aussi que nous ne devrions pas dormir tous en même temps, les gars, quelqu'un doit surveiller la route. S'ils n'ont pas eu peur de venir en plein jour, ce serait stupide d'espérer qu'ils nous laisseront tranquilles pendant la nuit.

Sergueï se proposa de prendre le premier tour de garde. Pendant que Boris déplaçait son sac de couchage du bureau jusqu'au canapé du salon, il monta au premier étage afin de récupérer son fusil dans l'armoire en fer du dressing, et Marina s'en fut donner un bain à sa fille – je ne l'accompagnai pas, vu que là non plus je n'aurais pas servi à grand-chose, et me contentai de lui indiquer : « Les serviettes sont dans l'armoire de la salle de bains, sers-toi », puis je restai plantée au milieu du salon, les regardant tous s'éloigner. Tel un petit singe que l'on emmènerait à la plage, la fillette tournait la tête vers moi par-dessus le dos mince de sa mère : un regard vague jeté par de petits yeux, une joue dodue, informe, reposant sur l'épaule maternelle ; pour la énième fois, je m'étonnai de la passivité de cette gamine ingrate et minuscule – petit, Micha aurait déjà exploré le salon de long en large, se serait assis sur les genoux de tous les adultes présents – et j'essayai de me souvenir si je l'avais déjà entendue prononcer un mot, ne serait-ce qu'une fois, quand derrière moi Léonid m'expliqua justement :

— Elle ne parle pas encore, pas un seul mot, même « maman » ça sort pas, on l'a traînée chez des médecins, ils nous ont dit d'attendre, alors on attend, mais elle continue à se taire, cette bourrique, elle ne fait que regarder.

Je me retournai ; il se tenait près de la fenêtre et

tendait le cou vers le côté, comme s'il cherchait à apercevoir sa maison plongée dans l'obscurité, alors qu'on ne pouvait la voir depuis les fenêtres de notre salon, puis il tourna la tête dans ma direction et marmonna :

— Je devrais aller enterrer le chien, mais Marina va piquer une crise. Anna, tu pourrais nous donner des draps ?

Sur quoi il s'en fut dans le bureau, tandis que je le suivais, presque soulagée de voir quelqu'un solliciter enfin mon aide.

*
* *

Je me réveillai en plein milieu de la nuit. La cour était plongée dans l'obscurité, et quelque part au loin un chien aboyait, un bruit apaisant, la voix d'une vie paisible ; je n'avais pas besoin de me retourner pour savoir que, comme la veille, le lit était vide à côté de moi, mais je pivotai quand même et tendis aussi la main : l'oreiller n'était pas déformé, autrement dit Sergueï ne s'était pas allongé une seule seconde. Comme je n'avais plus la moindre envie de dormir, je restai sur le dos, dans ma chambre silencieuse et sombre, et je sentis bientôt des larmes de colère s'écouler en ruisseaux froids le long de mes pommettes, dégouliner dans mes oreilles, parce que j'en avais assez de m'éveiller dans un lit vide, de ne pas savoir, d'attendre ce que d'autres décideraient pour moi, d'être là comme un corps inerte et inutile ; je me redressai soudain d'un bond, m'essuyai les yeux et descendis au rez-de-chaussée. J'allais envoyer Sergueï se coucher, je prendrais son fusil et monterais la garde à la fenêtre – je tirais bien, Sergueï me complimentait toujours pour la précision de mes tirs, je tenais le fusil correctement et visais sans fébrilité – ; j'atteignis la dernière marche sans allumer la lumière de l'escalier : le rez-de-chaussée était aussi noir que le premier étage mais, la porte du balcon étant entrouverte, un filet d'air froid me glaça les orteils et me fit aussitôt regretter de ne pas m'être habillée davantage ; je traversai néanmoins le salon désert sur la pointe des pieds, jetai un coup d'œil dehors et appelai à mi-voix :

— Sergueï !

J'aurais voulu qu'il se retourne en m'entendant, qu'il vienne à ma rencontre dans le salon, me gronde d'être aussi peu vêtue – « Mais enfin, bébé, tu cours où, comme ça ? Tu vas finir congelée, bécassine ! » – et me passe un blouson que j'aurais refusé d'enfiler, je compris qu'il me manquait affreusement, cela faisait très longtemps que nous ne nous étions pas retrouvés en tête à tête ; nous aurions étalé le blouson par terre, près de la fenêtre, partagé une cigarette, et ensuite peut-être aurions-nous fait l'amour juste là, à même le sol : nous n'avions pas fait l'amour depuis une éternité ; j'ouvris plus largement la porte conduisant au balcon et avançai encore d'un pas.

La personne qui se trouvait là envoya valser sa cigarette d'une pichenette, quelque part du côté de la clôture, et le mégot se dispersa en une multitude de petites étincelles rouges, puis l'homme se tourna vers moi :

— Anna, bon sang ! s'exclama-t-il. Qu'est-ce que tu fabriques debout ? Rentre, tu vas finir congelée !

Ce n'était pas la voix que j'attendais.

— Où est Sergueï ?

Un coup d'œil au divan du salon m'apprit qu'il était vide.

— Viens, rentrons, répéta Boris, la main tendue dans ma direction.

Mais je la repoussai et me précipitai vers la rambarde du balcon pour regarder, par-delà le coin du mur, la cour devant la maison.

La voiture de Sergueï n'était plus là.

— Assieds-toi, Anna, ne fais pas de raffut, tu vas réveiller toute la maison, m'intima Boris après m'avoir poussée à l'intérieur et allumé la lumière du salon. Demain au plus tard, on part d'ici. Il doit au moins essayer de les récupérer, s'ils... si tout baigne pour eux. Tu es bien placée pour le comprendre.

Je le comprenais en effet. Je me laissai tomber sur le canapé et tirai machinalement vers moi le plaid avachi sur l'un de ses accoudoirs ; la veille au soir, c'était Micha qui avait dormi dedans tandis que Sergueï et moi nous étions assis là, par terre, à regarder les étincelles du feu mourir contre le mur de la cheminée ; à travers la fine étoffe de ma chemise de nuit, le tissu laineux m'irrita désagréablement la peau, mais je le jetai quand même sur mes épaules et me rudoyai *in petto* d'être descendue si peu couverte – même en cet instant, je me sentais mal à l'aise devant Boris qui reluquait mes dentelles et mes genoux découverts, tenue fort déplacée en l'occurrence, dans une maison qui abritait désormais plusieurs étrangers. Je pensais à la façon dont nous étions allés affronter le cordon, Sergueï et moi, le jour où nous avions tenté de récupérer maman ; il savait sans doute que nous ne passerions pas, parce qu'il avait déjà essayé plusieurs fois sans moi, depuis l'annonce de la quarantaine : je me souvins qu'il était parti et revenu, avait jeté ses clefs sur le guéridon, dans un geste plein de rage, et déclaré : « Bon sang, tout est bouclé, bébé ! », mais pas une fois, pas une seule il ne m'avait informée du motif de ses expéditions. Et le jour où j'avais insisté, supplié, pleuré, il m'y avait enfin emmenée avec lui, juste pour que je me convainque de l'impossibilité d'entrer dans la ville, parce qu'il savait que c'était là une démarche à effectuer par soi-même, et cependant, alors que la chaussée défilait sous nos roues, il ne m'avait rien dit. Pas plus que sur le chemin du retour. Il était resté muet, même si quelques jours plus tôt, il leur avait déjà proposé de l'argent et lancé : « Les gars, j'ai un fils à l'intérieur, il est tout petit. (Il avait dû montrer quelle taille faisait le gosse en plaçant sa main à la hauteur adéquate.) C'est juste à cinq cents mètres après le périphérique intérieur, vraiment pas loin, on prendra même pas le temps de faire des bagages, je le récupère, je le mets dans ma voiture et adieu, donnez-moi quinze petites minutes » ; après leur refus, il avait dû faire demi-tour avec sa voiture et s'était dirigé vers un autre cordon, pour essayer de nouveau avant de s'en revenir bredouille à la maison.

Pas une seule fois je ne l'avais interrogé à ce sujet, ça ne m'avait pas effleuré l'esprit, même si une photo – frange claire, yeux largement écartés – trônait sur sa table de travail ; une fois par semaine, parfois plus, Sergueï lui rendait visite – « C'est congé pour toi aujourd'hui, Anna ! » –, et nous avions pris l'habitude de ne pas en parler. Quand il revenait, je l'interrogeais pour la forme : « Comment va le petit ? » ; lui me répondait, au choix : « Bien » ou « Il pousse », sans en raconter davantage ; j'ignorais quel avait été son premier mot et à quel âge il l'avait prononcé, quelles histoires il aimait, s'il avait peur du noir ; un jour, Sergueï m'avait demandé si j'avais eu la varicelle et je devinai que le petit était malade, mais j'évitai de m'enquérir s'il avait beaucoup de température, se grattait ou dormait bien ; je me contentai de répondre : « Oui, on l'a eue tous les deux, Micha et moi, ne t'inquiète pas, on ne sera pas contaminés. » Peut-être étais-je hantée par la culpabilité, aussi envahissante qu'oppressante, qui était née à l'époque où Sergueï avait quitté la mère de son fils d'alors deux ans pour venir vivre avec moi ; il était parti petit à petit, pas d'un seul coup, mais quand même très rapidement, trop vite pour elle comme pour moi, sans nous laisser la possibilité, ni à l'une ni à l'autre, de nous accommoder d'une situation nouvelle pour toutes les deux, comme le font souvent les hommes en prenant des décisions dont les conséquences se dressent, telles des arêtes de poisson acérées, jusqu'à ce que les femmes trouvent enfin le moyen de les atténuer et de les dissimuler au prix de petits efforts certes insignifiants mais qui, répétés chaque jour, permettent à la vie de redevenir compréhensible et fournissent aux événements non seulement une explication, mais aussi une justification. À moins qu'il ne s'agisse de tout autre chose : simplement, pour une raison inexpliquée, ni la femme qu'il abandonnait ni moi-même n'avions fait le moindre pas pour que nos mondes qui tournaient autour de Sergueï – sans savoir trop pourquoi, j'étais certaine que c'était le cas – se recoupent ne serait-ce qu'un peu, ne serait-ce qu'en la personne de ce petit garçon qu'il aurait été si facile d'aimer puisqu'il n'avait pas encore eu le temps de dresser la moindre barrière contre ma tendresse.

J'étais prête à l'aimer alors, au tout début, et pas seulement parce que j'étais disposée à aimer tout ce qui était cher à Sergueï, mais aussi parce que Micha avait grandi et commencé à repousser mes marques d'affection – sans que ça en devienne vexant, mais avec l'obstination d'un cheval qui cherche à éloigner une mouche –, cessant de s'asseoir sur mes genoux et de me demander si je pouvais m'allonger un peu à côté de lui avant qu'il s'endorme ; ou parce que, quelques années après la naissance de Micha, une visite chez le médecin s'était conclue par : « C'est tant mieux que vous ayez déjà un enfant » ; ou peut-être encore parce que le monde lisse, confortable, irréprochable que j'avais bâti en un instant autour de Sergueï, de ses habitudes et de ses préférences – si vite que je n'avais pas moi-même eu le temps de m'en rendre compte – avait en quelque sorte repoussé toute intrusion de l'extérieur, y compris celle de ses proches et des gens qui ne lui étaient pas hostiles, et que le petit garçon, malgré l'attention qu'il aurait requise et les distractions qu'il aurait fallu lui trouver, mais en ne se montrant que rarement, le week-end ou pendant les vacances, n'aurait pas empiété sur ce monde autant qu'un autre enfant – celui que nous n'avions pas, Sergueï et moi – l'aurait sans doute fait. Je ne pense pas que je me formulais les choses ainsi, mais j'étais prête à aimer cet enfant, et je me rappelle précisément avoir proposé à Sergueï : « Tu n'as pas besoin de rester là-bas, prends-le pour le week-end, on ira au cirque, on fera un tour au parc, je sais préparer de la bouillie et raconter des histoires, j'ai le sommeil léger et je me réveille facilement la nuit » ; quand nous avons emménagé dans cette maison si belle, j'avais même prévu une pièce – que nous appelions « chambre d'amis » – où j'avais fait installer un petit lit à dossier, qui aurait été trop étroit pour un adulte, et j'y avais entassé les trésors rescapés de l'enfance de Micha et désormais dédaignés par leur ancien propriétaire – dinosaures en plastique, dont je savais toujours les noms compliqués par cœur, assortiment d'Indiens à cheval de fabrication allemande, qu'on pouvait faire descendre de leur monture mais dont les jambes restaient bizarrement torses. Tout cela ne servit jamais, pas une seule fois, parce que la femme que Sergueï avait quittée pour moi ignora aussi farouchement mon sentiment de culpabilité que ma magnanimité de vainqueur – deux sentiments que je ne pouvais m'empêcher de ressentir, et elle de tenir pour quantité négligeable ; le cordon invisible que cette femme avait tendu entre nos vies existait depuis bien avant la quarantaine ; au début elle prétendait : « Je ne suis pas prête à vous le laisser avant qu'il sache parler et puisse me raconter si tout s'est bien passé », plus tard, quand le gamin se fut mis à parler, elle inventa de nouveaux obstacles : il était enrhumé, il traversait une période difficile et avait peur des inconnus, il venait de commencer l'école et n'avait pas besoin de stress supplémentaire ; un jour, je retrouvai un cadeau que j'avais acheté pour le petit, gisant depuis plusieurs semaines, et toujours empaqueté, dans le coffre de Sergueï, ce qui semblait indiquer que ce dernier était lui aussi partie prenante du complot ; je me rendis alors compte que mon désir d'intégrer cet enfant à notre monde s'éteignait, laissant place à une sorte de soulagement, et très vite, j'en vins même à être reconnaissante à sa mère de ne plus me rappeler la longue existence, avec des bas, mais de toute évidence aussi des hauts, que Sergueï avait vécue sans moi.

C'était sa décision et même si je n'en connaissais pas les motivations, je tombai d'accord avec elle – trop vite sans doute. Je cessai de poser des questions, et l'homme qui vivait avec moi et partageait mon lit depuis trois ans arrêta définitivement d'aborder le sujet, ce qui me permit de m'en détacher de manière si complète que lorsque survint ce cauchemar, je n'eus pas une seule pensée pour cette femme et son enfant. Voilà pourquoi il y était allé de nuit, sans me dire ni « au revoir », ni quoi que ce soit d'autre.

— Anna ? demanda soudain Boris dans mon dos.

Ma cigarette, qui s'était consumée toute seule, me brûla les doigts ; je n'avais même pas remarqué que je m'en étais allumé une ; je l'écrasai aussitôt dans le cendrier et me relevai pour m'envelopper plus étroitement dans le plaid.

— Écoutez, lui répondis-je, on va faire comme ça : je m'habille et je l'attends... Pendant ce temps, vous allez vous coucher, d'accord ?

— Le prochain qui doit monter la garde, c'est Micha, répliqua Boris en lançant un regard par-dessus mon épaule.

Je me retournai alors et vis Micha qui descendait l'escalier, le visage encore ensommeillé et chiffonné, mais plein de résolution : pour autant que je puisse en juger, cet adolescent que je devais réveiller moi-même chaque jour quand il s'agissait d'aller à l'école avait réussi à s'extraire du sommeil grâce à son réveil et sans aucune aide extérieure. Micha se renfrogna en m'apercevant.

— Maman, marmonna-t-il, qu'est-ce que tu fiches là ? Va te coucher, c'est mon tour. Dans deux heures, Léonid viendra me remplacer, c'est ce qu'on a décidé hier soir, les femmes dorment et les hommes veillent.

— Mais qu'est-ce que ça vient faire là-dedans, ces histoires ridicules de femmes, d'hommes, et tout le tralala, je suis debout de toute façon et toi tu as besoin de dormir encore, la journée de demain va être longue, rétorquai-je.

Micha prit une expression dépitée et Boris me tendit la main, comme pour m'attirer vers l'escalier.

— Vas-y, Anna, me lança-t-il d'un air presque mécontent. Tout est sous contrôle, tu n'as rien à faire ici.

— Attendez, répliquai-je en plantant mon regard dans le sien. Vous pensez que je risque de tirer sur cette femme, c'est ça ? Vous avez cette opinion-là de moi ?

— Sur quelle femme ? demanda Micha.

Je continuai à fixer Boris qui me prit par l'épaule, sans ménagement cette fois, et m'entraîna dans l'escalier :

— Qu'est-ce que c'est que ces bêtises que tu racontes, Anna ? Écoute-toi un peu ! Dès qu'ils reviendront, Micha te réveillera, mais pour le moment, vas-y, arrête de te conduire comme une gamine.

Alors je lui obéis ; abandonnant toute résistance, je gravis l'escalier, même si, une fois sur la dernière marche, presque au sommet, je me retournai et les observai encore une fois : ils paraissaient m'avoir déjà oubliée, Boris expliquait quelque chose à Micha – sans doute de quel endroit du salon on jouissait du meilleur point de vue sur la route ; et je voyais Micha trépigner d'impatience, tant il avait envie de se retrouver seul, près de la fenêtre, avec un fusil à la main.

Je regagnai ma chambre, jetai un pull de Sergueï sur mes épaules – il traînait par terre, parmi les affaires chaudes que j'avais préparées la veille –, et approchai un fauteuil en rotin de la fenêtre ; comme il me parut trop bas, je dus m'accouder au rebord et appuyer mon menton sur mes mains afin d'apercevoir la rue. Au bout de quelques minutes, le carré de lumière en provenance du salon s'éteignit sur la neige, signe que Boris essayait de s'endormir sur le canapé du bas et que Micha avait pris son tour de garde pour deux heures ; tout s'apaisa, les chiens n'aboyaient plus, et j'entendais même la montre de Sergueï – mon cadeau d'anniversaire – égrener son tic-tac sur la table de chevet. J'étais assise dans une position inconfortable – le siège était dur, la vitre froide –, fouillant la rue obscure du regard, et je pensais : *il n'a même pas emporté sa montre.*

Quand la porte du bureau finit par claquer en bas, indiquant que Léonid s'était réveillé pour relever Micha, j'enfilai mon jean et descendis au salon. Il restait encore quelques heures avant l'aube, et le rez-de-chaussée était toujours plongé dans la pénombre ; la porte du balcon avait été laissée entrouverte car tous – Micha, Léonid et Boris – se trouvaient dehors, échangeant à mi-voix. Je jetai un coup d'œil au balcon et lançai :

— Micha, rentre tout de suite te coucher, ton tour de garde est terminé, je te réveillerai dans trois heures.

La conversation avait aussitôt cessé et dans un même mouvement ils avaient tourné un visage confus vers moi. Micha qui saisit mon regard se faufila sans protester dans la maison. Restés sur le balcon, les deux autres me dévisageaient.

— Vous n'arrivez pas à dormir ? demandai-je à Boris.

— Tu ne t'es pas recouchée non plus, à ce que je vois, répliqua-t-il.

Ses yeux étaient rougis et je songeai qu'il n'avait pas dû se reposer plus de quelques heures au cours des deux dernières journées ; mon cœur se serra.

— Bon, je vais préparer du café, annonçai-je avant de refermer la porte du balcon.

Je traversai le salon obscur pour gagner la cuisine où j'allumai le plafonnier. Boris m'avait suivie et se tenait à présent sur le pas de la porte, comme s'il rechignait à avancer davantage :

— Tu ne pourrais pas plutôt nous préparer un petit thé, Anna ? Avec mon vieux moteur, je peux plus trop boire de café, maintenant.

Sans le regarder, je remplis la bouilloire et appuyai sur le bouton, le témoin lumineux s'alluma et la bouilloire se mit aussitôt à frémir, mais je préférai partir en quête des tasses et de la boîte à thé plutôt que de me tourner dans sa direction, je devais m'occuper les mains.

— Anna, je pouvais tout de même pas l'empêcher de partir, déclara-t-il comme s'il devinait mon malaise.

Je ne répondis rien, il fallait que je déniche le sucre, mais impossible de me rappeler où se planquait ce maudit sucrier, puisque nous buvions tous du thé sans sucre et n'utilisions celui-ci que lorsque nous recevions des invités.

— Il reviendra, Anna, soixante kilomètres aller, plus le temps qu'ils préparent quelques affaires et deux ou trois babioles pour le gamin, vu que les produits pour enfants, ça se trouve plus nulle part maintenant, ça fait quatre heures qu'il est parti, attendons, tout va bien se passer, tu verras.

À ce moment-là, je dégotai enfin le sucrier, que je saisis à deux mains, puis, après être restée immobile quelques instants, je me retournai vers Boris :

— Bien sûr que tout ira bien, répliquai-je. Là, on va boire un thé tous ensemble, puis on enverra Léonid préparer ses bagages – les filles n'ont qu'à continuer à dormir pour le moment –, il prendra votre liste et la parcourra une fois chez lui. Pendant ce temps-là, nous, on montera la garde, ça vous va ?

— Oui, convint aussitôt Boris avant de rebrousser chemin, visiblement soulagé, pour s'en aller annoncer la nouvelle à Léonid.

Je le regardai s'éloigner, songeant : *il ne dort quand même pas avec ses bottes en feutre !*

Réjoui de ce que Boris lui avait annoncé, Léonid refusa le thé et courut chez lui ; pour n'avoir pas à l'accompagner, je lui confiai notre trousseau de secours et me contentai de vérifier par la fenêtre qu'il arrivait à se débrouiller avec la serrure de la grille. Dès qu'il eut disparu, nous prîmes chacun notre poste, Boris et moi, près de la fenêtre du salon – la carabine chargée se tenait là, contre le mur – et nous passâmes l'heure qui suivit en silence, à observer le chemin sombre et désert. Le ciel commençait à s'éclaircir peu à peu, je n'avais aucune envie de parler. De temps en temps, l'un de nous changeait de position, redressant un dos engourdi, et l'autre tressaillait aussitôt, les yeux rivés sur l'endroit où le chemin surgissait d'entre les arbres qui le bordaient de deux épaisses murailles noires – *mon Dieu,* songeai-je, *et dire qu'un jour je me suis réjouie d'avoir une vue magnifique depuis la fenêtre du salon ! Plus jamais je ne pourrai contempler ce paysage sans me souvenir des idées qui me traversent l'esprit en ce moment. J'ai les pieds gelés et le dos fourbu, j'ai envie d'aller aux toilettes et j'ai peur de détourner le regard de cette fenêtre, comme si en arrêtant de scruter le chemin j'allais empêcher le retour de la voiture noire que j'attends.*

Au bout de la première heure de guet (ça faisait déjà cinq heures qu'il était parti, quelque chose avait dû se produire), je me levai et déclarai à Boris qui avait sursauté et relevé la tête :

— Je dois encore m'occuper de pas mal de choses. On part ce soir mais nos affaires ne sont pas tout à fait prêtes, on a laissé partir Léonid tandis que nous, on reste là, à perdre notre temps. Alors vous continuez à surveiller le chemin et moi, je vais jeter un coup d'œil un peu partout, pour voir ce qu'on a oublié.

Avant qu'il ait eu le temps de répondre quoi que ce soit, je m'étais détournée et j'avais quitté le salon.

Dès l'instant où je cessai de voir cette satanée route

par la fenêtre, je me sentis un peu mieux. Je me rendis dans la salle de bains, ouvris l'armoire à linge et en sortis des serviettes éponge propres – trois grandes pour commencer, marron (il s'est passé quelque chose, il ne reviendra pas), puis trois autres, grandes aussi, mais bleues ; du tiroir sous le lavabo, je sortis des brosses à dents neuves, « pour les invités », quelques tubes de dentifrice, du savon, une boîte de tampons – *il faudra que je demande à Sergueï (il ne reviendra pas) s'ils ont eu l'idée de m'en acheter hier matin, parce que je n'ai jamais plus d'une boîte en réserve à la maison, sinon je poserai la question à Marina, les banlieusards sont parfois étonnamment prévoyants. Il nous faudra sans doute de la lessive ou du savon – du savon de Marseille –, il me semble qu'il y en avait sur la liste, seulement où est-ce que je vais en trouver, moi, du savon de Marseille ? Cela dit, ils en ont certainement acheté.* J'ouvris le tiroir contenant les médicaments – iode, Nurofen, gouttes contre le rhume – *Micha ne peut pas dormir quand il a le nez bouché. Quelle drôle de pharmacie nous avons là ! Une pharmacie de vacances, de celles qu'on emporte quand on part à la mer, pas quand on s'apprête à passer six mois dans une forêt. On n'a même pas de bandages, seulement ces pansements qu'on colle sur un orteil malmené par de nouvelles chaussures, il faudrait sans doute des antibiotiques, en cas de pneumonie ou si on attrape un truc plus grave – je dois jeter un œil à ce qu'ils ont rapporté hier de leurs courses.*

Je vais rassembler les affaires en veillant bien à ne pas m'approcher une seule fois de la fenêtre, ça le fera revenir. Chaussettes en laine, bonnets bien chauds, gants de ski, sous-vêtements, bonne idée, sous-vêtements, parce que là où ils se trouvent, dans le dressing du premier étage, il n'y a pas de fenêtres. Mieux encore, je vais aller dans la remise, on a besoin de céréales et de conserves, ils en ont sans doute acheté mais on ne va quand même pas laisser de la nourriture ici. Du sucre, une misère, seulement deux paquets d'un kilo, il en aurait fallu un plein sac, un sac de riz, un sac de chaque produit de base, on est sept, combien sept personnes mangent-elles de pommes de terre pendant un hiver ? Combien de conserves de viande ? Là-bas, on sera en plein milieu de la forêt, dans une maison en bois froide et vide, pas de champignons, pas de baies – tout sera recouvert par la neige –, qu'est-ce qu'on va manger ? Comment on va dormir, à sept, dans deux pièces ? Il faut prendre des sacs de couchage, on n'en a que deux alors qu'on en aurait besoin de sept, non neuf, puisqu'il va encore ramener deux personnes. Je lui ferai un sourire, bon sang, je deviendrai sa meilleure amie, pourvu qu'il revienne, qu'il soit sain et sauf, on dirait que la porte d'entrée a claqué, je n'écoute pas, c'est simplement Micha qui s'est réveillé, ou Léonid qui est revenu, je n'essaie pas d'entendre s'il s'agit de la voix de Sergueï ; si je ne tends pas l'oreille, si je fais semblant de ne pas l'attendre, alors il reviendra. Comme c'est dommage qu'il n'y ait pas de radio dans la remise, sans quoi j'aurais bien mis de la musique, pour qu'aucun son ne me parvienne, je n'écoute pas, je n'écoute pas.

Un rayon de lumière traversa soudain la remise, je me retournai : la porte était ouverte et Micha se tenait sur le seuil, il me disait quelque chose, l'air étonné ; alors j'ôtai les mains de mes oreilles et j'entendis :

— Maman, on n'arrête pas de t'appeler ! T'entends pas ? Pourquoi tu t'es bouché les oreilles ? Ils sont arrivés, maman, tout baigne.

Et je pus enfin respirer, comme si durant les longues heures qui venaient de s'écouler je n'avais rempli que la moitié de mes poumons. Bien sûr qu'il était là, je bousculai Micha en passant et me ruai vers l'entrée ; Sergueï était justement en train d'ôter son blouson et à côté de lui, de profil par rapport à moi, se trouvait une grande femme en manteau matelassé, capuche rabattue sur la tête. Elle tenait par la main un petit garçon vêtu d'une combinaison bleu foncé, boutonnée au ras du cou, tous deux parfaitement immobiles, n'esquissant pas le moindre geste pour se dévêtir. Sergueï leva les yeux vers moi et me sourit, visiblement très fatigué :

— On a pris du retard, on n'a pas réussi à rentrer par la même route, on a dû faire un crochet par le périph. Tu t'es fait du souci, bébé ?

J'avais envie de me précipiter vers lui, de le toucher, mais pour ça il m'aurait fallu écarter la grande femme en doudoune et le gamin à côté d'elle, si bien que je m'arrêtai à quelques pas d'eux et ne pus que marmonner :

— Tu n'avais pas pris ta montre.

Au son de ma voix, la femme se retourna, abaissa sa capuche et secoua plusieurs fois la tête pour libérer ses longs cheveux clairs retenus dans son col.

— Voici Irina, bébé, déclara Sergueï. Et lui, c'est Antochka.

— Ravie de faire votre connaissance, *bébé*, répliqua

lentement la femme en plongeant son regard impassible dans le mien.

Nos yeux se rencontrèrent, et même si elle n'ajouta rien, cet échange suffit à me faire comprendre que j'avais bien peu de chances de tenir ma promesse et de devenir sa meilleure amie.

— Irina ! lança la voix de Boris dans mon dos. Dieu merci, vous êtes sains et saufs.

Le visage éclairé d'un sourire, il s'approcha, mais s'abstint de les étreindre, elle et le gamin ; je m'écartai pour le laisser passer, constatant qu'avant mon arrivée dans cette famille on n'avait sans doute pas l'habitude de s'y enlacer ; pour sa part, la femme retroussa à peine le coin des lèvres, sans doute sa manière de lui indiquer qu'elle lui renvoyait son sourire.

— Antochka et moi, ça faisait deux semaines qu'on n'était pas sortis de l'appartement, dit-elle. Je ne peux pas l'affirmer avec certitude, mais il me semble qu'à part nous il ne restait plus personne dans notre immeuble.

Nous nous trouvions toujours dans l'entrée, Micha s'était joint à nous ; attirée hors du bureau par le bruit de nos voix, Marina était venue jeter un coup d'œil elle aussi, et Irina se débarrassa enfin de son manteau qu'elle tendit à Sergueï, puis, s'étant penchée vers l'enfant pour lui ouvrir sa combinaison, elle commença à raconter. Sans relever la tête, d'une voix monocorde dépourvue d'emphase, elle expliqua comment avait péri la ville située à quelques dizaines de kilomètres d'ici ; comment, aussitôt la quarantaine annoncée, la panique s'était emparée de ses habitants qui se battaient désormais dans les magasins et les pharmacies ; comment des bataillons s'étaient déployés, comment dans chaque rue stationnaient alors des camions de l'armée abritant des militaires munis de masques et de pistolets-mitrailleurs qui distribuaient vivres et médicaments contre des tickets de rationnement ; comment sa voisine, qui acceptait parfois de lui garder Antochka, avait eu les doigts des deux mains fracturés quand, sur le retour d'un point de distribution, on lui avait arraché son sac – après quoi, d'ailleurs, les gens n'allèrent plus aux ravitaillements que par groupes de huit ou neuf ; comment les autobus et les tramways avaient bientôt cessé de circuler, les rues n'étant plus alors parcourues que par des ambulances, et comment les mêmes camions de l'armée avaient fini par les remplacer à leur tour, à cette différence près que leur bâche s'ornait désormais d'une croix, d'abord collée de travers, puis simplement peinte en rouge – plus aucun service ne prenait à présent en charge le transport des malades de leur domicile à l'hôpital, leurs proches les soutenaient par le bras et les conduisaient eux-mêmes jusqu'aux véhicules sanitaires qui faisaient au départ deux tournées par jour, le matin et le soir, puis finalement une seule ; comment les véhicules sanitaires cessèrent complètement de passer, comment dans les halls d'immeuble apparurent des affichettes proclamant : « Le poste d'urgence le plus proche se trouve à l'adresse _____ », et comment les gens se mirent à y transporter eux-mêmes leurs malades, parfois leurs morts, dans des luges. Elle raconta que Vania, le fils de sa sœur, était tombé malade – « Tu te souviens de Liza, Sergueï ? » –, Liza l'avait emmené elle-même jusqu'au véhicule sanitaire et avait ensuite passé son temps à le chercher dans tous les hôpitaux des environs, pour s'entendre systématiquement répliquer qu'il ne figurait pas dans les registres – le téléphone marchait encore à ce moment-là – ; puis Liza était venue un soir, tard, à pied, et elle avait sonné à sa porte ; dans l'œilleton, on voyait bien qu'elle était malade : son visage était en sueur, elle avait des quintes de toux affreuses, à s'en étouffer, « Je ne lui ai pas ouvert, on aurait été contaminés nous aussi, alors Liza s'est assise devant ma porte et elle est restée longtemps sans bouger ; ensuite, il me semble qu'elle a vomi dans la cage d'escalier, mais quand je me suis approchée de la porte la fois suivante, elle n'était plus là » ; elle en avait conclu qu'elle ne devait plus sortir de son appartement ; à la télé, on continuait de raconter que la situation était sous contrôle, que le pic de l'épidémie allait bientôt être dépassé, et vu qu'elle avait fait quelques provisions elle espérait pouvoir attendre, s'accrocher ; la première semaine, elle eut assez de nourriture, mais quand la deuxième commença, il devint clair qu'elle devrait rationner les quantités, et elle ne mangea plus que très peu ; pourtant ses réserves s'épuisèrent quand même, et les deux derniers jours ils n'avaient mangé, Antochka et elle, qu'une maigre portion de la vieille confiture dont elle avait retrouvé un pot sur son balcon – quatre cuillerées le matin, à midi et le soir –, arrosée d'eau bouillie. Elle raconta qu'elle avait passé son temps à la fenêtre, que vers la fin il n'y avait quasiment plus personne dans les rues, ni le jour, ni la nuit, et qu'elle avait redouté de manquer une annonce importante – au sujet d'une évacuation ou d'une campagne de vaccination –, et elle n'éteignait presque plus sa télé, dormait même près du poste, puis elle s'était mise à craindre qu'ils coupent l'eau et l'électricité, mais tout continuait à fonctionner, simplement les fenêtres des immeubles voisins se comportaient étrangement : certaines ne s'allumaient jamais, tandis que d'autres restaient illuminées de jour comme de nuit, et elle avait choisi une fenêtre au hasard pour l'observer et tenter de déterminer s'il y avait encore des vivants à l'intérieur. Elle raconta aussi que quand Sergueï était arrivé, en pleine nuit, et avait sonné à sa porte, elle l'avait longuement examiné à travers l'œilleton, l'avait même obligé à ôter son blouson et à s'approcher tout près pour s'assurer qu'il n'était pas malade, et quand ensuite ils avaient couru jusqu'à la voiture elle avait vu à droite du hall, au pied d'une palissade, un corps de femme recouvert de neige, le visage tourné vers le sol, comme si on l'avait simplement écartée du chemin, et elle avait même eu l'impression, l'espace d'un instant, qu'il s'agissait de Liza, alors que bien entendu ça ne pouvait pas être elle, vu que sa sœur était venue la voir une semaine plus tôt.

Sa voix était neutre, ses yeux secs, elle continuait à tenir la combinaison bleue et le bonnet de son fils qu'elle fourra dans une manche lorsqu'elle eut achevé son récit. Puis, relevant enfin les yeux vers nous, elle demanda :
— Où est-ce que je peux suspendre tout ça ?
Sergueï s'empara des vêtements et je proposai :
— Irina, venez, je vais vous préparer quelque chose à manger.
— Ne me vouvoyez pas, ça n'a pas de sens, répliqua-t-elle. Donne à manger à Antochka. Ça va te paraître bizarre, mais je n'ai absolument pas faim.

— Viens avez moi, lançai-je au petit garçon à qui je tendis la main.

Il me dévisagea, mais ne bougea pas d'un millimètre, si bien qu'Irina dut le pousser doucement dans ma direction.

— Allez, vas-y, lui dit-elle, la dame va te donner à manger.

Alors seulement il reprit vie et fit un pas vers moi sans toutefois prendre ma main tendue, il se contenta de me suivre jusqu'à la cuisine, où j'ouvris le frigo pour voir ce qu'il recelait.

— Tu veux que je te prépare une omelette ? Ou de la bouillie ? J'ai du lait et des gâteaux. (Le gamin ne bronchait pas.) Bon, je vais te faire un sandwich au saucisson, et pendant que tu le mangeras je mettrai de l'eau à chauffer pour la bouillie.

Je découpai une grosse tranche de pain, y déposai une rondelle de mortadelle et me retournai : comme le gosse se tenait toujours sur le seuil, je m'approchai et m'accroupis devant lui pour lui tendre le sandwich. Sans sourire, il posa sur moi les yeux largement écartés qu'il tenait de sa mère et demanda :

— C'est la maison de mon papa ? (Je hochai la tête et lui aussi, mais pas à mon adresse, plutôt pour lui-même.) Donc ça veut dire que c'est aussi ma maison, ajouta-t-il à mi-voix. Et toi, t'es qui ?

— Je m'appelle Anna, répondis-je en lui souriant. Et toi, d'après ce que j'ai compris, tu t'appelles Anton ?

— Maman me permet pas de parler avec des inconnus, répliqua le gamin en s'emparant du sandwich.

Puis, prenant bien soin de me contourner, il sortit de la cuisine. Je restai encore quelques instants accroupie, avec le sentiment de m'être ridiculisée, comme cela arrive souvent aux adultes qui s'imaginent que les choses sont simples avec les enfants, puis je me relevai, frottai mes mains et lui emboîtai le pas.

Tout le monde était regroupé devant la fenêtre du salon ; le gamin se réfugia près de sa mère, lui prit la main et seulement alors se résolut à mordre dans son sandwich. Il ne m'accorda pas le moindre regard, et d'ailleurs, personne ne se tourna vers moi : ils avaient tous le regard braqué dehors.

— Qu'est-ce qui se passe ? demandai-je.

Comme personne ne me répondait, je m'approchai encore et je vis à mon tour ce que tous observaient : non loin de notre hameau, derrière l'étroite bande de forêt, tache sombre sur fond de ciel clair, s'élevait une épaisse colonne de fumée noire.

— C'est le lotissement, déclarai-je sans m'adresser à quelqu'un en particulier. (Personne ne m'avait demandé quoi que ce soit, de toute façon.) Il est tout neuf, pas très grand, peut-être dix ou douze maisons, ça ne fait pas longtemps qu'ils l'ont fini, je ne suis même pas sûre qu'il soit déjà habité.

— Une fumée pareille, ça provient sans doute d'une maison en feu, constata Sergueï sans pour autant se retourner vers moi.

— On pourrait peut-être aller voir ? suggéra Micha. C'est à un kilomètre et demi, pas plus.

Avant même que j'aie eu le temps de protester, Sergueï avait déjà répliqué :

— Y a rien à voir là-bas, Micha. Cette nuit, quand on roulait, on en a vu plusieurs et on en verra encore bien assez, tu peux me croire. (Il jeta un coup d'œil à son père.) Les choses vont trop vite, papa, j'ai l'impression qu'on va rester en rade.

— Les bagages sont presque prêts, intervins-je. Ça n'est plus la peine d'attendre, on n'a qu'à charger les voitures et on y va.

— Mon réservoir est à sec, Anna, répliqua Sergueï. Hier, on n'a pas eu le temps de faire le plein et cette nuit, je n'avais pas non plus la tête à ça. Pendant que vous remplissez les voitures, je vais faire le tour des stations-service. Il y en a peut-être une qui fonctionne encore.

— Je t'accompagne, décréta Boris. Mieux vaut éviter de circuler seul maintenant. Léonid restera avec les filles, je vais le prévenir.

Et chacun partit soudain de son côté : papa s'affairait dans l'entrée, tirant sa veste de chasse de l'amoncellement de vêtements suspendus au portemanteau ; le gamin s'écria soudain : « Maman, je veux faire pipi ! », et Micha leur montra le chemin ; Sergueï et moi nous retrouvâmes tous les deux dans le salon, ce qui me donna enfin la possibilité de m'approcher de lui, de passer mes bras autour de son cou et d'appuyer ma joue contre la laine de son pull.

— Je ne veux pas que tu y ailles, murmurai-je au pull, sans relever les yeux.

— Bébé… commença Sergueï.

Mais je l'interrompis :

— Je sais tout ça. Simplement, je ne veux pas que tu y ailles.

Nous restâmes ainsi enlacés quelques minutes encore, sans plus prononcer le moindre mot ; quelque part dans la maison, j'entendis de l'eau qui coulait, des portes claquer, des voix, mais je le serrais contre moi et ne pensais qu'à une chose : Boris allait revenir, ramener Léonid pour nous protéger, mais avant cela, dans une seconde ou deux sans doute, Irina et son fils ressurgiraient, et je devrais dénouer mes bras, puis relâcher Sergueï. La porte d'entrée se referma – sans doute Léonid et Boris ; Sergueï esquissa un infime mouvement, comme pour essayer de se libérer, et je resserrai aussitôt mon étreinte. Immédiatement frappée par le ridicule de ma réaction, je laissai retomber mes bras et nous nous dirigeâmes vers l'entrée. Boris se tenait sur le seuil, sans Léonid. Il me jeta un coup d'œil et sourit :

— Haut les cœurs, Anna, nous n'irons nulle part sans toi. Votre Léonid est un type prévoyant, il a une chaudière dans sa cave, et on vient de vérifier, il reste au moins cent litres de gazole. Allez, Sergueï, il faut ouvrir le portail. Anna, tu vas le laisser, à la fin, il ira pas plus loin que la grille ! Il est temps de charger les voitures, mieux vaut partir avant la nuit.

Sergueï attrapa le trousseau accroché au porte-clefs de l'entrée, et il suivit Boris dans la cour, tandis que je passais un anorak et me dirigeais jusqu'à la véranda pour les observer, cherchant d'une certaine manière à me persuader qu'ils ne m'avaient pas menti et que Sergueï ne s'en irait plus nulle part. Ils ouvrirent les battants du portail et le gros Land Cruiser de Léonid vint se garer devant la maison – pour qu'il y parvienne, il fallut déplacer la Niva de Boris qui prenait trop de place sur la surface pavée : avec ses vitres maculées de boue, le vieux tacot faisait piètre figure à côté de ce monstre noir rutilant. Je regardai les roues avant de la Niva briser dans un craquement les petits thuyas que j'avais plantés l'année précédente ; sortant de sa voiture, Boris me dévisagea : Léonid lui criait quelque chose depuis la grille, mais il agita le bras et marcha dans ma direction. Une main appuyée sur la rambarde de la véranda, il leva la tête vers moi et me réprimanda à mi-voix :

— Anna, ressaisis-toi. (Sa voix avait une intonation sévère.) Je sais bien qu'il s'est passé beaucoup de choses, mais là, c'est pas le moment, pigé ? On va plier bagages, on montera en voiture et on s'en ira d'ici. Tout va bien se passer, par contre, dans le lotissement d'à côté, Dieu seul sait ce qui s'est produit – tu vois la fumée ? –, ça veut dire qu'on n'a pas de temps à perdre en ce moment, à te consoler pour une broutille comme un malheureux arbuste cassé, on doit encore siphonner l'essence de la Niva – je veux pas le faire dans la rue, ça risque d'attirer l'attention des voisins et de je ne sais qui encore. Tu m'entends, Anna ? Regarde-moi. (Je levai les yeux vers lui.) Commence pas à chialer, y a quelques jours pas commodes qui nous attendent, une longue route, et il peut arriver n'importe quoi. Alors maintenant, j'ai besoin de pouvoir compter sur une jeune femme calme et concentrée ; au lieu de ruminer, va plutôt vérifier qu'on n'a rien oublié d'indispensable. Et quand on sera arrivés à bon port, on s'assiéra tous les deux et on pleurera tout notre saoul sur ce qu'on a perdu. D'accord ?

— D'accord, répondis-je, étonnée moi-même du timbre fragile et enfantin de ma voix.

Il enfouit la main dans sa poche, en sortit un paquet de ses affreuses Yava et me le tendit :
— Tiens, fume une cigarette, calme-toi et rentre. Il y a là-dedans deux bonnes femmes avec enfants qui doivent finir de se préparer – qu'elles nourrissent leurs gamins et les habillent chaudement –, et puis fais une petite vérification : les gars, c'est nul pour préparer des bagages, on a sans doute oublié des trucs.
Sur ces mots, il se détourna et se dirigea vers le portail en criant à Léonid :
— Allez, mon gars, ouvre ton coffre, on va regarder ce que t'as mis là-dedans.
Pour ma part, je fumai en grimaçant sa cigarette râpeuse, à l'odeur puissante, et je regardai le coffre du Land Cruiser s'ouvrir dans un mouvement souple ; les trois hommes dont dépendait désormais le sort de tous ceux qui se trouvaient à l'intérieur de ma maison se penchèrent pour en examiner le contenu. Dès que j'eus terminé ma cigarette, je jetai le mégot dans la neige, tournai les talons et rentrai dans la maison.

Il n'y avait personne au salon. Passant dans la cuisine, j'y découvris Irina debout devant la gazinière, Marina attablée avec sa fille silencieuse sur les genoux, et à côté d'elle, tranquillement assis sur une chaise, le petit garçon ; des assiettes et un pot de confiture étaient posés devant eux. Tant que j'approchais de la cuisine, j'entendais encore leurs voix, mais il suffit que j'entre pour ramener aussitôt le silence entre elles. Marina leva les yeux vers moi tandis qu'Irina me lançait, sans se retourner :
— Ça ne te dérange pas que je fasse chauffer de

la bouillie pour les enfants ? Parce qu'ils doivent faire un vrai repas avant de partir.

— Non, bien entendu, répondis-je. Il y a du fromage et du saucisson, tu pourrais leur préparer des sandwichs ? D'ailleurs on devrait également faire une omelette, parce que les adultes aussi, il faut qu'on mange, la poêle est sur les plaques. (Comme elle ne répondait rien et restait à touiller sa bouillie, je m'approchai du frigo que j'ouvris pour en sortir les œufs, le saucisson et le fromage.) Je les appellerai pour qu'ils viennent déjeuner d'ici une demi-heure, j'ai encore deux ou trois choses à vérifier de mon côté.

Elle s'écarta légèrement, sans pour autant regarder dans ma direction, et je me tournai vers Marina :

— Léonid est là, lui dis-je. Tu es certaine qu'il a pris tout ce dont vous aurez besoin ? Tu devrais peut-être aller superviser, non ?

Marina se leva, installa sa fillette sur la chaise qu'elle occupait jusqu'à présent et s'adressa à Irina :

— Tu peux garder un œil sur elle ?

L'instant d'après, elle avait disparu.

La fillette resta assise sans bouger, seule une partie de son petit minois dépassait de la table ; elle ne suivit pas sa mère des yeux et ne manifesta aucune émotion qui puisse donner à penser qu'elle avait pris conscience de son départ ; tendant la main, elle passa précautionneusement le pouce dans l'assiette vide qui se trouvait devant elle, puis se figea de nouveau. Je jetai un nouveau coup d'œil à Irina, qui remuait toujours la bouillie sur la cuisinière, et lançai encore une fois au dos qu'elle me présentait obstinément : « Dans une demi-heure. » Sur quoi je quittai la cuisine.

Je regagnai ma chambre à l'étage, sortis du dressing

le sac à dos qu'emportait Sergueï quand il partait chasser ainsi que deux sacs de sport souples, dans lesquels j'entassai les affaires chaudes que nous avions préparées la veille, Boris et moi. J'aurais sans doute dû demander à Irina si elle avait besoin de vêtements, mais je n'avais pas envie de redescendre pour lui adresser de nouveau la parole – à la place, je vidai mon placard et jetai dans le sac quelques pulls supplémentaires, puis, après réflexion, j'ajoutai aussi deux T-shirts et quelques sous-vêtements. *Je ne connais pas sa taille, et ça n'est pas mon problème, si elle en a besoin je les lui ferai passer par Sergueï, bon sang, elle est là, dans ma cuisine, et maintenant je ne veux plus y retourner, elle ne me regarde même pas quand elle me parle, on a pris beaucoup de vêtements, on se débrouillera d'une manière ou d'une autre.*

Cela ressemblait à des préparatifs de départ en vacances ; j'avais pris l'habitude de faire nos bagages de nuit, la veille de notre vol, vu qu'avant un départ je n'arrivais pas à m'endormir de toute façon, alors je mettais un film, n'importe lequel, et je transportais les affaires une par une, en me ménageant des pauses pour sortir fumer une cigarette sur le balcon, ou descendre boire une tasse de café, ou regarder la fin de ma scène préférée ; après quoi je me relevais et continuais, me souvenant de telle chose que j'avais oublié d'adjoindre à nos bagages. La différence, c'était que j'étalais toujours nos affaires sur le lit et que Sergueï se chargeait ensuite de les ranger dans la valise, mais pour l'heure il était pris par d'autres tâches, j'entendais sa voix par la fenêtre entrouverte de notre chambre ;

c'était une sorte de jeu entre nous – du genre : je ne sais pas faire une valise, j'ai besoin de ton aide –, car avant que nous nous rencontrions je m'étais toujours débrouillée seule. Je décidai de ne pas l'attendre ce jour-là et, quand j'eus terminé, il restait encore de la place dans les sacs. Ayant remis le couvre-lit en place, je m'assis dessus et observai ma chambre – la pièce était déserte et calme, les sacs désormais remplis sagement alignés contre le mur, je songeai que dans quelques heures nous allions partir d'ici pour ne plus y revenir et que tout ce que je n'avais pas glissé dans ces bagages y resterait, se couvrirait de poussière, moisirait et serait perdu pour toujours. Que devais-je emporter encore, à part de solides chaussures, des provisions, des médicaments, des vêtements chauds et de la lingerie supplémentaire pour une femme qui refuserait sans doute de s'en servir ? Quand j'étais petite, j'aimais penser à ce genre de choses avant de m'endormir, passer en revue mes trésors enfantins, puis, le lendemain matin, importuner tout le monde avec ma question – « Choisis la chose que tu emporterais de la maison s'il y avait un incendie », on n'avait le droit qu'à une seule possibilité, telle était la règle – et tous s'en tiraient par une plaisanterie, évoquant une babiole, jusqu'à ce qu'un jour, maman déclare : « Mais enfin, c'est toi que j'emporterais, coquinette », je m'étais alors énervée et avais rejeté sa réponse d'un geste rageur : « Maman, j'ai dit *une chose*, il faut choisir une *chose*. » Quand Micha était né, j'avais compris ce qu'elle voulait dire alors, mais aujourd'hui j'étais assise dans la chambre de la maison que nous avions fait construire deux années plus tôt et où j'avais été très heureuse, et cette maison était pleine d'objets, dont chacun avait une signification pour nous, or il ne restait qu'un peu de place dans les sacs ouverts par terre, un tout petit peu, si bien que j'allais devoir choisir. Du rez-de-chaussée montaient des voix – les hommes étaient rentrés ; je me levai, pénétrai dans le dressing et attrapai un carton sur l'étagère du haut ; je n'avais jamais trouvé l'occasion de les trier, les photos de toutes sortes qui s'entassaient là-dedans, pêle-mêle : noir et blanc, couleurs, mariage de mes parents, grand-mère et grand-père, Micha bébé, moi en tenue d'écolière, mais pas le moindre cliché de Sergueï – ces dernières années, nous avions totalement cessé de les imprimer, nous contentant de conserver les images dans nos ordinateurs –, je m'emparai de ces photos, les enfouis dans l'un des sacs, enveloppées d'un plastique, puis je refermai la porte de la chambre derrière moi et descendis.

Au pied de l'escalier, je tombai sur Léonid et Marina qui se disputaient à voix basse. Quand je m'approchai, elle leva les yeux vers moi et me dit, effarée :

— Tu vois, je n'ai pas été capable de retourner là-bas. Et bien entendu, Léonid a oublié tout un tas de choses, il a laissé des affaires de Dacha, il n'a pas trouvé le linge, et encore plein de petits trucs, je voulais y aller moi-même, mais je ne peux pas, j'ai peur, et puis il y a cette affreuse fumée. (Elle se retourna vers Léonid.) Je n'irai pas là-bas, alors ne perdons pas de temps, regarde, je t'ai tout écrit : la combinaison rouge de Dacha est suspendue dans l'armoire de droite, et il faut prendre ma combinaison de ski, la blanche, parce qu'elle est très chaude, je ne peux pas partir avec cet affreux blouson, et puis du linge Thermolactyl, Léonid, tu sais où il se trouve, c'est toi qui l'as rangé.

(Levant les yeux au ciel, Léonid s'empara de la liste et se dirigea vers la sortie.) Et n'oublie pas ma boîte à bijoux dans la chambre, lui lança-t-elle encore, elle se trouve sur la coiffeuse, à côté du miroir.

— Marina, objecta Léonid en se retournant sur le seuil, on va pas à Courchevel, ta quincaillerie ne te servira à rien maintenant !

Et sans attendre sa réponse, il disparut derrière la porte. Marina retrouva aussitôt son sang-froid et reprit la parole en chuchotant, calme, voire vaguement souriante :

— Ma grand-mère me disait toujours que si les hommes accordent autant de prix aux diamants, c'est parce qu'en cas de besoin on a toujours la possibilité de les échanger contre un morceau de pain. Ils ne prennent pas beaucoup de place, et tu verras, Anna, ils nous seront utiles. À ta place, je prendrais tous les bijoux qui sont en ma possession.

Nous transportâmes des affaires pendant deux heures encore, nous accordant une courte pause pour manger ; après avoir nourri les enfants (même Micha avala une assiette de bouillie sans broncher), Irina avait finalement préparé une omelette, que nous engloutîmes tous à la hâte, sans prendre la peine de nous asseoir, et je ne regrettai même pas de ne pas avoir pu profiter une dernière fois de la grande table que j'aimais tant : la compagnie aurait été par trop étrange ; avec le pain et le fromage restant, Irina avait confectionné des sandwichs qu'elle avait enveloppés et dont elle avait déposé un plein sac dans chacune des trois voitures. Toutes les fois que nous avions l'impression d'être prêts, quelqu'un pensait à quelque chose d'important

– « Des outils ! » lança Sergueï, et ils se ruèrent à la cave, Boris et lui, me criant au passage : « Anna, ce serait bien de prendre un petit manuel de médecine, il y en a un dans les parages ? – Oui », répondait Marina, et Léonid traversait de nouveau la route à toute vitesse, jusqu'à sa maison déserte aux fenêtres éteintes. Pour chaque nouvel ajout, nous devions libérer de la place, déplacer et redéplacer les sacs, les sacoches et les boîtes ; les trois véhicules étaient garés devant la maison, hayons relevés, et dans le crépuscule grandissant ils avaient l'air d'un groupe de statues grotesques. La Niva dépiautée se trouvait non loin de là, Boris lui ôta encore sa longue antenne de toit et récupéra un poste de C.B. dans l'habitacle – Sergueï lui avait donné le sien quand il s'en était acheté un nouveau –, qu'il alla installer dans ma voiture. Jamais je n'avais pu supporter cette C.B. – « Tu as une antenne, comme un chauffeur de taxi », persiflais-je, mais en fait, ce qui m'énervait surtout, c'était la manie qu'avait Sergueï d'écouter les conversations des chauffeurs routiers : « Je m'arrête pour faire le plein de fuel au kilomètre quarante-cinq, y a un radar, les gars, méfiance » –, or ces derniers temps c'était le joujou préféré de Sergueï, et au cours de nos rares trajets communs il l'allumait systématiquement, déchiffrant des conversations entre inconnus à travers les parasites pendant que, mécontente, je fumais à la fenêtre. Il se mit à neigeoter. Une fois qu'il n'y eut plus la moindre place dans les voitures, on attacha les derniers paquets sur la galerie du véhicule de Sergueï, après les avoir protégés d'un film plastique. Pour finir, Sergueï sortit de la maison avec les fusils chargés et en tendit un à Léonid – « Tu sais tirer, au moins ? » demanda-t-il, mais notre gros voisin se contenta de grommeler quelques mots d'un air offensé en emportant l'arme dans sa voiture. Les 4 × 4 étaient enfin remplis ; depuis le seuil, Boris lança vers l'intérieur de la maison :

— Tout le monde dehors, les préparatifs doivent bien s'arrêter un jour, il est déjà quatre heures et demie, on peut pas s'attarder ici plus longtemps.

Marina et Irina sortirent alors avec les enfants, et comme tout le monde se retrouvait désormais à l'extérieur, Sergueï me dit :

— On y va, Anna, on ferme la maison.

Après avoir éteint la lumière dans toutes les pièces, nous restâmes quelques minutes dans l'entrée, près de la porte. Par les grandes fenêtres, le lampadaire faiblard de la rue répandait dans la maison une douce clarté lunaire, jetant des ombres diffuses et allongées sur le sol clair, encore tapissé de la toile d'araignée qu'y avaient laissée les traces de nos pas mouillés. À nos pieds, dans une petite flaque de neige fondue, trempaient nos pantoufles devenues inutiles, curieusement au nombre de cinq, oui cinq, et je me penchai pour rassembler les paires, je devais retrouver le sixième chausson, il le fallait, il était forcément quelque part, pas loin, attendant d'être réuni à son symétrique, comme il se devait.

— Anna, appela Sergueï dans mon dos.
— J'arrive, répondis-je, accroupie pour regarder sous le meuble à chaussures. Il faut juste que je trouve...
— Ce n'est pas la peine, répliqua Sergueï. Laisse tomber, on y va.

— Mais attends, rien qu'une petite seconde, protestai-je sans me retourner, je veux seulement...

Il me posa alors une main sur l'épaule :

— Relève-toi, Anna, c'est fini. (Quand je fus enfin debout, mes yeux plantés dans les siens, il me sourit.) Tu es comme le capitaine, la dernière à quitter le navire.

— Ce n'est pas drôle, m'insurgeai-je, alors qu'il m'enlaçait et me chuchotait à l'oreille :

— Je sais, bébé. Allez, arrête, c'est pas la peine de prolonger cet instant, viens, dépêchons-nous.

Il franchit le seuil, puis resta planté sur le perron, les clefs à la main, jusqu'à ce que je le rejoigne.

Léonid et Marina se trouvaient déjà à côté de leur voiture et installaient leur fille sur la banquette arrière, bouclant les ceintures de son siège auto, tandis que Boris, Micha, Irina et son fils se tenaient un peu à l'écart et nous regardaient verrouiller la porte.

— Irina, déclara Sergueï, Antochka, papa et toi, vous prendrez le Vitara d'Anna. Papa, attrape les clefs du 4 × 4 ; Micha, installe-toi dans ma voiture.

— Allez, Anton, en route.

Irina saisit la main du gamin qui la suivit sans mot dire. Pourtant, en arrivant devant la voiture qu'on leur avait assignée, il s'extirpa soudain de la poigne maternelle et proclama bien fort :

— Je veux aller avec papa.

— On va monter dans la voiture de grand-père, Anton, et papa conduira à côté de nous, on parlera avec lui dans la C.B., tenta Irina en se penchant vers son fils pour le prendre par l'épaule.

— Non ! cria-t-il en la repoussant. Moi, je vais avec papa !

Micha, qui s'était déjà installé dans la voiture, en ressortit pour voir ce qui se passait, tandis que le gamin rejetait la tête en arrière afin d'observer nos visages ; nous étions tous les quatre – quatre adultes – autour de lui ; sa capuche étroitement nouée sous son menton le gênait, et il cambrait le dos pour mieux nous regarder, dans une attitude quasi menaçante, il se dressait, les poings serrés, sans pleurer, les yeux écarquillés, les lèvres pincées, et il nous dévisagea l'un après l'autre sans se presser. Puis il hurla encore une fois, à pleins poumons :

— Je vais avec papa ! Et avec maman !

— Ces deux dernières semaines n'ont pas été faciles pour lui, murmura Irina.

Sergueï s'accroupit près de son fils et entreprit de le raisonner, malgré sa confusion et sa colère d'autant plus évidentes que le gamin ne l'écoutait pas et hochait farouchement sa tête encapuchonnée. Je lançai alors :

— Boris Andréiévitch, rendez-moi mes clefs. Micha, grimpe, on va prendre le Vitara pour qu'Irina et Anton puissent voyager avec Sergueï.

L'enfant se détourna sans tarder et, ayant attrapé la main de sa mère, l'entraîna sur-le-champ vers la voiture de son choix ; Sergueï, impuissant, me regarda et dit :

— Seulement jusqu'à Tver, Anna ; après, on échangera.

J'acquiesçai sans lever les yeux et tendis la main pour saisir les clefs de la voiture. Boris s'approcha de moi.

— Anna, il vaut peut-être mieux que je prenne le volant, il fait déjà nuit... insinua-t-il.

Mais je répliquai aussitôt, sans lui laisser le temps de terminer sa phrase :

— C'est ma voiture, je la conduis depuis cinq ans, donc c'est moi qui la conduirai aujourd'hui. Sur ce point-là au moins, on pourrait peut-être s'épargner une discussion inutile, d'accord ?

— Anna est une excellente conductrice, papa, renchérit Sergueï.

Mais je l'interrompis lui aussi :

— Bon, ça suffit, on a déjà perdu assez de temps comme ça, ouvre le portail, s'il te plaît, qu'on se mette enfin en route.

Et je m'assis au volant. Malgré tous mes efforts pour me montrer précautionneuse en refermant la portière du côté conducteur, elle claqua avec un bruit assourdissant.

— C'est un truc de fou ! décréta Micha depuis le siège arrière.

Je croisai son regard dans le rétroviseur et m'efforçai de sourire :

— Et à mon avis, ça va être une drôle de petite promenade, Micha.

Pendant que Sergueï ouvrait le portail, Boris s'approcha du Land Cruiser et cria à Léonid, à travers la vitre baissée :

— Bon alors on va tous se suivre, Léonid, mais toi, t'as pas de C.B., alors sois vigilant, ne nous perds pas de vue. On va prendre la Nouvelle Riga, puis la voie rapide jusqu'à Tver et si tout se passe bien, on y sera dans une heure et demie, deux heures maximum. On traverse les villages sans ralentir, pas d'arrêt pipi pour les enfants. En cas de besoin, que la vôtre fasse sous elle, et si vous nous perdez quand même, on se retrouve juste avant l'entrée de Tver. Oui, et on surveille les stations-service : dès qu'il y en a une qui fonctionne, on prend tout le carburant qu'on pourra acheter, on en aura besoin de toute façon – impossible de faire rouler la voiture d'Anna avec votre fuel.

Si Léonid répondit quelque chose, je ne l'entendis pas à cause des moteurs qui ronflaient déjà ; Boris tapota plusieurs fois sur le toit du Land Cruiser, se détourna et vint s'installer sur le siège voisin du mien.

— Bon, en route, ordonna-t-il.

Et nous partîmes.

*
* *

Pour ne pas me retourner vers la maison obscure que je laissais derrière moi, j'ouvris le vide-poches qui cogna sur les genoux de Boris à mes côtés, tâtonnant pour trouver mon paquet de cigarettes et m'en allumer une ; puis, quand mon beau-père frotta lui aussi son briquet et que l'habitacle se fut empli de fumée âcre, j'actionnai énergiquement le bouton commandant les vitres afin d'abaisser au maximum celle qui se trouvait du côté passager. Mon geste était à la limite de l'impolitesse, et je sentais qu'il me dévisageait, mais je relâchai le bouton et laissai les choses en l'état ; lui, sans protester, entreprit de tripoter la C.B. Même si nous n'avions convenu de rien, nous roulâmes tous au pas jusqu'au bout du village : d'abord le Land

Cruiser de Léonid, puis Sergueï ; j'ignore si quelqu'un regardait sur les côtés, je ne vis pour ma part que le rouge des feux arrière de Sergueï jusqu'à ce que j'aie dépassé le panneau métallique indiquant la sortie du village ; cinq cents mètres jusqu'au tournant, la station d'autobus (si je tournais la tête à droite maintenant, j'apercevrais encore notre petit hameau tout entier, tache éclairée au milieu d'une plaine sombre, enserrée entre deux langues de forêt, maisons hétéroclites parmi lesquelles mon œil percevrait le toit familier), *encore cent mètres, deux cents, je ne dois toujours pas me retourner, et soudain, des deux côtés, la forêt s'est rapprochée, il fait noir tout d'un coup – arbres immobiles, asphalte à peine saupoudré de neige et deux grosses automobiles qui roulent devant moi. Maintenant, je peux tourner la tête, sauf que je n'ai plus nulle part où regarder – non éclairés, tous les chemins forestiers se ressemblent, et peu importe qu'ils se trouvent à un kilomètre de ta maison, ou à mille, ton monde se limite bientôt à la mince carapace de ta voiture qui conserve la chaleur et n'attrape, grâce à la lumière de ses phares, qu'une infime portion de la route défilant sous ses roues.*

La C.B., que Boris avait posée sur l'accoudoir en cuir entre nos sièges, se mit soudain à clignoter et à grésiller, puis on entendit la voix de Sergueï, poursuivant une tirade qu'il semblait avoir commencée depuis quelques secondes déjà :

— Ça avance presque pas, avec cette merde. Je sais pas ce que Léonid avait comme fuel, j'espère que c'était pas du fuel d'été, ce serait bien de trouver une station ouverte sur la route, qu'est-ce que t'en penses, papa, c'est réaliste ?

Derrière ses paroles, par-delà les crépitements et les parasites, je distinguai une musique – Sergueï baissait toujours le son de la radio quand il utilisait la C.B., mais au bout du compte on l'entendait quand même – et je percevais aussi la voix du gamin, sans pouvoir en revanche discerner ce qu'il disait ; je vis son visage par la lunette arrière de leur voiture – sans doute se tenait-il à genoux sur la banquette –, il tendait la main pour essuyer la buée de la vitre mais, n'arrivant pas à l'atteindre, il leva bientôt les yeux dans notre direction ; à côté de lui, je voyais la chevelure blonde de sa mère qui ne m'offrait que sa nuque, faute de daigner se retourner, mais elle dut réprimander son garçon, parce que Sergueï intervint :

— Laisse-le, Ira, il peut bien s'asseoir comme il veut, on a beaucoup de route à faire, il va s'ennuyer.

Je réprimai mon envie d'agiter la main à l'intention du garçonnet – il ne m'aurait pas vue, de toute façon –, et attrapai à tâtons le micro de ma main droite, avant que Boris ait eu le temps de s'en emparer pour donner son avis sur l'approvisionnement en carburant.

— Chéri, déclarai-je, on devrait sans doute prendre Léonid en tenaille : il n'a pas de C.B., ce serait mieux qu'il s'intercale entre nos deux voitures. Tu le doubles ou je m'en charge ?

Sergueï resta muet quelques secondes tout au plus, puis il répondit simplement : « Moi », avant d'entamer la manœuvre, sans protester ni ajouter quoi que ce soit, parce que jamais je ne l'appelais « chéri » sans raison particulière : ce qualificatif était un nom de code à usage rarissime, réservé aux situations extrêmes et imaginé pour nous prémunir contre ces gens qui se taisaient toujours quand nous entrions dans une pièce bondée et nous observaient alternativement – d'abord lui, puis moi, puis l'inverse –, avant de s'approcher de moi, sur le balcon où je fumais une cigarette, et de me demander : « Alors, tout va bien entre vous ? » ; pour échapper à ceux qui attendaient de nous révélations et plaintes, parce qu'il devait forcément y en avoir, des révélations et des plaintes ; et puis, nous avions nous-mêmes besoin de ce mot de passe, parce que la femme assise pour l'heure sur la banquette arrière de sa voiture était toujours beaucoup plus bavarde quand elle était mécontente – je le savais, il me l'avait raconté – et que j'aurais été prête à donner mon bras droit rien que pour être certaine de ne pas lui ressembler ; alors, toutes les fois où j'en étais venue à manquer d'air au milieu de gens qui ne m'aimaient pas, je disais : « Chéri, il serait peut-être temps de rentrer ? », une seule fois, en souriant et d'une voix tendre, et il me regardait aussitôt dans les yeux – attentivement –, se levait dans la foulée et nous partions ; bravo, mon chéri, comme tu me connais bien.

Vue de derrière, la voiture de Léonid offrait un spectacle des plus ennuyeux : sanglée dans son siège auto, la fillette était incapable de se retourner, et donc immobile, mais ça ne changeait pas grand-chose en fait, puisque, à travers les vitres fumées, on ne distinguait strictement rien, et je pus donc examiner enfin les alentours ; nous quittions la première langue de forêt, celle qui séparait notre village des suivants, lumineuses taches d'électricité constellant l'obscurité hivernale de galaxies si compactes que l'air noir et opaque où nous circulions quelques secondes plus tôt se diluait dans la lumière jaune diffuse qui ruisselait des lampadaires et des fenêtres. J'avais l'impression qu'il me suffirait de regarder par la fenêtre des maisons bordant la route pour entrevoir un repas en famille sous une lumière orangée ou l'écran bleuté d'une télévision dans un salon, une voiture garée dans une cour, la lueur d'une cigarette fumée sur un perron ; tous ces gens, ces centaines de gens restaient ici, sans crainte aucune, sans sillonner les environs à la recherche d'une station essence, sans rassembler leurs affaires, ils avaient décidé d'attendre la fin des événements, confiants dans la solidité de leurs maisons, de leurs portes et palissades ; toutes ces fenêtres illuminées, ces cheminées fumant sur les toits, toutes ces personnes ne pouvaient quand même pas être dans l'erreur ? Nous alors, où allions-nous ? Pourquoi y allions-nous ? Était-elle bonne, la décision qu'on avait prise pour moi en s'abstenant de me demander mon avis ? Avais-je bien fait de m'y soumettre sans formuler la moindre objection, d'abandonner sans rechigner l'unique endroit où j'aurais pu me sentir en sécurité à l'heure actuelle ? Et pendant que tous ces êtres alentour préparaient leur dîner, regardaient le journal télévisé, coupaient du bois et attendaient la fin de cette lamentable histoire, certains que le dénouement était proche, ma réalité à moi – préparatifs à la hâte, coups de feu, chien abattu, récit de l'agonie de la ville – était déjà séparée de la leur par un écran infranchissable, je les voyais encore mais ne pouvais plus me joindre à eux, je passais simplement à côté de leur maison avec ma voiture, mon fils sur la banquette arrière, et je ne ressentais rien, hormis une insupportable solitude.

Nous découvrîmes tous la scène au même moment, avant que ne s'allument les feux de stop du Land Cruiser ; j'appuyai sur la pédale de frein, la portière de Léonid claqua, nous le vîmes sauter lourdement sur la route, contourner sa voiture et faire quelques pas en direction de l'accotement. Boris sortit par la fenêtre ouverte, presque jusqu'à la taille, et cria :
— Léonid, arrête, n'y va pas !
Et celui-ci s'immobilisa sur-le-champ, mais sans esquisser le moindre mouvement pour regagner son véhicule.
L'incendie était éteint : même une grosse maison ne met pas une journée entière à se consumer, et celle-ci n'était pas si imposante que ça, à en juger par ses voisines encore intactes, aussi semblables que deux gouttes d'eau – un petit lotissement propret, qu'on avait commencé à construire après notre emménagement dans le hameau, et en passant à proximité je m'étonnais chaque fois de la vitesse avec laquelle, sur ce terrain enclos d'une palissade, étaient d'abord apparues de petites boîtes soignées aux fenêtres dépourvues de vitres, puis des toits marron identiques, de mignonnes clôtures aux couleurs pastel et, une année plus tard, la haute palissade protégeant le chantier était abattue ; de la route, on découvrait alors un merveilleux hameau de pain d'épice, qu'on aurait dit sorti d'un conte de fées, avec ses chemins déneigés, ses murs ceints de troncs couleur chocolat et ses cheminées en

brique, sauf qu'aujourd'hui, à la place de la maison la plus proche de la route, il n'y avait plus qu'une tache biscornue, d'un noir huileux, d'où saillaient les fragments calcinés de l'ancienne bâtisse. À travers un épais nuage de vapeur blanche, tel qu'on en voit l'hiver au-dessus des piscines à ciel ouvert, on devinait que le mur avant de la maison s'était effondré, dévoilant ses entrailles noircies, tandis que des lambeaux de rideaux, de tapis ou de câbles électriques pendaient des plafonds telles de grosses grappes dépenaillées ; là où jusqu'à hier se dressait le toit émergeaient çà et là des restes de chevrons dans un air qui embaumait le feu de camp.

— Regarde, Micha, c'est ce que tu voulais voir ce matin, dit Boris en se retournant vers nous.

— Qu'est-ce qui s'est passé ? murmura Micha.

— Eh bien à mon avis, il y a peu de chances que cet incendie ait été causé par un type maladroit qui s'amusait avec des feux de Bengale, même si tout est possible, bien entendu, répondit Boris qui ressortit par la fenêtre pour crier à Léonid : « Vous en avez assez vu ? Bon alors, ça suffit, Léonid, on y va, allez, en route ! »

Après cet arrêt inopiné aux abords de la maison en pain d'épice brûlée, nous ne prêtâmes plus aucune attention aux panneaux de signalisation – nous n'avions plus la moindre envie de rouler lentement en regardant le paysage qui bordait la route ; Sergueï fut le premier à accélérer, aussitôt imité, dans un grondement de tracteur, par le Land Cruiser – son pot d'échappement se mit à fumer, m'obligeant à remonter la vitre à toute allure. Cette foutue C.B. m'empêchait de conduire – à tout bout de champ, oubliant sa présence, je la heurtais de mon coude droit, le rectangle de fer aux coins acérés se balançait traîtreusement, éraflant le cuir de l'accoudoir –, mais je connaissais bien la route, en deux années de vie ici j'en avais mémorisé chaque virage, et nous rattrapâmes Léonid sans effort. Dix minutes plus tard, nous débouchions sur la voie rapide puis, en file indienne, roulâmes en direction du périphérique extérieur. Sans trop savoir pourquoi, après avoir laissé derrière nous le village de conte de fées détruit, je m'attendais à croiser des colonnes de fuyards désertant, en voiture ou peut-être même à pied, les environs dangereux de la ville morte ; pourtant, à l'exception de notre trio, il n'y avait pas la moindre voiture sur la voie rapide – ni derrière nous, ni arrivant en sens inverse. Intrigué lui aussi de toute évidence par l'absence de trafic sur cette autoroute, Boris se pencha pour vérifier la fréquence sur laquelle émettait la C.B., mais les ondes restèrent mutiques, mélange de silence et de grésillements parasites. Sur la gauche se dressait une épaisse muraille d'arbres ; sur la droite, des bifurcations vers les petits bourgs implantés à proximité de la voie rapide n'allaient pas tarder à s'offrir à nous, il restait encore une quarantaine de kilomètres jusqu'au périph ; ces endroits aussi, je les connaissais bien : quand nous étions à la recherche d'une maison, Sergueï et moi, pressés par les inconvénients d'une location meublée donnant sur un paysage sans âme auquel je ne m'étais toujours pas habituée au bout de dix mois, nous avions parcouru la région dans tous les sens – « C'est une fourmilière, bébé, tu ne veux quand même pas vivre dans une fourmilière ! Allez, viens, on cherche encore, ça n'est pas grave si c'est un peu loin de la ville, c'est pas ça qui va nous effrayer, et puis ce sera calme, tranquille, rien que toi et moi sans personne autour. » En apprenant quels étaient nos projets, les amis que nous laissions en ville faisaient tourner un index contre leur tempe, mais nous n'écoutions personne ; à notre décharge, comment aurions-nous pu imaginer que la distance qui nous semblait alors tout à fait suffisante pour nous séparer du reste du monde nous paraîtrait un jour aussi ridiculement petite ?

Le point où la voie rapide rejoignait le périphérique surgit inopinément devant nous : au départ, nous aperçûmes des lumières au loin, puis de grands panneaux de signalisation blancs portant des noms de villes et les distances qui nous en séparaient. La voix de Sergueï crépita dans la C.B. :

— Anna, à droite.

— Je sais, répondis-je, irritée, avant de réaliser aussitôt qu'il ne m'entendait pas, parce que le micro se trouvait encore dans le porte-gobelets où je posais d'ordinaire mes cigarettes.

Personne dans la voiture ne signala pour autant mon erreur.

Au même instant, la C.B. grésilla de nouveau, mais cette fois les ondes furent occupées par une voix étrangère :

— Frangin, fit la voix émue, t'as trouvé des stations ouvertes sur le périph ? Je voudrais bien aller jusqu'à

Odintsovo, mais elles sont toutes fermées, putain de leur mère...

Avant que Sergueï ait pu répondre quoi que ce soit, je m'étais emparée du micro et lançai, après avoir pressé sur le bouton :

— Non, non, ne va pas à Odintsovo. Rebrousse chemin.

La voix demanda, anxieuse :

— Qu'est-ce qui se passe à Odintsovo ? Vous savez quelque chose ? (Puis aussitôt, sans la moindre pause, une nouvelle question.) Et vous, vous allez où ?

— Ne lui dis pas, Anna, marmonna aussitôt Boris, qui tendit la main pour m'arracher l'appareil et le serrer dans son grand poing.

Il voulait sans doute couvrir le micro, pour le cas où j'essaierais quand même de répondre à cette voix inconnue qui continuait à nous interpeller sur les ondes :

— Allô, allô, vous allez où ? Qu'est-ce qui se passe à Odintsovo ? Allô ?

— Peut-être que tout est encore tranquille à Odintsovo, suggérai-je à Boris, sans tourner la tête.

Nous étions en train de quitter la voie rapide quand il répliqua :

— Odintsovo se trouve à dix kilomètres de Moscou, Anna, comment ça pourrait être calme là-bas ? Réfléchis. Et puis, tu sais quoi ? Nous, on surfe sur une vague qui emporte tout le monde, alors ne donne aucune info sur qui on est, où on est, avec quelle voiture on voyage, pigé ? Si ce type dit la vérité, alors même la petite réserve de gasoil qu'on a pourrait pousser n'importe quel citoyen bien sous tous rapports à nous faire la peau, et je ne te parle pas de la collection de dingues qui pullulait sur cette voie rapide, même quand les temps étaient plus cléments.

— Je sais, répétai-je, toujours aussi irritée.

Et nous restâmes silencieux. Sergueï se taisait lui aussi ; dans le silence le plus complet, nos trois véhicules tournèrent en même temps vers la station qui se trouvait sur la droite et s'engagèrent aussitôt sous le panneau portant l'inscription : « Novopétrovskoïé », au-delà duquel s'étendaient des quartiers résidentiels. Je vis bientôt la station-service de l'autre côté de la route, puis près de la sortie, au beau milieu de l'autoroute, deux longs camions bâchés qui stationnaient, tous phares éteints ; la station elle-même était éclairée, bien que absolument fermée : aucun doute là-dessus, il n'y avait personne ni près des pompes ni à la caisse. Sans ralentir, nous la dépassâmes ; il me sembla que la vitre de la caisse était brisée et que des éclats de verre luisaient sur l'asphalte propre et sec, mais avant que j'aie pu me faire une idée exacte de la situation, la route décrivit une légère courbe et la station-service disparut de mon champ de vision.

— Tu as vu, papa ? demanda Sergueï.

Il ne s'adressait plus à moi, ce qui me fit regretter de lui avoir répondu sèchement, puis, lorsque je me rendis compte qu'il n'avait même pas entendu ma réponse, regretter de m'être adressée non pas à lui, mais à la voix inconnue qui, comme par un fait exprès, avait justement cessé d'obstruer les ondes avec ses questions en boucle et s'était tue.

Boris approcha le micro de ses lèvres.

— Chut, Sergueï, dit-il à mi-voix. On dépasse la zone en silence et on en reparle.

Après le village de pain d'épice, le calme du hameau

qui nous entourait ne me paraissait plus sans péril ; au premier abord, tout avait l'air parfaitement normal : les fenêtres allumées, les voitures garées devant les maisons, mais bizarrement, ce qui me sautait aux yeux à présent, c'était l'absence de gens dans la rue ; alors que l'heure n'était pas si tardive, nulle part, où que se posât le regard, on ne voyait le moindre passant, le moindre enfant en train de jouer, le moindre chien courant de-ci de-là, et surtout pas la moindre vieille sur le bas-côté proposant au chaland serviettes éponges de mauvais goût, pommes de terre et champignons douteux dans des bocaux aux dimensions variées. Partout alentour régnait un silence méfiant, suspect, qui nous faisait redouter un danger derrière chaque tournant, et j'étais contente que nous ne passions pas à pied aux abords de ces maisons figées, mais que nous franchissions au contraire ces villages à cent kilomètres à l'heure, trop rapidement pour que quoi que ce soit puisse nous arrêter.

À gauche de la route, un minuscule bâtiment, à peine plus grand qu'un arrêt de bus, avec un toit vert et des barreaux aux fenêtres, disparut à la vitesse de l'éclair ; juste sous la pente du toit, « Mini-Market » exhibait ses lettres rouges qui brillaient d'un éclat terne. Malgré cette appellation orgueilleuse, l'échoppe faisait plutôt penser, par ses dimensions, à un débit de bière. L'infortuné Mini-Market devait être plus proche de la route que la station-service laissée derrière nous, car j'eus le temps d'entrevoir sa porte de fer arrachée et ses fenêtres brisées, mais l'endroit était tout aussi désert que le précédent, et la mésaventure survenue au petit magasin de village avait dû se dérouler dans la matinée, ou même la veille.

Ce silence si accablant qu'il m'emplissait les oreilles d'une rumeur assourdissante dut aussi démoraliser les autres, parce que Micha me suggéra bientôt :

— Maman, tu pourrais pas mettre un truc, un peu de musique, comme ça, doucement...

Je tendis la main, appuyai sans réfléchir sur le bouton de la radio, et le grésillement mort qui retentit sur la fréquence que j'avais l'habitude d'écouter me rappela la disparition de la ville que nous laissions derrière nous ; je me représentai aussitôt le studio de la station vide, les feuilles éparses, le combiné gisant à côté du téléphone – je maudis mon imagination trop vivace ! –, et je basculai rapidement du mode Tuner au mode Lecteur CD. Aussitôt, la voix basse et rauque de Nina s'éleva dans l'habitacle – *« Ne me quitte pas, il faut oublier, tout peut s'oublier, qui s'enfuit déjà »* – et le silence qui tambourinait dans mes oreilles reflua sur-le-champ grâce à cette voix – à tel point que j'en oubliai pour quelques instants ce que nous faisions ici, trois voitures en file indienne sur une longue route déserte, comme si nous nous rendions simplement quelque part ensemble, au lieu de fuir le plus vite possible, sans avoir même le droit de regarder autour de nous.

— Beurk, Anna ! s'exclama Boris avec dépit. C'est quoi, cette musique ? Une marche funèbre ? Tu n'aurais pas quelque chose de plus joyeux ?

— Elle agit différemment sur chacun, répliquai-je en arrêtant la chanson. Je ne suis pas certaine d'avoir des musiques plus gaies, mais de toute façon tous mes autres disques sont coincés sous votre splendide C.B., alors soit ce sera Nina, soit nous serons obligés de chanter nous-mêmes.

— « Nous partons, partons, partons pour des contrées lointaines[1]... » se mit soudain à fredonner Micha depuis la banquette arrière.

Il avait adopté une voix de fausset, et quand je croisai son regard dans le rétroviseur il m'adressa un sourire complice. Immédiatement, je me sentis mieux.

Devant moi, les feux arrière rougeoyèrent de nouveau, m'indiquant que Léonid ralentissait encore une fois ; nous restâmes quelques instants sans rien dire, trop occupés à deviner la raison de cet arrêt ; tout en poussant un juron, Boris chercha le bouton qui actionnait sa vitre, et j'eus l'impression qu'il commençait à sortir la tête avant même que la paroi de verre se soit baissée. De mon côté, je ne voyais rien du tout, mais pour ne pas donner du pare-chocs dans la voiture de Léonid je ralentis moi aussi. Même s'il n'y avait personne sur le bas-côté, rouler lentement était aussi terrifiant qu'angoissant.

— C'est juste un passage à niveau, annonça Boris avec soulagement.

Je distinguai alors la guérite fermée du poste de garde, avec ses fenêtres obscures, sa barrière rouge et blanc, relevée tel le levier d'un puits, et juste à côté, le signal d'alarme que constituait le feu de circulation. Semblables aux yeux d'un robot, les lampes rouges de l'appareil clignotaient alternativement, et par la fenêtre ouverte nous parvenait un son agréable, à peine

---

1. Premier vers d'une chanson pour enfants. (N.d.T.)

perceptible. Comme le Land Cruiser était désormais à l'arrêt, je me penchai moi aussi par la fenêtre, pour constater que la voiture de Sergueï s'était immobilisée juste avant de traverser la voie ferrée.

— La barrière est pourtant ouverte, m'étonnai-je.

Boris s'empara aussitôt du micro.

— Sergueï, qu'est-ce qu'on attend ? cria-t-il.

— Regarde, papa, répondit Sergueï. Le feu est rouge, on voit que dalle, il ne manquerait plus qu'on passe sous un train...

Il n'eut pas le temps d'achever sa phrase que la porte de la guérite, qui m'avait pourtant semblé inoccupée, s'ouvrit brusquement. Deux hommes en surgirent, se dirigeant vers nous d'un pas rapide.

— Avance, Sergueï ! s'écria Boris. Anna, on démarre, tout de suite !

Mais nous avions tous vu les types qui couraient dans notre direction et, le pied pressé sur l'accélérateur, nous avions déjà vidé les lieux dans un bel unisson, même Léonid qui n'avait pas participé à la conversation ; les choses se produisirent d'ailleurs si vite que je faillis emboutir l'arrière étincelant du Land Cruiser.

Sans plus ralentir, nous dépassâmes encore quelques villages, mais la panique ne commença à refluer qu'une fois le malencontreux passage à niveau loin derrière nous. Le mur noir et impénétrable des forêts qui flanquaient désormais les deux côtés de la route me paraissait bien plus amical que les villages endormis – fenêtres allumées, en éveil, rues désertes, échoppes vandalisées – que nous laissions derrière nous. J'attrapai une cigarette et l'allumai, satisfaite de constater que mes mains ne tremblaient pas.

— C'est un bon endroit pour une embuscade, déclara Boris dans le micro. On le saura pour la prochaine fois.

— Oui, ils avaient bien prévu leur coup, répondit Sergueï. Encore heureux qu'ils aient pas réussi à baisser la barrière ou à soulever les rails, parce que bon, la barrière, j'aurais pu la soulever, bien sûr, mais aucun d'entre nous n'aurait été capable de sauter par-dessus la ferraille, même Léonid avec sa bagnole de flambeur.

— Si ça se trouve, ce n'était pas du tout un traquenard, suggérai-je sans conviction, parce que je me rappelais que les gens surgis de la guérite n'avaient rien dans les mains, ni armes ni bâtons. On n'en est pas sûrs à cent pour cent.

— Bien entendu, convint Boris, peut-être qu'ils voulaient juste nous taxer une cigarette. Mais tu vois, je n'avais pas envie de rester pour vérifier, Anna, non, aucune envie même.

Le sentiment de sécurité que nous avions commencé à éprouver en traversant la forêt sombre et déserte ne dura malheureusement pas très longtemps : nous n'avions pas parcouru dix kilomètres que des lumières électriques se mirent à briller au loin. *Des gens, des gens,* songeai-je en regardant la route avec nostalgie. *Comme vous êtes nombreux, partout, comme vos existences sont ennuyeuses, oppressées, et pas moyen de vous fuir, si loin qu'on aille. Ce serait intéressant de savoir si dans la zone intermédiaire où nous vivons il subsiste un petit endroit où il n'y ait pas d'humain, un seul, où nous puissions abandonner la voiture sur un accotement et nous enfoncer dans la forêt, sans crainte que quelqu'un, découvrant nos traces ou la fumée de nos feux ne s'avise de nous pister. Si l'on a décrété un jour qu'il valait mieux vivre à deux pas de la porte et de la fenêtre de son voisin, c'est parce qu'on s'est imaginé que la vie serait plus sûre ainsi, en oubliant que n'importe quelle connaissance peut se transformer en un ennemi farouche pour peu que l'on possède quelque chose dont elle a réellement besoin.* Nous n'étions en route que depuis quelques heures et déjà j'étais écœurée par la pensée de devoir traverser encore un village, encore un passage à niveau, tiraillée entre ma répugnance à regarder sur les côtés et mon incapacité à m'en empêcher.

Sans doute soupirai-je ou appuyai-je un peu plus énergiquement sur l'accélérateur, car Boris, le regard fixé sur les lumières de plus en plus proches, déclara :

— Du calme, Anna, ce n'est rien d'effrayant, juste un village banal, pas bien grand, on dirait Noudol. On ne va même pas avoir besoin de le traverser, il est en retrait de la route. Et après, on sera tranquilles jusqu'à Kline.

— On va passer par Kline ? demandai-je, sentant un froid glacé m'envahir. (La pensée d'avoir à traverser une ville, n'importe laquelle, me pétrifiait d'horreur.) On avait pourtant décidé de contourner les villes !

— Mais c'est pas une ville, répliqua Boris. C'est à peine plus grand qu'un quartier de Moscou, et puis je pense que tout est encore normal là-bas, on devrait y arriver à temps. Tu comprends, Anna, c'est comme une vague : elle arrive derrière nous, plus vite nous progressons et plus nous avons de chances de ne pas être submergés. Nous n'avons ni le temps ni le carburant pour nous balader sur les chemins de campagne, d'autant qu'on n'a aucune certitude qu'ils soient plus sûrs. Pour le moment, le principal, c'est la vitesse, il faut quitter l'oblast de Moscou au plus vite, ce sera toujours ça de pris. Devant nous, il y a Tver, ajouta-t-il après une courte pause, et là, en revanche, impossible de faire un détour, à cause de la Volga.

Pendant qu'il parlait, un plan que j'avais vu dans un film me revint en mémoire : des voitures serrées entre des immeubles et remplies de gens effrayés, klaxonnant à tue-tête tandis que dans leur dos progresse un mur d'eau gris acier, infranchissable – plus haut que les gratte-ciel alentour –, lourd comme une paroi de béton et coiffé d'un chapeau d'écume grise. La vague. Si nous ne nous dépêchions pas, elle nous engloutirait, malgré nos voitures rapides, nos fusils et nos provisions, malgré le fait que nous connaissions notre destination, à la différence de ceux qui étaient restés sur place, espérant une exemption miraculeuse qui ne se produirait pas, ces gens qui périraient, ensevelis sous elle ; à la différence aussi de ceux que l'apparition de cette vague à l'horizon ferait déguerpir et courir au hasard, sans préparatifs, et de ce fait déjà condamnés au naufrage. Dire qu'avant, j'aimais ce genre de films !

Sous mon coude droit, la C.B. se mit à grésiller.

— Il y a une station-service, Anna, regarde, entendis-je. À gauche. Elle est ouverte !

— Freine, Serguéï, répondit Boris dans la seconde qui suivit.

Mais Serguéï s'était déjà arrêté de toute façon, et derrière lui Léonid avait ralenti, allumant les lampes rouges de ses feux stop ; je me portai aussitôt au niveau du Land Cruiser, vitre passager abaissée.

— J'ai vu, c'est bon, nous cria Léonid. Pourquoi on n'y va pas ?

— On jette d'abord un petit coup d'œil, expliqua Boris. Et toi, Léonid, recommence pas à sortir de ta voiture comme si tu allais à un anniversaire, pigé ? On doit d'abord évaluer la situation.

Il n'y avait pas la moindre file d'attente – comment aurait-il pu y en avoir d'ailleurs, avec une chaussée déserte, des ondes radio silencieuses et le méchant passage à niveau que nous avions franchi ? Notre petite compagnie mise à part, nul étranger ne sillonnait l'autoroute, et les locaux ne se risqueraient certainement pas à venir s'approvisionner en essence dans les ténèbres. C'était une station-service quelconque en bord de voie rapide, à une heure tardive, une enseigne bleu et blanc qui luisait paisiblement, deux camions en bivouac, trois voitures de tourisme aux phares allumés près des pompes, la fenêtre éclairée de la caisse, quelques silhouettes humaines. L'ensemble avait une apparence des plus normales, à l'exception du bandeau publicitaire étincelant, fixé sous l'avant-toit métallique et proclamant : « Nous sommes ouverts même pendant la crise », du minibus bleu foncé stationné légèrement sur le côté, dont le flanc annonçait en lettres jaunes qu'il s'agissait de la « sécurité » et des quatre hommes armés arborant le même uniforme noir – avec des inscriptions sur le dos et la poitrine, que je ne pouvais distinguer de si loin – et coiffés de casquettes à visière courte ; bizarrement, c'étaient justement ces casquettes qui soulignaient la différence entre ces hommes armés et les autres, ceux qui, la veille, avaient donné des coups de botte dans nos portes ; debout près de la voie d'accès, l'un des types fumait, tenant sa cigarette à la manière des militaires, dans le creux de sa main.

— À mon avis, tout est en ordre, papa, déclara Sergueï. Ces types armés ont l'air d'appartenir au service de sécurité régulier. Ça ne nous ferait vraiment pas de mal de remplir nos réservoirs, je pense qu'on doit y aller. Et dans la foulée, on se renseignera sur le climat ambiant.

— Ils sont « ouverts même pendant la crise », objecta Boris avec une ironie mauvaise. (Il cracha sur l'asphalte par la fenêtre ouverte.) Ils pensent que c'est la crise, ici ! Quelle bande de connards, non, mais vous entendez ? La crise ! (Il se lança alors dans une série de jurons alambiqués et savoureux, avant de s'aviser de son auditoire.) Excusez-moi, les gars, j'ai oublié votre présence pendant une seconde.

— Ce n'est pas grave, répondit Micha, aux anges.

La C.B. crépita de nouveau, et la voix d'Irina retentit :

— Anna, dans le sac avec les sandwichs posé sur la banquette arrière, il y a des masques, il faut les enfiler. (J'ignore pourquoi elle s'adressait à moi.) Sinon, interdit de sortir de la voiture. Faites passer le message à Léonid.

— C'est bon, Irina, répliqua Boris. Il n'y a presque personne là-bas, les choses ont l'air tout ce qu'il y a de normal. On ferait que les effrayer, avec nos masques.

On entendit la voix irritée de Sergueï lancer : « Irina, mais pourquoi tu nous casses les pieds avec tes masques, là ? », puis sans la moindre transition, elle se mit à hurler :

— Parce qu'il faut toujours mettre les masques, tu piges, il le faut, vous ne comprenez pas, vous n'avez rien vu !

Je pris aussitôt le micro des mains de Boris.

— On a saisi, Irina, déclarai-je, on enfile les masques, je préviens Léonid. Passe-moi le sac de sandwichs, ajoutai-je en me tournant vers Micha.

Quand nous en eûmes fini avec les masques – jurant à mi-voix, Boris fut le dernier à plaquer l'épais rectangle vert pâle sur son visage –, nous recommençâmes à avancer lentement vers la station ; un garde qui fumait sur l'accotement et nous observait depuis quelques minutes déjà balança sa cigarette d'une pichenette et fit quelques pas dans notre direction, les mains sur la mitraillette qui lui barrait sa poitrine. S'étant porté à sa hauteur, Sergueï s'arrêta et abaissa la vitre. L'air, aussi glacial que morne, nous permit de distinguer nettement ce qu'il disait :

— Bonsoir, nous voudrions faire le plein.

— Je vous en prie, allez-y, répondit le garde. (À en juger par son attitude, le masque de Sergueï ne l'étonnait pas, mais il se tint à bonne distance de la voiture, reculant même d'un pas.) Seul le conducteur sort du véhicule, on va à la caisse un par un, il y a du carburant pour l'instant, tout va bien.

— Est-ce que vous fixez des quotas ? demanda Sergueï sans bouger.

— Pas de queue, pas de quota, martela le garde sur un ton officiel, avant de sourire et d'ajouter d'une voix normale : Vous venez de Moscou ? Vous auriez pas besoin de jerrycans vides, les gars ? Je vous conseille de faire le plein de réserves aussi, on nous a pas livré de fuel depuis deux jours, alors on vend ce qu'on a jusqu'à demain et ensuite on se casse, je pense.

— Oui, moi, j'aurais besoin de jerrycans, lança Léonid qui avait ouvert sa vitre et comme nous tous avait suivi la conversation.

— Quand vous aurez payé votre carburant, approchez-vous du bus, répondit le garde. Ce sera mille cinq cents pour un jerrycan.

— Pour un jerrycan ? s'écria Boris en se penchant vers ma fenêtre. (Son épaule me plaquait contre mon siège.) Mais c'est du vol !

Le garde se tourna vers nous, les paupières plissées. Il ne souriait plus.

— Le vol, papi, ce serait de te faire sortir de ta caisse rutilante et d'aller te descendre dans un champ pour pouvoir te la prendre. Vas-y, cherche une station-service qui fonctionne dans les environs. Est-ce que tu penses seulement en trouver une ? Bon alors, vous les voulez ces jerrycans ou pas ?

— C'est bon, Andréitch, ne discute pas, se hâta d'intervenir Léonid. On en a vraiment besoin, j'y vais tout de suite.

Mon Dieu, pensai-je, *pourvu qu'il ne leur mette pas toute son oseille sous le nez et compte ses billets au vu et au su de tous, parce que dans ce cas nous ne sortirons pas vivants d'ici ;* la dernière phrase prononcée par l'homme à la casquette, qui s'était montré si aimable pour commencer, me fit tout à coup prendre conscience qu'il n'y avait rien alentour, sauf la nuit et, sur l'esplanade de la station-service, au minimum quatre hommes armés de mitraillettes, sans parler de ceux qui se tapissaient éventuellement dans le minibus. Par chance, Léonid n'agita pas son argent devant tout le monde, en revanche il apaisa la conversation qui commençait à prendre un tour désagréable en se penchant encore à sa portière pour lancer, de la même voix gaillarde et enjouée qu'il aurait eue si nous avions été en route pour un barbecue et impatients de reprendre la route :

— Approche-toi de la pompe, Sergueï, on ne va pas faire perdre trop de temps à ce gars.

Comme si une longue file de voitures attendait derrière nous.

En plus des jerrycans que nous avions apportés, nous en remplîmes encore six, quatre de gasoil et deux d'essence, le minibus n'en contenait pas d'autres. Maintenant que l'opération commerciale avait été menée à son terme, les gardes étaient d'humeur bienveillante et nous permirent de rester sur l'esplanade éclairée, le temps que nous trouvions de la place pour les nouveaux jerrycans dans nos véhicules déjà bien surchargés. L'opération nous obligea tous à sortir. Marina libéra la fillette de la prison de son siège auto, l'emmena à l'extrémité de l'esplanade et, s'étant assise à côté d'elle, entreprit de lui ouvrir sa combinaison. L'un des hommes en armes s'approcha de Léonid occupé à décharger avec Sergueï quelques ballots et caisses du Land Cruiser, et il lui tendit un petit objet, dans sa paume ouverte que protégeait un gant de laine noire :

— Mec, tiens, prends les clefs, on a des toilettes là-bas. Normalement, on n'a pas le droit, mais bon, vos nanas et vos gosses peuvent y aller, ils vont tout de même pas faire ça dans les champs, avec ce froid.

Aussitôt, Marina prit la fillette dans ses bras et disparut à l'intérieur de la cabine de plastique bleu, effectivement toute proche ; Irina refusa – elle restait plantée à l'extrémité de l'esplanade, se plaquant d'une main un masque sur le visage, tandis que de l'autre elle agrippait fermement l'épaule de son garçon. L'homme qui avait donné la clef voulut se diriger vers elle pour lui dire quelque chose, mais elle recula et secoua vivement la tête sans daigner répondre, si bien qu'il s'éloigna en haussant les épaules.

J'avais de nouveau une envie féroce de fumer – très bizarrement, ce désir devient toujours plus aigu dans les stations-service – et je me dirigeai donc, cigarette à la main, vers le bas-côté, où se tenait toujours le premier type armé. Le temps que j'arrive près de lui, il avait frotté une allumette qu'il me tendit, en protégeant la flamme de ses paumes ; je dus rabattre le masque sous mon menton, espérant de tout cœur qu'Irina ne verrait rien. Nous fumâmes quelques minutes sans prononcer un mot, les yeux fixés sur la chaussée déserte, puis il me demanda :

— Alors, comment ça va, à Moscou ? Ils ont pas encore levé la quarantaine ?

Je compris sur-le-champ que j'allais mentir à cet homme qui, ne sachant rien de la mort de cette ville et de la débandade des cordons, n'imaginait pas le triste sort de cette route paisible d'ici quelques jours ; j'allais mentir parce que derrière moi il y avait trois voitures grandes ouvertes et sans défense, parce que, emmitouflée de sa combinaison de ski suisse, Marina avait conduit sa fille dans la cabine derrière la station, et parce que ces hommes en armes venaient sans doute d'échanger leur dernière chance de salut contre un tas de billets qui ne leur serait plus d'aucune utilité. *La vague,* songeai-je, et, haussant les épaules, je répondis avec toute l'indifférence dont j'étais capable :

— Eh non, apparemment non. Nous arrivons de Zvénigorod.

— Et vous allez où, si c'est pas indiscret ? demanda-t-il encore sans tourner la tête, les yeux toujours braqués sur la route. Vous êtes une vraie caravane...

— Anna ! appela énergiquement Sergueï. Tu es passée où ? On y va, là, il est temps !

J'écrasai avec soulagement ma cigarette à moitié fumée, puis, sans ajouter quoi que ce soit ni jeter un dernier regard à l'homme resté sur l'accotement, je me dirigeai d'un pas rapide vers la voiture, faute de réponse à lui donner.

On était beaucoup plus serrés dans l'habitacle du Vitara : une partie des affaires initialement rangées dans le coffre avait atterri sur la banquette arrière, acculant Micha dans un coin, mais nous avions retrouvé le moral. S'étant débarrassé avec un plaisir visible de son masque vert, Boris me lança gaiement :

— Maintenant, on a du carburant pour la moitié du trajet au moins, voire plus ! C'est vraiment bien qu'on se soit arrêtés ici, même s'ils ont plumé Léonid, tu aurais vu les prix qu'ils ont demandé pour l'essence, de la folie, putain ! Allez, Anna, les gars se sont déjà mis en route, place-toi en queue, tu conduis jusqu'à Tver et je prendrai le relais, l'un de nous deux doit dormir.

Les deux autres véhicules étaient en effet déjà sur la chaussée, et dans mon rétroviseur je vis que l'un des gardes restés près du minibus levait la main et l'agitait en signe d'adieu. L'homme qui se tenait sur le bas-côté s'écarta pour nous laisser passer et, croisant mon regard, m'adressa un petit sourire. Alors, en arrivant à son niveau, je freinai légèrement, abaissai ma vitre puis, sans cesser de fixer son sourire, je débitai à toute vitesse :

— Moscou n'existe plus. N'attendez pas demain, prenez tout ce qui reste et partez d'ici, le plus loin possible, compris ?

Le sourire n'avait pas encore disparu de son visage qu'une expression nouvelle apparaissait dans ses yeux. J'appuyai alors sur la pédale de l'accélérateur, et une fois engagée sur la chaussée, je me retournai et répétai encore une fois, espérant que le vent n'emporterait pas mes paroles :

— Le plus loin possible ! Compris ?

Nous parcourûmes en silence les trente kilomètres qui nous séparaient de Kline : sans doute mes adieux au garde avaient-ils gâché la bonne humeur générale. Seul le léger crépitement de la C.B. venait troubler le silence, les ondes étaient vides, comme précédemment, et s'il n'y avait eu les villages éclairés, disséminés des deux côtés de la route, on aurait pu croire que nous étions les derniers à l'emprunter, qu'il ne restait plus la moindre âme qui vive dans les parages. Cette impression se dissipa quand nous arrivâmes aux abords de Kline : c'était la première ville que nous traversions, avec ses croisements et ses feux de signalisation susceptibles de ralentir notre progression, de séparer notre convoi ou de nous contraindre à l'arrêt. Crispée malgré moi, je serrai plus fort le volant entre mes mains.

Comme cela arrive souvent dans les petites villes, les maisons de la périphérie avaient gardé un aspect campagnard – un seul étage, des toits à deux pentes et des clôtures en bois. Les quartiers urbains commençaient juste après – même alors pourtant les immeubles, d'une hauteur rassurante, étaient bordés d'arbres sur trois côtés –, avec des arrêts d'autobus orange, de touchantes enseignes provinciales, des panneaux publicitaires en bord de route ; nous n'avions pas franchi le premier kilomètre que Micha s'anima :

— Maman, là, il y a des gens, regarde !

En effet, les rues n'étaient pas désertes : les gens étaient peu nombreux, certes, mais il y en avait, et je me mis machinalement à les compter – deux, non, trois personnes d'un côté de la rue, et encore deux de l'autre côté –, ils cheminaient tranquillement, vaquant à leurs affaires paisibles, pacifiques, et ils ne portaient pas de masques sur le visage ; pendant que je comptais les passants, un camion dont le flanc métallique annonçait « pain » déboucha d'une artère latérale et nous suivit un certain temps, avant de tourner vers une cour. Nous dépassâmes une petite église rouge, non loin de laquelle brillait l'enseigne accueillante d'un McDonald's, qui tira de Micha une remarque pensive :

— Un petit donut, là, ce serait pas de refus... On pourrait peut-être s'arrêter ?

En dépit de ce McDo fermé – le parking devant était désert, et les baies vitrées révélaient à l'intérieur une obscurité aussi inhabituelle que celle des stations-service généreusement implantées ici ou là –, cette ville était bel et bien vivante ; la vague que nous fuyions ne l'avait pas encore atteinte, n'obligeait pas encore ses habitants à se cacher, n'avait pas bloqué les rues, et cela signifiait que nous étions dans les temps, que pour nous, visiblement, il n'était pas encore trop tard.

Nous atteignîmes un croisement où clignotait un feu orange, nous bifurquâmes et l'asphalte se couvrit bientôt d'un marquage fantaisiste criard, tandis qu'au-dessus de nos têtes filait un panneau indicateur bleu portant les directions de Tver, Novgorod, Saint-Pétersbourg.

— Nous y voilà, constata Boris d'un air satisfait. Ma petite Léningrad...

La ville ne se terminait pas pour autant : les maisons continuaient de jalonner les deux côtés de la chaussée, les croisements comportaient le noms des rues, mais les arbres se firent enfin de plus en plus nombreux, et la ville se retrouva finalement derrière nous ; dès que la voie rapide regagna la pénombre qui nous était désormais familière, cette journée riche en événements ainsi que la nuit d'insomnie précédente s'abattirent sur moi et je compris que, si les feux de code de Léonid devenaient flous sous mes yeux, c'était parce que j'étais fatiguée, exténuée, et que je ne pouvais plus tenir le volant ne serait-ce qu'un kilomètre supplémentaire.

— Boris, murmurai-je, remplacez-moi quelque temps. J'ai peur de ne pas résister jusqu'à Tver.

Sans attendre sa réponse, j'enfonçai la pédale de frein et débouclai ma ceinture de sécurité, ignorant la voix inquiète de Sergueï qui monta aussitôt de la C.B. ; je sombrai dans le sommeil à l'instant précis où nous eûmes échangé nos places, avant que le Vitara ait redémarré – il me semble que je n'entends même pas le bruit que fit Boris en refermant la portière côté conducteur.

Cela arrive souvent lorsqu'on rentre chez soi : on a beau dormir profondément sur la banquette arrière du taxi, nos yeux s'ouvrent juste avant que le chauffeur n'annonce « On est arrivés » et ne coupe le moteur. Je me réveillai brusquement, sans transition : je relevai la tête, ouvris les yeux et m'aperçus que nous n'étions plus seuls ; des voitures roulaient des deux côtés de la chaussée éclairée et la C.B. avait cessé d'être silencieuse ; à travers les grésillements et les sifflements habituels, on entendait des chauffeurs routiers discuter les uns avec les autres.

— On vient de dépasser Emmaüs, m'apprit Boris sans tourner la tête vers moi. On approche de Tver.

— Il y a pas mal de monde, constatai-je, en regardant à droite et à gauche. D'où ils sortent, tous ces gens ?

Après un examen plus attentif, je m'aperçus que la plupart des voitures étaient arrêtées sur le bas-côté, tous phares éteints, vitres baissées, voire portes ouvertes, certaines d'entre elles étaient même vides avec leurs conducteurs qui se promenaient à proximité.

— Pourquoi n'avancent-elles pas ? demandai-je alors.

Mais je me rendis compte aussitôt que cette succession interminable et bariolée de voitures n'était rien d'autre qu'une longue file d'attente, de plusieurs centaines de mètres, devant des stations-service situées des deux côtés de la route.

— Je n'aimerais pas devoir faire la queue ici, remarqua Boris. Regarde le nombre de plaques moscovites. À mon avis, les masques ne serviront plus à rien dans le coin.

Dès que nous eûmes laissé la dernière station-service derrière nous, le trafic se raréfia de façon considérable

– ceux qui roulaient dans la même direction que nous étaient peu nombreux à pouvoir se permettre le luxe d'ignorer ces sources de ravitaillement –, pourtant Sergueï, qui se trouvait en tête, ralentit tout à coup, nous obligeant à freiner à notre tour. Juste devant nous, l'autoroute se divisait en deux, et le maigre flux des voitures tournait à gauche tandis que la voie de droite, celle qui conduisait vers le centre-ville, était bloquée par les plots en béton que nous connaissions bien, derrière lesquels se trouvait un gros véhicule blindé monté sur de larges roues, qu'éclairaient les lampadaires de la route – on aurait dit un énorme morceau de savon aux bords tranchants ; au-dessus du panneau indicateur, une gigantesque pancarte jaune proclamait : « Attention ! Interdiction d'entrer dans la ville de Tver. Contournement obligatoire – 27 km. »

— C'est donc ça, murmura pensivement Boris. (Les voitures de devant avaient fini d'observer le cordon de sécurité, et notre convoi put enfin se remettre en mouvement.) Bonne idée, les gars. Mais ça me turlupine de savoir s'ils vont nous laisser passer plus loin, parce que c'est bien joli de contourner, mais le pont sur la Volga, il se trouve sur le territoire de la ville.

— Ils ne peuvent quand même pas fermer une autoroute fédérale, répliquai-je. Imaginez ce qui va se passer s'ils bloquent la route à cet endroit.

— Justement, c'est ce qu'on va voir, répliqua-t-il en grimaçant.

Nous croisâmes encore plusieurs panneaux jaunes identiques au premier, se dressant sur le côté droit de la route, à tous les embranchements qui conduisaient vers la ville, et surplombant les fameux blocs de béton blancs, couchés en travers, derrière lesquels attendaient des véhicules militaires immobiles et silencieux. Nous dépassâmes deux ou trois croisements avant d'avoir enfin devant nous les quartiers de la ville ; la voie était libre, sans le moindre cordon militaire, simplement, sous le panneau indiquant que nous étions arrivés à Tver, une autre pancarte, blanche cette fois-ci : « Attention ! Interdiction de s'arrêter et de rouler à moins de 60 km/h. » Droit devant moi, je découvris une série de proclamations semblables, plantées tous les cent mètres, des deux côtés de la chaussée. On allait nous laisser passer, cela ne faisait plus le moindre doute désormais, parce que la ville qui avait la malchance d'être coupée en deux par une immense autoroute reliant deux capitales mourantes n'était pas en mesure de fermer cette artère et de gérer ensuite la foule des personnes perdues, effrayées et sans doute déjà contaminées, qui allaient se voir contraintes d'abandonner leur véhicule, de se disperser dans les environs pour au final se ruer sur la ville – à pied, à travers champs, en contournant les entrées bloquées par les cordons –, à la recherche de nourriture, de carburant et d'un toit ; et comme cette ville de quatre cent mille habitants ne pouvait être enclose derrière un mur, son salut n'était envisageable que d'une seule manière : en ouvrant les stations-service et en vendant de l'essence à tous ceux qui passeraient à proximité, en fermant les routes conduisant au centre et en s'arrangeant pour que tous ceux qui voulaient passer sur l'autre rive de la Volga traversent la ville aussi vite que possible, sans ralentir et encore moins s'arrêter.

Nous roulions désormais en ville, dans sa partie la plus étroite ; je jetai un coup d'œil au compteur :

bien évidemment, nous n'atteignions pas les soixante kilomètres-heure, parce que ceux qui nous précédaient ne pouvaient s'empêcher de regarder de droite et de gauche ; la lueur orangée des feux de signalisation clignotait aux croisements, et dans toutes les rues conduisant vers le cœur de la ville, ainsi que parfois le long de l'accotement, on remarquait les mêmes sempiternels véhicules blindés, trapus, montés sur huit roues ; à la lumière du jour, on notait désormais qu'au lieu d'un pare-brise ils avaient de petites fenêtres semblables à des hublots, dont les volets métalliques étaient relevés, et que sur leurs toits, entre des projecteurs circulaires, pointaient les gros canons noirs de mitraillettes.

— Dis donc, il y a toute une armée, ici, s'étonna Micha.

Il avait raison : on ne distinguait pas le moindre civil dans la rue, pas de policiers non plus, ni les voitures de la patrouille routière, seulement des gens en treillis militaire et protégés de respirateurs tous identiques, avec des embouts ronds en plastique qui leur masquaient le visage. Assis dans leurs véhicules blindés ou debout au bord de la route, ils suivaient des yeux le flot des automobiles qui passaient lentement à côté d'eux.

Deux kilomètres plus loin, nous aperçûmes le pont qui marquait aussi la limite de la ville ; avec lui disparurent les militaires et leurs respirateurs, les véhicules blindés, les panneaux blancs aux lettres noires et points d'exclamation – et ce fut seulement une fois le pont franchi que nous découvrîmes la dernière pancarte, la plus laconique de toutes, comportant deux petits mots.

« Bonne chance ! » nous lançait-elle.

*
* *

Tver était désormais derrière nous, ainsi que deux petits villages ayant disparu, l'un à gauche de la chaussée, l'autre à droite ; les champs enneigés avaient eux aussi filé, remplacés par la forêt, et nous continuions à nous taire. Le front appuyé contre la vitre froide, je regardais défiler les arbres sombres, essayant de me figurer si ceux qui étaient restés avaient vraiment réussi à différer la catastrophe et ce qui finirait quand même par lui servir de déclencheur. Qu'est-ce qui se produirait en premier ? L'épuisement du carburant, indispensable à ceux qui devaient traverser la ville, ou celui des provisions pour ceux qui s'abritaient dedans ? Combien de temps tiendraient les cordons de sécurité, pour l'instant compacts et infranchissables ? Mettraient-ils plusieurs jours à se demander s'ils devaient continuer à protéger une ville de toute façon condamnée, à déserter leur poste et à retourner leurs armes contre ceux qu'ils défendaient jusqu'alors ? À moins que rien de tout cela ne se produise, et que le flot des fuyards et des voitures se raréfie puis se tarisse, alors la vague, dont nous sentions désormais nettement l'approche dans notre dos, s'ensablerait au point de ne pouvoir renverser le mur érigé devant elle, si bien que la petite ville resterait un îlot, un centre qui permettrait à ses habitants de passer à couvert la période la plus dure et la plus effrayante, avant de retourner à la vie normale.

— Tu ne dors pas, Anna ? Il le faut pourtant, m'intima Boris, interrompant le cours de mes réflexions. Ça fait deux jours qu'on n'a pas fermé l'œil, ni toi ni moi, et si on reste tous les deux à fixer l'obscurité, il faudra tôt ou tard qu'on s'arrête pour faire un somme, ce qui serait vraiment stupide quand on est deux pour se relayer au volant.

Il avait raison, pourtant je n'avais pas la moindre envie de m'abandonner au sommeil, peut-être parce que je l'avais trop fait au cours de ces quelques semaines absurdes passées dans l'attente d'on ne savait quoi, et que j'en avais plus que marre de dormir et de ne prendre part à rien du tout, de n'être qu'une figurante inutile. Ou alors était-ce dû au petit somme que je m'étais octroyé avant Tver. Je le dévisageai : il avait mauvaise mine pour sa part. *Cet homme est âgé de soixante-cinq ans,* pensai-je, *il n'a pas dormi depuis quarante-huit heures, et avant ça il avait passé la moitié d'une nuit au volant, pour conduire de Riazan jusqu'à chez nous... Combien de temps va-t-il encore tenir à ce rythme, avant que son cœur lâche ou qu'il s'endorme tout bêtement en conduisant ?*

— Vous savez quoi ? On ne va pas faire comme ça, répliquai-je en veillant à ce que ma voix ne trahisse pas mon inquiétude. Vous allez vous reposer maintenant, et c'est moi qui vais conduire. Combien de kilomètres reste-t-il jusqu'à Novgorod ? Dans les quatre cents ? Pour l'instant il fait nuit, la route est quasi déserte, tout est calme, alors que vers Saint-Pétersbourg la situation sera sans doute plus compliquée. Vous reprendrez le volant à ce moment-là.

À mon grand soulagement, il ne chercha pas à argumenter – visiblement, lui non plus n'était pas certain de tenir sans prendre de repos jusqu'à l'aube ; après m'avoir jeté un bref regard, il fit passer le micro dans sa main droite et annonça à Sergueï :

— Pause cigarette. Arrête-toi, fiston, mais choisis un endroit tranquille.

Nous n'attendîmes pas longtemps : il n'y avait pas le moindre véhicule sur la voie rapide, comme si la plupart d'entre eux étaient restés coincés dans la file d'attente de la station-service. Il ne fallut pas plus de quelques minutes à Sergueï pour trouver un emplacement propice ; des deux côtés, la forêt débutait à quelques pas seulement de la route, et la neige ne paraissait pas trop profonde. La perspective de sortir et de dégourdir un peu des bras et des jambes ankylosés par l'immobilité réjouissait tout le monde, si bien que les portières s'ouvrirent dans la seconde qui suivit l'arrêt des moteurs et nous filâmes ici et là, nous enliser dans la bouillie neigeuse de l'accotement.

— Les filles à gauche, les mecs à droite, ordonna Léonid d'un ton gaillard.

Aussitôt dit, aussitôt fait, il fut le premier à disparaître derrière les arbres, suivi de Micha qui levait bien haut les pieds pour ne pas s'empêtrer au milieu des congères.

Quand la combinaison blanche de Marina eut elle aussi disparu dans l'obscurité (« Jette un œil sur Dacha, elle s'est endormie, je ne veux pas la réveiller »), nous ne fûmes plus que trois sur le bas-côté : Boris, Sergueï et moi. Plein de tact, mon beau-père s'éloigna un peu, se détournant vers la route pour allumer une cigarette, tandis que j'écartais les pans du blouson de Sergueï et m'agrippais fermement à son torse ; dès que ma joue se fut réchauffée au contact de sa chaleur, je m'immobilisai, sans dire un mot, habitée par une seule envie : rester à inhaler son odeur aussi longtemps que possible.

— Comment tu te sens, bébé ? demanda-t-il en pressant les lèvres sur ma tempe.

— Ça va, m'empressai-je de répondre.

En fait, j'avais envie de lui raconter l'impression affreuse que m'avait causée la maison de pain d'épice brûlée, la difficulté que j'avais eue à mentir à l'homme de la station-service qui nous avait appelées « les nanas », la terreur que m'inspirait chaque voiture que nous croisions, chaque village que nous étions obligés de traverser. J'avais besoin de le sentir à mes côtés, de voir son profil éclairé par les quelques phares venant en sens inverse, mais au lieu de ça j'avais passé quatre heures avec, pour tout réconfort, le son de sa voix surgissant à intervalles irréguliers de la C.B. et les feux arrière de sa voiture, quand le Land Cruiser ne les masquait pas. Pourtant, je déclarai tout autre chose :

— J'ai réussi à convaincre ton père de se reposer, je lui trouve mauvaise mine. Toi aussi, tu devrais dormir un peu, demande à Irina, peut-être qu'elle pourrait te remplacer au volant, ne serait-ce qu'une heure ou deux.

Il secoua la tête.

— Ce n'est pas une bonne idée. La voiture de tête doit être conduite par un homme, soit moi, soit papa. Je vais tenir le coup jusqu'à Novgorod et ensuite on réveillera mon père, on mettra Irina au volant, et toi et moi on pourra dormir un peu.

Il me posa une main sur la nuque, glissant ses doigts chauds dans mes cheveux et je songeai : *Il a raison*, puis je me dis encore : *Ça veut dire qu'on ne changera pas la répartition dans les véhicules, ni maintenant, ni après Novgorod, parce que nous ne pourrons pas nous arrêter assez longtemps, nous devons avancer sans perdre de temps, chaque heure, chaque minute compte pour augmenter la distance entre nous et la vague que nous fuyons.*

La portière de la voiture de Sergueï s'entrouvrit sur une Irina qui fit quelques pas prudents sur le bas-côté, puis déclara d'une voix assourdie :
— Antochka dort.
Elle ne s'adressait à personne en particulier, mais je savais que cette phrase me concernait, et même si elle offrait de nombreuses possibilités, comme transporter le gamin endormi dans le Vitara ou bien, mieux encore, sans déranger le petit, faire venir Sergueï dans ma voiture pour qu'il échange sa place avec Boris et prenne le volant, cela n'avait aucun sens de compliquer la situation, simplement parce que Sergueï me manquait, quand justement Boris avait besoin de repos, que moi j'étais encore capable de conduire une voiture et que nous n'avions même pas parcouru deux cents kilomètres.
Je ne lui répondis pas ; de toute façon, toujours plantée près de la voiture, la main posée sur le toit, le visage tourné vers la route, elle n'attendait pas de réponse de ma part. On entendit des branchages craquer du côté de la forêt : d'abord Léonid, qui nous revenait avec sa discrétion coutumière, puis Micha se faufilant à sa suite quelques secondes plus tard, pour regagner son terrier à l'arrière du Vitara et s'empresser de refermer la portière. Ayant jeté son mégot, Boris

revenait lui aussi vers la voiture, tandis que je ne parvenais toujours pas à relâcher Sergueï, tel un appareil électrique en charge pour lequel chaque seconde supplémentaire est déterminante. Alors je chuchotai, si doucement que seul Sergueï put m'entendre :

— Qu'ils aillent au diable, on peut bien rester encore quelques minutes, non ?

— Qu'ils aillent au diable, répéta-t-il contre ma tempe. On ne bouge pas pour l'instant.

Je ne regardais pas la route, ce qui explique sans doute pourquoi je ne vis la voiture arriver en sens inverse qu'au moment où elle inonda les alentours d'une lumière blanche et aveuglante ; Léonid et Boris étaient déjà installés, Marina n'était pas encore revenue de la forêt, et Sergueï resta tranquillement où il était, sans même frémir ; il se contenta de me relâcher pour se tourner légèrement en direction du véhicule qui freinait juste à notre niveau, de l'autre côté de la route. La portière du côté conducteur s'entrouvrit, quelqu'un se pencha et lança :

— Les gars, vous ne savez pas si les pompes fonctionnent encore à Tver ?

Éblouis par les phares qui nous empêchaient de distinguer ses traits – maudits soient ces phares au xénon artisanaux ! –, nous restâmes muets, si bien que le type ouvrit plus largement sa portière et posa le pied sur la route ; l'éclat lumineux nous permettant seulement d'entrevoir sa silhouette, il fit un pas dans notre direction et répéta sa question :

— À ce qu'on dit, les pompes fonctionnent à Tver ? Tout à l'heure, il y a des gens de Moscou, comme vous, qui sont passés, ils ont dit qu'il y avait de l'essence là-bas, mais que les files d'attente étaient monstrueuses.

Comme sur une photographie plongée dans un bain révélateur, les détails émergeaient un par un, à mesure que nos yeux s'habituaient progressivement à la lumière ; plissant les paupières derrière l'épaule de Sergueï, je ne vis d'abord qu'une voiture étrangère très sale, aux ailes avant froissées, avec une plaque d'immatriculation non moscovite, puis je distinguai notre interlocuteur, un homme d'âge moyen portant des lunettes et un épais chandail, mais pas d'anorak, il avait dû le laisser dans son véhicule. Il souriait d'un air mal assuré, et aurait effectué un pas supplémentaire dans notre direction, s'il n'avait brusquement levé les bras en l'air, comme pour se protéger la tête, avant de se figer ; dans mon dos retentit alors une voix que je ne reconnus pas d'emblée, tant elle était brutale et hachée :

— Ne t'approche pas. Reste où tu es !

— Mais qu'est-ce qui vous prend ? s'empressa de répliquer le type. Attendez, je veux seulement demander...

— Reste où tu es ! répéta Irina.

Je me retournai : elle se tenait à côté de la voiture, le fusil de Sergueï en appui sur son épaule droite. Sa prise paraissait malhabile, et le long canon ballottait dangereusement de droite à gauche, comme s'il cherchait à lui échapper des mains. Il était évident que le fusil n'était pas armé, mais de l'endroit où il s'était immobilisé, l'inconnu ne pouvait pas le voir.

— Mon Dieu, Irina... commença Sergueï.

Elle ne fit toutefois que secouer la tête d'un air impatient, avant de s'adresser de nouveau au type :

— Retourne à ta voiture et vite ! (Et quand, effrayé, il fit encore un pas, en clignant plusieurs fois des yeux, elle haussa le ton.) Retourne à ta voiture, je te dis ! Mets-toi au volant et dégage !

Renonçant à nous expliquer quoi que ce soit, le type recula de quelques pas prudents, referma sa portière et démarra aussitôt dans un bref crissement de pneus, emportant avec lui la lumière éblouissante de ses phares. Dans la seconde qui suivit, Sergueï s'approcha d'Irina pour lui retirer le fusil des mains ; elle obtempéra sans protester et resta plantée là, les bras le long du corps, le menton toujours relevé avec un air de défi.

— Mais qu'est-ce que tu avais besoin d'attraper ce fusil ? demanda Sergueï avec une irritation palpable. Tu ne sais pas tirer, qu'est-ce qui t'a pris, bon sang ?

Léonid sortit prudemment la tête du Land Cruiser.

— Quelle famille ! constata-t-il, avec un sourire crispé. Vous sautez sur vos pétoires à la moindre occasion.

Irina nous dévisagea l'un après l'autre, et croisa les bras.

— La période d'incubation dure de quelques heures à quelques jours, déclara-t-elle d'une voix ferme. C'est différent pour chaque personne, mais ça va très vite dans tous les cas. Ça commence par des frissons, comme un rhume banal, ça cogne dans les tempes, on a les articulations douloureuses, mais c'est supportable, on peut se déplacer, discuter, conduire sa voiture, et pendant cette période-là le malade contamine tous ceux qu'il rencontre, enfin pas tous, mais la plupart. Et quand la fièvre se déclare, là, impossible de continuer à se déplacer...

— Ça suffit, l'interrompis-je.

Sergueï regarda dans ma direction.

— ... On ne peut que rester couché, à transpirer. Certains commencent à délirer, d'autres à convulser, mais il y a une troisième catégorie de gens qui n'ont pas cette chance, ils restent tout le temps conscients, ça peut durer plusieurs jours, continua-t-elle sans me prêter la moindre attention. Et à la fin, ils crachent une bave sanguinolente, et ça signifie...

— Ça suffit ! criai-je de nouveau.

Je me détournai et courus me réfugier dans le Vitara où je m'autorisai enfin à pleurer, parce qu'elle ne pouvait voir mon visage. Oh, maman, ma pauvre maman, ça avait donc duré plusieurs jours, tandis que nous étions confortablement installés dans notre petit monde d'abondance, plusieurs jours. Plusieurs... jours.

— Anna, bébé...

Sergueï avait entrouvert ma portière et posé une main sur mon épaule.

Je relevai la tête : en découvrant mon visage baigné de larmes, il fit une grimace de compassion, mais n'ajouta rien ; la main toujours sur mon épaule, il resta auprès de moi jusqu'à ce que je cesse de pleurer.

— Comment tu te sens ? Tu vas pouvoir conduire ? demanda-t-il enfin, quand j'eus essuyé mes larmes.

— Débrouille-toi pour que ta... ton Rambo ne s'approche pas de moi, répondis-je en me tournant vers lui. Qu'elle ne fourre surtout pas son nez dans mes affaires.

Et je m'entendis soudain ricaner méchamment tout en prononçant cette phrase. Sergueï hocha la tête sans rien dire, serra encore une fois mon épaule puis regagna sa voiture à pas lents.

Au moment où notre convoi s'ébranlait, la neige se mit à tomber en épais flocons blancs, comme pour célébrer l'arrivée prochaine de la nouvelle année.

Il s'avéra très vite que Léonid avait profité de la pause pour échanger sa place avec celle de Marina, si bien que nous avancions plus lentement désormais : dès que la Pajero de Sergueï roulait à plus de cent kilomètres à l'heure, le Land Cruiser se laissait distancer, et l'écart entre les voitures de tête devenait tel que j'aurais pu aisément le réduire en glissant mon Vitara entre les deux. Comme par un fait exprès, la neige tombait plus dru, se muant en tempête ; pendant quelque temps, je m'énervai, cherchant à dynamiser Marina à coups d'appels de phare, plusieurs fois j'envisageai bel et bien de dépasser le Land Cruiser, mais il était désormais évident que dans les mains inexpérimentées de Marina le lourd véhicule resterait de toute façon en arrière et ne tarderait pas à se perdre au milieu de l'épais brouillard blanc qui nous enveloppait. Puis une ornière terrifiante creusa tout à coup la chaussée, mon Vitara patina dangereusement, et je renonçai à rouler plus vite.

Une heure s'écoula ou presque, nous progressions à présent très lentement, et je ne regardais plus sur les côtés depuis longtemps pour examiner les villages que nous traversions : à cause de la tourmente, leur présence alentour ne se devinait qu'à la lumière diffuse des lampadaires à travers le rideau neigeux. Il y en avait étonnamment peu, en tout cas si l'on se fiait aux portions de route éclairées ; je n'avais guère la carte en tête, mais il me semblait que ce secteur aurait dû être bien plus densément peuplé, à moins qu'en raison de la fatigue j'aie manqué de noter la traversée d'une zone éclairée, ou bien que les lignes électriques aient été coupées, et les lampadaires éteints.

Micha s'endormit presque à la minute où nous démarrâmes ; dans le rétroviseur, je voyais sa tête ébouriffée appuyée contre la pyramide bancale des caisses et des sacs empilés sur la banquette arrière. *Tu es avec moi,* songeai-je, en observant son visage serein dans le sommeil. *J'ai réussi à te sauver, à t'emmener loin de cette horreur, au dernier moment, d'accord, mais pas trop tard, et je te conduirai quelque part où personne ne pourra te faire de mal, parce qu'il n'y aura que nous, nous et nous seuls, et tout ira bien.* À ma droite, Boris dormait sur le siège passager ; comme je n'avais pas pensé à lui conseiller d'abaisser le dossier de son siège, il penchait en avant, avec la ceinture de sécurité qui entrait dans la toile usée de sa veste de chasse ; sa tête pendait et touchait presque le tableau de bord du Vitara. Alors que tout le monde dormait dans la voiture et que les vitres étaient obstruées par une neige mouillée et collante que les essuie-glaces avant chassaient à grand-peine en poussant force grincements, alors que le Land Cruiser devant moi se réduisait à ses feux arrière, je me sentis soudain envahie par une sensation inexplicable de calme et la certitude que nous allions atteindre ce lac espéré comme une promesse de salut. Depuis cette plaine sans fin, notre aérienne maison de bois paraissait déjà quelque peu irréelle et inconsistante, avec ses parois transparentes, et sans que je puisse comprendre pourquoi, je ne la regrettais pas le moins du monde : le principal, c'était que nous soyons sains et saufs, que Micha dorme sur la banquette arrière, et qu'à quelques mètres devant nous se trouve Sergueï, occupé à fouiller du regard une route déserte et enneigée.

Je n'eus pas le temps d'approfondir cette réflexion que la C.B. se mit à grésiller, et la voix de Sergueï monta de sous mon coude droit :
— Tu ne dors pas ? chuchota-t-il.
— Non, répondis-je, d'abord comme ça, dans le vide, puis je m'emparai du micro de la main droite, l'approchai au plus près de mes lèvres, pour ne pas réveiller les dormeurs, et je répétai : Non, je ne dors pas.
J'éclatai d'un petit rire bref, tant j'étais heureuse d'entendre sa voix.
— Qu'est-ce que tu fabriques ? demanda-t-il, chuchotant toujours.
Je compris aussitôt qu'il était lui aussi complètement seul dans sa voiture, parce que les autres dormaient, bien loin sur la banquette arrière, séparés de lui par des appuie-têtes, des sacs et l'épaisse couverture du sommeil ; un peu comme s'ils s'étaient absentés et qu'il n'y avait plus que deux personnes le long de cette route déserte et couverte de neige : Sergueï et moi.
— Je roule, répondis-je, et je pense à toi.

— C'est beau, tu ne trouves pas ? C'est bientôt la Nouvelle Année, ajouta-t-il sur le même ton.

Nous restâmes quelques instants sans rien dire, mais notre silence ne ressemblait plus à celui qui avait précédé, la neige aussi avait changé, elle était douillette, douce, sans malice, et je ne m'y trouvais pas seule, il était avec moi, même si je ne voyais pas son visage ni ne pouvais tendre la main pour le toucher.

— Ce sera un Nouvel An magnifique, tu verras, déclara-t-il.

— J'en suis sûre, répondis-je en souriant.

Il avait beau ne pas voir mon sourire, je savais qu'il le devinait.

— Allez, on chante quelque chose, proposa-t-il.

— Mais on va réveiller tout le monde, objectai-je.

— Non, on va chanter doucement, répliqua-t-il aussitôt, et sans attendre ma réponse il se mit à fredonner : « Les chevaux longent la rivière »...

C'était sa chanson préférée, et il l'entonnait chaque fois qu'il lui prenait envie de chanter quelque chose ; même s'il faisait toujours des fausses notes, et malgré mon oreille absolue – leçons de piano, école de musique, solfège –, c'était la seule interprétation que j'aimais, parce que Sergueï donnait l'impression de ressentir chaque mot, et l'effet était si puissant qu'on en oubliait l'inexactitude des notes et les règles ineptes censées régir le chant ; je n'eus donc pas d'autre choix que de reprendre la mélodie et faire prudemment chorus :

— « Ils cherchent où s'abreuver »...

Quand nous terminâmes la chanson, le silence s'abattit de nouveau, les essuie-glaces battaient la mesure, les feux arrière du Land Cruiser luisaient faiblement à travers la neige... Personne ne s'était réveillé. Et au moment où la C.B. crépita de nouveau, la voix inconnue qui s'éleva sur les ondes, à travers ce calme enneigé, retentit de façon si naturelle que je ne sursautai même pas :

— C'était bien joli, votre petite chansonnette, lança la voix. Et celle-ci, vous la connaissez ? « Mes pensées sombres, mes pensées secrètes »...

Et l'individu d'aligner les couplets d'une voix graillonneuse, visiblement peu habituée à chanter, jusqu'à ce que sa route le conduise en dehors du réseau de notre récepteur ; durant quelque temps, en dépit des parasites, nous distinguâmes encore deux ou trois mots épars, puis ce fut de nouveau le silence.

*
* *

Comme ç'aurait été bien si tout le chemin qui nous restait avait pu se dérouler ainsi ! Il me semblait que j'aurais pu alors supporter cinq cents, voire mille kilomètres dans cette obscurité, à cette vitesse de tortue, les deux mains agrippées au volant pour empêcher la voiture de quitter les traces glissantes, si nous n'avions plus eu à nous arrêter, à chercher du carburant, à craindre chaque individu rencontré en chemin. J'aurais vraiment aimé pouvoir passer ainsi le reste du trajet, sans plus parler à qui que ce soit excepté Sergueï, sans les blagues lugubres de Boris, qui me glaçaient d'effroi, sans la peur panique d'Irina devant une maladie que personne d'entre nous n'avait encore vue et qui n'avait donc pas réussi à nous effrayer pour de vrai. Désormais, sur cette route déserte et sombre recouverte de neige, il était aisé d'imaginer qu'il n'y avait aucune urgence, rien à fuir, qu'il nous suffisait d'aller d'un lieu à un autre, d'un point A à un point B, comme dans un problème de maths, du temps où nous étions à l'école. Il était étonnant de constater combien nous rechignions à accepter la gravité de la situation ; il suffisait que les voitures, les cordons, les hommes en armes disparaissent ne serait-ce que quelques heures de notre route pour que l'angoisse et la peur commencent à refluer, comme si elles n'avaient jamais existé, comme si ce voyage n'était rien d'autre qu'une petite aventure ou, à la rigueur, une expérience destinée à éprouver notre résistance : dès que nous aurions franchi une frontière pour l'instant inconnue et invisible, nous découvririons des caméras, une lumière éclatante jaillirait et des gens surgiraient de derrière le décor pour nous annoncer que nous n'avions plus rien à craindre, que tout cela n'était qu'un jeu, que personne n'avait souffert, que nous étions des héros qui avaient fait tout ce qu'on attendait d'eux et pouvaient désormais regagner leurs pénates.

L'illusion aurait effectivement été possible si le regard ne tombait de temps à autre sur la jauge à essence du tableau de bord – une petite flèche rouge, de plus en plus basse à chaque coup d'œil –, encore trois cents, deux cent cinquante, deux cents kilomètres, et il faudrait s'arrêter, ouvrir le coffre, récupérer les jerrycans et transvaser l'essence, tout en surveillant les alentours, l'oreille aux aguets et l'œil rivé sur la route. Le calcul mental n'avait jamais été mon fort, ni à l'école ni par la suite, dans ma vie d'adulte ; j'avais toujours besoin d'une feuille de papier ou d'une calculette, mais je disposais à présent d'assez de temps pour arriver à la conclusion évidente que l'essence qui clapotait pour l'heure lourdement dans mon coffre ne suffirait pas à alimenter mon Vitara jusqu'au bout, et qu'à un moment – peut-être au milieu des lacs septentrionaux hostiles et couverts de glace, mais peut-être plus tôt, en plein sur la voie rapide, à quelques kilomètres d'un village oublié de Dieu –, mon moteur se noierait et rendrait l'âme, entraînant dans son trépas l'illusoire sécurité qu'une voiture confère à ses occupants, avec ses portes fermées, ses tapis de sol en caoutchouc, ses sièges chauffants et un vide-poches plein de CD choisis.

Mais ce moment n'était pas arrivé, il était encore loin ; la flèche descendait lentement, la route était déserte, et je pouvais toujours me répéter : *Anna, cesse d'aller plus vite que la musique, tu n'es pas seule, tout ce que tu as à faire, c'est de ne pas t'endormir au volant, de bien le tenir à deux mains, de suivre les feux du Land Cruiser qui roule devant toi, et quand le jour se lèvera, aux environs de Novgorod, tu t'installeras sur le siège passager, tu fermeras les yeux et la responsabilité de la suite du trajet reposera sur d'autres épaules ; pendant que tu dormiras, tes compagnons de route trouveront forcément le moyen de remplir les réservoirs et d'atteindre cet endroit où rien ne te menacera plus.*

Une heure ou une heure et demie plus tard, la neige cessa de tomber, subitement, sans prévenir, et l'obscurité redevint transparente, tandis que les taches claires des villages le long de la voie rapide s'apercevaient de nouveau de loin ; les noms de ces endroits m'étaient à présent totalement inconnus, et leur configuration n'avait plus rien à voir avec l'aspect uniforme des hameaux que l'on trouvait aux environs de Moscou – de petites maisons à deux fenêtres, de plain-pied, avec des palissades qui penchaient vers l'intérieur – ; peut-être parce qu'on était en pleine nuit, à moins que ce ne soit pour une autre raison, les fenêtres des maisons donnant sur la route s'avéraient sombres, tels des yeux clos, et nombre d'entre elles étaient même dissimulées derrière des volets ; la route à cet endroit était si étroite et si mauvaise que j'en serais venue à croire que nous nous étions égarés, si Sergueï n'avait continué à avancer sans manifester la moindre hésitation. Soit que la conduite fût devenue plus facile, soit aussi que la sérénité offerte par le rideau neigeux s'en fût allée avec la neige, en tout cas, nous roulions désormais plus vite, même Marina réussissait à pousser son Land Cruiser jusqu'à cent kilomètres à l'heure.

Cela survint juste après Vychni Volotchek – la petite ville était endormie, sans habitants, sans défense, avec un unique feu de signalisation –, que nous franchîmes d'une traite, ainsi que, dans la foulée, un ou deux villages également déserts, aux fenêtres aveugles et aux lampadaires chichement disposés le long de la voie rapide ; une nouvelle portion de chaussée faiblement éclairée surgit devant nous et, juste au pied d'un panneau dont je ne pus distinguer l'inscription, je remarquai une voiture bleu et blanc de la patrouille routière, tous feux éteints, garée de façon perpendiculaire à la route, et à côté, quelques pas en avant, une silhouette humaine vêtue d'un gilet, bien visible avec son jaune agressif et ses bandes réfléchissantes disposées à l'horizontale. Il ne restait plus que trois cents mètres environ jusqu'à la voiture stationnée sur le bas-côté quand l'homme au gilet, qui nous avait aperçus, leva son bras armé d'un bâton et fit un pas en direction de la route ; le Land Cruiser ralentit aussitôt, enclencha son clignotant à droite et commença à se rabattre vers l'accotement. *Qu'est-ce qu'elle fait, cette idiote ?* me dis-je, au désespoir. *Comment pourrait-il y avoir des flics à cette heure et à cet endroit ?*

— Marina ! m'écriai-je, comme si elle pouvait m'entendre.

Boris, qui dormait sur le siège passager, releva brusquement la tête et, la seconde d'après, penché sur mon épaule, il appuyait plusieurs fois sur le klaxon : l'avertisseur aigu et désagréable du Vitara m'obligea à reprendre mes esprits sur-le-champ et j'allumai mes feux de route, un faisceau bleuâtre et froid qui tira d'un coup la voiture immobile de l'obscurité, et tout le monde put voir alors que sa vitre latérale était brisée, et que le flanc tourné vers nous, blanc avec une bande bleue, ainsi que le montant avant étaient enfoncés. À la lumière des phares, l'homme qui se tenait à côté avait lui aussi l'air bizarre – le gilet fluorescent, passé sur un blouson de sport et maculé de boue, n'avait rien à voir avec un uniforme de patrouilleur, et dans les buissons à gauche de la voiture, d'autres silhouettes se tenaient en embuscade, qui n'avaient pas pris la peine de revêtir le moindre gilet. *Je vais la dépasser et je la laisserai là,* songeai-je, résignée. *Et nous ne pourrons plus rien faire pour elle, Sergueï n'a pas dû freiner, je n'aurai même pas le temps de prendre la C.B. pour le prévenir ; de toute façon, il a bien vu que ce n'était pas une vraie patrouille.* J'appuyai sur l'accélérateur tout en continuant à klaxonner, le Vitara fit une embardée vers la voie de gauche ; je voulais voir à tout prix ce que faisait Sergueï, mais à ce moment-là, avant de s'être arrêté tout à fait, le Land Cruiser se déporta lui aussi d'un coup sec sur la gauche et, lancés à pleine vitesse, nous dépassâmes en trombe la voiture de patrouille défoncée ainsi que les types dissimulés derrière ; dans mon rétroviseur, je vis l'homme au gilet abaisser son bâton et se poster en plein milieu de la route tout en nous suivant des yeux, tandis que ceux qui se cachaient derrière lui sortaient à leur tour de l'ombre, maintenant qu'ils n'avaient plus besoin de se tapir.

— J'aurais bien tiré sur ces charognards, marmonna Boris entre ses dents serrées.

Il ôta enfin sa main du klaxon et, se retournant autant que le lui permettait sa ceinture de sécurité, il jeta un nouveau regard en arrière. Pour ma part, j'avais les yeux fixés sur les feux du Land Cruiser, qui tanguait légèrement de droite à gauche, et je songeais : *j'étais prête à l'abandonner, à la contourner par la voie de gauche et à filer sans me retourner, je n'ai pas eu le temps de réfléchir, je n'avais pas le moindre plan, j'ai juste flairé le danger et j'ai appuyé sur la pédale ; maintenant, on est deux à le savoir, elle et moi, et à savoir également que si jamais il se passe de nouveau quelque chose d'aussi terrifiant, je ne prendrai aucun risque, je ne m'arrêterai pas, ni ne me porterai à son secours* ; et puis je me dis encore

– impossible d'éviter la question : *s'il n'y avait pas eu le Land Cruiser, si sur cette route sombre et déserte il n'y avait eu devant moi que la voiture de Sergueï, qu'aurais-je fait dans ce cas ?*

Boris cessa enfin de regarder derrière et s'empara du micro.

— On devrait s'arrêter, Sergueï, annonça-t-il. Regarde comme le Land Cruiser se balance, il faudrait que Léonid reprenne le volant.

— Pigé, répondit la voix de Sergueï, mais je dois trouver un emplacement plus éloigné d'ici.

Il était clair pour tout le monde qu'il aurait été préférable de parcourir encore vingt ou trente kilomètres minimum avant de nous arrêter, mais un simple coup d'œil aux soubresauts du Land Cruiser, qui faisait désormais de nombreux écarts sur la route, nous indiquait que nous ne disposions pas de ce temps, et que Marina finirait soit par emboutir l'un d'entre nous, soit par atterrir dans le fossé. Juste après que la lumière blafarde des lampadaires disparut de notre champ de vision, Sergueï ralentit, et quelques minutes plus tard sa voix retentit de nouveau :

— Stop, on s'arrête ici, je ne me rappelle plus exactement à quelle distance se trouve le prochain village, mais il y en a plein tout autour, et ensuite, avant d'avoir dépassé Valdaï, on ne trouvera pas d'endroit convenable de toute façon. Allons-y, mais attention, éteignez bien vos phares.

Et il se gara sur le bas-côté.

Nous nous arrêtâmes ; Boris se retourna pour extraire sa carabine de derrière le dossier de son siège.

— Je la prends avec moi, précisa-t-il en croisant mon regard. Pour le cas où il y ait encore quelques gentils petits gars dans les parages qui auraient envie de nous faire un brin de conversation. Vas-y Anna, change de place, j'ai comme l'impression que j'ai assez dormi.

Je n'avais pas envie de descendre de voiture ; je serais bien volontiers restée au volant, à attendre que Marina se réinstalle sur le siège passager du Land Cruiser, pour m'éviter de la voir et de croiser son regard, mais je n'avais pas le choix ; je détachai ma ceinture et fis un pas sur la route. La portière passager du Land Cruiser s'ouvrit à cet instant précis et Marina en sauta – même sans la lumière des phares, sa combinaison blanche déchirait l'obscurité, et elle courut dans ma direction en sanglotant ; je rentrai la tête dans les épaules, je n'avais plus le temps de réfléchir, j'avais envie de lui crier : « J'ai eu peur, j'avais Micha à l'arrière, je ne pouvais pas m'arrêter… » mais elle se précipita sur moi et me prit par le bras.

— Excusez-moi, bredouilla-t-elle. (Des larmes ruisselaient sur son visage.) Je suis la dernière des idiotes, j'étais tellement fatiguée, la route a été si horrible, je n'ai pas réfléchi, j'ai vu ce foutu uniforme et j'ai failli m'arrêter, mais ensuite tu as klaxonné et allumé tes feux de route, et Léonid s'est réveillé… Si tu n'avais pas été là, Anna, si tu n'avais pas été là…

Elle m'étreignit, tout en continuant à me parler à l'oreille, sans plus s'arrêter. Je restais immobile, incapable de la toucher, paralysée par une pensée unique : *j'étais prête à t'abandonner, tu ne t'en es pas rendu compte, pourtant je t'aurais bel et bien plantée là.*

Léonid s'approcha et la prit par le bras pour la conduire à la voiture ; puis, revenant sur ses pas, il déclara :

— J'ai mon réservoir aux deux tiers vide. On va bientôt passer par Valdaï, il reste encore dans les deux cents kilomètres jusqu'à Tchoudovo, j'aurais bien fait le plein ici, avant qu'on arrive sur l'autoroute de Mourmansk, on n'aura peut-être pas d'autre opportunité.

Nous transvasâmes le carburant – Boris la carabine à la main, pendant que Léonid et Sergueï s'affairaient avec les jerrycans ; de mon côté, je m'éloignai de quelques pas pour fumer une cigarette. La tension qui s'était emparée de moi sans jamais se relâcher, depuis la minute où nous avions quitté la maison, cette tension qui m'avait empêchée de dormir et crispé les mains sur le volant, toute cette concentration accumulée m'abandonna en une seconde, comme si elle n'avait jamais existé, et je m'aperçus avec soulagement que je n'avais même plus besoin de surveiller la route pour guetter l'apparition d'un étranger, parce qu'à partir de cet instant, rien – ni l'itinéraire qui allait être le nôtre, ni la quantité d'essence dans le réservoir du Vitara, ni notre sécurité – ne relevait plus de ma responsabilité ; j'allais bientôt me rasseoir dans le véhicule, j'abaisserais le dossier, fermerais les yeux, et tout cela cesserait d'exister, et quand je les rouvrirais de nouveau il n'y aurait plus autour de moi que la taïga, les lacs et quelques rares villages aux noms septentrionaux, tandis que toute cette fourmilière grouillante et menaçante serait si loin derrière nous qu'on pourrait enfin oublier son existence.

Le remplissage des réservoirs terminé, le moment était venu de repartir ; je m'approchai de Sergueï et lui effleurai la manche.

— Je vais dormir, lui annonçai-je. Ton père conduira. Mettons le Vitara en tête, comme ça Irina prendra le volant. Tu as besoin de te reposer.

— Plus tard, répondit-il sur-le-champ, presque agacé, comme s'il avait prévu pareille suggestion de ma part et deviné que j'allais chercher à le convaincre. Tu vois bien qu'on est sur la partie la plus difficile du trajet, Anna : Valdaï, Novgorod… Bon, dès qu'on aura contourné Saint-Pétersbourg on changera ; après Kirichi, ce sera plus calme, mais je ne peux pas la mettre au volant pour l'instant.

— Ben voyons, répliquai-je. C'est vrai, il faut qu'elle se repose encore un peu, la pauvre petite, elle est sans doute tellement fatiguée d'avoir dormi sur la banquette arrière depuis hier.

Je regrettai ce que je venais de dire avant même d'être arrivée au bout de ma phrase, parce qu'il avait raison et il était parfaitement évident pour l'un comme pour l'autre que je le savais aussi et que je voulais simplement lui faire payer d'avoir quitté la maison, cette nuit-là, sans même me dire « au revoir » ; parce que si elle n'avait pas été là, ç'aurait été lui, et non Boris, qui aurait dormi quatre heures sur le siège passager à côté de moi, et que je n'aurais rien eu à craindre pour lui ; parce que, debout dans mon entrée, cette femme avait lentement ôté sa capuche, secoué ses cheveux et m'avait appelée « bébé ». Parce qu'elle ne me plaisait pas. Parce que je ne pourrais jamais me débarrasser d'elle. Et, bien que la honte m'eût envahie à la minute même où je me fis toutes ces réflexions, je ne serais plus jamais capable de me comporter autrement avec elle.

Je n'avais pas envie que Sergueï voie mon visage en cet instant, mais notre conversation ne pouvait s'achever sur une note pareille ; je me tournai vers la route – je devais à tout prix essayer d'afficher un sourire, de prononcer une parole plaisante, pourtant rien ne fonctionna, ni le sourire ni la plaisanterie, et il me posa la main sur l'épaule, puis se pencha vers moi pour me chuchoter, sur le ton de la connivence :

— Anna, je comprends bien, mais si tu savais comme elle conduit mal, tu ne lui confierais pas un volant en pleine nuit...

Sur quoi il m'offrit un sourire plus large qu'il ne l'avait fait depuis une éternité.

— Moi, en tout cas, je vais dormir, répondis-je avec soulagement. J'ai un meilleur conducteur en réserve.

Nous n'avions pas encore démarré – Boris réglait le rétroviseur à sa convenance, j'attachais ma ceinture de sécurité et ajustais le dossier de mon siège, en m'efforçant de ne pas écraser Micha endormi – que la C.B. se mit à parler avec la voix de Sergueï :

— Attention sur les ondes, avant Vypolzovo, sur l'autoroute de Saint-Pétersbourg, il y a des bandits, faites attention, les gars, je répète...

Je me figeai, la boucle de ma ceinture à la main.

— Pourquoi il dit ça ? Qui peut bien nous capter, à l'exception de ces bandits, justement ? Il n'y a personne.

Grimaçant, Boris hocha la tête d'un air soucieux

et s'apprêtait à répondre quand la C.B. s'anima de nouveau et une voix masculine se fit entendre, émue, mais à peine distincte à cause des parasites :

— Sergueï ? Sergueï, c'est toi ? !

Sans attendre de réponse, la voix s'empressa de continuer, comme si elle redoutait que la communication ne s'interrompe :

— Sergueï ! Attends, tu vas dans quelle direction ? Vers Saint-Pétersbourg ? Vers Moscou ? Tu es où ?

Sergueï ne répondit rien, sans doute n'avait-il pas reconnu son interlocuteur qui n'était plus qu'à peine audible et presque méconnaissable en raison des bruits de fond. *Sur l'autoroute, il doit y en avoir plein, des gens qui portent ce prénom,* me dis-je. *Peut-être que ce type nous a entendus un peu plus tôt et qu'il attend maintenant une réponse de notre part, parce que notre présence sur les ondes ne peut signifier qu'une chose : que nous avons de l'essence, de la nourriture et des voitures, et que tout cela pourrait s'avérer bien utile.*

— Quelle est la portée de cette C.B. ? demandai-je à Boris.

— Dans les quinze à vingt kilomètres, pas davantage, me répondit-il aussitôt. Le type est tout près.

— Passez-moi le micro, lui dis-je en tendant la main. Mais non, je ne leur dirai rien, passez-le-moi tout de suite, avant que Sergueï ne leur parle.

À peine Boris s'était-il exécuté que j'appuyai sur le bouton et prononçai le plus lentement et le plus distinctement que je pus :

— Tais-toi, tu m'entends ? On ne sait pas qui c'est.

Mais alors la voix inconnue hurla, presque triomphalement – on l'entendait désormais beaucoup mieux :

— Anna ! Anna, j'ai reconnu ta voix ! Qu'est-ce que vous êtes méfiants ! C'est cool que ce soit vous ! Vous allez à Saint-Pétersbourg, c'est ça ? À Saint-Pétersbourg ? On arrive en sens inverse, attendez, je branche mon GPS, vous me reconnaîtrez, ralentissez.

Je ne parvenais toujours pas à comprendre de qui il s'agissait, mais lui parlait et parlait sans cesse, si bien qu'aucun d'entre nous ne parvenait à en placer une, et ce fut seulement quand il se calma et se tut un instant que Sergueï prit la parole :

— Je me demandais si tu allais te décider à soulever ton doigt du bouton, Andreï, dit-il en riant.

Au même instant, devant nous, à la limite de notre champ de vision, une tache jaune apparut, un peu floue dans la brume trouble qui précédait l'aurore, et quelques minutes plus tard, nous distinguions nettement la voiture solitaire qui arrivait à vive allure à notre rencontre et dont le toit arborait trois feux orangés de forme rectangulaire.

— Qui c'est encore, cet Andreï ? demanda Boris, le regard fixé devant lui.

— Un ami de la famille, répondis-je en observant Sergueï sauter du Pajero sans même refermer sa portière.

Il se précipita vers le pick-up argenté qui venait de s'arrêter et traînait derrière lui une remorque soigneusement bâchée, saupoudrée de neige ; Irina sortit elle aussi de voiture, enfilant son manteau à la va-vite, et les deux occupants du pick-up – un homme et une femme – les rejoignirent ; puis, sans plus se soucier de la moindre consigne de prudence, ils se mirent à discuter tous les quatre, au beau milieu de la chaussée.

— Qu'est-ce que c'est que ça, un ami de la famille ? insista Boris. Tu pourrais m'expliquer clairement ?
— Eh bien, comment vous dire ? répliquai-je avec un soupir tout en détachant ma ceinture pour ouvrir la portière. J'ai bien peur qu'il ne s'agisse pas de *ma* famille, en tout cas.

Comment en étais-je arrivée là ? songeais-je en me dirigeant lentement vers le groupe qui discutait en plein milieu de la route. *Pourquoi n'y avait-il, dans cette expédition étrange, pas une seule personne, Micha mis à part, que j'aurais voulu emmener avec moi, que j'aurais pu sauver parce que j'en avais vraiment besoin ? Maman n'était plus de ce monde, Léna, ma Léna, avait probablement disparu là-bas, elle aussi, dans cette ville morte, sur le matelas d'une quelconque infirmerie scolaire, et tous ceux qui m'étaient chers, que j'aimais, avec qui j'aurais pu parler maintenant à cœur ouvert, ou même simplement échanger un regard, tous ces gens avaient disparu, s'étaient évanouis dans la nature, étaient peut-être même déjà morts ; je devais m'interdire de penser à eux, au moins tant que durerait notre fuite, jusqu'à ce que nous ayons atteint le lac, où je pourrais m'éloigner un peu dans la forêt, m'accroupir, enlacer un arbre et fermer les yeux. Mais quelqu'un pouvait-il me dire quelles étaient les chances de rencontrer des connaissances sur une route déserte, longue de sept cents kilomètres et quelques, en pleine nuit par-dessus le marché ? Et pourquoi fallait-il absolument qu'il s'agisse de ces gens-là, et non d'autres personnes, dont j'aurais eu pour l'heure tellement besoin ?*

Je m'approchai et pris doucement Sergueï par le bras. Il se retourna d'un coup dans ma direction.

— Non, mais tu te rends compte, Anna ? C'est dingue ! On aurait pu les manquer...

— Tu m'as bien assez pompé l'air, avec ta C.B., et tu serais passé par ici sans rien dire ? l'interrompit Andreï qui lui glissa un bras autour de l'épaule.

Il arborait un sourire large et joyeux qui exprimait une émotion que je ne lui avais encore jamais vue. Pour moi, c'était un type hautain, morose, avec lequel Sergueï était ami depuis l'école ou l'université, et comme c'est souvent le cas dans les paires de longue date, les rôles étaient déjà établis depuis si longtemps que le statut actuel des deux amis n'avait pas d'importance : ils adoptaient toujours les mêmes masques, des attitudes qu'on aurait dites venues de l'enfance, et je n'avais jamais réussi à m'habituer au rôle échu à Sergueï dans cette amitié-là.

— Anna ! s'exclama la femme qui se tenait à côté de lui, d'une voix forte et guillerette. Je t'avais bien dit que c'était la voix d'Anna et pas celle d'Irina ! ajouta-t-elle en se tournant vers son mari.

— Moi aussi, je suis ravie de te voir, Natacha, répliquai-je.

Inutile de dissimuler mon sarcasme, elle ne le décelait jamais de toute façon, ou bien elle faisait semblant de ne pas le remarquer. La mine réjouie, Natacha nous passait en revue les uns après les autres, attentivement, et son sourire s'élargissait encore, alors qu'on aurait cru la chose impossible.

— Si je comprends bien, vous voyagez avec la famille au grand complet ? demanda-t-elle joyeusement.

Et je me rappelai aussitôt pourquoi je ne l'aimais pas.

Aucune pause embarrassée ne s'ensuivit, grâce à Léonid qui surgit sur ces entrefaites, rejoint par Boris, tout juste extirpé du Vitara, sa carabine à la main, méfiant en dépit de tout ; les hommes se serrèrent la main, prononcèrent les paroles d'usage lorsqu'on fait connaissance, et quand ils eurent terminé, Sergueï posa enfin la question qui tournait dans la tête de tout le monde, depuis la seconde où le pick-up était apparu à l'horizon.

— Les amis, demanda-t-il avec un sourire, pourquoi diable est-ce que vous rebroussez chemin ?

Personne ne répondit tout de suite ; au contraire, leurs visages s'assombrirent sur-le-champ, comme si l'on avait appuyé sur un interrupteur, et ils restèrent quelques secondes sans rien dire. Natacha leva finalement les yeux sur son mari et le poussa un peu du coude, l'obligeant à répondre enfin, sans plus chercher à plaisanter :

— Sergueï, on rebrousse chemin parce que l'autoroute Moscou-Saint-Pétersbourg s'arrête avant Novgorod maintenant.

— Comment ça, elle s'arrête avant Novgorod ? répétai-je, abasourdie.

— C'est très simple, répondit-il en plongeant son regard dans le mien. Il y a des camions en travers de l'autoroute, au niveau du pont sur la Msta – dans un patelin qui s'appelle Biélaïa Gora, je crois. Quand on est arrivés, on pouvait encore s'engager sur le pont, mais impossible de ressortir de l'autre côté. Heureusement qu'on s'en est aperçus à temps. (Il s'esclaffa.) Enfin, c'était tellement évident qu'il aurait fallu être aveugle pour ne pas s'en apercevoir.

Il y avait dans les vingt ou trente mecs en armes, en revanche on n'a pas réussi à comprendre si c'étaient des militaires ou des civils.

— On n'était pas les premiers à tomber entre leurs pattes, déclara Natacha à voix basse. (Elle avait perdu son sourire, elle aussi.) Si vous aviez vu ce qu'ils ont fait !

Comme nous restions silencieux, le temps de digérer la nouvelle, Andreï en profita pour ajouter :

— Bref, on a ensuite essayé des tas de routes, et au final on a dû rebrousser chemin. L'autoroute fédérale n'existe plus.

— C'est de la folie !

La voix d'Irina avait une inflexion autoritaire, peut-être irritée, et je me dis que j'étais déjà en train de m'habituer à ses intonations.

— On peut quand même contourner la ville d'une manière ou d'une autre. On ne va pas repartir d'où on vient, de toute façon on n'a plus nulle part où aller ; on va prendre une route différente, non ? Enfin, c'est vrai, ce n'est pas possible qu'il y ait seulement une route entre Moscou et Saint-Pétersbourg !

— Mais on s'en fiche, de Saint-Pétersbourg, intervint Léonid d'un air sombre. À quoi ça va nous avancer ? Tu ne t'imagines quand même pas qu'il est resté des personnes en vie, là-bas ?

— Eh bien, nous, on y va justement, répliqua Natacha.

Nous nous retournâmes tous en même temps vers elle, ce qui l'obligea à poursuivre d'un air agacé, comme pour se défendre :

— Pas la peine de me regarder comme ça. Bon, d'accord, on va pas à Saint-Pétersbourg même, ma famille a une maison dans les environs de Vsiévolojsk. Il y a une semaine encore, tout allait bien ; tant que le téléphone marchait, j'ai pu parler chaque jour avec mon père : de façon générale, la situation était plus paisible chez eux que chez nous, et puis il y a un lac là-bas, nous avons emporté une barque.

Elle continua sur sa lancée, débitant sa tirade à toute vitesse, s'étouffant presque à nous raconter que la maison était grande, qu'à Moscou ils seraient déjà morts, qu'il n'y avait plus de téléphone, mais elle était certaine que ses parents allaient bien… D'emblée, il était évident qu'elle ne tenait pas ce discours pour la première fois, qu'ils avaient eu de nombreuses discussions à ce sujet avant d'en venir à une décision dont l'un des deux doutait, du coup le second devait se montrer deux fois plus sûr de lui, tout simplement pour forcer le premier à aller de l'avant. Je me rappelai aussitôt le périple que nous avions entrepris, Sergueï et moi, en direction du cordon, quand ce qui me terrifiait le plus, c'était moins la maladie tapie au-devant de nous que la possibilité de le voir changer d'avis et rebrousser chemin, sans que je puisse revoir maman ou même savoir ce qui lui arrivait ; c'était insupportable d'écouter Natacha cracher les mots, les uns à la suite des autres, à la hâte, de façon décousue, les yeux brillant d'exaltation, et je compris que cette femme, qui s'était ingéniée à me contrarier deux minutes seulement après notre rencontre, était en fait au bord de l'hystérie. J'avais envie à la fois de la soutenir et de l'obliger à se taire mais, faute de trouver les mots, je me contentai de faire un pas dans sa direction, pour exercer une légère pression au-dessus de son coude. Elle dégagea brutalement son bras et me lança un regard étincelant de rage qui déforma un peu plus les traits de son visage.

— Ne me touche pas ! Il suffit de trouver une autre route, on voulait tourner à droite et essayer de prendre la voie rapide de Pskov. Et voilà qu'on tombe sur vous ! Mais qu'est-ce que vous avez à me regarder comme ça ? Andreï, dis-leur que c'est une possibilité !

Il fit une grimace, presque de dépit – visiblement, il éprouvait les pires difficultés à entendre son baratin encore une fois, ils n'avaient sans doute parlé que de ça depuis qu'ils avaient pris la route ; il ne la toucha pas, mais fit en sorte qu'elle recule et s'écarte de nous.

— Excusez-la, grommela-t-il, on est un peu à cran à cause de ce fichu pont, on venait de se taper cent kilomètres sans pause quand on vous a entendus dans la C.B.

Et tout à coup, ils commencèrent enfin à nous raconter, se coupant la parole, se criant presque l'un sur l'autre, comment ils avaient roulé une demi-journée plus toute une nuit en se relayant au volant, avec juste une halte avant Tver pour acheter de l'essence ; quand ils étaient arrivés aux abords du pont maudit, Natacha conduisait justement, c'était son tour. Andreï dormait et n'avait donc rien vu ; elle, de son côté, n'avait pas compris tout de suite ce qui se passait, ils avaient d'abord traversé un pont assez court qui enjambait une petite rivière, un pont calme et désert, et elle n'y avait pas prêté plus d'attention – un pont, c'est un pont, point –, d'autant que juste après, la route était remarquable, quelques kilomètres de forêts magnifiques, sans âme qui vive ; étant terriblement épuisés par la tension qu'ils ne parvenaient pas à évacuer en traversant les agglomérations, ils se réjouissaient comme nous de la moindre opportunité de souffler un peu ; et quand la forêt cessa, des champs apparurent, mais pas de villages (« Si, intervint Andreï, seulement un peu à l'écart de la route. – Aucune importance, cria-t-elle aussitôt. De toute façon, tu dormais, la route était déserte, il faisait sombre, il y avait rien que des champs et c'est tout. – D'accord, rien que des champs, concéda-t-il, mais il ne restait qu'un kilomètre maximum jusqu'au pont, et il était éclairé, tu le voyais. – Non, le pont était encore loin, il faisait nuit noire, et ensuite je me suis dit qu'elle devait être malade, elle marchait en plein milieu de la route, j'ai failli la renverser ! ») ; au milieu des champs, la lumière de ses phares avait soudain éclairé une silhouette féminine surgie de l'obscurité ; Natacha avait appuyé brutalement sur la pédale de frein ; à cause de la lourde remorque, le pick-up avait fait une embardée, mais elle avait réussi à redresser le véhicule et ils n'avaient pas quitté la route. Elle n'eut pas le temps de voir quoi que ce soit, mais on aurait bien dit une femme ; du sang lui coulait sur le visage, elle avançait bizarrement, en zigzag, et quelques mètres plus loin Natacha découvrit une voiture dans le fossé : ridicule, petite, typiquement féminine, couchée sur le flanc comme une tortue, entourée d'une flaque sombre qui s'étalait dans la neige – de l'huile, sans doute – et la route était jonchée d'objets, de sacs et de chiffons de toutes les couleurs, qu'il était difficile d'éviter, surtout après que le pick-up avait presque failli se renverser, et Andreï se réveilla enfin. Il lui proposa de s'arrêter – elle tremblait –, mais elle refusa, on ne savait pas ce qui s'était passé et elle avait trop peur ;

cela dit, ils n'eurent que le temps d'évoquer cette possibilité car le pont apparut tout à coup devant eux, vivement éclairé, long, reposant sur de larges piliers en béton ; chaque fois qu'ils approchaient d'endroits semblables, ils accéléraient systématiquement, si bien qu'elle appuya cette fois encore sur l'accélérateur et serait sans doute tombée en plein dans l'embuscade si une voiture n'avait surgi, venant à leur rencontre mais en marche arrière – elle comprit que le véhicule avançait à reculons au moment où elle dut éviter ses phares arrière, dont la lumière blanche transperçait les paquets de neige sale qui les obstruaient, elle dut donc freiner de nouveau, et voici ce qu'ils virent alors tous les deux : un camion qui bloquait l'autre extrémité du pont, couvert d'une bâche gris sale que le vent soulevait mollement et d'une inscription bleue indéchiffrable, cinq ou six véhicules légers, portes ouvertes, et quelques corps gisant sur l'asphalte du pont – sans qu'ils sachent trop pourquoi, ils comprirent tout de suite qu'il s'agissait bien de corps, même si le sol était jonché d'un tas d'autres choses ; le pont était large, quatre voies au minimum, voire plus, et aux abords du camion il était bel et bien couvert d'objets. Andreï criait déjà « Recule, Natacha, recule » quand ils virent des gens, beaucoup de gens, qui accouraient – visiblement, ces gens ne les poursuivaient pas eux, mais ceux qu'ils avaient croisés à reculons et qui avaient déjà eu le temps de disparaître au loin ; ces gens tiraient – bizarrement, on n'entendait pas les coups de feu, mais on voyait des éclairs, et c'était affreux, terrifiant même, cependant Natacha comprit qu'avec la lourde remorque accrochée au pick-up, elle ne pourrait jamais effectuer la moindre marche arrière, si bien qu'elle tourna brusquement le volant à droite, pour s'approcher au plus près de la rambarde grillagée du pont, avant de précipiter le pick-up vers la gauche, espérant de tout cœur que la largeur des voies serait suffisante pour faire demi-tour – l'espace d'un instant, il lui sembla qu'il n'y aurait pas assez de place et qu'après avoir défoncé la barrière la remorque allait entraîner le pick-up en contrebas, dans l'eau noire et froide prise par les glaces, mais la remorque se contenta de frotter légèrement contre les solides montants verticaux, et dans un crissement de pneus le pick-up, vacillant, prit de la vitesse pour filer dans la direction opposée. Ils repartirent si vite qu'ils manquèrent sans y prêter attention l'endroit du fossé où la petite auto était tombée ; ils ne revirent pas non plus la femme au visage ensanglanté qu'ils avaient croisée en arrivant.

Sur quoi leur récit s'interrompit, ni l'un ni l'autre ne parlaient plus, et nous laissâmes le silence s'installer ; nous nous tenions au milieu de cette route étroite et défoncée, à un endroit à peine approprié pour une courte pause de quelques minutes – trois voitures pleines à ras bord et abritant des enfants endormis, garées sur un accotement, tandis qu'une quatrième était stationnée en sens inverse – et nous tentions de digérer l'idée que nous étions arrivés trop tard. En fuyant le danger à nos trousses depuis la ville qui nous avait abrités jadis et qui désormais n'était plus, nous n'avions pas imaginé que nous allions au-devant du même chaos ; il nous avait semblé relativement aisé d'éviter la vague sur nos talons, mais nous nous retrouvions à présent face à une évidence nouvelle : il y avait devant nous beaucoup de vagues semblables, qui déferlaient en cercles concentriques autour de chaque grande ville et de chaque grosse agglomération à une vitesse dépassant de beaucoup nos capacités de fuite, et pour rester en vie, il nous fallait désormais trouver le moyen d'atteindre le lieu que nous avions choisi comme asile en les évitant, en naviguant entre elles, sans savoir par avance à quel endroit elles nous barreraient la route.

Personne ne proféra le moindre son, mais je suis certaine que nous pensions tous la même chose ; je trouvai la main de Sergueï à tâtons dans l'obscurité et la serrai ; il réagit aussitôt et, relevant la tête, s'adressa à Andreï :

— Écoute, enlève ta voiture de la chaussée et éteins tes phares. Il y a un vilain petit hameau dans les parages, ce serait dommage qu'il leur prenne envie de s'intéresser à ce qui se passe sous leur nez. Je vais chercher une carte, on va réfléchir à notre itinéraire. Papa, suis-moi, mais conserve ta carabine à portée de main.

Peut-être n'y eut-il pas la moindre hésitation entre les paroles de Sergueï et le moment où Andreï tourna lentement les talons pour se diriger vers sa voiture, peut-être ne fut-ce qu'une impression de ma part quand je le vis méditer quelques secondes pour décider s'il devait ou non se soumettre sans tarder – *C'est parce que tu ne l'aimes pas,* me dis-je. *Ou plutôt, tu n'aimes pas voir comment Sergueï se comporte en sa présence, alors qu'on devra malheureusement les emmener avec nous, c'est certain, lui et sa femme bien trop souriante qui, le jour où vous avez fait connaissance, t'a prise par le coude, t'a attirée à l'écart pour te débiter une tirade interminable dont aucune parole ne t'a paru sincère, ni sur le moment, ni après coup, quand tu as voulu te remémorer votre étrange conversation.*

Afin que personne ne voie mon visage, je partis chercher des cigarettes dans le Vitara – Micha dormait toujours profondément, et je m'abstins de le réveiller ; quand je revins auprès d'eux, le pick-up stationnait désormais sur le bas-côté, moteur coupé, dirigé dans notre sens, une carte étalée sur son capot, sur laquelle tout le monde se penchait. En m'approchant, je saisis quelques bribes de phrases prononcées par Serguéï :
— … le voilà, c'est le fameux lac, Andreï, tu le vois ? On voulait contourner Saint-Pétersbourg en passant par Kirichi, pour déboucher sur l'autoroute de Mourmansk, et poursuivre ensuite vers le nord… (D'une main, il tenait une lampe torche, tandis que les doigts de son autre main sillonnaient la carte.) C'est le chemin le plus rapide et le plus court. Vu qu'on ne peut plus passer par Novgorod, on va devoir faire un détour, à Valdaï on bifurquera sur la droite et on passera par Borovitchi et Oustioujna, avant de rejoindre la A-114 et de revenir sur l'autoroute de Mourmansk.
— Ça nous fait un crochet d'au moins cinq cents kilomètres, intervint Boris en jouant des épaules pour repousser Léonid qui s'était interposé entre Serguéï et lui. Où est-ce qu'on va trouver assez de carburant ? On n'en a que pour la moitié du trajet.

— On devrait trouver quelque chose à Kirichi, répliqua Sergueï avec conviction. Il y aura bien une raffinerie dans le coin. De toute façon, on n'a pas d'autre choix, et puis tu le sais très bien, papa : on n'aurait pas eu non plus assez de carburant pour atteindre le lac en ligne droite.

Tout le monde se tut. Après un long silence, quand il devint clair que personne ne dirait plus rien, Andreï reprit la parole :
— Vous n'avez pas besoin d'aller prendre l'autoroute de Mourmansk. Il y a des ponts partout, là, là et là, jusqu'à Pétrozavodsk, et même s'ils ne sont pas tous comme celui de Novgorod, il vous en suffira d'un seul, si vous voyez ce que je veux dire.

Sergueï hocha aussitôt la tête – *beaucoup trop rapidement*, songeai-je – et poussa la carte vers Andreï.
— OK. Et qu'est-ce que tu proposes, alors ?

Andreï se pencha sur la grande feuille faiblement éclairée dont notre salut dépendait désormais, grimaça et se tut, longtemps, plusieurs minutes, pendant que nous attendions sa réponse en faisant cercle autour de lui, comme si aucun de nous n'était plus capable de la moindre pensée valable, j'eus même l'impression que personne ne regardait plus la carte mais que tous les regards étaient braqués sur son visage, et j'ignore combien de temps cela aurait pu durer si Boris, qui s'était écarté de quelques pas, sa carabine à la main, pour examiner la route, n'avait brisé cette attente quasi religieuse.
— Donne-moi ça, déclara-t-il.

Sans cérémonie, il repoussa Andreï qui s'était figé

au-dessus de la carte, la retourna vers lui et posa presque aussitôt son index jauni à l'ongle cassé sur un point bien plus à droite.

— C'est par là qu'on passera, décréta-t-il. Au lieu de remonter vers le nord après Oustioujna pour récupérer l'autoroute de Mourmansk, on continuera tout droit, on traversera l'oblast de Vologda, à côté de Tchériépoviets – pas besoin de passer par la ville, l'autoroute ne la traverse pas, ensuite on contournera le lac Biéloïé, et cap sur le nord, vers la Carélie.

— Il y a des ponts là-bas aussi, objecta lentement Andreï.

— Écoute, si tu cherches à atteindre la Carélie sans traverser la moindre rivière, on risque de passer encore plusieurs heures à se creuser la tête. C'est pas le Kazakhstan ici, il y a des rivières partout, mais au moins, après Oustioujna et jusqu'au Grand Nord, il n'y a plus de grosse ville, autrement dit pas beaucoup de monde. On va devoir prendre le risque. Allez, enlève tes mains de là-dessus.

Comme pour signifier la fin de la discussion, mon beau-père tira la carte vers lui et entreprit de la replier d'un air concentré.

— C'est vous qui voyez, après tout, constata Andreï en s'éloignant du capot.

Boris se retourna brusquement et lui tendit de nouveau la carte, qu'il avait réussi à plier en deux.

— Je dois en conclure que tu as une meilleure idée ? (Il souriait.) Seulement presse-toi, parce que ça fait une heure qu'on traîne sous le nez des autochtones, là.

Il envoya un vague coup de menton en direction des villages que nous avions laissés derrière nous.

— C'est bon, c'est bon, c'est correct comme itinéraire, concéda Andreï sans prendre la carte.

Il avait l'air mécontent.

Sergueï les observait sans intervenir, et Léonid gardait le silence, lui aussi, les dévisageant tour à tour ; je jetai un coup d'œil discret à Irina et, contre toute attente, croisai son regard : je constatai avec étonnement qu'elle levait les yeux au ciel et esquissait un sourire imperceptible. *Toi non plus, tu ne l'aimes pas,* devinai-je. *Qui l'aurait cru ?*

— Bon, reprit Boris d'un ton gaillard, on remonte en voiture ?

— Oui, on y va, Natacha, renchérit aussitôt Andreï. Bonne chance, les gars.

Il donna une tape sur l'épaule de Sergueï qui avait déjà fait quelques pas en direction du Pajero ; machinalement, celui-ci tendit le bras pour étreindre Andreï, mais sa main resta suspendue dans le vide.

— Attends, dis-moi, vous avez sérieusement l'intention d'aller à Vsiévolojsk ? demanda-t-il, l'air perplexe.

Tout en somnolant sur le siège passager – le Vitara roulait désormais en tête, Sergueï ayant enfin consenti à laisser le volant à Irina –, je me disais : *quoi qu'il se passe, quelles que soient mes inquiétudes, je vais m'endormir ; même si notre convoi tombe sur l'un de ces affreux ponts, même si quelqu'un nous arrête et nous oblige à sortir de voiture, ils devront me porter, parce que je dormirai et que je me ficherai de tout.* Le regain d'énergie que j'avais éprouvé suite à mon petit somme avant d'arriver à Tver s'était évaporé depuis longtemps, je n'avais encore jamais eu à conduire toute une nuit durant, j'étais allée au bout de mes forces et désormais j'allais fermer les yeux et toutes ces choses disparaîtraient – la route, les dangers qui nous guettaient à chaque tournant, et ces gens que je connaissais à peine. Quelle somme d'émotions un être humain pouvait-il supporter d'affilée ? Combien de fois son cœur pouvait-il bondir, sa respiration se couper avant qu'il ne devienne indifférent à tout et que les événements alentour ne se transforment en un décor dépourvu de sens, sans vraie réalité ?

C'était une bonne chose que je sois aussi fatiguée – mes pensées s'écoulaient lentement, paresseusement, et tout ce qui nous était advenu au cours de ces quelques jours cessa presque de m'angoisser ; je songeais avec indifférence aux onze personnes qui allaient devoir vivre dans les deux pièces spartiates d'une petite baraque de chasse, onze personnes qui ne se seraient jamais retrouvées ensemble si on leur en avait laissé le choix, qui ne se seraient même pas réunies ainsi pour partir en vacances. Pendant que Sergueï cherchait à les convaincre, pendant qu'ils s'étaient tenus à l'écart pour parlementer avec vigueur mais à voix basse, il était déjà évident qu'ils allaient accepter, qu'ils viendraient avec nous, parce que tout au long des cent kilomètres qu'ils avaient dû parcourir en revenant du pont, et peut-être même plus tôt, si ça se trouvait dès le début, ils connaissaient la vérité : Vsiévolojsk n'existait plus, ni la maison familiale, confortable et sûre, ni même leurs parents ; ils la connaissaient et redoutaient simplement de se l'avouer, parce qu'ils n'avaient pas le moindre plan B. *J'aimerais bien savoir combien de temps il allait faire semblant de continuer la route de son côté*, songeai-je à travers les brumes du sommeil. *Si Sergueï ne lui avait pas proposé tout de suite de venir avec nous, aurait-il vraiment appelé sa femme, se serait-il assis au volant de son pick-up, aurait-il cherché cette route fantôme vers la ville morte ? Moi, je n'ai jamais su agir comme Andreï, bizarrement : je n'ai jamais été capable d'attendre sans rien demander, d'attendre sans bouger le petit doigt que les autres me proposent d'eux-mêmes leur aide. Pourtant, il s'en trouve toujours, de ces gens qui cherchent à vous convaincre, argumentent, démontrent, et vous sont reconnaissants d'avoir accepté leur aide. Mais il est impossible d'apprendre ce genre de choses. C'est hors de ma portée...*, conclus-je à l'instant où je sombrai enfin dans le sommeil.

*
* *

Cette fois-là, je ne me réveillai pas sur-le-champ ; il est des réveils, surtout si la journée ne promet rien de bon, où l'on ne parvient plus à se protéger les oreilles des sons et les yeux de la lumière mais où l'on cherche pourtant à replonger dans le sommeil à tout prix... Je ne suis pas là, je dors, je n'entends rien, et mes paupières sont fermées. J'aurais résisté plus longtemps si les bruits alentour n'avaient fait directement irruption dans mon sommeil, le réduisant en lambeaux : ils étaient trop nombreux, ces bruits, comme si quelqu'un me criait quelque chose à l'oreille, alors j'ouvris les yeux et me redressai sur mon siège.

Nous nous trouvions dans une ville – une ville et non un village –, sans que je me l'explique c'était évident d'emblée, malgré les maisons en bois trapues, à deux étages, dont les quatre ou cinq fenêtres étaient ornées de chambranles dentelés, dont les toits voyaient s'élever des cheminées ; sans doute cette impression était-elle due aux coupoles de plusieurs églises qui s'élevaient çà et là – un village n'en compte jamais autant. Je venais à peine de me faire cette réflexion que la première maison de pierre apparut, à deux étages elle aussi, mais clairement citadine, bien que les fenêtres du rez-de-chaussée fussent toutes sans exception obstruées par des planches ; le soleil était déjà presque couché, baignant le paysage de bleu azur et de rose, si bien qu'en regardant autour de moi je ne parvenais pas à comprendre d'où me venait ce sentiment d'angoisse, ce qui avait bien pu le déclencher parmi ces maisonnettes paisibles surplombées de coupoles suspendues dans un air transparent, car de toute évidence quelque chose clochait dans cette ville. La première incongruité qui me sauta aux yeux, ce furent les congères, trop hautes pour ces rues bordées de maisons basses, dont elles atteignaient parfois les rebords de fenêtre ; la voiture avançait par à-coups, et en relevant la tête je vis que la route était couverte d'une neige légèrement damée, comme si quelques grosses automobiles étaient passées dessus récemment, laissant derrière elles un sillon inégal. Or c'était cette trace que nous suivions, avec lenteur, bringuebalés de droite et de gauche. Puis je vis une femme, un foulard de laine gris étroitement noué sous le menton, qui marchait le long de la route à pas comptés, s'ouvrant péniblement un chemin au milieu des tas de neige accumulés sur le bas-côté et tirant une luge derrière elle, au moyen d'une corde grossière enroulée plusieurs fois autour ; c'était une luge d'enfant banale, avec des patins métalliques éraflés mais pas de dossier, qui supportait un long sac en plastique noir dépassant des deux côtés.

Je la dévisageai, les yeux écarquillés : son dos courbé, crispé, son pas ralenti, sa luge, sa silhouette tout entière me rappelaient quelque chose, quelque chose d'alarmant, de désagréable, et je sentais que je n'allais pas tarder à retrouver quoi ; nous l'avions déjà dépassée et je me retournais pour essayer de mieux la voir quand le Vitara sortit des traces qu'il suivait et, une fois libéré de toute cette neige qui l'entravait, se mit à rouler plus vite, jusqu'à un croisement aussi vaste que désert.

— Ici, à gauche, crépita la C.B.

Je sursautai, comme si j'étais seule dans l'habitacle et qu'entendre une voix humaine avait quelque chose d'inouï. Tournant la tête, je jetai un coup d'œil à Boris : les deux mains sur le volant, le visage à la fois concentré et dur, il regardait droit devant lui, sans avoir – me sembla-t-il – remarqué que j'avais cessé de dormir.

La rue sur laquelle nous avions bifurqué devait être l'artère principale de la ville – elle était plus large et bien mieux aplanie –, mais des deux côtés s'élevaient les mêmes gros tas de neige, qui recouvraient entièrement les trottoirs, si bien que les gens, beaucoup plus nombreux ici, cheminaient directement sur la chaussée, en silence et au ralenti ; ils allaient tous dans la même direction, mais à distance les uns des autres, cherchant manifestement à se tenir le plus éloignés possible, et la plupart d'entre eux tiraient une luge transportant les mêmes longs sacs en plastique. Une femme s'arrêta pour recharger son fardeau tombé dans la neige, et il était évident que la manœuvre lui pesait, elle tournait autour, luttant pour relever le sac, l'attrapant tantôt d'un côté, tantôt de l'autre ; un homme au visage étroitement protégé d'une écharpe décrivit un large cercle quand il parvint à son niveau et la dépassa sans un mot ni un geste.

Ce fut justement à ce moment-là que retentit le klaxon brutal et saccadé d'une voiture ; depuis le siège passager, j'avais du mal à voir ce qui se passait dans les rétroviseurs. Attrapant le micro, Boris cria presque :

— Irina, arrêter de psychoter, ils ne sont pas dangereux. Roule moins vite, tu vas emboutir quelque chose, et au final on va se retrouver coincés ici.

Nous ne reçûmes aucune réponse ; quelques secondes plus tard, zigzaguant et klaxonnant toujours, la voiture de Sergueï nous rattrapa, manquant *in extremis* de s'empêtrer dans la bouillie neigeuse entassée au bord de la route.

— Quelle crétine !

Tout en jurant, Boris accéléra afin de ne pas se laisser distancer par le Pajero qui s'éloignait ; j'avais l'impression que nous faisions beaucoup de bruit dans cette rue tranquille, pourtant les gens qui avançaient le long de la route ne semblaient pas nous voir – seule la femme occupée à réinstaller son gros sac se redressa et jeta un regard dans notre direction : la partie inférieure de son visage était dissimulée par un foulard, mais je pus néanmoins me rendre compte qu'elle était très jeune, à peine plus qu'une adolescente ; au moment où nous arrivâmes à sa hauteur, elle avait déjà perdu tout intérêt pour nous et s'était rebaissée vers son sac.

La voiture de Sergueï était désormais loin devant nous, ses roues arrière soulevant des nuages de poussière neigeuse tandis que l'habitacle penchait dangereusement ; la distance qui nous séparait ne cessait de s'accroître, mais Boris ne cherchait plus à la rattraper – le Vitara se balançait beaucoup trop, suivant un sillon peu profond, à peine visible, et notre vitesse avait de nouveau baissé. Un bruit pour le moment indéterminé nous parvenait du dehors, assourdi par les maisons et les hautes congères qui bordaient la rue, à peine audible mais pourtant insupportablement familier, il m'évoquait quelque chose... N'y tenant plus, j'appuyai sur le bouton qui actionnait ma vitre et la fis descendre à mi-hauteur.

— Heureusement qu'elle te voit pas, ironisa Boris. À Borovitchi, Léonid a voulu sortir de sa voiture, elle lui a fait une de ces scènes ! On n'arrivait plus à la calmer.

— Mais enfin, qu'est-ce qui se passe ici ? demandai-je.

Maintenant qu'il avait brisé le silence, j'avais beaucoup moins de mal à parler, comme si son intervention m'y avait autorisée.

— C'est déjà la deuxième ville comme celle-ci qu'on traverse. On n'a pas compris tout de suite

– aucune mesure de quarantaine –, mais regarde autour de toi, répondit-il.

Et cette unique petite allusion me permit d'interpréter sur-le-champ tous les signes qui jusque-là ne faisaient que m'oppresser de façon confuse : les rues sales, les fenêtres condamnées, les gens qui traînaient des luges, les sacs oblongs et pesants, les visages emmitouflés, et ce silence, artificiel, vibrant, troublé par un bruit morne et répétitif, résonnant à intervalles réguliers depuis un point situé devant nous, par-delà les petites maisons râblées.

Nous parvînmes bientôt au niveau de la source du bruit : à droite de la route, entre les maisons, une petite ouverture laissait entrevoir une placette, zone large et vide, entourée de maisons en pierre de quelques étages seulement ; le sempiternel monument en l'honneur de Lénine passa furtivement sous nos yeux, gris-blanc, épaulettes neigeuses, et un peu plus loin, toujours sur cette même place, une nouvelle église – on ne la voyait pas en entier mais, au-dessus des maisons, cinq têtes rondes, dont le bleu-vert était saupoudré de neige, et un peu à l'écart, un clocher pointu. C'était justement vers cette place que coulait le flot rare et clairsemé des gens munis de luges ; j'eus à peine le temps de remarquer la petite pile compacte de sacs foncés, disposés n'importe comment, à même la neige, ainsi que la silhouette noire, se tenant à l'écart, près d'une estrade en bois assemblée à la va-vite, supportant un morceau de ferraille de forme oblongue ; l'air concentré, l'homme en noir y frappait de grands coups réguliers avec quelque chose de lourd, en élevant le bras très haut. La place apparut et disparut, mais le bruit perdura encore quelque temps ; nous dépassâmes plusieurs croisements donnant sur des rues latérales, et je me rendis compte que certaines d'entre elles étaient ensevelies sous une couche de neige intacte et lisse, vierge de pas depuis la route sur laquelle nous roulions et aussi loin que se porte le regard.

— Comment ça se fait ? demandai-je. Ça veut dire qu'on les a purement et simplement abandonnés ? Pas de mise en quarantaine, pas de véhicules sanitaires, rien ?

— Ne regarde pas, répliqua Boris. Ça va bientôt s'arrêter, on est presque sortis de la ville.

Le Vitara prit un nouveau virage et cette petite ville rose et bleu, ensevelie sous la neige, se retrouva sur notre droite, avec ses églises, son air transparent et ses rues désertes, avant de disparaître complètement, livrée à son triste sort sans que j'aie envie de me retourner pour la regarder une dernière fois. Le Pajero de Sergueï était tranquillement garé sur le bas-côté, tout près du panneau barré portant l'inscription « Oustioujina » : ses vitres arrière étaient recouvertes d'un givre translucide, et une petite fumée montait de son pot d'échappement. Quand nous l'eûmes rejoint, il regagna la route en faisant vrombir son moteur, pour venir se placer en toute fin de convoi, derrière le Land Cruiser et le pick-up gris métallisé.

Les habitants d'Oustioujna avaient sans doute d'autres soucis que la neige amoncelée sur leurs routes, il n'y en avait pas beaucoup d'ailleurs, quinze ou vingt centimètres, mais elle était inégalement répartie, formant des mottes gelées qui avaient commencé à fondre avant de geler à nouveau ; le Vitara ouvrant la marche, il avançait lentement, cahotant d'un monticule à l'autre. Nous avions parcouru une centaine de mètres, pas plus, quand Boris tendit de nouveau la main vers la C.B., accompagnant son geste d'un juron :

— Eh, le pick-up, passez devant pour aplanir la route, vous êtes plus lourd.

— OK, Andréitch, répondit aussitôt Andreï, sur un ton presque joyeux.

Dans la seconde qui suivit, le pick-up et sa remorque nous dépassèrent avec fracas et prirent la tête, laissant derrière eux une bande de neige lisse et damée, sur laquelle il devint aussitôt bien plus facile d'avancer. Je jetai un coup d'œil étonné à Boris, tandis que la conversation se prolongeait :

— Ton GPS, il indique quoi, mon petit Andreï ? On va bientôt arriver à une bifurcation ?

— Dans une quinzaine de kilomètres, répondit le « petit Andreï ». Après, on aura encore une centaine de bornes tranquilles, presque que des villages à l'écart de l'autoroute, on contournera Tchériépoviets de très loin, et c'est seulement après que ça deviendra un peu plus compliqué. Je me serais bien arrêté quelque part avant, pour transvaser du carburant et ne pas avoir à le faire ensuite. Qu'est-ce que t'en penses ?

— Bonne idée, approuva Boris. On va faire ça avant Tchériépoviets, on sait jamais ce qui peut se passer là-bas, c'est une grande ville.

Les choses avaient visiblement évolué entre eux pendant que je dormais et que Sergueï somnolait aussi ; en restant en communication l'un avec l'autre, ces deux-là étaient parvenus à s'entendre et il n'y avait plus trace de tension dans leur conversation. Saisissant mon regard, Boris esquissa un petit sourire.

— Il est sympa, ce type, c'est bien que nous l'ayons rencontré. Et en plus, il est prévoyant : il a emporté un canoë en caoutchouc, un filet, tout un attirail de pêche. Je n'aurais pas fait mieux. Et toi ? ajouta-t-il après un nouveau coup d'œil dans ma direction. Tu t'es bien reposée ? Si tu as besoin d'une petite pause, dis-moi, on s'arrêtera dans le coin.

Je regardai par la fenêtre ; sous la lumière crépusculaire, le bois de sapins enneigés qui défilait à côté de nous commençait à devenir moins dense, puis fut bientôt remplacé, des deux côtés de la route, par une étendue d'un blanc bleuté, large, vide et aussi moelleuse qu'un édredon, d'où émergeaient çà et là les sphères nues de quelques rares buissons. L'endroit ne convenait pas pour un arrêt : à l'avant, légèrement sur la droite, des toits en tôle étincelaient de reflets variés, indiquant un village dont les cheminées toutes simples laissaient échapper une fumée rassurante et paisible. À cet endroit, la route se divisait, et sa partie la plus étroite, bordée d'arbres, partait sur la droite, en direction du village aux toits chatoyants et aux cheminées fumantes ; en travers de ce chemin, barrant tout l'espace entre les arbres, deux voitures incendiées bloquaient le passage, complètement incongrues dans ce calme immaculé, au milieu d'une vaste tache noirâtre que la neige n'avait pas encore recouverte.

Ces voitures avaient été brûlées depuis longtemps, plusieurs jours au minimum ; la ferraille avait eu le temps de refroidir, et l'on n'apercevait plus la moindre fumée. On ne devinait déjà plus leur couleur initiale – deux carcasses identiques sans vitres, gris noir, couvertes de cendre ou de givre, se distinguant uniquement parce que l'une d'elles avait le capot ouvert et découvrait ses entrailles carbonisées, tandis que les deux phares avant de la seconde étaient bizarrement restés intacts. S'il n'y avait eu qu'une seule voiture, la scène aurait plutôt fait penser à un accident malencontreux ; mais leur alignement, face contre face, ne laissait subsister aucun doute : les gens qui vivaient dans ce village les avaient conduites ici exprès, avant de les asperger d'essence et d'y mettre le feu ; je les imaginai s'agglutiner autour des véhicules, les lueurs du feu se reflétant sur leur visage, puis reculer devant les flammes qui prenaient de la vigueur et frissonner quand les vitres explosaient une à une sous l'effet de la chaleur. Quelques jours plus tôt, ces voitures stationnaient peut-être encore sous un auvent, bien protégées des assauts de la neige, avec les sempiternelles icônes et autres jouets suspendus aux rétroviseurs, mais le verdict était tombé, et elles avaient brûlé, victimes expiatoires, planches de salut ultimes pour leurs propriétaires face au danger qui approchait.

— Une vraie barricade, décréta Boris quand nous les dépassâmes. Ça ne servira à rien, évidemment, mais ça retardera un peu. Ceux qui voudront vraiment passer les contourneront par le champ.
— Tout bien réfléchi, enchaînai-je, je vais sans doute attendre encore un peu, je ne sais pas pourquoi, mais je n'ai pas envie de faire halte ici.

Andreï avait raison, les cent kilomètres suivants furent effectivement paisibles : des champs silencieux, couverts de neige, alternant avec des forêts de sapins on ne pouvait plus tranquilles ; nous ne rencontrâmes presque aucun village – nous n'en vîmes pas plus d'un ou deux depuis la route, tous à l'écart. Nous ne croisâmes personne, ni voiture ni piétons, la neige sur la chaussée s'étalait en une couche intacte, égale, et malgré tout cela, le caractère illusoire de cette sérénité était patent, comme si la terre s'était figée, tendue à l'extrême, dans l'attente de quelque chose. Nous n'avions nulle envie de nous arrêter où que ce soit et repoussions sans cesse le moment jusqu'à ce que l'opération devienne obligatoire : nous approchions de Tchériépoviets, il commençait à faire nuit, nous devions transvaser du carburant, manger ne serait-ce qu'un morceau et nous dégourdir les jambes – rester assis sans bouger était devenu purement et simplement insupportable.

— À en croire mon GPS, la suite du trajet sera plus animée, annonça Andreï. Arrêtons-nous là, on ne trouvera pas d'endroit plus propice après.

La route, qui traversait une forêt, était bordée d'arbres des deux côtés, mais juste à cet endroit, au plus profond des bois, s'ouvrait une trouée à peine visible, le genre d'endroits en retrait de la route principale, où les automobilistes aiment laisser leur véhicule avant de partir cueillir des champignons ou quoi que ce soit d'autre ; dans les environs de Moscou, un panneau écaillé aurait forcément été planté là, portant une inscription dans le genre « Protégez la forêt », mais rien de tel par ici.

— Ça aurait été bien de pouvoir nous éloigner de la route, lança Boris. (Il était déjà sorti de voiture et s'efforçait, avec force grimaces, de redresser son dos ankylosé.) On n'arrivera pas à faire vite, et la nuit sera tombée dans une demi-heure. Si on avait pu s'enfoncer ne serait-ce que d'un mètre dans les bois, pour casser aussi la croûte... J'aime pas être arrêté comme ça sur le bas-côté, on est trop exposés.

— Du calme, Andréitch, répondit vigoureusement Léonid en claquant la portière du Land Cruiser. Regarde toute la neige qu'il y a ici. On va se poser, personne ne pourra tirer nos voitures de là. Ils ne vont tout de même pas ramener un tracteur du village voisin !

Il éclata de rire et se dirigeait déjà vers la forêt quand Boris l'arrêta.

— Où tu vas ? Quelqu'un doit rester près des voitures, tu es jeune, tu peux attendre un peu, reste ici une minute, je te remplace tout de suite. Et prends ton fusil, tu m'entends ?

À peine avais-je fait un pas dans la neige blanche, dont la croûte gelée paraissait incassable, que je m'enfonçai presque jusqu'aux genoux ; heureusement que nous n'y avions pas engagé nos véhicules. J'avais une envie brûlante de voir Sergueï, de parler avec lui, mais ce voyage de plusieurs heures sans pause nous contraignit tous sans exception à nous disperser dans la forêt – ce n'était pas grave, nous allions ensuite verser du carburant dans nos réservoirs, puis déballer de quoi manger, et j'aurais une demi-heure devant moi pour profiter de lui, le temps qu'il mange, après quoi nous reprendrions le volant, lui et moi, puisque c'était notre tour, et quand tout le monde dormirait nous pourrions de nouveau parler.

— Les mecs, vous ne pourriez pas aller un peu plus loin ?

La voix indignée de Natacha retentit juste à côté de moi, alors même que dans cette forêt transparente qui avait perdu ses feuilles je ne la voyais pas. Des branches craquaient tout près de moi, j'entendais Irina exhorter Anton – « Attends deux secondes que je défasse ta combinaison, tourne-toi vers moi » –, et en pivotant j'aperçus la route, quatre grosses voitures, tous phares éteints, ainsi que la silhouette solitaire de Léonid ; il ouvrait le coffre du Land Cruiser et se penchait pour fouiller dedans ; je voulus m'éloigner encore un peu et fis dix pas supplémentaires derrière les arbres, ni plus ni moins, quand tous les bruits cessèrent, tous – les récriminations de Natacha, les recommandations affectueuses d'Irina, les voix des hommes –, ne restèrent plus que la forêt et moi, les arbres immobiles aux couronnes soudées au-dessus de ma tête, la neige et le silence. En dépit des circonstances, je rechignais à revenir tout de suite sur mes pas, j'éprouvais au contraire le besoin aigu de demeurer complètement seule, ne serait-ce qu'un tout petit instant ; le froid était vif, j'appuyai ma joue contre le tronc rugueux et glacé d'un arbre et restai ainsi quelques minutes, sans penser à rien, observant mon souffle dessiner des motifs de givre sur l'écorce durcie.

Il était temps de regagner les véhicules ; l'espace d'un instant, j'eus peur de ne pas savoir retrouver mon chemin, mais un coup d'œil au sol me permit d'y repérer mes traces et je les suivis à rebours, en direction des voitures. La première chose que j'aperçus, ce fut le blouson rouge de Natacha, tache vive brillant à travers les arbres – elle sortait elle aussi des bois et se trouvait déjà à côté de Léonid, à une dizaine de pas du Land Cruiser dont le coffre était toujours ouvert et près duquel je vis les deux gros jerrycans en plastique que Léonid avait eu le temps de décharger sur la neige aplanie. Ils n'étaient pas seuls : debout juste à côté du coffre, trois personnes inconnues les empêchaient d'atteindre le véhicule – des hommes, tous les trois, l'un en veste ouatinée gris sale, les deux autres vêtus de pelisses en peau de mouton retournée, tous chaussés de bottes en feutre. En regardant alentour, je ne découvris pas de cinquième véhicule : autrement dit, ils étaient sans doute arrivés à pied par la route, ou peut-être avaient-ils surgi de la forêt par cette même trouée qui nous avait incités à nous arrêter ici. Une branche craqua sous mes pieds, qui leur fit tourner la tête dans ma direction ; j'eus encore le temps de penser qu'il me suffirait de reculer d'un pas pour disparaître de leur vue, à la faveur des ténèbres qui avançaient, quand sur ma droite, tout près, une voix retentit, qui lança sur un ton amical :

— Bien le bonjour !

Faisant volte-face, je découvris celui qui venait de parler : un quatrième homme vêtu d'une pelisse marron clair au col jauni, largement ouverte, et coiffé d'une énorme chapka en renard roux comme en portent les trappeurs canadiens, avec d'énormes oreillettes duveteuses relevées sur le sommet du crâne. Sans doute se tenait-il près de la remorque pendant que je sortais de la forêt, et cela expliquait pourquoi je ne l'avais pas remarqué tout de suite. L'inconnu s'approcha encore un peu et, d'un geste désinvolte, retira sa chapka de renard. Il souriait.

— Bien le bonjour, répéta-t-il. On passait juste à côté, et on a vu votre compère.

Il venait droit sur moi, me repoussant hors du bois ; je jetai un coup d'œil en direction du Land Cruiser : Léonid aurait dû avoir son fusil, et surtout se tenir le plus près possible de son véhicule, afin de ne pas se retrouver près de la chapka de renard quand ça commencerait, et où étaient donc les autres ? Pourquoi ne sortaient-ils pas ? En passant devant le Vitara, je remarquai soudain Micha, sur la banquette arrière, qui était sans doute revenu plus tôt et qui, désormais recroquevillé derrière une pile d'affaires, observait, tendu à l'extrême, ce qui se passait de l'autre côté de la vitre. Nos regards se croisèrent un instant, et aussi imperceptiblement que je pus, je secouai la tête – « Ne sors pas. » Comme il était fondamental que l'homme en chapka de renard ne s'aperçoive pas de sa présence, je me tournai vers lui et m'efforçai de sourire moi aussi.

— Vous vivez ici ? demandai-je.

À cause de la vivacité du froid, mes lèvres ne bougeaient presque pas, et ce fut tant mieux car, sans cela, il aurait vu combien elles tremblaient.

— Hein ? Oui, on vient de… par là-bas, répondit-il en désignant un point dans son dos d'un geste vague.

Il avait une façon bizarre de parler, mais je ne parvenais pas à mettre le doigt sur ce qui m'intriguait. Nous étions parvenus à hauteur du Land Cruiser ; je parcourus les derniers pas en courant presque, m'enlisant dans la neige ; sans doute attendait-il que je me retrouve à leurs côtés pour les obliger ensuite à sortir.

Je regardai Léonid droit dans les yeux, il m'adressa un faible sourire et, je ne sais pourquoi, je compris sur-le-champ que les choses allaient mal : il n'avait pas de fusil entre les mains.

L'arme se trouvait dans le coffre, couchée sur les sacs et les valises – on pouvait ne pas la voir si l'on ignorait qu'elle se trouvait là –, je décelai sa lanière de cuir usée et le contour à peine visible de sa crosse de bois sombre. Deux mètres, pas plus, me séparaient du coffre, mais l'atteindre sans attirer l'attention des types était impossible : pour ce faire, il aurait d'abord fallu repousser les autres visiteurs qui montaient la garde entre la voiture et nous. À la différence de chapka de renard, aucun d'eux ne souriait : sans rien dire, ils se balançaient d'un pied sur l'autre, l'air maussade. *Sergueï, Boris et Andreï sont quelque part dans les bois,* me dis-je, *ils ne tarderont pas à ressortir et alors les hommes seront en nombre égal ; en attendant, il faut que je dise quelque chose pour les occuper.* Léonid affichait une mine à la fois confuse et renfrognée, je lui offris alors mon sourire le plus large : *Allez, imbécile, discute avec eux, serre-leur la main avant qu'ils ne se fassent quelque chose qui nous interdira de prétendre que cette rencontre est fortuite, ils ne savent pas combien nous sommes, et ils attendent aussi, allez, bouge-toi !* Comme s'il avait entendu mes pensées, Léonid se tourna vers la chapka de renard, soit parce qu'il était le seul à avoir parlé jusque-là, soit parce qu'il était évident que ce type était le chef, et il lui demanda d'un ton gaillard :

— Si je comprends bien, les gars, vous êtes venus directement à pied ? Il est loin, votre village ?

— Non, tout près, répondit l'autre sans se départir de son sourire mais en renfonçant sa chapka rousse sur son crâne.

Il avait un beau visage, bien dessiné, la peau cuivrée des gens qui boivent beaucoup et passent la plupart du temps en plein air, et des yeux bleus qui pétillaient.

— Pas besoin de voiture. On est venus avec nos pieds, comme de bien entendu.

Il avait utilisé précisément cette expression « avec nos pieds », et je compris seulement à ce moment-là ce qui m'avait paru bizarre quand il m'avait adressé la parole : ce type employait des expressions désuètes, comme un personnage sorti d'une vieille légende.

Des branches craquèrent de nouveau dans mon dos et des bruits de pas se firent entendre : en me retournant, je vis Sergueï qui sortait précipitamment du bois, l'air inquiet ; pourtant, dès qu'il parvint plus près de nous, il afficha un grand sourire.

— Tiens ! s'exclama-t-il joyeusement, comme s'il retrouvait de vieux amis. Bonjour, les gars. Qu'est-ce que vous faites par ici ?

— Rien de spécial, répondit le renard. (Comme un peu plus tôt, il était le seul à parler.) On est venus reluquer vos voitures. De belles caisses, et qui roulent bien. Surtout celle-là, pardi. (Les mains dans les poches, il vint admirer le Land Cruiser, ouvert et sans défense ; les trois autres s'écartèrent afin de lui céder le passage.) Elle est vraiment trè-ès spacieuse. Elle doit en contenir du bazar ; par contre, c'est sûr que ça consomme beaucoup, un engin pareil, non ?

Profitant de l'occasion, Léonid fit quelques pas rapides en direction de sa voiture.

— Pas mal, répondit-il d'une voix tendue. Mais bon, c'est un moteur diesel.

Il était désormais juste à côté du coffre ouvert, il ne lui restait plus qu'à tendre la main, alors il tourna la tête et effectua un léger mouvement en avant, presque imperceptible, mais la chapka souriante suivit la direction prise par son regard et remarqua tout de suite le fusil, la crosse, et la lanière qui pendait. Aussitôt, il sortit les mains de ses poches, de la première il attrapa Léonid par l'épaule pour l'obliger à se tourner vers lui, tandis que de la seconde il lui portait un coup rapide et bref dans le flanc. Léonid poussa un cri, ses genoux fléchirent et, attrapant d'une main le montant du coffre, il s'affala lourdement dans la neige. Natacha se mit à hurler. Le type au sourire s'était déjà écarté de deux pas, un éclat de métal brillant dans sa main droite ; en me retournant, je vis que deux de ses acolytes taciturnes retenaient fermement Sergueï, les bras ramenés dans le dos, tandis que le troisième s'était immobilisé à côté de Natacha et lui plaquait une main sur la bouche ; à une vingtaine de pas derrière eux, dans la trouée qu'on ne distinguait plus que vaguement à cause de l'obscurité croissante, quelqu'un d'autre courait, Boris ou Andreï, impossible d'être sûr.

— Attendez, lançai-je d'une voix forte. (Simplement parce qu'il était nécessaire de dire quelque chose à cet instant-là, pour les retenir d'une manière ou d'une autre, attirer leur attention afin qu'ils ne regardent pas en direction de la forêt, et que rien d'autre ne me vint à l'esprit, pas le moindre petit mot.) Attendez ! répétai-je encore, faute de mieux.

Je les dévisageai tour à tour, m'efforçant de croiser le regard de chacun de ces quatre hommes piteusement vêtus, tâchant d'y déceler ne serait-ce qu'une once de doute, une petite faiblesse qui m'aiderait à choisir mes mots et à interrompre d'une manière ou d'une autre le tour qu'avaient pris les événements. Le type au sourire fit un pas en direction de Sergueï. *Ils n'arriveront jamais à temps,* me dis-je, fébrile, *et même si c'est le cas, il donnera quand même un coup de couteau à Sergueï. Mon Dieu, viens-nous en aide !*

— Mais attendez donc, répétai-je avec l'énergie du désespoir.

À ce moment-là, la portière du Vitara, garé derrière le Land Cruiser, s'ouvrit sans bruit, une ombre se faufila dans le dos de nos agresseurs, et je compris qu'il s'agissait de Micha. Livide, il se figea à une dizaine de pas, de façon à être bien visible, et lança d'une voix forte :

— Maman !
— Micha, sauve-toi !

Je voulus crier, mais ma voix me trahit, il n'entendait pas, il allait s'approcher... Je dus faire un mouvement, parce que le type au sourire tendit le bras et, d'une main plaquée sur mon épaule, m'empêcha de bouger.

— Toi, avec le chapeau, laisse-la !

Frémissante de peur, la voix de Micha semblait presque enfantine ; il fit encore un pas dans leur direction, avec tous les regards fixés vers lui, et nous pûmes constater qu'il tenait la longue carabine de chasse que Boris avait couchée derrière le siège du Vitara. Il arma le chien à grand-peine, puis, s'efforçant d'appuyer fermement la crosse sur son épaule gauche, il braqua le lourd canon, qui oscillait de droite à gauche, sur le type au sourire.

— Écarte-toi d'elle, répéta-t-il. Et plus vite que ça !

Celui qui s'approchait de notre groupe depuis la forêt ne courait plus ; du coin de l'œil, je le vis ralentir et se mettre à marcher en faisant le moins de bruit possible, il ne lui restait plus qu'une dizaine de pas, mais je n'arrivais toujours pas à deviner de qui il s'agissait. De profil par rapport à la forêt, les autres ne voyaient rien, d'autant que toute leur attention était focalisée sur Micha. Le type au sourire ôta la main qui enserrait mon épaule et tourna la tête.

— Tu sais bien que t'oseras pas tirer, gamin, dit-il d'une voix douce, presque caressante. Il fait déjà nuit, si ça se trouve tu vas viser ta maman !

Je m'assis aussitôt : sans même réfléchir à ce que je faisais, mais sur une impulsion, je me laissai tomber dans la neige – ce qui me valut de heurter douloureusement le sol avec mon coccyx.

— Micha, tire ! m'écriai-je.

Le type au sourire continuait à avancer en direction de Micha, les bras tendus dans sa direction ; alors mon fils releva le canon de son arme et tira en l'air : un bref éclair lumineux jaillit à la pointe du canon, et un mélange de neige et de poussière de bois se déversa sur nos têtes depuis le faîte des arbres. Le coup de feu avait claqué avec un fracas si assourdissant que mes oreilles cessèrent aussitôt de fonctionner, même si j'aurais surtout voulu fermer les yeux et ne rien voir, enfouir mon visage dans la neige, au lieu de relever la tête comme je le fis ; le type au sourire n'avançait plus, il leva les bras et sa position bloquait désormais mon champ de vision.

— Recule d'un pas, Micha. (C'était la voix de Boris, surgissant de quelque part sur la droite.) N'abaisse pas le canon, tout va bien, inutile de réarmer, c'est automatique sur cette carabine.

— C'est bon, les gars, fit le type au sourire. On voulait juste plaisanter, mais ça suffit.

Il commença à reculer, sans détacher le regard de Micha – je dus ramper sur le côté pour qu'il ne me marche pas dessus, –, puis il s'arrêta quand son dos rencontra le capot du Pajero, et je pus enfin entrevoir Micha, les lèvres écorchées, les yeux écarquillés, tenant toujours la carabine avec un tremblement bien visible, mais il était là, solide sur ses jambes, pointant le canon sur la poitrine de l'homme qui s'était immobilisé à côté de moi.

— Ça suffit ? Tu m'étonnes que ça suffit, convint Boris qui ne se montrait toujours pas. Seulement d'abord, demande à tes petits rigolos d'enlever leurs sales pattes et de s'écarter, et plus vite que ça. Le gamin est jeune et nerveux, il peut très bien appuyer sur la gâchette sans le faire exprès et te faire un bon gros trou dans le buffet !

Sur quoi il émergea de l'obscurité, juste à côté de Micha ; le mouvement qu'il esquissa me fit penser qu'il allait lui poser une main sur l'épaule et j'eus peur que, surpris, Micha n'appuie de nouveau sur la gâchette. Le type au sourire se dit de toute évidence la même chose, car je l'entendis prendre une profonde inspiration et déclarer d'une voix étranglée :

— Tout doux, c'est bon, on s'en va.

Il commença à reculer prudemment, frottant au passage sa pelisse le long du pare-chocs boueux du Pajero, et les trois autres, qui avaient lâché Sergueï, l'imitèrent bientôt, sans avoir ne serait-ce qu'ouvert la bouche ; ils firent quelques pas à reculons, puis se détournèrent et détalèrent en direction de la forêt, trébuchant dans la neige.

Micha n'avait pas bougé, sa carabine toujours pointée, et son expression était telle que je ne me relevai pas, préférant avancer à quatre pattes dans sa direction, la tête baissée ; je vérifiai que l'affreux canon n'était pas dirigé sur moi avant de me remettre sur mes pieds.

— Tu as assuré, lui chuchota Boris à l'oreille, craignant toujours de lui poser une main sur l'épaule. Tout va bien, baisse ce fusil, je vais le prendre.

Mais les doigts de Micha, tout blancs, ne voulaient pas relâcher leur prise sur l'arme.

— Chhh… Bébé, tout va bien, intervins-je alors.

Il releva la tête, me regarda, posa les yeux sur la carabine et brusquement, d'un geste inattendu, il la planta dans la neige, crosse en bas, pour se laisser aller contre la voiture. Je supposai qu'il avait besoin de pleurer, forcément, mais non, il se contenta de trembler comme une feuille, de la tête aux pieds, même quand je me mis à l'étreindre et que Sergueï, qui s'était avancé, lui tapota le dos en lui ébouriffant les cheveux.

Tout le monde était à nouveau là : Andreï aidait une Natacha en pleurs à se relever, Irina et Antochka surgirent de derrière les arbres, ainsi que Marina en combinaison blanche, sa fillette dans les bras.

— Où il est passé ce… grommela Boris, les lèvres serrées. (C'était de nouveau lui qui tenait la carabine.) Je lui avais bien dit, à cet idiot, de prendre son fusil. Léonid, putain de ta mère, où tu es ?

Il contourna le Land Cruiser et se tut aussitôt. Alarmés, Sergueï et moi abandonnâmes Micha après avoir échangé un regard et lui emboîtâmes aussitôt le pas. Léonid était toujours assis, adossé au coffre, mais il fit une tentative pour se relever en nous voyant accourir.

— Ça va, déclara-t-il, mon blouson est épais, mon blouson… on se croirait dans un film. Mais qu'est-ce que vous avez ?

Il voulut de nouveau se remettre sur pied, cependant sa tentative échoua, ses jambes ne lui obéissaient plus. Il eut l'air interloqué. Nous fûmes bientôt rejoints par Andreï, suivi de Marina qui portait toujours la petite : il ne lui fallut pas plus d'un coup d'œil pour se mettre à hurler tandis que Léonid continuait à se démener en vain, cherchant à prendre appui sur une neige piétinée et toute noire, à l'aide d'une main souillée elle aussi.

— Léonid, tu saignes, constatai-je.

— C'est pas grave, je n'ai pas mal du tout, répliqua-t-il, avant de baisser enfin les yeux vers son ventre.

*
* *

On voit souvent ce genre de scènes dans les films : du sang, un homme allongé à terre, à côté de lui une femme agenouillée qui crie ; chacun de nous avait vu la séquence un million de fois, mais nous n'y étions pas préparés pour autant, peut-être parce qu'en plus de ces trois composantes – sang, homme à terre, femme qui glapit à côté – tout le reste était complètement différent. Après avoir hurlé une fois, Marina se tut, et un grand silence nous ensevelit, personne ne se risquant à prononcer le moindre mot, personne ne bougeant ; en fait, on aurait dit que préexistait un scénario connu de tous, dont il ne fallait surtout pas modifier la trame, gâcher le déroulement par un mot ou un geste intempestifs. Elle ne se jeta pas dans la neige à côté de son mari pour appuyer la tête contre sa poitrine ; non, au lieu de cela, elle reposa lentement la gamine qu'elle avait dans les bras et l'écarta avec douceur – sans la diriger vers quelqu'un d'autre en particulier, mais juste pour l'éloigner, puis elle fit quelques pas prudents et s'assit dans la neige avec mille précautions, toute droite, ses genoux blancs dans la neige blanche qui ne s'était pas encore imbibée du sang de Léonid, et elle s'immobilisa, redevenant la femme irréprochable et distante que j'étais accoutumée à voir ; elle resta ainsi quelques secondes interminables, sans le toucher et sans rien dire, mais les yeux fixés sur lui, tandis que nous les entourions, ne sachant trop ce qu'il convenait exactement de faire désormais, si bien que quand elle leva enfin une main menue et manucurée pour attraper une mèche de ses longs cheveux soyeux et tirer – fort –, réussissant à arracher cette mèche, puis répéta le même geste à l'identique, un immense soulagement nous gagna tous et nous nous mîmes à parler en même temps, avant de commencer à agir.

Tout se passa très vite, comme si pendant ces quelques minutes restées en suspens, où nous observions la scène, chacun d'entre nous avait eu le temps de songer justement à ce qu'il fallait entreprendre ; une seconde ne s'était pas écoulée qu'Irina s'asseyait dans la neige à côté de Marina, la tenant fermement dans ses bras. Andreï et Sergueï ouvrirent le blouson de Léonid et relevèrent son pull, tandis que Natacha arrivait en courant du pick-up, tout en s'efforçant d'ouvrir une boîte en plastique dont le couvercle était orné d'une croix rouge. Il faisait désormais presque nuit, Boris prit donc une grosse lampe torche dans le Vitara, dont la lumière bleue et froide donna au ventre de Léonid une couleur bien peu naturelle ; de là où je me tenais, la plaie n'était presque pas visible – elle ne semblait pas affreuse, courte, certes un peu enflée et irrégulière, mais elle ne saignait pas trop, du moins pas autant que je me l'étais imaginé, elle suintait toujours lentement, laissant sur le ventre et les flancs blafards de Léonid des bandes d'un noir luisant. Natacha parvint enfin à ouvrir la pharmacie où elle se mit à farfouiller dès qu'elle se fut accroupie. Son visage affichait une expression désespérée.

— Zut, zut, zut, je ne sais pas de quoi on a besoin, des compresses, des bandes, des bandages... Tiens, il y en a une avec écrit : « hémostatique », seulement elle est toute petite. Hé, il n'y aurait pas quelqu'un pour m'éclairer ?

La pharmacie lui échappa des mains et Natacha se précipita pour ramasser les emballages maintenant disséminés dans la neige – papier et cellophane –, des machins tout petits et insignifiants, qu'elle ramassa et voulut secouer, pour les remettre à leur place dans la boîte, d'où ils se réchappèrent aussitôt ; Boris dirigea sa torche dans notre direction et prononça d'une voix forte :

— Anna, tu pourrais pas l'aider, non ? Il faut lui faire un pansement, et remonter en voiture, vaut mieux pas qu'on traîne ici, ils peuvent très bien revenir !

Une seule compresse ne fut pas suffisante, nous dûmes d'emblée en utiliser deux – Natacha déchira les emballages avec les dents et appliqua les pansements sur la blessure, pendant que j'enroulais une bande autour du ventre de Léonid ; le résultat n'était pas fameux, il ne pouvait déjà presque plus s'asseoir et avait tendance à glisser sur le flanc, Andreï et Sergueï le maintenaient, mais il était lourd, et il n'y avait vraiment pas beaucoup de place près du coffre ouvert du Land Cruiser, si bien que nous nous gênions mutuellement. Quand je parvins enfin à fixer tant bien que mal les extrémités du bandage, nous aidâmes Léonid à se relever – même à trois, l'opération fut périlleuse – et le traînâmes sur la banquette arrière du Land Cruiser, tandis que Boris s'approchait de Marina, toujours assise dans la neige. Il se pencha vers elle et lui dit, en détachant bien chaque mot :
— Je vais prendre le volant, toi, va t'asseoir à côté de lui, sur la banquette arrière, pour maintenir le bandage en place. Tu le tiens bien fermement, pigé ?
Elle leva alors les yeux sur lui et hocha la tête, puis se redressa et se dirigea vers la voiture, sans rien dire, comme un automate, sans même un regard pour sa fille toujours plantée à quelques pas de là, petit tronc rouge coiffé d'une capuche qui lui descendait sur les yeux. Irina prit la fillette par la main et la conduisit vers le Pajero, où son gamin à elle était déjà installé. La petite la suivit docilement, déplaçant avec précaution

ses jambes aussi courtes que grassouillettes. Boris se tourna vers moi.

— Anna, tu vas pouvoir conduire ?

— Pas de problème, répondis-je. Seulement, c'est quoi, notre but ? Qu'est-ce qu'on va faire maintenant ?

— J'en sais rien, répliqua-t-il. (Il lança un juron.) L'essentiel, c'est de nous tirer d'ici.

— Tu comprends bien toi-même, papa, qu'on n'ira pas bien loin avec lui, intervint Sergueï derrière moi, tout en nouant les bras autour de mon cou. (Pendant une seconde, je m'autorisai à fermer les yeux, tant j'avais besoin de son contact.) Il ne peut même pas étendre les jambes. On doit trouver un endroit où dormir.

— Eh bien, cherchez-en un, répliqua aussitôt Boris. Il n'y a pas de C.B. dans le Land Cruiser, on fermera la marche, et vous, examinez les environs, mais soyez prudents ! On ne peut pas se permettre de tomber encore sur quelqu'un, même si cela signifie que Léonid devra... Bref, pas besoin de vous faire un dessin.

En chemin, nous franchîmes deux passages à niveau – tous deux heureusement abandonnés et déserts, barrières relevées et feux de signalisation en panne ; chaque fois, Andreï put nous prévenir par C.B. qu'on s'en approchait – « Il va y avoir un passage à niveau », disait-il, ou « Village à droite, ce serait bien d'accélérer », et je songeais que dans ma boîte à gants, j'avais moi aussi un GPS, cadeau de Sergueï et gadget inutile quand je disposais du plan de Moscou et de ses environs ; personne ne s'était imaginé alors que quelque chose de vraiment important dépendrait un jour de cette petite boîte en plastique, si bien qu'il ne nous restait plus aujourd'hui qu'à suivre docilement le pick-up, en nous fiant à ses mises en garde. Il cherchait un endroit sûr et désert où nous arrêter, où dissimuler nos véhicules de façon qu'ils ne soient pas visibles depuis la route, où remplir nos réservoirs, nourrir les enfants, manger un bout nous-mêmes, et surtout, tirer vraiment au clair ce qui était arrivé à l'un d'entre nous, quelle que soit finalement l'issue du problème. Micha était désormais assis à côté de moi, le micro à la main, et il observait le paysage avec la plus grande attention ; depuis qu'il avait enfin relâché la carabine, nous n'avions pas eu le temps d'échanger un mot. *Ce n'est rien, bébé, ce n'est pas grave, ça peut attendre, ce qui compte pour le moment c'est de dénicher cette foutue planque*, songeais-je. *Et dès que ce sera fait, je parlerai avec toi de tout ce qui vient de se passer sur la route, promis.*

Tchériépoviets se trouvait à droite – l'atmosphère sombre et hivernale nous empêchait de bien évaluer la distance qui nous séparait des cheminées d'usines aux faîtes signalés par des clignotements rouges et des quartiers résidentiels, tapis quelque part derrière ; c'était la première grande ville que nous traversions depuis Tver et je m'attendais à y voir n'importe quoi, des panneaux proférant des mises en garde, des cordons de sécurité, des files de véhicules, peut-être même des piétons traînant des denrées alimentaires, mais il n'en fut rien : la ville s'étirait paresseusement le long de la route, dans un éclat terne, et quoi qu'il se passât là-bas en cette minute – à deux ou à vingt-deux kilomètres de nous –, j'étais reconnaissante au sort de me laisser dans l'ignorance ; puis la route décrivit soudain une large courbe et obliqua vers le nord-ouest, et je ne regardai même pas dans mon rétroviseur ; que Dieu vous garde, braves gens, débrouillez-vous avec vos maladies, vos peurs, vos voitures brûlées, votre désir de survivre, je ne veux qu'une seule chose, m'éloigner de vous autant que possible.

— On va arriver à un embranchement, annonça Andreï à mi-voix, et d'ici à ce qu'on l'atteigne il va falloir prendre une décision. Natacha et moi, on vient d'avoir une idée : si on se fie à la carte, il y a des tas de villages de vacances dans les environs, avec des jardins, le genre d'endroits déserts en hiver, normalement. Ça m'étonnerait qu'on puisse trouver quelque chose de plus calme, qu'est-ce que vous en pensez, les gars ? Le tout, c'est que pour y aller, on devra s'écarter de notre itinéraire, et rouler un peu en direction de Volgoda. Alors, votre opinion ?
— Favorable, répondit aussitôt Sergueï, montre-nous la route. Et toi, Anna, tu en dis quoi ?
Je jetai un coup d'œil en direction de Micha, et vice versa, puis il approcha le micro de ses lèvres.
— Nous sommes d'accord, répondit-il.
C'étaient les premiers mots que j'entendais sortir de sa bouche depuis que nous étions remontés en voiture.

Les villages de vacances sont sans doute identiques partout, où que l'on aille : une route étroite, quelques arbres épars, des maisonnettes préfabriquées de mauvais goût, aux couleurs variées et aux toits bombés, des plates-bandes recouvertes de plastique et, à l'entrée, un portail en fer cadenassé. Le premier hameau que nous croisâmes était situé trop près de la voie rapide, dont ne le protégeait qu'une mince bande de forêt ; en revanche, nous faillîmes manquer le second, alors même que nous le cherchions, tant il était bien caché ; le chemin qui y conduisait n'avait pas été déblayé, cela va de soi, et je dus laisser passer le lourd Land Cruiser, puis le Pajero, afin qu'ils tracent un sillon devant nous, ne serait-ce qu'un minimum. L'opération ne servit cependant presque à rien ; j'avais beau m'efforcer de rester exactement dans leurs roues, je sentais la neige céder et glisser sous celles du Vitara, si bien que je franchis les deux cents mètres qui nous séparaient de la route avec la hantise de rester coincée en plein champ. Quand mon véhicule atteignit enfin le portail interdisant l'entrée dans le hameau, Boris et Sergueï étaient déjà en train d'en forcer le cadenas, à la lumière de la torche d'Andreï ; je remarquai quelques poteaux en béton supportant des lampadaires, mais l'obscurité était totale ; de toute évidence, ce village était lui aussi privé d'électricité.

Je n'avais aucune envie de quitter ma voiture, mais je m'y obligeai quand même et m'approchai du Land Cruiser, dont le moteur tournait ; à travers les vitres teintées, je ne distinguai que les lumières bleutées du tableau de bord, alors, ouvrant la portière du conducteur, je jetai un coup d'œil à l'intérieur : l'habitacle était calme, mais envahi d'une odeur âcre et lourde. Le siège passager avait été repoussé au maximum vers l'avant, afin que Marina puisse s'installer par terre, entre les sièges, où elle s'était recroquevillée dans une pose inconfortable. La tête baissée, elle plaquait ses deux mains sur le ventre de Léonid ; ni l'un ni l'autre ne bougea ni ne montra la moindre réaction quand j'ouvris la portière ; on aurait dit qu'ils dormaient ou avaient décidé de se figer en une étrange statue.

— Comment va-t-il ? chuchotai-je, du ton que j'aurais adopté s'ils avaient effectivement dormi et que j'avais craint de les réveiller.

Mais elle ne répondit pas, ne releva pas non plus la tête, se contentant de hausser quasi imperceptiblement les épaules, sans changer de position.

— Ça saigne encore ? insistai-je.

Je ne reçus pas davantage de réponse : elle haussa puis abaissa de nouveau les épaules.

On attendait sans doute de moi que je dise quelque chose du genre : « Nous sommes presque arrivés » ou « Tout va bien se passer », mais je ne pus m'y contraindre ; si elle avait ne serait-ce que relevé la tête, regardé dans ma direction ou s'était mise à pleurer, je me serais sentie mieux, mais elle n'avait visiblement aucun besoin de mes paroles de réconfort, alors je refermai la portière le plus doucement possible et retournai vers le portail.

Le cadenas avait déjà été scié en deux, et Sergueï, aidé de Boris, écartait maintenant les lourds battants du portail ; constituées de barres de fer soudées, les larges grilles poussèrent de longs grincements de protestation avant de se rendre, bien malgré elles, et, à la lumière des phares, nous découvrîmes une longue rue étroite qui disparaissait dans l'obscurité, bordée par deux rangées de palissades hétéroclites.

— Il y a plein de neige, constata Boris, il ne faudrait pas qu'on reste coincés.

— Peut-être, mais au moins, on est sûr qu'il n'y a personne.

Andreï éclaira le sol sous ses pieds : la neige était intacte et parfaitement lisse.

— On n'a plus qu'à se choisir une maison, ajouta-t-il avant de partir explorer le hameau à pied.

Comme il ne s'enfonçait qu'à peine, Boris, jetant sa carabine sur l'épaule, lui emboîta le pas.

— Andreï, cherche une maison avec une cheminée, il fait moins vingt dehors, il n'y a pas d'électricité, on ne pourra pas survivre dans une maison impossible à chauffer.

Nous trouvâmes notre bonheur presque tout de suite, dans l'une des ruelles latérales, non loin de l'entrée du hameau : son premier étage était tout petit, avec une seule fenêtre, sans doute n'était-ce qu'un grenier, mais deux cheminées se dressaient sur son toit, indiquant la présence d'un poêle, et nous n'allâmes pas chercher plus loin. Le terrain était minuscule, planté de quelques buissons attachés à des tuteurs et d'arbres fruitiers nains. Il n'y avait même pas assez de place pour y garer une voiture, sans parler de quatre… Nous fûmes donc forcés de les laisser à l'extérieur, derrière la palissade, en plein milieu de la route ; en revanche, nous découvrîmes un puits derrière la maison, semblable à une niche qu'on aurait étirée en hauteur avant de poser un bonnet de neige sur son toit triangulaire.

Et dans le coin le plus éloigné du terrain, il y avait un petit sauna en bois, contre lequel s'élevait une pile de bûches bien régulière.

Le froid était mordant ; le temps que Sergueï brise le fragile cadenas de la porte d'entrée avec la tête de sa hache, mes oreilles étaient si congelées que je ne les sentais presque plus. La porte ouvrait sur une petite véranda vitrée à l'intérieur de laquelle le froid était sans doute aussi intense que dehors, à cette différence près qu'il n'y avait pas de vent ; en entrant, je cherchai machinalement l'interrupteur à tâtons sur le mur et j'appuyai dessus, bien entendu sans résultat. Petite, glaciale et sombre, avec des fenêtres obstruées de contreplaqué, cette maison n'en était pas moins une, une vraie, qui pourrait nous abriter des intempéries ; une pile de livres poussiéreux, liés ensemble par une corde dans un coin de la véranda, trois pièces, un buffet aux portes vitrées laissant voir des pyramides de tasses et d'assiettes silencieuses, une pendule murale, et enfin, le plus important, un poêle, un grand poêle en brique qui trônait au centre de la maison. Notre petit groupe n'avait pas encore eu le temps de pénétrer à l'intérieur que Sergueï s'accroupissait déjà devant et, la torche entre les dents, remplissait le foyer avec les bûches qui se trouvaient par terre ; je m'assis à côté de lui pour l'observer sans rien dire pendant qu'il allumait le feu, admirant le calme de cet homme que j'avais choisi pour mari ; il était persuadé que tout irait bien, et je m'en voulus de ne pas avoir su gagner en tranquillité et en assurance, malgré les années que j'avais passées à ses côtés : pour l'heure, je ne pouvais m'empêcher de penser au fait que cette petite maison moisie était un véritable palais en comparaison avec ce qui nous attendait au bord du lac.

— Tout va bien, Anna, dans deux heures on pourra se balader en T-shirt ici, tu verras, dit-il en se tournant vers moi.

Dans l'éclat orangé du feu, je m'aperçus qu'il souriait.

— Léonid n'a pas deux heures devant lui, décréta soudain Boris qui surgit dans mon dos. Nous avons déjà perdu beaucoup de temps. J'ai envoyé Andreï chauffer l'étuve du sauna, on le transportera là-bas. Anna, on avait pris un petit guide médical, non ? Tu pourrais le chercher ?

— Mais ça va nous servir à quoi ? répliquai-je. On n'a même pas réussi à lui faire un bandage correct.

Pourtant je me levai docilement et retournai vers les voitures.

Je trouvai le guide en un rien de temps ; lorsque nous avions préparé les bagages, nous y avions pensé au dernier moment, une fois que tout le reste avait été rangé dans la voiture, et Sergueï l'avait simplement glissé entre deux gros sacs. J'allumai le plafonnier et m'installai dans le Pajero pour le feuilleter au calme ; je n'avais nul besoin de retourner dans la maison froide et sombre alors qu'ici il faisait chaud et que personne ne viendrait me déranger. J'étais presque certaine de ne dénicher aucune information utile – que pouvait bien contenir un livre aussi fin ? Le nom de quelques plantes médicinales ? Les symptômes des maladies infantiles ? À ma grande surprise cependant, l'article dont j'avais besoin me tomba presque aussitôt sous les yeux – très bref, succinct, presque chaque paragraphe se concluant sur : « Évacuer sans tarder le blessé vers un service de chirurgie », mais il avait le mérite d'être là ; je le lus deux fois de suite, lentement, cherchant à comprendre chaque proposition, puis, ayant corné la page, je glissai le guide sous mon aisselle et regagnai la maison. Quand je poussai la porte, tous les regards se braquèrent sur moi, sauf ceux d'Andreï, qui s'affairait dans l'étuve, et de Léonid et Marina, qu'on avait décidé de laisser dans le Land Cruiser le temps que la maison se réchauffe un peu ; ils étaient tous là, dans la pièce centrale où brûlait le poêle. Il faisait néanmoins toujours aussi froid ; sur la table couverte d'une drôle de nappe à motifs de graines de tournesol, une bougie aussi large que courte brûlait de façon irrégulière, et à la lumière de sa petite flamme tremblotante, je ne distinguais presque pas leur visage, seulement la vapeur blanchâtre et opaque de leur souffle.

— J'ai deux nouvelles : une bonne et une mauvaise, annonçai-je, puisqu'ils attendaient que je prenne la parole, comme si ce livre me rendait désormais détentrice d'un savoir unique. Si le couteau n'est pas entré profondément, il suffit de recoudre la blessure et d'arrêter l'épanchement de sang, d'une manière ou d'une autre. Si aucune infection ne se déclare, il s'en sortira, mais il doit impérativement rester allongé trois ou quatre jours, ce qui nous obligera donc à passer tout ce temps-là ici.

Ils continuaient à me fixer sans rien dire, guettant la suite, si bien que j'achevai, intérieurement ravie que

Marina ne se trouve pas dans la pièce et que la fillette soit trop petite pour comprendre ce que je disais :

— Si la plaie est profonde, que le couteau a endommagé la paroi abdominale et qu'il a abîmé quelque chose à l'intérieur, repris-je, nous ne pourrons rien faire pour lui, même si nous recousons la plaie et arrêtons le sang. Il mourra, quoi qu'il arrive. La seule chose qu'on ignore, c'est quand, ajoutai-je, vu qu'ils se taisaient toujours. Ce n'est pas écrit là-dedans. Mais il me semble que ce sera une agonie très pénible.

— Il te faut quoi pour recoudre sa blessure ? demanda enfin Sergueï.

— Qu'est-ce que tu veux dire ? lui fis-je préciser, soudain inquiète. Tu penses vraiment que c'est moi qui vais le recoudre ?

Personne ne s'empressa de démentir ma supposition, mais personne ne répondit non plus ; Andreï revint, annonçant que le sauna était en train de chauffer ; debout sur le seuil, je regardai les hommes sortir précautionneusement Léonid de la voiture, en s'empêtrant dans des congères de haute taille, et le transporter jusqu'à l'étuve. La portière du Land Cruiser était restée ouverte, et grâce à la faible lueur du plafonnier on voyait Marina, toujours assise dans l'habitacle, les mains posées sur les genoux ; j'ignore combien de temps elle serait encore restée dans cette position, sans bouger ni tourner la tête, si Natacha n'avait couru la chercher pour la ramener à l'intérieur de la maison. Dès qu'elle eut franchi le seuil, elle s'assit dans un coin, près de la table, et se figea de nouveau ; sa magnifique combinaison, naguère immaculée, était complètement tachée sur le devant : les manches, la poitrine et même les genoux étaient couverts d'affreuses traînées brunâtres, auxquelles elle ne prêtait d'ailleurs pas la moindre attention. Micha rapporta un seau d'eau du puits, « Emporte-le dans l'étuve, lui indiqua Natacha, qu'ils le posent sur le poêle, pour que l'eau chauffe », puis elle se remit à fouiller dans sa boîte à pharmacie. Je craignais de remuer ne serait-ce qu'un cil, de prononcer une parole : croyaient-ils vraiment que je serais capable de me saisir d'une aiguille et de la planter dans le ventre de Léonid, blafard, affreux, souillé de sang ? Qu'allait-il se passer s'il se mettait à crier, à gigoter, si je n'arrivais pas à l'aider, ou pire, si mon intervention ne lui causait que des souffrances supplémentaires et qu'il mourait ensuite, de toute manière, en dépit de nos efforts ? Comment réagirais-je s'il mourait au moment précis où j'étais en train de le recoudre ?

Boris revint sur ces entrefaites.

— Tout est prêt, les filles, lança-t-il depuis le seuil. Il faut y aller. Irina, reste avec les enfants, et toi, Natacha, aide Anna.

Puis, constatant que nous ne bougions pas d'un pouce, il haussa le ton :

— Eh ben allez, la couture, c'est une affaire de femmes.

— Non-non-non, s'empressa de répliquer Natacha. Moi, je ne peux rien faire, pas la peine d'insister, la vue du sang me fait tourner de l'œil, alors n'insistez pas, voici une aiguille, du fil, le plus épais que j'aie pu trouver, tout un tas de bandes, plus tout ce que vous voulez, mais moi, pas question que j'aille là-bas.

Elle s'approcha de moi, me fourra presque de force

la boîte ouverte dans les mains, et je songeai : *magnifique, je vais devoir y aller toute seule, ça doit déjà sentir bon, là-dedans, la même puanteur que dans la voiture, un mélange de sang frais et de peur.* Je fis un pas vers la porte, puis un autre, et Irina déclara soudain :

— Attends, je viens avec toi.

La chaleur n'était pas encore étouffante dans le sauna, mais on pouvait déjà ôter son blouson ; contrairement à ce que je redoutais, ça sentait plutôt bon le bois chauffé et la résine ; nous laissâmes nos anoraks dans le sas et pénétrâmes dans l'étuve, qui se révéla petite et étroite ; Léonid avait été allongé sur la banquette supérieure, à même les planches claires en bois brut. « Ah, ces hommes ! maugréa Irina. Ils auraient quand même pu étaler quelque chose sous lui ! » Ils avaient ôté ses bottes, son blouson et son pull, mais lui avaient laissé son pantalon ; il gisait là, sans bouger, les yeux fermés, son teint blême tirant tellement sur le jaunâtre que, n'eût été sa respiration bien audible et irrégulière, je l'aurais cru déjà mort. Le plafond, lui aussi de planches, était bas et ils y avaient accroché quelques torches liées entre elles – seul éclairage envisageable étant donné les circonstances –, or le cercle de lumière approximatif et légèrement vacillant qu'elles dessinaient s'avérait si petit qu'il ne réussissait même pas à éclairer en entier l'homme couché sur la banquette, dont les pieds nus aux orteils trapus disparaissaient dans les ténèbres, déjà hors du cercle.

Je posai la pharmacie sur la couchette inférieure, et en me redressant je jetai un coup d'œil à Irina : elle ôtait son pull de laine sous lequel elle portait un maillot clair à manches courtes ; sans son chandail, elle paraissait vraiment maigre, avec son long cou, ses clavicules saillantes d'adolescente, ses bras minces, pâles, couverts d'un fin duvet blond. Je me sentais mal à l'aise, de l'observer ainsi, mais je ne parvenais pas à m'en empêcher et elle semblait ne pas s'en apercevoir ; ayant noué ses longs cheveux en un chignon sur la nuque, elle releva la tête.

— Viens, on va se laver les mains, me lança-t-elle, l'eau doit être chaude maintenant.

La porte de l'étuve s'entrouvrit et Boris apparut sur le seuil.

— Tiens, marmonna-t-il en me tendant deux bouteilles, une grande et une petite. Ça vous sera utile. Celle-ci, c'est de la Novocaïne, pour qu'il souffre un peu moins, et celle-là, c'est de l'alcool, pour désinfecter. Et puis on a aussi trouvé ça. (Il entrouvrit un peu plus la porte et transporta précautionneusement à l'intérieur une petite lampe en verre diffusant une chaude lumière orangée.) Posez-la quelque part pour y voir plus clair, mais ne la renversez pas, il y a du kérosène dedans.

Si étonnant que cela puisse paraître, le pansement avait tenu : il s'était un peu entortillé et se retrouvait copieusement détrempé, mais il continuait à plaquer les compresses sur la plaie ; j'essayai de dénouer le bandage, en vain. « Pousse-toi », m'ordonna Irina.

Elle tenait des ciseaux dont elle glissa la lame sous le ruban froissé de la bande, et je vis avec terreur le ventre de Léonid tressaillir à l'endroit où l'acier froid touchait sa peau. *Je ne veux pas le faire, je n'y arriverai pas, je n'ai même pas encore vu ce qu'il y a sous les compresses et je me sens déjà mal.* Sans relever les yeux, je tâchai d'enfiler le fil dans le chas de l'aiguille, une action simple pourtant que le tremblement de mes mains rendit fort complexe. Quand je laissai tomber l'aiguille pour la seconde fois, Irina, qui se tenait impassible à côté de moi, me proposa :

— Laisse, je vais le faire.

— Mais tu sais comment t'y prendre ? répliquai-je en levant les yeux vers elle.

— Parce que toi, tu sais faire ? ironisa-t-elle. Allez, donne-moi l'aiguille. Mon plat favori, c'est l'oie farcie, alors je sais coudre la viande. (Comme je frissonnais, elle poursuivit d'une voix plus forte.) Et je ne vois pas en quoi Léonid est différent d'une oie, si ce n'est qu'il a la cervelle plus petite, ajouta-t-elle avec beaucoup d'aplomb.

Mais son visage et même sa pose, debout, les jambes largement écartées, les mains agrippées à ses épaules, la trahissaient : elle avait tout autant la frousse que moi. *J'aimerais bien savoir à quoi tu joues*, songeai-je. *Qu'est-ce que tu cherches à prouver ? Que nous sommes amies ou que tu es la plus forte ?*

Elle s'empara de la bouteille d'alcool, qu'elle décapsula dans un petit « clac » et, après un instant d'hésitation, elle en but une courte rasade, à même le goulot ; ses épaules frémirent, son visage se crispa, et elle me tendit le flacon.

— Bois, m'enjoignit-elle.

Il suffit que j'approche prudemment la bouteille de mon nez pour que des larmes me montent aux yeux.

— Au goût, c'est pire, m'avertit Irina dont les joues pâles avaient déjà pris une teinte rosée. Mais à ta place, j'en avalerais quand même une gorgée.

J'approchai le goulot de mes lèvres, un liquide aussi brûlant que répugnant m'emplit la bouche, un spasme me serra la gorge, *Je ne pourrai pas avaler ça, je n'y arriverai pas*, me dis-je. Et j'avalai. Le bénéfice – léger – de cette épreuve fut immédiat.

Léonid n'ouvrit pas tout de suite les yeux – peut-être était-il affaibli à cause de tout le sang qu'il avait perdu ou peut-être était-ce dû à l'action de la Novocaïne –, il resta paisiblement allongé tout le temps que nous nettoyâmes la blessure à l'alcool, afin de débarrasser son ventre pâle et jaunâtre des coulées de sang aussi bien séché que frais ; il ne frémit pas non plus quand Irina planta l'aiguille pour la première fois, alors que, incapable d'en supporter la vue, je détournais les yeux.

— Mais non, regarde ! m'intima-t-elle aussitôt. Je ne vais pas faire ça toute seule. Arrange-toi pour ne pas tomber dans les pommes.

Ce fut à cet instant que Léonid revint à lui. Son ventre frissonna, il voulut s'asseoir, mais je l'attrapai aussitôt par l'épaule, me penchai sur lui pour lui murmurer au creux de l'oreille :

— Chut, doucement, tout va bien, un peu de patience. Tu as un trou dans le ventre, on doit le recoudre.

Il me regarda d'un air plaintif, sans rien répliquer, et se contenta de cligner plusieurs fois des paupières.

— Anna, éponge le sang et prends les ciseaux, il faut couper le fil, me lança Irina entre ses dents.

Je me saisis aussitôt d'une compresse ; au ton de sa voix, je ne parvenais pas à comprendre lequel je devais tranquilliser en premier – Léonid ou elle ? –, pourtant ses mains ne tremblaient absolument pas. Un point, un deuxième point, un nœud. Couper le fil, éponger le sang. Encore un point, un deuxième point, un nœud. Je jetai un coup d'œil au visage de Léonid : de grosses larmes rondes comme celles d'un enfant dégoulinaient le long de ses joues, mais il restait stoïque, se mordant les lèvres, plissant les yeux et prenant de courtes respirations saccadées chaque fois qu'Irina plantait l'aiguille.

De là où j'étais postée, je voyais le sommet de son crâne, ses cheveux dont les racines commençaient à foncer. Deux semaines dans une ville agonisante, derrière une porte close, à redouter de sortir de chez elle, même pour aller quérir de la nourriture… *Tu avais autre chose à faire qu'à te teindre les cheveux*, pensai-je. *J'aimerais bien savoir si tu as emporté de la coloration jusqu'ici. Parce que sans ça, aïe ! Dans quelques mois, tu ne ressembleras plus à rien*. Un point, un autre point, un nœud : *Mon Dieu, que ces pensées sont répugnantes ! Heureusement que personne ne les entend. Il avait un blouson épais, et son ventre… un ventre imposant, et le couteau n'était pas bien grand, avec une lame courte et large, mais pourquoi y a-t-il si peu de sang ? On est en train de le recoudre, ensuite on va refaire son pansement, mais demain ça va enfler, noircir et il entamera une lente agonie, dans d'affreuses souffrances, combien de jours faut-il pour mourir d'une hémorragie interne ? Un ? Deux ? Et pendant tout ce temps, nous, on restera les bras croisés à attendre qu'il rende enfin l'âme, on ne pourra quand même pas l'abandonner là, seul dans une maison devenue froide, alors tout ce qu'on fera, c'est attendre et le presser mentalement, parce que chaque journée perdue diminue nos chances d'atteindre notre but, et on sera soulagés quand ça se terminera, forcément, et ensuite on l'enterrera ici, derrière la maison, pas très profondément, parce que la terre a sans doute gelé sur un mètre, un mètre et demi.* Un point, un autre point, un nœud, couper le fil, éponger le sang.

— Ça y est, soupira Irina qui se redressa enfin et s'essuya le front du revers de la main. On va encore fixer les compresses avec du sparadrap et on laissera les hommes lui refaire son bandage. De toute façon, on n'arrivera pas à le soulever.

Quand nous eûmes terminé, nous sortîmes sur le perron, nos blousons sur les épaules, et nous assîmes sur les marches de bois branlantes, insensibles au froid pour le moment. Elle tenait de nouveau la bouteille d'alcool, et dès que nous fûmes installées, elle la déboucha pour en boire une autre rasade, bien plus longue que la précédente, sans presque grimacer cette fois, puis elle me la tendit de nouveau. Je farfouillai dans ma poche à la recherche de mon paquet de cigarettes et j'en allumai une.

— Donne-moi une clope, demanda-t-elle. En temps

normal, je ne fume pas, ça me fait peur, ma mère est morte d'un cancer il y a deux ans.

— Ma mère aussi est morte, répondis-je sans réfléchir.

Et je m'aperçus alors que pas une fois, pas une seule fois depuis tous ces jours, je n'avais pu me résoudre à prononcer ces mots, même devant Sergueï, même en mon for intérieur.

Elle tenait sa cigarette avec la maladresse d'une écolière qui viendrait d'apprendre à fumer dans la cour de son école, ses doigts étaient tachés de sang ou d'iode, impossible de distinguer dans la pénombre. Nous fumâmes quelques minutes sans rien dire, et avalâmes une autre gorgée d'alcool ; la nuit était paisible et totalement silencieuse ; le contreplaqué cloué aux fenêtres de la maison ne laissant pas filtrer le moindre rayon de lumière, l'obscurité était profonde, d'autant que les torches et la lampe à kérosène étaient restées dans l'étuve, où Léonid reposait calmement sur une banquette, le ventre orné d'une croix de sparadrap – il s'était endormi à l'instant où nous avions cessé de le tourmenter –, aussi entendîmes-nous très vite que quelqu'un se dirigeait vers nous depuis la maison, avant de voir apparaître ensuite une silhouette blanche, mais il fallut attendre qu'elle se trouve à deux pas pour que nous identifiions Marina.

Elle s'arrêta juste devant nous, mais ne nous posa aucune question – elle resta plantée là, les yeux fixés non pas sur nos visages, mais sur un point dans le vide entre eux ; nous attendîmes quelques secondes, on aurait dit qu'elle allait rester là jusqu'à ce que mort s'ensuive, si bien qu'Irina se lança :

— Nous lui avons recousu le ventre, il faudra que tu te débrouilles pour le rhabiller maintenant.

Toujours pas de réponse ; le visage de Marina ne changea nullement d'expression, elle ne releva même pas les yeux.

— Tu sais, il faudrait appliquer quelque chose de froid sur sa plaie, pour arrêter l'hémorragie, tu pourrais récupérer un peu de neige dans un sac en plastique, suggérai-je à mon tour.

Mais elle ne bougeait toujours pas, et j'eus envie de la prendre par les épaules pour la secouer, pour la faire réagir. J'esquissais déjà le mouvement de me redresser quand elle releva la tête et nous dévisagea.

— Vous n'allez pas m'abandonner ? demanda-t-elle.
— C'est-à-dire ?
— Ne m'abandonnez pas. (Elle avait les yeux brillants.) J'ai un enfant, vous ne pouvez pas nous laisser ici, je ferai tout ce que vous m'ordonnerez, je cuisine bien, je ferai votre lessive, mais ne m'abandonnez pas.

Elle pressait les mains sur sa poitrine, et je vis qu'elles étaient couvertes d'une croûte de sang séché qui se fendilla quand elle serra les poings. Visiblement, cela ne la dérangeait pas. *Voilà donc à quoi tu pensais quand, recroquevillée près de ton mari, tu plaquais les mains sur son ventre, pendant toute la durée du voyage que nous avons effectué dans l'urgence jusqu'ici, avec la crainte de ne pas le mener à bon port, pendant que nous lui recousions le ventre, que nous buvions cet alcool ignoble, voilà de quoi tu avais peur ! N'est-ce pas étrange ?*

— Tu es conne ou quoi ? s'insurgea Irina. (Le ton dur et sec de sa voix nous fit sursauter, Marina et moi.) Retourne dans la maison, trouve un sac en plastique, remplis-le de neige et reviens auprès de ton mari, il est là-dedans tout seul, il serait quand même temps que tu fasses quelque chose pour lui, non ?

Marina resta encore immobile quelques instants – ses yeux avaient une expression complètement sauvage –, puis, sans bruit, elle tourna les talons et s'évanouit dans l'obscurité.

— Quelle conne ! répéta Irina à mi-voix, tout en jetant son mégot dans la neige. Donne-moi encore une cigarette.

— Tu sais, dis-je en lui tendant le paquet, il ne m'avait pas dit qu'il était allé vous chercher.

Elle tourna la tête dans ma direction et resta muette, attendant manifestement que j'ajoute autre chose.

— Je veux seulement que tu le saches, poursuivis-je, comprenant déjà que je ne disais pas ce qu'il fallait, que ces paroles étaient superflues, *a fortiori* maintenant... précisément maintenant. Mais même s'il me l'avait dit, je n'aurais pas protesté.

Elle resta quelque temps sans rien répliquer, sans bouger, le visage tourné vers moi – dans l'obscurité, je ne distinguais pas ses traits –, puis elle se leva.

— À ton avis, demanda-t-elle d'une voix calme en détournant les yeux, pourquoi m'a-t-il quittée pour toi ?

Comme je ne répondais rien, elle se pencha brusquement vers moi et plongea ses yeux froids et inamicaux dans les miens.

— C'est très simple, reprit-elle. Antochka est né, l'accouchement a été difficile, je me suis focalisée sur mon enfant, et pendant quelque temps j'ai cessé de m'intéresser à lui, tu comprends, et de coucher avec lui. Un point, c'est tout. Tu saisis ? J'ai cessé de coucher avec lui. Si j'avais continué, on serait toujours ensemble, et c'est avec moi qu'il habiterait cette merveilleuse maison en bois, tandis que toi et toute ta famille, vous auriez crevé à Moscou.

Elle jeta la cigarette qu'elle n'avait même pas allumée, se détourna et s'en fut vers la maison, me laissant sur le seuil. J'aurais voulu lui dire que le déménagement en banlieue était une idée de moi, et encore beaucoup d'autres choses, mais elle ne m'en laissait pas la possibilité ; alors, restée seule dans les ténèbres, je gardai tout cela pour moi.

*
* *

Dès qu'elle eut disparu, je commençai à sentir la morsure du froid, comme s'il n'avait attendu que ce moment pour se jeter sur moi ; il faisait dans les moins vingt et nous avions passé près d'un quart d'heure sur le perron, mais je n'en perçus l'effet qu'alors : mes doigts refusaient de se plier, mes oreilles et mes joues étaient rigides, pourtant impossible de m'obliger à la suivre ; *ce n'est pas possible, c'est une absurdité*, songeai-je en retournant dans le sas bien chauffé de l'étuve. *Je me comporte comme une gamine stupide et ridicule, il y a mon mari et mon fils là-bas, je dois aller m'asseoir avec eux à table au coin du feu, il s'est passé tellement de choses dont nous devons parler ces dernières heures, et au lieu de ça je reste ici sans raison, dans ce sauna, avec un homme que je connais à peine, qui ne m'a d'ailleurs jamais été particulièrement sympathique, alors que sa femme à lui, et cette autre femme qui, de façon étonnante, s'ingénie toujours à me culpabiliser, se trouvent toutes les deux dans la petite maison bien chauffée dont je suis séparée par dix pas tout au plus, dix petits pas dans une cour sombre, que je suis incapable de me forcer à accomplir.*

Je poussai la porte de l'étuve et jetai un coup d'œil à l'intérieur – l'atmosphère y était chaude et paisible, le courant d'air qui s'engouffra avec moi fit ballotter les torches accrochées au plafond et vaciller la flamme orangée de la lampe posée sur la banquette inférieure. Toujours dans la position où nous l'avions laissé, Léonid ne bougeait pas, sa respiration était rauque et difficile ; telle une baleine échouée sur un rivage, il emplissait ses poumons à grand-peine, car la position sur le dos, tête rejetée en arrière sur les planches de bois dures, lui était sans doute inconfortable. Je balayai la pièce du regard et tombai sur le chandail qu'Irina avait jeté là et oublié de reprendre ; après l'avoir plié en quatre, je le lui glissai sous la tête ; sa nuque était humide, des gouttes de sueur perlaient à ses tempes. Quand je me penchai au-dessus de lui, il ouvrit brusquement les yeux, et je remarquai qu'il les avait très clairs, presque transparents, avec des cils fournis, recourbés vers le haut d'une façon touchante.

— Dors, Léonid, le pire est passé, murmurai-je en le dévisageant.

J'eus l'impression qu'il allait fatalement me demander : « Je vais mourir ? » ou me supplier de ne pas l'abandonner, comme l'avait fait sa femme quelques minutes plus tôt, et je me préparai à répondre quelque chose du genre : « Ça va pas, la tête ! » ou « Arrête avec tes âneries ! », mais, au lieu de poser la question fatidique, il inspira par le nez et demanda :

— C'est de l'alcool ? Laissez-m'en un peu.

Et un sourire se dessina sur ses lèvres, certes torve, certes faible, mais un sourire tout de même.

— Je vais éteindre la lumière, répondis-je en tendant la main vers la torche suspendue au-dessus de sa tête.

Alors, sans se départir de son sourire, il me raconta d'une voix à peine audible l'une de ses anecdotes stupides et graveleuses à propos d'un ascenseur soudain privé de lumière, et comme toujours il fut le premier à éclater de rire, sans attendre ma réaction ; seulement, cette fois-ci, son rire fut aussitôt ravalé et s'acheva en grimace. Je me tenais auprès de lui, attendant que la douleur s'estompe – il gisait désormais en silence, respirant par le nez avec mille précautions et ne disant plus rien –, et puis, tout à coup, je me surpris à caresser sa tête et sa joue humide.

— Dors, Léonid, répétai-je plusieurs fois. Je t'envoie Marina tout de suite.

Je la croisai sur le seuil de la maison ; j'ouvris la porte, mais n'eus pas le temps d'entrer qu'elle me heurta presque et passa en courant devant moi, sans me dire un seul mot, sans même me jeter un regard. La véranda était toujours aussi sombre et froide, et je venais juste d'effleurer la poignée de la porte qui conduisait à l'intérieur, vers la chaleur et la lumière, quand elle s'ouvrit d'elle-même, m'obligeant à plisser les yeux, malgré la pénombre qui régnait dans la pièce. Tous étaient assis autour de la table où le couvert avait été dressé, enveloppés d'une délicieuse odeur de nourriture et de tabac. À l'instant où j'entrai, Irina finissait de prononcer une tirade :

— ... mais qu'est-ce que j'ai dit de mal ? Ça suffit, c'est tout de même bizarre qu'il faille lui rappeler ce genre de trucs.

Quelque chose clochait, et ce n'était pas lié au fait que quelqu'un manquait à l'appel – Marina –, mais à la tension qui régnait autour de la table ; pour commencer, je me dis que j'avais dû rater quelque mise au point concernant les relations au sein du groupe, et devinai qu'elle avait sans doute balancé une parole abrupte et superflue, cette femme que la nature avait dotée du talent rare de ne plaire à personne ; avisant une chaise vide – sans doute celle de Marina –, je m'y assis, repoussai une assiette contenant des restes de nourriture et ne levai les yeux qu'à ce moment-là. La maison s'était bien réchauffée, les enfants avaient quitté leur anorak, mangé, et ils piquaient tous les deux du nez, Anton comme la fillette, mais ils restaient là, somnolents et indifférents à tout ; au centre de la table trônait une grosse casserole, à l'émail un peu craquelé – sans doute fournie par les lieux –, qui contenait encore un peu de pâtes et de corned-beef, mais déjà recouverts d'une fine pellicule de gras refroidi. Un simple coup d'œil à la casserole m'apprit que je n'avais aucune envie de manger, soit à cause de l'opération que nous venions de pratiquer sur Léonid, soit en raison de l'alcool qui s'agitait dans mon estomac.

— An-na, prononça soudain Boris en détachant les syllabes.

Sa voix était étrange, et je me tournai vers lui : il était assis à une extrémité de la table, une assiette pleine à côté de son coude droit, et sa position, à moins que ce ne soit la nourriture intacte à côté de lui, m'incitèrent à l'observer plus attentivement. Il n'ajouta rien et ne remua même pas, il resta assis, tête baissée, mais je compris en un éclair qu'il était saoul comme un cochon, presque jusqu'au comas éthylique, tellement ivre qu'il n'arrivait presque plus à tenir sur sa chaise.

— Qu'est-ce qu'il… ? Il… ?

Je n'avais pas besoin de regarder Andreï et Natacha, que cela ne concernait ni de près ni de loin, ou Irina qui mangeait imperturbablement, sans lever les yeux ; Micha affichait un air à la fois malheureux et dégoûté ; en revanche, le visage de Sergueï m'indiqua qu'il était furieux, furibond même, au point qu'il n'arrivait pas à me regarder, comme s'il m'en voulait de voir ce spectacle, comme si c'était ma faute.

— Je ne sais pas comment il s'est débrouillé, me lança-t-il, la voix saccadée par la rage. J'avais trouvé un second poêle, dans l'autre chambre… (Il fit un geste vague en direction des entrailles sombres de la maison.) Et pendant que je transportais des bûches… Il a parlé de vous apporter de l'alcool. Il vous en a laissé un peu, au moins ?

— Oui, répondis-je, une bouteille entière.

— Il devait y en avoir plus d'une, dans ce cas, répliqua méchamment Sergueï. Qu'il aille au diable !

Le silence qui s'installa ne fut plus entrecoupé que par les tintements de la fourchette d'Irina contre son assiette, puis Boris se ranima soudain, oscillant sur son siège, et voulut glisser la main dans sa poche, mais dérapa sur le tissu épais de sa veste de chasse élimée, et au bout de quelques tentatives infructueuses il se figea de nouveau, la main ballant sans volonté le long de son corps ; tout le temps que durèrent ses efforts impuissants, il avait gardé la tête baissée.

— Il faudrait sans doute le coucher, non ? suggérai-je sans conviction.

Irina se mit à ricaner bruyamment.

— Oui, c'est ça, répondit-elle en s'accoudant sur la table. Et puis il serait sans doute sage de l'enfermer aussi à double tour. Si mes souvenirs sont exacts, le deuxième acte ne va pas tarder.

— Qu'est-ce que tu veux dire par « deuxième acte » ? demandai-je avec la sensation d'être une parfaite idiote.

— Tiens, tu n'es donc pas au courant, constata-t-elle gaiement. Tu ne lui as pas raconté, Sergueï ? Il aime faire des blagues quand il a un coup dans le nez, notre papa Boris.

— Irina, ça suffit, rétorqua Sergueï en se levant. On va le coucher dans la chambre la plus éloignée. Tu m'aides, Andreï ? Micha, tiens-nous la porte ouverte.

De toute évidence, Boris ne remarqua même pas qu'on le levait de sa chaise et qu'on l'emmenait quelque part ; n'eussent été ses yeux ouverts, braqués sur un point avec une fixité insensée, on aurait pu le croire profondément endormi. Ils disparurent derrière la porte – tenue par Micha – et, une minute plus tard, Andreï et Sergueï réapparurent sur le seuil, s'efforçant de faire passer la tête métallique d'un lit pesant à travers l'étroite ouverture ; dès que ce fut fait, ils appuyèrent le dossier du lit contre le jambage de la porte, de façon qu'il soit désormais impossible de l'ouvrir.

— Je suis désolé, Micha, déclara Sergueï dont la voix trahissait une certaine gêne. Tu vas devoir dormir ici pour cette nuit, dans le passage.

Micha haussa les épaules et s'assit au bord du lit, avant d'en bondir presque aussitôt, quand la frêle porte en bois, ainsi que le lit appuyé contre son jambage, se mirent à trembler sous l'effet d'un coup puissant ; à ce moment-là, de derrière le mur, on entendit monter une voix quasi méconnaissable :

— Ouvrez, bande de salopards, criait-elle. Sergueï et... je sais plus qui d'autre encore ! Ouvrez, et plus vite que ça !

— Nous y voilà, murmura Irina. Ce bon vieux cirque avec son numéro de clown.

Le visage de Sergueï se crispa en une grimace de douleur.

Je m'approchai de Micha, l'enlaçai, et nous restâmes quelques minutes devant la porte, l'oreille aux aguets, tandis que de l'autre côté mon beau-père alternait à présent coups d'épaule et jurons, en même temps qu'il agitait la poignée avec l'énergie furieuse du désespoir. *La voilà*, me dis-je, *la raison pour laquelle il n'a pas été invité à notre mariage ; voilà pourquoi je ne l'ai vu que quelques fois, pourquoi Sergueï ne l'a jamais invité à passer un week-end chez nous, mais préférait le rencontrer sans moi à Moscou*. La fillette, toujours assise à table, se mit soudain à sangloter bruyamment, et Natacha la prit dans ses bras afin de lui murmurer à l'oreille des paroles réconfortantes ; Sergueï en profita pour envoyer un coup de pied vigoureux dans la porte qui, fragile, répondit par un craquement plaintif.

— Tu vas la fermer, bon sang de bon sang ! hurla-t-il.

— Voyons, intervint Irina en s'approchant de lui, tu sais bien que ça ne sert à rien. Il va bientôt se calmer tout seul si on ne prête aucune attention à lui.

Elle tendit le bras pour exercer une légère pression sur l'épaule de Sergueï. Immédiatement, celui-ci hocha la tête et s'assit sur le lit, fixant le sol d'un air morose ; il ne m'avait jamais touché le moindre mot à ce sujet, je devinais juste que quelque chose ne tournait pas rond entre eux, et j'aurais bien aimé savoir ce que j'ignorais encore, combien il y en avait de ces choses importantes et de ces broutilles insignifiantes qui lui étaient arrivées sans moi, avant moi, et que je ne pourrais sans doute jamais partager avec lui, à la différence de cette femme. Pour ne pas avoir à y penser, j'essayai de plaisanter :

— Bon, on va éviter de proposer à tout le monde de boire un petit coup après le repas, hein ?

Et je regrettai aussitôt ma vaine tentative ; Andreï fut le seul à glousser, Natacha s'occupait de la petite, Sergueï ne se retourna même pas et Irina fronça les sourcils en levant les yeux au ciel.

Au bout d'une dizaine de minutes, Boris finit par se calmer ; plus personne n'avait la moindre envie de discuter et tout le monde était d'avis que le mieux à faire pour le moment, après cette interminable journée, était d'aller nous coucher. Sur les trois pièces, une était désormais occupée ; même en tenant compte du fait que Marina et Léonid allaient passer la nuit dans l'étuve du sauna, où les hommes transportèrent un matelas et quelques couvertures, nous étions encore trop nombreux – cinq adultes et trois enfants – pour les deux pièces qui restaient.

— Andreï, Natacha et toi vous allez dans la petite chambre, emportez des bûches avec vous, il y a un autre poêle là-bas, suggéra Sergueï.

Attends, voulais-je lui dire, *ce n'est pas possible, nous ne pouvons pas dormir dans la même chambre qu'elle, je ne pourrai pas, ça ne se fait pas.* Il surprit mon regard et m'adressa un clin d'œil.

— Irina, continua-t-il, on te laisse la place près du poêle, le lit est grand, tu pourras t'y coucher avec les deux enfants ? (Elle hocha la tête.) Je t'apporte un sac de couchage tout de suite. Viens, Micha, on fait un petit saut jusqu'à la voiture.

S'étant accroupie à côté de la fillette qui, une fois apaisée, n'avait pas tardé à redevenir une petite poupée chinoise en kimono, immobile et indifférente à tout – yeux minuscules, grosses joues –, Irina lui ôta ses bottines sans me prêter la moindre attention. Je n'avais pas pour autant la moindre envie de rester en tête à tête avec elle ; aussi, ayant renfilé mon blouson, je sortis dans la véranda où régnait un froid polaire et pris une cigarette. À travers la vitre glaciale, je les regardai traverser la cour ensevelie sous la neige en direction du portail, trébuchant dans les congères et s'éclairant à l'aide d'une torche – c'étaient les deux êtres qui me restaient, inestimables et irremplaçables, deux hommes dont la vie était, pour moi, plus importante que tout au monde.

À peine avais-je fini et écrasé ma cigarette sur le rebord en bois de la fenêtre (excusez-moi, propriétaires anonymes) qu'ils revenaient vers la maison : chargé de deux sacs de couchage, Micha voulut se diriger vers la porte d'entrée, mais je l'arrêtai et l'étreignis encore, m'étonnant cette fois comme toujours en pareille occasion que mon garçon tout maigre et un peu rigolo me dépasse de près d'une tête – sans doute ne m'y habituerais-je jamais vraiment ; sa joue était froide et piquante, couverte d'un très léger duvet juvénile à moitié transparent ; il se figea comme de coutume, se laissant patiemment étreindre, vu que ses deux mains étaient déjà prises. *Tu m'as sauvé la vie aujourd'hui*, songeai-je, *et personne n'a eu seulement le temps de te remercier pour cet exploit, personne te t'a tapé sur l'épaule, ne t'a dit que tu t'étais comporté comme un chef, en adulte, mais tu sais combien je t'aime, même si je ne te le dis pas, tu le sais, pas vrai ? Tu dois en être persuadé.* Finalement, comme d'habitude, il se libéra peu à peu, en marmonnant quelques paroles confuses, et poussa la porte d'un coup d'épaule pour disparaître dans la maison ; nous n'étions donc plus que tous les deux, Sergueï et moi, dans la véranda ; sur fond de vitres couvertes par le givre, je ne voyais que sa silhouette sombre, mais dès que Micha eut refermé la porte, mon homme fit un pas vers moi et murmura :

— J'ai une surprise pour toi, bébé. Viens.

L'escalier qui conduisait au premier étage était branlant, étroit, et chacun de nos pas en tirait des grincements affreux ; nous débouchâmes dans un endroit à mi-chemin entre le grenier et la mansarde, avec un plafond à peine plus haut qu'un homme adulte en son point le plus élevé, et qui s'inclinait fortement de part et d'autre, si bien qu'on ne pouvait atteindre les murs qu'à quatre pattes ; la lumière de la torche nous révéla vaguement le vieux bric-à-brac typique d'un grenier et, tout en haut, un petit vasistas qui était donc la seule fenêtre de cette maison à ne pas avoir été barricadée ; en m'approchant, je vis le ciel, noir et transparent, constellé d'étoiles pareilles à de minuscules trous d'épingle percés dans un velours bleu foncé, et au sol, juste au-dessous du vasistas, un petit sommier étroit et court sur pattes. Sergueï jeta le dernier sac de couchage dessus, ôta son blouson et éteignit la torche.

— Viens là, petite fille, m'appela-t-il doucement. Tu m'as affreusement manqué.

Le sommier était dur, doté de vieux ressorts grinçants dont une partie semblait prête à déchirer la toile que l'âge avait rendue presque transparente pour se précipiter à l'air libre, on devinait leur pointe, même à travers l'épaisseur du sac de couchage ; le tissu sentait la poussière et un peu l'humidité aussi, mais cela n'avait aucune importance ; j'enfouis mes lèvres et mon nez dans le cou chaud de Sergueï, à l'endroit où s'arrêtait le col de son pull en laine, j'inspirai à pleins poumons, retins mon souffle, puis fermai les yeux. Elle était bel et bien là, ma place, oui, c'était là que je devais être, là et là seulement que je me sentais vraiment en paix, et j'aurais pu rester allongée ici une semaine, un mois, un an, et envoyer tout le reste balader ; il m'attira à lui pour m'embrasser longuement, tendrement ; je sentis ses doigts qui, tout à coup, se retrouvèrent partout sur mon corps, sur mes hanches, mon cou, ma clavicule ; la boucle de sa ceinture cliqueta, la fermeture Éclair de mon jean coulissa, « Attends, murmurai-je, attends, les cloisons sont très fines » ; on entendait Irina bercer les enfants d'une voix douce, « Ils vont tout entendre, ajoutai-je, ils vont forcément nous entendre. – Je m'en fiche, bébé » ; son souffle brûlant m'enflamma l'oreille ; « Qu'ils aillent au diable, j'ai envie de toi » ; les ressorts grincèrent plaintivement, il me plaqua sa paume sur la bouche et tout disparut, comme c'était toujours le cas depuis le premier jour, juste avant que le monde environnant ne se transforme en un point minuscule aux confins de ma conscience et ne finisse par s'évaporer complètement ; il n'y eut plus que Sergueï et moi, et personne d'autre que nous.

Puis nous fumâmes encore une cigarette à deux en regardant les étoiles et secouant la cendre directement par terre. « Il faudrait sans doute que quelqu'un monte la garde, déclarai-je d'une voix ensommeillée. – Ne t'inquiète pas, bébé, dors, Andreï me réveillera dans trois heures. – Si tu veux, je viendrai avec toi, réveille-moi. – N'importe quoi, dors, fillette, tout ira bien. » Alors je sombrai dans un sommeil lourd, sans rêve, la joue appuyée contre son épaule chaude, comme si je disparaissais dans une obscurité tiède, insonorisée et sans danger, sans plus penser à rien ni rien redouter.

*
* *

... si l'on ouvre les yeux une seconde, on voit qu'il fait toujours nuit, la petite fenêtre noire au-dessus de nos têtes, le carré de ciel brodé d'étoiles, tout est calme et le froid vif, très vif, il faut remonter la couverture jusque sous le menton, mais les mains n'obéissent pas, le ciel se met soudain à tanguer, les étoiles se mélangent, laissant derrière elles la longue traîne de leur queue, le cadre noir de la fenêtre remue, grandit, le grenier poussiéreux et transi disparaît enfin et tout à coup il ne reste plus personne. Ça ne fait pas peur du tout, d'être allongée sur le dos et de regarder tout là-haut les ténèbres hivernales, sans pensées ni angoisses ni peurs, nous savons très bien le faire quand nous sommes enfants – s'écarter d'un pas et forcer le monde entier à disparaître, rien qu'en se détournant de lui, couper le son, tomber dans une congère, bras écartés, renverser la tête et rester immobile, pour ne sentir que le calme, le silence et le froid, inoffensif et narcotique, sentir la planète tourner sous soi avec la nonchalance d'une gigantesque baleine qui ignore ta présence aussi bien que ton existence ; tu n'es qu'un point minuscule, une ligne en pointillés, rien ne dépend de toi, tu es juste allongée sur le dos et quelqu'un te transporte, te tire en avant, comme sur une luge. Maman se tourne et dit : « Anna, tu n'es pas congelée ? Encore un peu de patience, on est presque arrivées », tu ne vois pas son visage, seulement le ciel, qui avance en même temps que toi, mais moins vite ; même si tu fermes les yeux, même si tu t'endors, le mouvement continue, l'obscurité et le froid aussi ; le froid qui ne veut pas te quitter.

J'émerge un instant – Sergueï n'est plus là, le matelas poussiéreux et humide, le taciturne capharnaüm d'autrui qui me cerne de tous côtés, les ressorts agressifs qui me rentrent dans le dos, et pas la force de me retourner ; j'ai froid et soif. La fermeture Éclair du sac de couchage me griffe la joue, j'ai du mal à garder les yeux ouverts ; chaque fois que je parviens à décoller mes paupières, au prix d'un immense effort, je vois les murs qui se rapprochent d'un pas, et le plafond qui descend un peu, et même si le ciel et toutes ses étoiles sont de nouveau confinés au petit cadre de la fenêtre, je constate qu'il palpite, déformant la vitre qui ne demande qu'à s'arracher pour me recouvrir de la tête aux pieds. Sans doute est-ce ainsi que les maisons s'opposent aux intrusions : en envoyant à l'étranger qui s'est endormi en elles des chimères nocturnes, désespérantes et interminables, des rêves mélancoliques où se mêlent les soupirs mécontents du vent dans la cheminée, les odeurs inconnues et les sons émis par l'habitation inquiète qui regrette ses véritables propriétaires – les vieux objets, les murs et les escaliers grinçants essayent de leur rester fidèles, quand bien même ils ont péri depuis longtemps et ne reviendront plus jamais ; tu peux faire semblant de ne pas remarquer cette hostilité et cette indignation, de ne pas sentir leurs tentatives pour te repousser, mais dès que tu t'endors tu deviens aussitôt sans défense, faible et incapable de résister.

Quand je rouvris les yeux la fois suivante, tout avait disparu, le ciel noir enfermé dans le cadre de la fenêtre, les grincements et les soupirs ; les objets avaient cessé de remuer, les murs reculé – par le petit vasistas du plafond entrait maintenant une aube hivernale, terne et sans soleil, éclairant le grenier poussiéreux et encombré qui m'avait tellement terrorisée pendant la nuit et s'avérait à présent si ordinaire. Tout était de nouveau à sa place, ne subsistaient que le froid et la soif ; après avoir posé les pieds sur le sol, je restai quelques secondes immobile pour prendre des forces et me lever ; je devais tout simplement quitter cet endroit, descendre dans la pièce où brûlait le poêle, manger quelque chose de chaud, et je me sentirais tout de suite mieux. Je laçai mes chaussures avec peine – mes doigts refusaient de m'obéir et les lacets s'échappaient toujours –, enfilai mon blouson et me dirigeai vers l'escalier.

Andreï était en train de dormir en bas, dans la véranda, emmitouflé de son anorak et le bas du visage caché derrière le col qu'il avait relevé ; le fusil de Sergueï était juste là, appuyé contre le mur. Les vitres étaient si froides qu'elles avaient perdu leur transparence, on ne voyait rien au-dehors, comme si pendant que nous dormions cette nuit une main gigantesque avait arraché la maison et sa véranda à la terre pour les noyer dans du lait. Ayant entendu mes pas, Andreï se secoua, se redressa et hocha la tête dans ma direction :

— Il a fait un froid de gueux cette nuit, déclara-t-il en bâillant.

Sur le rebord de fenêtre le plus proche de lui, je vis une tasse de thé fumante, dont la vapeur faisait petit à petit fondre la croûte de glace qui couvrait la vitre.

— Rentre, ajouta-t-il, va te réchauffer. On a de la chance, le temps est maussade aujourd'hui, on ne verra pas la fumée de notre cheminée depuis la route, on peut tranquillement garder le poêle allumé.

La blancheur laiteuse qui cernait la véranda était aveuglante, mais l'intérieur de la maison était plongé dans une semi-obscurité, et même si certaines des plaques qui protégeaient les fenêtres pendant la nuit avaient été ôtées, la lumière pénétrant par ces fentes étroites n'était de toute façon pas suffisante, si bien que je dus m'arrêter sur le seuil, le temps que mes yeux s'habituent à l'obscurité. Une agréable odeur de café fraîchement passé flottait dans l'air.

— Dépêche-toi de fermer la porte, me lança Irina depuis la table. Les enfants vont attraper froid.

— Tu as bien dormi ? (Sergueï se leva pour m'accueillir.) Je ne t'ai pas réveillée, tu as eu une nuit tellement agitée ! Assieds-toi, bébé, le petit déjeuner est prêt.

La simple pensée de manger me souleva le cœur.

— Je n'ai pas faim, répliquai-je. Le lit était atroce, j'ai mal partout et je suis congelée, surtout là, en haut. Je vais m'asseoir un peu près du poêle et je mangerai après, OK ?

Je n'avais même pas envie d'ôter mon blouson, comme si le froid qui m'avait tourmentée toute la nuit s'était tapi quelque part sous ma peau, dans mes os, ma colonne vertébrale ; si je l'avais laissé sortir, il aurait aussitôt empli l'espace, chassé la moindre parcelle de chaleur que recelait cette pièce minuscule à travers les fissures des fenêtres, et je n'aurais alors plus jamais été capable de me réchauffer. J'appuyai une épaule contre le flanc briqueté du poêle, indifférente à la perspective de me salir ou de me brûler ; si j'avais pu, je me serais allongée comme un chien, à même le sol, près de la porte entrouverte du foyer, pour ne pas laisser échapper une once de la chaleur émise. Foutu poêle, pourquoi ne chauffait-il pas ?

— Qu'est-ce que ça veut dire : « Je n'ai pas faim » ? s'insurgea Sergueï. Hier non plus, tu n'as strictement rien mangé. Allez, mets-toi à table ; Micha, verse-lui du thé. Anna, tu m'entends ? Enlève au moins ton blouson, il fait chaud ici.

Je ne bougerai pas d'un pouce, songeai-je en m'accroupissant près du poêle. Une brique rugueuse m'égratigna légèrement la joue. *Il faut d'abord que je me réchauffe un peu, laissez-moi tranquille, je n'en ai rien à faire de votre thé, ne venez pas me déranger.*

— Anna ! répéta Sergueï, d'une voix mécontente cette fois. Mais qu'est-ce qui t'arrive ?

— Rien, répondis-je en fermant les yeux. J'ai juste froid, affreusement froid. Je ne veux pas manger, je ne veux rien du tout, je veux seulement me réchauffer.

— Tu as bien dit que tout ton corps te faisait souffrir ? demanda Irina d'un ton brusque.

La tension désagréable que je perçus dans sa voix me tira instantanément de l'apathie qui commençait déjà à m'engloutir, telle une chape imperméable ; il me sembla que j'avais oublié quelque chose dont j'allais me souvenir d'une seconde à l'autre ; j'ouvris les yeux au prix d'un énorme effort – la pièce se dissolvait en frémissant – et je vis Sergueï qui se levait, Micha, une tasse de thé brûlant dans les mains, qui s'approchait de moi, et derrière eux le visage d'Irina, déformé par la peur, point d'interrogation livide qui me remit instantanément sur pied, si vite que la tête me tourna comme si quelqu'un me rugissait dans l'oreille ; heurtée par mon coude, la chaise qui se trouvait à côté du poêle se renversa avec fracas.

— Ne t'approche pas de moi, hurlai-je à Micha qui s'arrêta aussitôt, cloué sur place, si brusquement qu'un peu de thé se renversa de la tasse pleine à ras bord et qu'une grosse goutte tomba sur le sol.

Il n'avait pas encore compris, pas plus que Sergueï, qui n'avait pu faire un pas et arborait une expression soucieuse. Figée.

— Ne vous approchez pas de moi, répétai-je, et j'approchai les deux mains de ma bouche, tout en commençant à reculer.

Je reculai jusqu'à ce que mon dos heurte le mur, et pendant tout ce temps je vis seulement Irina qui, d'une main, appliquait une serviette sur son visage, tandis que de l'autre, elle couvrait la bouche et le nez de son fils assis à côté d'elle.

*
* *

La petite chambre contenant un vieux poêle était poussiéreuse et sombre, la lumière ne filtrant que par les minces interstices entre les planches clouées à l'extérieur des fenêtres ; il n'y avait ni lampe ni bougie. Dans un coin, sous la fenêtre, se dressait un lit étroit où gisait le duvet froissé de Natacha, tandis que par terre traînait toujours un sac de sport ouvert, entouré de piles de linge contre lesquelles je butai en arrivant de la pièce principale, toujours à reculons, les mains pressées sur ma bouche pour m'empêcher de respirer : l'air même que j'allais expirer pouvait très bien être empoisonné et dangereux pour les autres. Le seul mérite de cette petite chambre en bazar résidait dans le robuste loquet métallique qui avait été apposé sur la porte, fixé au jambage par quatre grosses vis ; la porte en bois avait travaillé et il était presque impossible de la fermer complètement tant elle était gondolée, alors pousser ce fichu loquet... Je me cassai un ongle et m'arrachai la peau des doigts, mais je finis par venir à bout de l'une comme de l'autre, avant de sentir aussitôt mes dernières forces m'abandonner, s'échapper aussi vite que l'air d'un pneu crevé ; incapable de faire un pas supplémentaire, je me laissai tomber par terre, directement sur le seuil. Au même instant, on actionnait la poignée de la porte.

— Ouvre, Anna, chuchota Sergueï de l'autre côté. Sois raisonnable.

Je ne répondis pas, non que je ne le veuille pas, mais simplement parce que pour prononcer ne fût-ce qu'un mot il m'aurait fallu relever la tête, exhaler l'air contenu dans mes poumons ; Dieu merci, il faisait chaud ici, le poêle était éteint, mais pas encore froid, je devais faire l'effort de me traîner jusqu'au lit, cinq pas suffiraient, pas davantage, ça ne pouvait pas être si compliqué, j'allais rester assise quelques instants puis je m'attellerais à la tâche – de toute façon, je n'avais nul besoin de me lever, je pouvais y aller à quatre pattes, et ensuite me hisser dessus à la force des bras pour m'allonger enfin ; le plus important, c'était de ne pas m'affaler ici, à même le sol, devant la porte, parce que si je me laissais aller maintenant je ne pourrais plus me relever, c'était certain. Il se passait quelque chose de l'autre côté de la porte, mais les voix me parvenaient comme à travers une épaisse couverture ouatinée, et pendant quelques minutes je ne perçus qu'un fouillis de sons dénués de signification ; ce fut seulement peu à peu, avec un temps de retard, que des mots épars finirent par faire sens :

— Ouvrez la porte. Il faut aérer la pièce, tout de suite ! Anton, viens ici, enfile ton anorak. (Irina.)
— Ce n'est pas possible, nous sommes toujours restés entre nous. (Sergueï.)
— Qu'est-ce que vous avez à crier ? Qu'est-ce qui s'est passé ? (Andreï.)
— Rassemblez les affaires, on ne peut pas rester ici. (Irina de nouveau.)
— Nos affaires sont là-bas, dans la chambre ! (Natacha.)

Ils parlaient et parlaient, tous en même temps, et les mots finirent par se mélanger, s'embrouiller, se fondre en un bourdonnement monotone et continu. Quand j'étais petite, j'aimais beaucoup fermer les yeux et retenir ma respiration pour plonger ensuite la tête sous l'eau, les extrémités des orteils crispés sur le rebord de la baignoire, maman traverse le couloir depuis la cuisine – dix pas – un, deux, trois, quatre, bizarrement, quand on est sous l'eau, on entend mieux les pas, neuf, dix, et la voilà, juste à côté de moi. « Anna, arrête ce cirque, relève-toi, il est temps de te laver les cheveux. » *À travers l'eau, la voix de maman est très douce, un peu brouillée, tout est calme et tiède là-dessous, mais je n'ai plus assez d'air et je dois émerger. Je dois émerger.*

Je m'endormis sans doute – pas longtemps, quelques minutes, peut-être une demi-heure ; quand je rouvris les yeux, il n'y avait plus aucun bruit de l'autre côté de la porte. Quelque chose avait changé, je ne compris pas tout de suite quoi : la pièce était désormais baignée de lumière, une clarté vive, blanche et aveuglante, quelqu'un avait ôté les panneaux obstruant la fenêtre et je m'étonnai de sa taille – elle était grande –, je voyais désormais chaque rainure dans les lattes, les tas de détritus dans les coins, le cadre éraflé de la fenêtre, les rebords jonchés de mouches endormies là depuis l'été, les copeaux et la cendre devant le poêle, le matelas aux rayures décolorées sur le lit ; toujours assise par terre devant la porte, j'examinai lentement et avec la plus grande attention la pièce dans laquelle je me retrouvais ; maintenant que la porte était bien fermée, je n'avais plus peur, je songeai presque avec indifférence au fait que cette pièce minuscule et étrangère, avec son ridicule éphéméride au mur, arrêté à la date du 19 septembre, allait fort probablement me voir mourir.

Pas une fois au cours de ces dernières semaines, pourtant si affreuses, depuis que la ville avait été fermée et que j'avais appris la disparition de maman, quand nous avions regardé les reportages télévisés sur les villes désertées et mourantes, puis quand nous en avions effectivement traversé de semblables et vu des gens transportant leurs morts sur des luges dans des rues enneigées, au son régulier d'un claquement métallique qui portait loin dans l'immobilité de l'air glacial, et même ensuite, au moment où nous étions tombés sur ces types lugubres vêtus de pelisses miteuses sur la route forestière déserte, pas une seule fois pendant tout ce temps-là il ne m'était venu à l'esprit que moi – oui, moi, moi en personne – je puisse mourir, comme si tout cela, l'épidémie, notre fuite précipitée, cette route épuisante pleine d'imprévus et même ce qui était arrivé à Léonid, n'était rien de plus qu'un jeu vidéo, réaliste et terrifiant certes, mais tout de même un jeu, où demeurait toujours la possibilité de revenir en arrière et de modifier une ou plusieurs des décisions prises de manière erronée. En quoi avais-je failli ? Quand m'étais-je donc trompée ? La fois où j'avais ôté mon masque pour discuter avec le gentil garde, à la station-service ? Ou bien hier, dans la forêt, quand j'avais imprudemment surgi entre les pattes de l'inconnu à la chapka de renard ?

Je me remis péniblement sur pied, la tête me tournait toujours, mes oreilles bourdonnaient, et je m'approchai de la fenêtre, appuyant mon front contre la vitre froide sur laquelle je soufflai pour pouvoir jeter un coup d'œil dehors. La fenêtre donnait sur la cour intérieure – je distinguais le sauna, dont la porte était entrouverte, et le chemin de traces dans la neige profonde, qui reliait la petite cabane à la maison. Il n'y avait personne dans la cour, le silence le plus parfait régnait aussi dans la maison ; l'espace d'un instant, je fus même portée à croire que les autres avaient profité de mon court sommeil pour recharger les voitures et filer en me laissant seule. Bien entendu, c'était impossible, mais je devais absolument m'occuper l'esprit, n'importe comment, pour m'empêcher de sombrer encore une fois dans la somnolence hébétée et indifférente qui menaçait déjà de m'ensevelir ; une envie douloureuse me taraudait de m'allonger sur le lit, de m'enfouir sous le sac de couchage et, une fois mes yeux fermés, de m'anéantir dans un sommeil aussi profond que miséricordieux ; seulement quelque chose m'en empêchait, la porte était fermée, je n'entendais plus aucune voix et j'avais la curieuse certitude que, si je m'endormais à présent, j'allais laisser passer l'instant où Sergueï défoncerait cette porte sans que j'aie le temps de l'en empêcher.

Ne dors pas, me disais-je, *ressens de la peur, tu es tout de même en train de mourir, tu vas vivre encore trois, peut-être quatre jours, et ensuite tu mourras comme elle l'a raconté – délire, convulsions, bave –, allez, ressens de la peur !* Sauf que contre toute attente ces mots ne signifiaient rien, ne suscitaient pas la moindre émotion ; je pris conscience que j'étais assise, les yeux fermés, sur le rebord de la fenêtre, et je commençai alors à penser qu'ils étaient bel et bien partis, que si j'ouvrais la fenêtre en grand et sortais ma tête dehors je réussirais à voir leurs voitures s'éloigner en bringuebalant dans la neige ; je les distinguerais seulement jusqu'au bout du chemin, puis elles disparaîtraient après le tournant, et je ne verrais plus aucun visage humain avant mon dernier instant ; pendant un certain temps, je serais sans doute capable de jeter des bûches dans le poêle, puis viendrait le moment fatal où je ne pourrais plus me lever et resterais allongée sur ce lit, dans la maison devenue froide, et, si ça se trouvait, je mourrais congelée avant que le virus ne triomphe de moi. Tout cela me paraissait si irréel, si factice. *J'aimerais bien savoir,* me disais-je avec indifférence, *ce qui serait préférable. Mourir gelée pendant mon sommeil ou bien mourir en convulsant, étouffée par la bave sanglante qui me monterait de la gorge ?* Je soufflai une nouvelle fois sur la vitre et découvris aussitôt Micha, immobile devant la fenêtre ; dès que j'ouvris les yeux, il sauta sur le rebord, en s'agrippant à l'épais chambranle de bois et cognant des pieds contre le mur de la maison ; il appuya le front à la vitre, de l'autre côté, si bien que je voyais son visage à travers le petit disque de givre fondu, et ce fut alors seulement que je pris peur pour de vrai.

Sans doute aurions-nous pu discuter, lui et moi – la faible épaisseur de la vitre aurait aisément permis que nous nous entendions –, mais, sans que je sache trop pourquoi, aucun de nous deux ne prononça le moindre mot : il me regardait, l'air tendu et peut-être même fâché, tandis que j'observai quelques minutes son visage maigre et sérieux avant de lever la main et de caresser un peu la vitre, une fois, encore une fois, mais il grimaça aussitôt et cligna des yeux, alors je fis mine de frotter le givre pour mieux le voir, puis je lui lançai : « Micha, qu'est-ce que tu fais ? Tu te promènes encore sans chapka ? Combien de fois faudra-t-il que je te le dise ? File, dépêche-toi d'aller t'habiller, tu vas perdre tes oreilles ! » Il sauta illico par terre et s'en fut vers la droite, sur le chemin dessiné par les traces de nos pas, pour contourner la maison ; il ne se retourna qu'une fois, et je lui fis un signe d'adieu de la main – « Va chercher ta chapka, vite » –, même si je n'étais pas certaine qu'il me voie toujours, et je réussis à ne fondre en larmes qu'après l'avoir vu disparaître derrière la maison.

La poignée de la porte s'agita de nouveau.
— Hé, m'appela doucement Sergueï. Qu'est-ce que tu fais, là-dedans, tu chiales ?
— Je chiale, admis-je en m'approchant.
— Et tu n'as pas l'intention de m'ouvrir ?
— Non, répondis-je.
— Eh bien, tant pis, répliqua-t-il alors. Si ça peut te rassurer. Mais moi, je ne bougerai pas d'ici, tu piges ?
— Reste, dis-je en me remettant à pleurer de plus belle. Reste.
Après quoi je m'assis devant la porte pour ne rien manquer de ce qu'il s'apprêtait à me dire.

Il déclara que toutes les deux – Irina et moi –, nous étions des hystériques complètement dingues. Il dit que ça ne pouvait pas être le virus, vu que nous avions tout le temps été ensemble et qu'aucune des rares personnes que nous avions rencontrées n'était contaminée. Il dit : « Tu es épuisée par toutes ces journées et tu as pris froid pendant la nuit, ce n'est rien d'autre qu'un banal refroidissement. Nous avons du miel et des médicaments, ajouta-t-il. Et en plus, ici, j'ai trouvé un pot de confiture de fraises. Je vais bientôt préparer l'étuve pour toi, continua-t-il, d'ici quelques jours tu seras en pleine forme. – Ça m'est égal, répliquai-je, de toute façon je ne te laisserai pas entrer. – Tu parles d'une bécasse, enchaîna-t-il sans la moindre pause. Ils ont découvert une autre maison avec un poêle, à deux datchas de la nôtre, ils sont en train de transporter leurs affaires, continua-t-il, et quand la pièce sera chaude ils y amèneront Léonid. Ils iront tous là-bas, dit-il encore, Micha y compris, il n'y a plus personne ici, seulement toi et moi. Et même si vous avez raison toutes les deux – ce qui est impossible, j'en suis certain –, mais en admettant que vous ayez raison et que tu sois effectivement infectée, alors moi aussi je suis contaminé, réfléchis, ça n'a pas de sens de garder cette foutue porte fermée. – On n'est sûrs de rien, rétorquai-je, on ne peut pas avoir de certitudes à cent pour cent. – Tu vas bientôt grelotter de froid, dit-il. Le petit poêle de ta chambre a dû s'éteindre, et tu ne sais pas faire du feu. Tu auras besoin d'eau, et besoin aussi d'aller aux toilettes, poursuivit-il, tu devras ouvrir de toute façon… – Promets-moi, l'interrompis-je, promets que tu ne casseras pas la porte, et que tu mettras un masque, et que tu resteras là-bas, derrière la porte, et que si je dois sortir de là tu t'éloigneras et tu ne t'approcheras pas de moi. – C'est stupide, répliqua-t-il. – Si tu ne promets pas, je ne t'adresse plus la parole. – OK, promis, répondit-il. Tu es vraiment la reine des bécasses, je ne casserai pas la porte et je n'entrerai pas et je mettrai un masque, mais laisse-moi rallumer le poêle et t'apporter de l'eau. – Plus tard, décrétai-je. Je n'ai plus froid et aucune envie de boire. En fait, repris-je, ce dont j'ai le plus envie au monde, c'est de m'écrouler et de dormir. Tu peux rester là, avec moi, pendant que je dors ? D'accord ? – Dors, répondit-il. Je ne bouge pas. »

Et je dormis toute la journée, jusqu'au soir quand l'obscurité envahit de nouveau la cour ; mon sommeil fut léger, inquiet ; au début, j'eus trop chaud, puis trop froid, puis chaud de nouveau ; je me réveillais par intermittence et repoussais le sac de couchage ou, au contraire, m'en enveloppais jusqu'aux oreilles, mais pendant tout ce temps je sus qu'il était juste à côté, derrière la porte, et parfois, en me réveillant, je lui disais : « Tu es là ? », rien que pour l'entendre répondre : « Je suis là », puis demander : « Eh bien, tu n'es pas encore congelée ? », ce à quoi je répondais : « Non, toujours pas, il fait chaud ici, je vais encore dormir un peu, d'accord ? » Une fois ou deux, quelqu'un frappa à la porte d'entrée de la maison, peut-être Boris ou Micha, et il sortit dans la véranda : j'entendais la porte claquer, et je m'obligeais, au prix d'un énorme effort de volonté, à rester éveillée jusqu'à ce qu'il regagne la maison. Plus tard dans la soirée, il s'approcha de la porte et me dit qu'il n'avait plus l'intention de polémiquer avec moi, qu'il m'avait préparé du thé à la framboise et au miel, et que je devais ouvrir la porte pour lui permettre de rallumer le poêle. « J'ai mis un masque, ajouta-t-il, ouvre la porte ; si tu préfères, sors de la chambre et va dans la véranda, je t'appellerai. – Éloigne-toi de la porte », ordonnai-je en m'efforçant de me lever du lit. Je n'y parvins pas d'emblée, la tête me tournait et mes genoux tremblaient ; dans l'obscurité, impossible de retrouver le fichu loquet, j'eus même peur d'échouer à dénicher la porte avant le lendemain matin, mais je finis par tomber dessus et l'ouvrir : comme promis, il était debout dans le coin opposé de la grande pièce, le visage protégé d'un rectangle de gaze verte, mais, comprenant à l'expression de ses yeux que mon allure l'avait effrayé, je me détournai et me dirigeai vers la véranda aussi vite que je le pus. Il ne s'écoula pas plus de quelques minutes avant qu'il me rappelle ; je retrouvai ma cellule avec une belle flambée dans le petit poêle de fonte, un sac de couchage supplémentaire sur mon lit et à côté, par terre, une grande tasse de thé fumant. « Mais c'est ton sac de couchage, non ? demandai-je en refermant la porte. – Ne te prends pas la tête avec ça, répliqua-t-il sur-le-champ, j'ai trouvé des couvertures dans la maison, tout va bien pour moi, bois ton thé et couche-toi ; par terre, près du poêle, il y a encore des bûches ; si tu te réveilles, rajoutes-en quelques-unes dans le foyer. Je ne bouge pas ; en cas de besoin, appelle-moi. – Comment va Léonid ? demandai-je en m'endormant. – Tu ne vas pas le croire, répondit-il, mais ce fou veut déjà se lever, réclame de la nourriture, on a eu toutes les peines du monde à le convaincre de rester allongé ; visiblement, il va s'en tirer, il te passe le bonjour, tu entends, il a dit : "Anna et moi, on va être malades pendant deux jours, et puis on reprendra la route." » *Vous devrez attendre quelques jours de plus, le temps que je meure,* songeai-je, mais je me gardai bien de le dire tout haut. *Tant mieux si Léonid est intransportable pour le moment et que ce ne soit pas à cause de moi que vous restiez ici, à perdre un temps précieux dans ce village de vacances désert.* Sur quoi, je m'endormis.

Je me réveillai à l'aube – à dire vrai, ce n'était pas encore l'aube, mais le ciel avait troqué son noir d'encre pour du bleu foncé et les silhouettes des objets se devinaient dans la pénombre, le lit, le poêle, la tasse sur le sol, la porte. Ma gorge me faisant affreusement souffrir, je bus quelques gorgées de thé froid ; puis je jetai un morceau de bois dans le poêle – les anciennes bûches s'étaient presque consumées – et je posai la tasse dessus pour réchauffer un peu le breuvage. Les toilettes se trouvaient à l'extérieur : j'ouvris précautionneusement la porte, en essayant de faire aussi peu de bruit que possible, et je jetai un coup d'œil dans l'autre pièce. Le gros poêle était quasi éteint lui aussi, les charbons de bois rougeoyaient, projetant une lumière terne qui me permit de voir Sergueï endormi sur le lit que nous avions cédé la veille à Irina et aux enfants ; sa position était inconfortable et sa couverture glissait. Je me couvris le visage de la manche et me faufilai dehors sur la pointe des pieds.

Le froid me prit à la gorge dès la véranda, avant même que je pose un pied à l'extérieur de la maison. *Comme il est peu pratique de mourir dans un village de vacances,* me dis-je, et cette pensée incongrue me tira un sourire malgré moi. *Pas de commodités bien chauffées ; malade ou pas, sois gentil de te traîner dans la cour ; sans doute que, tôt ou tard, je devrai lui demander de m'apporter un seau, parce que je ne pourrai plus sortir, et encore après je ne serai même plus capable de me lever, qu'est-ce que je vais faire alors ? Mais d'un autre côté, peut-être que je n'aurai plus besoin d'aller aux toilettes à ce moment-là ? Ce serait bien ; les convulsions, ça doit faire mal, elle a dit que certains n'avaient pas de chance et qu'ils restaient conscients jusqu'au bout, mais si ça se trouve j'en aurai, de la chance, j'aurai de la fièvre ou je me mettrai à délirer, et ces saletés de convulsions se déclencheront, et à ce moment-là je ne pourrai évidemment plus l'arrêter, il fracturera la porte et aucun masque ne le protégera... Bon sang ! Et même si je n'ai pas de chance, suis-je certaine de ne pas flancher, quand je me sentirai vraiment mal, de ne pas l'appeler ?* Que ce fût un effet de la peur ou un accès de faiblesse, toujours est-il que je ne pus faire le moindre pas pendant quelques instants et me figeai dans la véranda, agrippée au jambage de la porte ; le cœur me battait quelque part dans la gorge et m'empêchait de respirer, mon corps se couvrit d'une sueur qui gela aussitôt, sur mes tempes, le long de ma colonne vertébrale ; je devais au moins sortir de la maison, ce serait ridicule de mourir congelée ici, sur le seuil, alors je trouvai à tâtons la torche sur le rebord de la fenêtre, poussai la porte et sortis dans la cour. Dehors, il faisait bien plus sombre qu'on ne pouvait le supposer quand on se trouvait à l'intérieur et je mis d'emblée le pied à côté du sentier, m'enfonçant jusqu'à mi-jambe dans la neige. *Comme c'est froid, bon Dieu ! Ouvre les yeux, tu dois retourner dans la maison, ne t'endors pas, n'imagine même pas t'endormir ici.* On aurait dit que quelqu'un m'avait déversé du verre pilé dans la gorge, la tête me tournait. *Comme il fait sombre ici ! Et cette maudite torche qui n'éclaire qu'un minuscule espace sous mes pieds, surtout ne pas marcher en dehors du sentier, si je m'enfonce encore une fois jusqu'aux genoux je n'aurai pas assez de force pour m'en extraire, je ne dois pas tomber, c'est primordial, je dois continuer à avancer, un pas après l'autre, je dois suivre le sentier, il me mènera jusqu'à la porte d'entrée, ne t'endors pas, interdiction de dormir, ouvre les yeux.*

Au lieu de me ramener à la véranda, le sentier me conduisit vers le portail – je ne m'en aperçus qu'au moment où, dans mon élan, je le heurtai de la poitrine et laissai échapper la torche ; celle-ci continua à luire faiblement dans la congère, on aurait dit que quelqu'un lisait sous une couverture ; je me penchai et plongeai une main dans la neige : mes doigts se pétrifièrent sur-le-champ, presque jusqu'à l'insensibilité, et je dus empoigner la torche de mon autre main afin de ne pas la laisser tomber à nouveau. *C'est un tout petit terrain*, me dis-je. *Impossible de se perdre ici, tu fais une dizaine de pas dans l'autre sens et tu tombes forcément sur la maison, calme-toi, il suffit de te retourner et de rebrousser chemin*. La grille n'avait pas de loquet, seulement une boucle en corde figée par le froid et enroulée autour du poteau ; soudain je me surpris à détacher la corde avec mes deux mains, après avoir coincé la torche sous une aisselle, et je ne m'en étonnai presque pas ; mes doigts engourdis étaient désormais tout à fait insensibles, mais la boucle céda d'un seul coup et la grille s'ouvrit. Tenir la torche avec mes mains n'avait aucun sens, je l'aurais laissée tomber en moins de deux ; je m'inclinai donc légèrement vers l'avant, pour que le cercle de lumière éclaire la terre, vis le sillon laissé par nos voitures et entrepris de l'emprunter ; si je suivais ces traces, il ne pourrait déterminer la direction que j'avais prise à l'empreinte laissée par mes pas, il ne se réveillerait que dans quelques heures, et il ne lui viendrait pas tout de suite à l'esprit de vérifier où je me trouvais. *Il s'imaginera que je dors, donc j'ai du temps devant moi... Comme c'est simple, pourquoi n'y ai-je pas pensé plus tôt ? Pas de convulsions, aucune bave sanguinolente ; à ce qu'on dit, mourir gelé est tout à fait indolore : tu t'endors, tout simplement, et tu ne sens plus rien. Je dois juste m'éloigner le plus possible, le mieux, ce serait de tourner au coin, là, il y a de grosses congères, je vais m'asseoir dedans et fermer les yeux ; j'attendrai un peu, la seule chose qui me tracasse, c'est pourquoi j'ai encore si froid ? C'est insupportable, c'est affreux, comment peut-on s'endormir quand on a si froid ?*

J'ouvris les yeux ; la torche toujours coincée sous mon aisselle ne projetait plus à présent qu'une faible bande de lumière orientée de biais vers le haut et n'éclairait donc rien, sauf quelques dizaines de centimètres de vide. *Sans doute devrais-je l'éteindre,* songeai-je, *ou au moins l'enfoncer bien profond dans la neige, et ensuite j'enfouirai les mains à l'intérieur de mes manches pour essayer de m'endormir.* Soudain, il me sembla que quelqu'un se tenait à côté de moi – ce n'était même pas un son, plutôt les prémices d'un son, le début d'un son –, je relevai la tête mais ne vis rien, et je dus tirer la torche de sous mon bras, la serrer à deux mains pour l'empêcher de tomber et diriger le rai de lumière droit devant moi. Il se trouvait à quelques pas sur le chemin : un gros chien jaune, maigre, à longues pattes et pelage floconneux, qui me regardait sans ciller. La faible lumière de la torche se refléta dans ses yeux où elle vira au vert avant de repartir dans l'autre sens ; le chien tressaillit légèrement quand il fut touché par le rayon mais ne bougea pas pour autant.

— Tu ne vas quand même pas me manger ? demandai-je.

Ma voix rauque était méconnaissable. Le chien ne remua pas.

— Tu dois attendre que je sois congelée, repris-je alors. Tu entends ? Je t'avertis, pour le moment n'essaie pas de t'approcher de moi.

Il resta immobile, se contentant de me dévisager, sans curiosité, sans colère, comme si je n'étais qu'un objet inanimé, un bout de bois ou une boule de neige.

— Ne t'approche pas de moi, répétai-je.

Il était tout à fait stupide de ma part de prononcer ces paroles maintenant, et de les adresser à un chien, mais il n'y avait personne d'autre dans les parages, seulement lui et moi, et puis j'avais froid et très, très peur.

— Tu sais, ajoutai-je, à bien y réfléchir, mieux vaut que tu ne me manges pas du tout. Même si je meurs congelée. D'accord ?

Il se balançait patiemment d'une patte sur l'autre, qu'il avait fortes et massives, avec de longues griffes foncées ; on aurait dit des jarrets de loup, à cette différence près que les siens étaient couverts d'un pelage clair et bouclé.

— Ils vont se lancer à ma recherche, continuai-je en essayant de le regarder dans les yeux. Et si tu… nous ne savons pas lequel d'entre eux va me découvrir, tu comprends ?

Il fit un pas dans ma direction et se figea.

— Va-t'en, lui demandai-je. Ne me dérange pas.

S'il reste planté là, je ne m'endormirai jamais, pensai-je, *et je serai toujours aussi frigorifiée, alors que je n'arrive déjà presque plus à supporter ce froid, il faut que je le chasse, que je lui crie dessus ou lui jette quelque chose de lourd.*

— File.

J'avais essayé de crier, mais n'avais réussi à émettre qu'un chuchotement faible et sans conviction ; je levai une main munie de la torche et l'agitai dans sa direction, il plissa les yeux, sans toutefois reculer.

— Pars, allez, s'il te plaît, c'est déjà assez dur comme ça, si tu savais comme j'ai froid, je ne vais pas tenir, je vais rebrousser chemin à toute vitesse alors que je dois vraiment rester, va-t'en.

Je sentais des larmes ruisseler sur mes joues, des larmes de colère et d'impuissance, incroyablement chaudes, et il s'approcha tout près de moi : pas de coup de langue, pas de morsure non plus, il approcha simplement sa grosse gueule hirsute et me souffla son haleine chaude au visage.

— Zut, dis-je. Merde, putain. (Je donnai un coup de poing sans force dans la neige.) Je sais que je ne vais pas y arriver. Je ne suis même pas capable de ça.

Je serrai les paupières pour que mes larmes s'arrêtent de couler, puis je me levai et suivis la trace en sens inverse, pour regagner la maison en éclairant le chemin avec la torche.

Le chien me suivit.

*
* *

Nous ne comprîmes pas tout de suite que je n'allais pas mourir ; les quelques jours et nuits qui suivirent se mélangèrent dans ma mémoire, formant un rêve interminable et mélancolique où les suées se muaient en frissons et la soif en vertiges ; il y eut des moments où le plafond et les murs se rapprochèrent de moi, comme pendant la nuit dans le grenier, et où j'avais l'impression qu'il me suffisait de fermer les yeux pour que la pièce où j'étais allongée se resserre, se recroqueville jusqu'à des dimensions microscopiques et m'écrase, mais il y eut aussi d'autres heures où les choses reprenaient leur place habituelle ; la peur laissait alors place à une somnolence indifférente et je restais allongée, les yeux ouverts, à regarder la fermeture du sac de couchage près de ma joue ou les copeaux par terre autour du poêle.

Je suis en revanche certaine d'une chose : Sergueï me rejoignit dans ma chambre bien avant que nous ayons compris que je ne mourrais pas ; à un moment, j'ouvris les yeux et je le découvris assis à côté de moi sur le lit, qui soutenait ma tête d'une main, tandis que de l'autre il approchait une tasse pleine d'eau de mes lèvres. Il ne portait pas de masque, mais il ne fut plus jamais question de précautions entre nous, en partie parce que cela n'avait plus aucune importance désormais ; tout le temps où je fus persuadée que j'allais mourir, puis ensuite, quand il devint clair que cela ne se produirait pas, je ne pensais qu'à une seule et même chose : chacun de nous, Sergueï et moi, avait pris une décision à un moment donné, seulement nos décisions avaient été radicalement différentes ; il avait ôté son masque, était entré dans ma chambre, tandis que de mon côté j'étais retournée dans la maison et l'avais autorisé à ne plus se protéger.

Cela explique pourquoi, trois jours plus tard, quand la fièvre qui me tourmentait plus que tout commença subitement à baisser et que je pus me rasseoir pour la première fois sur le lit et agripper une tasse de mes propres mains, je ne lui posai aucune question, j'en étais tout bonnement incapable, parce que si je lui avais demandé quelque chose, si je lui avais tout simplement adressé la parole – sur quelque sujet que ce fût – pendant ces premières heures où nous comprîmes que je ne mourrais pas, j'aurais forcément dit la chose à haute voix ; cela explique pourquoi tout le temps qu'il passa à mes côtés sur le lit, tantôt retapant mon oreiller, tantôt m'observant, tout en me chuchotant : « Tu n'as plus de température, Anna, tu vas t'en tirer, Anna, tu ne vas pas mourir, Anna, je te l'avais bien dit que tu ne mourrais pas », tantôt me souriant, avant de bondir sur ses pieds, d'arpenter la chambre pour revenir ensuite s'asseoir à côté de moi, me toucher le front, pendant tout ce temps je restai adossée à la tête de lit, avalant du thé brûlant sans proférer la moindre parole et m'efforçant de ne pas croiser son regard ; ensuite, quelqu'un gratta à la porte d'entrée, et Sergueï annonça : « Anna, tu as de la visite, tu ne te rappelles pas, sans doute, c'est toi qui l'as fait entrer cette fameuse nuit, et maintenant il réclame sans cesse de venir se coucher dans ta chambre, parfois il disparaît pendant quelques heures, mais il revient toujours, je ne ferme même plus la grille. » Je tournai alors la tête et je le vis – son pelage avait effectivement le jaune que l'on voit aux lions, et ses yeux aussi étaient jaunes, dorés comme de l'ambre ; je n'aurais jamais pensé qu'un chien puisse avoir des prunelles pareilles.

Il se contenta d'entrer dans la chambre et de s'asseoir, très droit, les pattes soigneusement repliées sous son corps ; après quoi, il posa sur moi ses yeux jaunes, je lui rendis son regard, et cela dura longtemps, jusqu'à ce que je comprenne que je pouvais enfin parler.

Nous ne sûmes finalement jamais si j'avais contracté le virus, fatal à tant de gens, et qui m'aurait épargnée pour une raison inconnue, ou si j'avais tout simplement été victime du stress, de quelques nuits sans sommeil et d'un refroidissement, si bien que personne ne vint me voir pendant les deux jours qui suivirent, même Micha, je ne l'y aurais pas autorisé d'ailleurs : j'étais à nouveau en mesure de prendre de telles décisions maintenant que je savais avoir échappé à la mort.

Pendant ces journées-là, nous passâmes des heures auprès du feu, Sergueï et moi – il avait transporté mon lit dans la pièce principale, là où se trouvait le gros poêle, et nous restions sans rien dire, tels deux centenaires ayant vécu tant d'années côte à côte qu'ils n'avaient plus rien à se dire. Nous ressemblions tellement peu à ceux que nous avions été avant – un tel silence n'était probablement jamais survenu durant tout le temps que nous avions passé ensemble – que parfois l'un de nous entamait une discussion sur un sujet sans importance, une broutille, dans le simple but de faire cesser ce mutisme ; c'étaient des conversations étranges, truffées de pauses embarrassantes et de tentatives malhabiles pour changer brusquement de thème parce que, quel qu'il soit, maintenant que nous disposions d'un temps infini et que nous n'avions plus aucune obligation pressante, nous finissions toujours par nous cogner au même mur, sourd et infranchissable, qui nous obligeait à laisser un mot en suspens et à détourner le regard. La vérité, c'était que nous n'étions absolument pas prêts à nous souvenir de la vie que nous avions laissée derrière nous et à laquelle nous ne pouvions déjà plus revenir, ni des gens que nous avions connus au cours de cette vie d'avant ; sans doute parce que l'un comme l'autre, nous avions hâte que se termine la réclusion forcée dans laquelle nous nous trouvions, ainsi que cette pause imprévue en plein milieu du voyage.

Parfois on frappait à notre porte ; Sergueï, un blouson sur les épaules, jetait un coup d'œil dehors. Il s'agissait tantôt de Boris, tantôt de Micha, mais aucun des deux ne gravissait les marches de la véranda, ils discutaient avec Sergueï à travers la vitre. Ils lui donnaient des nouvelles, ce dont nous leur étions tous les deux très reconnaissants, non que ces nouvelles aient beaucoup d'importance pour nous, mais simplement parce que ces visites inopinées permettaient, ne serait-ce que brièvement, d'alimenter nos conversations ; regagnant la maison, Sergueï disait en souriant : « Tu as de sacrés lascars dans ta famille, Anna ! Tu ne vas pas le croire ! Tu aurais imaginé un lycéen et un professeur de mathématiques former une bande pour visiter toutes les maisons des environs, ils se sont faufilés dans une cave où ils ont dégoté des réserves de confiture, des conserves, du kérosène pour une année, ils ont même réussi à dénicher une tronçonneuse. » J'étais certaine que lui-même brûlait d'envie de participer à ces expéditions, de s'activer plutôt que de rester assis des jours durant auprès de mon lit, dans cette maison étrangère, sombre et étouffante, mais avant que j'aie le temps de lui suggérer l'idée il se mettait à nettoyer les fusils, il alimentait le poêle ou préparait à manger. Quoi qu'il fît, je tâchais de ne pas le perdre de vue. « Dors, Anna, tu as besoin de dormir », disait-il en posant les yeux sur moi, mais pendant ces quelques jours mon sommeil fut léger, fragmenté, comme si je redoutais de me réveiller et de découvrir que j'étais toute seule, qu'il n'était plus à mes côtés.

Le jour où je fus enfin en mesure de me remettre sur pied et de faire quelques pas sans m'agripper au mur, Sergueï prépara le sauna ; fermant les yeux avec une satisfaction béate, je m'allongeai sur la couchette du bas dans la pénombre qui embaumait le résineux chauffé et j'écoutai l'eau grésiller en s'évaporant sur les pierres brûlantes ; à chaque inspiration prudente, qui emplissait mes poumons d'une vapeur de feu, à chaque goutte d'humidité sur ma peau, je sentais s'éloigner et se dissoudre la peur qui m'avait empoignée à la gorge pendant tout ce temps, puis je finis par me lever et Sergueï m'arrosa d'un seau d'eau fraîche qu'il avait tout de même un peu réchauffée au sortir du puits, et qui me lava aussi des deux jours d'angoisse et d'insomnie passés en voiture et des quatre ou cinq jours empoissés de terreur qui avaient suivi ; l'eau me lava puis évacua leurs scories quelque part vers la terre, dans l'interstice entre les lames disjointes du plancher. Quand nous sortîmes du sauna, réchauffés et les cheveux humides, le chien se trouvait dans la cour, près du seuil de la maison, aussi immobile et impassible qu'un sphinx ; j'eus l'impression que cette fois il ne regardait même pas dans notre direction.

— Qu'est-ce que tu en penses, peut-être que c'est sa maison ? Ça expliquerait pourquoi il est venu, non ? demandai-je à Sergueï alors que nous courions du sauna jusqu'à la maison.

— Qui ? fit-il d'un air étonné, tout en me poussant dans la véranda. Allez, Anna, presse-toi, tu as les cheveux mouillés.

— Mais le chien, voyons, répondis-je.

Je voulus me retourner et regarder s'il nous suivait, mais Sergueï se dépêcha de refermer la porte pour nous isoler du froid.

— Probablement pas, déclara-t-il une fois que nous fûmes bien au chaud à l'intérieur. Il n'y a pas de niche dans la cour. Et puis, quelle différence ? Allez, viens te sécher les cheveux, il est temps de mettre un terme à ta quarantaine, nous allons rendre visite à nos voisins.

— C'est vraiment bizarre, marmonnai-je tout en m'enroulant docilement une serviette autour de la tête. D'où sort-il ? Il n'y a personne ici, tu comprends ? Où est-ce qu'il dort, qu'est-ce qu'il mange ?

— Je ne sais pas comment il se débrouillait avant, répliqua Sergueï en riant, mais ces deux derniers jours, je sais exactement ce qu'il a mangé et où il a dormi. Bon, repose-toi un peu ; pendant ce temps, je vais aller te dénicher un pull propre.

La maison où la peur de ma maladie avait poussé les autres à déménager était encore plus exiguë que la nôtre : elle ne comptait que deux pièces minuscules et une toute petite cuisine, très étroite, où ne tenait qu'une table boiteuse et branlante, avec quelques tabourets. Le centre de cette maison, comme celui de la nôtre, était occupé par un poêle massif en brique, diffusant sa chaleur des quatre côtés, sauf que celui-ci était crépi et que sa surface d'un blanc sale et grumeleux était zébrée de fissures et de suie. Les lits occupaient tout l'espace : trapus, avec des dossiers métalliques et des matelas avachis, ils étaient beaucoup trop nombreux, une partie d'entre eux provenant manifestement des datchas voisines ; après le froid glacial de l'extérieur, l'atmosphère semblait irrespirable ici : lourd, poussiéreux, beaucoup trop sec, l'air vous irritait immédiatement la gorge. *Mon Dieu*, pensai-je, *c'est un vrai bivouac, cet endroit, neuf personnes dans deux pièces, c'est sans doute à ça que devaient ressembler les asiles pour enfants du temps de Dickens, ou bien les camps de concentration, on ne peut pas vivre dans ces conditions ; ça, tout ça, promiscuité, étouffement, poussière, affaires d'autrui, un être humain ne peut le supporter longtemps.* Léonid et Marina ne se trouvaient pas dans la pièce ; Andreï était allongé, tournant le dos à la porte, son duvet replié sous la tête, et il ne bougea même pas quand nous entrâmes. À ses côtés, j'eus le temps de remarquer le dos crispé et la posture hostile de Natacha, et en pivotant légèrement sur la gauche, vers le mur, je croisai le regard d'Irina, assise de profil à la tête du lit pour surveiller les enfants qui jouaient par terre, près du poêle. Je me figeai sur le seuil, luttant contre une quinte de toux : ils vaquaient tous à leurs occupations et personne ne remarqua notre entrée, mais je décidai de ne pas faire un pas de plus, peut-être parce qu'il n'y avait en fait nul endroit où poser le pied, ou bien parce que je m'attendais presque à me voir chassée d'ici sur-le-champ ; ces gens que pour la plupart je ne connaissais qu'à peine pouvaient très bien, au bout du compte, refuser de croire ce dont Sergueï et moi étions désormais persuadés, à savoir que je ne mourrais pas.

Ce fut un accès de panique inexplicable et irrationnel ; j'eus soudain l'envie irrépressible de tourner les talons pour retourner d'où je venais, dehors, près du bonhomme de neige tordu qui se dressait en plein milieu de la cour, unique témoin de l'ennui insupportable et mortel qu'avaient dû éprouver pendant ces quatre journées tous ceux qui n'étaient préoccupés ni par leur propre mort, comme Léonid et moi, ni par le contenu des maisons et celliers voisins, comme Boris ou Micha. Debout sur le seuil, j'essayai pour la première fois de me représenter quelle serait notre vie là-bas, au bord du lac, quand nous attendrions la fin de l'hiver dans une maison aussi minuscule que celle-ci, sans eau ni électricité ni toilettes, sans nos livres ni nos programmes télé favoris, et surtout sans la moindre possibilité de nous retrouver en tête à tête.

— ... et moi je te dis qu'il faut chercher encore. (Nous avions visiblement fait irruption en plein milieu d'une dispute, parce que les intonations de Natacha étaient à la fois pressantes et irritées.) Il y a une cinquantaine de maisons, ici, voire plus, on finira bien par en trouver une qui convienne mieux !

— Elles sont toutes pareilles, Natacha, répliqua Andreï. La seule différence, c'est que certaines ont un poêle, et les autres pas, ce ne sont pas des villas, nom de Dieu, juste des jardins partagés de la banlieue de Tchériépoviets, mais enfin, bon sang de bonsoir, tu espères vraiment dénicher une belle maison, ici, avec toilettes et antenne satellite ?

— Tu n'as aucun moyen d'en être certain, protesta-t-elle avec véhémence. (Sur quoi elle tourna son profil vers nous, laissant voir ses joues en feu.) En quatre jours, tu n'es pas sorti deux fois de la maison, je suis certaine qu'on peut trouver quelque chose de mieux que ce truc !

— Qu'est-ce que vous faites tous à l'intérieur ? demanda Sergueï dans mon dos. (Je sursautai, ayant complètement oublié qu'il se tenait derrière moi.) On s'était pourtant mis d'accord que l'un d'entre nous devait toujours rester dehors, à surveiller le chemin.

— Oh, ça va, Sergueï, répliqua Andreï, balayant sa remarque d'un revers de la main. C'est mort ici, on n'a même pas vu un chien depuis qu'on est là.

Du coin de l'œil, je remarquai un mouvement à l'autre bout de la pièce : rejetant le sac de couchage dans lequel il était enfoui jusqu'à la tête, Micha bondit du lit d'angle, tout ébouriffé et les yeux gonflés de sommeil, pour se mettre aussitôt à lacer ses chaussures.

— Je vais monter la garde, lança-t-il en nous adressant un sourire joyeux, à Sergueï et à moi. Maman, assieds-toi sur mon lit.

Quand la porte se fut refermée sur lui, j'examinai la pièce : il n'y avait effectivement nulle part ailleurs où s'asseoir ; je me glissai donc entre les autres lits pour rejoindre la couche de Micha.

— Comme tu as mauvaise mine, Anna, déclara Natacha avec une tout autre intonation. Boris Andréiévitch dit pourtant que tu vas mieux. C'est vrai que tu es guérie ? Parce que je te trouve bien pâlichonne, moi...

— Elle va bien, l'interrompit Sergueï. Ce n'était rien d'autre qu'un banal coup de froid, et je ne suis pas tombé malade de mon côté, donc ce n'est plus la peine de s'inquiéter.

Comme si l'un d'entre eux s'était inquiété ! songeai-je en m'installant sur le lit inconfortable et froissé de mon fils. Je constatai avec étonnement que j'avais failli prononcer cette phrase à haute voix. *Qu'est-ce qui m'arrive ? Je n'ai jamais su dire ce genre de choses ; en général, je me contente de les penser. Que dalle, vous vous êtes souciés de moi comme d'une guigne. À quelle vitesse vous avez fui la maison, en vous inquiétant juste du précieux sac et des chiffons que vous aviez laissés dans la chambre ! Si je lève les yeux maintenant, je suis prête à parier n'importe quoi que vous continuez à me regarder comme si j'avais la peste, comme si se trouver dans la même pièce que moi était dangereux, quatre jours et pas un seul d'entre vous n'est venu voir comment nous allions, à part Boris et Micha, les miens, en somme ; ça tomberait à pic que j'aie une de ces quintes de toux inattendues qui me tourmentent tant ces jours-ci, me plient en deux et me coupent le souffle, ce serait hilarant de vous observer, si je me mettais à graillonner maintenant, en me couvrant le visages à deux mains, une longue quinte, bien effrayante... Quelqu'un finirait par s'enfuir de la chambre, j'en suis sûre.* Le matelas grinça plaintivement sous mon poids, s'incurvant presque jusqu'au sol. *Non, mais regardez-moi ce lit, le plus étroit, le plus informe, j'aimerais bien savoir si l'un d'entre vous s'est soucié de savoir ce qu'il a mangé aujourd'hui, s'il a eu froid en dormant dans ce coin, sous la fenêtre, je le reprends avec moi aujourd'hui même, dans la grande maison, et vous vous resterez dans votre bivouac, tant mieux que je ne sois pas morte, je vais pouvoir m'occuper de lui moi-même.* La gêne qui m'emplissait lorsque j'étais entrée ici se changea avec une rapidité étonnante en une fureur difficile à contenir tant elle m'obscurcissait la vue ; qui aurait pu penser que la première émotion forte à m'envahir depuis que je savais ne pas mourir serait justement celle-ci ? Et je me rendis compte que je n'avais pas encore étreint Sergueï, que je n'avais même pas eu le temps de toucher mon fils, et que j'étais assise ici, sur ce vieux lit défoncé, gardant la tête baissée de peur de leur laisser voir l'expression peinte sur mon visage.

J'étais si absorbée par mes pensées que je manquai sans doute un pan de la conversation qui s'était tenue depuis notre arrivée ; quand je parvins enfin à domestiquer mon expression, ce qui me permit de relever la tête, j'entendis seulement que Sergueï parlait – sa voix trahissait un mélange d'étonnement et de perplexité –, mais je ne pus distinguer ses paroles.

— Ce sera mieux comme ça, Sergio, lui répondit Natacha.

Elle lui donnait toujours le surnom désinvolte et familier de « Sergio », comme s'il s'agissait du prénom le plus banal ; quand nous avions fait connaissance, j'avais essayé de l'employer pendant près d'un an sans y parvenir, je lui avais inventé des milliers de petits noms affectueux, mais je n'arrivais que difficilement à les utiliser, tandis qu'elle lui donnait du « Sergio » comme s'ils avaient été à l'école ensemble. Je l'observai mieux : elle était assise, les jambes repliées sous elle, le menton un peu relevé, et le ton qu'elle employait était de ceux qui manifestent la patience condescendante, en général réservée aux enfants :

— Ça fait déjà cinq jours qu'on est là et on n'a toujours pas vu un chat. Il n'y a personne ici, tu piges ? Le village est sûr.

— Sûr ? répéta Sergueï. À dix kilomètres d'une grande ville ? Me fais pas rire. Andreï, mais dis-lui, toi...

— Je ne sais pas, Sergueï, répondit celui-ci sans se retourner, mais en accompagnant ses paroles d'un haussement d'épaules. À mon sens, c'est un endroit tout ce qu'il y a de convenable pour attendre que ça s'arrange.

— Pour attendre que ça s'arrange ? répéta Sergueï. (À sa voix, on sentait qu'il commençait à se mettre en colère.) Qu'est-ce qu'on attend ? Combien de temps on va attendre ? On ne sait même pas ce qui se passe, en ce moment, à Tchériépoviets ! Si ça se trouve, demain ou dans une semaine, il y a des dizaines, des centaines de gens qui vont débarquer ici !

— On a bien vu ce qui se passait dans les villes, répliqua Natacha. La semaine dernière, ces gens n'étaient même plus en état de se traîner jusqu'ici, et dans une semaine il ne restera sans doute plus personne.

— Mais tu sors ça d'où ? (Il avait presque crié, mais se reprit aussitôt et poursuivit d'une voix radoucie :) Bien, supposons que quatre-vingt-dix pour cent des habitants de la ville voisine meurent, Natacha, réfléchis bien : là-bas, il y a trois cent mille personnes. Une centaine, ça suffirait pour nous compliquer sérieusement l'existence, or ils seront des milliers, tu saisis ? C'est un miracle si personne n'a débarqué pour l'instant. En cas d'extrême nécessité, on peut même venir à pied de Tchériépoviets. Nous devons aller jusqu'au lac.

La porte de la pièce voisine s'entrouvrit et Marina apparut sur le seuil : son élégante combinaison façon Courchevel était de nouveau d'une blancheur irréprochable, mais ses cheveux tombaient en désordre. *Tu as nettoyé le sang de tes vêtements, mais ça fait quatre jours que tu ne t'es pas lavé les cheveux, j'aimerais bien savoir comment tu les as passés, ces quatre jours ; est-ce que tu es restée auprès du lit de ton mari à le regarder dormir, en écoutant sa respiration ? Est-ce que tu as prié en ton for intérieur pour qu'il ne meure pas, ne te laisse pas ? Ou bien as-tu perdu tout ce temps à te convaincre qu'en dépit de tes craintes stupides on ne te laisserait pas finir congelée ici s'il finissait quand même par mourir ?*
Marina referma doucement la porte derrière elle, s'y adossa et déclara :
— Léonid ne peut pas voyager pour le moment.
Natacha se retourna aussitôt vers elle, une question peinte sur le visage, et Marina lui adressa un hochement de tête discret.
— Oui, il dort, il s'est enfin endormi.
— Anna ne peut pas voyager non plus, intervint Sergueï d'un ton ferme. Je ne dis pas que nous devons partir aujourd'hui. On va encore attendre deux jours, peut-être trois, mais ensuite on s'en ira, vous entendez, même si je dois pour ça passer quarante-huit heures

au volant, on s'en ira coûte que coûte, parce que je suis sûr et certain qu'il ne faut pas rester ici.

— Nous ne savons même pas si nous arriverons jusque là-bas, objecta soudain Marina d'une voix forte, comme si le fait que son mari se soit enfin endormi dans la chambre voisine n'avait plus aucune importance. Ça fait mille fois que nous changeons d'itinéraire, si ça se trouve nous n'aurons pas assez d'essence ; Léonid dit d'ailleurs que nous n'en avons déjà pas assez pour aller jusqu'au bout, or Dieu sait ce qui peut encore nous arriver en route !

À la façon dont elle parlait, on aurait pu croire que ce qui était arrivé à Léonid était notre faute, qu'ils ne nous avaient accompagnés que pour nous faire plaisir, parce que nous avions insisté, et qu'en restant dans leur maison de pierre snobinarde, qu'ils n'avaient même pas su défendre au lendemain de la débandade des cordons de sécurité, ils n'auraient jamais eu à affronter la moindre épreuve.

— Cela peut arriver n'importe où, répondit Sergueï d'une voix apaisante. (Je compris avec stupeur que le ton accusateur de Marina avait produit son petit effet et qu'il se sentait effectivement coupable, à présent.) Et il y a plus de risques qu'on ait des problèmes ici qu'au bord du lac. Là-bas, il n'y a personne…

— C'est bien là, le hic, l'interrompit-elle. Il n'y a strictement rien sur ton lac ! Tu as parlé de combien de pièces ? Deux ?

Il hocha la tête et elle fit alors un pas dans sa direction, un pas brusque, inattendu, presque un bond, avant de balayer du bras la pièce exiguë qu'encombraient trop de lits.

— Eh bien tu vois ? Tu vois ce cauchemar ?

Regarde-moi ça, tu vois de quoi ça a l'air ? Et encore, on n'est que neuf ici, tandis que sur ton lac on sera onze, tu imagines, onze dans deux pièces, comment tu as l'intention de nous installer ? J'aimerais bien savoir. Ici, au moins, on a trouvé des lits, mais là-bas, on va dormir par terre ? On se réchauffera les uns contre les autres ?

— Au moins, on sera vivants, répliqua Sergueï à mi-voix.

Ces paroles furent suivies d'un long silence. Plus personne ne parlait, on entendait maintenant le ronronnement du feu dans le poêle et le mugissement du vent derrière la fenêtre. *Il est temps de mettre un terme à ce foutoir*, me dis-je soudain. *Mon fils est dehors, tout seul, il n'y a même pas de véranda dans cette baraque, il est sans doute complètement congelé à cause du vent, il faut que je l'emmène loin d'ici, ils n'auront qu'à faire comme bon leur semble.*

Je me levai du lit avachi qui émit le même grincement plaintif en détendant ses ressorts rouillés et déclarai :

— Bon sang, vous savez quoi ? Ça suffit, à la fin ! (Tous les regards se tournèrent vers moi, même ceux des enfants qui jouaient par terre.) Je ne vois vraiment pas pourquoi on discute, poursuivis-je. Demain, après-demain au plus tard, nous partons d'ici. Ceux qui veulent rester restent, et puis c'est tout.

Sur quoi je m'acheminai et je m'arrêtai en passant devant Sergueï, parce qu'il ne semblait pas disposé à quitter les lieux mais restait planté près de la porte, son blouson à la main, à dévisager tantôt l'un tantôt l'autre. Il était évident que cette conversation n'était pas encore terminée de son point de vue.

— Tu viens avec nous, Irina ? demanda-t-il enfin.

Je levai rapidement les yeux sur lui, il fallait que je sache dans quelle direction portait son regard : la sienne ou celle du gamin assis par terre à côté du poêle ; je ne me retournai même pas vers la pièce pour deviner où se posaient ses yeux, ce n'était pas la peine ; occupé par son jeu, le gamin lui tournait le dos, tandis qu'elle planta son regard dans le sien et lentement, sans dire un seul mot, elle hocha la tête – un simple hochement – et je le jure, j'eus un pincement au cœur, l'espace d'une seconde, pas plus, puis je me réjouis, parce que j'étais sûre et certaine que Sergueï ne serait pas parti sans elle, sous aucun prétexte et en dépit de tout.

— Papa ? demanda alors Sergueï.

— Ça fait déjà trois jours que j'ai des prises de bec avec ces imbéciles, répondit aussitôt l'intéressé que, bizarrement, je n'avais même pas remarqué jusque-là. (Peut-être parce qu'il restait assis, sans rien dire ni bouger, ou bien parce que j'observais les autres.) Dès que vous serez en état, on part. Et si Anna ne peut pas conduire pour le moment, on se débrouillera d'une manière ou d'une autre, on sera quand même trois conducteurs pour deux voitures. Je n'ai pas eu le temps de te le dire, Sergueï, mais Micha et moi, on a trouvé un magnifique filet de pêche dans la rue voisine aujourd'hui. On devra réorganiser nos bagages pour lui faire de la place dans le coffre, on a dégoté plein de trucs dans ce hameau, et demain on continuera à fouiller.

— Justement, en ce qui concerne les affaires... intervint Natacha avant de ravaler ses paroles parce que Andreï, qui s'était redressé sur un coude, la regardait avec insistance.

Elle soutint son regard et reprit, quelques secondes plus tard, un ton de défi dans la voix :

— Eh bien, quoi ? On en a déjà parlé hier, qu'on règle tout ça maintenant puisqu'on en est là.

— Qu'est-ce qu'on doit régler ? demandai-je, même si je pressentais déjà de quoi il allait être question.

Décidément, ces gens ne pouvaient plus m'étonner ; tout était clair avec eux, prévisible au point que ça en devenait comique.

Elle baissa la tête et fixa un point par terre, dans la zone sombre sous les lits, puis elle s'empressa de répondre, comme si elle craignait, en s'arrêtant, de n'avoir plus assez de courage pour achever sa phrase.

— On doit régler la question des provisions. La nourriture que nous avons emportée, Andreï et moi, ne suffira pas pour cinq. (Je haussai les sourcils et sentis que je souriais, mais ne l'interrompis pas, éprouvant une certaine jouissance à la laisser aller jusqu'au bout ; elle ne regardait personne, mais sous les lits où semblait se trouver l'interlocuteur invisible qu'elle devait convaincre.) Et j'ai cru comprendre que Léonid et Marina n'avaient pas eu non plus la possibilité de faire provision de tout le nécessaire.

Sur quoi elle se tut enfin, et je me rendis compte que j'étais en train de la supplier mentalement : *vas-y, continue, raconte-moi que nous devons te laisser de la nourriture, et peut-être aussi des médicaments, et deux ou trois choses parmi celles que Sergueï et Micha ont achetées le dernier jour de la quarantaine, pendant que Léonid ouvrait son portail aux types en uniforme qui allaient tuer son chien et terroriser sa femme*, mais elle n'ajouta rien, si bien qu'Andreï finit par s'asseoir sur son lit, presque à contrecœur, et planta le regard dans celui de Sergueï, en s'efforçant d'éviter – ou fut-ce une impression de ma part ? – tous les autres.

— Sergueï, il nous faudrait au moins un fusil et un certain nombre de cartouches. Marina a dit que vous en aviez trois.

J'avais déjà ouvert la bouche – il me fallait simplement une seconde pour inspirer – mais je me mis à tousser, à contretemps, mal à propos, et pendant que je luttais contre ma toux, Sergueï, sans me regarder, comme il le faisait toujours quand il prenait une décision que j'allais forcément désapprouver, eut le temps de dire : « Eh bien, je ne sais pas, je pourrais peut-être vous en laisser un... », quand – je toussais toujours, des larmes me coulaient des yeux, *arrête, arrête ça tout de suite*, m'intimai-je, *il fallait tousser avant, pas maintenant* – Irina prit la parole, elle qui n'avait pas proféré un seul mot depuis l'instant où Sergueï et moi étions entrés dans la maison ; elle parla très bas, mais ce fut sans doute pour cette raison précise que personne ne la coupa.

— Je ne vois pas pourquoi nous leur laisserions un fusil, déclara-t-elle en croisant les bras et en plantant un regard calme et froid dans celui de Sergueï. Puisqu'ils considèrent cet endroit comme sûr, ils se débrouilleront sans. Tandis que là où nous allons, nous aurons bien besoin de trois armes. (Comme personne ne cherchait à l'interrompre, elle continua, d'un ton toujours aussi calme et imperturbable.) Même si nous ne croisons personne là-bas, nous devrons chasser pour passer l'hiver. *Nos* provisions de nourriture (elle avait accentué le « nos ») ne nous suffiront pas pour survivre à six pendant un hiver. Anna, Micha sait tirer, n'est-ce pas ?

Elle posa alors les yeux sur moi, peut-être aussi pour la première fois de la journée.

— Bien sûr, répondis-je en surmontant enfin ma toux.

J'espérais que ma voix ne tremblait pas, parce qu'il était important, essentiel même, de déballer à présent tout ce que j'avais l'intention de déballer.

— Et soit dit en passant, moi aussi je me débrouille plutôt bien au tir, donc en fait nous avons même moins de fusils que nécessaire.

— Pareil pour la nourriture, conclut Irina en souriant.

Le silence régnait de nouveau dans la pièce. De l'autre côté de la porte, on entendait désormais le souffle doux et régulier de Léonid endormi. Je savais que la discussion n'était pas pour autant terminée et je me préparais à la suite – sans me l'expliquer, je n'étais pas certaine que Sergueï me soutiendrait dans le débat, mais, devinant à présent l'issue de la discussion, je cessai de m'inquiéter ; je cherchai des yeux un endroit où m'asseoir, parce que je me sentais soudain trop faible pour rester debout, mais j'étais habitée par le plus grand calme. *En réalité, nous en avons quatre, avec la carabine de Boris*, me dis-je, sans le proclamer à haute voix – Sergueï et mon beau-père n'avaient pas besoin de moi pour savoir combien d'armes nous possédions exactement. Toujours à peine visible dans la pénombre, Boris partit d'un petit rire sec.

— Eh ben dis donc, les nanas que tu te choisis, Sergueï !

Et il abattit sa paume ouverte sur son genou.

Quelqu'un allait sans doute ajouter quelque chose, et j'essayais déjà de prévoir qui – Marina, figée au milieu de la pièce ? Natacha, qui ouvrait déjà la bouche ? Ou Andreï, en train de se lever de son lit ? – quand un coup violent secoua la porte, un coup frappé du poing, comme en plein élan, puis la voix affolée de Micha qui disait :

— Venez vite ! On a de la visite !

Je ne sais pas pourquoi, je bondis dehors avec les hommes. Les autres – Irina et les enfants, Marina et Natacha – restèrent à l'intérieur. J'agis de manière instinctive, heurtant la porte de l'épaule et attrapant mon anorak au passage, précédant Sergueï qui s'attardait sans raison apparente près de la porte et que je dus pousser pour ouvrir, et bien avant Boris et Andreï, assis plus loin, dans les profondeurs de la pièce. Peut-être me retrouvai-je la première dehors parce que je me tenais tout près de la sortie et n'eus en fait pas le temps de réfléchir. Peut-être me hâtai-je aussi parce que là-bas, dehors, mon fils se trouvait seul et sans arme. Quoi qu'il en soit, il n'y eut que Micha et moi pendant trente bonnes secondes ; par la porte que je n'avais pas refermée derrière moi nous parvenaient des voix bruyantes et inquiètes, et le fracas de quelque chose qui tombait par terre ; je savais qu'ils n'allaient pas tarder à arriver, mais depuis son cri, Micha avait eu le temps de s'éloigner de quelques pas et il continuait à avancer vers l'endroit où les silhouettes sombres du Land Cruiser et du pick-up argenté, à demi recouverts de neige, se dessinaient dans l'épais crépuscule de novembre, or je ne pouvais certainement pas le laisser y aller seul ; je me rendais compte sans trop savoir pourquoi que le héler maintenant ne servirait à rien, si bien que la seule possibilité qui me restait pour l'instant, c'était de le rattraper ; en sentant ma main se poser sur son épaule, il tressaillit et s'arrêta, mais ne dit rien, se contentant de désigner la route d'un coup de menton. Je suivis des yeux la direction qu'il m'indiquait : un homme se tenait derrière le pick-up, près de la remorque bâchée.

Malgré les bruits qui montaient de la maison et parvenaient jusqu'au portail du hameau, j'eus l'impression qu'il ne nous avait pas remarqués ; en tout cas, il se comportait comme s'il était tout seul sur cette petite route étroite barrée par deux grosses voitures, entre des maisons taciturnes qui devenaient de plus en plus sombres sur fond de ciel bleu. Il contourna prudemment la remorque pour l'examiner en détail, puis il tendit la main et, s'étant incliné, chercha à relever la bâche afin de regarder à l'intérieur. Au moment où il esquissait le geste, des pas pressés firent crisser la neige dans notre dos, et un faisceau de lumière, vif et aveuglant, jaillit soudain par-dessus mon épaule, obligeant l'homme qui se trouvait sur le chemin à se redresser, à se tourner vers nous et, plissant les yeux, à les protéger d'une main.

— Hé, toi ! (L'apostrophe de Sergueï, sèche et

brutale, déchira le silence qui planait sur les datchas désertées pour le couper en deux.) Éloigne-toi de cette voiture.

Aussitôt ce fut un déferlement de bruits : Boris et Andreï, qui accouraient, criaient eux aussi quelque chose en même temps, mais au lieu de s'effrayer et de se figer, l'inconnu surgi d'on ne savait où, qui semblait s'être matérialisé ici, en plein milieu de la rue sombre, dans sa parka kaki dont il avait rabattu l'énorme capuche en fourrure, avec un bonnet soigneusement tricoté et des gants de ski bien chauds, nous sourit, l'air à moitié gêné, mais très aimable, avant de nous saluer de la main et de s'approcher en disant :

— Tout va bien, les amis, tout va bien...

— Reste où tu es ! lui hurla Sergueï, toujours aussi sèchement.

En me retournant, je compris pourquoi il avait tant tardé à nous rejoindre : la carabine se balançait au niveau de sa hanche dans sa main droite, tandis que sa gauche tenait la longue torche noire qui se trouvait normalement dans sa voiture.

L'inconnu en parka haussa les épaules et hocha légèrement la tête, l'air de ne pas comprendre, mais il s'arrêta quand même et leva les deux mains en l'air ; j'eus l'impression qu'il prenait la chose à moitié à la plaisanterie, sans manifester la moindre peur, et il se remit à parler d'une voix tranquille et égale, tandis que nous faisions silence pour entendre ce qu'il avait à dire :

— C'est bon, ça va, je ne bouge plus, les gars, on cherche juste une maison, une maison chauffée où passer la nuit. On a commencé par cette rue parce qu'on n'avait pas envie de s'enfoncer trop, il y a de la neige partout et nos roues ne sont pas aussi grandes que les vôtres, on a vu vos traces et on a tourné. Elle est là, notre voiture, vous la voyez ?

Il nous désigna un endroit derrière lui, au bout du chemin : après le virage on apercevait effectivement l'avant d'une large voiture bleu foncé ; en regardant mieux, je vis qu'il s'agissait d'un minibus. Réagissant au quart de tour face au mouvement de l'homme, Sergueï redressa un peu la carabine.

— Arrête de remuer les mains ! lança-t-il, un peu moins sèchement que les premières fois cependant.

— Je ne le ferai plus, répondit l'inconnu pour apaiser la situation, et il releva les mains. Tu n'es pas commode, toi ! C'est bon, ne crie pas. Je m'appelle Igor. (Il esquissa un geste, comme pour saluer Sergueï, mais il se ravisa et laissa ses mains où elles étaient.) Là-bas, dans la voiture, il y a ma femme, mes deux filles et mes beaux-parents. On vient de Tchériépoviets et on veut juste dormir quelque part cette nuit ; depuis la route, on a remarqué les traces de pneus et une maison avec une cheminée ; vos fenêtres ne sont pas éclairées, je n'avais pas vu que la datcha était occupée, alors je me suis approché, et j'ai aperçu vos voitures. On va se chercher un autre endroit chauffé, il y en a plein dans le coin.

Et il nous adressa un nouveau sourire.

Personne ne dit plus rien pendant quelques secondes, puis Boris, qui se trouvait derrière, fit un pas en avant, afin d'entrer dans le faisceau projeté par la torche de Sergueï.

— Eh bien voilà, Igor, lança-t-il. Dans cette rue, il n'y a que deux maisons qui possèdent un poêle, et elles sont occupées toutes les deux. Alors avance encore un peu, la neige n'est pas très profonde, vous devriez passer là-bas. Dans la première rue parallèle, nous avons vu quelques maisons avec des cheminées, choisis celle que tu veux. (Il lui indiqua la direction et l'inconnu, qui avait suivi son geste, hocha la tête en signe de remerciement. Constatant que l'homme ne bougeait pas pour autant de place, Boris reprit la parole :) Allez, baisse les mains, ça va. Et retourne vers les tiens, ils doivent t'attendre avec impatience. On fera connaissance demain.

L'homme en parka répondant au prénom d'Igor hocha de nouveau la tête et commença à rebrousser chemin – nous l'observions sans rien dire –, mais il s'arrêta bientôt et se retourna vers nous :

— Vous êtes nombreux ?

— Oui, répondit aussitôt Boris. Allez, vas-y, ne traîne pas.

— C'est bon, c'est bon, fit l'autre d'un ton conciliant. Il est grand, ce hameau, il y a de la place pour tout le monde.

Il avait déjà effectué une dizaine de pas quand Boris l'interpella encore une fois :

— Hé, c'est quoi ton nom, déjà ? Igor ! Ça se passe comment à Tchériépoviets ?

Cette fois, l'homme ne se retourna pas, il s'arrêta simplement, le regard fixé au sol, coupé en deux par le faisceau de lumière ; on ne voyait que son dos et sa large capuche fourrée ; il resta ainsi planté quelques secondes, sans bouger, puis il jeta d'une voix forte par-dessus son épaule :

— Ça se passe pas bien du tout.

Et il disparut dans l'obscurité.

À notre retour, il régnait dans la maison bien chauffée une atmosphère de panique silencieuse : les enfants étaient habillés, Irina et Natacha allaient et venaient, jetant en toute hâte des affaires dans les sacs posés sur les lits ; Léonid se tenait dans le passage qui conduisait à la pièce la plus éloignée, lourdement appuyé au jambage, blême et en sueur, mais habillé lui aussi, tandis que Marina s'était accroupie à ses pieds pour lui lacer ses chaussures. Quand nous entrâmes, ils s'immobilisèrent et nous dévisagèrent.

— Fin de l'alerte ! lança Boris depuis le seuil. On s'est inquiétés pour rien. C'étaient des gens en fuite de Tchériépoviets, un jeune type, sa femme et leurs gosses.

Marina cessa de se débattre avec les lacets de Léonid et tout d'un coup, enserrant les jambes de son mari, elle se mit à pleurer en silence sans même se relever. Il nous dévisagea d'un air d'impuissance et lui posa une main sur la tête, il était clair qu'il ne tenait debout qu'à grand-peine ; sans prendre la peine de se déshabiller, Sergueï s'approcha de lui à toute vitesse pour essayer, gêné, de relever Marina, seulement celle-ci s'agrippait de plus belle et ses sanglots redoublèrent d'intensité.

— C'est bon, Marina, ça va, tu vas faire peur à Dacha, marmonna Léonid d'une voix faible, mais on aurait dit qu'elle ne l'entendait pas.

— Marina, lui lança alors Irina sans ménagement, lâche-le, il doit aller se rallonger, tu m'entends ?

Marina se redressa enfin, puis, sans un regard pour qui que ce soit, elle se tourna vers sa fille qui se tenait près du poêle, muette, un doigt dans la bouche – petit minois placide aux yeux attentifs qui ne cillaient pas – et entreprit de lui ôter sa combinaison.

— Je ne sais pas pourquoi, déclarai-je, mais il ne m'a pas plu, cet Igor.

— Y a-t-il seulement une seule personne qui trouve grâce à tes yeux ? ricana Natacha.

Je la regardai, étonnée : l'espace d'une minute, j'avais complètement oublié la note désagréable sur laquelle l'apparition de l'inconnu en parka avait interrompu notre conversation. *Il y a au moins une chose dont tu puisses être certaine*, pensai-je, *tu ne me plais ni de près ni de loin, ni telle que tu étais auparavant, avec ton large sourire censé dissimuler tes paroles aigres-douces, ni telle que tu es à présent, ne te donnant même plus la peine de sourire ; tu as raison, je n'aime aucun d'entre vous, ni toi, ni ton mari, constipé et plein de morgue, qui en quatre jours n'est pas sorti deux fois de la maison tandis que Boris et Micha allaient explorer les alentours, mais qui reste néanmoins persuadé que nous devons partager nos provisions avec lui. Allez vous faire pendre, tous les deux, combien de fois je vous ai rendu visite pour supporter tes sourires épineux, combien de fois j'ai dîné avec vous en caressant le rêve brûlant d'attraper quelque cristal précieux sur la table et de le balancer contre le mur, afin que ses éclats se dispersent de tous côtés et que tu cesses enfin de sourire. Mon Dieu, comme j'en ai marre de faire semblant ! Oui, c'est vrai, vous ne me plaisez pas. Je ne vous aime pas.*

J'avais des bourdonnements dans les oreilles – je n'arrivais pas à croire, alors que je tenais à peine debout, que j'étais capable de me mettre dans une rage pareille. C'était si agréable, cette fureur, cette inquiétude, éprouver quelque chose, n'importe quoi plutôt que le sentiment de défaite, stupide et indifférent, qui m'habitait jusqu'à présent ; je sentis les commissures de mes lèvres se retrousser malgré moi. *Si j'éclate de rire maintenant, ils vont me prendre pour une folle.*

— Qu'est-ce qui t'a déplu, Anna ? demanda Boris. Il m'a plutôt paru bon gars. Après tout, ces gens se cherchent une maison, et c'est vrai que les fenêtres donnant sur la route ne sont pas éclairées chez nous.

— Vous avez peut-être raison, admis-je. Cependant j'ai eu l'impression qu'il ne s'intéressait absolument pas à la maison, mais aux voitures. À ce propos, ajoutai-je, nous devrions peut-être retourner là-bas et vérifier les nôtres. Qu'en pensez-vous, Boris ?

Comme si nous en avions reçu le signal, nous nous préparâmes à partir. Sans discussions supplémentaires, il était clair pour tout le monde que nous n'irions pas tous dans la grande maison – il ne fut même pas nécessaire de formuler le constat à haute voix. Sergueï lança à Irina : « C'est une bonne idée d'avoir préparé les affaires, prends Antochka, et en route », Boris chargea son sac à dos, Micha empoigna celui d'Irina et nous nous dirigeâmes vers la sortie. Léonid avait déjà regagné sa chambre et Marina s'affairait auprès de lui, l'aidant à se dévêtir ; Natacha s'était rassise sur son lit, les jambes repliées sous elle, tandis qu'Andreï se tenait près de la porte : étant rentré le dernier, il n'avait même pas eu le temps d'ôter son blouson. Il s'écarta pour nous laisser passer et, au prix d'un effort manifeste, finit par ouvrir la bouche, à la dernière seconde :

— Sergueï, dit-il, je pourrais peut-être faire un saut pour récupérer un fusil ?

Mais Sergueï était déjà dehors et il ne l'entendit pas.

Toujours près de la porte, je tournai la tête dans sa direction, arborant le sourire le plus « Natacha » dont je sois capable en cet instant, et lui lançai avec un plaisir non dissimulé :

— Pourquoi vous auriez besoin d'un fusil ? C'est un endroit tout ce qu'il y a de plus sûr, ici, en quatre jours, on n'a même pas vu un chien.

Il ne répondit rien et, les sourcils froncés, planta son regard dans le mien ; ce que j'y vis me fit aussitôt passer toute envie de sourire, de parler, de démontrer, je ressentis une fatigue terrible qui ne laissa plus de place qu'à un seul souhait : regagner mon lit et m'y allonger.

— Léonid a un pistolet d'alarme quelque part, pose-lui la question avant qu'il ne se rendorme, ajoutai-je, tête baissée.

Sur quoi je m'empressai de déguerpir.

Une cinquantaine de mètres tout au plus nous séparait de notre maison ; à la lumière de la torche de Sergueï, je voyais déjà le Pajero et le Vitara garés le long de la palissade, mais j'eus à peine atteint le portail que la tête se mit à me tourner ; je fis alors un pas en dehors des traces, et ce fut pour m'enfoncer jusqu'aux genoux dans la neige. Avant de m'extraire de la congère, je pris une profonde inspiration, l'air glacial me brûla les poumons et déclencha une quinte de toux ; Sergueï s'arrêta, regarda autour de lui et revint vers moi ; m'ayant fermement agrippée de son bras libre, il me soutint jusqu'à la maison, me tira presque, et nous rattrapâmes rapidement les autres.

— Nous sommes deux imbéciles, me murmura-t-il à l'oreille. Tu as vu le temps que tu as passé dehors, Anna ? Tu vas encore te coucher avec de la température. Allez, dépêche-toi, rentre te mettre au chaud, presto !

Au moment où nous dépassâmes Irina et le petit, empêtré dans une grosse congère, elle lui demanda :

— Sergueï, tu pourrais porter Antochka, s'il te plaît, il a du mal à avancer, par ici.

Il marqua une pause de quelques secondes pour regarder Anton marcher, s'enlisant sans cesse dans la neige ; dès qu'il eut compris qu'on l'observait, le gamin se retourna et leva sans rien dire ses deux mains protégées par des moufles en laine bleues. Sergueï rejeta alors sa carabine par-dessus son épaule pour s'accroupir et attraper son fils : « Allez, Anton, passe les bras autour de mon cou », dit-il, resserrant en même temps sa prise de l'autre côté, autour de ma taille. Nous fîmes encore quelques pas ; la torche désormais inutile, au bout du bras qui m'enlaçait, jetait un cercle lumineux sautillant quelque part dans le fossé au bord du chemin, et laissait voir les tiges des mauvaises herbes noircies, presque brûlées par le gel. *Mon pauvre chéri*, pensais-je en m'efforçant de régler mon pas sur le sien, *à partir d'aujourd'hui, tu ne connaîtras plus la paix. Chaque fois que tu me prendras par la main, chaque fois que tu regarderas dans ma direction, elle te demandera de porter le gamin tandis que je serai pendue à ton autre main.* Nous courions presque, comme quelques instants plus tôt, haletants, pressés ; *je ne jouerai pas à ce petit jeu*, me dis-je, *je ne le veux pas, je ne le ferai pas, pas avec toi*, alors, tout doucement, je m'extirpai de l'étreinte de son bras. « Ça va, je vais y arriver toute seule », marmonnai-je avant de continuer à avancer d'un pas plus lent.

Le chien nous attendait près de la maison. Il était assis dans la neige, près des petites marches en bois, apparemment insensible au froid ; quand nous poussâmes la grille, il tourna la tête et nous jeta un regard indifférent.

— Chien, lui murmura le gamin.

Sergueï l'ayant reposé pour ouvrir la grille, le gosse était désormais debout et tendait la main vers l'animal.

— Ne t'en approche pas, Anton, lui ordonna aussitôt Irina. On ne la connaît pas, cette chienne, elle est sale, et si ça se trouve elle mord.

— Ce n'est pas une femelle, mais un mâle, rectifiai-je avec assurance, et il ne mord pas.

D'où tiens-tu qu'il mord ou pas ? me demandai-je cependant. *Et qu'il aime les enfants, ou qui que ce soit, d'ailleurs ? En réalité, je ne sais strictement rien de ce chien, si ce n'est qu'il m'a trouvée sur une congère il y a quatre jours, et qu'il vient de temps en temps jeter un coup d'œil sur moi.*

Je m'approchai de lui, qui n'avait pas changé de position et me suivait du regard, puis je m'accroupis. Il ne bougea pas d'un pouce.

— Anton ! répéta Irina, au moment où des pas prudents faisaient crisser la neige dans mon dos.

— Comment il s'appelle ? demanda le gamin.

Je tendis alors la main et la posai sur la grosse tête, juste entre les deux longues oreilles plantées de poils épais. Les yeux jaunes étincelèrent un instant, puis s'éteignirent ; le chien avait baissé les paupières.

— Il s'appelle Chien, répondis-je, et pendant que nous dormirons, cette nuit, il veillera sur notre sommeil.

Dès que nous pénétrâmes dans la maison, les autres se mirent à s'activer, rangeant les affaires, déplaçant les lits, préparant le dîner, tandis que j'allais m'effondrer sur la couchette dans la chambre du fond où je m'endormis au son de leurs voix ; je n'émergeai de ce sommeil, lourd et sans rêve, que tard dans la matinée, affamée comme une louve.

*
* *

Quand je fis irruption dans la pièce principale (m'apercevant que je l'appelais déjà « salle à manger » en mon for intérieur), je constatai que le petit déjeuner était terminé et qu'Irina lavait la vaisselle dans une cuvette émaillée ; une incroyable odeur de café, étonnamment dense, flottait dans la pièce. Micha n'était pas là – selon toute probabilité, il montait la garde dans la véranda. Boris et Sergueï s'apprêtaient à partir pour une nouvelle expédition dans le village, ils avaient décidé que Micha resterait avec nous, ce qui ne le réjouissait pas du tout.

— Regarde notre jeune maraudeur, il est tout triste là-bas dehors, constata gaiement Boris.

— Il y a des sandwichs sur la table, me lança Sergueï. Mange, Anna, c'est le dernier morceau de pain qui nous reste. Bon, à vrai dire, il a déjà commencé à durcir.

J'attrapai un sandwich garni de tranches de saucisson

fumé si minces qu'elles étaient presque transparentes et mordis dedans avec délectation.

— J'espère que ce n'est pas le dernier morceau de saucisson, fis-je en souriant à Sergueï, qui me rendit mon sourire.

— Eh bien, comment te dire… ? répondit-il. Il n'y a presque plus de saucisson, et le café, c'était tout ce qui nous restait de la maison. On va bientôt devoir se rabattre sur les pâtes et les pommes de terre à l'eau.

C'était une matinée trop belle pour se préoccuper de broutilles telles que le saucisson ; je me versai une grande tasse de café et enfilai mon anorak.

— Où tu vas comme ça, avec ta tasse ? demanda Sergueï.

— Si c'est la dernière tasse de café de ma vie, répondis-je avant de rectifier, après avoir remarqué la façon dont il grimaçait : Bon d'accord, même si c'est la dernière tasse de café de cet hiver, je n'ai pas l'intention de la boire comme ça, avec un simple sandwich, sans en profiter vraiment.

Mon blouson sur les épaules, je glissai ma main dans une poche et en tirai un paquet de cigarettes à moitié vide.

— Anna ! s'insurgea-t-il aussitôt. Bon Dieu, hier, tu respirais encore à peine !

— Ma dernière tasse de café ! répliquai-je d'un ton suppliant. Allez, s'il te plaît. J'en fume juste une et c'est tout, promis.

Alors que j'étais dans la véranda, près de la vitre couverte de givre, une tasse de café fumant dans une main et une cigarette dans l'autre, il s'approcha dans mon dos, m'embrassa l'oreille et me chuchota :

— Je te trouverai encore du café. Juré. Pour le saucisson, je ne garantis rien, mais du café, c'est sûr et certain.

Nous restâmes quelques instants enlacés – en réalité, le café ressemblait plutôt à de la pisse d'âne, et dès la première bouffée, la cigarette m'avait désagréablement irrité la gorge, mais ce jour-là cela n'avait pas la moindre importance.

— Si tu veux, on s'en va dès aujourd'hui, suggérai-je. Je me sens tout à fait bien, je pourrai même conduire.

— C'est encore trop tôt, répliqua-t-il. On va attendre un jour ou deux de plus. Et pendant ce temps, papa et moi, on pourra inspecter les environs ; ils ont dégoté des tas de choses utiles, ce serait vraiment impardonnable de ne pas chercher encore un peu. Si ça se trouve, l'occasion ne se représentera pas de sitôt.

Des bruits de pas se firent entendre sur le perron et la porte s'ouvrit. Micha sortit la tête de la véranda, sans entrer pour autant :

— Le type d'hier est revenu, lança-t-il à Sergueï, et il n'est pas tout seul.

En nous approchant du portail – Boris, Micha, Sergueï et moi –, nous vîmes effectivement deux hommes sur la route : notre visiteur de la veille, avec sa parka à la capuche fourrée, et un deuxième homme, bien plus âgé, presque un vieillard à dire vrai. Ils n'avaient pas l'air d'être parents, ces deux-là, on aurait plutôt dit qu'ils venaient de se rencontrer par hasard, au détour d'un chemin : le vieillard avait un visage blême et maigre, des lunettes à fine monture dorée, une barbe grise, bien taillée ; il portait un manteau en laine noir avec un col d'astrakan rabattu, tout à fait déplacé vu les circonstances, et des chaussures vernies, élégantes presque, de celles qu'on porte avec un costume. Dès que les politesses d'usage eurent été échangées, un silence gêné s'installa ; nos hôtes se balançaient d'un pied sur l'autre, sans piper mot, comme s'ils ne savaient pas eux-mêmes pourquoi ils se trouvaient ici. Boris finit cependant par rompre le silence :

— Vous êtes bien installés ?

— Comme vous nous l'aviez dit, pile dans la rue d'après, répondit Igor avec énergie. Dans la maison au toit vert, vous voyez ? Elle n'est pas grande, mais il y a deux poêles, et un puits sur le terrain. Bon, nous n'avons pas d'électricité et nous voulions savoir comment vous vous en sortez, parce que le soir il fait drôlement sombre dans la maison, non ?

Je ne lui trouvais plus du tout la mine aussi réjouie que la veille, un pli soucieux entre ses sourcils avait remplacé le sourire, cette fois. *J'aimerais bien savoir ce que tu veux vraiment. Tu n'es tout de même pas venu nous demander comment nous éclairions la maison pendant la nuit...*

— Essayez de trouver une lampe au kérosène, suggéra Sergueï. Nous en avons déniché une le premier jour. Au pire, vous finirez bien par trouver des bougies dans une maison ou l'autre.

— Et quand vous visiterez les maisons voisines, insista Boris en s'adressant au plus âgé, dégotez-vous des vêtements plus pratiques. Votre manteau, on peut pas imaginer pire pour un endroit comme ici.

L'homme examina la tenue incriminée et ouvrit les bras d'un geste piteux.

— Pour tout vous dire, on s'est préparés à la va-vite. Jusqu'à la dernière minute, je n'étais même pas certain qu'on réussirait à s'en aller. Cela dit, même si nous avions disposé de plus de temps, je n'aurais pas pu mettre la main sur une tenue plus appropriée, j'en ai bien peur : je suis un citadin pur jus.

— Bon, il y a peu de chances que vous trouviez de bonnes chaussures d'hiver, reprit Boris, mais vous tomberez bien au moins sur des bottes de feutre et une pelisse.

L'homme au manteau ne répondit rien, puis, sans regarder personne, il secoua la tête.

— Eh bien… marmonna-t-il, plus pour lui-même que pour l'un de nous, c'est la première fois de ma vie que je vais devoir entrer chez autrui par effraction.

— N'ayez crainte, le rassura Boris en balayant ses réticences d'un revers de la main. Croyez-moi, si les propriétaires ne se sont pas manifestés jusqu'à présent, c'est très probablement parce qu'ils ne sont déjà plus de ce monde. En des moments comme ceux-ci, les repères moraux habituels cessent de s'appliquer.

— Je vous remercie, jeune homme, répliqua l'homme au manteau avec un sourire triste. Pourtant, croyez-moi, c'est justement dans des moments comme ceux-ci que les repères moraux sont d'une importance cruciale.

La stupéfaction arracha un hoquet à Boris, et l'homme au manteau leva pour la première fois les yeux sur lui, avant de partir d'un petit rire :

— Excusez-moi. Je n'avais pas songé qu'il puisse y avoir parmi vous quelqu'un de mon âge. Toutefois, je constate que vous vous êtes bien mieux adapté que moi à la situation.

Quand ils se furent éloignés, nous restâmes quelque temps près du portail, à les regarder s'en aller – le premier faisait de longues enjambées rapides, comme s'il était pressé de quitter notre champ de vision, ou désireux peut-être de se lancer au plus vite dans la recherche de denrées utiles, indispensables à sa famille, tandis que le deuxième progressait lentement et avec prudence, regardant où il posait les pieds, si bien qu'il se fit bientôt distancer. Ayant atteint le coin de la rue, le premier s'arrêta et attendit que le vieillard le rejoigne, puis, avant de disparaître au tournant, il regarda dans notre direction et nous adressa une salutation de la main.

— Ils forment une drôle de paire, ces deux-là, constata Sergueï pensivement. J'aimerais bien savoir pourquoi ils sont venus.

— Ils sont venus voir quel genre de gens nous sommes, répondit Boris. Pour déterminer s'il était dangereux de vivre dans notre voisinage.

Après une courte pause, il reprit :

— Et il me semble aussi qu'ils sont venus vérifier qu'on ne protesterait pas s'ils se mettaient à fouiller les maisons des environs comme nous. D'ailleurs, à bien y réfléchir, ça revient au même.

Quand Sergueï et Boris s'en allèrent, Micha se terra dans la véranda, une grosse pelisse remontée jusqu'au nez ; nous nous retrouvâmes seuls dans la maison, Irina, le petit Anton et moi, et le temps se mit à s'écouler avec une lenteur insupportable. Cette maison était trop petite pour que nous puissions faire semblant que les autres n'étaient pas là ; telle était du moins mon opinion, vu qu'Irina paraissait avoir pris la décision ferme et définitive de ne pas prononcer le moindre mot, en tout cas avec moi. C'était plus facile pour elle, qui avait le gamin à ses côtés, son petit interlocuteur et allié, tandis que je n'avais personne, même le chien était parti vaquer ailleurs à ses occupations une fois le petit déjeuner achevé. *Voilà à quoi notre vie va ressembler*, me disais-je en arpentant sans but les petites pièces encombrées de meubles et en les écoutant bouger et discuter, occupés l'un de l'autre. *Tu devras passer tes journées à te taire, à attendre que ton mari revienne chaque fois que vous serez seules, elle et toi, dans ce pavillon de chasse, tu auras l'impression d'être la nouvelle, empotée et timide, l'écolière rejetée de la bande, et tu ne parviendras jamais à l'ignorer, tu te connais, tu peux bien faire semblant que ça t'est égal, tu ne sais pas comment te comporter avec les gens qui ne t'aiment pas, tu n'as jamais su.*

Au bout du compte, je dénichai un livre, sans couverture et amputé de ses vingt-deux premières pages, *Le Chemin des tourments* d'Alexis Nikolaïevitch Tolstoï, tome 1 ; il est étonnant de constater que dans toutes les maisons de campagne, quel que soit le statut de leurs propriétaires, on trouve systématiquement soit le premier tome du *Chemin des tourments*, soit *La Jeune Garde* d'Alexandre Fadéiev, ou tout autre vieux bouquin à la couverture de toile élimée, estampillée des « Éditions Detguiz[1], 1957 », même si la datcha est récente : ces livres doivent s'y installer d'eux-mêmes, dès qu'on barricade les fenêtres pour l'hiver et qu'on regagne la ville, ils surgissent comme ça, dans le recoin le plus poussiéreux et le moins visible, pour nous tomber sous la main au moment où nous périssons d'ennui et cherchons de la lecture. Je me réjouis de la découverte de ce premier tome : peut-être le deuxième ne se trouvait-il pas loin, ou peut-être pas. Nous n'avions pas emporté le moindre livre avec nous, faute de place, et il serait amusant, au cas où la civilisation tout entière disparaîtrait et que nous ne restions plus que tous les six, dans cette petite baraque déglinguée de deux pièces au milieu de la taïga, que le seul livre à notre disposition, le seul qui nous permettrait d'apprendre à lire à nos enfants, soit le premier tome du *Chemin des tourments*, dépourvu de sa couverture et de ses vingt-deux premières pages.

Même pendant que je lisais, installée sur le lit de la chambre du fond, avec l'éphéméride sur lequel le temps s'était arrêté, dans cette même chambre où, pendant deux jours, j'avais pensé que je mourais, même à travers le mur, à travers la porte fermée, je sentais sa présence, agaçante et hostile, comme si la moitié de mon corps la plus proche des voix et de leurs rires étouffés en provenance de la pièce principale commençait à s'engourdir et à geler. La journée n'en

1. Acronyme pour ce qui correspond aux mots russes signifiant « Éditions d'État pour enfants ». *(N.d.T.)*

finissait plus. *Patiente encore un peu*, me disais-je. *Il va bientôt faire nuit et ils reviendront ; fin novembre, la nuit tombe de bonne heure, encore trois heures, deux, encore une heure et nous serons à table, ils raconteront ce qu'ils ont réussi à trouver, Sergueï me posera discrètement une main sur le genou, ces hommes-là, tous les trois, c'est ma famille, d'abord la mienne, quoi qu'elle s'imagine.* Dès qu'arriva le crépuscule, je reposai le livre, préparai une tasse de thé au miel pour Micha et pour moi, enfilai mon blouson et me faufilai dans la véranda, incapable d'attendre plus longtemps.

Nous étions en train d'avaler notre boisson brûlante tout en regardant les grilles à travers les vitres ourlées de gel ; à mesure que la rue s'enfonçait peu à peu dans l'obscurité, il nous semblait que notre attente devenait plus dense, plus consistante à chaque minute, et nous étions si préoccupés par ce guet que nous ne pouvions même pas parler. Soudain, Micha sursauta et posa brusquement sa tasse sur le rebord de la fenêtre avant de bondir sur ses pieds ; il avait toujours eu une très bonne vue, aussi, pour mieux voir à mon tour, je plaquai mes deux mains sur la vitre gelée et regardai entre elles comme dans une longue-vue : un homme se tenait près de notre grille, sans pour autant se décider à l'ouvrir, il restait simplement planté à l'extérieur ; de là où je me trouvais, je ne pouvais déterminer de qui il s'agissait, Boris ou Sergueï, cependant une chose était absolument évidente, il était seul.

Nous attendîmes une minute. Près de la grille, l'homme ne bougeait pas ; il restait là, tranquille, patient, et cette attitude commençait à m'inquiéter.

— Mais pourquoi il n'approche pas ? m'étonnai-je. Micha, tu vois si c'est Sergueï ou Boris ?

Plissant les yeux, mon fils s'appuya quelques secondes contre la fenêtre, pour finalement tourner vers moi un regard inquiet.

— Tu sais, maman, dit-il, on dirait que c'est quelqu'un d'autre. Quelqu'un que je n'ai jamais vu ici.

Bien entendu, nous pouvions nous contenter de rester là, immobiles. Il n'y avait pas de lumière dans la véranda et, depuis la rue, l'homme devant la grille n'avait aucun moyen de deviner que nous l'avions vu ; mon beau-père et Sergueï allaient revenir d'un instant à l'autre, et chacun d'eux, je le savais, s'était muni d'un fusil, il était donc tout à fait clair qu'ils arriveraient bien plus facilement à se débrouiller avec cet énième intrus que moi, et à plus forte raison que Micha. *Le mieux que tu puisses faire,* pensais-je, debout dans l'obscurité de cette véranda glaciale, *c'est d'attendre tout simplement sans bouger, ils vont revenir dans une minute, il fait déjà nuit noire, ils vont surgir près du portail et régler la situation, inutile d'entreprendre quoi que ce soit, il suffit d'attendre un peu*. Près de la grille, la silhouette solitaire ne bougeait toujours pas. *Bon sang*, me dis-je tout à coup, *tu n'as jamais su patienter comme il le fallait*. Ayant chuchoté « Prépare le fusil » à Micha, j'entrouvris la porte, qui émit un grincement assourdissant, et sortis la tête dehors.

— Qui êtes-vous ? criai-je. Qu'est-ce que vous voulez ?

— Bonsoir ! répondit la voix, qui me parut familière. Il fait très sombre ici, et malheureusement je ne vois pas votre visage, mais il me semble que nous nous sommes aperçus ce matin.

— Passe-moi la torche, murmurai-je. Et assieds-toi ici, tiens le fusil prêt.

— Je viens avec toi, répliqua Micha d'une voix ferme.

Nous nous dirigeâmes donc tous les deux vers les grilles, moi devant, la torche à la main, et mon fils deux pas derrière moi, lui qui était resté assis dans le froid toute la journée, avec un fusil. Dès que nous nous arrêtâmes, une ombre jaune se coula furtivement sur notre gauche : c'était Chien qui arrivait de derrière la maison, progressant sans difficulté sur la neige profonde ; une seconde plus tôt, il n'était pas là, et voici qu'il était assis à côté de moi, si près que j'aurais pu tendre la main et la lui poser sur la tête. Bien entendu, je ne pouvais pas lui donner d'ordre et j'ignorais la façon dont il se comporterait si l'homme à la grille essayait de nous faire du mal ; néanmoins, pour une raison qui m'échappait, sa présence à nos côtés m'apaisa bien davantage que le fusil de Micha.

— Vous avez un chien merveilleux, lança l'homme.

Je le reconnus enfin, non pas à sa voix d'ailleurs – j'avais toujours eu une mauvaise mémoire des voix comme des visages –, mais à sa façon de construire les phrases, de parler comme si nous nous étions rencontrés dans la rue animée d'une ville : il était impossible de le confondre avec qui que ce soit ; simplement, à la place de son manteau de laine et de ses absurdes chaussures vernies, il portait désormais une énorme pelisse informe et un bonnet en fourrure enfoncé jusqu'aux yeux, avec des oreillettes pointant telle une provocation de part et d'autre de son crâne. Sous le bonnet, son visage arborait la même expression affligée et apparemment épuisée.

— Vous vous êtes changé, à ce que je vois,

constatai-je alors que le sang qui me battait aux oreilles se calmait peu à peu.

— Pardon ? (Il haussa les sourcils d'un air interrogateur.) Ah, oui... Oui, bien sûr. C'était un conseil avisé. Cela dit, avec mon nouveau déguisement, j'ai dû vous effrayer, si j'en juge par la position dans laquelle s'est figée votre jeune garde du corps. Croyez-moi, mon garçon, je ne suis absolument pas dangereux. Comme vous le voyez, je n'ai pas pu me résoudre à frapper à votre porte. Je me disais que l'un d'entre vous finirait bien tôt ou tard par sortir, et que je l'interpellerais à ce...

— Pourquoi vous êtes venu ? l'interrompit sèchement Micha, au beau milieu de sa phrase.

Je fus presque tentée de le tirer par la manche, parce que l'homme debout devant nous avait l'air si faible, si épuisé qu'il n'était nul besoin de lui crier dessus.

— Le fait est que... commença-t-il avant de se taire, choisissant visiblement ses mots. À dire vrai, poursuivit-il, j'avais préparé tout un discours en venant jusqu'ici, puis devant votre grille, je l'avais même un peu répété, mais je crains que l'émotion m'empêche d'en retrouver le premier mot. Mon gendre... Voyez-vous, dans son genre, c'est un incurable optimiste, mon gendre. Jusqu'à récemment, je considérais ce trait de caractère comme une qualité, mais aujourd'hui, dans les circonstances actuelles, j'ai bien peur qu'il... ne sous-estime la gravité de la situation. À ce que je vois, vous appartenez à la même sorte de gens – et si ça se trouve, dans votre cas, cela portera ses fruits –, vous êtes énergiques et, ce qui est très important, en bonne santé ; en outre, vous êtes nombreux. Aujourd'hui, nous avons exploré presque toute la rue que vous nous avez aimablement laissée, et nous n'avons quasiment rien trouvé qui puisse présenter le moindre intérêt pratique. À part des bûches, bien entendu, qui abondent par ici. (Il nous offrit un sourire sans joie.) Cela nous donne au moins de quoi espérer ne pas mourir de froid. Mais la faim… la faim nous menace. Vous comprenez, là d'où nous arrivons, les distributions de nourriture ont cessé depuis plusieurs semaines, et tout ce que nous avons, c'est… Bref, j'ai peur que nous ne tenions même pas jusqu'à la fin de la semaine. Mon gendre continue à prétendre que nous allons trouver des provisions quelque part, si bien qu'il a refusé de venir vous trouver pour vous demander de l'aide, mais comme je vous l'ai dit, il est optimiste, tandis que moi… moi, je suis réaliste, et je comprends très bien…

Il parlait, parlait à toute vitesse, d'une manière confuse et sans me regarder, tandis que j'attendais avec terreur le moment où le flot tarirait, où il se tairait avant de lever les yeux, et qu'en regardant dans ces mêmes yeux, larmoyants de froid derrière les minces verres des lunettes qui ne s'accordaient absolument pas avec ce méchant bonnet, je devrais lui dire « non » ; alors je ne le laissai pas finir sa tirade ni me regarder, j'intervins si abruptement que je me surpris moi-même et si fort qu'il sursauta :
— Je suis désolée… (Il se tut, mais ne releva pas les yeux qu'il garda fixés au sol.) Vraiment. Je suis désolée, mais nous ne pourrons pas vous aider en quoi que ce soit. Nous avons un long hiver devant nous, des enfants, et nous ne pouvons tout simplement pas nous permettre…

J'étais terrifiée à l'idée qu'il essaie de me convaincre, qu'il réplique : « Et nous ? Nous aussi, nous avons des enfants, aidez-nous, ne serait-ce que pour eux... », mais il abandonna aussitôt la lutte, dès mes premières paroles, et, complètement abattu, il me parut minuscule, même dans son immense pelisse.

— Que dire ? prononça-t-il lentement. Je ne songe pas à vous blâmer. Excusez-moi d'avoir pris de votre temps. Bonne nuit.

Et il tourna les talons, faisant crisser la neige sous ses bottes de feutre, tandis que je dirigeais la lumière de la torche dans son dos, pour lui éclairer le chemin, ou bien parce que j'avais besoin de le voir, ne serait-ce que quelques minutes encore, je l'ignore ; sa pelisse tombait mal et de gros fils sortaient d'un long trou irrégulier. Alors qu'il avait presque disparu de mon champ de vision, je lui criai :

— Ne baissez pas les bras ! Nous allons bientôt partir d'ici, aujourd'hui ou demain, c'est un grand village, et il y en a d'autres dans les environs, et beaucoup de maisons ont sans doute des celliers, on peut trouver du sucre, des conserves, de la confiture...

— Oui, oui, de la confiture, marmonna-t-il d'une voix sourde, sans se retourner, mais en hochant plusieurs fois la tête.

Les oreillettes rebelles de son bonnet ridicule tressautèrent de haut en bas, puis il disparut.

Nous restâmes, Micha et moi, dans la neige accumulée devant la grille, à regarder le disque de lumière projeté par la torche qui n'éclairait plus désormais que la rue déserte et le large sillon laissé par nos voitures.

— Oui, c'est vrai qu'on peut trouver plein de choses ici, bredouilla Micha.

— Mon Dieu ! murmurai-je. Heureusement qu'il n'a pas relevé les yeux...

*
* *

Cette nuit-là, je dormis très mal ; tourmentée par mes quintes de toux, je me tournai et me retournai, essayant de trouver une position dans laquelle la gorge cesse enfin de me brûler ; bercée par le souffle régulier de Sergueï, je débattis inlassablement avec notre visiteur nocturne, et je lui assénai au moins une centaine d'arguments aussi éloquents qu'irréfutables. Le pire, dans tout ça, c'était que tous les deux, moi comme cet homme venu me demander de l'aide, nous savions que j'avais raison, que j'avais le droit de lui opposer ce refus, si bien qu'il m'avait suffi d'une phrase pour lui imposer le silence et qu'il n'avait pas insisté avant de repartir ; pourtant, ce que nous savions tous les deux ne changeait rien au fait que je me sentais nauséeuse et insupportablement mal ; et aucun raisonnement logique n'était en mesure de dissiper ce malaise.

Le lendemain matin, après le petit déjeuner, mais avant que Sergueï et Boris ne partent pour une nouvelle expédition, nous reçûmes encore une visite. Nous entendîmes d'abord Andreï taper énergiquement des pieds dans la véranda pour débarrasser ses chaussures de la neige, puis la voix mécontente de Natacha, et enfin la porte s'ouvrit en grand ; ils entrèrent tous, ils avaient même amené Léonid, qui n'était plus tout à fait aussi pâle, même s'il demanda aussitôt la permission de s'asseoir sur le lit d'Irina, où il se laissa choir avec un soupir de soulagement.

— Nous sommes venus prendre un bain dans l'étuve, expliqua Natacha. C'est affreux, voilà une semaine que nous ne nous sommes pas lavés. Vous n'allez quand même pas refuser ? ajouta-t-elle en nous dévisageant tour à tour.

— Mais enfin, non, voyons, répondit Sergueï. Utilisez le sauna, bien entendu. Il y a un seau là-bas, prenez-en un deuxième, ici, près du poêle, faites chauffer de l'eau. Je voulais passer te voir aujourd'hui, poursuivit-il en se tournant vers Andreï, pour te proposer qu'on aille faire un petit tour dans les environs. Si tu veux, viens avec nous, tu te baigneras ce soir ?

— Merci, répliqua Andreï, j'aurai tout le temps de me balader dans le coin plus tard. Vous partez quand ? Demain ? (Sergueï hocha la tête, visiblement chagriné.) Eh bien dans ce cas, je ferai ma promenade à ce moment-là, ajouta-t-il d'un ton sec.

— Attendez, je vais au moins vous fendre quelques bûches, reprit Sergueï qui s'empara du seau et sortit rapidement dans la cour.

Lorsqu'il eut quitté la pièce, le silence s'installa, un silence embarrassé, compliqué d'émotions variées ; il était étonnant qu'autant de gens massés dans une pièce aussi petite puissent se taire en créant une telle tension.

Finalement, Natacha ouvrit le sac qu'elle tenait.

— Quelle idiote je fais ! s'exclama-t-elle. Andreï, j'ai oublié le shampooing, ainsi que le savon et le peigne, je n'ai pris que les serviettes. Tu pourrais retourner là-bas ? Sur mon lit, il y a un sac gris, avec une fermeture Éclair.

— J'en ai, moi, du shampooing et du savon, intervint timidement Marina. Ça n'a pas de sens de retourner jusque là-bas, prends les miens.

— Merci, répondit Natacha en lui adressant un sourire, trop large comme d'habitude. Mais j'ai besoin de mon shampooing.

Quelle bande sympathique vous faites, me dis-je, *vous avez l'air de bien vous entendre !* puis je me ravisai : *comme nous, en fait. Tout à fait comme nous. Je n'ai même pas demandé à Irina si elle avait emporté du savon, peut-être aussi qu'elle n'a rien pour se laver les cheveux. Elle se tait et fait comme si je n'existais pas, mais il faudrait que je lui adresse la parole, parce que moi, j'ai du shampooing et du savon, et tout un tas d'habits de rechange, alors qu'elle n'a pu prendre qu'un seul sac, celui qui est là, sous son lit, et je suis sûre qu'il contient surtout des vêtements d'enfant et presque rien pour elle. Or elle ne me demandera jamais quoi que ce soit, quoi qu'il lui en coûte.*

J'attendis qu'Andreï soit sorti ; pour une raison qui m'échappait, je sentais que cette conversation devait avoir le moins de témoins possible, sauf que les autres étaient toujours là et n'avaient pas l'air pressés de sortir. *Je ne vais lui proposer que du savon et du shampooing,* pensai-je, *je ne vais pas lui parler des vêtements maintenant, ça peut attendre le moment où on se retrouvera toutes les deux, et puis, au bout du compte, je pourrais charger Sergueï de le faire – qu'il lui fasse passer quelques-unes de mes affaires ;* je levai les yeux vers elle, qui me tournait le dos tout en surveillant son fils, comme toujours.

— Irina, l'interpellai-je. (Elle se retourna aussitôt.) Irina, répétai-je alors, bien qu'elle regardât déjà dans ma direction, tu veux que je te passe du shampooing, pour Anton et toi ? Vous avez sans doute envie d'aller vous laver, vous aussi ?

— Merci, répliqua-t-elle lentement, mais j'ai ce qu'il me faut.

Elle continuait à me regarder, et je me sentis rougir, me consumer jusqu'à la racine des cheveux, *allez, vas-y, lance-moi : « On ne veut rien de toi », pendant qu'ils sont tous là à nous regarder*, je m'obligeai à ne pas détourner le regard, même si la tâche était ardue, et elle ajouta alors :

— En revanche, si tu as un maillot propre et un pull, ce serait super.

— Bien sûr, répondis-je en bondissant sur mes pieds. Bien sûr, je t'apporte ça tout de suite.

Je me ruai dans l'autre pièce, où je procédai à la fouille du sac qui se trouvait au pied du lit tout en me réprimandant pour mon empressement obséquieux et ridicule, mais sans pour autant réussir à m'empêcher de me réjouir, même si je ne savais pas trop de quoi.

Je renversai tout le contenu du sac sur le sol et en tirai enfin un pull norvégien gris-bleu et quelques maillots. *Pourquoi tu t'agites comme ça ?* m'insurgeai-je. *Calme-toi, c'est pénible, cette envie permanente et ridicule de plaire à tout le monde, d'être une bonne fille généreuse qui fait tout comme il faut, tu pousses toujours le bouchon trop loin et ensuite tu te fais l'effet d'être une parfaite imbécile, elle ne sera jamais ton amie, toi-même tu n'en as pas envie d'ailleurs. Alors donne-lui ces fichus chiffons et n'en fais pas toute une histoire, elle ne va pas se jeter à ton cou, elle te dira simplement « merci », et tu ne tarderas pas à redisparaître de son champ de vision, comme si tu étais transparente, voire carrément absente.* Je ressortis de la chambre et lui tendis la pile d'habits sans mot dire ; elle me les prit des mains et, sans un mot elle non plus, m'adressa un petit signe de tête, après avoir posé les vêtements sur ses genoux. *Elle ne va même pas examiner devant toi ce que tu lui as apporté*, me dis-je. *Tu bouillonnes intérieurement, tu te tais, et cette nuit tu n'arriveras pas à dormir et tu imagineras des répliques percutantes dont personne n'aura plus besoin.*

La porte d'entrée s'ouvrit, livrant passage à Sergueï qui annonça, avec un grand sourire :

— Dans une heure, une heure et demie, le sauna sera prêt ; il n'y a pas beaucoup d'eau là-bas – nous n'avons que deux seaux, peut-être qu'Andreï pourrait aller vous en chercher un ou deux chez vous, pour qu'on les mette à chauffer, sinon j'ai peur qu'il n'y en ait pas assez pour...

La porte s'ouvrit de nouveau, heurtant Sergueï qui se tenait juste devant, et Andreï fit irruption dans la pièce. Son blouson était grand ouvert, tandis qu'au bout de son bras pendait un gros pistolet argenté, si étincelant qu'il me fit aussitôt penser à un jouet de Micha quand il était petit. Ses yeux luisaient d'un éclat sauvage.

— Andreï, qu'est-ce qui t'arrive ?

Boris avait bondi sur ses pieds.

— Que s'est-il passé ? demanda brusquement Natacha.

— Il fouillait dans notre remorque, répondit Andreï qui, bizarrement, ne s'adressait qu'à Sergueï. Tu comprends, il fouillait dans la remorque, je me dirigeais vers notre maison et je l'ai vu, il avait relevé la bâche, enfin il l'avait sans doute découpée ou dénouée, nos voitures sont toutes fermées, mais la remorque, c'est pas possible de la fermer...

— De qui tu parles ? demanda Sergueï.

Sans attendre la réponse d'Andreï, je visualisai une énorme pelisse jetée sur de maigres épaules, un bonnet ridicule, et je me dis : *mon Dieu, tu ne l'as pas tué quand même ? Tu n'as pas pu le tuer, c'est un vieillard, il suffisait de le bousculer un peu, il suffisait juste de lui crier dessus et il serait parti, tu n'as pas pu le tuer, il ne fallait pas le tuer.*

— De qui tu parles ? répéta Sergueï en secouant Andreï par l'épaule.

— Mais de votre Igor, le gars de Tchériépoviets ! répondit Andreï avec colère. Des gens bien, une femme, deux fillettes, il s'est glissé sous la bâche, le saligaud, et il a pris une caisse de corned-beef !

— Et toi, tu as fait quoi ? demanda Sergueï, accablé.

J'étais certaine qu'il pensait la même chose que moi, même si la victime avait en fait changé : il se représentait ce type souriant, au large visage, avec sa capuche en fourrure, ce gars qui la veille encore nous avait adressé un salut de la main, depuis l'autre bout de la rue, mais il se l'imaginait cette fois allongé dans la neige, l'œil transpercé par une balle ; puis je songeai : *il n'y a pas eu de coup de feu, nous l'aurions entendu.*

Andreï dégagea son épaule de l'emprise de Sergueï et, s'approchant de la table, il déposa violemment son pistolet, l'y jeta presque, comme si l'objet était brûlant et que le tenir lui était douloureux. Puis il s'assit sur une chaise et posa les mains sur ses genoux.

— Je n'ai rien fait, répondit-il. Je lui ai rendu cette fichue caisse.

— Comment ça, « rendu » ? demanda Natacha en se levant.

— Rendu, répéta-t-il d'un air lugubre, sans la regarder.

Nous restâmes quelques instants silencieux, puis Natacha approcha sa chaise de son mari et s'y rassit face à lui.

— Dans cette caisse, commença-t-elle doucement, en détachant bien chaque mot, il y a trente boîtes de corned-beef. C'est trente journées de vie que tu as offertes à un inconnu. Tu avais un pistolet, pourquoi n'as-tu pas tiré ?

— Mais parce que c'est justement ce qu'il m'a demandé : « Vas-y, tire ! » Tu comprends ? s'écria Andreï en relevant enfin la tête. J'étais à cinq mètres de lui, il était là, avec cette caisse dans les bras, elle s'était déchirée pendant qu'il la sortait et quelques boîtes étaient tombées dans la neige. Et voilà qu'il se tourne vers moi et me dit : « Vas-y, tire si tu veux. On a des enfants affamés, et dans ce foutu bled on n'a rien trouvé d'autre qu'un demi-sac de pommes de terre germées. Tire, il répète, de toute façon, on va crever ici. » Je n'ai pas pu. Je lui ai redonné cette caisse de merde. Je ne suis sans doute pas encore prêt à tuer un homme pour trente boîtes de bœuf. D'ailleurs, je ne suis probablement pas prêt à tuer un homme tout court.

— Pas la peine de tuer qui que ce soit, déclara Sergueï qui lui reposa la main sur l'épaule. On va tout simplement aller les voir ensemble et il faudra qu'il nous les rende. Ils nous ont montré hier où ils s'étaient installés, c'est une maison avec un toit vert.

— Je n'y vais pas, répliqua Andreï. Tant pis, qu'ils le mangent, ce corned-beef.

— Tu sais combien on va en rencontrer sur notre route, des gens qui n'ont rien à manger ? s'insurgea Boris. Il l'a volée, cette caisse, ça ne se fait pas. On y va, il faut leur mettre les points sur les *i*. Micha, tu prends ma place !

Quand ils furent partis, sans rien ajouter, Boris et Sergueï avec un fusil, Andreï les mains vides après s'être écarté du fusil que lui tendait Sergueï, comme s'il s'était agi d'un serpent venimeux, et que Micha eut filé comme une flèche dans la véranda pour suivre ne serait-ce que du coin de l'œil ce qui se tramait dans la rue voisine, nous restâmes entre nous, quatre femmes, un homme blessé et deux enfants, impuissants et effrayés. Nous n'osions pas nous regarder, craignant même de discuter, parce que nous avions parfaitement conscience que quelque part, tout près d'ici, une scène aussi déplorable qu'affreuse était en train de se jouer ; et à présent, dans ce monde nouveau, auquel nous n'étions pas encore habitués, avec ses lois impitoyables que nous devions apprendre à la hâte, en rejetant les choses auxquelles nous avions cru jusqu'à présent comme les choses qu'on nous avait ressassées tout au long de notre vie, ce qui pouvait se passer dans la petite datcha au toit vert de la rue voisine ne nous concernait pas, et aucun d'entre nous ne pouvait agir dessus d'une manière ou d'une autre.

J'ignore combien de temps nous nous tînmes ainsi immobiles, à écouter notre propre souffle ; à un moment donné, les enfants en eurent assez de rester assis sans faire de bruit, et ils commencèrent à gigoter par terre, or, bizarrement, ce fut encore pire que si le silence le plus absolu avait régné. Enfin, Micha frappa un petit coup à la porte : « Ils arrivent ! » annonça-t-il d'une voix sourde, et quelques minutes plus tard la porte s'ouvrit ; ils entrèrent tous, se bousculant dans l'embrasure, sans secouer la neige de leurs chaussures, ils entrèrent et se figèrent près de la porte, tandis que nous les dévisagions sans oser les interroger ; je m'efforçai de capter le regard de Serguéï, mais en vain, et enfin, Andreï déclara :

— Ils ont des gamines, et ces gamines sont malades. J'ai enfoncé la porte, nous avions décidé qu'il fallait faire comme ça, enfoncer la porte sans frapper, parce qu'on était venus parler sérieusement, et là-bas il n'y a qu'une seule pièce, et elles sont allongées, les deux gamines, toutes petites, avec du sang sur les oreillers, et une odeur ! Une odeur affreuse, elles n'ont même pas eu peur, nous on était plantés sur le seuil, comme des idiots, tandis que les petites étaient allongées et nous regardaient, comme si elles s'en fichaient, et cette caisse de malheur, elle était là, par terre, ils ne l'avaient même pas ouverte, vous comprenez ? De toute façon, elles ne doivent plus pouvoir manger. On n'est même pas entrés. Tu as raison, Sergueï, il ne faut pas rester ici. On se tire, n'importe où !

Nous passâmes les deux heures qui suivirent à rassembler nos affaires, fiévreusement, frénétiquement, comme si les gens qui se trouvaient à une rue de là représentaient un danger pour nous ; Boris et Sergueï approchèrent le Land Cruiser et le pick-up de nos portails et, pendant une heure ou davantage, nous transportâmes nos bagages dans les voitures, libérant de la place pour les trésors dénichés dans le hameau, jusqu'à ce que Sergueï, qui sortait les bras lourds d'un énième chargement de sacs, s'arrête sur le pas de la porte et déclare :
— Écoutez, nous sommes en train de nous comporter comme des idiots. On ne peut pas partir maintenant. Il nous faut au moins dormir un peu. On n'aura qu'à monter la garde à tour de rôle, comme d'habitude, et il ne se passera rien. On doit aussi manger un morceau, et puis le sauna est sans doute prêt.

Ce soir-là, ni la nourriture ni le sauna ne procurèrent le moindre plaisir à qui que ce soit. Nous mangeâmes dans un silence pesant, puis nous apprêtâmes pour aller dormir dès que le dîner s'acheva. Avant de me coucher, je sortis dans la cour et, quand je rentrai, le chien, qui avait jusqu'alors observé nos préparatifs, se faufila derrière moi dans la maison, se dirigeant tout droit vers la chambre où nous couchions à présent, Sergueï et moi ; quand je m'allongeai, il piétina un peu devant la porte puis, après avoir poussé un profond soupir, il s'allongea lui aussi.

Je me réveillai au milieu de la nuit, au bruit des grattements du chien contre la porte fermée, de petits coups de patte insistants ; pendant quelque temps, je m'efforçai de ne pas y prêter attention mais, comprenant qu'il ne se calmerait pas, je me levai pour le laisser sortir. Il faisait sombre dans la pièce principale ; Irina dormait, la couverture remontée jusqu'au menton et tenant fermement son fils dans ses bras. Chien se dirigea droit vers la sortie, faisant cliqueter ses griffes sur le plancher ; je dus enfiler mon anorak et le suivre dans la véranda, mais dès que j'y posai un pied je compris que quelque chose clochait : au lieu d'être assis, emmitouflé dans sa pelisse, Andreï se tenait debout, près de la fenêtre, et à sa posture bizarre je devinai qu'il était tendu ; il hochait la tête à l'intention de quelqu'un qui se trouvait à l'extérieur et ne se retourna même pas au bruit de la porte qui s'ouvrait. Je m'approchai encore, puis soufflai sur la vitre : en contrebas, sous la fenêtre, j'aperçus la silhouette fragile devenue familière, avec son bonnet ridicule et sa pelisse informe. Il était devant la véranda, la tête rejetée dans une position inconfortable, et parlait d'une voix douce et pressante à la fois :

— ... je voulais seulement vous dire que vous aviez agi avec grandeur d'âme. Nous traversons des moments répugnants et monstrueux, il s'est déjà produit quantité de choses aussi iniques qu'affreuses, et croyez-moi, il s'en passera encore beaucoup. Il ne faut pas s'en vouloir d'accomplir un acte généreux. Nos fillettes sont malades, vous l'avez sans doute remarqué ; jusqu'à la dernière minute, mon gendre, Igor, n'a pas voulu croire qu'elles étaient effectivement victimes de l'épidémie, il nous assurait qu'il s'agissait juste d'un coup de froid, il en était tellement persuadé... Je vous ai déjà dit que c'était un optimiste... enfin non, ce n'est pas à vous que je l'ai dit, et depuis hier j'ai l'impression que ma femme a été contaminée elle aussi, et si je comprends quoi que ce soit à cette maladie dégueulasse, ce sera un miracle si nous restons en vie, ne serait-ce que jusqu'au Nouvel An. Votre caisse de corned-beef nous aidera au moins à mourir plus ou moins dignement, jeune homme, autant qu'il soit possible de parler de dignité en l'occurrence, bien entendu. Je vous en prie, ne pensez pas du mal de nous, on ne peut nous accuser de négligence ; chaque fois que nous nous sommes entretenus avec vous, nous avons fait en sorte de nous tenir le plus loin possible, même Igor, et cela prouve d'ailleurs peut-être qu'il n'est pas aussi optimiste que je le croyais. C'est étonnant tout ce qu'on peut apprendre de nouveau sur ses proches quand on se retrouve avec eux dans une situation pareille...

Andreï hochait la tête, hochait encore, sans prononcer le moindre mot, tandis qu'adossée à la porte d'entrée j'écoutais toujours cette voix douce et implorante, comprenant que je n'avais même pas le droit de me montrer parce que ce vieil homme condamné, vêtu d'une pelisse qui ne lui appartenait pas, n'était pas venu ici pour parler avec moi. Je restai là jusqu'à ce que le museau froid de Chien m'effleure la main ; j'ouvris alors la porte aussi discrètement que je le pus, puis je regagnai la maison chaude et endormie, laissant Andreï en tête à tête avec son interlocuteur.

Nous partîmes le lendemain matin.

*
* *

La route était épouvantable. Heureusement pour nous, les grosses chutes de neige n'avaient pas encore eu lieu, du moins depuis que le trafic routier sur l'axe reliant Tchériépoviets au petit Biéloziersk, marqué d'un point minuscule sur le rivage d'un immense lac septentrional et froid – le premier sur notre route –, s'était tari avant de s'éteindre complètement, parce que personne n'avait plus rien à transporter sur cette voie allant d'une ville morte à une autre. Pour autant que nous puissions en juger, l'épuisement du trafic ne datait pas de longtemps, au pire une dizaine de jours, parce que la couche de neige qui recouvrait la route n'était pas encore très épaisse et l'on y voyait toujours les traces laissées par les derniers véhicules à l'avoir parcourue – les mêmes que celles que nous avions suivies entre Oustioujna et Tchériépoviets, désormais derrière nous.

Je regardais le profil concentré de Sergueï, pendant que le Pajero oscillait légèrement, sans pour autant interrompre sa progression déterminée sous le craquement des traces fragiles et pétrifiées par le gel qu'avaient laissées les dernières roues à emprunter cette route enneigée avant nous, et je me disais que quelqu'un était passé ici en dernier ; j'aurais bien aimé savoir qui il était, cet homme, et où il allait, s'il avait un plan de sauvetage dans le genre du nôtre, ou s'il fuyait simplement, après avoir chargé toute sa famille ou ce qu'il en restait dans sa voiture, sans but précis, avec l'unique souhait de s'éloigner le plus loin possible de la mort qui le suivait à la trace. Était-il malade ou en bonne santé, savait-il que tout ce qu'il fuyait l'attendait en fait derrière chaque tournant, dans chaque petit village qu'il lui serait donné de traverser ? Allait-il réussir ce qu'il avait projeté ? Car l'unique but envisageable désormais, quelle que soit la manière dont on le formule, ne pouvait consister qu'en une seule chose : ne pas mourir. Et nous, allions-nous réussir ?

Ses grosses pattes repliées sous lui, le chien avait pris place sur la banquette arrière du Pajero, bien plus large que celle du Vitara, et il regardait attentivement par la fenêtre, comme s'il préférait ne pas voir ce qui l'entourait ici, dans l'habitacle du 4 × 4. Sans doute était-ce le premier trajet en voiture de sa vie ; quand toutes nos affaires furent chargées, je contemplai une dernière fois la rue tailladée par nos pneus, sillonnée par nos empreintes, cernée par de hautes congères gelées, dans l'une desquelles je m'étais apprêtée à mourir quelques jours plus tôt avant de rencontrer son regard jaune, immobile et attentif. Il était assis à quelques pas de moi et sa gueule n'exprimait strictement rien – ni peur, ni inquiétude, ni supplique obséquieuse –, il se contentait de me regarder, calmement et comme pour se faire une opinion définitive à mon sujet ; quand j'avais ouvert la porte arrière et que je lui avais lancé : « Allez, vas-y, grimpe là-dedans, et plus vite que ça », il avait réfléchi quelques secondes supplémentaires, encore incertain sans doute quant à notre capacité à lui tenir dignement compagnie, puis il s'était redressé et approché à contrecœur de la voiture ; d'un bond léger et gracieux, il s'était retrouvé à l'intérieur, à côté de Micha qui lui avait aussitôt tendu la main pour se la voir refuser : « Ne me touchez pas, je n'ai pas besoin de vous, je reste avec vous tant que j'en ai envie mais pas plus longtemps. » Si quelqu'un m'avait demandé pourquoi je l'avais emmené avec moi, j'aurais sans doute été incapable de répondre, nous avions si peu de place dans les voitures, si peu de nourriture, et je n'aurais pas été surprise de m'entendre demander : « Pourquoi as-tu besoin de lui ? », je me serais alors contentée de répondre : « Il va venir avec nous, je lui dois quelque chose, quelque chose de très important ; je me sens plus sereine quand il est près de moi. »

La question de la répartition dans les voitures se résolut avec la même facilité, sans pourparlers superflus ; Boris emporta simplement le sac d'Irina et le plaça sur le siège arrière du Vitara, puis, ayant pris le gamin sous son bras, il l'installa à côté de sa mère : « Anna, Sergueï, vous roulez en tête ; nous, on vous suit ; Andreï, tu fermes la marche » ; je m'attendais à des protestations, des objections, à entendre l'enfant exiger, pour sa mère et lui, une place dans la voiture de Sergueï, comme le premier jour de notre fuite, et cela signifierait que je devrais passer plusieurs jours pénibles sans la moindre possibilité de voir son visage ni de le toucher, de me convaincre qu'il était bien là, à mes côtés, et que tout allait se passer sans encombre. À la différence du jour où je les avais vus pour la première fois – cette femme étrangère, si grande, et ce petit garçon qui ne m'avait pas accordé un seul sourire –, j'étais à présent de taille à lutter, je ne me sentais plus coupable de quoi que ce soit vis-à-vis d'eux, car mes dettes avaient été en quelque sorte soldées dans ce village de vacances, pendant qu'ils se terraient dans les tréfonds de la maison voisine en attendant que je meure. Mais ni Irina ni le gamin ne dirent quoi que ce soit cette fois ; lui, dès qu'il fut assis sur la banquette arrière, se mit à souffler sur la vitre latérale et à la frotter de la paume de sa main pour se ménager une petite lucarne d'observation, tandis qu'elle, après avoir vérifié que son fils était confortablement installé, s'asseyait à l'avant et posait les mains sur ses genoux, indifférente à nos préparatifs.

— Ça y est, dites adieu aux autoroutes fédérales, lança Andreï dans la C.B., mettant ainsi un terme à mes réflexions. On va bientôt voir un panneau indiquant Kirillov, c'est à droite.

Nous n'avions pas le choix ; si nous avions osé tenter par la rive gauche du gigantesque lac Onéga, nous n'aurions pas eu à quitter aussi longtemps les larges routes fédérales, goudronnées quoique couvertes de neige, mais nous aurions dû alors traverser la dernière ville importante de cette contrée faiblement peuplée car elle se serait trouvée en plein sur notre chemin – Pétrozavodsk et ses trois cent mille habitants, qui s'étalait le long de l'autoroute, sur la partie supérieure du lac. La semaine que nous avions passée dans le village de vacances avait mis un coup d'arrêt à nos plans : si au début de notre voyage nous pouvions encore conserver quelque espoir d'arriver à temps dans le Nord, dans la région peu peuplée des lacs, tapie au milieu de l'infranchissable taïga, avant que cette peste aussi impitoyable qu'omnivore nous bloque la route, nous n'avions plus le moindre espoir désormais. Si nous voulions atteindre notre but, il ne nous restait plus qu'à espérer contourner le lac Onéga par l'est, en zigzaguant entre les minuscules hameaux aux noms septentrionaux, à la fois étrangers et inhabituels, construits trois cents ans plus tôt pour servir de haltes sur les voies commerciales du Nord, et figés depuis, inutiles et oubliés, avec leur faible population et leurs antiques monastères en bois, coupés du vaste monde par des lacs gelés, des fleuves sinueux, des forêts touffues et des routes impraticables.

Personne n'avait le moindre doute là-dessus, nous pouvions nous enliser et disparaître à n'importe quel endroit de cet itinéraire compliqué que d'aucuns auraient même rechigné à emprunter en été, nous enliser dans une neige que plus personne ne déblayait désormais, et geler : par moins trente degrés, sans téléphone ni espoir de secours, la moindre avarie, si insignifiante fût-elle, nous aurait paralysés et sans doute aussi rapidement tués ; et puis, nous risquions aussi de tomber sur des gens vivant dans ces contrées, qui – à supposer que la maladie ne les ait pas encore infectés – ne se réjouiraient sans doute pas de notre arrivée ; seulement la peur face à ce virus auquel nous avions tous désormais été confrontés s'avéra au bout du compte plus forte que tout, si bien que nous tournâmes à droite, sous le petit panneau indicateur bleu. À notre grande surprise, le sillon que nous suivions depuis si longtemps tourna comme nous, laissant intacte la surface enneigée de l'autoroute déserte qui filait plus loin au nord, et nous poursuivîmes avec lui vers Biéloziersk, chaque kilomètre nous éloignant un peu plus des grandes villes, comme si c'était justement le sillon qui voulait s'en écarter le plus possible.

— Qu'est-ce qu'on a, là, sur la carte ? Il est loin, le prochain village ? crépita la voix de Boris dans le haut-parleur.

— Moins d'un kilomètre, répondit Andreï. Entre ici et Kirillov, il y a plusieurs petits villages, mais ils ne représentent aucune menace.

— Comment le sais-tu ?

— Il est venu, cette nuit, le vieux type, là. Nous avons discuté un peu, il est certain que les villages des environs sont absolument sans danger, ils sont vides.

— Il sait de ces choses, ton vieux type, rouspéta Boris. Qu'est-ce qu'il voulait dire par « sans danger » ? Pourquoi il y est pas allé, s'ils étaient sans danger…

— Il y a eu des nettoyages, dans ces villages, répondit Andreï.

Après quoi il se tut. Pendant quelques secondes, il n'y eut plus le moindre bruit sur les ondes, hormis le grésillement des parasites, comme si quelqu'un avait oublié d'appuyer sur le bouton du micro, puis Boris redemanda :

— Des « nettoyages » ?

— Il y a deux semaines, répondit Andreï. À ce moment-là, ils pensaient encore que des mesures pourraient servir à quelque chose. Bizarrement, ils ont commencé par les villages des environs ; ils s'imaginaient sans doute que l'infection venait justement de là, vu que Vologda était morte alors que Tchériépoviets tenait encore. Il a dit que c'était une décision des militaires, et comme ils n'avaient plus assez de forces disponibles pour instaurer une quarantaine et dresser des cordons de sécurité, ils ont simplement tout nettoyé dans un périmètre de trente kilomètres vers le nord.

— Mais ça veut dire quoi « nettoyer » ? demandai-je à Sergueï qui continuait à conduire d'un air concentré sans participer à la conversation, l'air même de ne pas écouter du tout.

Pourtant il me répondit, les yeux toujours rivés à la route :

— À mon avis, on ne va pas tarder à le savoir, bébé. Regarde là-devant.

La vapeur qui s'était élevée de l'incendie n'avait pas encore eu le temps de se dissiper au-dessus de cet horrible endroit ; emprisonnée par le gel, elle s'était figée à mi-chemin vers le ciel, dentelle lacérée aux merveilleux motifs blancs sur fond noir, qui semblait chercher à dissimuler sous sa blancheur miséricordieuse les monstrueux squelettes calcinés des maisons. Aucune d'entre elles n'était restée intacte ; identiques par leur noirceur, avec leurs chevrons effondrés et leurs fenêtres aveugles, dont les vitres avaient éclaté sous l'effet de la chaleur, elles se dressaient des deux côtés de la route, témoins muets d'une catastrophe dont personne ne pouvait plus écouter le récit. Cet endroit était si irrémédiablement désert, si définitivement mort que nous ralentîmes sans nous en rendre compte : nous n'avions en effet plus rien à redouter, aucun être humain, ni malade ni sain, n'aurait pu survivre à cet endroit, et si l'envie nous en avait pris, nous aurions même pu nous arrêter et sortir de voiture pour aller jeter un coup d'œil dans l'une de ces maisons.

— Ils les ont brûlées au lance-flammes, constata Boris avant de lâcher un juron fourni, compliqué et mauvais. Regardez, il reste encore des traces sur la terre.

Un rapide examen de la neige me permit effectivement de remarquer des bandes noircies qui partaient de la route et rampaient vers les maisons, faisant fondre la neige et carbonisant l'herbe d'hiver incolore qui poussait en dessous.

Je cherchais des yeux – tout en craignant de les trouver – une fosse ou un trou ; sans trop savoir pourquoi, je me les imaginais aisément, les habitants de ces maisons, gisant au fond de cette fosse, côte à côte ou les uns sur les autres ; avec le gel, ils étaient sans doute devenus rigides, et il y avait peu de chances que les incendiaires se soient attardés ne serait-ce que pour saupoudrer le trou de neige ; pourtant je ne vis aucun corps, en tout cas dehors, et j'en conclus que l'unique endroit où ils pouvaient se trouver n'était autre que leur propre maison, ou plus exactement ce qui en restait désormais.

— Mais qu'est-ce qu'ils leur ont fait ? demandai-je à Sergueï. Ils ne les ont tout de même pas brûlés vifs ?

Sans me regarder, il tendit la main et la posa sur mon genou.

— Peut-être qu'il n'y avait déjà plus personne à brûler, répondit-il d'un ton mal assuré. Si ça se trouve, ces gens étaient morts avant que...

— S'ils avaient été vivants, ils auraient sans doute résisté, l'interrompis-je, non que je fusse persuadée de ce que j'avançais, mais parce que je voulais vraiment y croire. Quelqu'un se serait enfui de sa maison, nous aurions au moins vu quelqu'un...

— Anna, ne regarde pas à droite, me coupa-t-il soudain.

Un bruit étrange monta de la banquette arrière : Micha prit une brusque inspiration, et je tournai aussitôt la tête, j'étais tout simplement incapable de ne pas regarder, et avant même de pouvoir fermer les yeux ou de poser mes mains dessus, je compris : ils avaient été vivants, pas tous peut-être, espérons qu'ils ne l'aient pas tous été, mais quelques-uns d'entre eux l'étaient bel et bien quand ça s'était produit.

— Accélère, s'il te plaît, lui intimai-je sans rouvrir les yeux. Sergueï, accélère, je t'en prie.

Dès que le village eut été relégué dans le lointain, le pick-up qui fermait la marche s'arrêta brusquement, sa portière passager s'ouvrit et Natacha bondit sur la route, sans même enfiler son anorak, et elle ne put vomir ailleurs que sur les roues du véhicule. Incapable de dire quoi que ce soit, nous nous arrêtâmes aussi pour attendre qu'elle se redresse et, détournant le visage, inspire quelques bouffées d'air glacial ; nous ne redémarrâmes qu'une fois Natacha remontée dans le pick-up.

— Préviens-moi, la prochaine fois qu'on approchera d'un village, avertis-je Sergueï. Je ne veux plus voir ça.

Il hocha la tête.

Nous traversâmes encore deux villages « nettoyés » comme le premier et, pendant que nous allions de l'un à l'autre, je m'efforçai de fixer le compteur kilométrique, afin de déterminer le moment où nous aurions franchi les trente kilomètres fatidiques depuis cette ville qui, dans une vaine tentative pour se sauver, avait exterminé toute vie alentour, avant de périr elle-même ; quand nous vînmes à bout de ces trente kilomètres, nous atteignîmes aussi la fin du sillon qui nous avait permis de rouler relativement vite.

— On se traîne, déclara alors Boris, qui reprenait juste la parole depuis que nous étions sortis du premier village incendié. On gaspille du carburant, il faudrait faire passer le Land Cruiser en tête ; Sergueï, freine.

Nous nous arrêtâmes et Boris quitta aussitôt sa voiture pour se diriger vers le Land Cruiser. Profitant de cette pause, tout le monde sortit dans le froid, à l'exception de Léonid ; le désert enneigé qui nous environnait ne recelait aucun danger.

— Mais je n'ai pas de C.B., protesta Marina d'une voix faible et angoissée. Ce serait mieux de faire passer le pick-up en premier, il est lourd, lui aussi.

— Enfin, Marina, fais un effort pour comprendre, expliquait patiemment Boris. Ton Land Cruiser pèse dans les trois tonnes, le Mazda est plus léger, et par-dessus le marché ils ont une remorque, ils ne peuvent pas rouler en tête avec une remorque sur une route pareille.

— Eh bien dans ce cas, on n'a qu'à attacher leur remorque au Land Cruiser, proposa-t-elle d'un ton mal assuré. Ou alors l'un d'entre vous nous passe sa C.B...

— Je refuse qu'on accroche ma remorque à un autre véhicule, rétorqua Andreï. Comment je vous retrouve, ensuite, avec ma remorque ?

— Qu'est-ce que tu veux dire ? répliqua aussitôt Marina.

Boris s'interposa entre eux et leva les bras en signe d'apaisement.

— Bon, ça suffit. OK, je vais enlever la C.B. du

Vitara et la mettre dans le Land Cruiser. Tant qu'il fait jour, c'est toi qui conduiras, et quand la nuit sera tombée, je passerai le volant à Irina et je viendrai conduire à ta place ; dans l'obscurité, tu ne pourras pas te débrouiller toute seule. Notre principal objectif, aujourd'hui, c'est de rouler le plus vite possible ; à une vitesse aussi faible, on risque de tomber en panne plus tôt que prévu.

— Notre principal objectif, c'est surtout de trouver du carburant, le corrigea Andreï sans hausser la voix. (Il fixait le sol.) On allait à Vsiévolojsk avec Natacha, il me restait le tiers d'un réservoir, et cette remorque est plus que lourde, je n'arriverai même pas jusqu'à Kirillov avec ce chargement. Vous ne me passeriez pas un peu de vos réserves ?

— Le problème, c'est que nous n'en avons plus nous-mêmes, répondit Boris, lugubre. Sergueï ne te l'a pas dit ? On n'a plus de carburant. On a fouillé tout le village, et on n'a rien trouvé à part un jerrycan d'essence à demi plein pour le Vitara. Il y a peu de chances que ce soit une essence de bonne qualité, mais on n'a pas le choix, et tout le diesel qu'on avait se trouve déjà dans les réservoirs. On peut te transvaser chacun une dizaine de litres, mais ça signifie qu'on ne pourra pas parcourir tous ensemble plus de deux cents kilomètres et que si on ne trouve pas de carburant d'ici là, on restera coincés.

Évidemment, c'était couru, j'en étais sûre, pensais-je pendant que nous roulions dans le sillon tracé par le lourd Land Cruiser ; le Vitara devenu muet se trouvait désormais devant nous, juste derrière le Land Cruiser, et le pick-up qui avait soulagé nos réservoirs de vingt litres de carburant fermait toujours la marche ; nous savions tous qu'il n'y aurait pas assez de carburant jusqu'au lac, mais pourquoi personne ne m'avait-il dit qu'il en restait si peu ? N'avions-nous pas – nous, les femmes et les enfants – le droit de savoir, en prenant la décision de partir du village, que si nous ne trouvions pas de carburant aujourd'hui les moteurs de nos voitures allaient se mettre à tousser puis se tairaient, et que nous allions mourir de froid au milieu de cette terre étrangère, glacée et déserte ? Aurions-nous été d'accord s'ils nous en avaient informées ? Il fallait rester ; si nous avions su, nous serions forcément restés, la ville était morte de toute façon, et aux alentours il ne subsistait plus le moindre village vivant, alors combien de fuyards aurions-nous pu croiser là-bas ? Cinq ? Dix ? Que pouvaient-ils nous infliger de plus terrible que de mourir de faim sous nos yeux ? N'était-ce pas préférable que ce qui nous attendait désormais ? Je n'aurais jamais été d'accord, je ne leur aurais jamais permis de partir, d'emmener Micha, jamais de la vie.

— Bébé, murmura Sergueï en posant de nouveau la main sur mon genou.

— Ne me touche pas, sifflai-je entre mes dents. (J'étais incapable de le regarder.) Comment tu as pu ? Comment tu as pu décider pour moi, pour ton fils, pour le mien ? Comment tu as osé prendre une décision pareille tout seul ? Parce qu'elle, elle n'est même pas au courant, elle n'a pas entendu, vu que le Vitara se retrouve sourd et muet maintenant, alors je ne peux même pas lui dire ce que vous avez fait de nous. Donne-moi le micro.

J'étais si bouleversée que j'appuyai sur le mauvais bouton et parlai d'abord dans le vide, avant de m'en apercevoir et de répéter ; la C.B. émit un cliquetis – ils m'entendaient tous, sauf Boris :

— Marina, arrête-toi. Nous devons rebrousser chemin avant qu'il ne soit trop tard, sinon nous allons mourir en cours de route.

Le Land Cruiser s'arrêta net, comme cloué sur place, aussitôt imité par le Vitara, et Sergueï qui appuya lui aussi sur la pédale de frein en pestant. Notre voiture ne s'était pas complètement immobilisée que j'ouvrais la portière et jaillissais de la voiture pour courir vers l'avant du convoi. *Idiote, idiote*, que m'étais-je donc imaginé ? *Je vais piquer un somme sur la banquette arrière, fermer les yeux et quand je les rouvrirai, nous serons arrivés au bord du lac, en laissant tous nos problèmes derrière nous, mais ce genre de choses ne se produit jamais, ça n'a encore jamais fonctionné comme ça, et aujourd'hui pas plus qu'hier*. Je tirai sur la portière passager du Vitara ; au volant, Boris me jeta un regard maussade, comme s'il devinait ce que je m'apprêtais à dire, mais je plongeai mon regard dans les yeux clairs d'Irina et j'explosai :

— Ils nous ont caché des choses. On n'a plus de carburant. Il faut repartir dans l'autre sens, tant qu'on en a assez pour retourner au village.

Après quoi nous nous retrouvâmes en plein milieu de la route, fouettés par un vent si glacial qu'il en était brûlant, à nous hurler dessus. *Mon Dieu, sans doute que Sergueï ne m'a jamais vue ainsi !* Ce n'était même pas une pensée, juste une bribe de pensée, une ombre de pensée ; quand nous avions fait connaissance, on aurait dit que quelqu'un avait tourné en moi le bouton du son presque à son minimum, puis effacé, arrondi à l'aide d'une gomme invisible tous mes angles aigus, alors que j'en avais – et pas qu'un peu ! –, des angles aigus dont il ne soupçonnait même pas l'existence ; j'espérais avoir réussi à les enfouir si profondément qu'il ne les soupçonnerait jamais, et tel avait bien été le cas, je le voyais à ses yeux aujourd'hui.

— Qu'est-ce que c'est que cette hystérie, Anna ? Qu'est-ce qui te prend ? On ne pouvait pas rester là-bas !

— N'importe quoi ! Il nous en reste pour combien de kilomètres ? Cent ? Deux cents ? Et après ? Tu suggères de finir à pied ?

— Et toi, qu'est-ce que tu proposes ? D'attendre de crever là-bas de l'épidémie ?

— Pour commencer, je propose de dire la vérité ! On a des enfants avec nous ! Comment vous avez pu décider de tout ça sans nous ? On aurait pu rester dans ce village et attendre, on pouvait transvaser tout le carburant dans une seule voiture et faire des sorties, fouiller tous les villages alentour, trouver un tracteur ou n'importe quoi ; au bout du compte, on pouvait attendre le printemps et retourner ensuite à Tchériépoviets, parce que cette fois la ville aurait été vraiment vide, on y aurait trouvé du carburant, il y a des stations-service là-bas, des réservoirs à pétrole, et puis des tas d'installations techniques abandonnées, tandis que par ici, qu'est-ce que tu vas trouver ? C'est un désert.

L'air glacial me brûlait la gorge et je me mis à tousser, mes genoux flanchèrent, mes jambes flageolèrent, je m'agrippai au capot encore chaud du Vitara pour ne pas tomber ; leurs voix me parvenaient de loin, à présent. « Anna, ça va ? – Retenez-la, elle va tomber » ; je voulais leur crier : « Ne me touchez pas, attendez, laissez-moi finir », mais je ne parvins même pas à chuchoter, mes lèvres refusaient de m'obéir, je fermai les yeux et inspirai l'odeur familière de Sergueï ; il me soutenait, fermement, des deux mains, et chuchotait : « Calme-toi, bébé, tout va bien se passer, tu vas voir » ; *Rien ne va bien se passer*, pensais-je, avec indifférence désormais. *Nous allons tous mourir ici ;* « Vite, allongez-la dans la voiture », ordonna Boris, et Sergueï me prit dans ses bras pour m'emmener. Personne à part moi n'avait donc protesté ? Pourquoi se taisait-elle, alors qu'elle savait tout, maintenant ? La portière était ouverte ; je me rendis compte que le siège d'où je venais de bondir n'avait pas encore eu le temps de refroidir, et de derrière, dans mon dos, montait un grondement sourd et régulier, *ils vont m'envelopper et m'emmèneront plus loin, et je ne peux plus me battre contre eux, c'est si bête...* ; les portières claquèrent, ils avaient simplement repris leur place dans les véhicules, comme si de rien n'était, tels des invités qui ont été les témoins involontaires d'une petite scène de ménage aussi laide qu'inattendue et qui se dépêchent à présent de prendre congé et de partir, partagés entre une joie mauvaise, fatale et empathique, et une gêne consécutive à la scène qu'ils ont dû observer. Je fermai les yeux et songeai, avec un mélange de rage et d'impuissance : *je ne peux plus crier, je ne peux même plus parler, je n'en peux carrément plus, j'ai besoin de quelques minutes, d'une demi-heure, de n'importe quel arrêt au cours duquel j'essaierai de nouveau de les convaincre, ils n'ont pas compris, voilà tout, je n'ai pas eu le temps de leur expliquer, je vais encore essayer, mais je dois d'abord me calmer, reprendre mes esprits* ; je m'efforçai d'inspirer profondément, calmement, en évitant de regarder Sergueï, personne ne parlait dans la voiture ; sur la banquette arrière, Micha reniflait d'un air navré, et soudain, le Land Cruiser qui ouvrait le convoi ralentit de nouveau avant de s'arrêter, la C.B. grésilla dans la seconde qui suivit – quelques clics isolés, un sifflement, puis la voix de Marina retentit enfin dans le haut-parleur :

— Regardez, droit devant, sur le bas-côté ! On dirait un camion, non ?

Sur cette plaine enneigée, et une route dont la couleur se confondait avec celle des champs environnants et qui ne s'en distinguait que par une couche de neige de cinquante centimètres plus épaisse, déterminer une distance était impossible : jusqu'au camion (ou jusqu'à ce que nous considérions comme tel), il pouvait y avoir aussi bien quelques centaines de mètres qu'un kilomètre ou deux. Pendant ce qui nous parut une éternité où nous avançâmes lentement vers la silhouette figée devant nous, point immobile à peine décelable le bas-côté, qui, à mesure que nous progressions, prenait effectivement la forme d'un camion, polémiquer n'avait plus de sens, donc tout le monde se taisait. Même quand il n'y eut plus de doute sur le fait qu'il s'agissait d'un camion, nous continuâmes à nous taire, redoutant en quelque sorte de nous porter malheur, d'effrayer une chance inattendue, parce que ce camion pouvait fort bien avoir été incendié, pillé, vidé de son carburant, car enfin ce n'était pas pour rien qu'on l'avait abandonné ici, à trente kilomètres du village le plus proche. Nous finîmes par l'atteindre et nous arrêter. Si étonnant que cela puisse paraître, nous laissâmes tout d'abord tourner nos moteurs, en proie à une peur presque superstitieuse, offrant le spectacle de quatre voitures chargées à ras bord et aux réservoirs à moitié vides, dont personne ne se décidait à descendre pour s'approcher du camion.

C'était un poids lourd conçu pour les longues distances, avec une vaste remorque métallique, dont le flanc comportait une énorme inscription en caractères latins, que le temps avait fait pâlir ; le véhicule semblait s'être cassé en deux, tel un jouet d'enfant désassemblé : la cabine était inclinée vers le bas, la gueule dans l'asphalte, alors que la remorque, toute longue et solide qu'elle fût, formait un angle aigu avec, comme si on avait tenté d'en répandre le contenu sur la chaussée. Abandonné ainsi sans défense, il ressemblait à un cheval de cirque qui se serait incliné pour saluer ; je l'observais tout en cherchant à comprendre ce qui avait bien pu se passer : où avait disparu l'homme qui conduisait ce camion ? Pourquoi l'avait-il abandonné ? Peut-être avait-il cherché à détacher la remorque pour arracher encore quelques kilomètres à la mort et pouvoir retrouver des gens, ainsi allégé ? Ou bien son véhicule était-il tombé en panne et avait-il essayé de le réparer, seul, de ses mains gelées par le froid ? Pourtant, près du camion, on ne voyait ni vestiges d'un foyer ni traces humaines ; si le camion était en panne, cet homme avait-il pu quitter les lieux à pied ? Et si oui, qu'était-il arrivé ensuite ? Avait-il pu gagner le village que nous avions laissé derrière nous ? Était-il encore en vie, ce village, quand il y était parvenu ?

Sergueï fut le premier à se réveiller de notre torpeur étrange ; il claqua la portière, sauta lestement dans la neige et, s'étant muni d'un flexible d'alimentation dans le coffre, courut vers le poids lourd. Boris s'extirpait aussi du Vitara, sa sempiternelle carabine à la main et, après avoir balayé les alentours du regard, il s'élança sur les traces de Sergueï. N'ayant pas la force de sortir de la voiture, je me contentai de baisser ma vitre et les regardai s'approcher du véhicule, Boris jetant un coup d'œil circonspect dans la cabine (comme si, malgré son nez plongé en avant, celle-ci pouvait encore dissimuler quelqu'un), Sergueï donnant des coups de pied dans l'immense réservoir, semblable à un tonneau en métal argenté et situé le long du flanc qui nous faisait face, entre la première et la deuxième rangées de roues immenses ; le bruit provoqué par ses coups était indéterminé, sourd, assez prometteur, et je vis Sergueï essayer de dévisser le bouchon du réservoir, lequel résista ; il jeta alors ses gants et attrapa le bouchon à mains nues, grimaçant au contact du métal glacé sur sa peau, enfin il parvint à le faire tourner, essaya de plonger le tuyau dans le réservoir mais dut s'y reprendre à plusieurs fois avant de commencer à pomper, les yeux fixés sur le long tuyau transparent ; lorsque apparut finalement la petite colonne rosée et translucide de carburant, il se tourna vers nous avec un large sourire et cria, même si nous avions tous les yeux rivés sur lui et voyions la même chose au même moment :

— Il y en a !

À peine le cri de Sergueï eut-il retenti que les jerrycans en plastique – tous ceux dont nous disposions, les containers achetés à Noudol, ceux emportés de chez nous, les bidons dissimulés sous la bâche de la remorque du pick-up – formèrent une petite file d'attente sur la neige ; ils n'étaient pas si nombreux que cela, ces jerrycans, mais il apparut au bout d'une quinzaine de minutes que tous, loin de là, n'auraient pas l'heur d'être remplis : le sixième n'était pas encore plein que le filet jaillissant joyeusement du tuyau se tarit tout à coup et, s'étant penché dessus, Sergueï se tourna de nouveau vers nous et déclara, le visage allongé par la déception :

— C'est tout, il n'y en a plus.

— Pas grave, répliqua Boris d'une voix trop gaillarde à ce qu'il me sembla, avant de donner une tape sur l'épaule de Sergueï. On a maintenant de quoi rouler pendant quatre cents kilomètres environ, c'est la moitié du chemin qui nous reste. On en trouvera encore, fiston. En attendant, on ferait mieux d'aller voir s'il y a quelque chose d'autre à récupérer dans ce camion.

N'ayant pas réussi à ouvrir le container fixé à la remorque du poids lourd, nous ne sûmes jamais en quoi son chargement avait pu paraître si essentiel aux personnes qui avaient affrété le véhicule – à destination de Vologda ou de Tchériépoviets – pour qu'elles risquent la vie de leur chauffeur en des temps aussi troublés. Quoi qu'il y ait eu à l'intérieur de ce container dangereusement suspendu au-dessus du sol – et même si nous avions réussi à briser les serrures et les verrous d'acier qui fixaient ses battants –, ce contenu se serait sans doute déversé, ensevelissant l'être assez inconscient pour se tenir en dessous, si bien que nous nous contentâmes de ce que nous pûmes trouver dans la cabine : une pharmacie, un assortiment d'outils et un thermos de bonne qualité, dans lequel clapotaient les restes d'un café refroidi depuis longtemps. Outre le carburant, notre meilleure trouvaille fut sans conteste une magnifique C.B. : au risque de se rompre le cou, Boris grimpa sur l'engin et dévissa l'antenne fixée au toit de la cabine, puis, serrant le précieux butin contre sa poitrine, il courut l'installer sur le Vitara. Nous n'avions désormais plus rien à faire ici.

Plus tard, dans la voiture, en l'observant qui conduisait avec la plus grande prudence tout en s'efforçant de ne pas me regarder, ne serait-ce que du coin de l'œil, de faire désespérément semblant que rien ne s'était produit, que cette dispute n'avait pas eu lieu, que nous ne nous étions pas crié dessus à nous briser les cordes vocales devant tout le monde, je me disais : *eh bien, voilà ce que j'ai redouté pendant trois ans : que tu me voies telle que je suis en réalité, une simple mortelle capable de caprices, de crier, de se mettre en colère ; j'aurais été prête à te céder sur de nombreux points, pourvu que tu ne remarques pas qu'en fait, entre la femme à laquelle tu as été si longtemps marié et moi, il n'y a pas la moindre différence, c'était si important que tu ne le remarques pas, que cette pensée ne te vienne jamais à l'esprit, il me semblait que j'étais prête à sacrifier beaucoup pour que tu ne le soupçonnes jamais, mais il a suffi que la question devienne d'importance vitale, il a suffi que j'aie vraiment peur, et tout s'en est allé en fumée, en un instant ; je n'ai même pas eu le temps de réfléchir à la manière de me comporter, j'ai simplement fait comme toujours quand la vie m'a poussée dans mes retranchements, j'ai montré les dents ; et même si ça n'a pas apporté le résultat escompté, même si le camion avec sa petite centaine de litres de carburant nous a octroyé un répit et que nous avons tous l'impression que le risque vers lequel nous roulons n'est plus inconsidéré désormais, tu n'oublieras jamais cette scène, tu te souviendras que la femme qui ne te contredisait jamais, celle qui était toujours d'accord avec toi, n'est plus ton alliée indéfectible.*

Sans que je comprenne pourquoi, il se tourna vers moi à ce moment-là et me lança un regard.

— Tu vois, bébé, il n'y avait pas de quoi paniquer. On a trouvé du carburant et on en trouvera encore, il ne faut pas baisser les bras.

J'aurais pu lui rétorquer qu'une opportunité comme celle-ci – un poids lourd dans ce genre de contrées, loin des itinéraires habituellement empruntés par les routiers – était aussi exceptionnelle qu'improbable. J'aurais sans doute pu continuer à argumenter en faveur d'un retour sur nos pas, parce que ça ne faisait pas la moindre différence de mourir dans cent ou dans quatre cents kilomètres, si huit cents nous séparaient encore de notre but. Mais je me contentai de répondre :

— Ne me fais plus jamais le coup, tu entends ? Ne décide pas pour moi.

Il se tut et garda les yeux fixés droit devant lui, même s'il aurait pu répondre qu'il avait commencé à décider à ma place dès le premier jour, et qu'il avait continué depuis, chaque jour des trois années que nous avions passées ensemble, et que c'était peut-être justement cela qui m'avait rendue si heureuse à ses côtés, parce qu'avant j'avais eu trop de décisions à prendre seule et que j'en avais vraiment, vraiment assez ; ce fut en tout cas ce que je me dis au moment même où je prononçai ce « Ne me fais plus jamais le coup », parce que je n'étais absolument pas certaine de vouloir qu'il cesse en réalité ; mais il continuait à conduire en silence, sans détacher les yeux de la route, comme s'il n'avait pas entendu mes paroles, si bien que j'ajoutai encore :

— Et tu sais quoi ? (J'examinais avec la plus grande attention le tapis en caoutchouc à mes pieds, où s'agitait une flaque de neige fondue.) Ça suffit de m'appeler « bébé ». J'ai trente-six ans, un fils de seize ans, je n'ai rien d'un bébé, bon sang !

*
* *

En entrant dans Kirillov, que nous atteignîmes alors que la nuit était presque tombée, nous ignorions quelles surprises la ville nous réservait – barricades et cordons, érigés par ses habitants dans une tentative désespérée pour préserver la ville de ses voisins infectés, des pilleurs ou des auteurs de ces affreux nettoyages perpétrés à quelque soixante-dix kilomètres de là, ou bien nous aurions affaire, en la contournant, au visage mort, démuni et indifférent que nous avait présenté Oustioujna. Nous nous préparions à tout et ne pouvions imaginer qu'une seule chose : que cette ville, certes petite mais toute de même plus grande qu'un village, avec ses maisons en bois et ses églises en pierre, ses écoles et ses stations d'autobus, s'avère déserte, abandonnée, comme si tous ses habitants, tous jusqu'au dernier, effrayés par le sort qui avait frappé les villages voisins, avaient fui en masse vers le nord.

Le fait que la ville ne compte plus le moindre habitant fut curieusement évident dès le premier abord, soit parce que la route que nous empruntions était intacte et recouverte d'une épaisse couche de neige que protégeait une croûte crissante et dure, recuite par le gel, soit parce que le paysage se découvrant à nos yeux était plongé dans l'obscurité la plus complète ; le crépuscule qui s'épaississait rapidement se hérissait de simples toits à double pente, les ruelles étroites, plantées d'arbres en rangs serrés, avaient, sous la neige, des airs de pistes mornes, mais aucune lumière ne brillait. On pouvait expliquer les lampadaires éteints dans les rues par l'absence d'électricité, mais si une âme était restée en vie derrière ces fenêtres – ne serait-ce que l'une de celles qui donnaient sur la rue –, nous aurions forcément remarqué le scintillement d'une bougie ou d'une lampe à kérosène depuis nos voitures, un mouvement, ou du moins l'évocation d'un mouvement, mais rien de tout cela, absolument rien que des petites maisons muettes, délaissées par leurs habitants, et des rues sombres qui n'avaient pas été arpentées depuis longtemps.

— Regardez à gauche, les enfants, nous intima la voix de Boris dans le haut-parleur. (Elle nous fit sursauter, tant elle paraissait déplacée au milieu de cet intense silence.) Vous voyez, là-bas ? Derrière le long mur en pierre, il y a un immense monastère, très vieux, où Ivan le Terrible a fait halte une fois. D'ici, vous ne pourrez rien distinguer, mais croyez-moi, vous n'avez jamais rien vu de pareil : à l'intérieur de l'enceinte, il y a une ville entière, avec des tours, des églises, des salles en pierre, c'est une véritable forteresse.
— D'où tu sais tout ça, Andréitch ? demanda Andreï.
— Je suis venu ici quand j'étais étudiant.
— Dans ce cas, on pourrait peut-être s'arrêter et aller jeter un coup d'œil ? Quand est-ce qu'on aura de nouveau la possibilité… ?
— Non, répliqua fermement Boris. À mon avis, on ne pourra pas y accéder, même maintenant. C'est malgré tout une forteresse, quand ils sont partis ils ont au moins dû fermer les portes.
Depuis la route, nous n'entrevîmes qu'un long mur de pierre, massif, dressé au-dessus de la surface d'un lac pris par les glaces et reproduisant les méandres harmonieux de son rivage, ainsi que les grosses tours pointues aux meurtrières étroites qui flanquaient les quatre coins de ces murailles telles des pièces d'échec gigantesques. Au loin, derrière le mur, sur fond de ciel noir, nous devinâmes plus que nous ne vîmes réellement les coupoles en forme d'oignons. C'était

effectivement une véritable forteresse médiévale, immense et majestueuse, et je regrettai soudain que nous ne puissions nous arrêter ici pour parcourir à pied, en nous enfonçant dans la neige, les quatre cents mètres qui nous permettraient de toucher ces vieux murs de pierre, de nous approcher des portes dissimulées dans l'une des tours afin de jeter au moins un petit coup d'œil dedans, depuis l'extérieur, afin de ne pas troubler le repos de ce géant endormi, pour le cas où la poignée d'êtres effrayés et tâchant de sauver leur vie que nous étions soient les derniers qu'il voie. Tôt ou tard, nous allions disparaître ; en réalité, nous avions même déjà presque disparu, mais cette masse immobile demeurerait sur la berge du lac, paisible et imperturbable, et elle serait toujours là dans un siècle, même s'il n'y avait plus personne pour s'arrêter et l'admirer.

Nous roulions lentement, très lentement, et sans échanger la moindre parole, mais au moment où la muraille fut presque hors de notre vue, laissant place à de petites maisons en bois qui paraissaient aussi insignifiantes qu'éphémères par comparaison avec cette splendeur de pierre, je me retournai une dernière fois pour l'apercevoir.

— Si ça se trouve, ils ne sont allés nulle part, murmurai-je. Ils sont peut-être tous à l'intérieur, vu que c'est une forteresse, elle est bien plus solide que ces vieilles maisons en bois, regarde comme elle est grande, elle doit pouvoir contenir toute cette petite ville, avec en plus, sans doute, tout ce dont on peut avoir besoin – de l'eau, un toit au-dessus de sa tête, et ce mur, il pourrait les protéger, non ?

— Je ne sais pas, Anna, répondit doucement Sergueï qui regardait lui aussi dans le rétroviseur. Vraiment, j'en ai aucune idée. Mais ce serait chouette.

Deux pâtés de maisons plus loin, dans l'une des rues latérales, nous aperçûmes une voiture enlisée dans la neige jusqu'au niveau des roues. Sergueï s'empara de la C.B.

— Attendez une minute, il faut qu'on vérifie, si ça se trouve elle contient de l'essence pour le Vitara.

Sur quoi, il s'arrêta.

Cette fois-ci, il fut le seul à sortir ; même Boris et sa carabine restèrent à l'intérieur, dans la voiture bien chauffée, tant l'endroit paraissait désert et abandonné. Sa torche dans une main, Sergueï se pencha pour chasser de l'autre la neige gelée qui bloquait le bouchon du réservoir ; il s'affaira quelques minutes, l'ouvrit et enfonça le tuyau, mais il se redressa rapidement et revint sur ses pas en secouant la tête.

— Vide, fit-il laconiquement tout en se rasseyant pour redémarrer.

Nous tombâmes encore sur plusieurs voitures, au cours des kilomètres qui suivirent, toutes abandonnées et embourbées dans la neige, mais elles se révélèrent pareillement inutiles – sans doute était-ce pour cela d'ailleurs qu'on les avait laissées là, en pleine rue, au lieu de les charger de bagages et de s'en aller avec. Je songeai que si tous les moyens de transport que nous avions réussi à trouver dans cette ville consistaient en ces quelques voitures, dont l'une d'entre elles avait par ailleurs été sévèrement esquintée – vitres brisées, roues ôtées et réservoir aussi vide que celui des précédentes –, nos chances de trouver plus loin vers le nord des réserves de carburant ayant échappé aux habitants de ces contrées-ci étaient des plus minces. De toute évidence, les autochtones avaient emporté en partant tout le carburant disponible, sans nous en laisser une goutte.

— Il doit bien y avoir une gare routière par ici, déclara Sergueï. Ou une station nautique ; il nous faudrait dénicher encore dans les deux cents litres de diesel…

— Mais où on va la trouver, cette gare routière ? répliqua Boris dans l'instant. Il fait noir comme dans un four, et on n'a pas de plan de la ville. Tu as quelque chose sur ton GPS, Andreï ?

— Rien, maugréa celui-ci. La carte n'est pas complète, j'ai juste un point sur la carte, pas d'indication de rues, rien. On va pas trouver.

— OK, s'obstina Sergueï. Dans ce cas, on dort ici, et demain matin, quand il fera jour, on la trouvera, cette gare routière, et la station nautique par la même occasion. Il doit bien y rester un petit quelque chose !

— On va perdre beaucoup de temps, protesta Boris. Il n'est même pas quatre heures, et aujourd'hui on a dû parcourir quatre-vingt-dix kilomètres au maximum ; en passant la nuit ici et en faisant des recherches demain, on va perdre encore une journée. On a déjà du mal à avancer, il suffit d'une bonne chute de neige et on n'arrivera plus du tout à rouler.

Sur quoi il se tut, attendant des objections, mais Sergueï tardait à argumenter, sans doute parce que la perspective de passer la nuit dans cette ville fantôme lui était aussi désagréable qu'à nous ; après notre arrêt forcé et prolongé dans les environs de Tchériépoviets, bivouaquer de nouveau ailleurs nous terrifiait, comme s'il suffisait que nous nous arrêtions pour attirer d'autres dangers inconnus et que l'unique moyen de les éviter consistait à poursuivre sans pause notre marche en avant.

— Attendez ! s'écria soudain Andreï. Le GPS m'indique une station-service, à la sortie de la ville. S'il reste du carburant quelque part, c'est forcément là.

Nous traversions désormais la partie la plus étroite de la ville, cernée des deux côtés par deux lacs, si bien que quelques minutes plus tard la bourgade se terminait ; il faisait nuit noire désormais, et si nous ne l'avions pas cherché, nous aurions très certainement manqué le toit rectangulaire rouge et blanc que dissimulaient l'obscurité et la neige omniprésente, adhérant même aux surfaces verticales. Dès que les véhicules se furent arrêtés, nous sortîmes dans le froid ; le chien se glissa dehors le premier, à l'instant même où Micha ouvrait la portière arrière, et tel un éclair jaune, il fila quelque part en direction des arbres, au-delà de la tache de lumière vive que projetaient les phares de nos voitures, pour disparaître dans l'obscurité.

— Mais pourquoi tu l'as laissé sortir ? demandai-je, impuissante. Il ne reviendra plus, maintenant !

— Où veux-tu qu'il aille ? répliqua Sergueï en souriant. Viens, on va plutôt voir ce qui reste ici.

— Il n'y a pas d'électricité, objecta Micha d'une voix mal assurée. Les pompes ne fonctionnent certainement plus.

Il bondit sur la neige comme le chien venait de le faire.

— Il doit bien y avoir une cuve de stockage

quelque part, suggéra Boris en approchant. Cherchez des trappes au ras du sol, en général elles se trouvent dehors, près de la route. Si ça se trouve, la neige les a recouvertes, alors ouvrez bien les yeux.

Pour commencer, il me sembla qu'avec toute cette neige et dans l'obscurité, nous n'avions aucune chance de trouver la moindre cuve, pourtant, une seconde plus tard, pas plus, Micha s'écria d'une voix triomphante :

— J'en ai trouvé !

Puis, après une courte pause, il ajouta, moins fort cette fois-ci :

— Le problème, c'est qu'elles ont l'air un peu bizarre.

Là où il se tenait, la neige était trouée par les trois taches sombres et similaires des couvercles ; deux d'entre eux étant rejetés en arrière, ils dévoilaient de larges ouvertures rectangulaires où je hasardai un œil. Elles donnaient sur deux puits circulaires aux parois métalliques : un petit, hérissé d'un réseau de tuyaux très compact, et le second, plus large, à peine bouché par un disque de métal.

— Recule, Micha, ordonna Boris en approchant d'un pas rapide.

S'étant péniblement agenouillé, il releva la trappe et y braqua sa torche.

— On n'y voit rien, constata-t-il. Il fait aussi noir que dans le cul d'un éléphant, là-dedans. Il va falloir descendre.

— Comment ça, « descendre » ? répétai-je. À l'intérieur ?

— Il y a une échelle. (La voix de mon beau-père

se réverbérait contre les parois métalliques.) C'est une citerne des plus banales, Anna, simplement elle est enfouie dans la terre, et on peut y descendre.

— Laissez-moi y aller ! intervint Micha d'une voix suppliante. Je descendrai vite fait, donnez-moi juste une torche.

— Non ! répliquai-je, terrifiée. Pas question, je te l'interdis, tu m'entends ?

Sans accorder la moindre attention à mes réticences, Boris se redressa – un craquement sourd se fit aussitôt entendre dans son dos – et, grimaçant de douleur, il tendit sa torche à Micha :

— Vas-y, petit.

Et pendant que mon fils rejetait son blouson, la torche coincée entre les dents, pour s'engouffrer dans la trappe, je restai à ses côtés. *Personne ne m'écoute,* pensais-je. *Pas même mon petit garçon ; il ne m'obéit plus.* De son côté, Boris lui prodiguait ses dernières instructions :

— Descends tout doucement. Tu regardes en bas : s'il est resté du carburant, tu dois le voir, pigé ?

Et quand la tête de Micha eut complètement disparu sous terre, dans les entrailles de cette affreuse citerne, il cria encore, droit dans la trappe :

— Fais bien attention, il ne faut même pas effleurer la paroi avec la torche : une étincelle et tout explose !

Puis, se tournant vers moi que la peur pétrifiait, il ajouta d'une voix apaisante :

— Ne panique pas comme ça, Anna, ton petit est tout maigre et très souple, ça va bien se passer. Il ne fume pas, si ?

Sur quoi il s'esclaffa, mais il devait y avoir quelque chose dans mon regard qui le poussa à ravaler son rire d'emblée et le fit dégénérer en une toux aussi bruyante que rauque. *Tais-toi*, pensai-je, accablée. *Tais-toi, je veux entendre ce qui se passe dans cette citerne, je veux entendre chacun de ses pas sur cette fichue échelle suspendue au-dessus du vide.*

— Alors, qu'est-ce qu'il y a là-dedans ?

Sergueï s'était approché dans notre dos, un jerrycan vide dans chaque main.

— Te fais pas d'illusions sur ce qu'on va trouver, répondit Boris après avoir cessé de tousser. (Il arborait à présent une expression des plus sérieuses.) Tout était déjà ouvert, on dirait bien que quelqu'un est passé par ici avant nous.

— Dans ce cas, pourquoi vous l'avez envoyé là-dedans ? m'insurgeai-je en me penchant aussitôt par-dessus la trappe. Micha, criai-je, reviens, sors de là tout de suite !

Mais à cet instant précis, sa voix déformée par l'écho surgit des tréfonds :

— Il n'y a rien du tout ! Le fond est juste un peu humide !

Une seconde plus tard, sa tête ébouriffée émergeait à la surface.

La deuxième trappe ne protégeait elle aussi qu'une cuve vide, comme nous pûmes nous en apercevoir au cours des minutes qui suivirent ; ne restait donc plus que la troisième, celle qui était fermée par un cadenas impossible à forcer de la façon habituelle, bien trop dangereuse en l'occurrence. Après s'être affairés dessus pendant de longues minutes, les hommes trouvèrent pourtant le moyen de l'ouvrir aussi : ils enroulèrent précautionneusement le long grappin d'incendie qu'Andreï avait déniché dans la station, et le cadenas put être brisé, en dépit d'une protestation véhémente, mais tous ces efforts ne reçurent pas la moindre récompense : nos prédécesseurs n'avaient sans doute pas essayé d'ouvrir la dernière citerne tout simplement parce qu'elle était vide bien avant la coupure de l'électricité qui avait provoqué la mort des pompes ramenant le carburant en surface.

Déçus, nous entourions à présent les trappes béantes ; Micha qu'enveloppait désormais une désagréable odeur d'essence, tendit les mains d'un air frustré.

— Alors au final, ça n'a servi à rien, tout ça ?

Personne ne lui répondit, même Sergueï qui avait espéré trouver du carburant jusqu'à la dernière minute ne trouva rien pour le réconforter ; après être restés muets quelques minutes, nous rebroussâmes chemin du même pas, comme si nous en avions reçu l'ordre, et regagnâmes nos véhicules. J'avais une furieuse envie de fumer.

Tous les autres s'étaient agglutinés dans la petite zone de lumière entre les voitures garées sur le bas-côté : seul Léonid était resté dedans, car malgré les larges sièges du Land Cruiser, cette journée de voyage avait empiré son état. Levant les yeux vers nous, Irina demanda :

— Alors ?

Sergueï secoua la tête sans rien dire.

Agrippé d'une main à son genou, le gamin se tenait à côté d'elle et nourrissait le chien assis à ses pieds avec des chips qu'il tirait d'un sachet de couleurs vives ; au bord de la pâmoison, il serrait maladroitement le petit sac dans sa moufle et, tout frémissant de crainte, il tendait la deuxième – sans moufle –, prêt à la retirer à la moindre alerte ; le chien flairait chaque fois la paume qu'on lui présentait d'un air pensif, sans se presser, avant d'ouvrir sa large gueule et de happer avec ses crocs de devant le petit triangle d'un jaune chimique.

— Ça, c'est pour vous, fit Irina en tendant quelques sachets crissants à Sergueï. Nous les avons trouvés à l'intérieur, dans le magasin. Il y avait aussi des barres chocolatées, mais je les ai données aux enfants. Il me semble qu'il vaudrait mieux ne plus s'arrêter nulle part pour préparer à manger, ces trucs nous permettront de tenir jusqu'à demain.

Sur quoi elle se retourna vers son fils :

— Anton, cesse donc, veux-tu, il faudra que je te le répète combien de fois ? C'est toi qui dois manger ces chips, pas le chien !

Le petit leva la tête et me regarda.

— Il les aime, me chuchota-t-il avec un sourire.

Avant de reprendre le volant, Andreï déclara :

— Ça ne sert à rien de dormir ici, Sergueï. S'ils ont déjà vidé la station-service, on ne trouvera rien à la gare routière ou dans la station nautique dont tu parlais.

Sans un mot, Sergueï hocha la tête et retourna s'asseoir dans le Pajero.

Une quinzaine de kilomètres plus loin, nous tombâmes sur une nouvelle station-service, après une bifurcation, à l'endroit où la route se divisait pour conduire dans deux directions opposées : l'une des voies repartait dans l'autre sens, vers la ville morte de Vologda, et la seconde vers le nord-ouest ; le panneau indicateur portait la mention :

« Vyterga – 232, Medvéjiégorsk – 540 », jamais de ma vie je n'avais entendu parler de ces endroits et je demandai à Sergueï : « Et nous, on va où ? Plus loin ? » Il acquiesça et me sourit de telle façon que, pour la première fois depuis que nous avions quitté notre maison, j'eus envie de jeter quand même un coup d'œil à la carte, afin de vérifier si l'endroit que nous visions existait bel et bien. Les trappes des cuves à carburant étaient toutes ouvertes dans la nouvelle station, toutes sans exception ; nous ne cherchâmes même pas à y descendre, tant il était manifeste qu'elles étaient désespérément vides.

Ce fut à cet endroit que Boris s'installa dans le Land Cruiser, passant le volant du Vitara à Irina ; à ma grande surprise, Micha se proposa pour continuer la route avec elle et le gamin ; sans me regarder, il marmonna quelque chose dans le genre : « C'est pas bien qu'ils soient tout seuls, là-dedans, je vais prendre un des fusils et je ferai le trajet avec eux, maman » ; après quoi, il quitta le Pajero. Je renonçai à polémiquer avec lui, c'était au-dessus de mes forces. Je proposai plutôt à Sergueï de se reposer un peu : « Allez, je vais conduire au moins une heure ou deux, comme ça tu pourras dormir ; on ne roule pas en tête, je me débrouillerai, tout va bien », mais il refusa : « N'importe quoi, Anna, je ne suis pas fatigué, il vaut mieux que tu piques un petit roupillon, tu me remplaceras quand ce sera vraiment nécessaire. » Même si cette longue journée, qui me donnait l'impression d'avoir déjà duré une semaine, m'avait en effet éreintée, je ne pus m'endormir sur-le-champ ; il n'était pas plus de dix-huit heures, quoiqu'il eût été impossible de le deviner en regardant par la fenêtre ; au-delà du petit cercle de lumière tremblotant autour de nos voitures qui avançaient sur la route déserte, tout était d'un noir d'encre, aussi bien le ciel septentrional que les arbres immenses bordant la route et même la neige aux endroits inaccessibles pour les feux de nos phares. Maintenant que Micha et ses vapeurs d'essence avaient déserté l'habitacle de notre voiture, je pus enfin allumer une cigarette. Pelotonné sur la banquette arrière, le chien souleva bien un peu la tête pour renifler d'un air mécontent mais, rapidement résigné, il lâcha un profond soupir et se rallongea. Et, tout en secouant la cendre par la fenêtre entrouverte, j'observai la dispersion des étincelles orangées, aussitôt emportées par le vent puis rabattues sous les roues du pick-up qui nous suivait. *Au moins,* pensais-je à moitié endormie, *nous aurons assez d'essence pour aller jusqu'à cette mystérieuse Vyterga. En revanche, on ne pourra pas atteindre Medvéjiégorsk. Ça ne sert plus à rien de discuter maintenant, le principal, c'est de ne pas manquer Vyterga, de ne pas dormir pendant qu'on la traverse, pour avoir le temps de les arrêter s'il leur passait par la tête de continuer avec les réservoirs à sec ; je ne vais pas dormir aussi longtemps, deux cents kilomètres, à cette vitesse on n'y sera pas avant demain matin, et même si je m'endors j'aurai le temps de les arrêter,* me disais-je encore à l'instant où je sombrai.

*
* *

Je fus tirée d'un profond sommeil par l'impression désagréable que nous étions à l'arrêt ; je le compris avant même d'être complètement sortie des limbes et sans ouvrir les yeux ; la sensation était la même que dans un train de nuit, soudain immobilisé en pleine campagne dans une petite gare de triage quelconque, quand le corps, habitué aux mouvements, aux oscillations et au cliquetis du fer, réagit soudain à un silence et à une inertie inopinés. Au début, il me sembla que pendant mon sommeil les autres avaient finalement décidé de prendre un peu de repos sur un accotement, dans un endroit paisible, et je faillis me rendormir, mais tout à coup je me redressai sur mon siège et écarquillai les yeux : quelque chose ne tournait pas rond. Moi mise à part, il n'y avait personne dans la voiture, le siège conducteur était vide, et le chien non plus ne se trouvait pas sur la banquette arrière.

Le moteur ne tournait plus, mais les codes étaient allumés ; leur faible éclairage me permettait de distinguer la silhouette familière de la porte arrière du Vitara, avec son drôle d'autocollant, apposé sur la protection argentée de la roue de secours par un gamin inconnu, du temps où nous habitions encore à Tchertanovo et que je garais ma voiture près de l'entrée de notre immeuble ; même en proie à une puissante angoisse, faute de comprendre ce qui se passait, j'éprouvai néanmoins un pincement inattendu au cœur : aurais-je pu imaginer, en achetant cette voiture, qu'une étrangère s'assiérait un jour à son volant ? Et pas simplement une étrangère mais pire, celle-là, et que mon fils se porterait en plus volontaire pour faire le trajet avec elle plutôt qu'avec moi, qu'il s'installerait sur la banquette arrière, un fusil à la main, dans le but de la protéger ? Seulement ce n'était pas le moment de ressasser ce genre de pensées : à l'avant, sur la route, quelque chose était en train de se produire ; tendant la main, je tournai la manette qui allumait les phares, puis, avec mille précautions, j'entrouvris la porte et me glissai dehors, afin de comprendre dans quelle situation nous nous trouvions.

Tout en contournant le Vitara par la route, je regardai de l'autre côté, et je plissai aussitôt les yeux : la luminosité orangée des phares de recherche rectangulaires installés sur le toit du pick-up m'éblouit ; aveuglée, je reculai machinalement sous le couvert des voitures, tout en me demandant : *bon sang, mais pourquoi le pick-up est-il tourné en sens inverse ? Qu'est-ce qui se passe là-bas ?* Tout à coup, le moteur du pick-up se mit à rugir de façon assourdissante, et quelque part, tout près, quelqu'un lança des paroles véhémentes ; si je ne pus distinguer le moindre mot, il me sembla reconnaître la voix de Boris ; incapable de me contenter de supputations, je pris une profonde inspiration et regagnai la route, où je fis encore quelques pas, marchant droit sur la lumière aveuglante des phares de recherche.

— … je vous avais pourtant proposé de vous reposer, disait une voix féminine émergeant du grondement assourdissant du moteur, une voix haut perchée et fine, presque chantante. Ça faisait une journée entière que vous étiez au volant, je vous l'avais bien dit, vous auriez dû dormir, j'aurais pu prendre le volant, comment on va faire pour le tirer de là, maintenant ?

À cause de la lumière qui me venait droit dans les yeux, je ne pouvais pas distinguer celle qui parlait ni déterminer à qui appartenaient ces intonations inconnues et plaintives ; en revanche, je reconnus d'emblée l'homme à la fois acharné et furieux qui lui hurla aussitôt dessus, d'où je déduisis qu'il avait déjà dû répéter plusieurs fois les mêmes paroles :

— Mais je ne dormais pas, je te dis ! criait Boris. C'est simplement qu'il y avait un trou dans la route, ce trou, là, tu n'as qu'à regarder, toutes les roues sont encore sur la chaussée, je n'ai pas dévié de ma trajectoire, pousse-toi, bon sang, me gêne pas, allez, Andreï, encore une dernière fois !

Et le moteur se mit à hurler avec une force redoublée, puis le pick-up s'ébranla, je m'en rendis compte au tressautement des trois rectangles étincelants qui brillaient sur son toit.

— Faites plus attention, vous allez l'arracher, bon Dieu, mais qu'est-ce qu'ils me font là ? hurla Marina, dont la voix avait pris tout à coup des intonations provinciales.

Je la regardai enfin : se tordant les mains, elle s'agitait juste devant le pick-up, presque sous ses roues, avec sa combinaison blanche qui lui donnait des allures de lapin effrayé par le faisceau de la torche d'un chasseur, et Boris – à présent je le voyais, lui aussi –, le blouson ouvert, la barbe couverte de givre et les yeux fous, émergea de l'obscurité, derrière le pick-up, se jeta sur elle et se mit à crier de la voix féroce d'un dément :

— Mais qu'est-ce que t'as à ramper sous les roues, saleté de bonne femme ? Recule, nom de Dieu, sinon je t'assomme. Léonid, bon sang, tu vas la calmer, oui ou non ?

En approchant, je vis enfin de quoi il retournait, même si j'avais déjà eu le temps de deviner : tel un hippopotame embourbé dans un marécage, le lourd Land Cruiser était profondément enfoui dans la neige, au point qu'on l'aurait dit privé de roues ; à en juger par son coffre pointant vers le ciel, on comprenait que les roues avant étaient plus enlisées que celles de l'arrière, il devait effectivement être tombé dans un trou d'où il ne pouvait ressortir seul. Le pick-up, désormais débarrassé de sa remorque, s'était positionné dans le dos du Land Cruiser, et il tremblait, rugissait comme une furie ; c'était Andreï qui tenait le volant, jetant des coups d'œil derrière lui et sortant de la fenêtre ouverte presque jusqu'à la ceinture ; un câble jaune vif reliait les deux voitures, vibrant sous l'effet d'une tension extrême. Je remarquai Micha sur l'accotement, une petite pelle – de celles que l'on trouve dans les voitures – à la main ; il ne portait pas de chapka et ses oreilles étaient rouge vif à cause du froid ; Boris serrait lui aussi le même genre de pelle, mais il n'y avait visiblement plus rien à déblayer tandis qu'avec force grondements, le pick-up essayait de libérer le Land Cruiser de sa prison neigeuse. Sergueï n'étant pas visible, j'en déduisis qu'il devait se trouver au volant du Land Cruiser.

Léonid et Marina me dépassèrent, pendant que je me dirigeais vers les voitures silencieuses restées à l'arrière ; il s'appuyait lourdement sur son épaule, et il était clair qu'elle allait trop vite pour lui. Quand ils parvinrent à mon niveau, je l'entendis qui disait à sa femme :

— ... ils se débrouilleront bien sans toi. Qu'est-ce que tu avais besoin d'insister sur le fait qu'il s'était endormi ? Si c'est en effet le cas, quelle importance ? Le principal, c'est de le sortir de là. Mais dis-moi plutôt : tu l'as mise où, Dacha ?

Sans l'écouter, elle criait par-dessus ses paroles, des larmes de rage dans la voix :

— ... et toi, pourquoi tu restes muet ? Comment on

va repartir, maintenant ? Il ne fallait pas qu'on roule en tête, je l'avais bien dit, c'était une mauvaise idée. Tu sais tout ce qu'on a là-dedans, des vêtements, de la nourriture... On va les mettre où à présent, tu y as pensé ? Hein ? On n'a plus de voiture...

Ils poursuivirent leur chemin en direction du Pajero, et je voulus les regarder encore, mais le pick-up se mit soudain à rugir de façon particulièrement désespérée : en chassant une épaisse poussière neigeuse de sous ses roues, le Land Cruiser s'ébranla tout à coup et commença à remonter, l'arrière d'abord, tandis que le pick-up avançait lentement, droit sur nous ; je fis un bond sur le côté et Boris se mit à crier, couvrant le hurlement des deux moteurs :

— Ça roule, ça roule, ça roule, allez, Andreï, continue !

Et à cet instant précis, on entendit une sorte de bruit sec, inattendu, aussitôt suivi d'un claquement sourd : un coup d'œil me suffit pour comprendre que le câble qui reliait les deux voitures venait de se rompre ; le Land Cruiser repartit sur-le-champ dans l'autre sens et s'immobilisa dans la position qu'il venait de quitter, plongeant sa grosse gueule dans la neige, alors que le moteur du pick-up se taisait ; ses phares aveuglants s'éteignirent, la porte du côté conducteur s'ouvrit et Andreï, qui avait aussitôt bondi sur la route et contourné le véhicule, annonça avec dépit, dans le silence qui s'était abattu :

— On a cassé le pare-chocs. Encore heureux que la vitre soit intacte.

— C'est parce qu'on avait un câble de merde !

Boris avait dû se briser la voix, parce qu'il ne put émettre qu'un sifflement et paraissait si désemparé que j'eus envie de m'approcher, de poser la main sur son épaule et de lui dire : « N'écoutez pas cette idiote, voyons, tout le monde a bien constaté qu'il y avait un trou, ce n'est pas votre faute », mais dans son élan il planta – faillit même jeter – sa pelle dans la neige, où elle s'enfonça presque à mi-hauteur, et j'abandonnai mes velléités de consolation.

— Vos câbles japonais, ça vaut rien du tout, vous auriez pu en prendre un métallique, putain de touristes à la con, vous êtes juste bons pour un petit trajet jusqu'à la boulangerie !

— Il nous aurait servi à rien, ton câble, répliqua Serguéï qui essayait péniblement de sortir du Land Cruiser. (Son expression révélait à quel point il était à bout et fourbu.) La bagnole est bien trop enfoncée, il aurait fallu des œilletons et des crochets pour y arriver. On doit redéblayer, elle a envoyé plein de neige en dessous. Micha, passe-moi la pelle.

Boris et lui se mirent à creuser, et de toute évidence ce n'était pas la première fois, ni même la deuxième.

— Va enfiler une chapka, ordonnai-je à Micha.

Mais celui-ci ne tourna même pas la tête dans ma direction, tant il était concentré sur l'énergie que Serguéï et Boris déployaient autour des roues du Land Cruiser.

Boris releva la tête.

— Eh ben, qu'est-ce que tu attends ? Viens, sors ton câble japonais, on en a cassé un, alors on va s'attaquer au tien maintenant.

— Si on ne déblaie pas comme il faut, celui-ci aussi va se rompre, grogna Andreï, qui examinait toujours avec regret son pare-chocs cassé. Vous savez quoi ?

Je ferais mieux d'aller chercher une pelle moi aussi, comme ça je pourrai vous aider.

Pendant un certain temps, ils pelletèrent en trio, concentrés, frénétiques, évacuant la neige qui se trouvait sous le fond du gros Land Cruiser, dont l'avant était toujours profondément enfoncé dans le bas-côté ; pendant ce temps, Micha et moi dansions autour d'eux, n'osant les déranger avec nos questions ; en dépit de mes chaussures fourrées, je sentais un froid impitoyable me monter vers les genoux et je redoutais de regarder Micha, qui avait passé beaucoup plus de temps que moi dehors. Tout à coup, Sergueï se redressa, s'essuya le visage et déclara d'un air sinistre :

— Ça sert à rien. Il y a de la glace en dessous, on va jamais réussir à le tirer de là comme ça.

— On pourrait peut-être essayer par l'autre côté ? suggéra Andreï en se dirigeant vers l'avant de la voiture. (De la vapeur s'échappait de sa bouche, ses sourcils et ses cils étaient couverts de givre, ses yeux larmoyaient.) Peut-être qu'avec de l'élan, je passerai par-dessus le trou sans avoir le temps de tomber dedans ?

— C'est pas possible, siffla Boris. Tu connais la taille de ce trou, toi ? Si on plante encore une voiture, on peut considérer qu'on est fichus.

— Si ce n'est pas possible de contourner le trou… commença lentement Andreï.

Avant même qu'il ait pu continuer, j'anticipai de façon très nette ce qu'il allait dire.

— … on est fichus dans tous les cas, parce qu'on ne pourra pas aller plus loin et qu'on n'a plus de quoi rebrousser chemin.

Ce n'est pas possible, me dis-je. *Ce n'est tout*

simplement pas possible. Je n'ai pas regardé ma montre. Quelle heure est-il ? Neuf heures ? Minuit ? Je n'ai pas pu dormir plus d'une heure, deux maximum, j'ai juste somnolé, nous n'avons pas pu parcourir autant de trajet que ça.

— On est encore loin de Vyterga ? demandai-je sans trop y croire, devinant déjà la réponse que j'allais entendre.

Je me recroquevillai d'avance, redoutant la sentence, et, comme s'ils en avaient reçu l'ordre, ils se retournèrent d'un même mouvement et me dévisagèrent du regard de ceux qui venaient juste de remarquer ma présence ; on aurait dit qu'ils avaient une folle sous les yeux, et Andreï me redemanda d'un air étonné :

— De quelle Vyterga tu parles ? Ça fait longtemps qu'on l'a dépassée.

Alors seulement je levai la main et remontai ma manche en toute hâte pour découvrir ma montre ; le poignet de mon pull se prit dans le bracelet et resta coincé, m'obligeant à tirer dessus brusquement, au risque de l'arracher, et je pus enfin regarder le cadran.

Il indiquait trois heures trente.

Des pas firent crisser la neige dans mon dos.

— Alors ? demanda Natacha en approchant. Comment ça se passe ? Irina et les enfants dorment, mais il fait un froid de gueux dans le Vitara. Sergueï, ce n'est pas toi qui aurais les clefs ? Je ne voulais pas la réveiller, toutefois il faudrait faire tourner la voiture pour la réchauffer un peu, sans quoi les petits vont finir congelés.

Je regardai Sergueï, qui ne répondit pas. *Eh bien,*

pourquoi tu te tais ? pensai-je. *Allez, vas-y, dis-lui, qu'on s'amuse à compter tous ensemble pendant combien de temps nous aurons encore de l'essence si nous restons coincés ici, près de ce trou qui nous bloque le passage, de cette barrière infranchissable qui nous sépare de notre but, au milieu d'une étendue glacée et indifférente, sans le moindre feu à l'horizon. Peut-être que ce sera suffisant pour tenir jusqu'à la fin de la nuit et si ça se trouve pendant toute la journée de demain, après quoi nous commencerons à brûler nos affaires, les unes après les autres, rassemblées en un misérable feu qui nous réchauffera à peine ; ensuite, on s'attaquera aux pneus, on enlèvera d'abord ceux d'une voiture, puis tous les autres y passeront, et ils dégageront une fumée noire, âcre et puante ; au bout du compte, à la toute fin, on arrachera les housses des sièges, parce qu'elles brûlent aussi et donnent de la chaleur, exception faite de celles du Land Cruiser, qui sont en cuir, ce qui signifie que Léonid et Marina gèleront avant les autres, oui, ces snobs de malheur, avec leur habitacle en peau...* Horrifiée, je me surpris à rire, j'étais d'un calme absolu, effrayant, vidée de toute peur, habitée au contraire d'un sentiment de triomphe aussi irrationnel que stupide ; j'allais lever les yeux et je leur lancerais : « *Je vous l'avais bien dit, pas vrai ? Alors, qu'est-ce que vous avez à répondre ?* »

— Maman, me chuchota Micha, qu'est-ce qui te prend ?

Je me tournai vers lui : il me regardait d'un air étonné, clignant des paupières à toute vitesse, avec ses cils blanchis par le givre, tandis que ses lèvres ne remuaient qu'avec peine. Le sourire aussi idiot que déplacé qui me retroussait les lèvres disparut en un instant, et je m'empressai de le rejoindre ; ôtant mes moufles, je pressai mes mains contre ses joues, ses oreilles – fragiles comme du cristal à cause du froid –, mais mes paumes étaient trop glacées pour pouvoir le réchauffer, alors j'appuyai plus fort, ce qui lui arracha un cri de douleur, puis il secoua la tête pour s'arracher à mon étreinte.

— Tu es gelé ? Tu sens tes oreilles ? Où est ta chapka ?

Je voulus retirer la mienne, *je ne vais pas réussir à le réchauffer, je n'ai rien pour le réchauffer, mon Dieu, que dois-je faire ? N'importe quoi, pourvu que Micha reste en vie, on aurait mieux fait de rester là-bas, à la maison*, mais il repoussait mes mains et cherchait encore à se libérer.

— La voilà, déclara soudain Sergueï, qui sauta d'un bond par-dessus l'impressionnant tas de neige séparant le bas-côté du trou qui avalait le Land Cruiser.

D'un geste rapide, il tira la chapka dont une pointe dépassait de la poche de Micha et je compris aussitôt que je le voyais depuis le début, ce petit bout ; d'un second mouvement, aussi rapide que le premier, Sergueï posa cette chapka sur la tête de Micha, la lui enfonçant jusqu'aux sourcils.

— La voilà, répéta-t-il. Vous, filez vous réchauffer dans la voiture, pendant qu'on continue à déblayer. (Et l'instant d'après, comme si toute discussion avec nous était close, il se détourna.) Il faut qu'on creuse devant, papa, on est trois types solides, on finira bien par lui faire la peau, à ce putain de trou ; au pire, on abattra un arbre, vu qu'on a des haches, on glissera des planches sous les roues, de toute façon on doit continuer à aller de l'avant puisqu'on peut pas revenir sur nos pas.

— Vous savez quoi ? On va d'abord s'en griller une petite, répliqua Boris d'une voix sifflante, mais tout de même ragaillardie.

— Vous fumerez plus tard, quand on aura repris la route, rétorqua Andreï sur le même ton. Je suis complètement gelé, on y va, allons jeter un coup d'œil à ce trou.

Et sans attendre de réponse, il effectua quelques pas prudents, s'enfonçant presque jusqu'aux genoux dans la neige pour contourner le Land Cruiser immobilisé, puis, l'ayant dépassé, il se mit à plonger tous les deux pas sa pelle dans la neige, après avoir crié par-dessus son épaule à Sergueï :

— Ne mets pas le moteur en route pour l'instant, allume juste les phares, on n'y voit que dalle.

Boris suivit Andreï, contournant la voiture par l'autre côté, tandis que Sergueï se rasseyait au volant.

Nous nous tenions sur le bas-côté – Micha, Natacha et moi –, les yeux rivés sur eux et oubliant le froid l'espace d'une seconde, tant nous espérions entendre soudain que l'autre extrémité du trou avait été atteinte, qu'il n'était pas aussi grand que cela et que le sauvetage de la voiture coincée dedans n'était qu'une question de temps et permettrait ensuite aux véhicules restants, agglutinés impuissants en amont, de reprendre leur progression ; j'agrippai Micha des deux mains pour appuyer ma joue contre la manche glacée de son anorak, et je le sentis trembler imperceptiblement.

— Mais qu'est-ce que tu fabriques, Sergueï ? répéta

Andreï, qui commençait à perdre patience. (S'étant encore avancé de sept-huit pas, il avait presque disparu dans l'obscurité.) Allez, envoie la lumière !

Bizarrement, Sergueï ne réagissait pas ; depuis l'accotement, on le voyait assis au volant, immobile, puis il ouvrit soudain la portière et se dressa sur le marchepied, les yeux si fixement braqués devant lui que nous suivîmes aussi la direction de son regard, vers le ciel sans étoiles, les arbres et la neige ; les formes étaient indistinctes, identiques, aussi épaisses et noires que s'il n'y avait en fait rien du tout devant nous, la fin de l'Univers, le vide absolu, et en plein milieu de ce néant nous vîmes ce que regardait Sergueï : un point lumineux et tremblotant qui – quelques secondes plus tard, nous n'eûmes plus le moindre doute là-dessus – devenait petit à petit plus vif et plus gros, ce qui ne pouvait signifier qu'une seule chose : il s'approchait de nous.

— Qu'est-ce que c'est que ça ? demanda Micha en s'échappant de mes bras.

J'avançai de deux ou trois mètres, comme si ces quelques pas allaient me permettre de mieux distinguer le point mystérieux qui augmentait sous nos yeux et ressemblait désormais à une tache, une tache brillante aux bords flous.

— Quelqu'un vient par ici en voiture ? À notre rencontre, c'est ça ? voulut vérifier Natacha.

Boris nous bouscula ; ôtant ses gants de laine au passage, il se précipita d'abord vers le Vitara, puis lâcha un juron et revint sur ses pas pour ouvrir la portière arrière du Land Cruiser : quelques secondes de fouille intensive sous le siège conducteur lui permirent de ressurgir bientôt, sa carabine entre les mains.

— Andreï ! cria-t-il d'une voix rauque à l'adresse de l'obscurité. Viens ici, et vite !

Mais Andreï ne l'avait pas attendu pour rebrousser prestement chemin ; il se tenait déjà à côté de nous, la pelle fichée à ses pieds dans la neige – la poignée étant trop courte pour qu'il puisse s'appuyer dessus.

La tache qui se rapprochait s'était à présent subdivisée en plusieurs points séparés ; de toute évidence, ce qui arrivait à notre rencontre était en fait bien plus proche qu'il ne nous avait semblé au départ ; moins de quelques minutes plus tard, nous distinguions une lumière orange clignotante au sommet, et en dessous, quatre phares jaune vif, largement écartés ; dans le silence qui s'était installé, on entendit un vrombissement très distinct de celui d'un moteur de voiture : bas, sourd et rythmé par des sortes de pauses entre chaque rotation, le bruit semblait provenir d'un engin bien plus gros qu'une voiture normale.

— Qu'est-ce que c'est que ça ? Un tank ? demanda Natacha, terrifiée.

— Ça ressemble plutôt à une tractopelle, répondit Andreï après un instant de réflexion.

— Une quoi ?

— Une tractopelle. C'est un engin qui nettoie les routes.

— Mon Dieu ! murmura-t-elle. Qui peut bien avoir besoin de nettoyer une route en ce moment ? Et surtout pour quoi faire ?

— À mon avis, on ne va pas tarder à le savoir, répondit Andreï.

Je sentis quelque chose de dur me tomber rudement

sur un pied et baissai le regard : le dos collé contre mes genoux, le chien s'était assis, plantant son postérieur osseux pile sur ma chaussure, et il ne bougeait plus.

— Les filles, retournez aux voitures, marmonna Boris. On va se débrouiller tout seuls.

Pourtant ni Natacha ni moi ne bougeâmes, observant, hypnotisées, les contours flous de la tache lumineuse acquérir de la netteté. La tractopelle ressemblait en fait à un tracteur, c'en était un d'ailleurs : grand, jaune, doté de trois paires d'énormes roues noires. Grondant, elle s'approcha pour ne s'arrêter qu'à une dizaine de mètres de la gueule profondément enfoncée dans la neige du Land Cruiser ; ses phares très écartés nous aveuglaient, et avec son immense pelle relevée de façon menaçante, elle évoquait plus un gigantesque animal préhistorique qu'un véhicule conduit par un homme. Nous restions plantés à la regarder, sans chercher à nous cacher ni à nous enfuir, comme si tout ce qui allait se passer à présent ne pouvait être pire que la mort lente et atroce provoquée par le froid qui deviendrait notre lot commun si nous restions au bord de ce trou. Celui qui se trouvait dans la cabine de la tractopelle disposait d'un avantage indéniable par rapport à nous qui étions massés sur la route : il nous voyait dans les moindres détails, tandis que nous entendions seulement la voix qui s'éleva dès que le lourd véhicule s'immobilisa et que le grondement assourdissant du moteur se tut :

— Hé, vous ! Qu'est-ce qui vous arrive ?

Avant que nous ayons le temps de décider quoi répondre à cette étrange question, vu que le Land Cruiser, avec son nez toujours enfoncé dans le trou et désormais vivement éclairé, se passait de tout commentaire, Natacha fit, sans qu'on s'y attende, un pas en avant et se mit à parler très fort et à toute vitesse :

— Bonjour ! lança-t-elle. On est coincés, vous voyez, là, sur votre route, il y a un trou très profond, on ne peut pas passer, si vous pouviez nous tirer un petit peu, on est frigorifiés, on a des enfants dans les voitures, peut-être que vous pourriez nous aider, on doit juste passer, c'est une route très compliquée !

À ce stade de sa tirade, elle se tut aussi subitement qu'elle avait commencé, et pendant quelques instants son interlocuteur invisible ne répondit rien, comme s'il avait besoin de temps pour bien nous examiner et vérifier que nous ne représentions aucun danger pour lui. Finalement, il nous posa encore une question :

— Vous êtes nombreux ?

Ce fut à ce moment-là que je constatai la disparition de Boris : on ne le voyait plus dans le cercle de lumière jeté par les phares puissants de la tractopelle, où nous n'étions plus que cinq maintenant. *Le principal, c'est qu'elle ne lâche pas d'ânerie,* me dis-je. *Il voit bien que nous avons quatre grosses voitures, et il ne croira jamais que nous ne sommes que cinq*, mais elle ajouta :

— Nous avons des enfants avec nous, et dans l'une des voitures nous transportons un blessé ; ne vous inquiétez pas, nous sommes en bonne santé, ce serait bien si vous pouviez nous tracter, nous sommes coincés.

Elle parlait d'une voix à la fois insistante et suppliante, mais sans se départir de son sourire, comme si elle ne redoutait rien de mauvais de la part de l'inconnu qui conduisait la tractopelle.

— Je peux vous aider, répondit enfin la voix, avec un fort accent du Nord qui me fit aussitôt penser à l'homme à la chapka de renard que nous avions rencontré une semaine plus tôt, sur la route forestière des environs de Tchériépoviets – il avait la même intonation inoffensive, presque amicale. Pourquoi je n'aiderais pas des gens bien, poursuivit-il, s'ils sont vraiment bien ? C'est agité, en ce moment, il faut aider les gens bien, alors si ce gars-là range le fusil qu'il a dans les mains et revient sur la route de façon à ce que je le voie, alors peut-être que moi non plus je ne tirerai pas. (Il parlait lentement, avec peine aurait-on dit, en homme qui n'a pas l'habitude de se lancer dans d'aussi longs discours.) T'entends, mon gars ? (Il n'y avait plus une once d'amabilité dans sa voix.) Allez, vas-y, sors de ton trou, parce que je vais pas attendre cent sept ans, je peux aussi tirer tout de suite, sors, ça vaut mieux, et on parlera ensuite, puisqu'on est tous des gens bien.

— Papa, appela doucement Sergueï.

Mais ses pas faisaient déjà crisser la neige sur la droite, et sans se presser, avec une mauvaise grâce ostensible, Boris sortit de l'obscurité pour venir se ranger à côté de nous, plantant la crosse de sa carabine dans la neige avant d'en écarter la main qui tenait le canon. Les lèvres pincées, son visage arborait une expression vexée.

Le propriétaire de la voix dut considérer qu'en nous ayant tous sous les yeux, alors que lui-même demeurait invisible, rien ne le menaçait.

— Voilà qui est mieux, prononça-t-il d'une voix beaucoup plus calme. Seulement, tu le couches dans la neige, t'as pas besoin de le tenir, ton fusil.

Sur quoi il se tut, dans l'attente d'une réponse, et Boris cria d'une voix rauque, à l'adresse d'un point situé quelque part entre les phares jaunes, là où l'on devinait les montants de la cabine :

— Toi, l'homme bien, tu as un fusil aussi, à ce que j'ai pigé ! Tu me vois, mais pas moi, alors si tu es d'accord, je vais attendre encore un peu avant de coucher le mien dans la neige. Le temps qu'on ait d'abord fait connaissance.

La suggestion de Boris sembla plonger l'inconnu dans d'intenses réflexions, parce qu'il resta de nouveau silencieux, tandis que nous attendions sa réponse, avec la sensation d'être aussi impuissants dans ce cercle de lumière que des papillons de nuit dans la prison immatérielle mais non moins solide d'une lampe de jardin.

— C'est bon, dit-il enfin. Restez où vous êtes, je vais descendre vers vous.

Aussitôt, quelque part au sommet de l'engin, sous les quatre phares éclatants, une portière s'ouvrit, quelqu'un sauta pesamment dans la neige et s'approcha de nous sans se presser.

Même maintenant, à la lumière, nous ne pouvions observer l'inconnu comme nous l'aurions souhaité : le col de sa pelisse était relevé, et sa chapka rabaissée sur ses yeux ; à en juger par sa voix, il n'était plus tout jeune, si bien que je m'étonnai de sa haute stature et de la vigueur que je décelai en lui, et sa lourde pelisse semblait avoir été cousue sur lui. Les jambes largement écartées, il s'arrêta près de l'impressionnante pelle métallique de son engin et y posa la main ; son autre main tenait effectivement le fusil qu'il avait descendu de son épaule.

— Inutile de tirer votre véhicule, déclara-t-il, c'est pas un trou, c'est une galerie, la route est pas régulière par ici, elle penche, et l'endroit est à découvert, on ne le voit pas à cause de la neige. Y a encore quatre-cinq kilomètres de route comme ça, sans moi vous avez aucune chance de passer.

— Que demandez-vous en échange de votre aide ? s'enquit aussitôt Natacha, ce qui tira à l'homme un petit grognement dépourvu de gaieté.

— Parce que vous pensez avoir quelque chose qui peut m'intéresser ?

— Nous avons des cartouches, des médicaments et un peu de nourriture, annonçai-je sur-le-champ, vu que les hommes continuaient à se taire et qu'il fallait absolument dire quelque chose.

Sans trop savoir pourquoi, je sentais que cet homme ne représentait aucun danger pour nous et la seule chose qu'il fallait faire maintenant, c'était lui prouver que nous n'allions pas lui causer de tort de notre côté, que nous étions effectivement des « gens bien » ; je voulais encore ajouter quelque chose, peut-être réveiller les enfants et les faire venir pour qu'il les voie, mais Sergueï me posa une main sur l'épaule.

— Et vous, demanda-t-il à l'inconnu, qu'est-ce que vous faites par ici ?

L'homme au fusil tourna la tête vers lui et, avant de répondre, le dévisagea quelques secondes en silence.

— Moi ? répéta-t-il après une pause. Mais c'est que

je vis ici, moi. Par chez nous, y a pas d'asphalte ; en hiver, il faut une tractopelle, et au printemps aussi, quand la neige fond, sans ça impossible de passer. C'est moi qui déblaie.

— Et en ce moment aussi ? insista Sergueï en fronçant les sourcils. Vous êtes en train de nettoyer la route ?

— En ce moment, ça sert à rien, répondit l'inconnu avec le plus grand sérieux. Déjà avant, y avait presque personne qui passait par là, alors maintenant, c'est fini, et peut-être que c'est tant mieux, vu les événements de ces jours-ci. Notre village est en haut, c'est bien d'avoir une vue sur la route. Je dors pas la nuit, c'est l'âge qui veut ça, j'ai le sommeil léger, et je vous ai aperçus, alors je me suis dit que j'allais venir me rendre compte quelle sorte de gens vous étiez. Et donc, vous avez besoin d'aide ou on reste là à discuter ?

— On en a plus que besoin, s'empressa de répondre Natacha en hochant la tête. Plus que besoin. Merci infiniment.

— Alors voilà ce qu'on va faire, répondit l'inconnu. Je vais ratisser comme je peux la neige devant la voiture et vous, vous déblayez sous les roues, ensuite vous roulez derrière moi et vous réussirez à sortir. (Il se tourna vers la tractopelle pour grimper dans la cabine, mais se ravisa à la dernière minute et jeta un coup d'œil à Boris, par-dessus son épaule.) Toi, mon pote, lui lança-t-il, range ton fusil et prends une pelle, ça te sera plus utile.

Pour dégager la neige friable dans laquelle le Land Cruiser plongeait désormais jusqu'au pare-chocs avant, la tractopelle n'eut besoin que de deux manœuvres :

avec une agilité étonnante pour un engin aussi énorme, elle pivota, se plaça de profil, et une autre pelle surgit encore d'entre ses roues avant, plus fine et plus longue que la première, avançant comme la lame d'un canif et découpant l'épais matelas neigeux qui faisait obstacle à notre route aussi facilement qu'un rasoir traverse la mousse sur le menton d'un homme ; ensuite, après avoir attrapé le tas de neige ainsi formé au moyen de son énorme pelle avant, elle la déversa dans le champ attenant. Le grondement de ce tracteur, qui ressemblait désormais, avec ses larges pieds, à un gigantesque catamaran, réveilla tous ceux qui étaient restés dans les voitures ; la première à accourir fut Marina, les yeux écarquillés par la peur, qui, après avoir observé la tractopelle et renoncé à cause du bruit à interroger l'un de nous et savoir ce qu'elle faisait ici, repartit dans l'autre sens pour revenir, accompagnée de Léonid cette fois ; Irina survint juste après, alors que la tractopelle qui avait achevé son œuvre s'écartait légèrement ; elle tenait son fils par la main et peut-être fut-ce pour cette raison qu'en réapparaissant sur la route l'inconnu avait renoncé à se munir de son fusil, ayant décidé que le laisser dans sa cabine était sans danger.

— Ça y est ! cria-t-il. À vous de creuser, maintenant !

Et quand Sergueï, Boris et Andreï furent occupés à pelleter la neige restée coincée sous le Land Cruiser et entre ses roues, il s'approcha enfin de nous et s'arrêta devant le gamin.

— Comment tu t'appelles ? demanda-t-il.

Son intonation, à laquelle je m'étais déjà accoutumée un peu, ne changea pas d'un iota parce qu'il s'adressait à un enfant : il ne parlait pas plus fort, comme le font souvent ceux qui n'ont guère l'occasion de s'adresser à des enfants, il ne sourit même pas, il posa simplement une question au garçon, avec la voix dont il usait pour parler avec nous.

Le petit recula aussitôt, jugeant plus prudent d'enfouir son visage dans le manteau matelassé d'Irina, et, caché derrière le repli ouatiné, il chuchota d'une toute petite voix :

— Anton.

— Et où tu vas comme ça, Anton ? enchaîna alors l'inconnu.

Le gamin lui répondit, encore plus doucement :

— … au lac.

L'homme se redressa et nous observa de nouveau, les trois hommes s'affairant autour du Land Cruiser, Léonid lourdement appuyé sur l'épaule de Marina, Micha raidi par le froid, et déclara :

— Eh ben tu sais quoi, Anton. Ton lac, à ce que je vois, il est loin d'ici, et il se fait tard, il vaudrait mieux que tu passes la nuit au chaud. (Là-dessus, il se tourna vers Irina.) Quand vous aurez terminé, suivez-moi, c'est pas loin, dans les quatre kilomètres, ça sert à rien de rouler de nuit sur une route pareille ; vous allez vous reposer, les enfants vont se réchauffer et demain, vous repartirez.

Et sans attendre sa réponse, comme si la question avait déjà été tranchée, il se détourna et regagna son énorme engin.

En une demi-heure, tout fut terminé : le Land Cruiser désormais libéré put, grâce à ses pneus cloutés, prendre appui sur la plaque gelée mise au jour sous la neige et émerger enfin de son piège de glace pour rouler jusqu'à la tractopelle stationnée un peu plus loin ; à sa suite, lentement et avec la plus grande prudence, toutes les autres voitures franchirent le passage ainsi sécurisé. Dès que l'opération fut achevée, la tractopelle se mit en branle, sans se presser, chassant la neige de notre route ; elle n'était plus aussi profonde qu'à l'endroit où nous étions restés coincés, mais toujours susceptible de compliquer, voire d'entraver notre progression ; l'inconnu ouvrait de temps à autre sa portière et sortait une main couverte d'un gros gant de laine pour nous avertir de quelque difficulté, et nous devions alors nous arrêter et attendre que la tractopelle aplanisse la surface friable de cette route immaculée.

Nous atteignîmes le village vers cinq heures et demie, épuisés, congelés, éreintés à un point tel que l'invitation à se reposer et à dormir un peu dans la maison de cet imposant inconnu, qui nous avait inquiétés au départ, ne souleva plus la moindre objection. Le reste du village se trouvait en retrait, à quelques centaines de mètres ; c'était un hameau minuscule de huit ou neuf maisons en bois, blotties les unes contre les autres ; coiffées d'épais bonnets de neige, comme sur une carte postale de Noël, elles tournaient vers nous leurs façades sombres et méfiantes ainsi que leurs trois fenêtres ; l'immense construction en bois noircie par le temps qui appartenait à notre hôte était la seule à se dresser à l'écart, presque au bord de la route. Pendant que nous garions nos voitures (pour ce faire, il nous fallut quitter le chemin et contourner cette haute maison à l'étrange toit asymétrique, dont l'une des pentes, quasiment deux fois plus longue que l'autre, touchait presque terre, comme une piste de ski enneigée), nous comprîmes la raison de cet isolement : derrière la maison, nous découvrîmes un terre-plein complètement déblayé, et près de l'auvent servant selon toute logique d'abri à la tractopelle, nous aperçûmes, montée sur de robustes châssis métalliques, une grosse citerne, entièrement recouverte de neige.

— Du fuel ? demanda Sergueï avec une indifférence feinte, tout en désignant la citerne d'un geste de la tête.

L'homme hocha la tête.

— Bien vu.

Et il franchit le seuil de sa maison en tapant la neige de ses chaussures.

Difficile de s'imaginer que cet homme vivait ici tout seul ; depuis l'extérieur, la maison paraissait trop grande, mais quand nous y pénétrâmes à la suite du maître des lieux, nous découvrîmes, derrière la porte d'entrée, au lieu des pièces d'habitation attendues, une vaste galerie à deux étages, sans éclairage, qui filait loin vers la droite et ne se terminait certainement pas après l'angle – un gros animal, peut-être une vache ou un cochon, fit entendre un beuglement retentissant et s'agita, sans doute dérangé par le bruit de nos pas. Il y avait tant de place dans cette entrée que tous les douze – en incluant notre hôte – aurions pu nous y installer sans problème, sans nous gêner les uns les autres ; dès que la porte d'entrée fut enfin refermée, il en ouvrit une deuxième, qui conduisait vers les pièces à vivre de la maison.

Sitôt à l'intérieur, notre hôte ôta pelisse et chapka, nous invitant d'un geste à l'imiter, et je pus enfin l'examiner en détail. Il était complètement chauve, avec d'épais sourcils broussailleux et blancs, à l'instar de sa barbe, néanmoins j'étais incapable de déterminer son âge : j'aurais aussi bien pu lui donner moins de soixante ans que plus de soixante-quinze. Le plus troublant, c'était sa carrure d'une vigueur incroyable – il était bien plus fort que n'importe lequel de nos hommes – tout comme le fait qu'il se tenait très droit ; je n'aurais pas été étonné si, à cet instant, une jolie jeune femme avait surgi de quelque recoin de cette maison aussi immense que saugrenue, et s'était présentée comme sa femme, pourtant le seul être qui nous accueillit fut un vieux chien hirsute allongé par terre, près du poêle ; quand nous entrâmes, il tourna vers nous sa tête aux yeux larmoyants, mais sans se lever pour autant, avec juste un petit battement de queue. L'homme se pencha vers l'animal et lui donna quelques tapes sur le dos.

— Elle est vieille, dit-il comme pour se justifier, elle a les os qui se refroidissent, les autres je les laisse dans la cour, mais celle-là je l'autorise à rentrer, elle me fait de la peine. Votre chien à vous, il vaut mieux que vous le mettiez à l'intérieur aussi, il sera plus en sécurité. Pour l'instant, les miens sont enfermés, mais au matin, quand je vais les lâcher, ils risquent de lui faire la peau.

Je me dis qu'en arrivant ici, puis durant tout le temps où nous avions garé les voitures et déchargé quelques affaires indispensables pour la nuit, je n'avais pas vu le moindre chien ; en réalité, à part la citerne et l'auvent pour la tractopelle, il n'y avait rien du tout dans cette cour insolite, ni réserve de bois, ni puits, ni même un piètre hangar. L'explication nous fut donnée presque aussitôt quand Marina lui demanda de nous indiquer les toilettes : suivant prudemment notre hôte dans la galerie sombre, nous comprîmes avec étonnement que ces fameuses toilettes, tout comme le bois, le blé et même le puits, en un mot tout ce qui se trouve en général dans la cour d'une ferme, était ici caché sous son toit ; en réalité, une grande partie de l'extraordinaire maison n'était donc rien d'autre que sa cour, simplement enclose derrière de hauts murs de poutres grises. Après nous avoir sévèrement prévenus – « Ne craquez pas d'allumettes, j'ai du foin là-haut, je laisse la porte ouverte, vous trouverez sans problème le chemin du retour » –, il s'éloigna, nous laissant à nous-mêmes, et pendant que la pénombre obligeait Marina à se débattre avec sa combinaison blanche, tandis que nous, les autres femmes, attendions notre tour, je me tournai vers Irina et lui chuchotai, d'une voix à peine audible, ce qui – j'en étais absolument certaine – occupait désormais les pensées de chacun d'entre nous :

— Tu as vu la citerne ? Si elle pouvait être pleine, ne serait-ce qu'à moitié...

Elle hocha la tête sans rien dire, posant un doigt sur ses lèvres.

Malgré des dimensions imposantes, la bâtisse ne comptait guère de pièces à vivre : en tout deux petites cabines, construites autour du poêle, où nous n'aurions pas pu nous installer si nous n'avions eu nos épais sacs de couchage. Sans nous poser aucune question, le vieil homme résolut d'un seul coup tous les problèmes et discussions susceptibles de surgir : « Les gars en haut, dans le grenier, ordonna-t-il. Les bonnes femmes et les gosses sur le poêle » ; et tandis que, pour grimper au grenier, les hommes faisaient grincer un escalier si vertical qu'on aurait dit une simple échelle, nous découvrîmes effectivement sur le poêle de la pièce du fond un vaste lieu de couchage, celui qu'occupait sans doute notre hôte en temps normal. Pendant que nous emménagions avec difficulté sur le poêle en question – pour quatre femmes et deux enfants, il n'y avait tout de même pas beaucoup de place –, quelqu'un descendit de nouveau ; le chien qui était allongé par terre, juste à côté, bondit alors lestement sur ses pattes et se mit à gronder, m'obligeant à tendre le bras et à le lui poser sur le garrot.

— Où il est passé ? entendis-je Boris demander dans la pièce voisine.

Il parlait de façon à peine audible, presque en chuchotant.

— Il est sans doute allé chercher du bois, répliqua Sergueï. Il était là il y a une minute.

— Attention, ne mets pas le sujet sur le tapis de façon prématurée… commença Boris.

Soudain la porte d'entrée claqua, et une grosse voix que nous commencions à connaître et qui semblait incapable de chuchoter demanda :

— Pourquoi vous êtes pas couchés ?

— Eh bien, c'est pas vraiment convenable, répondit Boris. (Un objet en verre tinta contre la surface de la table.) Tu nous as tirés de la neige, tu nous as ramenés chez toi, allez, chef, ce serait quand même correct de faire un peu connaissance.

— Ça s'envisage, concéda l'autre. Mais qu'est-ce qu'elle vient faire là, cette vodka ? C'est déjà le matin, je bois pas le matin, moi.

— C'est pas de la vodka, c'est de l'alcool, répliqua Boris d'un ton vexé. Allez, juste un petit godet en l'honneur de notre rencontre, ensuite on monte se coucher. On te retiendra pas longtemps, parce que effectivement, on a bien besoin de dormir.

— D'accord, si c'est juste pour un petit verre, répondit notre hôte.

Malgré mon épuisement total, je ne parvins pas à m'endormir sur-le-champ, et je restai allongée, les yeux ouverts, à écouter la conversation qui se déroulait dans la pièce voisine dont la porte était mal refermée ; peut-être était-ce lié à l'inconfort de la place qu'on m'avait assignée – à l'extrémité du poêle, là où finissait le matelas jeté dessus –, mais sans doute plus probablement parce que j'essayais de deviner ce que Boris et Sergueï manigançaient en redescendant du grenier avec une bouteille d'alcool au lieu de se reposer après vingt-quatre heures d'une route des plus pénibles : voulaient-ils saouler ce grand type plein de forces et lui voler le carburant dont nous avions désormais un besoin vital, ou tenter de l'amadouer, pour qu'il nous en donne de son plein gré ? Depuis l'instant où nous avions entrevu la citerne, nous n'avions pas réussi à en discuter ensemble, parce que le maître des lieux s'était toujours trouvé dans les parages ; une fois seuls dans le grenier, ils avaient sans doute tramé quelque chose, et je brûlais de comprendre quel était exactement leur plan.

Si notre hôte avait une raison précise de sortir sa tractopelle au milieu de la nuit, après avoir aperçu nos voitures sur la route déserte, puis, sans nous poser aucune question, d'inviter onze parfaits inconnus à passer la nuit chez lui, cette raison ne pouvait être que la curiosité. À l'en croire, la communication avec le reste du monde, en général déjà bien mince dans ces contrées, était désormais complètement coupée – à la mi-novembre, la mort des téléphones portables avait bientôt été suivie par celle de la télévision, puis, très vite, celle de la radio était survenue – et les nouvelles concernant le reste du pays ne lui parvenaient que d'une seule manière, vieille comme le monde : par les récits de ceux qui passaient dans les parages ; seulement, au cours des dix derniers jours, personne ne s'était montré, et il n'avait plus appris la moindre nouvelle. Mikhalytch (tel fut le nom qu'il nous donna, arguant du fait que son nom complet, avec prénom et patronyme, était bien trop long) écouta le récit de notre périple avec la plus grande attention, sans croire pour autant à la chute de Moscou – « Ils se sont planqués, ils attendent le vaccin ; dès qu'on en aura trouvé un, ils pointeront le nez hors de leur tanière » ; il ressortit de ses propos qu'à l'instar de tous ceux avec qui il avait eu l'occasion de parler ces derniers temps, il était fermement persuadé qu'un certain ordre subsistait forcément, et que quelque part, au centre, il devait encore exister un îlot de vie normale. Il s'accrochait à sa certitude avec énergie, comme si la pensée que nous soyons purement et simplement abandonnés, condamnés à mourir sans médecins d'une maladie inconnue, sans distribution de nourriture, sans aide d'aucune sorte, l'effrayait moins que la conscience de n'avoir plus personne pour l'abandonner, si bien qu'il refusa de prendre en considération nos plaques d'immatriculation moscovites et tout ce que Boris et Sergueï lui racontèrent d'autre : nous étions visiblement de mauvais Moscovites qui, pour une raison peu claire, avaient été privés de la possibilité d'attendre la fin de l'épidémie dans un endroit sûr.

Il fut plus enclin à croire ce que nous lui racontâmes concernant les villes que nous avions traversées en dernier : la mort de Vologda et Tchériépoviets ne l'étonna pas, on aurait dit qu'il s'était préparé à une telle issue, voire qu'il l'attendait, et l'abandon de Kirillov et Vyterga par leurs habitants le réjouit presque : « Ça veut dire qu'ils sont partis, constata-t-il avec satisfaction. Ils ont pigé qu'il y avait rien à faire dans les villes. » Les villages nettoyés dont lui parla Sergueï le laissèrent quelque temps sans voix, longtemps même, mais cela ne sembla pas l'étonner non plus ; après une longue pause, juste entrecoupée par le glouglou du liquide que l'on versait dans les verres, il articula enfin : « Eh bien, qu'ils essaient seulement de se pointer ici, on va les recevoir comme il se doit », puis il nous expliqua que, deux semaines plus tôt, deux hommes – des prêtres ou des moines – étaient arrivés au village, à pied par le lac gelé : « Notre monastère est là-haut, sur un promontoire entre les lacs, et par là-bas on peut dire qu'il n'y a pas de chemin, rien que de la taïga et des marais, en été on peut y aller en barque, mais c'est loin, quinze kilomètres à travers des lacs et des rivières, et en hiver, seulement comme ça, quand la glace est assez solide », et les deux hommes avaient proposé aux habitants du village de se réfugier dans leur monastère inaccessible, séparé des villes infectées et mourantes par des kilomètres d'eau et de forêts marécageuses, qui leur garantissaient du coup une parfaite sécurité. Ceux qui avaient l'intention d'accepter cette proposition disposaient d'une semaine pour rassembler leurs effets, après quoi – et leurs visiteurs avaient été très clairs sur ce point – le monastère serait complètement fermé et n'accepterait plus personne, afin de ne pas mettre en danger la vie de ses habitants. « Seulement, on s'en fichait de ce monastère, poursuivit notre hôte ; ici aussi, c'est un endroit reculé, même avant on ne voyait presque pas d'étrangers, et maintenant plus du tout, on vit ici depuis une éternité, on a nos fermes, notre bétail, on n'a besoin de rien, même si c'est un peu dur sans électricité, mais on s'est tout de suite adaptés, c'était comme ça qu'on vivait dans le temps. On chasse, on pêche un peu, on va attendre que ça se tasse, quoi. Y a seulement deux familles qui sont parties avec eux, parce qu'ils avaient des gosses, et trois ou quatre familles d'Oktiabrskoïe y sont allées aussi, mais tous les autres on est restés, pas de souci. Quand vous avez parlé du lac, j'ai d'abord cru que vous alliez là-bas, au monastère, mais d'après ce que j'ai compris ils sont fermés maintenant, comme ils avaient dit, parce que plus personne n'est venu nous voir de là-bas. »

À ma grande surprise, Sergueï lui parla soudain de l'endroit où nous allions effectivement, peut-être parce que cet homme avait été le premier depuis le début de notre périple à n'avoir aucun besoin de nous, mais que, au contraire, il nous avait été utile ; peut-être escomptait-il que notre hôte lui raconte à son tour quelque chose sur les quatre cents kilomètres qui nous restaient – les moins peuplés, mais les plus difficiles à franchir. Ses attentes furent justifiées, parce que, ayant entendu l'itinéraire que nous projetions de suivre, le vieil homme déclara : « Il y a une semaine, des gens sont arrivés de Niguijma – la ville existe toujours, alors soyez prudents là-bas, ils n'attendent plus le moindre étranger, et s'ils vous coincent, dites-leur que vous venez de la part de Mikhalytch, dites-leur ça direct, et même que vous êtes de ma famille, pour être sûrs qu'ils vous laissent repartir » ; et concernant ce qui risquait de nous arriver plus loin, après cette Niguijma toujours debout, ses suppositions n'étaient guère plus réjouissantes. « Chez nous, c'est calme, parce qu'on peut pas y accéder, constata-t-il d'un air lugubre. Si je déblaie pas la route, elle existe plus, cette route, alors que là-bas, plus tu avances, plus y a du monde, et pire c'est. On a recensé des malades à Poudoj, après vous devez encore traverser Medvéjiégorsk, et là-bas aussi, c'est sûr qu'ils sont contaminés, j'ai même entendu dire qu'ils avaient commencé à tirer dans la foule, des tas de gens enragés sont sortis, malades, et ça tire dans tous les coins ; bref, la route promet d'être mauvaise, très mauvaise, mais il est trop tard pour rebrousser chemin, donc vous devez faire au plus vite, sans vous arrêter nulle part. »

Si Boris et Sergueï avaient eu l'intention de saouler le vieil homme, ils en furent pour leurs frais : l'alcool ne faisait que lui délier la langue, tandis qu'eux, qui n'avaient ni mangé ni dormi depuis vingt-quatre heures, articulaient à présent avec difficulté. Il n'avait toujours pas été question de la citerne de fuel qui trônait dans la cour quand, en riant, le vieil homme les envoya dormir dans le grenier.

— Je vais relâcher mes chiens, leur lança-t-il pour prendre congé d'eux. Alors faites bien attention si vous devez sortir, de toute façon il vaudrait mieux que vous n'alliez nulle part sans moi. Je vais pas dormir, ça ira comme ça, alors en cas de besoin, appelez-moi.

Quand Boris et Sergueï grimpèrent péniblement l'escalier branlant qui les conduisait au grenier, pestant et jurant, je soupirai enfin, pour la première fois depuis le début de cette paisible conversation, parce que pendant tout le temps que ces trois hommes avaient bu et parlé – tranquillement, presque amicalement – de l'autre côté de la porte mal fermée, j'attendais, me préparant à ce qu'il se passe quelque chose qui nous obligerait à quitter notre refuge temporaire en urgence. Il faisait encore nuit dehors, et je ne percevais qu'un faible rai de lumière sous la porte, provenant de la lampe à kérosène qui brûlait dans la pièce voisine, et quand les pas titubants cessèrent enfin dans le grenier, que le grincement de la porte m'indiqua que notre hôte était sorti, laissant place à un silence complet, je restai encore allongée quelque temps sur le dos, coincée contre le bord rêche du matelas, incapable de dormir, effrayée par l'intensité, par l'acuité de ma déception en comprenant que rien de ce à quoi je m'étais préparée ne s'était produit. *Il ne t'a rien fait*, pensais-je, *rien, si ce n'est te sauver la vie. Qu'est-ce qui t'arrive, bon Dieu, si tu n'es pas capable de t'endormir parce que toutes sortes de pensées aussi répugnantes qu'impardonnables te traversent l'esprit ?* Le gamin, comprimé entre Irina et moi, remua soudain et poussa un profond soupir dans son sommeil ; je me tournai légèrement pour m'allonger un tout petit peu plus confortablement, et je m'aperçus qu'elle ne dormait pas non plus, mais que, tout comme moi, elle restait allongée sans rien dire, crispée, les yeux grands ouverts dans l'obscurité.

*
* *

La nuit tombait déjà quand nous nous réveillâmes ; venant de bonne heure, le crépuscule septentrional enveloppait de nouveau ce petit village immobile ; comme toujours, ce furent les enfants qui s'agitèrent les premiers, leur réveil nous obligeant bientôt à nous lever ; ayant ouvert les yeux dans la pénombre, je me dis tout d'abord que je n'avais finalement pas réussi à trouver le sommeil, et ce fut seulement après avoir jeté un coup d'œil à ma montre que je compris : nous avions dormi toute la journée et une nouvelle nuit commençait, ce qui signifiait que nous avions perdu vingt-quatre heures supplémentaires, quand avec chaque heure qui passait, la route qui nous attendait se compliquait en devenant de plus en plus dangereuse. Hébétés et fourbus après plusieurs heures passées serrés les uns contre les autres sur un matelas dur et inconfortable, nous examinâmes la pièce voisine : mis à part la vieille chienne toujours allongée près du poêle, il n'y avait personne. De toute évidence, les hommes dormaient encore, et seule la bouteille bien entamée qui traînait sur la table témoignait de la conversation qui s'était tenue la nuit dernière, les verres ayant été remisés quelque part. Nous ne tenions pas à sortir séparément de la chambre, si bien qu'après avoir ouvert la porte en grand pour éclairer ne fût-ce qu'un peu la sinistre galerie extérieure, nous nous dirigeâmes jusqu'aux latrines, tel un troupeau hésitant, avant de revenir sur nos pas et de nous installer sur le long banc qui jouxtait une grande table en bois dépourvue de nappe, sans savoir ce que nous devions faire. Une bouilloire à l'émail ébréché chauffait sur le poêle, remplie à ras bord, mais il nous semblait aussi impoli de nous mettre en quête de thé ici qu'effrayant d'effectuer un aller-retour jusqu'aux voitures, lorsque nous nous souvînmes opportunément des chiens que le maître des lieux s'apprêtait à relâcher.

— Je vendrais bien mon âme contre une douche brûlante, déclara Natacha. Après ce matelas puant, je suis couverte de poussière, comme si j'avais dormi par terre ; il ne doit pas faire le ménage souvent, à mon avis.

Nous sommes restées d'indécrottables citadines, songeai-je avec amertume. *J'aimerais savoir combien de temps il va nous falloir pour cesser de rêver à une douche bien chaude ou à des toilettes propres. Voire à des toilettes tout court.*

— On devrait les réveiller, suggéra timidement Marina. Quelle heure est-il ? Il est temps de repartir. Il faudrait juste manger un morceau avant. Mais il est passé où, le type ?

Nous nous levâmes à l'unisson avec Irina : moi pour grimper au grenier et réveiller les gars, elle sans doute pour aller dans l'entrée essayer de trouver notre hôte, qui avait disparu quelque part dans les tréfonds de sa vaste demeure ; mais à peine avais-je eu le temps de m'approcher de l'escalier qui montait à l'étage et elle de poser la main sur la poignée de la porte d'entrée qu'un aboiement assourdissant, poussé par plusieurs chiens à la fois, retentit dehors ; à ce bruit, Chien se hérissa presque instantanément, le poil dressé sur l'échine, il inclina la tête et poussa un grondement sourd. Nous entendîmes la porte qui donnait sur l'extérieur s'ouvrir, quelqu'un taper du pied dans l'entrée ; Irina ôta aussitôt sa main de la poignée et recula de quelques pas ; déjà la deuxième porte s'ouvrait aussi, livrant le passage à deux inconnus, barbus tous les deux, le visage rougi par le froid, qui introduisaient avec eux l'odeur fraîche du gel mêlée à un fort relent d'alcool. Ils restèrent quelques instants sans rien dire sur le seuil, à nous examiner d'un air peu amène ; le chien grogna encore plus fort, dévoilant ses épais crocs jaunâtres avec agressivité, ce qui découragea peut-être les deux types de faire le moindre pas en avant, quand bien même ils ne jetèrent pas un seul regard dans sa direction.

— Mais y a que des bonnes femmes ici, constata l'un d'eux, le moins grand, un type avec de petits yeux perçants.

Le second, plus grand et plus âgé, secoua la tête :

— C'est pas possible. Y a quatre voitures, t'as bien vu. On va demander à Mikhalytch. Il est où, Mikhalytch ? demanda-t-il en levant les yeux sur nous, des yeux vaseux, presque sans expression. J'essayai de me souvenir si quelqu'un m'avait déjà dévisagée ainsi, avec autant d'indifférence et d'impassibilité, mais échouai dans ma tentative, et je me contentai alors de hausser les épaules sans rien dire, non que je refuse de leur répondre, mais parce que j'étais incapable de me forcer à ouvrir la bouche ; de vagues bruits nous provenaient du grenier. *Ils sont réveillés,* me dis-je, *ils ne vont pas tarder à descendre, ce serait bien qu'ils pensent à prendre les fusils avec eux, ils ne les ont quand même pas laissés dans la voiture, pas après ce qui est arrivé à Léonid,* mais à ce moment-là l'imposante silhouette de notre hôte se dessina dans l'embrasure de la porte et, par comparaison, les deux intrus qui nous avaient tant effrayées me semblèrent tout d'un coup rabougris, aussi insignifiants que pitoyables. D'un rapide mouvement d'épaule, presque invisible, Mikhalytch les repoussa dans l'entrée, et dès qu'il eut bien refermé la porte derrière lui on entendit monter sa puissante voix de stentor :

— Qu'est-ce que vous fichez ici ?

À cet instant, la trappe menant au grenier s'ouvrit et Boris déboula à notre étage – il avait le visage fripé mais, comme je l'espérais, sa carabine à l'épaule ; Sergueï arriva sur ses talons, armé lui aussi. Ils nous jetèrent un rapide coup d'œil puis, s'étant assurés que nous allions bien, s'approchèrent de la porte à pas de loup, tout en tendant l'oreille ; Andreï, Micha et – fermant la marche – Léonid, que cette descente à la verticale handicapait particulièrement, dévalèrent alors l'escalier. On entendait des voix de l'autre côté de la porte, mais je ne parvenais à distinguer que des mots épars ; il me sembla cependant que notre hôte avait désormais quelques interlocuteurs supplémentaires.

— Alors comme ça, t'as encore été nettoyer la route ? entendis-je soudain distinctement. On avait pourtant décidé...

Après quoi toutes les voix se mirent à vociférer en même temps, sans que je puisse discerner quoi que ce soit d'autre que la basse retentissante du maître des lieux, dont chaque parole sortait du brouhaha général comme une pierre de l'eau – « des bonnes femmes et des gosses », lança-t-il d'abord, puis « tous en bonne santé, je vous assure, en bonne santé ! », mais les autres voix, qui étaient maintenant bien plus que deux, continuaient à se faire entendre avec une intensité croissante, jusqu'à ce que le vieil homme hurle quelques obscénités presque inarticulées, mais qui éteignirent aussitôt le vacarme, remplacé sur-le-champ par un grognement sourd et mécontent, puis le claquement de la porte extérieure ; les chiens en furie se remirent à aboyer avant de se taire, sans doute parce qu'ils connaissaient les gens qui traversaient la cour, puis le calme revint.

— Alors voilà, déclara Mikhalytch en revenant vers nous. (Son visage était maussade.) Je voulais vous proposer d'attendre encore une nuit, la route est affreuse, mais vu les circonstances, il faudrait que vous partiez aujourd'hui.

Comme nous le regardions sans rien dire, il continua avec une grimace dépitée, après nous avoir examinés :

— Ils viendront pas nous importuner tout de suite, mais je les retiendrai pas longtemps. Allez pas vous imaginer n'importe quoi, c'est pas des gens mauvais ; enfin comment dire ? C'est des gens normaux, banals, seulement vous avez trop de choses avec vous. Pour l'instant, ils sont pas affamés, et ils crèveront pas de faim, parce que le lac nous nourrit, en plus on a plein de réserves, mais vos affaires, vos voitures, vos fusils, là... (Il parlait désormais comme s'il était furieux contre nous parce que notre seule apparition dans cet endroit calme et paisible avait détruit une sorte d'harmonie fragile, un équilibre atteint au prix de gros efforts et désormais impossible à restaurer, même si nous débarrassions le plancher sur-le-champ.) Bref, faites vos bagages et que Dieu vous garde.

Même si cela faisait plus de vingt-quatre heures que nous n'avions rien avalé, même si nous comprenions qu'une demi-heure supplémentaire nous aurait permis, si ce n'était de manger nous-mêmes un morceau, du moins de nourrir les enfants, quelque chose dans la voix de cet homme nous poussa à rassembler nos affaires au plus vite, sans protester ; après s'être éloigné quelques minutes – pour réunir et enfermer ses chiens qui continuaient de temps à autre à aboyer nerveusement dans l'obscurité –, il revint pour nous aider à transporter nos affaires dehors, dans nos voitures rendues glaciales par cette courte journée d'hiver. Les quatre moteurs tournaient déjà mais, sans qu'une concertation eût été nécessaire, aucun d'entre nous n'avait allumé ses phares – seuls brillaient les codes blafards du pick-up, dont la faible lumière nous suffisait pour jeter sacs et duvets dans les voitures, en nous efforçant de ne pas faire de bruit, de ne pas claquer les portières. Le village qui se trouvait à quelques centaines de mètres de là ne nous semblait plus aussi endormi ni aussi désert ; on ne voyait toujours personne dehors, mais les fenêtres avaient maintenant l'air de braquer sur nous des yeux fixes et méfiants, dont les regards invisibles, qui pouvaient tout aussi bien ne pas exister, nous mettaient particulièrement mal à l'aise. Les enfants étaient déjà installés dans les voitures, Léonid s'était allongé sur la banquette arrière du Land Cruiser, et même le chien avait déjà repris sa place, après un aller-retour éclair pour se soulager quelque part derrière les congères, pourtant nous ne partions toujours pas, parce qu'il nous restait encore une chose à faire, une chose importante, une chose vitale, que pourtant nous n'arrivions pas à nous décider d'entreprendre ; pour gagner encore quelques minutes, les hommes allumèrent une cigarette sur le terre-plein, entre les voitures ronronnant à mi-voix, tandis que notre hôte continuait à insister sur un point concernant Niguijma : « La troisième maison à droite, c'est celle d'un gars qui s'appelle Ivan Alexéïtch, vous allez tout de suite chez lui, pigé ? T'as pigé ? » et il s'adressait à Sergueï, lequel ne le regardait pas pourtant, il en était incapable, il se tournait plutôt vers Boris pour essayer de croiser son regard, et quand ils se furent enfin trouvés, je retins mon souffle parce que je compris que l'heure avait sonné, quelque chose allait se passer ; Irina fit un rapide pas en avant, se planta devant la silhouette massive de Mikhalytch et, l'ayant interrompu en plein milieu d'une phrase, elle posa sa petite main dénudée sur l'énorme manche durcie de sa pelisse.

— Dites-moi, commença-t-elle d'un ton insinuant, en détachant chacun de ses mots, vous avez bien une vache à l'intérieur, non ? Une vache ?

Et dès qu'il eut hoché la tête, sans comprendre où elle voulait en venir, elle enchaîna :

— Ce serait super si on pouvait avoir du lait pour les enfants, ça fait une journée entière qu'ils n'ont rien mangé, vous pourriez nous donner un peu de lait ?

Si le vieil homme fut dérouté par l'étrange requête qu'on lui adressait en un lieu et à un moment aussi incongrus, son visage n'en laissa rien paraître : après lui avoir jeté un rapide regard de haut en bas, il hocha la tête et fit demi-tour pour rentrer dans sa maison. Dès qu'il eut disparu, elle resta immobile quelques instants, tendant l'oreille, tandis que nous ne bougions toujours pas, figés par la surprise, mais en deux bonds elle fut bientôt près du Vitara et, sans même refermer la portière conducteur, elle lui fit accomplir une rapide marche arrière ; dans un rugissement tonitruant, le pare-chocs de ma voiture vint se coller contre la large porte d'entrée en arc de cercle, le plastique rigidifié par le gel heurtant bruyamment les planches de bois.

— Alors !? cria-t-elle en se tournant vers Sergueï. (Le regard qu'elle lui lança de derrière le volant fut aussi bref que mauvais.) Qu'est-ce que vous attendez ? Où sont les jerrycans ? À moins que vous ayez l'intention de voler la tractopelle ?

Cette violente apostrophe fit sursauter Sergueï qui jeta sa cigarette à demi fumée et courut vers le Pajero dont il ouvrit aussitôt le coffre ; Andreï se rua sur ses talons, et Boris se précipita lui aussi vers la citerne, se débarrassant de la carabine en cours de route ; dès qu'il eut atteint la cuve, il entreprit énergiquement de déterrer le volumineux dispositif attaché à sa face la plus proche de nous.

— Du lait pour les enfants ? redemandai-je, n'en croyant toujours pas mes oreilles.

Elle me répondit d'une voix douce et fatiguée, comme si elle avait mis toutes les forces qui lui restaient dans son saut derrière le volant et la brutale manœuvre d'un mètre et demi qui avait visiblement coûté son pare-chocs au Vitara :

— C'est toujours mieux que ce qu'ils avaient imaginé.

— Mais enfin, il va revenir dans quelques minutes, objectai-je, désespérée. Dès qu'il comprendra pourquoi tu l'as envoyé chercher du lait. D'ailleurs il a sans doute entendu le raffut, tout le village a dû l'entendre, à mon avis...

— Anna, il ne va pas revenir, tu sais, répliqua-t-elle lentement et d'un ton amer. (Elle baissa la tête et je réalisai que, pour la première fois, elle avait prononcé mon prénom sans hostilité, comme si nous étions deux amies proches, comme s'il n'y avait aucun contentieux entre nous.) Il a déjà tout compris ; sans doute même qu'il avait pigé hier, à l'instant où nous avons vu la citerne, il attendait juste de voir ce que nous allions faire, et eux, ces imbéciles, ils ont bu leur alcool avec lui, ils ont bavassé et ils n'ont pas bougé le petit doigt, et maintenant, ils n'ont plus assez de temps pour faire les choses comme il faut.

Comment peut-on faire ces choses « comme il faut » ? pensai-je tout en comprenant qu'elle avait raison, que nous avions été jusqu'à récemment des « gens bien », comme il disait, oui, des « gens bien », et je la laissai là où elle était, au volant du Vitara, pour ouvrir moi aussi le coffre ; cela devait prendre beaucoup de temps, de transvaser autant de fuel de la citerne, pour remplir les jerrycans l'un après l'autre, à toute vitesse, dans l'obscurité, on n'aurait jamais le temps, à moins qu'il ait effectivement tout compris et ne revienne pas, parce qu'il avait décidé de nous laisser partir tranquillement, sans faire de vagues, sans effrayer les enfants. Dans le coffre archiplein du Vitara, il n'y avait que deux jerrycans – petits, de dix litres –, que Boris avait apportés avec lui de Riazan, je les empoignai et courus vers la citerne, près de laquelle les hommes se démenaient déjà, et quand je l'eus presque atteinte, mon beau-père se redressa soudain, leva sa carabine et dit d'une voix forte :

— Reste où tu es.

Il regardait quelque part au-dessus de ma tête et un peu sur la droite ; il était évident qu'il ne s'adressait pas à moi, mais je m'arrêtai quand même et tournai lentement la tête ; près du mur de la maison, je vis le vieil homme, sans chapka, la pelisse ouverte, comme s'il l'avait enfilée en toute hâte, mais il n'avait pas l'air agité, il n'avait d'ailleurs rien à la main, ni fusil, ni hache, rien. Bizarrement, la première pensée qui me vint à l'esprit fut qu'il allait avoir froid à la tête, il avait sans doute laissé tomber sa chapka en contournant la maison, parce que bien entendu, il ne pouvait y avoir une seule issue dans une aussi grande maison, c'était stupide, puis je me dis encore : *il est revenu. Il est revenu alors que selon elle il devait forcément rester à l'intérieur.*

— Nous avons besoin de trois cents litres seulement, expliqua Boris, sans parler trop fort. On prendra rien de plus, on doit juste atteindre notre but, tu l'as dit toi-même, la route est mauvaise, on n'a presque rien trouvé jusqu'ici, et plus loin, si tu dis vrai, on pourra même pas s'arrêter. Alors surtout, reste tranquille, on transvase le carburant, juste ce qu'il faut, tu peux vérifier toi-même, et on s'en va. Tu ne nous verras plus jamais, tu es un type bien, Mikhalytch, et dans d'autres circonstances, tu comprends bien toi-même...

Le vieux se taisait.

— De toute façon, pourquoi tu aurais besoin d'autant de fuel pour toi tout seul ? poursuivit Boris un peu plus fort. Il y a là de quoi nettoyer les routes pendant tout l'hiver, mais qui en a besoin, de tes routes, maintenant ? Tandis que nous, sans ton fuel, on n'y arrivera pas ; dans le meilleur des cas, on atteindra Poudoj, point barre. On en a besoin, tu comprends, autant que de l'air qu'on respire !

Sur quoi il se tut, continuant à regarder le vieil homme par en dessous, avec un air de défi ; et dans le silence qui s'ensuivit, on n'entendit plus que le cliquetis du pistolet à fuel derrière lui et les giclées irrégulières et lourdes du carburant transvasé dans un jerrycan en plastique.

Le vieil homme attendit un peu, supposant sans doute que Boris allait ajouter quelque chose, puis il secoua lentement la tête.

— Vous êtes des gens bizarres, dit-il, sans colère mais avec un peu d'étonnement peut-être. Vous agissez pas comme des humains. Il me reste deux mille cinq cents litres là-dedans, pourquoi vous avez pas demandé ?

Là-dessus il resta planté, silencieux et indifférent, comme s'il avait perdu tout intérêt pour nous, pendant que Sergueï et Andreï s'affairaient avec les jerrycans. Puis, quand nous eûmes rempli le dernier, Boris, qui avait abaissé sa carabine, répéta encore une fois : « Tu vois, trois cents, je t'avais dit, on prendra rien de plus », et pendant qu'ils rangeaient les jerrycans alourdis dans les voitures, puis que Sergueï, rebroussant chemin, mais sans lever les yeux, lui demandait : « Peut-être que tu aurais besoin de cartouches ? pour ton fusil ? ou de médicaments ? On en a, t'es pas cardiaque, si ? Prends, ça peut toujours servir, si ce n'est à toi, eh bien, à quelqu'un d'autre ? », et même alors, quand nous eûmes terminé et jetâmes un dernier regard dans sa direction, qui nous le montra toujours planté dans la même position, la tête découverte, près du mur de son immense maison vide, même alors il ne prononça plus le moindre mot. Pas un seul.

Au moment où nous débouchâmes sur la route qui conduisait plus loin, vers Niguijma, une petite neige fine se mit à tomber.

*
* *

Nous roulâmes rapidement, aussi vite que nous le pouvions sur une route couverte de neige, et je me rendis compte que je ne cessais de me retourner pour vérifier que la route derrière nous était déserte ; sans trop savoir pourquoi, j'étais certaine que l'homme qui nous avait hébergés la nuit précédente et qui nous avait permis de prendre son carburant ne nous pourchasserait pas après notre départ précipité, mais que les autres, ceux qui étaient venus pendant la journée, pouvaient en revanche le faire, surtout maintenant que nous leur en avions donné le prétexte en enfreignant les règles les premiers. Cette pensée agitait sans doute l'esprit de tous mes compagnons de voyage sans exception, car nous ne fîmes pas la moindre halte jusqu'à Niguijma, nous n'échangeâmes pas non plus *via* la C.B., même si nous devions nourrir les enfants au plus vite, manger un bout nous-mêmes et remplir de carburant nos réservoirs qui se vidaient. La neige qui s'était mise à tomber nous poussait aussi à avancer, car même si elle était pour l'heure inoffensive, elle pouvait s'épaissir d'une minute à l'autre et nous empêcher de poursuivre notre route. Définitivement, cette fois.

Si le vieil homme ne nous avait pas prévenus que Niguijma était encore vivante, nous aurions été incapables de le soupçonner : en dépassant ce village sombre, plongé dans un silence méfiant, on aurait pu s'imaginer qu'il était déjà mort ou que ses habitants l'avaient délaissé ; il me sembla, c'est vrai, voir filer puis disparaître une petite lumière pâle derrière l'une des fenêtres donnant sur la route, mais il pouvait très bien ne s'agir que du reflet de nos phares.

— Tu penses qu'il reste quelqu'un, ici ? demandai-je à Sergueï.

— Je ne sais pas, répondit-il. Une semaine, ça fait long ; il a pu se passer des tas de choses, dont le vieux n'aura même pas eu connaissance.

Et je me dis : *en effet, une semaine, ce n'est pas rien.*

Deux semaines plus tôt, nous étions chez nous, la

ville avait déjà été fermée, mais maman était encore vivante, et Boris n'avait toujours pas frappé en pleine nuit à la porte de notre salon pour nous apprendre quels indécrottables imbéciles nous étions ; deux semaines plus tôt, nous avions encore quelques jours en réserve avant que notre univers familier ne s'écroule tout à coup, complètement, entièrement, sans laisser subsister le moindre espoir de voir ce cauchemar cesser un jour, se terminer de lui-même, et nous permettre d'en attendre la fin en nous terrant chez nous. Il était impossible de croire que deux semaines plus tôt, à cette même heure, nous étions tous les trois – Sergueï, Micha et moi – sans doute assis dans notre cuisine confortable et claire, sous notre abat-jour en verre coloré, et que mon plus grand souci était de savoir ce que j'allais préparer le lendemain pour le dîner. Quoique non, bien sûr que non, deux semaines plus tôt nous avions déjà essayé de pénétrer dans la ville, et Sergueï comme moi, nous commencions à nous inquiéter pour ceux qui étaient restés à l'intérieur, derrière les cordons, mais de l'espoir, oui, de l'espoir, nous en avions alors ; nous n'avions pas encore perdu de proches à ce moment-là, des hommes surgis de nulle part n'avaient pas encore tiré sur le chien de Léonid ; dans le lotissement voisin, la maison de pain d'épice la plus proche de la route n'avait pas encore été incendiée, et l'idée d'une fuite ne nous avait pas encore traversé une seule fois l'esprit, tant nous nous sentions en sécurité entre les murs de notre magnifique maison moderne. Impossible de croire que tel était notre état d'esprit seulement deux misérables semaines plus tôt.

Aussi n'eus-je aucun mal à croire qu'une semaine sans lien avec Niguijma avait amplement suffi pour que la maladie arrive jusque-là et anéantisse ses habitants peu nombreux, ou que les « enragés » apparus dans les parages, comme les avait appelés le vieil homme, trouvent enfin comment parvenir ici ; si ce village paraissait aussi inhabité et mort, c'est qu'il l'était bel et bien et n'abritait plus le moindre Ivan Alexéïtch dans la troisième maison à droite, à qui nous aurions pu demander de l'aide si les remords ne nous avaient pas taraudés à présent. À vrai dire, la situation pouvait être toute différente, peut-être que quatre grosses voitures, chargées à bloc, repérables de loin sur une route déserte, avaient forcé les habitants du village à se boucler dans leurs maisons, à se cacher, et qu'ils étaient pour l'heure en train de nous observer, nous suivant des yeux depuis leurs fenêtres obscures, qui avec méfiance et peur, qui peut-être à travers le viseur d'un fusil de chasse.

— Je n'aime pas cet endroit, dis-je en frissonnant. Il faudrait qu'on accélère.

— Papa, on se dépêche un peu, lança aussitôt Sergueï dans le micro, comme s'il n'attendait que mes paroles pour agir.

— Je ne peux pas aller plus vite, rétorqua l'interpellé, agacé. Tu vois bien comment est la route, il ne manquerait plus qu'on reste coincés en plein milieu du village. Ne paniquez pas, s'ils ne se sont pas tout de suite jetés sur nous c'est qu'ils vont nous laisser passer.

Je ne parvins à respirer librement que trois ou quatre kilomètres après que le village inhospitalier de

Niguijma eut disparu derrière un tournant et se fut évanoui comme s'il n'avait jamais existé, et que les champs apparemment infinis qui bordaient la route des deux côtés eurent été remplacés par une épaisse forêt.

— Bon, les gars, déclara Andreï sur ces entrefaites, je ne sais pas ce qu'il en est pour vous, mais moi, j'ai bu tout mon carburant, mon réservoir est à sec, impossible d'aller plus loin, je vais devoir m'arrêter.

— Ce serait bien de continuer encore sur cinq kilomètres, suggéra Boris. C'est pas génial de traîner sous leur nez…

— Ça fait déjà quinze kilomètres que je grille mes dernières cartouches. (Andreï parlait doucement, presque en chuchotant, mais on devinait qu'il faisait un immense effort pour se contenir et ne pas crier.) Entre parenthèses, j'ai bouffé tout mon carburant en essayant de tirer votre Land Cruiser, donc si je dis que je ne peux pas aller plus loin, c'est que je ne peux pas aller plus loin.

Et dès sa phrase terminée, il stoppa sa voiture, si bien qu'il ne nous resta plus rien d'autre à faire qu'à suivre son exemple.

À l'instant même où j'ouvris la portière passager, le chien bondit et chercha même à se glisser entre le dossier de mon siège et le châssis latéral ; aussitôt libéré, il se précipita dans la forêt, zigzaguant entre les arbres derrière lesquels il disparut, tandis que je le suivais des yeux avec anxiété, songeant que de manière surprenante j'avais choisi, parmi tous ceux qui constituaient notre étrange compagnie, ce gros chien inconnu, pas spécialement amical par-dessus le marché, et non un être humain, à ajouter à la courte liste de ceux dont le sort m'importait. Cette liste – ou plutôt ce cercle – n'avait jamais été bien grand, en quelque période de ma vie que ce fût, et ces dernières années il s'était rétréci de façon catastrophique pour ne plus compter que les très proches : maman, Sergueï, Micha, et même Léna, ces derniers temps se trouvait plus souvent en dehors du cercle qu'à l'intérieur ; et il ne s'agissait même pas de la façon dont ils réussissaient à s'entendre avec Sergueï, simplement, depuis qu'il était entré dans ma vie, le reste du monde avait perdu ses couleurs et son intérêt, était devenu insignifiant, comme si quelqu'un avait séparé de moi tous ceux que je fréquentais auparavant – amis, connaissances, collègues – à l'aide d'une cloche transparente qui émoussait les sons et les odeurs, et tous ceux qui étaient restés en dehors s'étaient transformés en ombres sur le mur, connues certes mais dénuées de la moindre signification. Et voilà que désormais ce chien jaune, morose, qui apparaissait et disparaissait quand bon lui semblait, m'obligeait à le chercher des yeux, à m'inquiéter de savoir s'il aurait le temps de revenir et si je saurais convaincre les autres de l'attendre.

Je sortis sur l'accotement et trouvai à tâtons la dernière cigarette d'un paquet froissé que j'avais dans ma poche. Dans mon dos, les hommes déchargeaient précautionneusement les lourds jerrycans, où s'agitaient vingt litres de carburant, tout en s'échangeant de vifs « Andreï, éclaire-moi, je vois pas le clapet », « Micha, c'est bon, c'est le dernier, ça en contiendra pas plus » ; je me dirigeai vers le bord gelé de la route, la cigarette encore intacte dans ma main, incapable de me forcer à m'arrêter ; j'avais soudain une envie aiguë, irrépressible de m'éloigner le plus loin possible, pour que la lumière des phares et les voix humaines disparaissent pendant quelques minutes, pas longtemps, mais au moins une minute, cinq minutes, que je puisse rester seule dans cette obscurité glacée et revigorante ; j'avais tout simplement besoin d'une pause après la nuit passée avec ces femmes étrangères, dans une chambre étouffante et confinée. Je fis cinq pas, dix, quand Sergueï m'interpella :

— Anna, tu vas où ?

Je ne m'arrêtai pas ; je ne pus même pas lui répondre, je me contentai d'agiter la main et de faire encore un pas, puis encore un. *Je ne vais pas aller loin, c'est juste pour ne plus voir aucun de vous, je ne veux voir personne pour le moment, je suis si fatiguée d'avoir toujours quelqu'un à mes côtés, laissez-moi, donnez-moi ne serait-ce qu'un peu de temps.* Je comprenais parfaitement que je n'irais pas loin, ce n'était pas de vraie solitude dont j'avais besoin, mais simplement d'une illusion, d'un ersatz sans danger ; ayant atteint un endroit où la lumière des phares était devenue presque indécelable, et où les sons se fondaient en un bourdonnement homogène, je m'arrêtai et fus aussitôt saisie par le froid. *Ils ne vont pas s'apercevoir tout de suite de mon absence,* pensai-je. *J'ai encore cinq minutes en réserve, voire dix, je vais attendre sans faire de bruit, je ne vais pas bouger d'ici, et quand ils seront prêts ils m'appelleront, je les entendrai et je rebrousserai chemin.*

La neige au bord du chemin était intacte et pure, et, sans me soucier de la stupidité de mon comportement pour qui l'aurait observé de l'extérieur, je m'agenouillai, puis m'allongeai sur le dos et inclinai la tête ; je venais juste de remarquer que la neige avait cessé de tomber aussi subitement qu'elle avait commencé. Le manteau neigeux avait la douceur et la température glaciale d'un édredon de plumes dans une chambre non chauffée ; au-dessus de ma tête, le ciel noir et sans lune fut soudain transpercé par deux étoiles rondes et éclatantes, tandis que je restais allongée à fumer avec délectation, sans me presser ; *il fait noir, jamais ils ne me verront et ne pourront me demander : « Mais qu'est-ce que tu fabriques, bon sang, vautrée dans la neige ? » ; c'est impossible à expliquer, j'en serais incapable, même à Serguëi, je ne pourrais lui raconter pourquoi ça m'est nécessaire.* En bruit de fond, je continuais à entendre le bruit des voix, le claquement des portières, mais cette rumeur semblait très lointaine, presque irréelle ; j'avais l'impression qu'un petit effort suffirait pour que je cesse tout à fait de les entendre, et j'y parvins presque, quand je compris soudain qu'au bourdonnement monotone de ces bruits apaisants se mêlait désormais un son étranger et totalement dissonant ; je restai quelque temps encore allongée en paix, cherchant juste à comprendre ce qui produisait ce bruit, je tirai une ou deux bouffées supplémentaires de ma cigarette, et ce fut alors seulement que je saisis ; m'étant soulevée sur un coude, je fouillai du regard les ténèbres qui dissimulaient les lacets de la route de Niguijma, et je bondis, rejetant ma cigarette à demi fumée ; je regagnai les voitures au pas de course, m'efforçant de réduire au plus vite la distance qui me séparait des autres.

Lorsque j'atteignis les véhicules, le plein des réservoirs était presque terminé, mais les jerrycans vides n'étaient pas encore rangés et gisaient côte à côte dans la neige ; au bruit de mes pas, Serguëi se tourna vers moi, et je lui criai, à bout de souffle :

— Une voiture ! Il y a une voiture qui arrive !

À la façon dont il se tourna désespérément du côté de l'infranchissable mur d'arbres, je devinai que j'étais arrivée trop tard, que nous n'aurions pas le temps. Je cherchai Micha des yeux et le vis ; sur le siège arrière du Land Cruiser, je distinguai aussi la massive silhouette de Léonid et, à côté de lui, la tache blanche de la combinaison de Marina ; Boris, Andreï, Natacha, tous étaient là, dans les parages, seul le Vitara était vide, la portière grande ouverte : Irina et le gamin manquaient à l'appel.

— Irina, hurlai-je du plus fort que je pus.

Dès que l'écho de ma voix se tut, le grondement du moteur de la voiture qui arrivait se fit plus net, et la lumière de ses phares traversa soudain la palissade en apparence opaque des troncs nus et congelés, à quelques centaines de mètres derrière nous, pour jaillir au milieu des branches enneigées.

— Anna, va dans la forêt, me lança Sergueï dans un souffle, tout en fouillant déjà derrière les sièges du Pajero pour y dénicher son fusil. Les filles, courez toutes dans la forêt !

Et comme nous restions immobiles, pétrifiées, effrayées, il se tourna, m'agrippa violemment l'épaule de sa main libre et m'aboya en plein visage :

— Anna, tu m'entends ? Va dans la forêt !

Sur quoi il me poussa sans ménagement, si fort que je faillis perdre l'équilibre, et me regardant toujours, avec insistance, il ajouta :

— Trouve Irina et Anton, et surtout, vous ne sortez pas tant que je ne vous appelle pas. Pigé ?

Je reculai alors pas à pas, sans détacher mon regard du sien, si bien qu'il répéta : « Pigé ? », et quand je hochai la tête, il se détourna aussitôt pour reporter son attention sur la route ; je n'eus cependant pas la possibilité de faire un pas de plus, parce que la voiture que j'avais entendue si tard était déjà toute proche. À une trentaine de mètres de nous, elle ralentit brutalement, et continua ensuite à perdre de la vitesse, comme si elle devait encore s'approcher un peu, mais à contrecœur, et bientôt je pus l'identifier : une OUAZ « Miche de pain »[1], vert sale et trapue, dotée de petits phares ronds, largement écartés.

En parvenant presque à notre niveau, la « miche de pain » fit une vive embardée sur la gauche, de l'autre côté de la route, puis s'immobilisa dans un ronflement sourd qui fit lâcher une épaisse fumée à son pot d'échappement ; ses portières restèrent cependant fermées, et personne n'en sortit.

— Allez vous mettre derrière la voiture, nous lança Sergueï à mi-voix.

Il ne se retourna pas, mais quand bien même il n'aurait rien dit, nous aurions instinctivement reculé derrière le mur protecteur de nos hautes voitures chargées à ras bord ; s'étant recourbé, il contourna prudemment le pick-up, planta ses coudes sur le large capot et releva son fusil.

Un craquement se fit entendre derrière nous : en me retournant, je découvris Irina et son fils qui sortaient à pas lents de la forêt. *Ce n'est pas possible*

1. Il s'agit du OUAZ-452, véhicule de type Combi, produit par l'usine automobile d'Oulianovsk, et dont la forme de pavé lui a valu ce surnom dans la population. *(N.d.T.)*

qu'elle n'ait rien entendu, elle qui est toujours si prudente d'ordinaire, me dis-je, pourtant elle ne regardait même pas dans notre direction, elle avançait les yeux baissés, enjambant les minces troncs couchés dans la neige ou dépassant des congères, et sermonnait son gamin :

— ... qu'est-ce que ça veut dire : « J'ai pas faim », il faut manger, tu n'as pas le choix, on va demander à papa de t'ouvrir une boîte de viande, de la bonne viande...

— ... et on donnera de la viande au chien ? demanda le garçonnet d'une toute petite voix.

Mais elle ne lui répondit pas, parce qu'elle avait enfin remarqué nos silhouettes figées par l'anxiété, Sergueï et son fusil, la voiture étrangère de l'autre côté de la route. Aussitôt elle plaqua une main sur la bouche du petit, lequel poussa un couinement indigné et se démena, mais, d'un seul mouvement de l'autre main, elle l'attira contre elle et tomba avec lui dans la neige où elle se figea.

À ce moment-là, on entendit un bruit sur la route, je dirigeai alors mon regard de ce côté et vis s'ouvrir la portière passager de la « miche », dont un homme de petite taille, solidement bâti et juste couvert d'un pull de couleur marron rouille ridicule, essayait tant bien que mal de s'extirper. Après quoi il fit quelque chose d'étrange : au lieu d'essayer de nous regarder ou d'engager d'une manière ou d'une autre la conversation avec nous, cet homme, désormais sorti de son véhicule, resta à nous tourner le dos, en dépit des règles de prudence les plus élémentaires, puis il passa la tête par la portière toujours ouverte et cria dans l'habitacle, sans irritation, plutôt gaiement même :

— Mais enfin, elle ne veut pas s'ouvrir, ta fenêtre, je te dis ! Il n'y a rien qui fonctionne dans ta bagnole !

Son interlocuteur invisible à l'intérieur de la « miche » – selon toute probabilité, celui qui se trouvait au volant – répliqua quelque chose, sur un ton à la fois énergique et inquiet, mais je ne pus distinguer ses paroles ; l'homme qui était sur la route lui adressa alors un signe de la main, aussi cocasse qu'exagéré, censé signifier quelque chose du genre : « Bah, ça sert à rien de discuter avec toi », puis il se détourna et marcha vers nous.

— N'ayez pas peur, nous lança-t-il d'une voix forte, je suis médecin ! Je suis médecin !

Il tendait devant lui une main portant une valise rectangulaire en plastique, de celles que l'on voit chez les médecins urgentistes et pleine d'un matériel cliquetant.

— Arrête-toi ! lui cria Boris en faisant un pas en direction de la lumière, afin que l'homme voie sa carabine.

L'intéressé obéit, mais sans abaisser sa valise pour autant ; au contraire, il l'éleva davantage et répéta toujours aussi fort :

— Je suis médecin, je vous dis ! Vous allez bien ? Vous n'avez pas besoin d'aide ?

Je dirigeai alors de nouveau mon regard vers la « miche » et remarquai effectivement, sur sa portière avant, un rectangle d'un blanc éclatant, portant en lettres rouges l'inscription « service médical » et, en dessous, une croix rouge bien nette dans un cercle blanc.

— Nous n'avons pas besoin de docteur ! aboya

Boris en direction de l'homme à la valise. Passez votre chemin !

— Vous êtes sûrs ? insista l'homme en tendant le cou, comme pour essayer de mieux voir le visage de son interlocuteur armé. Mais dans ce cas, qu'est-ce que vous fabriquez dans le coin ? Tout va bien ?

— Mais oui, on va tous très bien, putain de ta..., vociféra Boris avec rage. On n'a besoin de personne !

L'homme à la valise resta encore planté quelques secondes, attendant visiblement la suite, puis il abaissa la main et dit, sur un ton qui me sembla manifester une pointe de déception :

— Bon, eh bien puisque vous le dites...

Il tournait déjà les talons pour regagner sa « miche » quand une petite voix monta de la droite et lui cria, alors qu'il s'éloignait :

— Attendez ! (Il se figea dans la seconde et releva la tête.) Ne partez pas ! On a besoin d'un docteur !

— Marina, siffla Boris en se tournant vers elle, retourne à ta place.

Mais elle se précipita sur la route et courut jusqu'à l'homme à la valise, silhouette élancée au dos fin et obstiné, sans se retourner une seule fois vers nous ; au moment où elle l'atteignait presque, elle glissa malencontreusement et faillit tomber, obligeant l'homme à la rattraper de sa main libre, et pendant qu'il la relevait, elle lui avait déjà envoyé sa tirade, sans pause et sur un ton plaintif :

— Ne partez pas, ils ne vous feront rien ; dans la voiture, là-bas, il y a mon mari, il a reçu un coup de couteau, ça cicatrise très mal, venez, je vais vous montrer.

Et elle l'attira vers sa voiture sur la banquette de

laquelle Léonid se recroquevillait, incapable de bouger désormais ; nous les regardâmes s'approcher du Land Cruiser, tendre la main vers le haut et tourner un bouton pour allumer le plafonnier ; puis elle fit rapidement sortir la fillette du véhicule, expédiant ensuite sans ménagement le siège auto de la gamine sur le bas-côté de la route ; après quoi elle chercha à faire avancer les larges sièges avant – efforts vains puisqu'ils étaient bloqués – et elle aurait continué à batailler pendant longtemps si l'homme à la valise ne lui avait lancé :

— Attendez, je vais essayer.

La fillette, qui se retrouvait maintenant dehors, dans la neige, avec sa combinaison à moitié ouverte et la tête nue, se mit à geindre, mais Marina ne semblait pas l'entendre. L'homme à la valise réussit à venir à bout des sièges avant, et son torse disparut alors dans les entrailles de la grosse voiture noire. De l'extérieur, on ne voyait plus que ses jambes, appuyées sur le haut marchepied, tandis que Marina contournait le Land Cruiser et passait elle aussi la tête dans l'habitacle par la portière conducteur tout en continuant à expliquer quelque chose avec animation. La fillette se mit à geindre encore plus fort, si bien que Natacha, qui était accroupie près du pick-up, finit par s'exclamer :

— Mais enfin, qu'est-ce que c'est que ça, bon sang ! Elle ne lui a même pas mis de bonnet ! (Elle se redressa.) Marina ! cria-t-elle. Il est où, le bonnet de Dacha ?

Comme elle ne reçut aucune réponse, Natacha s'approcha de la fillette en larmes et releva la capuche de sa combinaison, tout en continuant à s'énerver :

— Comme si on venait juste de le poignarder ! Mon Dieu, quelle *prima dona* ! Ne pleure pas, ne pleure pas, mon trésor, tout va bien, le docteur est venu voir papa, là, on va refermer ta combinaison…

Quant à nous autres, toujours ratatinés derrière les voitures, nous nous sentions désormais complètement stupides : personne ne cherchait plus à rappeler Marina ou Natacha, et voici qu'Andreï sortit de son abri, redressé de toute sa hauteur, et rejoignit sa femme, suivi par Micha qui émergea de sa cachette derrière le Vitara en me jetant un coup d'œil timide ; à ma grande surprise, je m'aperçus qu'il tenait à la main l'un des fusils de Sergueï. Le dernier à se rendre fut Boris, qui se releva en crachant de dépit par terre ; il n'eut pas le temps d'atteindre le Land Cruiser que l'homme à la valise ressortait la tête, et, toujours sur le marchepied, criait à l'intention de la « miche » :
— Kolia ! Apporte-moi mon sac noir, il doit se trouver quelque part là-bas derrière ! Kolia, tu m'entends ? OK, laisse tomber, j'y vais moi-même.

Et il quitta d'un bond le marchepied, pour traverser rapidement la route, tandis que son acolyte suspicieux venait à sa rencontre, mais sans couper le moteur ni même refermer sa portière ; contournant la voiture, il s'adressa à son compagnon de sa voix toujours mécontente et inquiète :
— Je sais pas où il est, ton sac, tu le fourres toujours n'importe où, va le chercher toi-même !

Et pendant que l'autre fouillait dans la « miche » où il disparut presque jusqu'à la ceinture, exhibant à nos regards les semelles usées de ses chaussures d'une taille disproportionnée pour un homme aussi petit, Kolia se tint à côté de lui, la mine renfrognée. C'était un type au visage maigre et allongé, couvert de poils grisâtres, qui nous dévisageait d'un œil lugubre, totalement dénué de chaleur ; l'air belliqueux, il tenait un lourd pied-de-biche bien serré dans ses mains.

Au bout de quelques minutes qui s'éternisèrent de façon insupportable, le sac noir fut enfin déniché et transporté dans le Land Cruiser. Après avoir brièvement tourné en rond autour de sa « miche », Kolia le bourru finit quand même par couper son moteur et farfouilla un peu dans son habitacle, pour en tirer quelque chose d'informe et de mou, puis, ayant fourré le pied-de-biche sous son aisselle – il n'avait visiblement pas l'intention de s'en séparer pour le moment –, il passa à côté de nous qui nous tenions autour du Land Cruiser, en nous fusillant une fois pour toutes de son regard d'aigle méprisant, et grogna en direction du large dos marron rouille :

— Tu pourrais au moins t'habiller, Pal Serguéïtch, tu vas te refroidir, rien qu'avec la portière ouverte on se gèle, alors…

Sur quoi il voulut lui faire enfiler son paquet informe, qui était en fait un gros anorak, mais sans même se retourner, « Pal Serguéïtch » le repoussa d'un revers de la main contrarié, et Kolia en fut réduit à serrer l'anorak contre sa poitrine et à se poster non loin de là, secouant la tête comme un père fatigué par les bêtises d'un enfant trop remuant.

— « N'ayez pas peur, surtout », marmonnait-il dans sa barbe. Y a un type qui le tient en joue, et lui il crie « N'ayez pas peur ». Tandis que nous, comme arme, on a seulement ce pied-de-biche. Combien de fois je lui ai dit : « Mêle-toi de tes affaires, Serguéïtch », bon sang de bonsoir, mais non, monsieur doit absolument aller mettre son grain de sel partout ! (Sur quoi il releva la tête et tourna vers nous son regard furieux.) Et vous aussi, vous êtes des gens bien, on leur propose de l'aide, et eux, vlan, ils te visent avec leur fusil !

Après un reniflement indigné, il resta muet quelques secondes puis nous demanda, d'une voix désormais tout autre :

— Vous auriez pas de quoi fumer ? Ça fait cinq jours qu'on s'en est pas grillé une.

Dix minutes plus tard, ayant fumé deux cigarettes d'affilée, tirées de l'ultime paquet que Boris lui tendit à contrecœur, avec un air aussi hostile que celui de notre nouvelle connaissance (et s'en être rapidement glissé une troisième derrière l'oreille), Kolia le morose grommela : « Si quelqu'un est congelé, vaut mieux qu'il aille s'asseoir dans sa voiture ; une fois que Pal Serguéïtch a trouvé un patient, on peut plus l'en arracher, il va rester là jusqu'à ce qu'il soit complètement guéri... », et, fier de sa science, il déambula le long de nos voitures stationnées au bord de l'accotement, donnant un coup de pied dans les roues ; lorsqu'il passa tout près du Land Cruiser, il marmonna : « C'est que ça bouffe, une bagnole pareille, vous devez passer votre vie dans les stations-service », et il jeta un regard tendre et caressant à la « miche » garée de l'autre côté. J'avais l'impression qu'il brûlait que nous l'interrogions, pourtant, dès que je lui posai une question, il s'assombrit, se renfrogna et bougonna quelque chose comme : « Eh bien, dès que Pal Serguéïtch en aura terminé, demandez-lui, parce que moi, je sers juste à tourner le volant. »

Au bout d'un moment, le docteur et Marina sortirent enfin, laissant Léonid allongé sur la banquette arrière.
— Ça y est, annonça-t-il, tenez. (Il lui tendit un petit tube blanc.) Ne gaspillez pas, je n'en ai plus, malheureusement. Il faut l'appliquer au minimum deux fois par jour sur la blessure, il devrait normalement y en avoir pour cinq ou six jours. Et – vous vous souvenez ? – il n'y a aucune urgence à ôter les fils, vous jugerez par vous-même quand ce sera le moment.
Elle se tenait à côté de lui, serrant le précieux tube entre ses mains ; mince, élancée, elle dépassait ce petit homme trapu de près d'une tête et formait avec lui l'image d'un pur-sang arabe de race à côté d'un insipide cheval de trait, mais elle hochait pourtant la tête à chacune de ses paroles, s'ingéniant même à le regarder de bas en haut, sans qu'on comprenne comment elle s'y prenait ; son visage manifestait un mélange de terreur sacrée et d'adoration. Enfin le médecin fit quelques pas dans notre direction, visiblement soulagé de pouvoir se soustraire à l'envahissante reconnaissance de Marina, de plus en plus intense au fil des secondes ; on avait l'impression qu'il en aurait suffi d'une de plus pour qu'elle se jette à ses pieds ou même commence à lui embrasser les mains.
— Ne vous inquiétez pas, il va s'en sortir. Il y a

une petite inflammation, mais avec l'application des antibiotiques locaux elle va se résorber rapidement ; dans des circonstances normales, j'aurais aussi prescrit des antibiotiques par voie orale, mais mes réserves sont très limitées et peuvent s'avérer nécessaires pour des cas bien plus sérieux. Je félicite celui d'entre vous qui l'a recousu : c'est une belle suture, bien nette, on sent là une main ferme et masculine.

Il assortit ces paroles d'un sourire aimable et regarda Boris, lequel, sans se départir de son air maussade, désigna Irina d'un geste du menton – elle se tenait juste à côté de lui, avec le gamin craintivement réfugié derrière ses jambes.

— En fait, c'est elle qui l'a recousu.

— O-oh ! s'exclama le médecin en l'observant. O-oh ! répéta-t-il quand elle leva les yeux.

Sur quoi il resta deux ou trois minutes sans rien dire.

— Écoutez, déclara soudain Sergueï, Pavel Sergueïévitch, c'est ça ? (Le médecin détacha le regard d'Irina, et hocha plusieurs fois la tête d'un air affable.) Qu'est-ce que vous faites par ici, tous les deux, dans un endroit pareil et à une heure pareille ? Vous allez où ? Et d'où vous venez ?

— C'est que le cheval a perdu sa bride, déclara Kolia, dont la longue silhouette émergea soudain de l'obscurité par-dessus de la solide épaule du docteur.

Celui-ci éclata de rire.

— Nikolaï est assurément enclin aux métaphores pittoresques, mais sur ce point je crains qu'il ait tout à fait raison.

Ce qu'ils entendaient par la « bride » du cheval, ils

se mirent à nous le raconter, en se coupant la parole, même si ce fut le docteur qui parla surtout, tandis que Kolia le morose n'intervenait qu'aux moments où le récit lui semblait incomplet : il ajoutait alors quelques mots de son cru ; ils nous expliquèrent que près de trois semaines plus tôt, après la nouvelle que Moscou et Saint-Pétersbourg avaient été mises en quarantaine, le médecin chef de l'hôpital où ils travaillaient tous les deux eut une longue conversation téléphonique avec Pétrozavodsk et de derrière la porte fermée de son cabinet, des bribes de ces échanges irrités parvinrent à leurs oreilles : « Non, c'est à vous de me dire quoi faire ! » et « J'ai déjà cinq cas, rien que dans la ville, mais on doit m'en amener des environs, avec les mêmes symptômes ! », à la suite de quoi le médecin chef jeta le téléphone sur son socle dans un fracas assourdissant, sortit à la rencontre de son personnel rassemblé dehors, et déclara tristement : « En résumé, voilà : il faut aller à Pétrozavodsk. »

Ils partageaient alors tous la conviction sans fondement qu'il existait un vaccin, peut-être en quantité limitée, peut-être expérimental, un vaccin qui n'avait pas subi tous les tests mais qui existait bel et bien ; simplement, pour une raison obscure, on ne l'envoyait pas dans leur petit centre régional, parce qu'on en avait davantage besoin dans les capitales que dans les périphéries dont ces capitales n'avaient, bien entendu, rien à faire. On décida donc d'apprêter une expédition à la direction des Services sanitaires, « Et il faut bien dire que Nikolaï et moi, on était les candidats idéaux, parce qu'on n'a pas de famille, ni lui ni moi », déclara le docteur qui, après un petit coup d'œil subreptice en direction d'Irina, rougit sans qu'on sache trop pourquoi. En guise d'adieu, le médecin chef leur avait dit : « Pavel, tu t'assois dans leur salle d'accueil et tu ne bouges pas, tu ne te contentes pas de promesses, vu ? Tu ne repars pas sans le vaccin » ; ils roulèrent toute la nuit, presque quatre cents kilomètres, sur une mauvaise route gelée, et le lendemain matin, ils étaient à Pétrozavodsk. À la direction, personne ne leur accorda la moindre attention, si bien qu'après avoir fait le pied de grue toute la matinée à l'accueil, notre docteur fut obligé d'enfreindre toutes les règles possibles et imaginables pour faire enfin irruption dans le cabinet du directeur adjoint de l'établissement, l'interrompant en plein milieu d'une réunion de planification qui durait depuis le matin ; et sans aller plus loin que le seuil, il se mit à débiter la tirade qu'il avait conçue pendant sa nuit d'insomnie sur le siège passager de la « miche » qui tressautait à chaque ornière de la route ; pourtant, il n'avait pas pu dévider plus de la moitié de ses arguments que le vieil homme éreinté au triste visage d'épagneul qui siégeait en bout de table lui hurla dessus, avec une violence inattendue : « Cinq cas, vous dites ? Mais moi, j'en ai eu cinq mille en deux semaines ! Et chaque jour, il y en a cinq cents de plus ! Depuis hier, le téléphone est coupé avec Saint-Pétersbourg ! Je n'ai pas de vaccin, personne n'en a, ils attendent simplement qu'on crève tous, putain ! », sur quoi il fit une pause pour reprendre son souffle, avant d'ajouter plus calmement : « Votre grande chance, mon cher, c'est que vous vivez loin et que vous êtes peu nombreux ; croyez-moi, votre situation est bien plus favorable que la nôtre, alors remontez dans ce qui vous a permis d'arriver ici, et cassez-vous au plus vite, retournez dans votre campagne et priez, bon sang, priez pour vos cinq cas. » Bien entendu, notre docteur ne s'avoua pas d'emblée vaincu et fit encore le pied de grue dans les couloirs étroits de la direction, agrippant par la manche les gens qui passaient à proximité, interceptant des conversations, s'efforçant d'appeler encore quelque part, de démontrer quelque chose, et ce fut seulement dans la soirée qu'il admit enfin que l'homme mortellement épuisé qui lui avait crié dessus dans son bureau n'avait pas menti : l'épidémie n'était plus sous contrôle, si tant est qu'elle l'eût été un jour, et ce qui se déroulait maintenant n'était rien d'autre qu'une catastrophe naturelle incontrôlable.

La seule chose qu'il put obtenir, ce fut un petit papier rectangulaire tamponné, ordonnant qu'on lui remette, à lui, Krassilnikov Pavel Serguéïévitch, deux mille doses d'antiviraux sur le stock pharmaceutique de Pétrozavodsk ; « Seulement, ça ne sert à rien, lui dit-on avec résignation. C'est contre la grippe, mais pas contre celle-ci », et quand il se précipita dans la rue, en serrant le précieux document dans sa main, il apprit que Kolia et sa « miche » médicale avaient été réquisitionnés pour procéder à une évacuation forcée de malades, si bien qu'il dut se rendre à pied au stock pharmaceutique, en demandant son chemin et constatant avec horreur que les rues désertes n'étaient plus sillonnées que par de rares véhicules sanitaires, des passants sans visage, cachés derrière des masques blanc et vert tous identiques, il vit quelques points de distribution de nourriture et de médicaments, des files d'attente aussi silencieuses qu'angoissées, bref tout ce que nous ne connaissions déjà que trop avant son récit.

Lorsque Kolia ressurgit enfin, lessivé et terrorisé, son masque respiratoire de guingois, le docteur avait reçu les deux mille doses qu'il espérait tant, empaquetées dans trois petits sacs rectangulaires, et, malgré la fatigue et le choc, ils étaient prêts à repartir sur-le-champ, impatients de quitter cette ville de trois cent mille habitants dont ils constataient déjà les spasmes de l'agonie fatale ; heureusement, avant le raid forcé, le réservoir presque à sec de la « miche » avait été rempli à ras bord, si bien qu'ils sautèrent dans leur véhicule et foncèrent vers la sortie de la ville. Seulement ils ne réussirent pas à s'en échapper : avant d'avoir parcouru plus de quelques kilomètres jusqu'à l'autoroute, ils furent coincés dans un bouchon silencieux, constitué de voitures pleines de gens fous de terreur comme eux, bourrées de valises et ballots fixés à la hâte sur les toits, débordant des coffres entrouverts, et tandis que Pavel Serguéïévitch restait dans la « miche », se retournant à tout bout de champ vers les sacs de médicaments soigneusement alignés à l'arrière, Kolia partit en éclaireur vers l'avant de l'embouteillage, d'où il revint bientôt avec la nouvelle qu'il était impossible de quitter la ville : la sortie était bloquée par des camions et gardée par des hommes en armes qui ne laissaient passer personne. Ils firent tant bien que mal demi-tour par les rues latérales, et, louvoyant, effectuèrent encore quelques tentatives pour quitter la ville, mais la situation était la même à toutes les issues : Pétrozavodsk avait été mise en quarantaine, avec une semaine de retard, et cette mesure désespérée était moins appelée à sauver la ville condamnée qu'il n'était désormais plus possible d'aider qu'à protéger les personnes demeurées à l'extérieur d'une maladie impitoyable.

Ils ne racontèrent pas grand-chose de ce qu'ils firent dans la ville bouclée au cours des trois semaines de quarantaine, « Je vous dis, il doit absolument se mêler des affaires des autres », expliqua Kolia avec une fierté ombrageuse, après avoir ponctionné les réserves de Boris d'une nouvelle cigarette ; nous comprîmes seulement qu'ils furent amenés à ouvrir l'un des trois sacs du stock pharmaceutique, et peut-être fut-ce la raison – à moins que celle-ci soit tout autre – qui leur permit de ne pas se contaminer tous les deux, malgré la vingtaine de jours passée en étroit contact avec les gens qui mouraient autour d'eux. « Vous comprenez, c'est une expérience clinique inestimable, déclara notre docteur tout ému, en nous regardant les uns après les autres dans les yeux. (On aurait dit qu'il avait un besoin vital de nous convaincre, nous et personne d'autre.) Ce virus est très dangereux, c'est évident, mais ce n'est pas lui qui tue, j'en suis absolument certain, je suis sûr qu'une personne infectée peut être sauvée si l'on réussit à empêcher d'une manière ou d'une autre la pneumonie hémorragique qui ne se développe qu'entre le quatrième et le sixième jour. La période d'incubation est courte, inhabituellement courte, parfois inférieure à quelques heures, maximum vingt-quatre heures, et c'est bien sûr très mauvais pour le patient, mais globalement, globalement c'est bien, vous comprenez ? Si on avait posé un diagnostic correct dès le début, on aurait pu isoler les patients de façon vraiment efficace ; le problème, comme toujours, c'est qu'ils ont tous minimisé la gravité de la situation afin d'éviter la panique, et ensuite il était trop tard », acheva-t-il, du désespoir dans la voix. Puis il se tut.

Après une pause, ils nous racontèrent qu'au bout de trois semaines, les cordons devenus inutiles étaient tombés, parce qu'une partie des militaires censés monter la garde avait elle aussi été infectée, et que l'autre partie s'était enfuie dans les environs, alors ils étaient tous deux remontés dans leur « miche » afin d'effectuer une nouvelle tentative pour regagner leur maison ; ils avaient quitté la ville sans encombre, mais sur la route de Medvéjiégorsk, avant même la ville de Chouïa, ils avaient croisé une voiture défoncée, cabossée, avec une femme blême de peur au volant. Quand elle vit la croix rouge sur le flanc de la « miche », la femme les supplia de s'arrêter, se jetant presque sous leurs roues ; ils durent donc obtempérer (« Il fallait qu'il s'en mêle ! » commenta Kolia avec une satisfaction lugubre), pour découvrir que sur la banquette arrière de la voiture défoncée gisait le mari de cette femme, une balle dans le ventre, et quand le docteur entama des tentatives aussi désespérées que vaines pour le sauver, la femme cessa de sangloter et se laissa tomber par terre, avant de s'adosser contre une roue sale ; de son récit sans cesse entrecoupé de brefs soupirs convulsifs, Kolia comprit que Chouïa, qui se trouvait à l'ouest de la voie rapide, avait été pillée et incendiée, et presque juste après ils étaient tombés, son mari et elle, dans une embuscade, d'où ils n'avaient réussi à se sortir qu'en fonçant sur les voitures qui leur barraient la route, ce qui leur avait valu d'essuyer ensuite des tirs, dont l'un avait privé leur véhicule de vitre arrière, tandis qu'un autre prenait la vie de son mari – ce que Pavel Serguéïévitch, livide et souillé de sang, ne tarda pas à confirmer à l'épouse.

Ils prirent cette femme avec eux une fois qu'ils furent certains de la mort de son mari ; elle se laissa docilement installer dans la « miche » sans emporter la moindre affaire de sa voiture cabossée, et pendant le trajet qui les ramenait à Pétrozavodsk elle ne prononça plus le moindre mot : quarante minutes durant, ils n'entendirent monter de la banquette arrière qu'un bruit régulier et effrayant, celui de sa tête qui heurtait la vitre de sa portière, chaque fois qu'ils passaient sur une ornière. Au centre-ville, elle leur demanda soudain de s'arrêter puis, balayant d'un revers de main indifférent leurs injonctions à poursuivre la route avec eux pour conserver ne serait-ce qu'une chance de salut, elle s'éloigna lentement ; ils la suivirent des yeux jusqu'à ce qu'elle disparaisse dans l'une des rues latérales, puis décidèrent de tenter un autre itinéraire, en contournant le lac Onéga par la gauche, puis en traversant Vyterga et Niguijma – aucune personne sensée ne se serait aventurée par là en cette saison, mais l'imposante autoroute de Mourmansk leur était désormais inaccessible, et s'ils voulaient quand même regagner leurs foyers – avec trois semaines de retard et des médicaments qui, ils le savaient, ne pouvaient aider personne –, ils n'avaient pas d'autre solution.

À plusieurs reprises en cours de route, ils faillirent y passer : une fois, ils restèrent coincés dans une galerie semblable à celle qui avait failli nous coûter la vie, mais qui s'avéra plus courte, si bien qu'à deux, en travaillant plusieurs heures sans pause, ils purent déblayer le passage pour la « miche » ; une autre fois, alors qu'ils avançaient péniblement sur une neige friable, un de leurs pneus creva et ils découvrirent bientôt qu'il n'y avait pas de roue de secours dans la « miche », elle avait disparu à Pétrozavodsk, au cours d'un des raids d'évacuation ; jurant comme un charretier et frigorifié jusqu'aux os, Kolia essaya pendant deux heures interminables de régler la situation avec les moyens du bord, et finit par rafistoler quand même la roue en trouvant le moyen de boucher le pneu figé par le gel : il fallait le regonfler tous les trente ou quarante kilomètres, mais ils purent ainsi continuer leur route. Ils avaient passé dix-huit heures à rouler sans autre interruption – c'était toujours Kolia qui tenait le volant, « Je n'ai pas le permis, je n'en ai pas trouvé le temps, voyez-vous », nous expliqua le docteur un peu gêné. Redoutant une embuscade, ils ne s'étaient jamais risqués à demander asile pour la nuit dans l'un des villages traversés, mais quand ils avaient vu nos voitures stationnées sur le bas-côté, ils s'étaient aussitôt arrêtés, « Vous comprenez, j'ai vu ce gamin, là, celui-là », indiqua le docteur en désignant Anton, collé contre la hanche d'Irina, « Nikolaï ne voulait absolument pas qu'on s'arrête, surtout maintenant qu'on est presque arrivés, mais je me suis dit que vous aviez des enfants, et qu'il vous était peut-être arrivé quelque chose ». Sur quoi il se tut et sourit de nouveau, comme pour s'excuser de la longueur de son récit.

Pendant quelques minutes, personne ne prononça le moindre mot ; nous restions silencieux, occupés à digérer cette histoire décousue.

— Il se trouve où, votre hôpital ? demanda enfin Sergueï.

— À Poudoj. Je ne vous l'avais pas dit ? s'étonna

le docteur. Ce n'est plus très loin, une quinzaine de kilomètres.

— Écoutez... intervint soudain Marina avec énergie.

Elle posa sa main fine sur la manche de la veste froissée qu'à un moment de la conversation Kolia avait plaquée sans cérémonie sur les épaules du docteur, avant de la réarranger d'un air offusqué chaque fois qu'elle en glissait, lorsque celui-ci agitait les mains de façon particulièrement animée.

— Nous avons entendu dire, poursuivit Marina, que la situation était agitée à Poudoj. Vous ne devriez pas y aller seuls, attendez-nous, on finit de transvaser notre carburant et on y va avec vous, d'accord ?

— « Agitée » ? répéta le docteur avec un sourire désabusé. Mais y a-t-il un endroit par ici où les choses soient calmes ?

— Eh bien, peu importe, répliqua Marina avec une fermeté que je n'avais jamais décelée chez elle. Ce sera plus sûr comme ça, vous le voyez bien ! Il a pu se passer des tas de choses en trois semaines, dans votre Poudoj. Attendez un tout petit peu, on est déjà presque prêts à repartir. Non ? On est prêts, n'est-ce pas ?

— Non, intervint soudain Irina. On n'est pas prêts.

Stupéfaits, nous nous tournâmes vers elle.

— Oui, d'accord, on n'a pas mangé, concéda Marina, au désespoir. Mais ça, on peut le faire en route, Irina, ou tout de suite, en vitesse, ça prendra dix minutes. Parce qu'ils ne peuvent pas continuer tout seuls...

— Il ne s'agit pas de ça, répondit lentement Irina. Nous ne pouvons plus continuer parce qu'il n'y a plus d'essence dans le Vitara.

Bien entendu, je m'y attendais. C'était impossible à oublier : pendant toute la durée de notre progression qui réduisait la distance nous séparant de la petite maison sur le lac, promesse d'une tranquillité et d'une sécurité longtemps attendues, il était impossible de penser à autre chose qu'à ça : aurions-nous assez de carburant jusque là-bas ? Je ressassais la question quand je conduisais, en observant le mouvement de la mince flèche rouge – il n'y avait pas la moindre fluidité dans ce mouvement, la flèche pouvait rester immobile pendant une heure, une heure et demie, puis opérer une chute brutale – et mon cœur sombrait à chaque fois de même, parce que sur cette route aussi longue que dangereuse, cette voiture, et pas seulement le Vitara mais n'importe laquelle de nos quatre voitures, nous offrait une chance de survie, en était même le synonyme. Je ressassais la question quand nous avions trouvé le camion abandonné, puis dans les stations vides des environs de Kirillov, et encore quand nous avions dévalisé la citerne ; nous avions eu plusieurs fois de la chance, au cours de ces dix jours et quelques, et les trois véhicules roulant au diesel avaient suffisamment de carburant pour atteindre notre destination, mais de l'essence – si l'on excluait les quelques misérables litres dénichés par Boris dans le village de vacances, de l'essence, nous n'en avions trouvé nulle part. Seulement, comme je ne m'étais pas préparée à ce que cela survienne si tôt, je redemandai, en me sentant alors tout à fait stupide : « Comment ça, il n'y en a plus ? Déjà ? »

— En fait, il en reste encore assez pour dix-quinze kilomètres, répondit Irina, mais le voyant clignote, et on s'est dit que ce serait mieux de résoudre la question ici, et pas en plein milieu de la ville où il se passe Dieu sait quoi...

— Je n'ai simplement pas eu le temps de te le dire, l'interrompit aussitôt Sergueï. On va devoir laisser le Vitara ici, Anna. On va charger son contenu dans les autres voitures, et on s'installera plus à l'étroit. Tant pis, c'est pas grave, il ne reste que trois cent cinquante kilomètres maximum, on y arrivera. (Et il poursuivit en s'adressant désormais au docteur.) Écoutez, vous feriez peut-être mieux d'attendre, en effet. On a juste quelques affaires à transbahuter, ça ne prendra sans doute pas plus d'une demi-heure.

— Veuillez nous excuser, répondit alors le médecin d'un ton coupable, en plaquant sa large paume aux doigts courts sur sa poitrine. Mais nous ne pouvons pas nous attarder davantage avec vous. Ils nous attendent, ça fait déjà trois semaines, nous n'avons tout simplement pas le droit, vous comprenez ? Nous n'apportons aucun vaccin, certes, mais ils doivent savoir... Bref, merci, mais on va y aller tout de suite.

— Eh bien, dans ce cas, bonne route. (Sergueï haussa les épaules.) Et bonne chance. (Il tendit la main au docteur, qui la serra aussitôt, avec l'enthousiasme le plus manifeste, puis il se détourna et se dirigea vers le pick-up.) Andreï, remonte la bâche de la remorque, on va sans doute mettre le principal là-dedans...

— Il n'y a pas grand-chose qui va rentrer, répondit Andreï d'un air soucieux. On l'avait presque remplie à ras bord. Peut-être qu'on pourrait balancer les jerrycans vides ?

— Oui, mais pas tous, intervint aussitôt Boris.

Et ils s'agglutinèrent aussitôt autour de la remorque,

comme s'ils avaient déjà tourné la page de la rencontre qui venait d'avoir lieu sur cette route nocturne, comme si ni le timide docteur ni son compagnon, le sombre et méfiant Kolia qui avait vidé le paquet de cigarettes de Boris, n'existaient plus.

— Vous ne devez pas y aller seuls, répéta Marina au docteur. Une demi-heure de plus ou de moins, qu'est-ce que ça changera ?

Mais il se contenta de secouer la tête et commença à reculer, hâtivement et avec une certaine méfiance, craignant sans doute de la voir se suspendre à sa manche pour ne plus le laisser repartir.

— Mais attendez donc ! Il est déjà tard, c'est la nuit, il doit dormir depuis longtemps, votre médecin chef.

— Oh, non ! répliqua vivement Kolia qui se trouvait juste à côté, c'est sûr qu'il dort pas, celui-là ! (Il échangea un regard entendu avec le docteur.) Il va surtout nous passer un savon pour avoir autant tardé. Allez, on y va, Pal Serguéïtch, fais tes adieux, pendant ce temps je vais aller réchauffer un peu la voiture.

Pourquoi se comportent-ils ainsi ? On dirait qu'ils refusent d'envisager qu'il puisse ne rien rester du tout, à l'endroit où ils vont, me disais-je en observant cet escogriffe de Kolia s'accroupir d'un air affairé près de la roue endommagée de la « miche », pour vérifier si elle allait supporter les quinze derniers kilomètres séparant leur petite expédition de ce Poudoj tant désiré. Au cours des dernières vingt-quatre heures, nous n'avions pas vu la moindre ville vivante, pas une seule, rien que deux villages minuscules tapis dans les neiges avec la certitude naïve que vingt kilomètres et quelques de route non dégagée seraient en mesure de les protéger de la maladie et de ceux qu'elle n'avait pas encore terrassés, et qui s'efforçaient de survivre par n'importe quel moyen. *Vous avez pourtant observé la même chose que nous*, songeais-je. *Pourquoi dans cette situation sommes-nous seulement capables de penser à notre propre salut, tandis que vous, qui êtes deux types ridicules et sans armes, montés dans une bagnole qui sent le sapin, vous faites semblant que cette idée ne vous a même pas traversé l'esprit ?*

— Dites-moi, intervins-je, interrompant sans doute un énième monologue plaintif de Marina qui se tut, effrayée, en posant les yeux sur moi. Vous n'avez vraiment pas peur ? Vous ne comprenez pas que là où vous allez, il n'y a probablement plus la moindre ville ni le moindre médecin chef ? Trois semaines se sont écoulées... Vous avez pu juger par vous-mêmes de la vitesse à laquelle ça va... Il n'y a sans doute plus personne, dans votre ville, si ce n'est un tas de mourants que vous ne pourrez pas aider, de toute façon.

Le docteur se tourna lentement vers moi et me dévisagea avec attention, mais sans me sourire.

— Je suis sûr que vous avez tort, répondit-il après une courte pause. Mais même si... je ne sais pas comment vous l'expliquer. Comprenez-moi, dans ces circonstances, nous devons à plus forte raison nous trouver là-bas.

— Serguéïtch ! supplia Kolia déjà assis au volant de la « miche ». À ce rythme-là, on y est encore demain matin, allez, en route !

Alors, après un ultime signe de tête, le docteur se

détourna et rejoignit rapidement le véhicule. Il dut lutter quelques instants avec la portière passager, mais finit par l'ouvrir, sans aide depuis l'intérieur à ce qu'il me sembla, mais au lieu de grimper sur son siège, il glissa d'abord sa veste à l'intérieur de sa valise rectangulaire et cliquetante, puis, s'étant frappé le front, il revint rapidement vers nous, malgré les hurlements mécontents de Kolia.

— J'allais oublier, haleta-t-il en nous rejoignant. Notre hôpital se trouve sur la route, au 69 de la rue Pionierskaïa, un bâtiment jaune à deux étages, impossible de le rater, alors quand vous en aurez terminé ici, passez, je ne vous garantis pas le grand luxe, mais je trouverai le moyen de vous installer pour la nuit.

Il capta mon regard et ajouta alors, d'une voix toute différente :

— Si la situation est calme là-bas, bien entendu.

— Le meilleur endroit où dormir en ce moment, déclara Natacha pendant que nous regardions la « miche » s'éloigner cahin-caha sur les ornières du chemin, c'est évidemment un hôpital plein de virus ! Il est barjot, ce docteur.

— Mais c'est pour ça qu'il ne fallait pas le laisser partir, l'interrompit Marina avec feu. Et vous, vous êtes restés plantés là, sans rien dire, on tenait un type pareil, et vous : « Bonne chance »… (Elle tourna un visage mécontent vers les hommes occupés à décharger le contenu du Vitara.) Il est foutu, ils sont foutus tous les deux !

— De quoi tu parles quand tu dis « un type pareil » ?

s'écria Natacha. Mais qu'est-ce que tu racontes ? C'est juste un toubib, et alors ? Pourquoi tu t'inquiètes tellement pour lui ? Tu n'auras pas ton petit médecin personnel, Marina. Et on ne t'a pas non plus emmené de masseur, figure-toi !

— Natacha… intervint Irina.

— C'est bon, excusez-moi, concéda-t-elle de mauvaise grâce. Mais c'est vrai, on n'a pas moyen de le prendre avec nous. Pas moyen du tout. On ferait mieux d'aller aider les hommes, tiens.

Une demi-heure plus tard, le Vitara était déchargé. Les affaires dont il semblait plein à ras bord étaient à présent dispersées entre les autres voitures : la majeure partie avait migré sous la bâche de la remorque, le reste sous le film de protection qui couvrait le toit du Pajero. Pour tout ranger, il fallut sacrifier la plupart des jerrycans vides, au grand mécontentement de Boris, qui cherchait sans cesse à en fourrer çà et là, à les glisser sous les pieds des uns et des autres, mais finit par se rendre à l'évidence : il n'y avait effectivement plus de place. La pensée qu'il nous fallait abandonner quelque chose de potentiellement utile maintenant que nos réserves étaient devenues si importantes lui était insupportable : il allait et venait d'un air mécontent entre les voitures, scrutant tous les recoins, et insistait : « Peut-être qu'on pourrait prendre au moins les pneus, non ? Les pneus ? – On n'a pas la place, répondait fermement Serguéï. Papa, il faut qu'on y aille. – Attends, je vais quand même prendre la batterie, répliquait Boris avec irritation. Anna, comment il s'ouvre, ton capot ? »

J'avais espéré réussir à éviter ça, que je pourrais me contenter d'attendre qu'on ait fini de dépiauter ma pauvre voiture, puis qu'on s'installerait dans les trois autres véhicules et qu'on reprendrait notre route, que je n'aurais plus à m'asseoir dedans, quand bien même il ne s'agirait que d'ouvrir le capot. Bien sûr, me tourmenter pour une voiture était complètement idiot, après tout ce qu'il nous avait fallu laisser, après tout ce que nous avions déjà perdu – seulement voilà, c'était ma voiture. Vraiment la mienne. J'en avais pris possession sur le tard, à un âge où tous autour de moi en avaient déjà changé plusieurs fois ; jeunes gens, mes amis avaient roulé en VAZ-5 et VAZ-8 de seconde main, héritées de leur parents ou achetées parce que l'occasion s'était présentée, puis ils étaient passés à des modèles étrangers, imposants et cossus, tandis que je continuais à utiliser le métro, en me cachant de la curiosité d'autrui derrière la couverture des livres que je lisais ou en me protégeant grâce à mes écouteurs des conducteurs bavards quand je voyageais sur la banquette arrière des vieux tacots déglingués qu'il m'arrivait de prendre. Il ne me fallut pas plus d'une seconde pour me décider à franchir le pas : à l'instant où la portière se referma sur moi, laissant au-dehors tous les sons et les odeurs des autres, je posai les mains sur le volant tiède, inspirai le parfum du plastique neuf et j'éprouvai aussitôt le regret cuisant d'avoir attendu si longtemps, de ne pas l'avoir fait plus tôt, parce que c'était mon territoire et le mien seulement, et que personne n'avait le droit de me déranger quand j'étais à l'intérieur de ma voiture. Sergueï disait souvent : « Allez, on va la changer, elle a déjà cinq ans, elle va commencer à tomber en morceaux, allez, viens, on t'en achète une autre, une toute neuve », mais sans savoir trop pourquoi, il me fallait absolument la garder, cette voiture que je m'étais achetée un jour, celle-ci et pas une autre.

Boris farfouillait déjà sous le capot, et j'étais toujours assise sur le siège conducteur, essayant de ne pas entendre les voix animées qui me parvenaient de l'extérieur. Agrippant la poignée de la portière, je la refermai au lieu de sortir ; les voix m'arrivaient assourdies, mais j'entendais nettement les cliquetis métalliques provenant des entrailles de ma voiture. Le capot se referma enfin ; Boris, triomphant, s'en fut enfouir quelque part la batterie qu'il avait réussi à exhumer, et au même instant, Sergueï – je n'avais même pas remarqué qu'il s'était approché – frappa à ma fenêtre :

— Allez viens, Anna, sors de là.

Je sursautai. Maintenant qu'il était là à me regarder, je n'osais plus vraiment caresser le volant et bredouiller quelque ineptie sentimentale ; alors je me contentai de relever l'accoudoir entre les sièges avant et lentement, je commençai à retirer les étuis en plastique plats, l'un après l'autre, sans prêter attention à ses coups impatients et obstinés, je ne sortirais qu'après les avoir tous réunis, même le boîtier vide, celui de Nina, que nous avions écouté il y avait une éternité, le jour où nous avions quitté la maison.

— Mes CD, lançai-je à Sergueï, vous n'avez même pas pris mes CD.

Et je lui présentai mes mains lourdement chargées.

— Anna, ce n'est qu'une voiture. Rien de plus. Ça

suffit maintenant, ajouta-t-il soudain d'une voix sourde et irritée, et avant que j'aie pu lui rétorquer : « Non, ce n'est pas simplement une voiture », il s'était déjà retourné vers les autres, levant les bras – une boîte de conserve serrée dans une main, et un couteau dans l'autre –, et il frappa plusieurs fois le couteau contre la boîte : Mesdames et messieurs, lança-t-il d'une voix forte et gaillarde. (Tous les regards se tournèrent vers lui.) Veuillez regagner vos places, s'il vous plaît, et attacher vos ceintures. Une collation légère va vous être servie dans quelques minutes !

Ils se mirent tous à rire, tous, même Marina, même le gamin qui n'avait sans doute pas compris la plaisanterie mais se réjouissait de voir enfin les adultes joyeux.

Pendant que nous nous installions dans les voitures – Irina et son fils s'étaient installés dans le pick-up, tandis que Micha occupait de nouveau le siège arrière du Pajero –, Sergueï visita tour à tour chacune des voitures.

— Viande ou poisson ? demandait-il en s'approchant des fenêtres. Et pour vous ? Viande ou poisson ? Je vous en prie...

— Mais la boîte est fermée ! s'écria une voix féminine, Natacha à ce qu'il me sembla.

— Pour ce qui concerne l'ouvre-boîtes, adressez-vous au steward ! répondit Sergueï.

Ce fut un moment joyeux, vraiment joyeux, et qui nous fit beaucoup de bien, nous n'avions pas plaisanté depuis une éternité, mais je ne sais pourquoi, je ne pus prendre part à la gaieté générale. *Pas maintenant*, me disais-je, *une autre fois*. Sergueï était désormais à côté de moi, avec les dernières conserves restantes.

— Micha, demanda-t-il, viande ou... poisson ? Il

n'y a plus de poisson, et je ne vais pas aller chercher une autre boîte maintenant.

— S'il te plaît, de la viande, répondit Micha, en souriant et tendant la main vers la boîte.

— Tiens, lui dit Sergueï avant de contourner le Pajero. Je m'installe et je te l'ouvre. Madame, ajouta-t-il en me présentant les deux dernières boîtes. (Sa voix était – ou bien ne s'agissait-il que d'une impression – un soupçon plus froide.) Viande ou viande ?

J'aurais pu entrer dans son jeu, bien sûr que j'aurais pu, c'était très simple : je relevais la tête, souriais et disais : « Je ne sais que dire… Peut-être de la viande ? Quoique non, donnez-moi plutôt de la viande », mais je ne pus relever la tête, et encore moins sourire.

— Ça m'est égal, répondis-je d'une voix sans timbre et le regard fuyant.

Mes mains étaient toujours pleines des disques que je n'avais pas eu le temps de caler quelque part, si bien qu'il déposa sans rien dire la boîte de conserve sur le large tableau de bord devant moi et claqua la portière passager.

Manger de la viande froide et fibreuse avec des fourchettes en plastique qui n'arrêtaient pas de se tordre n'avait rien de commode, mais nous avions faim, affreusement faim, et la nourriture disparut à toute allure.

— Ce serait bien de pouvoir la réchauffer un peu, regretta Micha la bouche pleine, en récurant sans succès la graisse froide qui tapissait le fond de sa boîte. Il en reste plein !

— Profite de l'instant, Micha, lui répondit Sergueï.

Une boîte pour chacun, c'est un luxe inouï, mais c'est aussi sans doute notre dernier repas avant le lac, et on n'a pas le temps d'allumer un feu sur le bord de la route pour faire cuire des pâtes. La prochaine fois, on n'aura plus droit qu'à un ou deux morceaux maximum, dans ces mêmes boîtes.

— On pourrait peut-être lui en donner un peu, maman ? suggéra Micha en désignant le chien d'un signe du menton.

L'intéressé faisait soigneusement semblant de se soucier de notre corned-beef comme d'une guigne.

— Bonne idée, répondis-je.

Nous laissâmes sortir le chien et le nourrîmes des restes de gelée blanchâtre, que nous déversâmes dans la neige, en raclant le fond de nos boîtes avec le couteau de Sergueï ; pendant qu'il mangeait avec gloutonnerie, avalant des morceaux entiers sans les mâcher, la portière du pick-up derrière nous s'entrouvrit et Irina en descendit, son fils sur les talons. Prudemment, à petits pas, le gamin vint dans notre direction, tenant une boîte de conserve oblongue, contenant du saumon.

— Fais attention ! lui lança Irina. Si tu en renverses, tu vas salir ta combinaison.

Le gamin s'arrêta, examina sa boîte et en laissa effectivement échapper deux ou trois gouttes, puis, après un rapide coup d'œil en arrière, se remit à avancer ; à deux pas du chien, il déposa sa boîte dans la neige avec mille précautions, et s'accroupit à côté.

— Il ne voulait absolument pas repartir sans avoir nourri le chien, expliqua Irina à Sergueï qui s'était approché de nous. (Elle s'esclaffa.) Alors ça lui fera encore un peu de nourriture, à cette bête.

Faisant cercle autour de lui, nous observâmes sans

rien dire le chien laper avidement le bouillon de poisson en deux coups de langue. Sergueï se pencha et caressa la tête du garçonnet.

*
* *

Nous parcourûmes rapidement les quinze derniers kilomètres jusqu'à Poudoj ; la « miche » nous ayant précédés de peu, elle avait laissé un sillon peu profond, mais un sillon tout de même, ce qui facilita notre progression. Le lourd Land Cruiser ouvrait toujours la marche, mais il avait été décidé de « couvrir » des deux côtés le pick-up et sa remorque surchargée qui ballottait dangereusement, aussi fermions-nous désormais le convoi. *Ne regarde pas*, me dis-je quand, après avoir laissé passer les deux autres voitures devant nous, nous quittâmes le bas-côté et vînmes nous placer en queue. *Ne regarde pas, ne te retourne pas, tu sais bien de quoi elle a l'air maintenant : dépouillée, abandonnée*, mais je ne pus m'empêcher de regarder, et je gardai les yeux dessus jusqu'à ce que la lumière de nos codes devienne insuffisante pour l'entrevoir. Le Vitara se transforma d'abord en une tache sombre à peine distincte, puis, très vite, il disparut complètement de mon champ de vision. Vingt minutes plus tard, nous entrions déjà dans Poudoj.

Elles se ressemblaient toutes, ces petites villes septentrionales, dont la population entière aurait aisément trouvé place dans quelques gratte-ciel moscovites : une dizaine de rues, de rares immeubles en pierre, des arbres élevés au milieu desquels se blottissaient les toits de maisons individuelles, des palissades disparates, des enseignes amusantes. *Quand on arrive dans ces contrées, il ne peut rien se passer de mal, strictement rien*, pensais-je en contemplant par la fenêtre les lampadaires endormis et inutiles qui filaient sur les côtés, alternant avec des arbres blancs qu'on aurait dits saupoudrés de sucre. *Dans ces rues, personne ne doit commettre d'excès de vitesse, et on peut laisser sans crainte les enfants jouer dehors, près des portails. Tous ceux qui vivent ici se connaissent, si ce n'est par leur nom, du moins de vue, et à la périphérie, envahie en été par de mauvaises herbes aussi hautes qu'un homme, on peut rencontrer une vache isolée ou quelques oies grasses qui ont traversé la route.* Dans des endroits comme celui-ci, des camions militaires ornés de croix rouges, des cordons de quarantaine, des masques protecteurs sur les visages auraient paru complètement incongrus, presque irréels. Nous avions déjà traversé quelques villes semblables, et toutes s'étaient avérées désertes mais intactes, ni incendiées ni pillées, comme si elles s'étaient endormies pour quelque temps jusqu'à ce que leurs habitants reviennent sur leurs pas ; celle-ci, absolument identique aux précédentes, était pourtant toujours habitée, nous le devinâmes au premier virage que nous prîmes pour entrer dans la ville.

— Regardez, droit devant, il y a de la lumière ! s'écria Micha, que l'émotion avait soulevé de son siège.

Aussitôt, Sergueï s'empara du micro :

— Papa, qu'est-ce qu'il y a, là-bas ? Tu vois quelque chose ?
— Je sais pas, répondit celui-ci, je n'arrive pas à distinguer quoi que ce soit pour le moment. Mais ne vous amusez surtout pas à vous arrêter. Peu importe ce que c'est, on passe à côté et on file, pigé ?
— On dirait que c'est l'hôpital, celui dont ils parlaient, déclara Andreï d'une voix hésitante. Il y a plein de gens autour...

Protégé par un auvent métallique triangulaire, le bâtiment aux fenêtres et à l'entrée éteintes, qui tournait sa longue façade de deux étages vers la rue, ressemblait effectivement à un hôpital ; aucune clôture, aucune palissade ne le séparait de la route, juste une place minuscule et déneigée, sur laquelle plusieurs voitures étaient garées, tous phares allumés, sources de la lumière diffuse que nous avions repérée de loin. Il y avait beaucoup de monde, une quinzaine de personnes, peut-être vingt, formant un petit groupe dense et compact ; je reconnus la « miche » parmi les voitures stationnées près de la route. *Il avait donc raison au bout du compte,* me dis-je, *ils l'attendaient ; et il ne s'est pas dépêché pour rien, trois semaines, trois longues semaines, ils sont restés ici, dans l'hôpital, à compter les malades, les couchant pour commencer dans les chambres, puis dans les couloirs, puis, très vite, les malades ont commencé à mourir, laissant la place à de nouveaux malades, mais ils se sont obstinés à les attendre, et même si le médicament qu'ils l'ont envoyé chercher ne servira à rien, il est quand même revenu, parce qu'il avait promis. Ils n'ont plus d'électricité, comme partout dans la région, et plus de téléphone non plus ; vu les circonstances, pour qu'ils se soient réunis en pleine nuit et aussi nombreux devant l'hôpital, quelqu'un a dû monter la garde près de sa fenêtre, jour après jour, nuit après nuit, pour ne pas manquer le moment où la « miche » apparaîtrait sur la route ; et quand elle a bel et bien pointé le bout de son nez, le premier qui l'a vue a dû prévenir ses concitoyens d'une manière ou d'une autre, leur donner le signal, et tous ont accouru ici, pour recevoir leur petite dose d'espoir.*

Nous avions presque atteint la placette éclairée par les phares, et je cherchais toujours des yeux la petite silhouette massive du docteur, sans la trouver – la foule massée autour de l'hôpital était trop compacte –, je me soulevai même de mon siège, les gens s'agitèrent soudain et se rapprochèrent encore, comme s'ils avaient tous bizarrement décidé de s'étreindre, puis, désormais gênés de cet élan, ils s'écartèrent les uns des autres au maximum ; quelques personnes, qui n'avaient reculé que d'un ou deux pas, se figèrent pour examiner une forme allongée, gisant devant eux sur la neige, tandis que les autres se ruaient sur la « miche » dont les portières étaient ouvertes, en se bousculant à qui mieux mieux. Sergueï appuya sur le bouton de la vitre : trouble, mouchetée de givre, celle-ci, en s'abaissant, nous révéla sans le moindre doute possible que la forme allongée dans la neige n'était autre que le corps de Kolia, à plat ventre, qui tournait vers la route son maigre visage piqueté de poils gris. Le conducteur bougon de la « miche » avait les yeux ouverts, une expression mécontente sur le visage, celle-là même qu'il arborait en nous quittant une demi-heure plus tôt sur la route forestière, et une cigarette de Boris toujours fichée derrière l'oreille. Bizarrement, toute cette scène se déroula sans bruit malgré nos vitres baissées, aucun son ne nous parvenait de la rue, pas le moindre cri, mais un silence complet, absolu, concentré, seulement troublé par le souffle et le remue-ménage de ceux qui se pressaient autour de la « miche ».

Nous continuâmes à rouler lentement, incapables de détacher le regard de ce qui se déroulait sur la petite place éclairée devant l'hôpital, quand tout à coup une voix désespérée monta du côté de la « miche » : « Ce n'est pas un vaccin, je vous dis, ce n'est pas un vaccin, il ne servira à rien, vous ne savez pas comment l'administrer, mais attendez, donnez-moi la possibilité de... », et juste après ce cri l'air glacé sembla exploser, tous se mirent à crier en même temps, aussi bien le petit nombre de ceux qui se tenaient encore près du corps, que les autres, beaucoup plus nombreux. La « miche » fut soudain secouée de droite à gauche, menaçant de se renverser sur le flanc, et deux gars en surgirent, percutant les autres – on aurait pu croire qu'ils agissaient de concert, mais au bout de quelques pas seulement, ils s'arrachèrent violemment le petit sac rectangulaire des mains, jusqu'à ce qu'il craque, recrachant en l'air et de partout quelques centaines de boîtes en carton très légères, qui se dispersèrent pour former un large éventail sur la neige ; les deux hommes qui se battaient pour le sac ne parurent pas le remarquer et continuèrent à tirer férocement sur ses lanières, alors qu'il était quasiment vide, tandis que d'autres accouraient déjà, tombant à genoux en pleine course pour ramasser de pleines poignées de petites boîtes en carton et les glisser en toute hâte dans leurs poches, sans prendre la peine d'en secouer la neige. Au même moment, un second sac fut encore extirpé de la « miche » : l'homme qui l'avait trouvé le tenait, bras tendus au-dessus de sa tête ; il fit une feinte désespérée pour s'arracher à la foule qui s'agglutinait déjà, mais quelqu'un dut le pousser violemment ou le frapper, parce que le sac trembla soudain – aussitôt dix bras se tendirent vers lui – et bascula en avant, pour disparaître dans l'entremêlement de bras et de jambes. « Attendez ! Mais attendez donc ! » hurlait la même voix désespérée, désormais à peine audible, et nous le vîmes enfin, rampant à quatre pattes afin de s'arracher à la masse humaine ; il avait cette fois un rectangle de gaze sur le visage, mais j'avais de toute façon reconnu sa tête ronde, à la coupe rase, et sa veste informe. Il rampait en direction de la route, sans oser se relever de peur que les types qui se battaient à côté de la « miche » ne remarquent sa présence ; sa progression était d'autant plus difficile que son encombrante valise en plastique l'empêchait d'avancer ; ayant atteint la route, il se hasarda enfin à se redresser, mais dans la seconde qui suivit, l'un des types qui se bagarraient releva la tête et lui cria : « Hé, dis donc, toi, reste ici ! Ne bouge plus ! »

Le Land Cruiser, qui roulait en tête, rugit de façon assourdissante et se rua vers l'avant.

— On dégage, et plus vite que ça ! lança la voix de Boris dans la C.B. Ils vont pas tarder à s'apercevoir de notre présence !

Aussitôt, la remorque accéléra, cahotant derrière le Land Cruiser sur la route cabossée qui filait dans l'obscurité ; Sergueï appuya lui aussi sur l'accélérateur et regarda encore derrière lui, pour voir une dernière fois ce qui se passait à une vingtaine de mètres dans notre dos, et soudain il pressa énergiquement sur les freins, manipula le levier de vitesse et amorça une marche arrière en direction de la portion de route éclairée ; au bout de quelques mètres seulement, le Pajero s'immobilisa et Sergueï lança en se retournant :

— Micha, passe-moi le fusil, il est à tes pieds, vite !

Ni le Land Cruiser ni le pick-up n'étaient plus en vue, on entendait seulement les cris déchirants de Boris : « Sergueï ! Tu pourras pas l'aider, Sergueï ! Qu'est-ce que tu fais, putain ? », et pendant que Micha fouillait furieusement sous les sièges, Sergueï était déjà dehors, sur la route ; ayant ouvert la portière, il tendit la main :

— Alors ? Ça vient ?

Dès qu'il eut le fusil en main, il le cassa en deux et attrapa dans sa poche deux petits cylindres en plastique rouge vif aux embouts métalliques, qu'il glissa dans le canon avant de le faire claquer en le remettant en place ; après quoi, il se campa en plein milieu du chemin, les jambes largement écartées, et lança, d'une voix tonitruante :

— Hé, docteur ! Par ici !

En entendant cet appel, l'interpellé tourna son visage masqué, mais au lieu de se précipiter vers nous, il s'immobilisa sans raison apparente et se mit à fixer anxieusement l'obscurité, pour essayer de nous entrevoir, on aurait dit qu'il n'avait pas remarqué l'homme qui lui avait crié de ne plus bouger et qui se détachait déjà de la foule en furie pour se précipiter vers lui, toujours indécis et figé sur le bord de la route. Pour le moment, il était tout seul, cet homme, les autres étaient encore trop occupés par les sacs extirpés de la « miche », et de toute évidence, il n'avait pas la moindre envie d'attirer leur attention : après avoir interpellé le docteur une fois, il avançait maintenant en silence, serrant quelque chose de long et de pesant dans sa main, qui brillait d'un éclat métallique à la lumière des phares des voitures stationnées près de l'hôpital.

— Cours, toubib ! cria Sergueï en relevant son fusil.

Alors l'intéressé tressaillit, regarda derrière lui, découvrit l'homme qui s'approchait et se rua enfin dans notre direction, trébuchant à cause de sa valise en plastique dont le contenu s'entrechoquait, mais l'homme muni du pied-de-biche – sans doute celui-là même qui, quelques minutes plus tôt, avait frappé Kolia pour l'allonger dans la neige –, lança soudain son arme de toutes ses forces dans le large dos que rien ne protégeait. Le docteur tomba.

— Relève-toi ! lui cria Sergueï.

Sur la banquette arrière, le chien poussait des aboiements stridents ; je vis le docteur essayer maladroitement de se relever, serrant toujours sa stupide valise en plastique contre sa poitrine, tandis que l'homme qui avait lancé le pied-de-biche atteignait son arme en deux bonds – elle avait glissé sur le côté – et l'élevait de nouveau. *Il est persuadé que la fameuse valise contient le vaccin*, compris-je.

— La valise ! Jette ta valise ! me mis-je alors à crier.

Ayant réussi à s'agenouiller, le docteur sembla m'avoir entendu, car il repoussa énergiquement la valise, le plus loin possible, et celle-ci, qui s'était ouverte, dérapa avec fracas sur la neige piétinée ; pourtant, l'homme au pied-de-biche ne s'inclina pas pour la ramasser, comme si en fait elle ne l'intéressait pas ; au contraire, il la repoussa d'un coup de pied, releva son arme au-dessus de la tête, en décrivant de larges cercles menaçants. *Il va le frapper*, me dis-je. Mais à cet instant, Sergueï tira.

La surprise me ferma les yeux, juste une fraction de seconde, et quand je les rouvris, je constatai que mes oreilles n'entendaient plus, les sons avaient soudain disparu, l'aboiement du chien, comme les cris ; tout ce qui se passa ensuite eut l'apparence d'un film muet : je vis l'homme au pied-de-biche allongé sur le dos, et le docteur, les mains désormais vides, arriver vers nous, d'abord à quatre pattes, puis, s'étant relevé, en courant, tandis que de la partie sombre de la route émergeait la silhouette bringuebalante du Land Cruiser qui avait rebroussé chemin ; je vis aussi la foule qui ne nous avait pas encore remarqués se figer instantanément, puis vibrer, se disloquer en figures éparses et se mettre en branle dans notre direction, comme si, loin de l'avoir effrayée, ce coup de feu assourdissant l'avait au contraire attirée ; je vis Sergueï se tourner vers Micha et lui crier quelque chose d'inaudible, sur quoi Micha ouvrit la portière arrière et recula d'un bond pour plaquer contre l'autre bord le chien qui aboyait comme un dément ; et je vis le docteur, dont le masque avait glissé, plonger dans la voiture, la tête la première, littéralement, puis Sergueï jeter son fusil et sauter au volant.

L'ouïe me revint plus tard, quand nous eûmes déguerpi dans un hurlement de moteur, soulevant des nuages de neige avec nos roues, qui aveuglèrent les types à notre poursuite dans l'obscurité, et manquant de percuter le Land Cruiser qui avait réussi à faire demi-tour au dernier moment ; après s'être immobilisé une seconde, il nous emboîta le pas, et nous filâmes aussi vite que nous le pûmes ; ce fut seulement alors que je retrouvai l'ouïe : les aboiements du chien, les hurlements indistincts de nos poursuivants, et la voix d'Andreï dans le haut-parleur, répétant, impuissant : « Les gars, comment ça se passe là-bas ? Comment ça se passe ? » Nous rejoignîmes le pick-up à la sortie de la ville ; il stationnait moteur allumé, en plein milieu de la route ; dès que nous apparûmes dans le virage, il se remit à avancer, mais nous dûmes quand même réduire considérablement notre vitesse : la lourde remorque, pleine à craquer, qui ne permettait au pick-up ni de faire demi-tour, ni de reculer, l'empêchait aussi de rouler vite. Désormais certain que nous le suivions, Andreï se tut enfin et libéra les ondes, pour être aussitôt remplacé par Boris.

— Bon sang de bon sang ! commença-t-il. Putain de bordel de merde ! Tu as la moindre idée de comment ça aurait pu se terminer, espèce de boy-scout à la noix ?

Sergueï ne répondit rien.

— ... s'ils avaient eu rien qu'une seule arme à feu ! Rien qu'une ! Un coup de feu et fini ! hurla Boris. C'est pour qui ce putain d'héroïsme ? Y a ta femme dans la voiture, et un gosse ! Et cent litres de diesel dans le coffre !

Sergueï ne répondait toujours rien. En fait, il ne tourna même pas la tête, comme s'il n'entendait pas ces paroles, comme s'il était seul dans la voiture ; les deux mains agrippées au volant, il regardait droit devant lui, et son visage, à peine éclairé par la lumière diffuse des codes de la remorque, était détaché et concentré, celui d'un homme qui a oublié quelque chose de très important et cherche à tout prix à s'en souvenir. Puis il tendit la main et, sans même détourner les yeux de la route, baissa le volume de la C.B. presque au minimum, transformant le discours rageur de son père en un coassement à peine audible qui se tarit d'ailleurs au bout de quelques minutes, laissant le silence s'installer dans la voiture où l'on n'entendait désormais plus que le grincement des amortisseurs de la remorque surchargée, le claquement de la toile plastique rigidifiée par le gel sur le toit du Pajero et la respiration saccadée du chien sur la banquette arrière.

— Non, je ne sens rien, marmonna-t-il enfin en secouant la tête. Je n'arrêtais pas de me demander quand ça arriverait. Depuis le début, je me répétais que tôt ou tard j'allais devoir le faire. Tu comprends, Anna ? Tôt ou tard, j'allais devoir tuer quelqu'un. Je l'ai tué, non ?

Le ton était interrogateur, mais il ne se tourna pas vers moi, comme s'il se parlait à lui-même, si bien que je ne répondis pas – personne ne répondit, d'ailleurs.

— J'avais peur de ne pas pouvoir, reprit-il alors. Quoique non, je savais que je pourrais, en cas de besoin, mais je n'arrêtais pas de me dire que plus tard, après ce… Tu sais, comme ils disent toujours dans les films, tu te rappelleras toujours le premier homme que tu as tué, tu ne seras plus jamais comme avant… Tu vois de quoi je parle ?

Même s'il ne me regardait toujours pas, je hochai la tête, cette fois en abaissant juste un peu le menton en avant, pour le relever aussitôt.

— Seulement, je ne sais pas pourquoi, je ne ressens rien, ajouta-t-il avec un étonnement douloureux. Rien de rien. Comme si j'étais juste allé au stand de tir. J'ai fait feu, il est tombé. Point barre. Après ils ont déboulé, on est partis et je n'ai pas arrêté de penser : « Là, là, ça va me rattraper, et je ne sais pas, on va devoir stopper la voiture, peut-être que j'aurai envie de vomir, qu'est-ce qu'ils font, les gens, dans ces situations ? » J'ai même pas le cœur qui bat plus vite, bon Dieu ! Qu'est qui m'arrive, Anna ? Quel genre de type je suis ?

Et alors seulement il tourna la tête vers moi, et moi vers lui. Je le regardai encore un peu avant de déclarer d'un ton ferme, aussi ferme que je le pouvais :

— Tu es quelqu'un de bien. Tu entends ? Quelqu'un de bien. C'est juste que nous sommes bel et bien sur un stand de tir, maintenant. Toute cette route, toute la planète ne sont plus désormais qu'un immense champ de tir.

*
* *

Le docteur ne se remit pas tout de suite à parler ; l'hôpital sans défense et l'horrible foule qui l'entourait étaient bien loin derrière nous, la petite ville malade, effrayée et dangereuse avait disparu de nos rétroviseurs, la route était redevenue déserte et tranquille, mais il continuait à se taire, recroquevillé dans une pose inconfortable sur la banquette arrière. Il y avait très peu de place à l'arrière ; après être parvenu tant bien que mal à calmer le chien, Micha avait reculé le plus possible, afin de permettre au docteur de s'installer plus confortablement, mais celui-ci ne parut remarquer ni les efforts de Micha ni l'espace désormais libre entre eux, et il resta dans la même position crispée, sans avoir remué une seule fois depuis la seconde où, au bord de la suffocation, il avait grimpé dans la voiture. Soupirant enfin, il releva la tête :

— Je vous dois une fière chandelle, murmura-t-il. À l'évidence, vous m'avez sauvé la vie.

Sans rien dire, Sergueï hocha la tête.

— Non, écoutez, reprit alors le docteur. Je vous suis vraiment très reconnaissant. Si vous n'aviez pas été là...

Sa phrase resta en suspens, comme la précédente, et pendant quelques instants il continua à garder ses yeux inquiets rivés sur la nuque de Sergueï ; on voyait qu'il attendait désespérément une réponse quelconque, n'importe laquelle, si bien que je le regardais et me torturais pour trouver des paroles réconfortantes, je voulais lui dire quelque chose du genre : « Ne vous inquiétez pas, tout est derrière vous » ou « Le principal, c'est que vous soyez en vie », mais je revis Kolia, gisant inerte dans la neige, les yeux grands ouverts et une absurde cigarette coincée derrière l'oreille, et je n'ouvris pas la bouche.

— Je ne comprends pas, reprit-il en s'essuyant le front avec une grimace. Je n'arrive vraiment pas à comprendre comment on en est arrivés là... Nous étions leur dernier espoir, vous saisissez ? Ils avaient attendu trois semaines, et ils… Bref, ils croyaient qu'on ne reviendrait pas. Que personne ne viendrait plus. Et quand nous avons quand même fini par arriver, ils… Vous imaginez ? s'interrompit-il lui-même. (Il se tourna vers Micha qu'il attrapa par l'épaule, puisque Sergueï s'obstinait à ne pas réagir.) Imaginez que vous attendiez de l'aide. Pendant longtemps, plusieurs semaines. Et autour de vous, tout le monde meurt. Mais vous attendez. Et peut-être que vous êtes malade, vous aussi, ou qu'un de vos proches l'est, votre enfant par exemple. Ou votre mère. Vous saisissez ?

Micha hocha la tête d'un air effrayé, et le docteur cessa aussitôt de le secouer, ôta ses mains et se recroquevilla de nouveau, les yeux tristement fixés sur le plancher.

— C'est ma faute, reprit-il après une courte pause. J'ai essayé de leur expliquer, mais je ne voulais pas les priver tout de suite d'espoir, alors j'ai parlé d'un médicament. J'espérais qu'ils allaient m'écouter jusqu'au bout, je leur aurais expliqué que ce n'était pas un vaccin, qu'il ne leur serait fort probablement d'aucune utilité, en tout cas qu'il n'aidait pas les gens déjà infectés… J'aurais dû m'exprimer de façon différente, poursuivit-il, au désespoir, en se donnant un coup de poing dans le genou. (Quand il releva les yeux, c'était moi qu'il dévisageait.) J'aurais dû rester, ils vont tous mourir maintenant. Ils seraient morts dans tous les cas, bien sûr, mais je sais comment soulager… Et à présent, il n'y a plus personne pour le faire. C'est ma faute.

— Ils vous auraient tué, répliqua soudain Sergueï d'une voix sourde et agacée. Ils ont tué Kolia, et ils n'auraient pas hésité à vous faire la peau aussi, et après ils se seraient encore un peu entretués. Et c'est seulement plus tard, quand ils auraient été en mesure de lire la notice, qu'ils auraient admis l'inutilité de votre médicament.

— Oui, Kolia... murmura le docteur.

Il leva de nouveau la main ; fermant les yeux, il se frotta encore le front avec nervosité et resta quelque temps sans rien dire, sans ôter les mains de son visage, puis il se redressa et se pencha en avant, pour déclarer, rapidement, en martelant ses mots :

— Il y a une chose... S'il vous plaît, ne pensez pas du mal de ces gens. J'en connais beaucoup parmi eux... Je les connaissais personnellement, ce sont des gens normaux, et ils n'auraient jamais agi comme ça si... Le problème, c'est qu'ils étaient déjà presque tous malades, vous comprenez ?

Il faut l'arrêter d'une façon ou d'une autre, songeai-je. *Je dois trouver le moyen de le faire taire parce qu'aucun de nous – à commencer par Sergueï – n'a besoin de ses justifications ; ça ne nous sert à rien de savoir tout ça, qui étaient ces gens, comment ils s'appelaient, parce que s'il nous raconte ces choses-là maintenant, nous ne pourrons plus penser que Sergueï a tiré sur un animal insignifiant et dangereux et non sur un être humain.* Cette pensée dut aussi traverser l'esprit du docteur, avec un peu de retard, mais elle lui parvint quand même, parce qu'il s'interrompit littéralement en plein milieu d'une phrase et se tut pour regarder par la fenêtre les arbres gelés et blancs qui défilaient à côté de nous, avec la lenteur de bornes kilométriques.

— Et le médecin chef ? demandai-je alors, pour dire quelque chose. Celui qui vous avait envoyé chercher le vaccin ? Vous l'avez vu ?

— Il est mort, répondit le docteur sans tourner la

tête. Très vite, à la fin de la première semaine. Il a été contaminé et il est mort.

Quelques minutes plus tard, après sans doute d'autres discussions *via* la C.B., mais que nous n'entendîmes pas, le pick-up freina pour laisser le Land Cruiser passer devant, alors qu'il fermait la marche depuis Poudoj ; en nous dépassant, le gros véhicule noir s'arrêta un instant, la vitre côté passager s'abaissa, nous vîmes le profil blême de Marina et, juste derrière, la figure sinistre de Boris. S'étant penché par-dessus sa passagère, celui-ci passa la tête par la vitre et fit signe à Sergueï d'ouvrir sa fenêtre.

— Branche ta C.B., lança-t-il. Andreï dit qu'il y a un autre village dans dix kilomètres.

— Papa... voulut répondre Sergueï, mais celui-ci l'interrompit aussitôt :

— Allume juste ta C.B.. C'est pas le moment, on discutera plus tard.

Sergueï hocha la tête et tendit la main vers l'appareil, quand un bruit étranger et inattendu monta soudain du Land Cruiser, comme si un chien s'était mis à gémir dans son habitacle ; levant les yeux, nous vîmes que Marina, repoussant Boris de l'épaule, secouait fébrilement sa portière.

— Marina... Qu'est-ce qui te prend, Marina ? s'exclama celui-ci.

Mais ayant ouvert sa portière, elle bondissait déjà dans la neige pour traverser la route en courant, droit vers les arbres ; elle agitait ses jambes fines d'une façon ridicule, s'arrêta à la lisière de la forêt, comme si elle rechignait à y pénétrer, puis fit quelques pas dans l'autre sens, en direction des voitures, avant de s'arrêter finalement et de s'accroupir en plein élan, les doigts enfouis dans ses cheveux.

Sans doute le Pajero était-il plus proche de l'endroit où elle était assise, car j'arrivai près d'elle avant les autres ; dans mon dos, les portières étaient encore en train de claquer que je l'atteignais déjà, et à cet instant, le bruit étrange – un gémissement prolongé et sourd – retentit de nouveau ; terrifiée, je compris qu'il provenait de Marina, qui l'émettait sans desserrer les lèvres et ce faisant tremblait de tout son corps. Je me tenais au-dessus d'elle, sans savoir quoi faire, sans me décider à lui dire quelque chose ou à lui toucher l'épaule, de peur qu'à mon contact elle ne se mette à agir comme une démente, me repousse, me frappe ou même me morde. Mais elle baissa soudain les bras et planta ses yeux dans les miens.

— Je n'en peux plus, souffla-t-elle à travers ses dents serrées, comme aurait parlé un homme tellement pétrifié que ses mâchoires refuseraient de lui obéir. Je n'en peux plus.

— Que s'est-il passé ?

Les pas qui se rapprochaient faisaient crisser la neige, le groupe était tout près.

— Allez, debout, lui ordonna Boris d'une voix bourrue. On n'a pas de temps à perdre avec ces âneries de bonnes femmes. On doit y aller.

— Non ! (Elle secoua furieusement la tête.) Je n'y vais pas. Hors de question !

— Qu'est-ce que ça veut dire : « Je n'y vais pas » ?

(Boris s'accroupit à côté d'elle et la prit par l'épaule.) Tu veux rester ici ? Allez, ça suffit, viens, relève-toi, on va dans la voiture, on a encore trois cents kilomètres à se taper, et plus on arrive à en faire pendant qu'il fait nuit...

Mais elle repoussa sa main.

— On n'y arrivera jamais, répliqua-t-elle en détachant clairement ses mots.

Elle se redressa, s'enveloppa de ses bras et recula d'un pas, comme si elle s'apprêtait à filer, à s'enfuir loin, au plus profond de la forêt noire et glacée, au cas où quelqu'un s'aviserait de la toucher encore une fois.

— On n'y arrivera jamais, vous ne l'avez toujours pas compris ? Elle ne va jamais se terminer, cette route affreuse, on roule, on roule, et tous ces gens, malades, méchants, il y en a de plus en plus, je n'y vais pas !

Elle tapa du pied, bêtement, avec obstination et sans raison, et je songeai : *On dirait un enfant qui fait un vilain caprice dans un magasin de jouets*, et quelque part au fond de moi je m'attendais à la voir se rouler dans la neige avec sa belle combinaison blanche et battre des jambes sur la poudreuse, pendant que nous autres adultes allions l'entourer et l'observer, pleins de gêne et d'une colère impuissante, mais il y avait aussi une autre partie de moi, plus faible, qui l'enviait au plus haut point ; parce qu'après la phrase : « Il y a un autre village dans dix kilomètres », mon cœur s'était pour ainsi dire décroché dans ma poitrine, et exactement comme elle en cet instant, j'avais surtout envie de fuir cette voiture et de crier : « Je ne veux pas, je n'irai pas », tout en comprenant qu'il faudrait y aller, qu'il n'y avait pas d'autre issue que de larguer, de cracher cette peur à la face du ciel noir et sans étoiles, au milieu des troncs glacés qui bordaient le chemin, de la pulvériser en la criant, de la subdiviser entre nous tous pour qu'elle cesse de me ronger, parce que tant que nous n'en parlions pas, tant que nous faisions semblant de ne pas avoir peur, elle rongerait chacun d'entre nous séparément, et ses assauts continuels étaient presque impossibles à supporter.

— Quelle hystérique ! marmonna Irina d'un ton méprisant.

Et je songeai : *La voilà, la raison pour laquelle je ne peux me permettre la même chose*, tandis que Marina, se tournant brusquement vers elle, grimaça soudain et lui lança au visage, d'un ton agressif :

— Parce que toi, tu es courageuse ? Tu n'as pas peur ? Hein, tu n'as pas peur ? On n'y arrivera pas, je vous dis, pourquoi vous ne voulez pas le comprendre ?

— Il faudrait des sels d'ammoniac, décréta le docteur. Peut-être que l'un d'entre vous en a, dans sa pharmacie…

— Ce n'est pas la peine, le coupa Léonid qui avait enfin réussi à s'extraire de la voiture. (Le souffle court, il était parvenu jusqu'à nous, au milieu de la route.) Reculez.

J'étais presque certaine qu'il allait la gifler, il prendrait son élan et d'un petit mouvement sec il la frapperait sur la joue, projetant sa tête en arrière ; ses dents claqueraient et elle se calmerait, cesserait enfin de crier ; mais au lieu de ça, il se pencha et ramassa une grosse poignée de neige blanche et poudreuse, comme s'il avait l'intention de modeler une boule de neige, puis, de sa main libre, il attira sa femme à lui, la tira presque, et du même mouvement, il lui plaqua sa paume pleine de neige sur le visage. Le calme se fit. Ils restèrent quelques instants ainsi, sans bouger ; puis il ôta sa main. Elle recracha de la neige ; ses cils et ses sourcils étaient tout blancs.

— Excusez-moi, dit-elle.

Nous repartîmes vers les voitures, laissant les deux époux sur la route ; tout en m'installant sur mon siège, je me retournai et la vis, debout, les bras ballants et levant la tête vers lui qui, avec mille précautions, ôtait du bout des doigts la neige sur son visage.

Nous reprîmes la route à petite vitesse, avec prudence, surmontant difficilement les congères ; et une fois que le fameux village, terrorisé, calme, peut-être tout simplement mort, eut filé et disparu, le docteur se décida enfin à briser le silence qui régnait dans la voiture en demandant, d'une voix mal assurée :

— Dites-moi, où allez-vous, en fait ?

— Au nord, sur Medvéjiégorsk, répondit Sergueï de mauvaise grâce, sans se retourner, et de là vers l'ouest, en direction de la frontière, sur un lac.

— Un lac ? répéta le docteur. Excusez ma curiosité, mais vous visez un lac en particulier ? Parce que vous avez sans doute remarqué qu'il y a des lacs à profusion dans la région.

Il sourit.

— Croyez-moi, nous sommes absolument sûrs et certains du lac que nous voulons atteindre, répondit Sergueï d'un ton irrité. Et je doute que vous puissiez me proposer un meilleur plan.

Moi, je songeais : *Tu n'es pas en colère contre le docteur, c'est simplement que nous sommes désormais tout près, nous sommes presque arrivés et tu as peur, toi aussi, comme Marina, comme moi, comme nous tous, de découvrir une fois sur place – si nous y parvenons – que ce plan n'était pas si bon que ça, parce que si ça se trouve il n'y a plus la moindre maison là-bas, ou bien elle est déjà occupée, et alors tu as peur qu'il nous faille tout recommencer du début, mais nous n'aurons plus ni la force ni la possibilité de le faire.*

— Mais qu'allez-vous imaginer ? s'empressa de lancer le docteur en direction de la nuque de Sergueï. (Il souligna ses paroles en pressant la main sur sa poitrine.) Je ne voulais certainement pas insinuer... Je suis sûr que vous savez ce que vous faites. (Et il hocha la tête, comme si Sergueï pouvait le voir, puis, ayant croisé mon regard, il interrompit son geste, et se remit à parler, avec un certain effroi dans la voix.) Attendez, vous n'avez tout de même pas pensé... Mais si, bien sûr, vous y avez pensé... Je vous suis tombé dessus comme de la neige sur un crâne, et vous vous demandez à coup sûr ce que vous allez faire de moi. S'il vous plaît, ne vous inquiétez pas, je ne veux surtout pas être une charge pour vous ! Là, sur la route... juste à la limite du district, nous avons encore un hôpital... enfin, pas exactement un hôpital, bien sûr, mais une clinique ambulatoire. Elle se trouve à Pialma, pile sur la route de Medvéjiégorsk, ça ne sera pas la peine que vous fassiez un détour, je descendrai là-bas et basta.

— Mais pourquoi vous continuez à faire comme

s'il restait quelqu'un dans votre bon Dieu de Pialma ? explosa Sergueï. Ou que quelqu'un sera content de vous voir débarquer là-bas ?

Le docteur ouvrit la bouche pour répliquer, mais il se contenta de cligner des yeux et ne dit plus rien.

À cause sans doute du silence pesant, presque malveillant, qui planait dans la voiture, je somnolai pendant quelque temps ; ce fut un sommeil léger, superficiel, durant lequel je ressentis le moindre soubresaut du Pajero sur les fondrières, et ma tempe droite ne cessa de percevoir le froid qui montait de la vitre ; si quelqu'un s'était mis à parler, je me serais aussitôt réveillée, mais Sergueï conduisait avec obstination, le docteur conservait le silence, même la C.B. se taisait : désormais, au milieu de la nuit, sur cette route déserte, il n'y avait tout simplement plus rien à examiner. En revanche, à l'instant même où nous nous arrêtâmes, j'ouvris les yeux et regardai autour de moi.

— Qu'est-ce qui se passe ? Pourquoi on s'est arrêtés ?

— Je vais demander, répondit Sergueï qui s'empara de la C.B. Qu'est-ce qui se passe, papa ?

— Un passage à niveau, répondit-il dans la seconde.

— Un passage à niveau ? Et alors ? s'étonna Sergueï. Tu ne penses quand même pas qu'un train va passer ?

— Pour ce qui est du train, je sais pas, maugréa Boris, mais la barrière est fermée.

— Qu'est-ce que tu racontes ? !

Sergueï appuya de nouveau sur l'accélérateur, le Pajero contourna le pick-up, le dépassa et s'arrêta au niveau du Land Cruiser, sur la voie de gauche ; la lumière de nos phares buta contre la fine barrière rouge et blanc abaissée en travers de la route et oscillant légèrement sous le vent.

De toute évidence, il s'agissait d'une voie de chemin de fer secondaire ; en observant ces rails étroits, couverts de neige, il était difficile de supposer qu'ils pouvaient – même au bout d'un millier de kilomètres – aboutir à une grande gare, bruyante et pleine de lumières vives ; j'aurais plutôt eu tendance à croire que ces fines bandes de métal serpentaient vers nulle part puis s'interrompaient simplement au milieu d'une forêt, les traverses pointant telles des souches rouillées sous la neige. Les feux de signalisation éteints et la minuscule guérite condamnée indiquaient que le passage à niveau était abandonné ; toutefois, juste après la barrière rayée se dressaient deux grosses plaques relevées de manière inamicale, qui nous empêchaient de continuer notre route aussi sûrement que l'aurait fait un mur de béton.

— N'essaie surtout pas de sortir de ta voiture, lui intima Boris d'une voix tendue. J'aime pas du tout ça.
Vu de l'extérieur, ça doit avoir l'air plus que drôle, pensais-je pendant que nous restions, moteurs allumés, les yeux douloureusement écarquillés sur l'obscurité qui nous environnait, incapables de nous résoudre à poser un pied dehors. *Trois voitures devant une barrière abaissée au milieu d'une forêt glaciale et inhabitée, quelque part aux confins du monde, à un*

endroit dont j'ignorais jusqu'à l'existence il y a encore quelques semaines de cela, un endroit qui semble n'avoir vu personne depuis plusieurs décennies.

— Je distingue que dalle, déclara Sergueï dans le micro. Il va bien falloir sortir. Micha, donne-moi le fusil.

— Attends, dit Boris. Je viens avec toi.

À moitié endormi, Micha fouilla à ses pieds pour repêcher le fusil, et, dès qu'il l'eut tiré de sous le siège, il le releva, prêt à le passer à Sergueï dès que celui-ci ouvrirait la portière passager ; la forte odeur de la poudre, un peu âcre, me sauta soudain aux narines, et il me suffit de l'inspirer pour réviser aussitôt mon jugement : non, la situation n'avait absolument rien de drôle.

Avant de sortir de voiture, Sergueï se tourna vers moi et me dit avec le plus grand sérieux :

— Anna, je veux que tu t'installes au volant.

— Pourquoi ? m'inquiétai-je.

— Dans l'éventualité où les choses tourneraient mal, répondit-il. Tu piges ? (Il me regarda plus attentivement et reprit :) Imagine que nous sommes en train de dévaliser une banque. Quelqu'un doit se trouver au volant, point à la ligne.

Sur quoi il sourit et, ayant ouvert la portière, il sauta sur l'accotement, si bien que je dus bientôt l'imiter, sans avoir eu le temps de répliquer.

Assise au volant, prête à appuyer sur l'accélérateur à tout moment, je regardais Boris et Sergueï s'approcher lentement de la barrière sans cesser de se retourner, puis plonger dessous ; je vis ensuite Sergueï essayer de faire tomber l'un des lourds blocs qui sortaient de la neige comme pour nous défier, mais sans succès, la plaque ne remua même pas sous son pied ; puis Boris voulut enfoncer la porte de la guérite d'un coup d'épaule, sans résultat là non plus, alors ils s'y mirent ensemble et la porte finit par céder, en s'effondrant à l'intérieur avec fracas, et pendant que son père se tenait sur le seuil, à scruter les environs, la carabine bien en main, Sergueï disparut dans la guérite pour n'en ressortir que deux ou trois minutes plus tard et s'empresser de revenir vers les voitures. Lorsqu'ils ne furent plus qu'à quelques pas, j'abaissai la vitre :

— Alors ?

— Rien à faire, répondit Sergueï, visiblement dépité. Même si j'avais pu me débrouiller avec tout ce fatras automatique, il n'y a plus d'électricité. On ne pourra pas abaisser les plaques.

Un petit toussotement poli monta soudain de derrière :

— Je peux me tromper, bien entendu, mais à mon avis, c'est Pialma, intervint le docteur. Personne parmi vous n'a prêté attention aux panneaux indicateurs ? Je dois avouer m'être quelque peu assoupi…

— Et qu'est-ce qu'on fait, maintenant ? demandai-je à Sergueï.

— Pour l'instant, je ne sais pas, répondit-il. Il va falloir que je réfléchisse un peu.

— Peut-être que si on prenait bien notre élan… ? suggérai-je, mais il secoua aussitôt la tête.

— Tu débloques ou quoi ? Tout ce qu'on réussira à faire, c'est à casser la voiture, et là, ce sera la mort assurée. Ces plaques sont conçues pour arrêter des camions, alors des voitures comme les nôtres…

— Je suis sûr qu'on est à Pialma ! répéta le docteur d'un ton triomphal depuis la banquette arrière.

— Mais arrête de nous bassiner avec ton Pialma ! aboya Boris. Pialma par-ci, Pialma par-là, tu parles d'un truc ! N'importe qui peut se planquer derrière un buisson par ici et nous tirer comme des lapins !

— Vous voulez que je sorte, les gars ? demanda Andreï dans le haut-parleur.

Sans attendre leur réponse, il pointa sa haute silhouette sur la route et vint à grands pas dans notre direction.

— J'ai une idée, annonça-t-il en approchant. Mais on aura besoin de roues de secours et de quelques planches.

Les barrières, aussi impossibles à relever que les lourdes plaques en béton l'étaient à abaisser, furent purement et simplement taillées en pièces à coups de hache par Sergueï et balancées sur le bas-côté de la route – d'abord la première, qui nous bloquait la route, puis la seconde, tremblant au vent, de l'autre côté des voies. Nous ne trouvâmes que deux roues de secours – après avoir disparu quelques minutes derrière le Land Cruiser, Boris était revenu, clamant son indignation :

— Ce connard n'a pas de roue de secours ! Son cache-roue est vide à l'arrière ! Andreï, qu'est-ce que tu en penses, ça suffira, deux ?

— On les placera juste sous nos roues, suggéra Andreï, et on mettra les planches par-dessus, ça devrait suffire.

— Je vous avais bien dit qu'il fallait prendre les pneus du Vitara, maugréa papa.

— Micha, sors, l'interrompit Sergueï. Prends mon

fusil. Si quelqu'un se pointe, n'importe qui, tu tires sans sommation, pigé ?

Micha hocha la tête avec enthousiasme puis se glissa dehors, le chien sur les talons, et nous restâmes, le docteur et moi, à l'intérieur de la voiture, à observer les hommes qui dévissaient les roues de secours et les couchaient de biais sous les plaques dressées, Boris qui, dans un nuage de copeaux, fendait la porte en bois de la guérite pour en obtenir de longues planches inégales, et Micha planté pendant tout ce temps sur le bord de la route, tendu et fort de son importance, le fusil pointé ; personne n'osait couper son moteur, et en sentant le levier de vitesse frémir sous ma main je pensais : *mon Dieu, c'est un film d'horreur de deuxième catégorie, une série Z, comment avons-nous pu prendre part à un scénario aussi stupide ?* Et puis je pensais encore : *S'il s'agit effectivement d'une embuscade et que les gens qui ont relevé ces plaques ne nous sont pas encore tombés dessus c'est juste parce qu'ils attendent que nous soyons distraits et cessions de scruter les alentours ; est-ce que la maigre silhouette de Micha avec son fusil suffira à les effrayer ? Que va-t-il se passer si un type, invisible et tapi dans l'obscurité, le tient déjà en joue et attend seulement le moment propice ? Et même s'il n'a pas de quoi tirer, que va-t-il se passer s'ils déboulent tous ensemble sur la route ou qu'ils surgissent de derrière les arbres, pourra-t-il tirer ? Et s'il y arrive, combien a-t-il de coups dans son fusil ? Un ? Deux ?*

— ... notre clinique ambulatoire, on a simplement manqué la bifurcation.

Le docteur parlait sans doute depuis quelque temps déjà, sa voix était calme, sans la moindre tension ; au contraire, elle laissait transparaître une certaine impatience joyeuse, quelque peu incongrue, tandis que je regardais par la fenêtre, incapable ne serait-ce que de cligner des yeux, de peur de perdre Micha, Boris ou Sergueï de vue. D'où allaient-ils surgir ? Peut-être juste dans le dos de Micha, sans lui laisser la possibilité de les entrevoir à temps ? Ou de derrière le pick-up ? *La nuit est si sombre qu'on ne voit presque rien de la route dans le rétroviseur ; en fait, si ça se trouve, quelqu'un arrive tout près de nous, en cet instant précis.* Le maudit levier de vitesse continuait à trembler sous ma paume, et le docteur ne se taisait toujours pas :

— ... ce n'est pas loin, deux kilomètres en tout, j'aurais dû vous le dire plus tôt, mais je me suis assoupi, vous comprenez, cela faisait presque quarante-huit heures que nous n'avions pas dormi...

— Mais enfin, taisez-vous, par pitié ! m'insurgeai-je. Taisez-vous, d'accord ?

Et il s'arrêta net, avalant un morceau entier de sa phrase qui resta inachevée.

Toute l'opération prit une dizaine de minutes, pas davantage ; enfin, après avoir passé sa carabine à Sergueï, Boris s'assit au volant du Land Cruiser et l'engagea précautionneusement sur le pont artisanal qu'ils venaient de construire à l'aide de deux roues de secours et d'une porte coupée en deux ; le bois fit entendre un craquement plaintif, mais la construction d'allure précaire tint bon ; sous le poids de la lourde voiture, la plaque qui se dressait de l'autre côté du passage à niveau se coucha d'elle-même avec fracas, en soulevant un nuage de poudreuse. On fit ensuite passer le pick-up suivi de sa remorque qui gîtait dangereusement, et il n'avait même pas achevé la manœuvre que j'appuyai déjà sur l'accélérateur pour me précipiter vers l'avant, malgré les cris inintelligibles de Sergueï, et au risque de rater le pont branlant et de rester coincée : je ne devais surtout pas me retrouver seule du mauvais côté des rails ; en m'arrêtant après la traversée du pont, je sentis mes paumes moites et un filet de sueur glacée me descendre le long de la colonne vertébrale.

— Je vais récupérer les roues de secours, et on pourra repartir, me dit Sergueï avec un clin d'œil.

Ce fut justement ce moment-là que le docteur, qui avait jusque-là observé un silence vexé sur la banquette arrière, choisit pour sortir de sa torpeur et se glisser hors du véhicule.

— Attendez ! lança-t-il à Sergueï.

Mais celui-ci était déjà en train de s'occuper des roues de secours et ne l'écoutait visiblement pas, si bien que le docteur retourna vers les rails. Il avançait d'un pas mal assuré, boitant de façon bien visible – sans doute le pied-de-biche que lui avait lancé l'homme près de l'hôpital l'avait-il sérieusement blessé. Arrivé près de Sergueï, il lui dit quelque chose, dont je ne pus rien distinguer, mais je vis Sergueï se redresser et l'écouter quelques instants sans rien répliquer, tandis que le docteur, levant les yeux vers lui, agitait les mains avec animation. Sergueï finit par secouer la tête, et, les deux bras chargés d'une roue pesante, il revint sur ses pas, suivi du docteur qui clopinait.

— ... je peux y aller à pied, c'est tout près, disait-il avec un sourire confus. Comme vous pouvez le voir, je n'ai pas de bagages, alors...

— Ne dites pas de bêtises, l'interrompit Sergueï. (Il se tenait tout près de la voiture, après avoir déposé les roues de secours dans la neige.) Mais de quelle clinique ambulatoire vous parlez ? Vous êtes vraiment un type bizarre. De quelle clinique ambulatoire peut-il être encore question ? Rasseyez-vous dans la voiture et laissez-moi tranquille.

Il se détourna et commença à revisser la roue, tandis que le docteur, les épaules affaissées, restait quelque temps à côté de lui, avant de regagner la voiture en soupirant.

*
* *

Les cent kilomètres restants jusqu'à Medvéjiégorsk nous prirent plus de temps que prévu ; de l'autre côté de la voie ferrée, la route donnait l'impression de ne pas avoir été fréquentée depuis plusieurs semaines, et s'il n'y avait eu des rangées d'arbres fournies des deux côtés, il aurait été impossible de deviner où elle passait exactement. L'épaisse couche de neige, qui montait par endroits jusqu'à la moitié des roues et s'était à d'autres solidifiée en une croûte se brisant sous le poids de nos voitures avec un craquement aussi incessant qu'énervant, pouvait dissimuler n'importe quelle surprise susceptible de nous arrêter sur-le-champ, alors que nous touchions presque au but. Et même si nous n'avions redouté ni les trous ni les ornières invisibles, il aurait été impossible d'avancer vite, car dès que nous appuyions un peu plus fort sur l'accélérateur, les moteurs impuissants se mettaient à rugir, et les roues à patiner de façon menaçante. Après une première heure passée sur une route pareille, qui rechignait à nous laisser passer, nous avions l'impression que ce qui nous propulsait, ce n'était pas le carburant consommé dans nos réservoirs et mettant en branle quelque machinerie mystérieuse et sans âme qui obligeait nos roues à tourner, mais l'effort continuel et désespéré accompli par chacun de ceux qui se trouvaient installés dans les véhicules.

Personne ne dormait ; sous le grondement irrité des moteurs qui s'étouffaient, sous les à-coups inégaux remplacés par un glissement prudent, sous les jurons de Boris, jaillissant des haut-parleurs, il aurait été de toute façon impossible de s'endormir ; et assise à côté de Sergueï qui, les dents serrées, tenait à deux mains un volant désireux de lui échapper, je craignais de détacher mon regard de la route, de fermer les yeux ne serait-ce qu'une seconde, comme si c'était justement de mon regard que dépendait la dizaine de mètres suivante, et je me surprenais sans cesse à serrer les poings si fort que je laissais la marque de mes ongles dans ma paume. Nous devions parfois nous arrêter, tantôt parce que la remorque surchargée était sortie du sillon creusé par la voiture précédente, tantôt parce que le tas de neige friable devant la large gueule du Land Cruiser était devenu trop important et qu'il ne pouvait plus avancer ; alors tous, même Micha, même le docteur boiteux, sortaient sur la route et, enfoncés jusqu'aux genoux dans les congères, s'employaient à les déblayer, à grands coups de pelle, de pied ou simplement avec nos mains. Nous nous hâtions, désormais, nous nous hâtions avec l'énergie du désespoir, sans nous autoriser à perdre une minute, nous interdisant haltes et pauses cigarette ; une sorte d'urgence pressante et angoissée s'épaississait dans l'air environnant sans que l'un d'entre nous, j'en suis sûre, ne fût en mesure de se l'expliquer, même si tous la percevaient.

Nous étions si occupés que nous ne vîmes pas l'aube arriver, ce qui pourtant dut prendre plusieurs heures ; cette longue nuit d'hiver, qui nous avait semblé interminable, s'acheva pour nous avec une brutalité inattendue ; pendant l'un de nos arrêts forcés, je levai soudain les yeux vers le ciel et vis qu'il avait perdu sa transparence noire et insondable pour pendre maintenant au-dessus de nos têtes, tel un plafond gris sale.

— Ça y est, c'est le matin, dis-je à Sergueï alors que nous retournions vers la voiture.

— Mince, répondit-il, en regardant le ciel d'un air préoccupé. On a pris du retard. J'espérais qu'on arriverait à traverser Medvéjiégorsk à la faveur de l'obscurité.

Cette obscurité ne nous a pas tellement aidés à Poudoj, me disais-je en m'installant sur le siège passager, *et il y a peu de chances, vraiment peu de chances qu'elle nous aide dans la ville que nous devons désormais franchir et que nous n'avons aucune possibilité de contourner. Ça n'a pas de sens de compter sur l'obscurité, elle n'est plus vraiment une alliée. Pour se frayer un passage, il nous faudra quelque chose de plus sûr que l'obscurité ; trois semaines,* me souvins-je, *au moins trois semaines se sont écoulées depuis que Pétrozavodsk, la ville la plus importante des environs, est tombée, sans doute après avoir vomi au préalable quelques centaines, voire quelques milliers de porteurs de l'infection, terrorisés et enragés ; ils n'auront pas eu le temps d'aller loin, bien sûr, non, mais jusqu'ici, sans doute, et avant de mourir ils nous ont rendu, sans le savoir, un sinistre service, en dégageant de notre route la plus grande partie des obstacles, dont n'importe lequel, même le plus insignifiant, aurait été en mesure de causer notre perte. Trois semaines,* me répétai-je, *trois semaines dans la ville située à l'intersection des deux principales routes septentrionales. Personne n'y a survécu, c'est vide, des automobiles abandonnées, des magasins pillés, des rues désertes où le vent souffle une grenaille de neige piquante. Nous n'avons rien à craindre. Nous allons passer.*

Mon erreur de raisonnement m'apparut très vite, trop vite ; un quart d'heure ne s'était pas écoulé, je n'eus même pas le temps de formuler ma pensée à haute voix, parce que je ne parvenais pas à me figurer quel effet elle aurait produit maintenant aux oreilles des autres passagers, de Micha renfrogné sur la banquette arrière, du docteur... surtout du docteur : comment avouer que tu souhaites la mort de vingt mille inconnus, coupables de rien ? Qu'après ces onze jours affreux passés en route, il t'est peut-être même indifférent de savoir s'ils ont souffert, pourvu qu'ils ne soient plus sur ta route ? Et ce fut une bonne chose que je ne puisse trouver mes mots, parce qu'ils ne m'auraient servi à rien ; Andreï commença par dire : « On arrive, faites attention », et juste après, la route qui, pendant les cent derniers kilomètres, nous avait paru des plus inhospitalières, comme si elle cherchait à se débarrasser de nous, se transforma en son exact opposé, ouvrant devant nous sa surface égale et aplanie, témoignage évident que non pas une, ni deux, mais de nombreuses voitures étaient passées par là. Cela ressemblait au genre de frontière laissée par la pluie sur de l'asphalte, quand l'épais mur d'eau, se déversant apparemment sans fin depuis le ciel, te plaque d'abord sur la terre, avant de cesser de façon inattendue, d'un coup, sans transition, laissant les essuie-glaces grincer à un rythme trépidant sur la vitre sèche.

Il n'y avait rien d'accueillant dans cette nouvelle ville, et elle ne nous inspira pas le moindre soulagement, seulement de l'angoisse, mais nous n'eûmes pas le temps de nous habituer à cette angoisse qu'un nouvel événement se produisit : dès que la forêt se termina, laissant place à des constructions fatiguées et sinistres, un long grésillement incompréhensible se fit entendre dans les haut-parleurs. Il dura une minute ou deux, puis se tut, avant de reprendre un instant plus tard, et tout le temps qu'il dura, monocorde et de mauvais augure, j'éprouvai le désir aigu d'éteindre la C.B., comme si cette petite boîte noire fixée à l'accoudoir entre les sièges, qui nous avait tant servi au cours du trajet, pouvait désormais nous nuire.

— ... vers les portes arrière, déclara soudain la

C.B. de la voix distincte d'un inconnu, avant de se remettre à crépiter sans qu'on puisse identifier quoi que ce soit.

Je tressaillis.

— Le signal est mauvais, constata Sergueï, sans quitter la route des yeux. Il y a vingt-cinq ou trente kilomètres entre eux et nous. Ils peuvent se trouver n'importe où, Anna.

Tu sais... tu sais parfaitement bien qu'ils ne peuvent se trouver qu'à un seul endroit : sur notre route, voulais-je répliquer, mais je me tus : ce n'était pas le moment de polémiquer, parce que le grésillement allait croissant, se renforçait, se rapprochait, prenait toujours davantage l'apparence de la parole humaine, et qu'il fallait l'écouter, la déchiffrer, pour se préparer à ce qui nous attendait.

— ... on ne prend pas, on ne prend pas ! hurla soudain la voix dans le haut-parleur.

C'était affreux et ce cri déchirant se mua en une quinte de toux, féroce et prolongée, puis le sinistre grésillement reprit, comme si de ces interlocuteurs invisibles, un seul maîtrisait la parole humaine, celui qui parlait des portes arrière, tandis que les autres – quel que soit leur nombre – ne pouvaient s'exprimer que par des crachotements mécaniques et inexpressifs.

Le Land Cruiser se mit soudain à klaxonner, allumant ses feux de détresse, et fit une embardée à gauche avant de se figer presque en travers de la route, large et pour le moment complètement déserte ; nous dûmes freiner pour ne pas emboutir le pick-up qui ralentit brusquement. La fenêtre conducteur du Land Cruiser s'abaissa d'un mouvement fluide, Boris, qui en sortit presque jusqu'à la taille, leva les bras en croix au-dessus de sa tête et les agita énergiquement en l'air, jusqu'à ce qu'Andreï, qui ouvrit lui aussi sa fenêtre, ait levé sa paume ouverte ; après quoi Sergueï dut les imiter : les yeux écarquillés, il sortit lui aussi le bras et l'agita avec impatience :

— Comme si on n'avait pas deviné tout seuls que c'était pas le moment de bavasser, bougonna-t-il quand notre convoi s'ébranla de nouveau.

Il était évident que nous approchions : les ondes devenaient de plus en plus bruyantes ; finalement, une nouvelle voix vint s'adjoindre à celle que nous avions entendue en premier, puis, deux kilomètres plus loin, d'autres encore ; jurant et s'invectivant, ces inconnus étaient clairement occupés à une affaire importante, et à en juger par leur panique confinant à l'hystérie, cette affaire n'était pas, loin de là, sans danger. Nous roulions désormais à une certaine vitesse, et pendant que les paysages mélancoliques des hameaux entourant Medvéjiégorsk – déserts, heureusement déserts pour l'instant – défilaient derrière nos vitres, nous ne pouvions nous occuper à rien d'autre, nous distraire autrement qu'en écoutant ces cris confus et décousus, pleins de rage et d'angoisse, cette toux et ces grossièretés. Alors, envoûtés, nous écoutions tout cela comme s'il s'agissait d'une émission de radio, aussi monstrueuse qu'insipide, faisant irruption dans le petit univers confortable que nos voitures avaient créé jusqu'à présent.

— Je peux me tromper, commença finalement le docteur sur un ton préoccupé. Mais je dirais qu'au moins l'un d'entre eux est malade...

— ... de l'autre côté, de l'autre côté, vas-y ! hurla la C.B. avec rage et désespoir.

Et au même instant, un coup de feu retentit, isolé, produisant un écho assourdissant, puis juste après un second coup de feu, après quoi les tirs se succédèrent, par à-coups brefs et denses – ta-ta-tam, ta-tam, ta-ta-ta-tam –, comme si une gigantesque machine à coudre s'était mise en marche ; Sergueï actionna aussitôt le mécanisme qui abaissait sa vitre, juste au moment où nous passions devant le monument constitué d'un drôle d'ours et de l'inscription ironique « Bienvenue à Medvéjiégorsk » ; alors, s'engouffrant avec l'air froid par la fenêtre ouverte, le double de cette répugnante clameur de ferraille se fondit bientôt avec celle qui émanait du haut-parleur au bord de la suffocation. *Nous n'avons plus besoin de C.B. pour tout entendre,* songeai-je, *ça se passe juste à côté, ça peut être n'importe où, par exemple derrière cet immeuble à deux étages, avec son toit pourri constellé d'antennes satellites, ou un peu plus loin, après ce tournant, nous allons trop vite, c'est une petite ville, encore une minute ou deux et nous nous retrouverons en plein milieu des événements.* Je me tournai et pris Sergueï par l'épaule, pour essayer de lui crier : « Arrête-toi ! », mais ma gorge était si serrée qu'elle refusa de lâcher le moindre son, tandis que Sergueï, agitant son épaule d'un geste impatient, chassait ma main et appuyait sur le frein. Le ralentissement fut tellement brutal que je me retrouvai projetée en avant, alors qu'au même instant Sergueï plaquait plusieurs fois sa paume sur le large bandeau central de son volant ; le Pajero émit trois grincements rauques et se tut ; m'appuyant du coude sur le tableau de bord, je relevai la tête et vis la lourde remorque du pick-up qui freinait se déporter sur la droite, vers le bas-côté, manquant de se renverser, puis, quelques secondes après, le Land Cruiser s'arrêtait à vingt mètres de là.

Nous nous trouvions en plein milieu d'une rue inconnue, l'oreille tendue, mais les coups de feu avaient cessé, en même temps que les voix sortant des haut-parleurs, et la C.B. n'émettait plus désormais que des sifflements et des crépitements paisibles, comme si la rumeur assourdissante et les cris de rage n'avaient été qu'une illusion. En scrutant les alentours, je me rendis compte que je ne pouvais distinguer l'extrémité opposée de cette large rue, sans doute centrale : à une centaine de mètres et quelques, on ne voyait plus ni les maisons ni les arbres, comme si quelqu'un avait dressé là une muraille de verre blanchâtre et trouble.

— Qu'est-ce que c'est que ce brouillard ? demandai-je.

— C'est de la fumée, répondit Sergueï. Tu ne sens rien ?

Et je compris aussitôt qu'il avait raison ; malgré le froid, l'air ne véhiculait presque plus de fraîcheur, il était devenu âcre, et chaque inspiration laissait désormais dans la bouche l'arrière-goût désagréable de papier brûlé qui reste quand on fume par erreur une cigarette sans filtre.

— Alors, tu as une idée ? demanda Boris qui s'était rapproché lentement et arrêté à notre niveau.

— Aucune, répliqua Sergueï en secouant la tête, face à la rue enveloppée de fumée. On n'y voit toujours que dalle...

— On pourrait attendre, suggéra doucement Marina, tournant vers nous son visage que la peur rendait livide et distordu. (Ses lèvres tremblotaient de façon incontrôlée.) Au moins jusqu'à ce qu'il fasse nuit, on se cachera quelque part, et ensuite on repartira. Allez, s'il vous plaît, s'il vous plaît...

— Si tu essaies encore de sortir de la voiture, lui lança Boris furieux, je t'abandonne ici, pigé ?

Effrayée, elle se hâta de hocher la tête et se renversa sur son siège, pressant ses poings serrés contre ses lèvres.

— Je propose qu'on continue, lança Sergueï. Sans faire de bruit, mais on continue quand même. Si tu remarques quoi que ce soit, ne tourne surtout pas dans une rue latérale, on ne connaît pas la ville, on risque de rester coincés. Donc au cas où, on fait demi-tour et on se précipite dans l'autre sens, par le même chemin, d'accord ?

Nous avions beau raser l'accotement, pour laisser le moins d'espace possible sur la gauche, afin de pouvoir effectuer un demi-tour si besoin, nous avions beau rouler lentement, de peur de troubler par le grondement de nos moteurs le silence hostile qui semblait guetter quelque chose, je ne me sentais pas plus en sécurité que si nous avions cherché à nous frayer un passage à l'aveuglette pour traverser cette petite ville en un éclair. Pour une raison que je ne m'explique pas, cette attente qui s'étirait s'avéra bien plus pénible qu'un bond irréfléchi en avant ; j'aurais fermé les yeux avec joie, enfoui la tête dans mes genoux jusqu'à ce que cette torture prenne fin, mais je devais regarder sur les côtés, sans rien manquer, examiner chaque vitre brisée, chaque vitrine défoncée, les ordures jonchant la neige çà et là, les ruelles s'enfonçant vers nulle part. Une minuscule portion de la route semblait bouger en même temps que nous, dans un brouillard laiteux et opaque, comme si quelqu'un nous braquait un énorme projecteur dessus ; dans ce désert blanchâtre approcha bientôt un bâtiment noirci d'une taille beaucoup trop imposante, flanqué d'une haute tour carrée, isolée, et d'une allée fermée de deux poutrelles en béton. Un homme était adossé à l'une de ces poutrelles, la tête penchée sur sa poitrine, dans la posture détendue et indifférente que confère parfois la mort ; ses paumes ouvertes tournées vers le ciel étaient pleines d'une neige qui ne fondait pas ; et dès que le bâtiment noirci eut disparu, le brouillard qui se dissipait nous dévoila un nouveau corps, gisant sur la route, le visage tourné vers le sol, et je me dis que si nous étions obligés de faire demi-tour et de repartir à pleins gaz dans l'autre sens, il nous faudrait lui rouler dessus. Cent mètres plus loin, quand le corps eut disparu de notre champ de vision, là où débouchait une rue latérale, bloquée par une ambulance à la vitre avant fendue en deux, nous nous arrêtâmes parce que ce véhicule d'un blanc immaculé tournait vers nous un flanc défoncé et que dans sa béance se tenait un homme qui balançait les jambes avec insouciance, un homme indéniablement vivant.

Sans que je sache trop pourquoi, il était clair d'emblée que l'homme assis dans l'ambulance n'était pas un médecin, ni de près ni de loin, et je ne tirais pas cette conclusion de son absence de blouse blanche, mais quelque chose dans l'indifférence de sa pose, dans le fait que son regard glissa brièvement et sans manifester le moindre intérêt sur nos visages, donnait à comprendre que l'endroit où nous le découvrions résultait du plus grand des hasards et qu'il aurait aussi bien pu se trouver sur le banc en bois d'un parc, à déplier un journal. Malgré le froid, il ne portait pas de chapka, seulement un anorak boutonné jusqu'au cou, ceinture bouclée, dont le devant était maculé de taches sombres, de la poitrine au bas du ventre. À côté de lui, il y avait une boîte de conserve ouverte, posée à même le sol en caoutchouc nervuré, et il en pêchait méthodiquement quelque chose, de ses doigts couverts de crasse, qu'il s'envoyait ensuite dans le gosier avec un plaisir manifeste ; une autre boîte, pour l'instant intacte, gisait paisiblement, par terre aussi, à côté de deux bouteilles de champagne ventrues dont l'une était presque vide, et la seconde pour l'instant encore bouchée, mais la feuille métallique recouvrant le bouchon en avait déjà été arrachée et froissée en une petite boule dorée sur la neige, entre les roues de l'ambulance.

— Hé, toi là-bas, dans l'ambulance, lança Boris. (Cette précision me parut superflue, parce qu'à part nous et cet homme aux chaussures délacées, il n'y avait pas âme qui vive dans cette large rue qu'on aurait dite remplie de lait.) T'as pas froid ?

Pour ne pas perdre une miette de son festin, l'homme léchait ses doigts sales avec la plus grande application, et il ne releva la tête qu'une fois son nettoyage terminé. Son visage n'était pas vieux, mais légèrement boursouflé et rouge brique, tanné soit par le vent, soit par l'alcool ; il respirait mal, de façon bruyante et irrégulière.

— Non, pas du tout, répondit-il enfin en secouant la tête.

— T'es tout seul ? demanda alors Boris.

L'inconnu éclata d'un rire bref et rauque, avant de marmonner de façon à peine compréhensible :

— Maintenant, c'est chacun pour soi.

Son rire se changea brusquement en un accès de toux, qui le tordit en deux, et pendant qu'il crachait ses expectorations et suffoquait – j'eus une envie irrépressible de refermer la vitre, de me protéger le visage de ma manche –, le docteur se pencha en avant, repoussant Micha de la fenêtre.

— N'ayez pas peur, dit-il à mi-voix, il est impossible d'être contaminé à une distance pareille. (Et il continua plus fort, en se tournant vers l'inconnu.) Vous êtes malade, lui lança-t-il énergiquement. Vous avez besoin d'aide.

Sans se redresser, l'homme leva une paume tachée d'huile, doigts écartés, et l'agita en l'air.

— J'ai besoin de vodka, répliqua-t-il quand sa toux fut terminée. Vous auriez pas de la vodka ?

— De la vodka ? répéta le docteur, perplexe. On n'a pas de vodka...

— Eh ben, tant pis, répondit l'homme d'une voix rendue gaie par l'alcool. (Il adressa même un clin d'œil au docteur.) Je me débrouillerai d'une façon ou d'une autre. On n'a rien à bouffer ici, annonça-t-il ensuite. Et depuis longtemps, dans les deux semaines à peu près. Ça faisait deux jours que j'avais rien avalé, alors ce matin je suis allé chez ma voisine, elle est morte, t'entends, je suis entré chez elle – y a plus rien qui me fait peur, maintenant, mais il lui restait plus rien comme nourriture, donc je suis allé dans son débarras, et là, bingo : du champagne et des sprats. (Il plongea de nouveau les doigts dans la boîte et y pêcha effectivement – je le reconnus cette fois – un poisson gluant, dégoulinant d'huile, ajoutant quelques taches de gras supplémentaires à la collection déjà semée sur son blouson.) Sans doute qu'elle les avait mis de côté pour le Nouvel An. C'était une femme bien, ajouta-t-il la bouche pleine.

À ce moment-là, quelque part, tout près, un nouveau coup de feu retentit, un seul, mais l'inconnu, concentré sur ses sprats, ne tourna même pas la tête.

— Ça tire où, par ici ? demanda Sergueï au-dessus de ma tête.

— Ça ? C'est au port, répondit l'homme négligemment. Y a un dépôt de nourriture, là-bas. Alors aujourd'hui ils recommencent à faire du grabuge, c'est pas des gens d'ici, ça débarque une fois tous les deux jours et vas-y que je tire. Des gens d'ici, il en reste plus, y en a qui sont morts, et les autres se sont fait flinguer les premiers jours.

Sur ces mots, il souleva sa boîte et l'examina attentivement, puis, ayant bien vérifié qu'elle était vide, il fit claquer sa langue avec appétit et but la graisse restante en quelques petites gorgées.

— Dis-moi, lança Sergueï, si on tourne à droite, là-bas, on tombe sur la voie rapide ?

— Non, répondit l'inconnu avec un nouveau sourire. (Un filet d'huile dégoulinait d'un coin de sa bouche vers son menton mal rasé.) Ici, c'est plutôt tranquille. Le principal, c'est de pas s'approcher trop près du port.

Sur quoi il tendit la main et attrapa la bouteille ventrue la plus proche, celle dont la feuille métallique avait déjà été arrachée.

— J'aime bien quand le bouchon saute, annonça-t-il en cajolant tendrement sa bouteille. Il est pas très bon, mais j'aime quand ça saute. Vous voulez que je le fasse sauter ?

— Écoutez, dit le docteur. Écoutez-moi. Vous n'allez pas tarder à vous sentir moins bien. Trouvez-vous un endroit chaud, préparez de l'eau avant d'être incapable de vous déplacer. Vous comprenez ?

L'expression rêveuse disparut du visage sale et mal rasé de l'inconnu ; il cessa de sourire et, fronçant les sourcils, il regarda le docteur d'un air farouche.

— « Préparez de l'eau », l'imita-t-il, et son visage se tordit. Je vais attendre. Quand je serai au pied du mur, j'irai faire un tour dehors, au moins jusqu'au port, et paf ! Point final.

Une autre quinte de toux, plus violente, le plia de nouveau en deux ; avant de se relever, il cracha par terre, et sa salive dessina une tache rouge sur la neige piétinée.

— Vous avez de la fièvre, constata le docteur. C'est une maladie très rapide, mettez-vous au chaud le plus vite possible.

— Allez, dégage d'ici, gros malin, rétorqua l'inconnu

avec une rage inattendue. Sinon, je m'approche de toi et je te souffle au visage, vu ?

Quand nous repartîmes, après avoir reformé notre file indienne sur la rue centrale abandonnée et saccagée, je me retournai pour voir encore une fois cette ambulance blanche au flanc éventré et les deux jambes qui en dépassaient, avec leurs chaussures délacées ; l'homme assis à l'intérieur semblait avoir complètement oublié notre passage : penché en avant, il s'appliquait à détortiller le fil métallique qui retenait la capsule en plastique ; avant que sa silhouette recourbée ne disparaisse de notre champ de vision, nous entendîmes le bouchon sauter, puis, juste après, un petit rire rauque.

— On aurait dû lui laisser de la nourriture, marmonna le docteur. Au moins un tout petit peu. Il ne fallait pas le laisser comme ça... Vous avez sans doute de quoi manger ?

— Il n'a pas besoin de notre nourriture, répliqua Sergueï quand nous fûmes passés sans encombre sous le pont de chemin de fer.

Quelque part au loin, des coups de feu isolés retentissaient toujours dans notre dos, mais les bâtiments de pierre avaient déjà laissé place aux sempiternelles petites maisons de bois, presque villageoises, à côté desquelles nous passâmes, soulagés, en reprenant de la vitesse. Cette horrible ville – la plus horrible qu'il nous ait été donné de voir – serait bientôt derrière nous.

— Il n'a plus besoin de rien, maintenant.

— Vous ne comprenez pas ! s'insurgea le docteur. Nous ne comprenez pas ! On ne doit pas agir comme ça ! C'est... ce n'est pas humain. Je suis médecin, il faudrait quand même vous entrer ça dans le crâne, c'est mon devoir d'aider, de soulager les souffrances, et maintenant, chaque jour, chaque heure qui passe m'oblige à agir en dépit de tout ce à quoi j'ai cru toute ma vie... Je ne peux pas continuer comme ça.

Il se tut, ses yeux enflammés rivés sur la nuque de Sergueï ; par ma vitre, je vis filer le panneau indiquant la sortie de Medvéjiégorsk, puis l'indicateur bleu : « Léningrad – Youstozero – Mourmansk ».

— De toute façon, vous ne pouvez pas comprendre, constata-t-il amèrement, quand nous eûmes rejoint la voie rapide.

— Et pourquoi on ne comprendrait pas ? répliqua Sergueï d'un ton égal. Hier, j'ai tué un homme.

*
* *

Voilà, c'est fini, me dis-je quand nous eûmes dépassé la dernière petite maison, presque ensevelie sous la neige, avec sa barrière inclinée, emprisonnée de part et d'autre par de hautes congères. *L'horrible ville nous a laissés passer, elle nous a craché dessus une dernière rafale de mitraillette, lointaine et désormais inoffensive, après quoi les ondes se sont vidées et tues, comme par un fait exprès juste au moment où est apparu le large ruban de la voie fédérale, damé par une multitude de roues et reliant Pétrozavodsk la morte à la lointaine Mourmansk. C'est fini. On n'aura plus jamais à revivre ça, plus d'immeubles en pierre, de ponts, de rues pleines de voitures abandonnées, de vitrines défoncées, de fenêtres barricadées. D'attente pesante de la mort. De peur.*

— Deux cents kilomètres, lança Sergueï, comme s'il avait entendu mes pensées. Patience, bébé. Avec un peu de chance, ce soir, on est arrivés.

On est en route depuis onze jours, pensais-je, *dont chacun, chacun sans exception a commencé avec la pensée : « Si on a de la chance », alors mon Dieu, comme j'en ai marre de me reposer sur la chance ! Nous en avons effectivement eu pendant tout ce temps –, une chance fabuleuse, inouïe – à commencer par le sauvetage d'Irina et du petit, dont Sergueï est revenu vivant ; et puis il y a eu cette dangereuse vague à mille têtes, déjà à nos trousses, prête à nous engloutir, et à laquelle nous avons pu échapper par une esquive de dernière minute, laissant à sa merci tous nos projets d'avenir, nos rêves, les maisons où nous aimions tant vivre, et même les proches que nous n'avons pas réussi à sauver. Nous avons même eu de la chance le jour où Léonid a reçu un coup de couteau, parce que au lieu de mourir il a finalement survécu. Aucune de ces longues journées de frayeur ne s'est déroulée sans exiger son tribut, nous avons dû payer pour chacune, mais maintenant qu'il ne nous reste plus que deux cents kilomètres, autrement dit une misère, nous n'avons plus de quoi payer la chance dont nous allons encore avoir besoin, parce qu'il ne nous reste rien à donner, si ce n'est nous-mêmes.*

— Qu'est-ce que c'est que ce bordel ? s'exclama soudain Sergueï.
La voilà, la tuile, me dis-je. *Évidemment, il ne fallait*

tout de même pas trop espérer, il était même idiot d'escompter que tout soit derrière nous ; je relevai les yeux, prête à voir n'importe quoi, un arbre abattu, un grumier coincé en travers du chemin et chargé d'énormes troncs, une muraille en béton avec du fil de fer barbelé ajouté au sommet, voire tout simplement un ravin, une cavité profonde et infranchissable surgie d'on ne savait où, mais il n'y avait rien, strictement rien, à l'exception de la bande blanche, uniforme et déserte, de la forêt taciturne, du silence, et j'ouvrais déjà la bouche pour demander : « Quoi, qu'est-ce qui s'est passé ? » quand je remarquai que le Land Cruiser roulait bizarrement, par à-coups, décrivant des courbes maladroites tantôt à droite, tantôt à gauche, comme s'il avait perdu une roue ; Sergueï tendait la main vers le micro, mais il n'eut pas le temps de s'en servir qu'avec un dernier soubresaut le lourd véhicule noir glissa lentement de la route et s'immobilisa, enfonçant sa grosse gueule dans les buissons dénudés qui bordaient la route.

Tout cela pouvait ne signifier rien d'autre qu'une roue crevée, bien sûr, c'était tout à fait possible, si bien que Sergueï gara tranquillement sa voiture, et sortit sans se presser, après avoir bien refermé sa portière pour empêcher l'air froid de s'infiltrer à l'intérieur, et il ne se mit à courir qu'ensuite, peut-être parce qu'il avait entendu le craquement plaintif des rameaux gelés, levé les yeux et vu que les énormes roues du Land Cruiser continuaient à tourner et que le véhicule glissait toujours imperceptiblement vers l'avant, comme s'il tentait en vain d'ouvrir une brèche dans l'épaisse palissade gelée de jeunes bouleaux fluets ; râblé, il était, avec ses vitres opaques, bien plus semblable à un gros animal devenu cinglé qu'à une voiture pleine de passagers, alors je sautai du Pajero, sans me soucier de claquer ma portière, non pas à cause des roues qui tournaient toujours ni du craquement des branchages, mais parce que Sergueï s'était mis à courir.

Pour atteindre le Land Cruiser qui dérapait, j'eus besoin de quelques secondes en tout et pour tout, et en me rapprochant je vis Sergueï ouvrir brutalement la portière passager, disparaître jusqu'à la taille dans l'habitacle, pour réapparaître l'instant d'après, serrant dans ses bras la silhouette avachie de son père, revêtue de l'anorak informe qu'il n'avait pas boutonné ; il le tira à l'air libre, inerte, mais les jambes de Boris restèrent coincées dans les pédales sous le volant ; alors, poussant un petit glapissement, Marina sauta de l'autre côté et rampa presque à quatre pattes vers la portière passager, afin de l'aider à décoincer ses pieds. La tête de Boris ballottait affreusement, de droite à gauche, sans opposer la moindre résistance.

Il était étendu sur le dos, dans la neige, avec le blouson de Sergueï replié sous la tête – ce dernier l'avait ôté si précipitamment que quelques boutons avaient dû s'arracher avec le tissu ; Boris avait les yeux grands ouverts, fixant un point au-delà de nos visages, dans le ciel bas et froid ; je remarquai que ses lèvres étaient complètement bleues, et un filet de bave nacrée brillait dans les poils roux délavé mêlés de gris de sa barbe. Marina, toujours dans sa combinaison blanche, s'était agenouillée à côté de lui, et d'une main tremblante, devenue écarlate sous l'effet du froid, elle s'efforçait sans raison apparente de lui lisser les cheveux, tandis que Sergueï restait planté à côté, impuissant, sans s'agenouiller ni faire la moindre tentative pour secouer son père par l'épaule ; il se contentait de répéter d'un air éperdu : « Papa ?... Papa... » *Il va mourir,* me dis-je, regardant avec une certaine curiosité les yeux muets et aveugles du père de Sergueï. *À moins qu'il ne soit déjà mort ; ce serait bien si elle enlevait sa main, elle m'empêche de voir, je n'ai encore jamais vu un homme mourir, à part au cinéma*, et bizarrement je ne ressentais ni peur ni pitié, juste une curiosité dont j'aurais bien sûr honte plus tard, avec en toile de fond la voix de Sergueï répétant : « Papa... papa ! », quand tout à coup quelqu'un m'attrapa sans ménagement par l'épaule et me fit pivoter d'un coup, si bien que je faillis perdre l'équilibre, et devant mes yeux surgit le visage rouge et furieux du docteur qui hurla :

— La pharmacie ! Vite !

Sans doute parce que je continuais à le fixer d'un regard vide et stupide, il posa sa seconde main sur moi et me poussa presque en direction du Pajero ; après seulement, écartant Marina, il se laissa tomber, plongeant tel un gros oiseau maladroit sur le corps immobile et renversé, et il se pencha très bas, vers le visage livide de Boris, glissant ses petits doigts courts sous le col étiré de son pull, puis, comme je n'avais toujours pas bougé, il aboya, sans se retourner :

— Vous êtes toujours là ? Je vous ai demandé la pharmacie, bon sang !

Sur quoi, levant la main, il assena un violent coup de poing quelque part, au centre de la poitrine sans défense de Boris.

C'est inutile, pensais-je en me traînant vers la voiture. Dix pas, quinze... *C'est inutile*, pensais-je pendant que je retirais la pharmacie de voyage rectangulaire des mains tremblantes de Micha, puis que je revenais sur mes pas, vers le docteur à genoux à côté de Boris, ses larges semelles aux talons usés de manière inégale tournées vers la route. *Tout ça, c'est inutile. Ça n'a pas de sens, ni de se presser autant, ni de crier, on peut faire ce qu'on veut, rejeter sa tête en arrière, remplir d'air ses poumons paralysés – une fois, deux fois, appuyer des paumes croisées sur sa cage thoracique, presser – vite et plusieurs fois, respirer de nouveau – ça ne servira à rien, il va mourir, il est déjà mort, parce qu'il fallait bien que ça arrive à l'un d'entre nous, afin de payer pour nos derniers deux cents kilomètres, sans quoi on ne nous laissera pas passer, pourquoi personne ne le comprend-il à part moi ?* Je m'approchai de Sergueï et lui passai la pharmacie, qu'il tint devant lui sans l'ouvrir, en me jetant un regard hébété et sauvage, tandis que le docteur hurlait : « Reculez, tous autant que vous êtes, ne me dérangez pas ! », nous obéîmes, mais Marina se contenta de ramper pour rester assise en plein milieu de la route ; il se pencha de nouveau : inspirer, tâter le pouls derrière l'oreille jaune de papa, appuyer, sans relâche, sans efficacité, combien de temps lui faudra-t-il pour admettre que ses efforts sont vains, qu'il n'est pas plus efficace que nous face à cette symétrie aussi sinistre qu'impitoyable, face à ces règles selon lesquelles, dans le monde actuel, on ne fait plus le moindre crédit à personne, plus la moindre avance, et que si nous avions disposé d'une pharmacie bien plus conséquente que celle-ci, toujours maculée du sang de Léonid, ça n'aurait rien changé de toute façon ?

Quand, quelques minutes plus tard, les joues de Boris retrouvèrent une teinte rosée, et qu'un premier gargouillis, à peine audible, s'échappa de ses poumons ; quand le docteur, se relevant, essuya son visage humide de sueur avec la manche de son pull et articula : « Passez-moi la pharmacie », et qu'après ces mots Sergueï commença enfin à l'ouvrir, répandant les sachets déchirés des bandages et des compresses, et demandant : « Vous voulez quoi, du Validol ? » – réplique que le docteur balaya d'un revers de la main impatient avant de se raidir : « Je me fiche du Validol, vous n'auriez pas de la Nitroglycérine, plutôt ? Laissez-moi voir » ; quand tous – tous, même Léonid, qui s'était extirpé de la voiture – nous fîmes cercle autour d'eux et nous mîmes à vociférer et à nous agiter en même temps, l'un ramassant les sachets éparpillés, l'autre s'asseyant à côté pour essayer d'être utile, je pris conscience que je reculais vers l'accotement, dans l'ombre charitable du Land Cruiser coincé dans les buissons, là où personne ne pourrait voir l'expression de mon visage. Et à cet endroit, derrière la voiture, plaquant ma joue contre la vitre froide, je découvris avec horreur que je tenais à la main une cigarette à demi consumée, sans même me rappeler l'avoir sortie de son paquet et encore moins allumée ; je l'avais sans doute fait là-bas, devant tout le monde, sous les yeux de Sergueï, j'avais dû tirer le paquet de ma poche, frotter mon briquet… Ce n'était pas possible ! Je me hâtai de jeter le perfide petit cylindre fumant, qui n'atteignit pas le sol mais resta coincé dans les rameaux dénudés, si bien que je me précipitai pour le récupérer ; quelque chose de piquant me griffa la joue, mais je parvins à l'atteindre, l'agrippai et l'enfouis le plus profondément possible, afin de ne pas laisser de traces ; après quoi je ramassai une poignée de neige si froide qu'elle me brûla et l'appliquai sur mon visage avec force, à deux mains.

— Maman, lança Micha dans mon dos. Tout va bien, maman. Le docteur dit que tout ira bien.

Alors je hochai la tête, sans décoller les mains de mon visage, et je pensai : *si ce n'est pas ça, alors il va encore se passer quelque chose d'autre, forcément.*

Il ne me fallut pas plus de quelques heures pour comprendre que ces derniers deux cents kilomètres, qui s'étiraient de façon interminable, seraient plus compliqués pour moi que la route qui avait précédé. Peut-être parce que Sergueï n'était plus à mes côtés dans la voiture, il avait pris le volant du Land Cruiser et emmené le docteur avec lui au cas où son père ferait un nouveau malaise ; avant de nous laisser de nouveau seuls – encore une fois, la énième –, il me fit promettre de n'utiliser la C.B. qu'en cas d'extrême nécessité : « Ne dis rien, mais ne l'éteins pas, compris ? Tu as compris ? Regarde-moi ! Ce n'est pas une route compliquée : cent vingt kilomètres sans bifurquer nulle part, puis à droite, et après on fera une boucle, mais on ira lentement, tu ne resteras pas en arrière, ne crains rien, tu m'entends, ne crains rien. » Peut-être parce que Marina avait changé de place avec le docteur et se tenait désormais avec sa fille sur les genoux, juste dans mon dos, s'efforçant de rester le plus loin possible du chien, et qu'elle parlait sans arrêt, d'une voix grêle et monotone, « J'ai eu si peur, si peur, tout d'un coup il s'est effondré en avant, sur le volant, heureusement qu'on ne roulait pas vite, il serait mort, Anna, il serait mort, c'est une chance d'avoir eu le docteur avec nous, Anna, je l'avais bien dit, je l'avais dit » ; je serrais les lèvres et m'efforçais de ne pas l'écouter, mais elle ne se taisait toujours pas, s'efforçant au contraire de croiser mon regard dans le rétroviseur, parfois même elle souriait avec une insistance timide, « Maintenant ça va aller, Anna, tu vas voir » ; et moi, je pensais : *la ferme, bon Dieu, la ferme. Pendant les deux années de notre voisinage muet, je n'ai pas entendu autant de mots sortir de ta bouche, ça va mal se terminer, ce n'est pas possible autrement, tu m'empêches de réfléchir, tu m'empêches d'attendre, nous n'avons pas encore payé, et ça ne marche pas comme ça.*

Dans cette vie, rien ne m'avait jamais été donné gratuitement, ni la moindre réussite ni la moindre victoire, Micha emmené en ambulance à l'âge de trois mois, le docteur maussade à l'haleine avinée – « Priez pour qu'ils arrivent à temps, ma petite dame », et moi qui priais : *Prends-moi tout ce que tu veux, tout, pourvu qu'il reste à mes côtés*, et quand six mois plus tard le père de Micha disparaît pour toujours, sans laisser de trace, comme s'il n'avait jamais existé, je ne proteste pas, je ne m'étonne presque pas, parce que j'en ai moi-même fixé le prix, sans marchander ; plus tard tombe un diagnostic impitoyable qui condamne maman à mort, et je prie de nouveau : *S'il te plaît, ne fais pas ça, prends quelque chose d'autre*, et je me ravise, parce je connais désormais le fonctionnement de ce marché sanguinaire : *N'importe quoi, mais pas Micha,* ajouté-je. *Pas Micha*, et j'obtiens douze années d'une vie triste, solitaire, en vertu de quoi maman ne meurt pas ; je paie tout au prix fort, à chaque fois, sans quoi ça ne marche pas, et quand Sergueï entre enfin dans ma vie, surgissant de nulle part, je suis déjà prête à payer, et je paie, et le prix est de nouveau très élevé. Si bien que maintenant, à travers l'insignifiant verbiage de Marina, je suis juste en mesure de me dire que nous nous sommes acheté un bon de sortie qui nous a permis de fuir – maman, de laquelle je n'ai pas pris congé, la sœur morte d'Irina, les parents de Natacha –, seulement ça n'a pas été suffisant pour nous racheter jusqu'au bout, ça ne suffira pas à nous protéger, ça n'a déjà pas suffi, d'ailleurs, et si ce n'est pas Léonid, ni moi ni Boris, qui alors ? Lequel d'entre nous ?

Pendant cinq longues heures, jusqu'à l'endroit où la route tourna, je tins le volant à deux mains et regardai droit devant moi la remorque qui tressautait et oscillait, le mur d'arbres indifférents qui défilaient sur les côtés et, derrière, la route déserte qui serpentait capricieusement, désormais labourée par nos roues ; j'étais incapable de discuter et n'écoutais plus rien, parce que chacune de ces trois cents minutes fut pleine d'attente – quelque chose devait se passer, c'était forcé, mais quoi, et quand, et allais-je réussir à le deviner ? – et très vite Marina, qui croisa enfin mon regard dans ce maudit rétroviseur, même si je m'efforçais de ne pas la blesser, s'étrangla et ravala tout ce qu'elle apprêtait à me sortir, s'interrompant même en plein milieu d'une phrase ; elle inspira une grande bouffée d'air par le nez et se tut enfin, le visage enfoui dans la capuche fourrée de sa fille.

Pendant les quelques pauses rapides, indispensables à tous – aux enfants éreintés par la monotonie de la route, au chien qui se languissait dans cette voiture exiguë, et à nous les adultes, pour ne pas devenir fous –, Sergueï s'approchait de moi et me disait quelque chose du genre : « Alors, comment tu te sens ? », à quoi je lui répondais en lui adressant toujours la même sempiternelle question : « C'est encore loin ? », même si les yeux fermés je voyais toujours, imprimé à l'intérieur de mes paupières plissées, le disque blanc du compteur kilométrique et ses chiffres électroniques blafards qui se transformaient dans ma conscience en un compte à rebours : trente kilomètres de moins à faire, quinze… Nous nous arrêtâmes une dernière fois après que la route eut tourné ; dans l'obscurité et en sortant de voiture, je continuai à compter dans ma tête, pour ne pas m'embrouiller, comme si après ces heures de silence et d'angoisse il était encore possible d'oublier que nous étions presque arrivés, qu'il n'y avait plus qu'une petite vingtaine de kilomètres entre le lac et nous, et tout en résolvant l'éternel dilemme – m'éloigner davantage ou ne pas trop m'écarter – je fis quelques pas de trop en avant, pénétrant dans un espace que n'atteignait pas la lumière de nos phares, et, levant les yeux, je me figeai d'horreur, après quoi je fis demi-tour et rejoignis les autres au pas de course.

— Sergueï, chuchotai-je, le souffle court. (Il retourna vers moi, l'air étonné.) Sergueï, il y a des maisons, des tas de maisons... On ne peut pas rester ici, on doit repartir tout de suite !

— C'est pas possible, répliqua-t-il avec un froncement de sourcils sceptique. Il n'y a rien par ici, à des dizaines de kilomètres à la ronde, rien de rien.

Et il se dirigea là d'où je venais, ôtant au passage le fusil de son épaule, tandis que je le suivais, hypnotisée, jusqu'à ce que nous tombions sur ce que j'avais vu. Alors il éclata d'un rire soulagé :

— Mais tu parles d'une maison, bécassine, regarde un peu mieux. Ça fait au moins quarante ans que ce n'est plus une maison, ça !

J'examinai plus attentivement et vis ce qui ne m'avait pas sauté tout de suite aux yeux : d'énormes poutres noires, desséchées par le temps et sortant des mortaises, des embrasures de fenêtres sans vitres, des chevrons effondrés ; elles n'étaient pas nombreuses, ces maisons, bien moins que ce qu'il m'avait semblé au départ, peut-être quatre ou cinq, et elles étaient toutes irrémédiablement, irréversiblement détruites, dévastées, comme autant de monstrueuses constructions en bois qui auraient fini par lasser leur créateur ; je tendis la main et touchai une charpente en rondins rongée par le temps : même au toucher, elle était froide et morte, comme si elle avait perdu jusqu'au souvenir de la chaleur.

— Ça s'appelle la zone, expliqua Sergueï derrière moi. (Sa voix me fit tressaillir.) La zone frontalière d'exclusion. Ne crains rien, Anna. Dans cette région, il y a plein de villages similaires : quand on a déplacé la frontière avec la Finlande, on a chassé tout le monde d'ici ; à l'époque déjà, il n'y avait pas grand monde, et maintenant – depuis longtemps –, il n'y a plus un chat. Les maisons vont encore durer un bon bout de temps, mais on ne peut plus y vivre, tu t'en rends bien compte, pas de toit, pas de fenêtre, tout s'est effondré.

Maintenant, c'est un véritable cimetière, un cimetière de maisons abandonnées, pensais-je, tandis que nous restions là, enlacés au milieu des squelettes de bois noirci et détruit par le gel. *Dans cent ans, il n'y aura plus ici qu'une épaisse forêt, une taïga infranchissable qui aura oublié nos piètres tentatives pour nous y frayer un chemin, gagner du terrain, laisser une trace ; dans cent ans, et peut-être même avant, les grands arbres auront définitivement resserré les rangs au-dessus des toits effondrés, et ce minuscule village fantôme disparaîtra pour toujours, comme s'il n'avait jamais existé.* Et puis je me dis aussi que la même chose se produirait dans quelques décennies avec notre maison, si élancée, si aérienne ; nos poutres d'un jaune ambré brillant allaient devenir grises et se fissurer, les briques des conduits de cheminée pencheraient, s'émietteraient, et nos immenses fenêtres se couvriraient d'abord de poussière, avant d'éclater et d'exposer notre intérieur, fragile et sans défense. Si nous ne revenions pas.

— Comment va Boris ? demandai-je doucement.

Et il répondit en chuchotant juste au-dessus de mon oreille :

— Comme ci comme ça, Anna. Il a du mal à rester assis, il est tout vert, et à part la nitroglycérine on n'a rien. On n'aurait pas dû le laisser plusieurs jours de suite au volant, je n'arrive pas à me le pardonner. Il devrait aller à l'hôpital, le docteur dit qu'il lui faudrait du repos dans un lit, qu'on lui épargne le moindre effort, mais tu parles d'un lit ! On va arriver au lac, on l'allongera sur une banquette et c'est tout l'hôpital auquel il aura droit.

— Mais on n'est plus très loin, pas vrai ? demandai-je en me tournant vers lui pour toucher sa joue froide et le pli inquiet entre ses sourcils. Tu vas voir, tout va bien se passer. On a un médecin avec nous, il ne le laissera pas mourir. Le principal, c'est qu'on voie le bout de cette maudite route.

— Oui, confirma-t-il. (Il se libéra prudemment de mon étreinte.) Tu as raison. Allez, bébé, il faut vraiment y aller ; plus que vingt kilomètres et on y est, tu imagines ?

Et il tourna les talons, tandis que je traînais encore un peu et me retournais pour examiner l'endroit une dernière fois : tout abandonné et vide qu'il fût, il ne me laissait bizarrement pas repartir. Maintenant que Sergueï s'était éloigné, de quelques pas seulement, l'angoisse première avait ressurgi. *Il n'y a effectivement personne ici, ce n'est pas possible, à soixante kilomètres de la dernière habitation, de la dernière route correcte, que nous avons quittée depuis longtemps, alors pourquoi ai-je la certitude très nette que nous n'avons pas remarqué quelque chose, que nous avons manqué un détail ?* Je baissai soudain les yeux, observai le sol à mes pieds et m'accroupis même pour vérifier ; alors je me relevai en toute hâte et rattrapai Sergueï par la manche.

— Tu dis que personne ne vit plus ici depuis longtemps ?

— Mais enfin, je viens de te raconter... On est tout près de la frontière, ici. Ça suffit, on y va...

— Alors comment ce truc s'est-il retrouvé ici ? insistai-je.

Suivant la direction indiquée par ma main, il resta coi quelques instants, puis il se pencha. Pour poser sa paume au centre d'une large empreinte de pneus bien nette, profondément imprimée dans la neige à l'endroit où nous nous étions tenus, et qui plongeait dans l'obscurité, filant droit dans la direction que nous devions prendre.

— Tu as vu comme elle est immense ? Ce n'est pas une voiture normale, elles ne laissent pas ce genre de traces. C'est une chenille ? demandai-je. À ton avis ?

Sergueï releva la tête.

— Mais non, répliqua-t-il enfin, ce n'est pas une chenille. C'est un camion, mais dans le genre gros et lourd. Et les traces sont toutes fraîches.

*
* *

— Qu'est-ce qu'on va faire ?

Nous nous tenions au-dessus de l'empreinte laissée par les lourdes roues du camion inconnu qui était passé récemment par là : quelques millions de petites cellules fragiles aux bords aigus, pétrifiées par le gel et formant de grosses gaufres bizarrement peintes en blanc. *Comment avons-nous pu passer à côté de cette trace ?* me demandai-je. *Ça doit pourtant faire un moment que nous roulons dessus.*

— On pourrait peut-être emprunter un autre chemin ? suggéra Andreï, mais Sergueï l'arrêta tout de suite :

— Il n'y a pas d'autre chemin. Ici, un chemin, c'est déjà un miracle.

— Et celui-ci, où est-ce qu'il va ?

— Eh bien, justement à notre lac, répondit Sergueï d'un air lugubre. On n'a tout simplement pas d'autre possibilité. (Et avant que l'un d'entre nous ait eu le temps de placer le moindre mot, il se remit à parler, en nous regardant l'un après l'autre dans les yeux.) Écoutez, on ne peut pas rebrousser chemin. On n'a pas d'autre endroit où aller, pas de plan B, et c'est pas maintenant qu'on va s'en concocter un. Ça fait plusieurs jours qu'on n'a ni mangé ni dormi, et on n'a presque plus de carburant.

Nous restâmes sans rien dire, incapables de répliquer quoi que ce soit et doutant d'ailleurs que cela en vaille la peine, mais il interpréta sans doute notre silence autrement, parce qu'il reprit, sur un ton quasi belliqueux :

— Bon, OK. Si vous avez d'autres idées, c'est le moment ou jamais. On va où ? On retourne à Medvéjiégorsk ? C'est vrai qu'on s'amuse bien là-bas. Ou alors on reste ici, on se rafistole une petite baraque comme celle-là ? Ou plutôt l'autre, là-bas. Tu sais construire une maison, Andreï ?

— C'est bon, Sergueï, l'interrompit Andreï d'un air sombre. Qu'est-ce que tu as à t'énerver comme ça ?

— On va rouler doucement, reprit alors Sergueï. On garde le même ordre : moi devant, ensuite Andreï, et enfin Anna. Gardez vos fusils à portée de main, regardez bien sur les côtés. On n'utilise pas la C.B. Et toi, Andreï, tu allumes tes projecteurs.

Et nous reprîmes la route, ou plus exactement nous nous mîmes à ramper lentement, en file indienne ; il y avait tellement de neige dans cette route forestière qu'en l'absence du large sillon laissé par le camion, nous n'aurions sans doute pas réussi à passer ; je nous imaginai, obligés d'abandonner nos véhicules pour parcourir à pied les vingt kilomètres nous séparant encore du lac, après avoir construit quelques charrettes de fortune pour transporter nos sacs, nos boîtes et les enfants ; nous n'y serions jamais parvenus, par un froid pareil, avec une neige aussi profonde, même si nous avions abandonné la majeure partie de nos affaires, même si nous avions abandonné toutes nos affaires, parce que ni Léonid ni Boris n'auraient pu surmonter l'épreuve ; il aurait fallu les porter, et les femmes non plus n'auraient sans doute pas été en mesure de soutenir la distance. *S'il n'y avait pas eu cette piste étrangère, nous serions fort probablement morts de froid, quelque part à mi-chemin, en plein cœur de la forêt,* pensais-je en regardant les codes de la remorque qui brillaient devant moi. *Ce qui signifie que nous avons encore eu de la chance. Si on ne tient pas compte du fait, évidemment, que l'endroit où nous espérions nous cacher du reste du monde, soi-disant désert, ignoré de tous et sans danger, s'avère en fait un peu moins dépeuplé que prévu.* Pour la première fois depuis onze jours, je m'aperçus que j'avais cessé de vouloir que le temps passe plus vite, cessé de compter les kilomètres, parce que je n'étais plus certaine de ce qui nous attendait à la fin de la route ; et comme cela arrive toujours dans ce genre de cas, le temps se hâtait au contraire et s'emballait même avec une fièvre malveillante. Quarante minutes plus tard, nous étions arrivés, je le compris tout de suite, sans même un coup d'œil au compteur kilométrique, avant que les voitures de tête ne s'arrêtent ; mon cœur faillit se décrocher dans ma poitrine et j'appuyai sur la pédale de frein, tandis que Micha sortait le fusil couché derrière mon siège. Je posai une main hésitante sur la poignée. Je n'avais pas envie de sortir, je voulais rester ici, dans l'habitacle bien chauffé et embaumant le léger arôme d'orange que diffusait encore une petite boîte collée à la vitre avant, je désirais attendre et forcer Micha à rester, seulement sur la banquette arrière Marina se mit à geindre :

— Attends, Anna, ne sors pas, ne sors pas, s'il te plaît, qu'ils y aillent...

Alors je poussai la portière et me dirigeai vers le Land Cruiser à l'avant, Micha sur mes talons.

Le camion était arrêté en travers de la route : c'était un large véhicule, presque carré, solidement planté dans la neige grâce à ses énormes roues noires ; sur le flanc vert sale d'une cabine métallique surélevée, juste sous le toit, s'ouvraient trois petites lucarnes rectangulaires qui nous regardaient d'un air malveillant. En approchant – Micha, qui m'avait dépassée presque aussitôt, se tenait maintenant à côté de Sergueï –, je constatai ce que les autres avaient déjà eu le temps de vérifier : le camion était vide.

— Il est là, notre lac ? demandai-je en chuchotant.

— Oui, probablement, me répondit Sergueï sur le même ton. En théorie, il devrait se trouver derrière ces arbres, mais je ne peux pas l'affirmer avec certitude. Il fait sombre, on n'y voit que dalle, et ça fait quand même quatre ans que je suis venu ici pour la dernière fois.

— C'est un camion militaire ? intervint Micha.

Sergueï hocha la tête.

— Ça veut dire que plus loin, c'est des militaires ?

— Pas forcément, répondit Sergueï.

Et je me souvins alors du dernier jour avant notre départ, quand un autre camion, très semblable à celui-ci, s'était arrêté devant le portail de Léonid, et je me dis que même s'il s'agissait bel et bien de militaires, cela ne signifiait rien, strictement rien.

— Pourquoi ils l'ont abandonné ici, sans surveillance ? demanda Micha en examinant le camion avec une curiosité ravie.

— Ça leur servirait à quoi, de le garder ? répliqua Sergueï en haussant les épaules. De toute façon, à cause de la forêt, il est impossible de le contourner avec un autre véhicule. Et de toute évidence, ils ne craignent pas les piétons. Pour résumer, vous attendez ici, et je vais aller voir ce qui se passe là-bas, reprit-il après une pause. Éteignez vos phares et ne faites pas de bruit. Ça ne prendra sans doute pas bien longtemps.

— Je t'accompagne, s'empressa d'ajouter Micha.

Sergueï secoua la tête et nous comprîmes tous les deux – Micha et moi – qu'il était inutile de protester pour le moment ; je songeai alors : *s'il te plaît, ne t'avise pas de dire : « Si je ne reviens pas », et surtout, ne te hasarde pas à me le dire à moi*, et il s'en abstint ; de toute façon, il était évident qu'il n'avait plus l'intention d'ajouter quoi que ce soit, il ôta simplement le fusil de son épaule et contourna le camion.

— Attends ! lançai-je alors.

Il s'arrêta et tourna le visage vers moi ; j'aurais pu lui dire : « Pourquoi toi ? », j'aurais pu suggérer : « Je viens avec toi », j'aurais pu me pendre à son cou, argumenter, faire durer le moment et le retenir, j'aurais simplement pu dire : « Je t'aime », mais en cet instant, ça aurait été aussi dénué de sens que superflu ; *Si j'avais cru en Dieu, je t'aurais fait le signe de croix*, pensais-je en le regardant dans les yeux – son visage était creusé par la fatigue, et du givre avait commencé à se déposer autour de ses lèvres –, mais ça aurait eu l'air stupide, vu de l'extérieur, et puis je ne me rappelais pas comment on le faisait : de droite à gauche ou de gauche à droite.

— Qu'est-ce qu'il y a, Anna ? demanda-t-il en se balançant impatiemment d'une jambe sur l'autre.

— Rien, voulais-je dire. Vas-y.

Je voulais le dire, mais je n'y parvins pas. Et à cet instant, la voix haletante d'Irina s'éleva dans mon dos :

— Sergueï ! lança-t-elle en arrivant au pas de course. (Il détacha le regard de mon visage pour le reporter sur elle : dans ses mains, il y avait un masque de gaze bleue.) Tiens, prends ça.

Il inclina la tête, afin qu'il soit plus aisé pour elle de l'atteindre, et elle plaqua le rectangle clair sur son visage, le fixa, et d'un mouvement aussi rapide qu'imperceptible, elle lui caressa la joue.

Juste après, il s'en fut, et nous restâmes à côté du camion.

Nous avions froid à rester plantés sous le vent, très froid même, mais je me rendis compte que j'étais incapable de retourner dans la voiture, de m'installer dans l'habitacle bien chauffé, à écouter les plaintes de Marina ; *je ne vais pas regarder ma montre et chronométrer, non, comme ça, je ne saurai pas combien de temps s'est écoulé depuis la minute où il est parti, une demi-heure, une heure, je vais rester ici et attendre son retour.* Je tirai une cigarette et voulus l'allumer, mais le vent s'obstinait à éteindre la fichue flamme, je pouvais aller m'abriter derrière la large cabine du camion, où le vent ne soufflait pas aussi fort, mais j'aurais cessé de voir les arbres derrière lesquels disparaissait la succession de ses pas ; maintenant que les phares de nos voitures étaient éteints, j'avais peur de détourner le regard de ses empreintes, parce que je n'étais pas sûre de pouvoir les retrouver dans l'obscurité.

— Il va revenir, murmura Irina juste à côté de moi.

Je sursautai et me retournai quand même : elle était là, adossée à la cabine du camion, les bras croisés, les yeux fixés sur moi. *Je ne veux pas l'attendre avec toi,* songeai-je. *Ne t'imagine surtout pas que nous allons l'attendre ensemble, main dans la main.*

— Tu devrais aller te mettre au chaud, me lança-t-elle. (Je ne répondis rien.) Tu vas retomber malade, insista-t-elle. Il ne reviendra pas avant une heure, peut-être plus. Tu vas faire quoi ? Rester plantée ici, en plein vent, comme Assol[1] ? C'est stupide, tu ne peux plus l'aider en quoi que ce soit maintenant.

Et je pensai alors : *C'est faux,* juste avant de rebrousser chemin vers la voiture, dont j'ouvris la portière arrière. Marina leva sur moi des yeux terrifiés, et le chien qui bondit aussitôt dehors m'atterrit presque sur les pieds. « Vas-y ! » lui lançai-je. Il resta quelques instants immobile, alors je répétai : « Vas-y ! » Du

---

1. Personnage féminin principal du roman *Les Ailes pourpres* d'Alexandre Grin, qui passe une grande partie de sa vie à attendre le prince dont on lui a parlé dans son enfance. *(N.d.T.)*

coup, sans bruit, il contourna le camion et disparut dans l'obscurité.

Pendant que nous attendions – raidis par le froid et l'angoisse à mesure que s'écoulaient les longues minutes –, Micha fouilla tout le camion : il grimpa sur une roue, ce qui lui permit d'atteindre des poignées qu'il tourna ; comme elles résistaient, il éclaira l'intérieur de la cabine avec sa torche, il n'y avait rien là-dedans qui puisse nous intéresser. Je voulais l'arrêter, mais je m'en abstins, parce que maintenant, nous, les adultes, nous étions si pétrifiés par l'attente que nous ne pouvions même pas parler ; lui seul semblait ne pas partager notre peur et nos craintes, comme si le retour de Sergueï n'était pour lui qu'une question de temps et non de chance, si bien que le voir se démener joyeusement autour de ce camion abandonné nous insufflait de l'espoir à tous, sans que nous puissions nous l'expliquer. Au bout d'un moment, Boris lui-même finit par sortir du Land Cruiser, il avançait d'un pas hésitant et tanguait pas mal, mais il se dirigea lui aussi vers le camion pour s'abriter quelque peu du vent, afin de mieux assister aux recherches de Micha. Après lui, ce fut au tour du docteur de sortir ; on voyait bien qu'il était frigorifié, sans chapka ; il tergiversa un peu auprès de la voiture, puis referma avec regret la portière qui le séparait de la chaleur salvatrice et se dirigea vers nous avec résignation.

— On pourrait peut-être lui prendre son carburant ? suggéra gaiement Micha, qui avait déjà eu le temps de terminer sa fouille du camion endormi.

Boris secoua la tête :

— C'est pas la peine. C'est une « chichiga[1] », elle roule à l'essence, donc ça nous sert à rien. Et puis à mon avis, il est un peu prématuré de faire le ménage dès maintenant.

Il s'appuya pesamment contre le flanc de métal vert de la mystérieuse « chichiga ».

Tu parles d'un surnom, me dis-je. *Tout ça pour un camion qui roule à l'essence, je ne savais même pas que ça existait*, et Boris, pendant ce temps-là, avait tiré de sa poche un paquet froissé de Yava. Dès qu'il s'en aperçut, le docteur accourut vers lui.

— Vous avez perdu la tête ! murmura-t-il, au comble de la fureur. Après un arrêt cardiaque ! Vous comprenez que c'est un miracle si vous êtes resté en vie ? Un miracle ! Je n'ai ni adrénaline ni rien, j'ai eu toutes les peines du monde à vous sauver, vous devez rester allongé, oui, allongé, et vous... Rangez-moi ce paquet tout de suite, et que je ne le revoie plus jamais !

À ma grande surprise, Boris rangea docilement ses cigarettes et grommela d'un ton presque conciliant :

— C'est bon, c'est bon. J'ai fait ça sans réfléchir. De toute façon, il en reste presque plus, alors tôt ou tard, j'allais bientôt devoir...

Il n'acheva pas sa phrase, parce qu'un craquement de branches écrasées retentit soudain, un bruit que nous attendions et redoutions à la fois ; s'écartant à grand-peine du flanc du camion, Boris tendit la main vers le fusil abandonné par Micha, mais celui-ci, plus

---

1. La chichiga est un personnage du folklore russe, assimilable au gobelin, mais le terme désigne aussi un camion tout terrain, le GAZ-66. *(N.d.T.)*

vif, l'attrapa en premier et parvint même à relever la gâchette, qui émit un cliquetis sinistre dans le silence qui s'était installé. Je m'écriai alors : « Sergueï ! », pour me convaincre au plus vite qu'il était revenu.

— C'est moi ! répondit Sergueï. Tout va bien !
Sa voix était assourdie, sans doute à cause du masque, et je courus vers l'endroit d'où elle me parut être sortie, avant qu'Andreï ait eu le temps d'allumer sa torche ; je vis Sergueï surgir d'entre les arbres, talonné par un autre homme, vêtu d'une épaisse veste kaki à col fourré et à la capuche relevée. Il tenait quelque chose, une mitraillette ou un fusil, je ne pus guère distinguer, mais il était absolument évident que cet homme ne suivait pas Sergueï par hasard. Son visage était dissimulé derrière une large muselière noire avec, de chaque côté, un filtre en forme d'entonnoir, par comparaison avec laquelle le rectangle de gaze porté par Sergueï faisait figure de gentil jouet d'enfant.
— Baisse ton fusil, Micha, ça va, lança encore Sergueï.
Mon fils obtempéra de mauvaise grâce, sans pour autant lâcher son arme.
À la lisière des arbres, l'homme en treillis s'arrêta et marmonna quelques mots indistincts à mi-voix, après quoi il recula dans l'obscurité, tandis que Sergueï faisait encore une dizaine de pas vers nous ; dès qu'il fut parvenu à notre niveau, je vis qu'il n'avait plus son fusil, que la fermeture Éclair de son anorak avait été arrachée avec le tissu, et que son masque était taché de sang, qui imbibait peu à peu la gaze bleutée ; j'éclatai aussitôt en sanglots bruyants et le pris dans

mes bras. Il m'étreignit lui aussi, ses bras tremblaient, je le sentis tout de suite, puis il déclara :

— C'est bon, c'est fini... Tout va bien, maintenant.

— Ils... C'est eux, qui ont... ? Pourquoi ils ont... ?

Tout en pleurant, j'ôtai le masque de son visage, et il me sourit malgré ses lèvres fendues.

— Bon sang, Anna, c'est bien ce que je pensais, pourquoi tu psychotes ? Y a rien de grave, ça arrive, ils ont pas compris, je suis sorti de la forêt avec mon fusil, allez, arrête, c'est gênant...

— Où est ton fusil ? lui demanda Boris d'un ton sec.

Je cessai aussitôt de pleurer.

— Il est resté là-bas, répondit simplement Sergueï en désignant un point au-delà du camion. Je me suis mis d'accord avec eux, ils nous laissent passer mais nous devons y aller à pied pour le moment, et laisser nos voitures ici, avec les affaires dedans. Et ne prendre aucune arme. C'est tout près.

— On doit aller où ? s'enquit Irina.

— Vous n'allez pas le croire. Moi-même, je n'en revenais pas quand je l'ai vu.

Il sourit encore une fois.

— Tu es certain que c'est sans danger ? insista Andreï.

— Je ne pense pas que nous ayons vraiment le choix, répliqua Sergueï. Mais oui, j'en suis sûr. Micha, jette ton fusil dans la voiture, prenez les enfants, Léonid, et en route.

Maintenant que nous étions tous sortis de voiture, je me rendis compte à quel point nous étions nombreux – cinq hommes, quatre femmes, sans compter

Micha et les enfants –, mais cela ne me donna pas plus d'assurance pour autant, parce qu'en avançant ainsi, en file indienne et les mains vides, nous étions bien plus vulnérables qu'un inconnu tapi dans la forêt. Nous n'eûmes pas le temps d'arriver au centre de l'espace vide, devant le camion, que l'homme en treillis ressortit de derrière les arbres et cria, de façon à peine distincte :

— Masques !

— Bon sang, maugréa Sergueï avec dépit, ça m'est complètement sorti de la tête, ils veulent que nous portions des masques. Irina, ils sont où, les tiens ?

Il adressa un signe de la main à l'inconnu, puis nous dûmes attendre qu'Irina aille récupérer des masques dans la voiture, mais alors que nous les avions déjà enfilés et que nous nous remettions à avancer, l'inconnu cria de nouveau :

— Les enfants aussi !

— Qu'est-ce qui se passe ? Ils sont malades ? demanda Marina, paniquée. (Elle était accroupie devant la fillette et cherchait à faire tenir le rectangle de gaze sur son visage minuscule.) Sergueï, ils sont malades, c'est ça ?

— Je ne pense pas, répondit-il. À mon avis, ils ont surtout peur que nous les contaminions.

Dès que nous pénétrâmes dans la forêt, il devint évident que l'escorte de Sergueï ne comptait pas qu'un seul homme : outre l'inconnu en treillis que nous avions aperçu d'emblée, j'en remarquai un autre, habillé en blanc ; ce second type n'avait visiblement pas l'intention d'être vu ; avançant prudemment, il veillait à laisser une dizaine de mètres entre lui et nous, et je n'aurais sans doute pas noté sa présence, blanche sur fond blanc, s'il n'y avait eu des branches pour craquer accidentellement sous ses pieds. J'avais envie de rattraper Sergueï et de l'informer de la présence de cet homme en blanc, je voulais aussi l'interroger sur l'homme en treillis, lui demander : « Pourquoi penses-tu que ces types ne nous feront aucun mal, alors qu'ils t'ont confisqué ton fusil et cogné au visage ? Nous t'avons suivi en laissant tout ce que nous possédions – voitures, fusils, nourriture – sans surveillance, en plein milieu de la taïga, pourquoi es-tu certain qu'on puisse leur faire confiance ? » Mais Sergueï marchait en tête, juste derrière l'homme en treillis, ses pas étaient amples et rapides, comme s'il se hâtait d'aller quelque part, et il ne se retourna pas une seule fois, ne serait-ce que pour vérifier si nous étions bien tous là derrière lui.

Il s'agissait apparemment d'un raccourci à travers la forêt, parce que chaque pas nous éloignait du chemin barré par le camion. Il n'était pas aisé d'avancer dans la neige profonde, et nous restions silencieux, évitant de parler. *Nous marchons comme des prisonniers,* pensais-je, *des prisonniers volontaires ; plus que quelques minutes, et cet élan bizarre et illogique qui nous a poussés à la soumission commencera à perdre en intensité, quelqu'un – Boris ou peut-être Irina – finira forcément par s'arrêter et exiger qu'on lui explique où nous allons et pourquoi, et ça ne plaira sans doute pas à ces gens armés, avec leurs masques à gaz ; que vont-ils faire à ce moment-là ? Ils nous abandonneront ? Ils commenceront à nous tirer dessus ?*

Heureusement, je ne connus jamais la réponse à mes questions : la forêt disparut subitement, et nous débouchâmes sur sa lisière ; d'un côté, les arbres décrivaient un demi-cercle, et de l'autre s'étalait le lac, immense et blanc de neige. À une vingtaine de pas sur la rive, on voyait deux belles isbas flambant neuves se dresser – des bâtisses colossales à un étage, coiffées d'un vaste toit plat.

— Qu'est-ce que c'est que ce... ? commença Boris.
Sa respiration était difficile et sifflante, et dès qu'il se fut arrêté, il s'agrippa à un petit tronc.
— On ne traîne pas, ordonna l'homme en treillis d'un air maussade.
Et il se dirigea vers l'isba la plus proche.
Le deuxième homme – celui qui portait un anorak blanc et le pantalon assorti – ne surgit qu'une fois tout le monde sorti de la forêt ; sans plus se cacher, il nous emboîta le pas, la main posée sur la mitraillette accrochée à son cou.
— Qu'est-ce que c'est que ce bordel ? répéta Boris, le souffle court, en s'efforçant de rattraper Sergueï. (Le docteur le suivait, une expression soucieuse sur le visage.) Ces tenues de camouflage, ces masques à gaz, et ces maisons, là, d'où elles sortent ? Il n'y avait rien, normalement, ici !
— Ils les ont fait construire l'année dernière, annonça Sergueï d'un air triomphant, avant de se retourner : Tu imagines ? Regarde un peu comme elles sont grandes, ces maisons ; on peut loger une vingtaine de personnes dans chacune. C'est ça, la civilisation !

— Et voici donc ces vingt personnes, murmura Irina.

Une petite foule s'était effectivement rassemblée devant l'entrée de l'isba vers laquelle nous nous acheminions : ces gens ne disaient rien, nous observant avec attention ; à la différence de nos convoyeurs, ils ne portaient pas de masque, du coup, dès que nous fîmes un pas dans leur direction, ils s'empressèrent de reculer, se bousculant, comme effrayés par les rectangles de gaze qui nous couvraient le visage ; ils avaient l'air méfiants, hostiles, pourtant je notai parmi eux la présence de quelques femmes, pas beaucoup, et sans raison valable, leur présence suffit à me rassurer. *Ils ne ressemblent pas à des militaires,* me dis-je, *ce sont des gens banals, des autochtones qui ont fui les villages longeant la voie rapide, rien qu'aujourd'hui nous en avons vu trois ou quatre, de ces villages, et ils étaient tous déserts. Sergueï a raison, nous réussirons à nous entendre avec eux, il le faudra bien de toute façon.*

L'homme au treillis tapa du pied sur le seuil, pour faire tomber la neige de ses chaussures, puis entra dans l'isba dont il referma soigneusement la porte derrière lui, nous laissant dehors. Son camarade tout blanc s'arrêta exprès juste à côté de nous et alluma une cigarette : ni lui ni ceux qui se trouvaient à l'écart n'ouvrirent la bouche, mais je sentais qu'ils nous examinaient sans relâche, faisant sans doute des supputations. La porte s'ouvrit enfin, et le treillis, qui sortit la tête, nous fit un geste de la main ; toujours aussi dociles, nous nous tirâmes de notre torpeur et pénétrâmes un par un à l'intérieur, dans une véranda vitrée à la fois sombre et froide, puis, après avoir créé un embouteillage maladroit dans l'entrée, comme des écoliers affolés devant le bureau du directeur, nous nous retrouvâmes dans une petite pièce bien chauffée, éclairée par la lumière orangée d'une lampe au kérosène, que notre irruption suffit à emplir entièrement. Une petite table protégée par une drôle de toile bariolée se blottissait frileusement contre le grand poêle à charbon sur le mur du fond ; derrière cette table se tenait un homme mal rasé, au visage chiffonné et endormi, qui releva la tête et nous regarda sans sourire ; à ses pieds, près du poêle, j'aperçus le chien qui se redressa et s'assit dès que nous entrâmes, les pattes tendues et la queue soigneusement posée sur le sol, *Eh bien, tu es vraiment un traître, toi*, songeai-je, et il me sembla qu'il entendit ma pensée et que ses yeux brillèrent d'un éclat coupable.

— Ivan Séménytch ! intervint le treillis qui se trouvait dans notre dos. (Il parlait sur le ton d'un enfant indigné.) Votre masque, enfin, mettez votre masque !

— Lâche-moi, avec ce masque, répliqua l'homme attablé. Ils ont un masque, on a un masque, on va pas comprendre un mot de la conversation.

— Permettez que je m'assoie, demanda Boris d'une voix haletante. Je ne tiens plus debout.

Il fit un pas titubant vers l'avant, en direction des chaises alignées le long de mur.

— Vous êtes malade ? demanda le chiffonné d'un ton brusque.

Repoussant la table branlante avec fracas, il était déjà prêt à se lever.

— Non, non. (À grand renfort de coups de coude, le docteur essayait de se frayer un passage vers l'avant, pour se rapprocher du chiffonné.) Ce n'est pas ce que vous croyez, c'est son cœur, il a fait une crise aujourd'hui, il doit s'allonger... Je suis médecin, je peux vous garantir que nous sommes tous en bonne santé.

— Vous êtes médecin ? s'anima quelque peu le chiffonné. Un médecin, c'est une bonne chose, ajouta-t-il. On n'a plus de médecin maintenant.

— Et vous ? intervint soudain Irina. Tout le monde est en bonne santé, chez vous ?

L'homme au visage chiffonné ne se vexa pas, ne s'offusqua pas, il répondit au contraire le plus sérieusement du monde :

— Ça fait deux semaines que nous vivons ici. Si je comprends quelque chose à cette épidémie, la maladie aurait déjà dû se déclarer après tout ce temps. Bref, voilà comment nous allons faire, continua-t-il. Installez-vous ici pour la nuit, couchez les enfants ici, et tout le tremblement, Ilya nous montrera... Ilya ! appela-t-il. (La porte se rouvrit aussitôt, comme si cet Ilya inconnu attendait dehors, de l'autre côté, qu'on le fasse venir.) Conduis-les. Où est-ce qu'on a de la place ? Mets-les chez les Kalina. Ils dorment pas encore ?

— Attendez, l'interrompit Serguéï, nos voitures sont restées sur la route. Il faudrait les rapprocher. Et puis discuter un peu.

— En effet, allons-y, concéda avec animation celui qu'on appelait Ivan Séménytch. (Il se laissa retomber sur sa chaise.) Assieds-toi. Et vous, allez-y, filez, installez-vous. Vous pouvez enlever vos masques.

Il nous adressa un signe de la main, et, en sortant sous le regard vigilant d'Ilya qui portait lui aussi un treillis, j'eus le temps de l'entendre déclarer à Sergueï :

— Te vexe pas si les gars t'ont un peu abîmé, tu comprends bien toi-même...

Une fois dehors, Ilya ôta son masque à gaz, s'essuya les joues de la paume avec un plaisir visible, puis jeta un œil à la foule toujours aussi dense devant l'entrée.

— Kalina, t'es là ? Pétrovitch ?

— Je suis là, lui répondit-on parmi la foule, mais la voix curieusement était celle d'une femme.

— Prends-les avec toi, lui intima Ilya en nous désignant d'un geste circulaire. D'après ce que j'ai compris, il y a encore de la place chez vous, il faut leur assigner des couchages pour la nuit.

De toute évidence, cette proposition ne soulevait pas le moindre enthousiasme chez la mystérieuse Kalina. Le silence dura près de trente secondes, puis la même voix de femme demanda avec suspicion :

— Et s'ils sont malades ?

— Ils sont pas malades, répliqua sèchement Ilya. Et celui-là, c'est un docteur. T'es où, docteur ? Montre-toi.

L'intéressé fit un pas hésitant en avant, leva la main et l'agita un peu en l'air.

Kalina était un bonhomme fragile, d'un âge indéterminé, au petit visage ridé ; d'emblée, ce fut son épouse qui conduisit les pourparlers en son nom : une grosse femme plutôt grande, deux fois plus volumineuse que Kalina lui-même. L'isba dans laquelle ils nous conduisirent ressemblait comme deux gouttes d'eau à la première : la même véranda immense, froide et sombre, encombrée de mobilier d'été ; la même pièce principale avec un poêle, qui servait de salle à manger ici : en son centre, on avait accolé quelques tables de hauteurs variées, devant lesquelles on avait placé des bancs de bois dépareillés ; bref, l'intérieur standard des pensions de famille des environs de Moscou – portes en lambris grinçant légèrement, dont les vitres arboraient des dessins banals, murs en bardeaux, plafonniers simplissimes en forme de bulbes et téléviseur désormais inutile. Pendant que nous entrions, ôtant nos blousons et déshabillant les enfants, Kalina ne prononça pas un mot : rencogné dans un coin de la pièce, il nous examinait avec une expression indéchiffrable, se contentant de cligner fréquemment des yeux.

Sa femme, qui nous dévisageait sans la moindre aménité, nous lança avec le même ton belliqueux dans la voix :

— Il ne faut pas compter sur moi pour vous faire à manger. (Puis, se déplaçant difficilement, elle ouvrit l'une après l'autre deux des portes latérales ; les pièces confinées nous soufflèrent aussitôt leur haleine empoussiérée au visage.) Il y a que deux chambres de libres, continua-t-elle d'un ton sec. Installez-vous comme bon vous semble.

— Merci, on n'a pas besoin que vous nous fassiez à manger, répliqua froidement Irina en jetant un coup d'œil dans l'une des chambres.

— Où tu vas comme ça avec tes chaussures ? aboya la maîtresse de maison. J'ai fait les sols ce matin !

Irina s'arrêta net et se retourna lentement.

— Mon Dieu, répliqua-t-elle en détachant ses mots. Comme. Vous. Me. Faites. Tous. Chier. Ça fait douze jours qu'on fuit sans savoir où, qu'on mène une vie de clébards. Et plus de vingt-quatre heures qu'on n'a pas dormi. Alors on s'en fiche de votre bouffe, et de votre hospitalité à la noix. Vous n'aviez qu'à nous laisser passer. C'est vous qui nous en avez empêchés, et vous qui nous avez traînés ici. Alors je m'en fiche, de vos sols.

— C'est bon, c'est bon, braillarde, répondit la maîtresse de maison, dont le ton radouci me surprit. Vous avez besoin d'une couverture ? J'en ai une, en laine. Là, pour le gamin.

Dès qu'elle fut sortie, l'époux Kalina revint à la vie : s'approchant sans qu'on sache trop pourquoi de Léonid, qui s'était lourdement laissé tomber sur le banc, il s'enquit, dans un chuchotement fiévreux et assourdi :

— Vous avez pas de vodka, par hasard ?

Léonid secoua la tête d'un air confus, et Kalina, qui perdit aussitôt tout intérêt pour lui, se figea de nouveau sous l'aspect d'une petite tortue ridée.

— Bon, marmonna le docteur, vous pouvez dire ce que vous voulez, vous devez vous allonger tout de suite. (Il regardait Boris.) Et vous aussi, Léonid.

L'hôtesse revint munie de plusieurs couvertures usagées, et ce fut le branle-bas de combat ; pendant qu'on couchait les enfants, bougeait les meubles, répartissait les lits, je renfilai mon blouson et ressortis dans la véranda. Les gens massés devant l'isba avaient disparu, délogés par le froid, laissant derrière eux tout un tas d'empreintes dans la neige ; en regardant mieux, je distinguai deux silhouettes masculines derrière la vitre de la véranda voisine – le treillis et l'homme en blanc – ainsi que la lueur morne de leur cigarette. Comme il mettait du temps à revenir ! Pourquoi l'avions-nous laissé là-bas tout seul ? On nous avait dit : « Et vous, allez-y » et nous avions obéi sans protester, docilement ; j'aurais dû rester avec lui, au moins moi, j'aurais dû rester, au lieu de me retrouver là à marchander, qui allait dormir dans un lit, qui aurait droit à un oreiller ; je plongeai la main dans ma poche et en tirai mon paquet de cigarettes : il était vide.

— Alors ? (La porte claqua derrière moi et Léonid apparut dans la véranda, son anorak sur les épaules.) On voit quelque chose ?

Je secouai la tête.

— Ça va, Anna, ne t'inquiète pas. Ils ont l'air normaux, ces gens, me dit-il pour me rassurer.

Nous restâmes quelques minutes sans rien dire, les yeux rivés à l'obscurité.

— Tu veux que j'aille voir ? me proposa-t-il enfin.

— Oui, répondis-je sans même l'avoir voulu. Mais je viens avec toi, ajoutai-je en plantant mon regard dans le sien.

Nous avions atteint le milieu de la petite esplanade séparant les isbas – il avait du mal à marcher, même s'il cherchait à n'en rien laisser paraître – quand le rectangle orangé de la porte éclaira la pénombre de la véranda voisine, et je vis Sergueï qui venait dans notre direction ; Ilya et sa tenue de camouflage surgirent sur ses talons moins d'une seconde après.

— Léonid, c'est bien que tu sois là, on va aller chercher les voitures. Anna, tu as les clefs sur toi ? me demanda Sergueï en approchant.

Et pendant que je fouillais dans mes poches, il ajouta, d'une voix à peine audible :

— Dis aux filles de ne pas se coucher avant notre retour, on a des choses à discuter.

Après quoi il reprit plus fort, afin que le treillis l'entende :

— Demande à Andreï de venir, on l'attend ici.

En revenant, je constatai que les deux Kalina, mari et femme, avaient quitté la pièce principale, sans doute pour disparaître dans quelque tréfonds de l'immense isba. Il ne restait que le docteur, toujours assis à table et qui s'empressa de relever la tête pour se donner l'allure du type en pleine forme, et prêt à se montrer utile en cas de besoin ; ses yeux étaient injectés de sang. Les deux enfants, épuisés par le voyage, avaient déjà pu être couchés. Le gamin, couvert jusqu'aux yeux sous une couverture en laine défraîchie, se pelotonnait contre le flanc de Boris, endormi sur l'un des deux lits doubles qui nous avaient été alloués. Assise immobile au pied du lit, le dos droit, Irina regardait dormir son fils, et elle ne se retourna même pas quand j'entrai dans la chambre. Je vis aussitôt Micha allongé par terre, sur le plancher, dormant dos au mur, bouche ouverte, la tête rejetée dans une position inconfortable. Je trouvai tous les autres dans la pièce voisine, entourant le deuxième lit ; ils avaient l'air mécontents, faute d'être enfin parvenus à trancher l'épineuse question de savoir qui parmi eux aurait le privilège de s'y allonger.

— Ne vous en faites pas, lançai-je au docteur en prenant place à côté de lui, tandis qu'Andreï se précipitait dehors avec un soulagement manifeste, son anorak seulement à demi enfilé. Les hommes vont ramener les voitures et on vous dégotera un sac de couchage.

— Ce n'est pas une obligation, répondit-il en s'efforçant de se montrer brave. Je peux très bien dormir par terre, j'ai un blouson... Regardez comme il est épais.

— Ça fait combien de jours que vous n'avez pas dormi ? demandai-je.

— J'entame mon troisième jour, j'en ai bien peur, répondit-il en souriant.

Et tandis que j'essayais mentalement de retrouver depuis quand nous n'avions pas pu dormir tout notre saoul ou ne serait-ce que changer de vêtements, mon Dieu, même simplement nous laver les dents, il posa la tête sur ses mains jointes et il ne lui fallut pas plus de quelques secondes pour se mettre à ronfloter.

Les hommes revinrent un quart d'heure plus tard, chargés de sacs et de duvets soigneusement roulés ; ils avaient le chien sur leurs talons, qui se glissa dans l'isba, l'air penaud et s'efforçant de ne pas se faire remarquer, avant de se faufiler dans la chambre la plus proche pour aller se tapir sous un lit. Dès qu'il eut quitté son blouson, Sergueï prit la même direction et sitôt que nous l'eûmes tous rejoint, il referma soigneusement la porte, contre laquelle il s'adossa avant de nous dévisager tour à tour.

— Nous avons parlé, ce type et moi, commença-t-il. Bref, les amis, à mon avis, il ne faut pas rester ici.

Il nous répéta la proposition de l'homme au visage chiffonné, avec lequel il avait discuté près d'une heure dans l'isba voisine – à mi-voix, pour ne pas réveiller le gamin dormant sur le lit ; en fondant de ses chaussures, la neige coulait en ruisselets troubles qui filaient vers le mur du fond sur le plancher de guingois. Le problème, ce n'était pas qu'on lui avait esquinté le visage, ni qu'on détenait toujours son fusil.

— C'est étonnant qu'ils ne m'aient pas tiré dessus, d'ailleurs, dit-il, avant d'esquisser un sourire triste et las. Attendez, écoutez-moi d'abord, et après on pèsera le pour et le contre, d'accord ?

En fait, tous ceux que nous avions vus – les époux Kalina, Ilya dans son treillis et avec sa mitraillette, son camarade en tenue de camouflage, l'homme au visage chiffonné et tous les autres, hommes et femmes sortis nous examiner en plein milieu de la nuit, quand nous avions surgi de la forêt avec nos masques –, étaient les habitants d'un même village, le dernier que nous avions traversé avant de quitter la voie rapide. « Mais ce sont clairement des militaires, objecta Andreï. Du moins ceux qui ont des mitraillettes – Ceux-là, oui, convint Sergueï, et cet Ivan Séménytch aussi, et encore quelques autres que nous n'avons pas vus pour l'instant : ils avaient un poste frontière, dans ce village, qui était d'ailleurs assez gros, dans les trois mille habitants, un hôpital, une école… La maladie est arrivée presque tout de suite là-bas, quelqu'un l'avait rapportée de Medvéjiégorsk, et au bout d'une semaine ce n'était même plus la peine d'envisager une mise en quarantaine, de toute façon, ils n'en avaient pas reçu l'ordre ; la dernière consigne qu'ils aient eue, c'était de limiter les déplacements, tu comprends, ils ne gardaient pas la frontière ici, c'était pas la peine, essaie seulement de traverser quatre-vingts kilomètres de taïga à travers une zone d'exclusion, et des villages abandonnés depuis quarante ans ; bref, ils ne sont pas un avant-poste, c'est pas des appelés, juste un poste frontière ; d'ailleurs, quand le téléphone a été coupé, leur radio spéciale a continué de fonctionner, et le dernier ordre qu'ils aient reçu de Pétrozavodsk, ça a été de ne laisser personne aller plus loin, vers chez les Finnois, et c'est tout, tu vois, point final. De toute façon, ils n'auraient sans doute pas pu faire plus, ils étaient trop peu nombreux, et quand la panique a commencé à gagner et que les gens se sont précipités de tous les côtés, ils se sont retrouvés devant une alternative : exécuter cet ordre et rester, en essayant d'obliger le village de trois mille habitants à rester aussi, ou charger tout ce qu'ils pouvaient dans la « chichiga » – carburant, arme, provisions –, y faire monter aussi leur famille et, je ne sais pas, leurs voisins, puis venir ici, au bord de ce lac, dans ce centre de vacances, sans attendre que débute la vraie m...de, laquelle s'est effectivement produite, nous l'avons vue de nos propres yeux. – Et où sont passés les autres ? demanda Marina. – Va savoir, répondit Sergueï. Il n'y a pas de réseau ici ; leurs transmetteurs sont plus puissants que les nôtres, mais cet endroit est trop isolé. Peut-être que quelqu'un est resté là-bas, dans le village, un autre est allé plus loin, vers les lacs, et puis ils étaient déjà malades, un grand nombre d'entre eux a été contaminé au tout début, si bien que... Il a aussi dit quelque chose à propos d'un deuxième groupe qui doit arriver plus tard, il a parlé d'un truc qu'ils n'avaient pas eu le temps de récupérer, je n'ai pas vraiment saisi, mais bref, plus personne n'est arrivé jusqu'ici depuis. Ce centre de vacances a été construit il y a un an et demi, et beaucoup de gens sont au courant de son existence, mais nous sommes les premiers qu'ils aient vus depuis deux semaines. Il est très probable qu'il ne reste tout simplement plus personne. »

Je demandai alors :

— Dans ce cas, pourquoi tu penses que nous ne devrions pas rester ici avec eux ?

— Ils sont trente-quatre, répliqua Sergueï. Et nous seulement neuf, je ne compte que les adultes. Il a suggéré que nous fassions pot commun, cinquante-cinquante, mais je ne sais pas comment ils se sont préparés, ce qu'ils ont pris avec eux, je ne sais pas qui sont ces gens – et il ne s'agit même pas de ça. (Il toucha précautionneusement sa lèvre fendue.) Le problème, c'est qu'il n'y aura pas la moindre démocratie, tu comprends ? Ce sont des militaires, leur cerveau ne fonctionne pas comme le nôtre. Ni pire ni mieux, simplement pas pareil. Et ils sont plus nombreux. Je ne pense pas que ce soit un inconvénient de les avoir ici, au contraire, c'est même bien, parce que... pour de nombreuses raisons. Mais je serais plus tranquille s'ils restaient ici, sur la rive, et que nous, on allait là-bas, sur l'île, qu'on ne soit qu'entre nous.

Il se tut, et nous restâmes silencieux quelques minutes, au-dessus du gamin endormi, dans la pièce sombre et étouffante, manche contre manche, et je m'attendais à ce que quelqu'un commence fatalement à polémiquer ; qui allait se lancer le premier et objecter : « Regarde autour de nous, toute la place qu'il y a ; nous pourrions vivre dans des conditions bien meilleures, presque civilisées », mais personne ne dit quoi que ce soit, absolument personne, puis Léonid demanda tout à coup :

— Tu es certain qu'ils vont nous laisser partir ?

— Bonne question, répondit Sergueï. Je lui ai dit que j'allais réfléchir jusqu'à demain matin. Et, parole, je ne voudrais pas trop faire durer le plaisir, parce que demain matin ils seront prêts à nous laisser partir, mais plus ils vont nous avoir sous les yeux, avec nos voitures et nos provisions, et moins on aura de chances.

Nous ne répondîmes rien.

— Bon, on va faire comme ça, décréta Sergueï. On a encore un peu de temps. Ce n'est pas la peine de décider tout de suite. Je vous réveille à six heures et on en discute. OK ?

Sur quoi il ouvrit la porte.

La femme Kalina s'écarta d'un bond, avec une agilité qui aurait fait honneur à une femme plus jeune qu'elle.

— Pourquoi vous vous mettez pas au lit ? demanda-t-elle d'un ton râleur. J'ai posé un seau avec de l'eau, juste à côté du poêle, des fois que vous en ayez besoin.

J'ouvris un œil au milieu de la nuit et restai quelque temps allongée dans cette obscurité douillette, tendant l'oreille à la respiration des dormeurs pour comprendre ce qui avait bien pu me réveiller ; le plancher était dur, malgré l'épais sac de couchage, mais il ne s'agissait pas de cela ; j'ôtai doucement le bras que Sergueï avait posé sur moi et me soulevai sur un coude pour examiner Micha, le visage enfoui dans son blouson plié en quatre, à l'autre extrémité de la pièce ; Boris était aussi à sa place – j'entendais sa respiration irrégulière et rauque –, et dans le lit voisin du sien le gamin dormait toujours aussi paisiblement. La couverture de laine s'était déplacée au point de traîner par terre, alors je sortis avec mille précautions de mon duvet, remontai la couverture et me penchai pour en couvrir le gamin ; j'eus encore le temps de me dire qu'elle grattait, puis d'inspirer la chaleur pure et puissante qu'irradient les jeunes enfants profondément endormis, et ce fut alors que je compris : Irina n'était plus dans la chambre.

Il faisait également sombre dans la salle à manger : la lampe au kérosène posée sur la table ne brûlait plus depuis longtemps, et, à la faible lueur orangée que projetait le poêle finissant de s'éteindre, la pièce me sembla vide pour commencer ; puis j'entendis un son, faible, à peine audible, et je regardai mieux : je vis alors notre hôtesse, cette femme aussi inhospitalière que ronchon, assise dans un coin, sur un banc assemblé de guingois, avec Irina qui l'agrippait, le visage enfoui dans son cou, telle une enfant, pour y verser en silence des larmes amères et désespérées.

— Personne, disait Irina, blottie contre le gilet de tricot qui enveloppait l'épaule massive de notre hôtesse.

Puis se remettant à pleurer, elle répéta :

— Personne.

— Allons, allons, la consola l'hôtesse en caressant les cheveux blonds de sa large paume.

Et ce faisant, elle la berçait de droite à gauche, en un mouvement doux, apaisant.

— Allons, allons... ne cessait-elle de murmurer.

Je restai quelques minutes sur le pas de la porte entrouverte, pas beaucoup, peut-être une ou deux, puis je rebroussai chemin sur la pointe des pieds, espérant qu'aucune lame de plancher ne grincerait sous mes pas, et je me rallongeai par terre le plus doucement possible, me glissant sous le bras pesant de Sergueï, après quoi je tirai à moi un bout du sac de couchage bien chaud et je fermai de nouveau les yeux.

*
* *

Il va de soi qu'aucun d'entre nous ne put se lever à six heures du matin ; quand, effrayée, je secouai Sergueï – « Lève-toi, allez, on a dormi trop longtemps, tu m'entends, on a dormi trop longtemps », il faisait déjà complètement jour, et les habituels bruits matinaux emplissaient la salle à manger voisine : tintements de vaisselle, claquements de portes, discussions assourdies. Il était évident que nous avions laissé passer la possibilité de discuter encore une fois, sans que personne ne le remarque, de ce que nous allions faire – rester ici, avec ces inconnus, ou partir ; nous allions devoir nous décider rapidement, à la hâte même, juste sous leur nez. Sergueï se dit sans doute la même chose, parce qu'il tarda à se lever : il resta allongé sur le dos, les yeux rivés au plafond, l'air sombre et concentré. « Lève-toi, répétai-je à mi-voix. Qu'est-ce qui t'arrive ? », alors il rejeta de mauvaise grâce son sac de couchage et s'assit.

— Je réveille Antochka ? demanda Irina.

En me retournant, je la vis redressée sur un coude, qui regardait Sergueï ; son visage était bouffi de sommeil, ses cheveux blonds en désordre.

— Vas-y, acquiesça Sergueï. On prend le petit déj, et on bouge.

— Tu penses qu'ils vont venir avec nous ? reprit-elle en désignant la pièce voisine d'un signe du menton.

Sergueï haussa les épaules.

— On va pas tarder à le savoir, répondit-il.

Et il se leva enfin.

Il ouvrit la porte et sortit dans la salle à manger ; je l'entendis lancer « bonjour », et m'efforçai de compter les voix qui lui répondirent, mais sans y parvenir. En dépit de toute logique, il me vint à l'esprit que tous, les trente-quatre personnes dont il nous avait parlé hier, s'étaient réunis ici, derrière cette porte, et attendaient notre réveil ; cette pensée m'arracha aussitôt de mon sac de couchage pour me lancer à la suite de Sergueï, dans le simple but de ne pas le laisser tout seul avec eux.

En dépit de ce que je redoutais, il n'y avait presque personne dans la salle à manger : à en juger par le désordre qui régnait sur la table, le petit déjeuner était déjà terminé, mais une odeur de nourriture assez déplaisante flottait toujours dans l'air. Le minuscule Kalina se trouvait sur un banc dans un coin, étudiant d'un air revêche le contenu de la tasse ornée d'un orgueilleux coq rouge posée devant lui ; sa femme monumentale lavait des assiettes à grand bruit dans une cuvette émaillée installée sur un tabouret branlant, juste à côté du poêle ; elle les passait l'une après l'autre à une deuxième femme, munie d'un torchon froissé. Une troisième femme, toute jeune, avec des cheveux blonds et courts et un ventre proéminent qu'elle avait ceint d'un foulard crocheté de laine claire, débarrassait la table d'un air distrait : au moment où j'entrai, elle ramassait une poignée de miettes de pain sur la table et, sans changer d'expression, se les envoya habilement dans la bouche.

Mon apparition eut un effet auquel je ne m'attendais pas : la puissante hôtesse jeta ses assiettes et, s'étant redressée, planta un regard lugubre entre mes deux yeux, tandis que ses auxiliaires s'animaient au contraire de façon inexplicable ; même la femme enceinte aux cheveux clairs abandonna sa paisible occupation, s'empressa de se rapprocher du poêle, comme pour se réfugier auprès des deux autres femmes, et se mit à me dévisager avec une curiosité nettement hostile. Les salutations que je m'apprêtais à lancer me restèrent coincées dans la gorge – *Allez, ouvre la bouche et dis : « Bonjour », tu as peur de quoi ? Même s'ils savent déjà que vous n'avez pas l'intention de rester ici avec eux, vous ne leur devez rien, et puis ce n'est pas elles qui décident ; le principal, c'est que l'homme au visage chiffonné, celui de l'autre isba, soit d'accord pour vous laisser partir, alors celles-ci, elles peuvent toujours prendre leur air renfrogné, il n'y a strictement rien qui dépende d'elles.*

— Bonjour, parvins-je enfin à articuler.

Aucune d'elles ne répondit ; sans me quitter de ses yeux ronds, ourlés de cils blancs, la plus jeune ôta une main de son ventre et, s'en dissimulant la bouche, chuchota fiévreusement quelque chose à l'adresse de sa voisine au torchon.

— Bonjour, m'obstinai-je.

— Tu as bien dormi ? lança la maîtresse des lieux sur le même ton peu amène.

Ce n'était pas une question, plutôt une affirmation, la reconnaissance d'un fait qu'elle, la maîtresse de maison, désapprouvait au plus haut point, et avant que j'aie eu le temps de lui répondre ne serait-ce qu'un mot, par exemple : « Écoutez, quelle différence ça peut vous faire, qu'on parte ou qu'on reste, au contraire, vous devriez vous réjouir de notre départ, à quoi pouvons-nous vous être utiles ? », son visage devint subitement plus chaleureux, et jetant un œil par-dessus mon épaule, elle demanda, d'une voix désormais tout autre :

— Ça y est, on est réveillés ? Je viens juste de faire réchauffer un peu de lait de chèvre...

En me retournant, je découvris Irina et le gamin sur le pas de la porte, et comme les femmes s'affairèrent aussitôt autour d'eux, sans plus m'accorder la moindre attention, je poussai la porte voisine de l'épaule.

Ils étaient tous là-dedans, à l'exception du docteur dont seul l'anorak gisant sur le plancher rappelait le souvenir, et en entrant, je n'entendis qu'une bribe de la phrase de Léonid :

— ... c'est toi qui lui diras ? Ou sinon, tu sais quoi, j'y vais avec toi.

— Mais non, répliqua Sergueï, je me débrouillerai tout seul.

Je compris aussitôt que la situation était différente cette fois, qu'il n'y avait pas eu la moindre discussion, ou que s'il y en avait eu, les dissensions s'étaient résolues pendant la nuit ; de toute évidence, quelque chose avait bel et bien changé dans notre étrange compagnie, quelque chose d'important, mais dont je n'avais pas remarqué la survenue, aboutissant au fait que ce matin la décision était prise, et à l'unanimité : nous allions partir. Il n'y avait plus à palabrer ; Sergueï s'apprêtait à aller discuter dans l'isba voisine, et nous à regagner la salle à manger. Irina et le gamin s'étaient déjà installés à table, devant la tasse ornée de coqs d'où il avalait de courtes gorgées régulières, en tenant le récipient bien serré dans ses petites mains. Un coup d'œil à la pièce me permit de constater que Kalina avait disparu, remplacée par deux autres femmes arrivant de l'extérieur, à en juger par la façon dont elles étaient habillées... *J'aimerais bien savoir où se trouvent tous vos hommes,* me dis-je avec anxiété. *Que font-ils en ce moment ? Léonid aurait dû accompagner Sergueï, en fait.*

S'il avait été possible de quitter les lieux sans tarder, sans attendre aucune autorisation, sans perdre de temps à manger, nous l'aurions sans doute fait avec plaisir, mais les enfants étaient affamés, et avant le retour de Sergueï, nous n'avions de toute façon pas d'autre occupation, si bien que pendant que Natacha et moi regardions avec terreur le fourneau à bois où nous allions devoir préparer cette nourriture, Andreï fit un saut jusqu'aux voitures, pour, d'un air confus, déposer sur la table deux paquets de sarrasin, du corned-beef et une grande casserole en aluminium. Les cinq inconnues nous observaient sans rien dire, d'un œil critique ; c'était leur logement, leur territoire, et il aurait été inutile de les ignorer. *Ça va durer une heure, deux au maximum,* me dis-je, *on va faire cuire ce satané sarrasin, et Sergueï reviendra. On n'aura plus qu'à partir à toute vitesse.* Sur ces entrefaites, l'une des deux femmes arrivées en dernier se pencha vers sa voisine, pour lui chuchoter, d'une voix assourdie :

— Celle-là ? Celle qui a les cheveux courts ?

Je me retournai.

— Ch-ch-ch... leur intima en gloussant la femme enceinte au foulard sur le ventre.

Elle dissimula de nouveau sa bouche derrière sa main, tandis que la maîtresse de maison, soutenant mon regard sans ciller, hochait lentement la tête.

Déchirer le paquet, verser le sarrasin dans la casserole... Ces étrangères ne regardaient que moi et parlaient de moi, n'essayant même pas de baisser la voix ; pour une raison qui m'échappait, je ne leur plaisais pas... Couvrir les céréales d'eau... On la prend où, leur eau ?

— Excusez-moi, demandai-je. Où est-ce que je peux trouver de l'eau ?

— Tu veux de l'eau ? répéta notre hôtesse, après une longue pause, presque théâtrale.

— Oui, répondis-je, sentant l'irritation me gagner. Pour faire cuire du sarrasin.

Elle ne répondit pas tout de suite, puis, sans se presser, elle se releva, remua les genoux et daigna enfin me lancer :

— Tu vois le seau, là-bas ?

Et pendant tout le temps que je me trimballais avec le maudit récipient, elle resta plantée au-dessus de moi, les bras croisés, et je sentais sur ma nuque son regard sévère et hostile. Retourner vers le fourneau, poser la casserole. Le sel, j'avais oublié le sel.

— Ah bon ? lança la même voix, toujours aussi forte. Moi, j'avais pensé que c'était la jeune, la rousse.

— La rousse, elle a son homme à elle, répliqua

l'hôtesse. Tandis que celle-là, il lui a fallu le gars d'une autre.

Qui était le gars d'une autre ? Qui était cette autre ? De quoi parlaient-elles, de toute façon ? Au diable le sel, couvrir la casserole, où ai-je mis le couvercle ? Ne pas se retourner, surtout ne pas se retourner dans leur direction, ne plus croiser ces yeux étrangers, malveillants. « Anna, tu n'as pas mis de sel », constata Natacha, et à ce moment-là, dans mon dos, une voix déclara, sans le moindre effort de discrétion : « Et elle ne s'est pas gênée, alors que sa femme était en vie » ; alors seulement je compris, alors je m'obligeai à poser le couvercle sur la casserole, calmement, sans faire de bruit, et je m'autorisai enfin à me retourner et à quitter les lieux.

Dès que je fus dans la véranda, je fourrai par habitude une main dans ma poche pour en tirer le paquet que j'avais déjà vidé hier, je le froissai et le jetai par terre. Nos trois voitures stationnaient désormais sans défense, à la lumière du jour, sur l'espace piétiné entre les maisons : les habitants des lieux leur tournaient autour, s'efforçant de jeter mine de rien un œil à travers les vitres teintées pour entrevoir le contenu des coffres. Si cette conversation aussi stupide qu'absurde avait eu lieu ailleurs, n'importe où, je m'en serais amusée ; j'aurais éclaté de rire et lancé : « Ça ne vous regarde pas, vous êtes qui, espèces de poules inutiles, pour me juger ? Ça fait trois ans que je vis avec lui, tous les jours et toutes les nuits, je sais le visage qu'il a quand il dort, quand il s'énerve, je sais le faire sourire, j'entends ses pensées et je peux affirmer que pendant chacun de ces jours – chacun sans exception – il a été heureux, parce que c'est justement moi, sa véritable femme, et aucun ovule fécondé – fussent-ils trois ou dix – n'a le moindre rapport avec la question. » Comme ça au moins, je n'aurais pas la moindre tentation de rester ici ! Mon Dieu, pourvu qu'ils nous laissent repartir, par pitié ! Ils étaient trente-quatre et nous neuf seulement, mais si elles me faisaient encore la plus petite allusion, j'allais frapper l'une de ces sales bonnes femmes, je serais incapable de me retenir.

La porte d'entrée s'entrouvrit, et le visage souriant de Léonid apparut dans l'encadrement.

— Anna, qu'est-ce qui te prend ? me lança-t-il d'un ton joyeux. Y a quelque chose qui te chagrine ? Tu trouveras pas de télé, ici, réfléchis, on ne passe plus de séries, abandonne tout espoir de ce côté-là, rentre, viens, tu vas prendre froid.

— Non, Léonid, répliquai-je mollement. Mangez sans moi, je vais attendre Sergueï.

Mais sans m'écouter, il me tira à l'intérieur, dans la grande pièce qui sentait désormais la bouillie de sarrasin.

— Eh, les nanas ! lança-t-il d'une voix forte, depuis le seuil. Laissez tomber ces commérages. Qu'est-ce que vous êtes allées vous monter le bourrichon ? « Sa femme, pas sa femme » ; de toute façon, à Moscou, c'est devenu la règle d'avoir plusieurs femmes ; y a que moi, comme un crétin, pour me morfondre avec une seule légitime ; d'ailleurs, si jamais il y en a des libres parmi vous, je m'en choisirais bien une deuxième, pour l'emmener avec moi !

Là-dessus, il prit place à table, s'installant à grand bruit et constatant : « Eh ben alors, y a pas d'assiettes dans cette baraque ? N'aie pas peur, patronne, on reviendra quand même » et « Ce serait bien de faire bouillir de l'eau... On a du thé, vous en avez jamais goûté de pareil, il s'appelle "Les spirales émeraude du printemps", il en reste un demi-paquet, Marina, va le chercher », et la tension s'évanouit en un instant ; les « nanas » s'activèrent en gloussant et disposèrent bientôt des assiettes sur la table, quelqu'un courut faire bouillir de l'eau, et quelques minutes plus tard la table était dressée, la casserole de bouillie au corned-beef recouverte du torchon douteux, et même le gros visage bourru de notre hôtesse esquissa une espèce de sourire coquet quand elle sortit de quelque part une miche de pain entamée, grise et spongieuse, visiblement faite maison. *Je n'arriverai jamais à faire ça,* songeais-je en contemplant ma portion de bouillie où surnageaient deux morceaux de viande luisante. *Jamais je ne parviendrai à une simplicité pareille, jamais je n'aurai le cuir aussi dur et à toute épreuve, je suis tout bêtement incapable de vivre dans une telle promiscuité, au coude à coude, parce que mon meilleur moyen de défense, ça a toujours été de mettre de l'espace entre moi et les autres. Alors maintenant, dans ce monde sens dessus dessous, je ne serai plus jamais en paix.*

Sergueï revint alors que le petit déjeuner touchait à sa fin : il avait le visage soucieux, mais le pli entre ses sourcils avait disparu ; « On mange un bout et on peut se préparer à partir », se contenta-t-il d'annoncer, et pendant qu'il avalait sa bouillie à la va-vite, sans lever les yeux de son assiette, je restai assise à côté de lui, appuyée contre son épaule, tout en avalant quelques gorgées brûlantes et fades des « spirales émeraude » de Léonid. Je songeais que les choses devaient effectivement se passer ainsi. Tout irait bien. Désormais, tout irait bien.

La petite colonie au grand complet sortit pour nous accompagner ; maintenant que j'étais certaine qu'ils nous laissaient partir, toutes les choses pesantes, insupportables qui m'avaient empêché de respirer jusqu'à présent – angoisse, colère, peur – refluèrent, disparurent presque, et en observant le visage de ces étrangers, hommes et femmes, que la lumière du jour transformait en ce qu'ils étaient vraiment et qui déambulaient timidement autour de nos voitures tout en nous examinant, je me dis enfin que c'était peut-être un point positif d'avoir ces deux grandes maisons, là, sur le rivage ; ce qui me réjouissait, c'était moins le fait qu'avant la fin de l'hiver, jusqu'à la fonte des glaces emprisonnant le lac, personne, absolument personne, ne pourrait atteindre notre île sans être remarqué par ces gens – même si c'était important, très important –, ce qui me réjouissait, c'était tout autre chose : peut-être verrions-nous de la lumière se déverser de leurs fenêtres, la nuit ? Et même si notre île s'avérait trop éloignée et que nous ne distinguions pas la moindre lueur, nous saurions cependant qu'ils étaient là et que nous n'étions pas seuls.

En eux-mêmes, les préparatifs ne prirent guère de temps : nous avions seulement à jeter nos sacs de couchage dans la voiture ; pourtant nous ne parvînmes pas à partir aussi vite que nous l'aurions voulu, car il nous fallut bien entendu passer un certain temps en palabres et adieux. Quelque part dans mon dos, la grosse Kalina, tenant Irina par la taille, lui répétait avec insistance : « S'il se passe quoi que ce soit, tu viens ici, pigé ? Tu promets ? » ; en me retournant, je la vis glisser une grosse bouteille en plastique pleine de lait dans la main d'Irina et les restes de pain enveloppés d'un film plastique ; de son côté, Irina hochait la tête, gênée, et ne faisait que marmonner : « Merci, merci, j'ai compris, merci. » Fendant la foule, Ivan Séménytch se fraya un chemin jusqu'à nous : son visage était aussi fripé et mal rasé que la veille, et son expression n'avait pas changé – sévère et autoritaire –, mais, contrairement à ce que j'avais imaginé, l'homme était de petite taille, près d'une tête en dessous de Sergueï.

— Tiens, prends, dit-il en tendant son fusil à Sergueï. Je te le rends. Tu chasses ou tu l'as pris comme ça, pour te défendre ?

— Je chasse, répondit Sergueï.

— Peut-être que tu auras de la chance, marmonna l'autre avec un sourire. Mais en deux semaines, mes gars ont tout juste réussi à prendre un lièvre. Bon, c'est vrai qu'ils se sont pas aventurés loin pour le moment, on avait d'autres chats à fouetter. Mais du poisson, oui, il y en a : de la barbote, du brochet... Vous savez pêcher sous la glace ?

— On va apprendre, répondit Sergueï en s'emparant de son fusil.

— Eh bien, dépêchez-vous d'apprendre. (Ivan Séménytch cessa de sourire.) Sans quoi vous passerez pas l'hiver. Je l'ai vue, votre maison, vous serez à l'étroit, mais c'est pas grave, c'est vivable. Le poêle fume un peu, il faudra rallonger la cheminée. Tu sauras faire ?

Sergueï hocha de nouveau la tête, cette fois, à ce qu'il me sembla, avec une pointe d'impatience.

— Excusez-moi, intervint soudain l'un des types qui se tenaient à côté, un gars vêtu d'une épaisse pelisse. (À la différence de la plupart des autres, ce n'était visiblement pas un militaire.) Vous parlez de quelle maison ? Celle qui se trouve de l'autre côté ?

— Oui, répondit Sergueï en se tournant vers lui. On va sur l'île.

— Allez-y à pied, déclara le type en pelisse, l'air sûr de lui. C'est pas possible de traverser avec les voitures, la glace est pas encore assez solide, vous allez vous enfoncer dans l'eau.

— On est en décembre, tout de même, protesta Boris qui avait écouté la discussion. Il fait un froid de gueux !

— C'est impossible, répéta la pelisse avec obstination. Demandez à qui vous voulez. (Il avait levé la voix, de sorte que toutes les conversations s'étaient tues.) Vous allez noyer vos voitures, et vous avec. Il faut traverser à pied.

— N'importe quoi ! fulmina Boris. On est déjà venu par ici en décembre, et sur la glace, pas de problème, regardez ça, comme elle est épaisse.

Et avant même que nous ayons pu l'en empêcher, il s'était faufilé avec fracas entre les quelques buissons du rivage et, s'étant éloigné à quelques mètres du bord, il se mit à taper sur la glace à grands coups de botte, soulevant de petits nuages de gouttelettes neigeuses. Quand nous nous approchâmes de lui, il chuchota, furieux, à l'adresse de Sergueï :

— Tu veux qu'on leur laisse nos voitures ? Tu imagines ce que ça veut dire ?

— Parce que tu penses qu'on a le choix ? rétorqua Sergueï sur le même ton hargneux.

Pour la première fois, je me rendis compte à quel point ils étaient semblables, ces deux hommes. Sa petite course avait visiblement ôté beaucoup de forces à Boris qui, blême tout d'un coup, respirait avec peine.

— Ils n'en ont rien à faire de nos voitures, papa, reprit Sergueï sur un ton plus calme. S'ils l'avaient voulu, ils les auraient déjà prises. Et pas seulement les voitures.

Mais Boris n'avait pas du tout l'air convaincu, alors Sergueï ajouta encore, avec un sourire résigné :

— Je te promets qu'on emportera les batteries avec nous.

La distance jusqu'à l'île était effectivement insignifiante, pas plus de deux kilomètres sur la glace, mais nous avions beaucoup trop de bagages, et même quand nous ôtâmes la bâche de la remorque, dont au bout d'un quart d'heure, sur les conseils contradictoires et amusés des gars massés autour, nous parvînmes à faire une sorte de nacelle, il apparut clairement qu'un voyage nous permettrait de transporter le quart de nos provisions au maximum, sans doute moins. À ma grande surprise, Sergueï refusa l'aide que les habitants des lieux finirent par nous proposer : « Merci, les gars, dit-il, vous nous avez déjà suffisamment aidés comme ça, on va se débrouiller tout seuls, il n'y a pas d'urgence », et ayant surpris mon regard

– « Comment ça, pas d'urgence, alors que la nuit va tomber dans quelques heures ? On ne va pas y arriver tout seuls ! » –, il me prit à part et me chuchota : « Papa a raison, ils vont nous aider à transporter cinq cartons, dont quatre seulement arriveront à bon port, et on ne s'y retrouvera jamais. Du calme, Anna, je sais ce que je fais. »

Marcher sur la glace s'avéra une expérience étrange : recouverte de neige, la surface du lac ressemblait à un immense désert d'où saillaient çà et là les petits monticules des mauvaises herbes prises par le givre, mais sous la neige peu profonde, on sentait nettement la couche épaisse et rugueuse de la glace livide ; la lourde nacelle à laquelle Sergueï et Andreï s'étaient attelés laissait dans son sillage une large trace inégale, et en suivant cette trace avec mon sac à dos et trois sacs de couchages roulés sur les bras, je ne pouvais m'empêcher de penser que seuls quelques pauvres centimètres de glace traîtresse et fragile nous séparaient d'une eau noire et froide de trente mètres de profondeur ; à chaque pas, je m'attendais presque à la voir se fissurer et se rompre pour ensuite se retourner sous nos pieds, alors je gardais les yeux baissés, terrifiée par la moindre fente, la plus minuscule anfractuosité. L'île était devant nous, petite colline noire et boisée, plantée d'épais conifères jusqu'au ras du rivage, et pour la première fois depuis le début de notre voyage je cherchai à me rappeler à quoi elle ressemblait vraiment, cette maison où notre interminable périple allait enfin s'achever, mais sans succès ; pourtant j'en avais vu des photos, c'était une certitude, mais pour une raison qui m'échappait ma mémoire faisait obstacle, refusait de laisser remonter à la surface le souvenir enfoui sous d'autres images, et même en me forçant je ne parvenais qu'à visualiser tantôt la maison de vacances branlante des environs de Tchériépoviets et la chambre avec l'éphéméride endormi accroché au mur, tantôt l'immense forteresse en rondins de Mikhalytch le barbu, où nous avions dormi quelques jours plus tôt, et à travers ces images éparses, qui empiétaient les unes sur les autres, je ne pus dénicher celle qu'il me fallait. *Eh bien, advienne que pourra*, me disais-je en mettant un pied devant l'autre. Un, deux, trois, la glace ne craquait pas, nous avions parcouru plus de la moitié du chemin ; devant moi, il y avait le dos de Sergueï, courbé par l'effort, juste à côté Micha, les fusils autour du cou, plus un énorme sac en grosse toile, dont les lanières sciaient ses maigres épaules, et encore plus loin en avant une silhouette jaune, efflanquée, à quatre pattes, imprimant dans la neige les huit triomphants de ses empreintes. *Nous y sommes arrivés, nous avons fini par atteindre notre but, et ce n'est pas grave si tu ne te souviens pas de quoi elle a l'air, cette maisonnette, le principal c'est qu'elle soit là, vide, qu'elle nous attende, et que nous puissions y rester sans plus fuir nulle part.*

La maison apparut tout d'un coup ; l'instant d'avant, elle n'était pas là, et celui d'après elle surgissait de derrière les arbres, en bois gris, de guingois, reliée au rivage par une passerelle de planches branlante, et inconsciemment, nous avançâmes plus vite, redoutant de la voir de nouveau disparaître, se cacher, au cas où nous tarderions, ne serait-ce qu'un peu, et nous priver de la possibilité de la retrouver ; il ne nous fallut pas plus de quelques minutes supplémentaires pour aborder le rivage. Se dépêtrant des lanières malcommodes de la nacelle, Sergueï fit rouler ses épaules avec soulagement et atteignit la passerelle d'un saut preste ; celle-ci conduisait à une étroite plate-forme abritée d'un avant-toit en ardoise et disparaissait ensuite derrière la maison, on entendait les lourdes chaussures de Sergueï cogner sur les fines planches ; la porte d'entrée devait se trouver de l'autre côté, à l'arrière de la maison.

— Eh bien, qu'est-ce que vous attendez ? cria-t-il. Venez, j'ai ouvert !

Mais personne ne bougea, nous avions encore besoin d'un peu de temps pour prendre conscience que notre route était bel et bien terminée, et puis je constatai que bizarrement, je n'étais pas prête à entrer, mais qu'au contraire je serais bien restée un peu dehors, à examiner les murs craquelés et fendillés, ainsi que les cadres de fenêtres lézardés ; pourtant, comme Sergueï nous appelait encore une fois : « Hé, mais vous êtes où ? », je laissai tomber les sacs de couchage dans la neige avant d'ôter mon sac à dos.

Pour entrer, je dus me baisser : la porte était basse et bien plus étroite que ses semblables, et dès que je fis un pas en avant elle se referma aussitôt, avec un claquement sonore et glacé. Sergueï s'activait à l'intérieur : la porte du poêle émit un tintement métallique ; les quelques petites fenêtres ne donnaient que très peu de lumière, si bien que je restai sur le seuil pour laisser à mes yeux, aveuglés par le lac, le temps de s'habituer à la pénombre, puis je découvris tout l'endroit d'un coup : les lits en fer, sans matelas, aux ressorts enfoncés, la table boiteuse, recouverte de journaux jaunis, racornis et parsemés de petites crottes de souris ; le poêle gris, fendillé, soutenant un plafond de contreplaqué peint, noirci, incurvé par des cloques ; la corde blanche tendue en travers de la pièce, supportant une dizaine de pinces à linge multicolores couvertes de poussière ; le plancher noir, jonché d'écailles argentées si profondément incrustées qu'on n'aurait su les en détacher.

— Bon, lança Sergueï en se relevant, on va voir si ça fume, et dans ce cas on rallongera le conduit de cheminée, j'ai vu des briques, dehors.

Et nos regards se croisèrent.

Son visage arborait un sourire complètement inattendu, triomphal, plein de fierté ; je le vis sourire et me rappelai soudain le jour où il avait ouvert devant moi la porte de notre future maison de Zvénigorod, la première que j'aie effectivement eu le droit d'appeler mienne. Pour nous y acclimater, nous avions laissé Micha à maman, et passé quelques mois tout seuls dans cette maison sans meubles, déjeunant par terre près de la cheminée ; quelques assiettes, un cendrier et une bouteille de whisky sur la céramique tiède du sol ; sans que je sache trop pourquoi, j'avais eu peur alors et catégoriquement refusé d'emménager là-bas tant que la maison était en travaux, comme si je craignais de m'y attacher trop tôt en m'imaginant que cette maison était bel et bien la mienne, m'attendant presque à le voir changer d'avis et renoncer à y habiter avec moi puis « Je ne veux pas y aller, disais-je, je ne vais rien faire d'autre que te gêner, on n'a qu'à attendre qu'elle soit habitable », puis le jour J était arrivé, et exactement comme aujourd'hui, j'étais restée sur le pas de la porte, effrayée et tremblante, toujours incapable de réaliser que cette maison était à moi, à moi pour toujours, c'étaient mes murs et le toit que j'allais avoir au-dessus de la tête, et personne n'aurait plus jamais le droit de surgir et de m'en chasser ; Sergueï avait ouvert la porte d'entrée, d'un geste que je n'oublierai jamais, et s'était tourné vers moi : il y avait sur son visage la même expression triomphale et fière. La même que maintenant. Si bien que cette fois encore, je fis un pas dans sa direction et me forçai à sourire.

Après quoi nous transportâmes les affaires à l'intérieur, disposant les sacs et les cartons sur les sommiers, parce que le sol nous parut trop sale et qu'il y avait beaucoup de lits ; la fine porte ne cessait de claquer, nous laissant tantôt entrer tantôt sortir, chargés de bagages, et dès que nous étions tous à l'intérieur, la maison se recroquevillait encore, comme pour nous menacer de sa froideur et de son exiguïté. Le poêle se mit à chauffer, pourtant le froid ne faiblissait pas, on aurait même dit qu'il faisait plus froid à l'intérieur que dehors ; et pour couronner le tout, ce maudit poêle fumait effectivement, « Tu gardes un œil dessus, papa, lui ordonna Sergueï. Pendant ce temps, nous, on retourne là-bas : on a le temps de faire encore un voyage avant que la nuit tombe ; Léonid, viens, je vais te montrer où se trouve la réserve de bois en cas de besoin » ; les hommes sortirent et nous restâmes entre nous – quatre femmes et deux enfants. Le silence retomba aussitôt, la maison parut vide, et je distinguai un sifflement aigu : le vent soufflait à travers la petite fente de l'une des fenêtres aux vitres troubles, sur le rebord écaillé de laquelle un petit monticule de neige blanche refusait de fondre. Marina se laissa tomber sur un lit, enfouit son visage dans ses mains rougies par le froid et se mit à pleurer.

Des cigarettes, j'ai besoin de cigarettes, au moins d'une, il doit bien rester une misérable cigarette à quelqu'un. Je me ruai dehors et constatai avec soulagement que les hommes n'avaient pas encore eu le temps de s'éloigner ; après avoir déplié la bâche sur la glace, ils l'enroulaient avec précaution, pour la transformer en un énorme sac un peu cabossé. En m'approchant, je distinguai la voix du docteur :

— ... je vous aiderai à transporter vos affaires, disait-il en relevant la tête pour regarder Sergueï, droit dans les yeux. Je vous dois au moins ça, et soyez bien assuré que vous pouvez faire appel à moi n'importe quand, je viendrai aussitôt...

— Bien sûr, répondit Sergueï.

— Parce que... reprit le docteur, en se troublant, j'ai parlé avec Ivan Séménytch, ce matin... Ils n'ont pas de médecin, ils sont nombreux... et il y a une femme qui est près d'accoucher, vous comprenez ? Tandis qu'avec vous, je vais être un poids pour tout le monde.

— Bien sûr, répéta Sergueï.

— Je suis certain d'être plus utile là-bas, reprit le docteur au désespoir.

— Et puis il y a plus de nénettes, s'esclaffa Léonid en donnant une claque dans le dos du docteur, qui sursauta et se tourna vers lui.

— Surveillez vos points de suture, répliqua ce dernier. Et pour l'amour de Dieu, ne soulevez rien de lourd. Je ferai en sorte de passer vous voir sous peu, pour vérifier comment ça cicatrise.

— C'est bon, le rassura Léonid qui, redevenu sérieux, lui tendit la main. Merci. Vraiment, merci beaucoup.

Et ils s'en furent, revinrent, s'en furent encore ; de temps à autre, je regardais par la fenêtre, pour voir leurs silhouettes s'éloigner ou au contraire se rapprocher, noires sur la surface uniformément blanche du lac, et à l'heure où les ténèbres bleu de plomb du Grand Nord s'abattirent enfin, ils avaient eu le temps de faire traverser toutes nos affaires, toutes ces caisses, sacs et autres cartons dont on ne semblait jamais voir arriver la fin, sans rien laisser sur l'autre rive que nos voitures vidées et étripées.

— Demain, on n'aura plus qu'à déplacer les voitures, et point final, soupira Sergueï, qui s'était lourdement laissé tomber sur l'une des caisses et tendait les mains vers une tasse fumante contenant les ultimes feuilles du thé chic de Léonid. Je me serais bien bu un petit verre de vodka et au lit, ajouta-t-il pensivement en avalant une gorgée qui le fit grimacer.

Je le regardais boire en se brûlant, à la tasse qui tremblait dans sa main, et je me disais : *tu vas dormir vingt-quatre heures d'affilée, deux jours, si tu en as besoin, tu as fait tout ce que tu avais promis, et même plus, et je ne laisserai personne te réveiller, jusqu'à ce que tu te sois enfin reposé.*

Cette nuit-là, je n'arrivai pas à dormir : je restai longtemps allongée contre Sergueï, à me retourner sur le lit de fer qui grinçait, puis je me levai tout doucement, enfilai mon anorak et sortis. Une fois parvenue à l'extrémité de la passerelle, je cherchai un bon moment à distinguer la rive opposée du lac, une fine bande sombre à l'horizon, mais je ne vis rien, hormis une obscurité épaisse, glaciale, infinie. La porte grinça dans mon dos, et un instant plus tard, le chien me rejoignait en marchant précautionneusement sur les planches disjointes ; il pressa son grand front contre ma paume gauche et s'assit, les pattes recouvertes de sa queue ébouriffée. Nous restâmes sans bouger jusqu'à ce que quelque part au-dessus de nous, très haut dans le ciel, quelqu'un tourne un interrupteur aussi gigantesque qu'invisible ; une neige lourde et épaisse se mit alors à tomber du firmament, formant un mur compact, infranchissable, qui nous séparait aussi bien du lac gelé, de la berge invisible que du reste du monde. Nous restâmes ainsi quelques minutes de plus, le chien et moi, puis nous tournâmes les talons et rebroussâmes chemin vers la chaleur.

Composé par Nord Compo
à Villeneuve-d'Ascq (Nord)

Imprimé en Espagne par
Liberdúplex
à Sant Llorenç d'Hortons (Barcelone)
en février 2016

POCKET – 12, avenue d'Italie – 75627 Paris Cedex 13

Dépôt légal : mars 2016
S25635/01